«Ein echter Pageturner. Nicht vorm Einschlafen lesen!» *BBC Radio 2*

«Eine Lektüre wie das Schwimmen in Zuckersirup: Man kommt leicht rein – und unglaublich schwer wieder raus.» *One More Page*

STEPHEN L. JONES

DER BANN

THRILLER

Aus dem Englischen von
Axel Merz

Rowohlt Taschenbuch Verlag

Die Originalausgabe erschien 2013 unter dem Titel
«The String Diaries» bei Headline Publishing Group,
London.

Deutsche Erstausgabe
Veröffentlicht im Rowohlt Taschenbuch Verlag,
Reinbek bei Hamburg, Dezember 2013

Redaktion Tobias Schumacher-Hernández
Umschlaggestaltung Hafen Werbeagentur, Hamburg
(Foto: Getty Images/Nacivet)
Gesamtherstellung CPI books GmbH, Leck
Printed in Germany
ISBN 978 3 499 23314 2

Für Julie

Und für drei Jungs,
die die Welt schon verändert haben.

KAPITEL 1

Snowdonia
Heute

Erst als Hannah Wilde das Farmhaus erreichte, kurz nach Mitternacht, stellte sie fest, wie viel Blut ihr Mann bereits verloren hatte.

Sie hatten wenig geredet während der Fahrt nach Llyn Gwyr. Hannah hatte sich auf die Straße konzentriert, die Sicht verschwommen vom Regen und von Tränen. Neben ihr saß Nate zusammengesunken im Beifahrersitz des Discovery, ein verkrümmter Schatten. Sie musterte ihn von der Seite, während sie sich immer weiter von dem entfernten, was sie zurückgelassen hatten, doch es war ihr unmöglich, das volle Ausmaß seiner Verletzungen zu erkennen, solange sie sich auf die Straße konzentrieren musste. Jedes Mal, wenn sie vorschlug anzuhalten, schüttelte Nate nur den Kopf und drängte sie weiterzufahren.

Bring uns zum Farmhaus, Hannah. Ich schaffe das schon. Versprochen.

Kurz vor Mitternacht, nach vier Stunden hinter dem Lenkrad, stellte sie fest, wie die englischen Namen auf den Ortsschildern im Scheinwerferlicht des Discovery ihren walisischen Verwandten wichen: *Cyfronydd, Llangadfan, Tal-y-llyn.*

Außer ihnen war niemand in dieser Nacht unterwegs. Und obwohl Hannah kaum mehr erkennen konnte als das, was direkt vor ihnen lag, spürte sie, wie das Land wilder wurde und sich ringsum öffnete.

Die Straße war kurvenreich und uneben, als wollte sie das Fahrzeug abschütteln. Eine Zeitlang folgte sie einem wilden Gebirgsbach, erkennbar einzig an dem Funkeln aus Mondlicht, das vom Wasser reflektiert wurde. Als die Straße eine Schleife beschrieb und sich höher schraubte, blieb das Glitzern in der Nacht zurück.

Einen knappen Kilometer vor Llyn Gwyr, in der Nähe eines Hügelkamms, verlangsamte Hannah den Geländewagen, bis er nur noch kroch, und schaltete die Scheinwerfer aus. Sie lenkte das Fahrzeug die letzten Meter zum Kamm hinauf, wo ein Eschenhain stand. Für einen Moment beobachtete sie, wie sich die kahlen Zweige im Wind bewegten.

Sie schaltete die Zündung aus. Bis zu diesem Augenblick hatte das Geräusch des Motors die Stimme des Windes übertönt. Hier oben, auf dem Kamm, sang er um sie herum und schaukelte den Wagen auf seinen Federn.

Mein Gott, was hast du dir nur dabei gedacht? Hast du wirklich geglaubt, dieser Ort wäre sicher?

Auf dem Beifahrersitz rührte sich Nate. Er hob den Kopf und blinzelte aus dem Fenster. «Kannst du irgendetwas erkennen?»

Jenseits der Bäume fiel das Land ab bis hinunter zum Ufer eines mandelförmigen Sees. Obwohl sich der Mond hinter weiteren von Westen heranziehenden Regenwolken versteckt hatte, phosphoreszierte die Wasserfläche. Die schwarzen Umrisse eines kleinen Flusses, der sich aus den Bergen hinabschlängelte, mündeten ganz im Westen in den See.

Das Farmhaus von Llyn Gwyr stand am gegenüberliegenden Seeufer. Ein steiler geschotterter Weg, der den Fluss über eine Steinbrücke überquerte, führte von der Straße zum Haus.

«Ich kann kaum was sehen auf diese Entfernung», antwortete sie. «Jedenfalls nicht in dieser Dunkelheit.»

«In der Türablage müsste ein Fernglas stecken. Kontrollier zuerst die Brücke. Guck, ob sie frei ist.»

Hannah nahm das Fernglas hervor, hob es an die Augen und richtete es auf den Fluss. Sie benötigte einen Moment, um sich zu orientieren, dann fand sie die Brücke. Der verwitterte Steinbogen sah kaum robust genug aus, um das Gewicht ihres Landrover zu tragen.

Keine Hindernisse auf der Brücke selbst – zumindest keine, die sie sehen konnte. Nichts, was darunter lauerte. Keine Hinweise auf einen möglichen Hinterhalt.

«Die Brücke ist sauber.»

«Okay. Jetzt das Haus.»

Sie hörte, wie er sein Gewicht verlagerte und ein schmerzerfülltes Stöhnen zu unterdrücken versuchte. Sofort nahm sie das Fernglas herunter. «Nate? Was ist? Was kann ich tun?»

«Nichts, Han. Mir geht es gut, keine Sorge.» Seine Stimme war belegt und heiser. «Mach weiter», sagte er erschöpft. «Kontrollier das Haus.»

Sie hob das Fernglas wieder an die Augen und richtete es auf das Farmhaus. Die weiß gekalkten Wände schimmerten im Licht eines wolkenverhangenen Mondes. Die charakteristischen Umrisse des durchhängenden Schieferdachs kannte sie bereits von Fotos. «Wonach soll ich suchen?»

«Kontrolliere die Fenster. Sind sie intakt?»

Eine Pause, während sie alle vier sichtbaren Fenster in Augenschein nahm. «Ja. Zumindest die auf dieser Seite.»

«Das ist gut. Was ist mit der Tür? Ist sie offen? Sieht sie aus, als wäre sie aufgebrochen worden?»

«Das ist schwierig zu sagen, aber ...» Sie runzelte die Stirn. «Nein. Nein, ich denke, sie ist okay.»

«Das ist gut, Han. Das ist großartig. Hör zu, ich glaube nicht, dass jemand hier ist. Ich glaube nicht, dass irgendjemand hier sein *kann*. Trotzdem müssen wir vorsichtig sein. Wir lassen die Scheinwerfer aus, bis wir von der Straße sind, und wir fahren ganz langsam. Die Zufahrt beginnt gleich dort vorn. Wenn ich mich richtig erinnere, ist der Weg bis zur Brücke sehr holprig. Danach ist er eben. Wir parken auf der Rückseite des Hauses, damit niemand den Wagen von der Straße aus sehen kann.» Er stockte und presste die Luft zwischen den Zähnen hindurch, während er erneut sein Gewicht verlagerte. «Bist du so weit?»

Hannah blies die Luft aus den Wangen und nickte. «Hältst du das Fernglas für mich?»

Sie hielt es ihm hin. Spürte, wie seine Hand über ihre streifte. Seine Finger waren nass und klebrig. Ihre Kehle zog sich zusammen. «Nate, ist das Blut?»

«Nicht jetzt. Komm, weiter. Wir sind fast in Sicherheit.»

Sie musste es einfach wissen. Trotz seiner beruhigenden Worte und seines Zuspruchs war sie immer noch erschüttert von den Ereignissen des Abends. Sie musste wissen, womit sie es zu tun hatten, bevor sie weitermachten. Einem Impuls folgend, ging ihre Hand zur Deckenleuchte. Sie schaltete sie ein.

Ein Teil der Hoffnung, an die sie sich die ganze Zeit geklammert hatte, starb in diesem Moment, als sie erkannte, wie es wirklich um ihn stand. Sie biss die Zähne zusammen, damit sie nicht klapperten – fest entschlossen, sich nicht anmerken zu lassen, wie sehr sein Zustand sie erschreckte.

Er schwamm geradezu in Blut.

Seine Wolljacke war durchnässt. Der Stoff seines Hemdes glänzte und tropfte. Blut hatte sich in einer Lache zwischen seinen Beinen gesammelt und in den Vertiefungen des Sitzes. Es durchnässte seine Jeans.

Als sie den Blick hob und ihm in die Augen sah, konnte sie

sich nicht mehr zusammenreißen. Sie schluchzte auf. *Er starb.* Es bestand kein Zweifel. Es war kaum noch Leben in ihm. Seine Lippen hatten sämtliche Farbe verloren. Seine Wangen, wo er sie nicht mit Blut beschmiert hatte, waren so weiß wie Milch. Trotz der kühlen Luft im Wagen standen Schweißperlen auf seiner Stirn.

Nate versuchte zu lächeln. «Ich denke, die Blutung lässt allmählich nach.»

Ihre Stimme zitterte. Sie hatte Mühe, nicht zu schreien. «Du musst in ein Krankenhaus, Nate. *Auf der Stelle!*»

Er schüttelte den Kopf. «Nein. Das geht nicht. Ich komme durch. Keine Angst. Ich verspreche es.»

«Nate, wir –»

«*Nein!* Hannah, hör mir zu.» Er stockte, und sie sah, dass er nach Luft rang. «Wir dürfen keinerlei Risiko eingehen. Du weißt es, ich weiß, dass du es weißt. Was aus mir wird, ist unwichtig. Wir müssen Leah schützen.»

Der Schrei drückte gegen Hannahs Kehle. Beim Klang von Leahs Namen drehte sie sich zu ihrer Tochter um, die auf dem Rücksitz schlief. Der Anblick ihres kleinen Gesichtchens, so glatt und zart und ernst, versetzte sie in Panik und führte gleichzeitig dazu, dass sie sich zusammenriss.

Er hatte recht – sie hatten keine andere Wahl. Doch wie sollte sie Nate in die Augen sehen und seine Worte ohne zu protestieren hinnehmen? Wie konnte sie sich zur Komplizin eines derartigen Opfers machen? Sie drohte innerlich zu zerreißen. Es gab nur zwei Menschen auf der Welt, die sie so liebte. Einen dem anderen vorzuziehen war undenkbar. Genauso wie die Alternative.

Nate nahm behutsam die Hand aus der Jacke und starrte auf seine blutigen Finger. «Das kann man überleben, Hannah. Glaub mir. Ich weiß, ich habe eine Menge Blut verloren. Mir ist klar, wie schlimm es aussieht, aber ich habe schon früher Verletzungen wie diese gesehen, und ich kann es schaffen, ich schwöre es dir. Solange wir nur bald ins Haus kommen.»

Hannah blinzelte die Tränen weg. Sie glaubte ihm nicht. Er war blass wie ein Geist. Doch sie schluckte endlich den Schrei hinunter und drehte den Zündschlüssel um. «Dann halt jetzt still, ja? Wir sind in ein paar Minuten da. Sitzt du bequem?»

«Machst du Witze?»

Sie zwang sich zu einem Lachen. Es klang wie ein Keuchen.

Sie löste die Handbremse, und der Geländewagen rollte langsam an. Sie glitten über den Kamm des Hügels und folgten der Straße auf der anderen Seite nach unten durch einen dichten Wald aus Fichten und Douglasien. Sie entdeckte die Abzweigung zur Linken und bog von der Straße ab.

Sobald sie die Straße hinter sich gelassen hatten, von allen Seiten umgeben von hohen Koniferen, riskierte sie es, hin und wieder das Fernlicht zu benutzen. Der Weg war wenig mehr als ein felsiger Hang. Sie musste langsamer als Schrittgeschwindigkeit fahren, um den größeren Brocken auszuweichen und Nate so wenig durchzuschütteln wie möglich. Nichtsdestotrotz stöhnte er alle paar Meter schmerzerfüllt auf, wenn die Räder über die Steine rutschten und rumpelten. Sie zuckte bei jedem Schmerzenslaut zusammen.

Ganz egal, wie die Chancen stehen – kämpf weiter, bis nichts mehr da ist, wofür du kämpfen kannst.

War das nicht das Lieblingsmotto ihres Vaters? Dieses Gefühl von Hilflosigkeit und diese Angst nutzten jedenfalls niemandem. Sie versuchte sich an das zu erinnern, was sie über Blutverlust wusste. Wenn Nate eine Überlebenschance haben sollte, musste sie unter allen Umständen verhindern, dass er in einen Schock fiel. Sein mühsamer Atem und das Schwitzen waren ernste Symptome einer schweren Hypovolämie.

Sie musste die Blutung stoppen. Sie musste ihn warm halten. Und sie musste ihm irgendwie Flüssigkeit zuführen.

Sie passierten eine Holztafel, schwarze Schrift auf einer verwitterten weiß gekalkten Platte. LLYN GWYR. Eines der vorbereiteten Verstecke ihres Vaters.

Am Fuß des Hangs wurde der Weg besser. Sie folgte dem kurvigen Verlauf, manövrierte den Discovery über die Bogenbrücke und steuerte auf das Farmhaus zu. Die Scheinwerfer strichen über die Hausfront und tauchten alles in ihr helles Licht, mit Ausnahme der Fenster von Llyn Gwyr, deren schwarze Höhlen undurchdringlich blieben.

Der Weg führte auf der anderen Seite um das Haus herum. Sie passierten ein aus Stein errichtetes Stallgebäude und einen leeren Kuhstall. Kies knirschte unter den Reifen des Discovery, als Hannah hinter dem Haus anhielt.

Sie schaltete den Motor ab, dann die Scheinwerfer und zog den Schlüssel aus der Zündung. «Ich schließe das Haus auf. Ich bin gleich zurück und helfe dir beim Aussteigen.»

«Nimm die Taschenlampe mit.»

Sie nickte, griff hinter ihren Sitz und zog die starke Maglite hervor. Als sie sich wieder vorbeugte, küsste sie ihn. Seine Lippen waren klamm und kalt.

«Dass du mir nicht davonläufst», sagte sie.

«Hab eh meine Wanderstiefel vergessen.»

Gut, dass er noch Witze machen konnte. Auch wenn er so leise redete, dass sie ihn kaum hörte.

Hannah legte ihre Hand auf den Türgriff und zögerte. Jetzt, nachdem sie angekommen waren, widerstrebte es ihr, aus dem Discovery auszusteigen; der Wagen war während der letzten fünf Stunden ihre Zuflucht gewesen. Und als wollte er sie weiter entmutigen, wehte der Wind noch heftiger.

Jetzt zählte jede Minute. Sie konnte sich kein Zögern leisten. Hannah öffnete die Wagentür und sprang hinaus auf den Weg.

Der Wind packte sie mit voller Wucht und ließ sie stolpern. Er wehte in Böen wie ein wütender Geist, peitschte ihr das Haar ins Gesicht und drückte frische Tränen aus ihren Augen. Sie schlug die Wagentür zu, zog den Kopf ein, den Reißverschluss der Fleecejacke zu und wandte sich zum Haus.

Obwohl sich ihre Augen noch nicht völlig an die Dunkelheit gewöhnt hatten, konnte sie die Umrisse des Gebäudes vor dem wolkenverhangenen Himmel erkennen, das tiefere Schwarz der Fenster, die Hintertür, das Gewächshaus. Die undeutlichen Schatten der Außengebäude zur Linken. Rasch überwand Hannah die wenigen Meter zwischen dem Wagen und dem Haupthaus, während sie sich fragte, was sie wohl erwartete. Sie wusste, dass das Haus jahrelang leergestanden hatte. Ihr Vater hatte jemanden bezahlt, der regelmäßig nachgesehen hatte, aber sie wusste nicht, in welchen Abständen. Eines der Fenster im Erdgeschoss war eingeschlagen, stellte sie fest. Nicht gut. Doch es war keine Zeit für Vorsicht. Sie musste Nate ins Haus schaffen.

Sie erreichte die Hintertür und spähte durch das Küchenfenster. Nichts außer Dunkelheit dahinter. Sie fand den Schlüssel und schob ihn ins Schloss, als sie hinter sich eine Bewegung spürte.

Sie erstarrte, die Hand auf dem Türknauf, und das Geräusch verstummte. Dann hörte sie es erneut: das Knirschen von losem Kies auf dem Weg hinter ihr.

Wieder verebbte es, übertönt von Wind und Regen.

Sie hatte die Maglite unter den linken Arm geklemmt. Sie hatte nichts, womit sie sich hätte verteidigen können, außer der massiven Lampe aus gedrehtem Aluminium. Das Geräusch hinter ihr konnte unmöglich von Nate stammen. Sie hätte die Wagentür gehört.

Hannah wechselte die Taschenlampe in die rechte Hand und packte sie wie eine Keule. Ihr Zeigefinger schwebte über dem Schalter. In ihren Ohren hörte sie ihr eigenes Blut durch die Arterien rauschen.

Sie verlassen sich auf dich. Nate und Leah. Du bist ihre einzige Chance.

Langsam, ganz langsam drehte sie sich um.

Hinter dem Kiesweg befand sich ein verwilderter Küchengarten. Am Ende des Gartens, hinter einem Lattenzaun, lagen die zur Farm gehörigen Felder. Sie sah das Getreide im Wind schwingen. In der Ferne die Silhouetten von Berggipfeln.

Zwischen ihr und dem Garten, nur ein paar Meter entfernt, stand etwas Großes auf dem Weg. Sie konnte es in der Dunkelheit nicht genau erkennen, doch es war riesig. Viel größer als sie selbst.

Hannah vernahm ein dunkles Grunzen. Ein Schnauben.

Was immer es war, es war näher bei ihr als beim Wagen. Sie duckte sich angespannt und betätigte den Schalter.

Gefangen im blendenden Lichtschein der Taschenlampe, eingetaucht in grelles Licht stand der größte Hirschbock, den Hannah jemals gesehen hatte. Er hatte ein rötlich-braunes Fell, dunkler am Hals, und ein Geweih mit zahlreichen spitzen Enden. Zwei schwarze, feuchte Augen musterten sie, und Hannah war wie gebannt von ihrem Blick.

Die Lampe hatte das Tier erschreckt, so viel war offensichtlich. Sie sah, wie die Muskeln an seiner Flanke zuckten und sich zusammenzogen, doch aus irgendeinem Grund floh der Bock nicht. Stattdessen machte er einen Schritt zur Seite und hob die Nase, um prüfend die Luft einzusaugen. Er stand sekundenlang völlig reglos, dann neigte er den Kopf zur Seite.

Hannah bemerkte, dass sie den Atem angehalten hatte. Das

Tier war stark genug, um sie aufzuspießen. Sie sah, wie sich die Muskeln des Bocks spannten, und verkrampfte sich. Das Tier bewegte den Kopf leicht zur Seite, nach rechts, und musterte Hannah mit einem einzelnen glänzenden Auge.

Dann sprang der Bock so unvermittelt los, dass sie fast erschrocken aufgeschrien hätte, und war mit drei langen Sätzen verschwunden. Kies wirbelte durch die Luft.

Hannah starrte in die Dunkelheit, wie hypnotisiert von dem, was sie soeben gesehen hatte. Es war ein Rothirsch gewesen. Sie hatte nicht gewusst, dass es in Snowdonia überhaupt noch Rotwild gab.

Sie tat den Gedanken ab und konzentrierte sich stattdessen wieder auf Nate. Sie wandte sich zum Farmhaus, öffnete die Tür und betrat die Küche. Ein schneller Schwenk mit der Taschenlampe zeigte einen großen Raum mit einem unebenen, mit großen Steinplatten gefliesten Boden. Einen Kamin. Ein Sofa und zwei Sessel. Küchenschränke mit Glasfronten über staubigen Arbeitsflächen. Zwei Anrichten – eine gefüllt mit Geschirr, während die andere von Taschenbüchern geradezu überquoll, dazu Angelrollen, Kerzen, Päckchen mit Saatgut, Streichhölzer, ein Erste-Hilfe-Kasten. Am Fenster ein runder Tisch. Eine Tür, die in einen unbeleuchteten Hausflur führte.

Hannah entdeckte einen Lichtschalter an der Wand neben der Tür und legte ihn um. Nichts. Sie erinnerte sich, dass Nate ihr einmal erzählt hatte, dass das Haus zu abgelegen war, um ans öffentliche Stromnetz angeschlossen zu sein. Irgendwo in einem der Außengebäude gab es mit Sicherheit einen Generator. Er musste warten, und mit ihm die elektrische Beleuchtung.

Sie nahm eine Schachtel Streichhölzer, kniete neben dem Kamin nieder und legte die Maglite neben sich auf den Boden. Jemand hatte Späne und Holz auf dem Rost aufgeschichtet und alles vorbereitet, und so dauerte es keine Minute, bis ein Feuer im Kamin brannte. Sie nahm zwei Kerzen von der Anrichte und zündete sie an. Eine stellte sie auf den Tisch, die andere auf die Arbeitsfläche. Später würde sie weitere Kerzen anzünden, doch zuerst musste sie ihren Mann ins Haus schaffen.

Draußen war der Wind noch stärker geworden. Gefrorene Luft wehte von den Bergen herunter und brachte eisige Kälte mit sich. Hannah zog den Kopf ein und eilte geduckt zur Beifahrerseite des Discovery. Sie riss die Tür auf.

Nate saß zusammengesunken, die Haut weiß wie ein Bettlaken. Er hatte das Bewusstsein verloren.

«Hey!» Sie schlug ihm mit der flachen Hand ins Gesicht, und es gelang ihr, ihn zu wecken. Er richtete sich in seinem Sitz auf, und sie erkannte, dass er versuchte, klar zu sehen, doch er konnte seinen Blick nicht fokussieren. «Ich habe dich, Nate, okay? Versuch nicht zu reden. Es ist nur ein kurzer Weg. Ich hab Feuer gemacht. Du musst mir nur ein bisschen für die nächsten paar Schritte helfen. Ich fürchte, es wird ein wenig wehtun.»

Hannah wappnete sich innerlich, während Nate es irgendwie fertigbrachte, sich nach vorn zu lehnen und sich aus dem Wagen in ihre Arme fallen zu lassen. Es kostete sie all ihre Kraft, ihn festzuhalten, und all ihre Nerven, um seinen Schrei zu ignorieren. «Gut. Gut so, Nate. Das ist der schwierige Teil. Nur noch ein paar Schritte, okay?» Hannah warf einen Blick auf den Rücksitz und ihre schlafende Tochter.

Neun Jahre alt. Wie konnte das passieren mit uns?

«Leah, Liebes – ich komme gleich zurück und hole dich.» Sie versetzte der Beifahrertür einen Tritt und schloss das kleine Mädchen im Wagen ein, wo es sicher war vor dem Sturm.

Dann führte sie Nate, den Arm über ihre Schulter gelegt, ins Haus und in die Küche, wo das Feuer den Raum bereits ein wenig erwärmt hatte.

«Sofa», stöhnte er undeutlich.

«Genau dorthin wollen wir.» Behutsam ließ sie ihn auf das Sofa sinken und schob ihm ein Kissen unter den Kopf. Dann legte sie seine Beine hoch. «Ich muss die Wunden ansehen.»

Nates Hände fielen von den Seiten. Sie öffnete seine Jacke und riss das Hemd auf, und Knöpfe sprangen durch die Luft. Sein Oberkörper glänzte nass und rot vor Blut.

Sofort sah sie die beiden Stichwunden, jede zweieinhalb Zentimeter lang. Eine saß unmittelbar unter der untersten Rippe. Sie konnte nicht feststellen, ob seine Lunge durchbohrt war, konnte sich nicht aus dem Biologieunterricht erinnern, wie tief die Lunge im Brustkorb reichte. Die zweite Wunde saß noch tiefer, in seinem Unterleib.

Hannah holte den Erste-Hilfe-Kasten – eine grüne Plastikschachtel – vom Schrank. Sie löste den Verschluss, klappte den Deckel auf und kramte durch den Inhalt. Sie fand Reinigungstücher und begann unverzüglich damit, die Wunden zu säubern. Innerhalb Sekunden sickerte neues Blut aus den Einstichen. Wenigstens floss es nicht mehr in Strömen – auf der anderen Seite hatte er bereits eine Menge Blut verloren. Sie fand einen Beutel mit Wundverschlusspflastern und tat ihr Bestes, um die Wunden zu verkleben. Anschließend legte sie polsterndes Vlies darauf und bandagierte seinen Rumpf fest, indem sie die Binden unter seinem Rücken hindurchzog.

Es würde ihn nicht retten, so viel wusste sie. Nur professionelle medizinische Versorgung war noch dazu imstande. Wenn überhaupt.

Mit einer Decke von einem der Sessel deckte sie ihn zu. «Nate, du musst wach bleiben, okay? Wir müssen Flüssigkeit in dich hineinbringen.»

Er nickte. «Ich liebe dich», flüsterte er.

Er liegt im Sterben.

Hannah wandte sich von ihm ab und wischte sich die Augen. Sie war außerstande zu antworten. Am Spülbecken fand sie ein Glas und füllte es mit Wasser. In einem der Schränke stand ein Paket Zucker. Sie schüttete etwas davon in das Glas und rührte mit einem Löffel, bis er sich gelöst hatte. «Hier, trink das.» Sie hielt ihm das Glas an die Lippen und hob seinen Kopf, während er den Inhalt schlürfte.

Er trank zwei ganze Gläser, bevor er anzeigte, dass er genug hatte. Dann atmete er zitternd ein. «Han ... im Flur. Schrank.» Seine Stimme war so leise, dass sie ihn kaum hören konnte. «Ausrüstung ... für den See.»

«Was für eine Ausrüstung, Nate? Wovon redest du?»

«Tauchgerät.»

Hannah runzelte die Stirn, dann wurde ihr klar, was er meinte. Sie eilte nach draußen in den dunklen Flur. Im Lichtschein der Maglite fand sie den Schrank unter der Treppe. Im Innern stand, zwischen Mänteln, Overalls, Hüten und anderen Kleidungsstücken, eine Pressluftflasche mit Druckregler und Lungenautomat. Sie richtete den Lichtstrahl auf den weißen Metallzylinder. Stellenweise war Farbe abgeplatzt. Auf der Seite stand in schwarzer Druckschrift NITROX – sauerstoffangereichert. Auf einem handgeschriebenen Aufkleber darüber: MOD 28M – 36 % O_2.

Sie klopfte mit dem Knöchel gegen die Flasche, kippte sie leicht zur Seite. Voll.

Die angereicherte Luft würde Nate beim Atmen helfen und seinen Kreislauf mit mehr Sauerstoff versorgen. Vielleicht gewannen sie dadurch etwas Zeit. Mit neuer Hoffnung erfüllt, zog sie die schwere Flasche hinter sich her in die Küche, befestigte den Automaten und drückte ihn in Nates Mund. «Okay, du gewinnst sicher keinen Schönheitspreis damit, aber atme einfach, hörst du? Schön langsam und gleichmäßig.»

Er war zu schwach zum Antworten, doch er hielt den Augenkontakt mit ihr aufrecht. Hannah spürte tausend Dinge, die in diesem Blick zwischen ihnen hin und her gingen. Sie nahm seine Hand. Drückte sie.

Die einzigen Geräusche in der Küche waren das Knistern der Scheite im Kamin und das mechanische Saugen des Lungenautomaten. Draußen heulte der Wind und schleuderte prasselnd Regentropfen gegen die Scheiben.

Hannah erhob sich, atmete tief durch und wollte nach draußen gehen, um Leah zu holen, als etwas Schweres gegen die Vordertür des Farmhauses krachte.

KAPITEL 2

Balliol College, Oxford
1979

Charles Meredith stellte sich an jenem Julimorgen während der Fahrt von seinem Haus in Woodstock zur Bibliothek des Balliol College genau zwei Fragen. Die erste lautete: Würde die junge Frau den vierten Morgen in Folge dort sein? Und die zweite: Falls nicht, wie viel machte es ihm aus?

Während er die erste Frage nicht beantworten konnte, bevor er den Campus erreicht hatte, legte die Tatsache, dass er sich an diesem Samstagmorgen im Verkehr der Sommertouristen überhaupt damit beschäftigte, die Vermutung nahe, dass es ihm eine ziemliche Menge ausmachen würde.

Die junge Frau war sowohl starrköpfig als auch temperamentvoll – Eigenschaften, die Charles mit ihr teilte, wie er einräumen musste. Unausweichlich war es zum Zusammenprall gekommen. Zusätzlich zu ihrer Starrköpfigkeit und ihrem Temperament war die junge Frau ein Rätsel, ein Puzzle, das seine ganze Aufmerksamkeit in Anspruch nahm.

Ihr plötzliches Auftauchen, die Art und Weise, wie sie in sein Leben geplatzt war wie Donnergrollen in einem unruhigen Himmel, hätte kaum zu einem unpassenderen Zeitpunkt kommen können. In weniger als sechs Wochen sollte er in Princeton einen Vortrag halten – vor den renommiertesten Wissenschaftlern der Akademie und zugleich den leidenschaftlichsten Gelehrten der Mittelalterlichen Geschichte. Nicht nur, dass sein Vortrag noch nicht fertig war, er hatte gerade eine so ernste Schwachstelle in einer seiner grundlegenden Hypothesen gefunden, dass sie das gesamte Gebilde krachend zum Einsturz zu bringen drohte.

Am Mittwochmorgen war er auf dem Campus eingetroffen, und die sechswöchige Deadline hatte ihm im Nacken gesessen wie der Minotaurus dem Theseus. Mit einer Umhängetasche voller Forschungsberichte, handschriftlich festgehaltener Gedanken und Bücher hatte er die Bibliothek der Balliol durchquert, um zu seinem Tisch nahe der Holzstatue von St. Catherine zu gelangen. Es war derselbe Tisch, den er immer benutzte, wenn er in der Bibliothek arbeitete. Von diesem Tisch aus, umgeben von gedruckten Werken, konnte er durch die hohen Bogenfenster auf den vorderen Hof hinaussehen, das Porträt von George Abbot betrachten, dem früheren Erzbischof von Canterbury und einem der siebenundvierzig Übersetzer, die für die King-James-Bibel verantwortlich zeichneten.

Neuerdings hatte Charles zu seinem Missbehagen herausgefunden, dass der Tisch nicht nur der einzige war, den er gerne benutzte – es war außerdem der einzige, an dem er *überhaupt* arbeiten konnte. Wann immer er versuchte, an einem anderen Tisch in der weitläufigen Bibliothek zu arbeiten, stellte er fest, dass seine Konzentration versiegte und seine Laune schlecht wurde. Zuerst sagte er sich, dass er einfach Trost zog aus der Nähe der Statue der heiligen Catherine und dem gütigen Blick des Erzbischofs. Doch das war, wie er sich jetzt eingestand, Selbstbetrug gewesen.

Genau wie die präzise geordneten Hemden in seinem Schrank zu Hause, das sorgfältig arrangierte Besteck in seiner Küchenschublade, die akribisch in seiner Speisekammer gestapelten Konservendosen oder die Sammlung ordentlich flach gedrückter Milchflaschendeckel auf der Fensterbank stellte der Tisch in der Bibliothek ein weiteres Symptom dar, ein Warnzeichen, einen Hinweis auf das unablässige Vordringen der Zwänge, die ihn mehr und mehr verfolgten. Charles hatte verlegen reagiert, als er herausgefunden hatte, dass seine Kollegen ebenso wie seine Studenten seine Fixierung längst bemerkt hatten und mit nachsichtiger Milde reagierten – wann immer er die Bibliothek besuchte, gleich, zu welcher Tageszeit, der Tisch war frei und wartete auf ihn.

Bis zu dem Mittwochmorgen jedenfalls, als er die illegitime Besetzerin vorgefunden hatte.

Sie war jung. Wenigstens zehn Jahre jünger als er selbst. Als er eintraf, hockte sie in einem Berg aus Nachschlagewerken und Fachbüchern wie ein Geier in den achtlos verstreuten Überresten von Aas. Es würde, dachte er da noch, vermutlich eine Ewigkeit dauern, bis sie alles zusammengesammelt und zu einem anderen Tisch getragen hätte. Seit er das Haus verlassen hatte, waren ihm ein Dutzend neuer Ideen und Ängste durch den Kopf gegangen, die er schnellstmöglich zu Papier bringen musste, bevor sie sich wieder verflüchtigen konnten. Charles spürte, wie sein rechtes Augenlid zu zucken begann.

Betont umständlich öffnete er seine Umhängetasche und entnahm geräuschvoll Dokumente und Stifte. Die junge Frau hob den Blick, sah ihn blinzelnd an und wandte sich wieder ihrem Buch zu. Er stand verlegen mitten in der Bibliothek und hielt unbeholfen ein Bündel Unterlagen und eine baumelnde Tasche an die Brust gedrückt, während er sich umsah. Nur wenige andere Gelehrte nutzten um diese frühe Stunde die Bibliothek. Keine Frauen. Das Balliol College hatte überhaupt erst vor ein paar Jahren die erste weibliche Kraft eingestellt – die ersten Studentinnen würden nicht vor dem nächsten Herbstsemester eintreffen. Was nur bedeuten konnte, dass sie zu Besuch war, ein Gast und kein Mitglied des Lehrkörpers.

Charles sah, wie sich Pendlehurst, der Bibliothekar, schweigend durch die langen Reihen von Büchern arbeitete, während sich sein Mund unablässig lautlos bewegte. Der Bibliothekar bemerkte Charles, sah die junge Frau an Charles' Tisch und entschied sich, lieber außer Sicht zu verschwinden.

Charles spürte, wie sich sein Kiefer verkrampfte. Er räusperte sich. Starrte die Frau an.

Die junge Frau hatte ein langes Gesicht, beinahe pferdeartig. Schokoladenbraune Augen. Kastanienbraunes Haar, zurückgebunden zu einem Pferdeschwanz. Wieder sah sie zu ihm auf. Hielt seinem Blick stand, hob herausfordernd eine Augenbraue. Als er nicht reagierte – es war schwierig, da seine Augenbrauen bereits erhoben waren –, wandte sie sich wieder ihrer Beschäftigung zu, indem sie einen Stift zur Hand nahm und etwas auf ihren Notizblock schrieb. Charles betrachtete den Einband des ihm am nächsten liegenden Buches auf ihrem Tisch.

Gesta Hungarorum.

«Miss?»

Sie blickte auf. «Ja?»

«Es tut mir leid, aber Sie sitzen auf meinem Platz. Können Sie sich vielleicht woanders hinsetzen?»

Sie lehnte sich zurück und musterte ihn mit verwirrter Miene. «Es tut Ihnen leid?», fragte sie schließlich mit französischem Akzent.

«Nein, es tut mir natürlich nicht leid.» Charles zögerte stirnrunzelnd. «Es tut mir nicht leid. Ich meine, ich ... Hören Sie, das ist *mein* Platz.»

«Das ist Ihr Platz?»

«Richtig. Mein Stuhl, an meinem Tisch.»

«Ihr Stuhl an Ihrem Tisch.»

Er spürte, wie sich seine Finger um seine Unterlagen verkrampften. Versuchte sich zu beruhigen. «Hören Sie, es ist kein Problem, okay?» Er deutete in die Bibliothek. «Es gibt reichlich andere freie Tische.»

Sie folgte seiner Handbewegung. «Ja. Die Bibliothek ist recht leer.»

Er erwartete, dass sie noch etwas sagte oder anfing, ihre Sachen zu packen, doch zu seinem Schrecken stellte er fest, dass sie nichts dergleichen vorhatte. Ihre Augen musterten ihn stattdessen ununterbrochen.

Er lächelte. Nein, er öffnete den Mund und bleckte die Zähne. «Ich komme jeden Tag hierher. Und ich arbeite immer an diesem Tisch.»

«Ein hübscher Tisch.»

«Ja.»

«Wenn ich jeden Tag herkommen würde, würde ich auch gerne hier sitzen.»

«Wenn Sie jeden Tag herkämen, würden Sie rasch feststellen, dass man mich jeden Tag an diesem Tisch vorfindet.»

Jetzt erwiderte sie sein Lächeln. «Außer heute.»

Charles saugte die Luft ein. Hielt den Atem an. Atmete wieder aus. Versuchte das Muskelzucken in seiner Wange zu ignorieren. «Dem ist ganz offensichtlich so. Nun, ich möchte Sie nicht länger aufhalten, und ich würde wirklich gerne mit meiner Arbeit beginnen. Wenn Sie also bitte …» Er beendete den Satz nicht.

«Wenn ich also bitte was?»

Er wedelte mit einer Handbewegung in Richtung der vielen anderen Tische. «Einfach …»

«Einfach was?»

«Hören Sie, ich nehme an, Sie sind keine Studentin an diesem College. Sie wissen demzufolge wahrscheinlich nicht, mit wem Sie es zu tun haben, aber ...»

«Ich habe das Gefühl, ich werde es gleich erfahren.»

«Nun, ich bin *Professor* Charles Meredith, und ich –»

«Und ich bin Nicole Dubois.»

«Das ist ... das ist sehr nett. Erfreut, Ihre Bekanntschaft ...», Charles stockte, verstummte, schüttelte den Kopf. «Herrgott noch mal – würden Sie vielleicht endlich von meinem Platz verschwinden?»

«Ich denke ...» Sie zögerte, tippte sich mit dem Stift gegen die Zähne und sah Charles an. «Ich denke nicht, nein.»

Die Bibliothek öffnete während des Sommersemesters an Wochentagen um neun Uhr. Am nächsten Morgen beabsichtigte Charles dort zu sein, sobald die Türen aufgeschlossen wurden. Nachdem er den Campus am Tag zuvor verlassen hatte, war er so verärgert gewesen – so fixiert auf die Tatsache, dass sie ihm nicht nachgegeben hatte trotz seiner vollkommen höflichen und einfachen Bitte –, dass er sich den ganzen Nachmittag nicht mehr hatte konzentrieren können. Mit dem Ergebnis, dass er mit seiner Arbeit einen weiteren Tag hinterherhinkte.

Wegen des starken Verkehrs erreichte er die Bibliothek erst zehn Minuten nach dem Öffnen. Gereizt stürmte er durch die Tür, marschierte an Pendlehurst vorbei und stand unvermittelt vor der jungen Frau, die auf seinem Platz saß, ihre Bücher in einem so unordentlichen Haufen über seinen Tisch verstreut, dass sie ihn anzubetteln schienen, er möge sie abstauben, alphabetisch sortieren und ordentlich aufstapeln.

«Sie!»

Sie blickte auf und lächelte, doch die Spur von Eis in ihrer Miene blieb ihm nicht verborgen. Ihr Haar, bemerkte er, war an diesem Morgen zu Zöpfen geflochten. «Guten Morgen.»

«Was tun Sie hier?», schnappte er.

Die junge Frau – Nicole, dachte er, ihr Name ist Nicole – deutete mit der offenen Hand auf das Durcheinander von Büchern. «Das Gleiche wie gestern, sehen Sie? Lesen. Schreiben.»

«Ich habe heute eine Menge Arbeit zu erledigen.»

«Dann wünsche ich Ihnen viel Erfolg.»

Augenblicklich spürte er, wie seine Wangen heiß wurden. Sie besaß eine instinktive Begabung dafür, die richtigen Sätze zu finden, um ihn auf die möglichst unschuldigste Weise zu verspotten und gleichzeitig wütend zu machen. «Sie stören mich bei meiner Arbeit! Sie gefährden einen ohnehin bereits kritischen Zeitplan! Ich weiß nicht, woran *Sie* arbeiten, Miss, aber warum machen Sie das nicht an einem anderen Tisch?»

Sie öffnete ihren Mund, sah seinen Gesichtsausdruck und zögerte. Dann: «Na los doch. Sagen Sie's.»

«Was?»

«Bitte. Sagen Sie es.»

«*Was* soll ich sagen?»

«Fragen Sie mich, ob ich weiß, mit wem ich es zu tun habe.»

«Hören Sie, ich habe bereits ...»

«Na los. Fragen Sie mich.» Sie kramte in ihren Notizen. «Ich hab es mir aufgeschrieben, irgendwo hier.»

«Das ... das ist *unerhört*!»

«Unerhört! Ein gutes Wort, Charles. Un-er-hört.» Nicole ließ sich das Wort auf der Zunge zergehen, jede einzelne Silbe. «Wie hübsch es klingt.» Sie deutete auf den Rest des Saals. «Die Bibliothek ist fast leer. Aber Sie müssen ausgerechnet hier sitzen. Und Sie nennen mein Verhalten unerhört. Finden Sie das nicht ironisch?»

«Lassen Sie mich jetzt auf meinen Platz?»

«Okay, ich stelle die Frage für Sie.» Sie verzog das Gesicht zu einer Grimasse und sah ihn an. «Nicole, wissen Sie überhaupt, mit wem Sie reden?» Ihr Gesichtsausdruck entspannte sich. «Ja», sagte sie. «Mit einem eigenartigen Mann, der meint, ihm gehöre die Bibliothek des Balliol College, nur weil er einen Doktortitel hat.»

«Nein, meint er nicht.»

«Mit dem ebenso arroganten wie zwanghaften Professor Charles Meredith.»

«Wie können Sie es wagen!»

Sie hob die Augenbrauen. Charles starrte sie an. Es hatte ihm die Sprache verschlagen. Dann, mit einem plötzlichen Gefühl von Ohnmacht, so unglaublich lähmend, dass er ihrem Blick nicht länger standzuhalten vermochte, drehte er sich zum nächsten Tisch um und warf seine Papiere darauf. Er setzte sich. Suchte nach einem seiner Dokumente. Breitete es vor sich aus. Fand einen Stift, schraubte die Kappe ab, beugte sich vor. Spürte seine Ohren brennen und seine Hände zittern, während er sich zu konzentrieren versuchte. Stellte fest, dass seine Augen über Sätze und Absätze huschten, ohne irgendetwas zu begreifen.

Vom nächsten Tisch hörte er ein Schnauben und hob den Blick. Funkelte die junge Frau an. Sie schüttelte den Kopf und machte keinen Hehl aus ihrer Belustigung. Er spürte, wie seine Halsschlagader zu pochen begann, erhob sich ungestüm, sammelte seine Siebensachen ein, stopfte sie in die Tasche und marschierte zum Ausgang.

«*À bientôt!*», rief sie ihm hinterher.

Draußen vor dem Gebäude ging er einige Male auf und ab, bis er sich wieder einigermaßen im Griff hatte. Nur noch siebenunddreißig Tage bis zum Vortrag in Princeton. Dem Minotaurus wuchsen bereits Hörner und Hauer. Charles konnte sich keinen einzigen weiteren verlorenen Tag erlauben.

Nachdem er die Fäuste mehrfach geballt und wieder geöffnet und die an ihm vorbeieilenden Studenten mit bösen Blicken bedacht hatte, kehrte Charles in das Gebäude zurück. Er ging zu dem an einem Schreibtisch sitzenden Pendlehurst und legte dem Mann den Arm auf die Schulter. «Hören Sie, ich brauche einen Schlüssel. Ich muss morgen früher anfangen. Viel früher.»

Am nächsten Morgen sperrte Charles die Tür zur Bibliothek um acht Uhr auf, lange bevor die anderen Gelehrten eintrafen. Sein Tisch war wunderbar frei. Mit einem Blick zum friedvollen Holzgesicht von St. Catherine und einem stillen Nicken zum alten Abott setze er sich an seinen Tisch und öffnete seine Tasche. Er nahm seine Bücher hervor und schichtete sie zu einem ordentlichen Stapel, das größte unten, das kleinste zuoberst, jeder Band präzise zentriert auf dem darunterliegenden wie eine kleine Pyramide. Er legte einen Notizblock vor sich, eine Handspanne von der nächsten Schreibtischecke entfernt und in gleichem Abstand von den jeweiligen Rändern. Dann zog er drei Kugelschreiber und einen Bleistift hervor und legte sie nebeneinander über den Block. Die jeweilige Beschriftung seiner Schreibgeräte zeigte in einem präzisen Fünfundvierzig-Grad-Winkel in seine Richtung.

Zufrieden mit dem Arrangement der Werkzeuge, ließ Charles den Blick durch die Bibliothek schweifen, während er überlegte, wo er anfangen sollte. Die Entscheidung erwies sich als schwierig. Ganz gleich, wie sehr er sich auf den Princeton-Vortrag konzentrierte, er stellte fest, dass seine Gedanken immer wieder um die genauen Worte des Satzes kreisten, den er sagen würde, wenn die Frau um neun Uhr zur Öffnungszeit kam und ihr Territorium beanspruchte.

Nichts Zickiges – dazu würde er sich nicht herablassen. Er brauchte etwas Subtiles. Etwas Elegantes. Etwas, das seine

Überlegenheit unterstrich, während es zugleich zeigte, dass er selbst als Sieger noch liebenswürdig war.

Der genaue Inhalt dieses Satzes änderte sich im Verlauf der nächsten Stunde mehrmals, während er daran herumpolierte und schliff und feilte und das eine oder andere verborgene Sujet hinzufügte oder wieder strich.

Um zehn Uhr war sie immer noch nicht da.

Um elf sagte er sich, dass sie nicht kommen würde.

Um Viertel nach elf stellte er bestürzt fest, dass er über den ganzen Morgen hinweg noch keinerlei produktive Arbeit geleistet und fast drei Stunden damit zugebracht hatte, an einem ebenso sinnlosen wie selbstgefälligen Satz zu basteln, um selbigen einer jungen Frau ins Gesicht zu schleudern, der er in seinem Leben erst zweimal begegnet war.

Gegen Mittag hatte er sich selbst in einen derartigen Malstrom aus Wut manövriert, dass er von seinem Tisch aufsprang und seine Unterlagen in die Tasche schaufelte. Er beschloss, den Campus für den Tag komplett zu verlassen, stapfte aus der Bibliothek und überquerte die Straße zu der Stelle, wo sein Wagen parkte.

Der Jaguar E-Type – ein silbernes Schmuckstück der Serie 3 – stand noch genau dort, wo er ihn abgestellt hatte, vor einer Ziegelsteinmauer. Allerdings hatte ein dunkelgrüner Hillman direkt vor ihm geparkt, und zwar so dicht, dass sein Fahrzeug zwischen Wand und Hillman feststeckte.

Stirnrunzelnd näherte sich Charles. Beugte sich auf der Fahrerseite des Hillman nach unten und spähte durch das Seitenfenster ins Innere. Da war niemand. Nichts auf den schwarzen Vinylsitzen, das einen Hinweis auf den Besitzer geliefert hätte. Charles legte eine Hand auf die Motorhaube. Sie war warm, doch das konnte auch an der Mittagssonne liegen, die mit voller Wucht herunterschien. Der Wagen konnte genauso gut seit einer Stunde hier parken wie seit einer Minute. Charles sah sich suchend um und bemerkte eine Ulme, die ein wenig abseits der Straße auf dem Rasen stand und Schatten spendete. Am Stamm der Ulme lehnte niemand anderes als Nicole Dubois.

Seufzend ging Charles zu ihr. «Lassen Sie mich raten», sagte er und deutete auf den Hillman. «Dieser Wagen dort gehört Ihnen?»

Nicole blickte zu ihm hoch und blinzelte wegen der grellen Sonne in seinem Rücken. Ihr Gesicht blieb passiv, ihr Tonfall neutral. «Charles. Ich muss schon sagen, was Sie heute Morgen getan haben, war sehr enttäuschend.»

«Was?»

«Es war unelegant, würdelos, wenig gentlemanlike. Anstatt sich an die Regeln zu halten, haben Sie Ihre Stellung ausgenutzt, um sich zu holen, was Sie wollten. Ich bin alles andere als beeindruckt.»

Er öffnete den Mund, um zu protestieren, und stellte voller Bestürzung fest, dass er trotz seiner morgendlichen Generalprobe für das nächste Aufeinandertreffen außerstande war, eine geistreiche Antwort zu liefern. Er fühlte sich von ihr aufgefordert, sein Verhalten der letzten paar Tage zu verteidigen, und stellte fest, dass er es nicht konnte. Und jetzt, außerhalb der tristen Umgebung der Bibliothek, ärgerte er sich umso mehr darüber, wie irrational – wie unhöflich er gewesen war. Und alles wegen eines Tisches.

Sie wartete immer noch auf seine Antwort. Sein Blick schweifte ab, und er bemerkte das Buch, in dem sie gelesen hatte, eine abgegriffene Übersetzung von *Gesta Hunnorum et Hungarorum* von Simon von Kezá. «Ihnen ist klar, dass dieses Werk größtenteils erfunden ist?», fragte er.

«Natürlich. Und Ihnen ist sicher klar, dass es einer der ältesten erhaltenen Texte ist.»

«Wonach suchen Sie? Vielleicht kann ich Ihnen helfen?»

«Wenn ich einen Tisch suche, Charles, lasse ich es Sie wissen.»

Er nickte. «Okay. Ich habe es verdient.»

«Allerdings.»

«Hören Sie, vielleicht darf ich Sie zu einer Tasse Tee einladen? Um mich zu entschuldigen.» Er blinzelte erschrocken. Woher um alles in der Welt waren die Worte gekommen? «Ich meine, vielleicht möchten Sie ja über einen bestimmten Aspekt der ungarischen Geschichte diskutieren ...»

Sie klappte das Buch zu und richtete sich auf, und er stellte überrascht fest, dass sie fast gleich groß waren. «Nein, Charles. Ich möchte nicht darüber diskutieren.»

Er hob beschwichtigend die Hände. «Kein Problem.»

Sie kramte in ihrer Tasche und zog einen Schlüsselbund hervor. «Ich muss los.»

«Ja. Sicher.» Er trat zurück, sodass sie an ihm vorbei konnte, und seine Unbeholfenheit schmerzte ihn beinahe körperlich.

Sie schloss den Hillman auf und warf ihre Tasche auf den Beifahrersitz. Drehte den Zündschlüssel und setzte ihn zurück auf die Straße. Dann kurbelte sie das Fenster herunter. «Keine Sorge, Charles. Morgen sehen Sie mich zum letzten Mal.» Sie legte den Gang ein und fuhr davon.

Am Samstagvormittag auf dem Weg durch den sommerlichen Verkehr zum Campus fragte er sich zum wiederholten Mal, ob sie tatsächlich ein letztes Mal auftauchen würde. Abgesehen von ihrem Namen wusste er immer noch überhaupt nichts von ihr oder warum es ihm so wichtig war, dass sie Oxford mit einem besseren Eindruck von ihm verließ. Er wusste nur, dass es ein Desaster wäre, vor ihr in der Bibliothek zu sein und sich an den elenden Tisch zu setzen, weswegen er sich bis nach zehn Uhr Zeit ließ, bevor er auch nur in die Nähe des Bibliotheksgebäudes ging.

In der Bibliothek war es ruhig, lediglich ein paar vereinzelte Leser an weitverstreuten Tischen. Er durchquerte die Reihen von Regalen und fand sich unter den Blicken von St. Catherine und dem alten Abbot wieder.

Sein Tisch war leer.

Charles stand für einen langen Augenblick davor, vollkommen unvorbereitet angesichts der Enttäuschung, die sich in ihm ausbreitete. Er zog den Stuhl heran und setzte sich hin, um nachzudenken.

Er kannte ihren Namen. Und er wusste, dass sie Französin war. Es war wenig mehr als nichts. Er saß eine geschlagene halbe Stunde da und wartete, während sich seine Stimmung nach und nach verfinsterte. Schließlich blieb ihm nichts anderes übrig, als zu akzeptieren, dass sie nicht mehr kommen würde. Er erhob sich zum Gehen. Als er den Schalter am Eingang passierte, hob Pendlehurst den Blick. «Diese junge Französin hat Ihnen was dagelassen!», rief er.

Charles spürte, wie sich seine Stimmung augenblicklich hob. «Sie war hier?»

«Sie war schon ganz früh da. Hat eine Weile an Ihrem Tisch gesessen, dann hat sie mir diesen Zettel für Sie gegeben und ist gegangen.»

Er fluchte innerlich, als ihm bewusst wurde, dass er sie um eine halbe Stunde verpasst hatte. Pendlehurst reichte ihm einen gefalteten Zettel, der aus einem Notizbuch herausgerissen worden war. Hastig faltete er ihn auseinander.

Ki korán kel, aranyat lel

Es war Ungarisch. Doch er konnte es nicht übersetzen.

«Hat sie etwas gesagt?»

«Nur, dass sie nicht länger warten könne und gehen müsse.»

«Hat sie gesagt, wohin sie geht?»

«Ich hab sie nicht gefragt.»

«Verdammt.»

«Ist alles in Ordnung?», fragte Pendlehurst.

«Kennen Sie jemanden, der Ungarisch spricht?»

«Ich denke, am besten wenden Sie sich an Beckett.»

«Kann ich das Telefon benutzen?»

Charles brauchte zehn Minuten, um Beckett aufzuspüren. Eine weitere Minute später hatte er seine Übersetzung.

Der, der früh aufsteht, findet Gold

Die ungarische Variante eines bekannten Sprichworts: *Der frühe Vogel fängt den Wurm.* Zum ersten Mal an diesem Morgen musste Charles lächeln, und dann kam ihm eine Idee. Er suchte Pendlehurst. «Sie muss sich mit der Universität in Verbindung gesetzt haben wegen einer Genehmigung, die Bibliothek zu benutzen.»

«Selbstverständlich.»

«Also müssten Sie Unterlagen darüber haben.»

«Ich glaube schon. Professor, sind Sie sicher, dass alles in Ordnung ist?»

«Es ist unbedingt erforderlich, dass ich mit ihr in Kontakt trete, bevor sie Oxford verlässt. Können Sie bitte ihre Unterlagen für mich heraussuchen?»

Der Bibliothekar bedachte Charles mit einem eigenartigen Blick und bedeutete ihm, zu ihm hinter den Schalter zu kommen. Er öffnete einen Karteikasten und blätterte die Karten durch. «Ah, hier haben wir sie. Dr. Amélie Préfontaine.»

Charles schüttelte den Kopf. «Nein. Sie heißt Nicole.»

«Die große junge Frau? Mit dem französischen Akzent?»

«Ja.»

«Mit der großen Stofftasche?»

«Ja, das ist sie.»

«Hier steht, sie heißt Dr. Préfontaine.»

Charles merkte, dass er die Stirn in Falten gelegt hatte und dass Pendlehurst allmählich alarmiert dreinsah.

«Wenn an der Geschichte etwas nicht stimmt, Professor, dann sollten Sie mir das sagen. Sie hat einige sehr wertvolle Manuskripte in den Fingern gehabt, während sie hier war.»

«Nein, nein, alles ist bestens», sagte Charles hastig. «Ich muss sie falsch verstanden haben. Ich danke Ihnen, Pendlehurst.»

Auf der Karteikarte war eine Adresse in Oxford vermerkt, zusammen mit einer örtlichen Telefonnummer. Charles überquerte die Straße und betrat eine Telefonzelle. Im Innern war es brütend heiß. Er lockerte seine Krawatte. Nachdem er den Hörer abgenommen hatte, steckte er eine Münze in den Schlitz und wählte die Nummer. Es läutete fünfzehn Mal, bevor jemand abnahm. In der Leitung war statisches Rauschen zu hören.

«Oui?» Eine weibliche Stimme, doch nicht die von Nicole alias Amélie. Die Stimme am anderen Ende der Leitung klang sehr viel älter.

«Hallo?» Er lauschte dem elektrischen Knistern und Knacksen und dem Atem der Frau am anderen Ende.

«Wer ist denn dort bitte?», erkundigte sich die akzentbeladene Stimme schließlich.

«Mein Name ist Charles Meredith. Professor Charles Meredith. Ich unterrichte am Balliol College. Ich würde gerne mit Dr. Amélie Préfontaine sprechen.»

Eine Pause. Dann: «*Je suis desolée.* Hier gibt es keine Amélie.»

«Warten Sie. Was ist mit ... Nicole Dubois?»

Diesmal hörte er ein scharfes Einatmen, gefolgt von schnellem Französisch im Hintergrund, zu leise, um etwas zu verstehen. Die Frau am anderen Ende der Leitung hatte die Sprechmuschel abgedeckt. Die gedämpften Geräusche einer Unterhaltung dauerten an. Charles hörte in beiden Stimmen Alarm, doch die Worte blieben unverständlich. Dann war die Leitung plötzlich wieder klar.

«*Jakab!*» Sie spuckte ihm den Namen förmlich entgegen.

«Nein, hier ist Charles –»

«*Démon! Allez au diable!*» Die Verbindung brach ab.

Charles zuckte vom Hörer zurück, geschockt vom Gift in der Stimme der Frau. Er starrte den Hörer mehrere Sekunden lang an, bevor er ihn auf die Gabel zurücklegte. Trotz der Hitze in der Telefonzelle hatte er plötzlich eine Gänsehaut auf den Unterarmen. Er öffnete die Tür und trat hinaus in die frische Luft. Dann, ohne zu verstehen, warum, und ohne zu ahnen, dass seine nächsten Aktionen durch jeden einzelnen Tag der ihm verbleibenden Jahre widerhallen würden, sprintete Charles Meredith zu seinem Wagen.

Phoenix Avenue, die Adresse auf der Karteikarte, war lediglich fünf Autominuten entfernt, quer durch die Stadt. Vielleicht ein paar Minuten länger im samstäglichen Verkehr mit all seinen Touristen. Doch nicht, wenn er aggressiv genug fuhr. Er war erfüllt von der Überzeugung, dass seine Chance, sie jemals wiederzusehen, sich in Luft auflösen würde, wenn er nicht augenblicklich handelte.

Sein Wagen parkte in der Nähe des gleichen Baums wie am Tag zuvor. Diesmal war es ein Triumph Stag. Nach seiner Schande am Vortag hatte er den Jaguar zu Hause gelassen, weil er sich unbehaglich fühlte angesichts des Ausmaßes an Luxus, den er verkörperte. Jetzt hätte er den Jaguar gut brauchen können. Egal. Der Stag war ebenfalls ein starkes Fahrzeug.

Charles glitt hinter das Lenkrad und zog heftig die Tür zu. Er setzte auf die Straße zurück und beschleunigte in Richtung St. Giles und am Ashmolean-Museum vorbei in die Beaumont Street.

Du bist verrückt, sagte er sich, als er durch die Innenstadt raste. *Du bist dieser Frau dreimal begegnet. Das Einzige, was du über sie zu wissen glaubtest, hat sich als eine Lüge herausgestellt, und das Telefonat eben war nicht nur bizarr, es war geradezu beängstigend.*

Er erreichte eine Kreuzung und bremste hart hinter einem Austin Cambridge, der vor einer roten Ampel wartete. Zur Linken lag die Phoenix Avenue, eine lange, von Bäumen gesäumte Allee mit viktorianischen Reihenhäusern aus rotem Backstein. Während er darauf wartete, dass die Ampel endlich grün wurde, erblickte er am Bordstein einen grünen Hillman Hunter, hundert Meter von der Kreuzung entfernt. Der Wagen stand vor einem heruntergekommenen dreistöckigen Haus mit unkrautüberwuchertem Vorgarten. Nicole Dubois eilte die Vordertreppe zum Bürgersteig hinunter. Sie führte eine ältere Frau mit einem weißen Umhängetuch über den Schultern. Die Gesichter der beiden Frauen waren von Angst gezeichnet. Nicole half der älteren Frau auf den Beifahrersitz und schloss die Tür.

An der Kreuzung zeigte die Ampel immer noch Rot, Verkehr kam von beiden Seiten. Nicole ging zum Kofferraum des Hillman. Sie warf zwei große Taschen hinein, rannte zur Fahrertür und stieg ein.

Charles stellte durch den Rückspiegel des Austins vor ihm Blickkontakt mit dem Fahrer her, drängte ihn loszufahren. Doch er konnte nirgendwohin.

Eine blaue Qualmwolke quoll aus dem Auspuff des Hillman. Nicole lenkte den Wagen in die Straße und entfernte sich die Phoenix Avenue hinauf.

Frustriert hämmerte Charles mit der Faust auf die Hupe. Der Fahrer des Austin runzelte die Stirn.

«Komm schon. *Komm schon!*»

Der Hillman folgte dem Verlauf der Phoenix Avenue und verschwand hinter einer langgezogenen Kurve. Vor Charles verebbte der Strom von Fahrzeugen. Die Ampel wechselte von Rot auf Gelb, dann zu Grün. Als der Austin sich nicht sogleich in Bewegung setzte, hämmerte Charles erneut auf die Hupe. Der Fahrer starrte ihn durch den Rückspiegel finster an.

Charles' Geduld war am Ende. Er kurbelte am Lenkrad und trat auf das Gaspedal. Er rauschte an dem Wagen vor ihm vorbei, kurbelte erneut am Lenkrad und jagte mit durchgetretenem Gaspedal und protestierend quietschenden Reifen quer vor dem Austin her in die Phoenix Avenue.

Er folgte dem Verlauf der Allee zweihundert Meter, bevor sie in eine Querstraße einmündete. Zwei Wagen vor ihm bogen nach links und rechts ab, dann war Charles an der Reihe.

Er hämmerte mit den Händen auf das Lenkrad. Welche Richtung sollte er nehmen? Links ging es nach Norden und gegen den Uhrzeigersinn um die Stadt herum.

Rechts ging es zur London Road und auf den Motorway. Ihm blieb keine Zeit, um weiter über seine Optionen nachzudenken. Die zweite Möglichkeit schien logischer, also lenkte er den Stag nach rechts und spürte, wie der Drei-Liter-Achtzylinder seine Kraft entfaltete, während er durch die Gänge hochschaltete.

Wenige Minuten später wichen die Häuser rechts und links weiten Wiesen und Feldern. Er überholte einen trödelnden Talbot Sunbeam, und dann war die Straße vor ihm frei und breit. Charles sah, wie die Tachonadel über die achtzig Meilen kroch, und staunte über sich selbst angesichts seiner neuentdeckten Tollkühnheit. Doch Nicole – oder Amélie oder wie auch immer sie wirklich heißen mochte – war auf der Flucht, und die einzige Möglichkeit, sie einzuholen, bestand darin, ein Risiko einzugehen.

In der Ferne tauchte ein grüner Wagen auf.

Beflügelt trat Charles das Gas noch tiefer durch. Rasch verringerte er die Entfernung zwischen sich und dem Hillman und musste heftig bremsen, als er zu ihm aufgeschlossen hatte. Er wusste, dass sie seine Hupe bei dieser Geschwindigkeit nicht hören konnte, also betätigte er stattdessen das Fernlicht. Der Abstand zwischen beiden Fahrzeugen war zu groß, als dass sie ihn im Rückspiegel hätte identifizieren können. Er wedelte mit dem Stag nach links und rechts und benutzte mehrmals die Lichthupe, um ihre Aufmerksamkeit auf sich zu lenken.

Die alte Frau auf dem Beifahrersitz drehte sich mühsam um und starrte auf das Fahrzeug hinter ihnen. Und dann, anstatt langsamer zu werden, beschleunigte der Hillman. Beide Fahrzeuge näherten sich rasch einem großen Sattelschlepper. Der Hillman scherte auf die Gegenfahrbahn aus, überholte den Laster und kehrte schleudernd gerade rechtzeitig auf seine Fahrbahn zurück, um einer Kollision mit einem entgegenkommenden Fahrzeug auszuweichen.

«Gütiger Gott!», ächzte Charles erschrocken.

Was sollte das werden?

Der Laster fuhr einen Schlenker und schaukelte gefährlich. Der Fahrer hupte wütend.

Charles hing dicht hinter dem Laster fest und musste warten, bis drei weitere entgegenkommende Fahrzeuge vorbei waren, bevor er selbst zum Überholen ansetzen konnte. Er benötigte eine volle Minute, um den Vorsprung des Hillman wieder aufzuholen.

Sie hatte offensichtlich nicht vor, auf seine Signale hin anzuhalten, doch der Stag war deutlich schneller. Charles überzeugte sich, dass die Gegenfahrbahn frei war, scherte aus und beschleunigte. Sie hatte damit gerechnet und scherte ebenfalls aus. Er bremste gerade noch rechtzeitig, um dem Hillman nicht ins Heck zu fahren.

Fluchend und zitternd ordnete sich Charles hinter dem Hillman ein.

Vielleicht dachte sie, er könnte das gleiche Manöver auf der anderen Seite versuchen, denn sie scherte aus, um ihn zu blockieren. Diesmal war ihr Manöver zu aggressiv, und der Wagen kam mit den Rädern auf den grasbewachsenen Randstreifen. Bremslichter flammten auf, und plötzlich brach das Heck des Hillman aus. Charles wich aus, um einen Aufprall zu vermeiden, und der Hillman hüpfte und tanzte von der Straße auf das angrenzende Feld. Er fetzte durch einen Brombeerstrauch und prallte gegen eine Böschung. Die Vorderreifen sprangen hoch, und der ganze Wagen hob ab und segelte über eine Hecke hinweg. Er schien eine Ewigkeit in der Luft zu hängen. Dann senkte sich die Frontpartie nach unten und krachte auf die sonnenverbrannte Erde des Felds.

Beim ersten Aufprall sprangen die Vorderräder ab. Glas splitterte. Metallteile von der Karosserie rissen ab und flogen davon. Der Hillman hüpfte dampfend und qualmend, und als er zum zweiten Mal aufprallte, schleuderte er nach rechts und kippte in schockierendem Tempo zur Seite um.

KAPITEL 3

Snowdonia
Heute

Hannah stand in der Küche von Llyn Gwyr und hielt immer noch Nates Hand, als draußen etwas gegen die Vordertür des Farmhauses hämmerte. Ihr Magen zog sich zusammen, und sie krümmte sich, als hätte sie einen körperlichen Schlag erlitten. Panik stieg in ihr auf, ein spürbarer Druck in ihrer Brust. Für einige lange Sekunden war sie zu verängstigt, um zu denken oder sich zu rühren. Ihre Augen zuckten zu dem dunklen Hausflur. Kehrten zum Gesicht ihres Ehemannes zurück.

Eine einzige, nicht ausgesprochene Frage. *Wer?*

Drei Atemzüge lang herrschte Stille. Dann klopfte es erneut, fordernd und herrisch. Vier Mal, und jeder einzelne Ton ließ sie zusammenzucken.

Leah.

Ihre Tochter schlief immer noch auf der Rückbank des Discovery.

Allein. Unbewacht.

Hannah spürte, wie sich ihre Kopfhaut zusammenzog und kribbelte.

Wie war es möglich, dass man sie so schnell gefunden hatte? Nicht einmal ihr Vater wusste, wo sie waren. Viele Stunden zuvor hatte Hannah ihm versprechen müssen, ihm nicht zu verraten, welchen der Schlupfwinkel sie aufsuchen würde. Damit er sie nicht verraten konnte, sie nicht noch mehr in Gefahr bringen.

Niemand konnte ihnen hierher gefolgt sein, das war unmöglich. Sie hätte es bemerkt. Hätte die Scheinwerfer gesehen. Es wäre Selbstmord gewesen, die gewundenen Bergstraßen ohne Licht zu befahren. Es sei denn natürlich, ihre Verfolger hatten andere Möglichkeiten.

Sie musste nachdenken. Handeln.

Es war unsinnig, so zu tun, als wäre niemand zu Hause. Wer auch immer draußen auf der Veranda stand, musste das flackernde Kerzenlicht sehen, das aus der Küche in den Flur fiel. Und sie wusste, wer auch immer dieser Störenfried war, er – es war ein Er, dessen war sie sicher – würde sich nicht damit zufrieden geben, dass sie nicht öffnete.

Es mochte ungeheuerlich klingen, doch Leah war im Auto, im Schutz der Dunkelheit hinter dem Haus, im Augenblick wahrscheinlich sicherer als hier. Hätte sie doch nur die Wagentüren verriegelt.

Hannah löste ihre Hand aus Nates Griff. Sie ging zur Tür des unbeleuchteten Flurs. Betrat den Flur. Hielt sich dicht an der Wand, während sie auf Zehenballen weiterschlich. Die ganze Zeit über schnürte ihr die Angst die Brust zu und zwang sie zu flachen, schnellen Atemzügen.

Tief in die Schatten geduckt, bewegte sie sich vorsichtig über die nackten Holzdielen. Vorbei an der Treppe zum ersten Stock. Zum Ende des Flurs.

Die Luft hier draußen war kühl nach der Wärme der Küche. Die Dielenbretter unter ihren Füßen bewegten sich, drohten zu knarren. Vor ihr lag die Tür. Massive Eiche, bis auf eine bauchige Scheibe. Zu beiden Seiten ließen bleiverglaste Halbfenster Mondlicht herein, das sich als heller Fleck auf den Dielen abzeichnete.

Hannah schob sich näher, bis sie durch das nächste Fenster hinaus auf die Veranda sehen konnte.

Niemand draußen.

Sie reckte den Kopf. Hielt den Atem an. Rührte sich nicht. Jetzt konnte sie den gesamten Platz vor dem Haus einsehen. Keine Spur von dem Eindringling, doch etwas anderes. Etwas wenigstens genauso Erschreckendes.

Ein alter Landrover Defender parkte draußen auf dem Kies ein paar Meter von der Tür entfernt. Sie konnte das Ticken des Motors beim Abkühlen hören, so nah stand der Wagen.

Panik umklammerte ihre Eingeweide, durchbohrte ihre Haut, verdrehte ihr den Magen. Wer auch immer der Fahrer des Defenders war – wenn er nicht mehr draußen auf der Veranda von Llyn Gwyr stand, umrundete er wahrscheinlich das Haus.

Ging zur Rückseite.

Zu ihrem Discovery.

Und Leah.

Ein Stöhnen kam über ihre Lippen. Sie gab ihre Deckung auf. Jegliche Vorsicht war vergessen, als sie durch den Flur zurück in die Küche rannte.

«Han!»

Auf dem Sofa hatte Nate das Mundstück der Pressluftflasche herausgenommen. Sein Gesicht war so blass, das es beinahe durchscheinend wirkte. Eine Totenmaske. Als sie an ihm vorbeirannte, streckte er die Hand aus und packte sie am Handgelenk. Sein Griff hatte kaum noch Kraft. Er zog sie zu sich, und seine Stimme war kaum mehr als ein Hauchen an ihrer Wange. «Vorratskammer … linkes Regal.»

Seine Augen rollten von der Anstrengung des Sprechens. «Schrotflinte. Geladen, als ich letztes Mal nachgesehen habe.»

«Leah ist draußen», hörte sich Hannah schluchzen. Es war

ein jämmerlicher Laut. Sie stand im Begriff, ihren Mann zu verlieren. Und vielleicht ihre Tochter obendrein.

«Geh.»

Sie ging zur Tür der Vorratskammer. Spürte eine Bewegung, blickte zum Küchenfenster und sah etwas hinter dem Glas.

Das Kerzenlicht hatte die Fenster in flackernde Spiegel verwandelt, die alles reflektierten bis auf das, was unmittelbar hinter ihnen lag. Durch das Fenster neben der Tür starrte ein großer Hund zu ihr herein, die Vorderpfoten auf dem Fenstersims. Hannah erstarrte, als sie wie gebannt in die rostfarbenen Augen des Tiers blickte. Obwohl das Flackern des Kerzenlichts alles verzerrte, sah sie eine muskulöse Brust und darüber ein kurzes, dichtes Fell.

Sie rührte sich nicht, bis ein zweites Gesicht im Fenster auftauchte. Diesmal ächzte sie erschrocken und wich einen Schritt zurück. Ein Mann.

Er war steinalt. Mindestens achtzig. Hoch aufgerichtet trotz seines Alters. Tiefe Linien und Falten liefen über sein Gesicht. Er war hager, kaum Fett und auch kein Fleisch an den Knochen. Ein Flaum weißer Haare, kurz geschoren, bedeckte den Schädel, und auf den hohlen Wangen zeigte sich ein dünner Stoppelbart. Doch es waren seine Augen, die sie am meisten erschreckten. Sie leuchteten hell und grün und wach und funkelten im Licht des Kerzenscheins. Als er sie erblickte, hielt er wie versteinert inne, und beide starrten sich sekundenlang reglos an.

Der Hund scharrte mit einer Pfote über das Glas und neigte den Kopf zur Seite. Er bellte einmal und begann zu winseln. Das hohe Geräusch klang merkwürdig misstönend über dem Lärm des Windes. Ohne die Augen von Hannah abzuwenden, hob der Fremde eine Hand und kraulte das Tier hinter den Ohren. Es verstummte augenblicklich.

Hannah wich einen Schritt in Nates Richtung zurück, dankbar, dass die hohe Rückenlehne des Sofas seine Gestalt verbarg. Als spürte er Hannahs Gedanken, richtete der Hund den Blick zu der Stelle, wo Nate lag.

Der alte Mann hob die Hand. «Ich wollte Sie nicht erschrecken!», rief er. Seine Stimme klang kräftig, trocken wie Stroh, und sein Akzent war eigenartig, walisisch mit etwas anderem vermischt, das sie nicht identifizieren konnte.

Konnte es sein, dass *er* es war?

Falls ja, wusste sie nicht, wie er sie so schnell hatte finden können. Hatte er nur geraten und Glück gehabt?

«Was wollen Sie?» Hannah war selbst überrascht vom stählernen Klang ihrer Stimme. Sie zwang sich, nicht nach unten zu Nate zu blicken. Er konnte ohnehin nichts tun – sie war auf sich allein gestellt.

«Ich hab Ihre Scheinwerfer von meinem Haus aus gesehen. Wollte mich nur vergewissern, dass alles in Ordnung ist, mehr nicht.» Der alte Mann bewegte sich zur Tür. Als er das Fenster passierte, riskierte Hannah einen Blick nach unten. Nate hatte wieder das Bewusstsein verloren. Der Lungenautomat lag nutzlos auf seiner Brust.

Sie riss ihren Blick los. «Warum sollte irgendetwas nicht in Ordnung sein?»

«War lange niemand mehr hier in Llyn Gwyr. Manchmal, wenn ein Haus lange Zeit leersteht, macht es sich jemand gemütlich, obwohl er kein Recht dazu hat. Verdammt ungünstige Tageszeit, um hier aufzutauchen und Ärger zu machen, wenn Sie mich fragen.»

«Tue ich aber nicht.»

Er starrte sie weiter unentwegt an. Seine Gedanken waren nicht zu erkennen in den tiefen Falten seines Gesichts. «In Ihrem Wagen liegt ein kleines Mädchen und schläft. Ihre Tochter?»

Hannah spürte, wie ein Schrei in ihre Kehle stieg, doch sie unterdrückte ihn mühsam. Nate wurde mit jeder Minute schwächer; das Leben strömte mit jedem Moment, den sie zögerte, mehr aus ihm heraus. Leah lag allein und verlassen im Discovery, abgeschnitten von ihrer Mutter durch diesen seltsamen Fremden und seine Kreatur. Hannahs Kehle schmerzte vor gepresster Verzweiflung. «Ja. Meine Tochter.»

«Bringen Sie Ärger?», fragte er. Falls er tatsächlich Jakab war, dann war dieser eigenartige Wortwechsel nichts, womit sie gerechnet hätte.

«Nein. Wir bringen keinen Ärger.»

Er nickte. «Vielleicht nicht. Vielleicht aber doch. Vielleicht bringen Sie welchen und wissen es nur nicht. Im ersten Moment dachte ich, Sie wären Diebe oder sonst jemand, der nichts Gutes im Schilde führt. Aber jetzt hab ich Sie gesehen. Außerdem gibt es sowieso nicht viel von Wert hier im Haus.»

Hannah ging in Gedanken ihre Optionen durch. Sie hatte keine Waffe zur Hand. Nate hatte ihr von der Schrotflinte erzählt, doch die Küchentür war unverschlossen, und in der Zeit, die sie brauchte, um die Waffe aus der Kammer zu holen, wäre der Fremde im Haus. Und falls sie länger als eine Sekunde benötigte, um die Waffe zu finden, oder falls Nates Erinnerung falsch und die Flinte nicht geladen war, wäre alles vorbei. Und was, wenn der alte Mann tatsächlich nichts weiter als ein alter Mann war?

Er richtete den Blick gen Himmel, als hätte er das Interesse verloren. «Dieser Sturm bricht jeden Moment richtig los», sagte er. «Ich dachte mir, wenn Sie alleine sind, könnten Sie vielleicht Hilfe brauchen beim Anwerfen des Generators.»

Hannah traf eine Entscheidung. Sie durfte dem Fremden und seinen Absichten nicht trauen. Doch wenn er tatsächlich von einer benachbarten Farm kam und aus Hilfsbereitschaft hier war, durfte sie nicht riskieren, ihn misstrauisch zu machen. Sie brauchte Hilfe, mehr als alles andere.

Du musst das Risiko eingehen, dachte sie. *Bitte, lieber Gott, mach, dass es nur ein alter Mann ist.*

All ihre Sinne schrien Alarm, als sie zur Küchentür ging und sie öffnete, bevor sie Zeit fand, sich anders zu entscheiden. Eine eisige Windbö fuhr in den Raum. «Tut mir leid», sagte sie. «Sie haben mich erschreckt. Fangen wir noch einmal von vorn an. Es ist sehr nett von Ihnen, dass Sie vorbeigekommen sind, um nach dem Rechten zu sehen.»

Angefacht von der frischen kalten Luft, flackerte das Feuer im Kamin auf, und die Flammen spiegelten sich in den Augen des Alten. «Sie müssen sich nicht entschuldigen», sagte er. «Wenn man hier draußen lebt, vergisst man manchmal einfach, wie man andere Leute behandeln sollte.» Er streckte ihr eine Hand hin, und die Haut um seine Augen herum zog sich zu Fältchen zusammen. «Man nennt mich Sebastien.»

Hannah zögerte. Bemühte sich, das Zittern in den Griff zu kriegen, das sie zu verraten drohte. Streckte dem Alten die Hand entgegen.

Wenn er mich packt, schreie ich. Aber es spielt keine Rolle. Es wäre zu spät. Wenn er mich packt, habe ich versagt.

Sie spürte, wie sich die Finger des Alten um ihre Hand schlossen. Seine Haut fühlte sich an wie weiche Baumwolle, trocken und warm. Er hielt ihre Hand. Sein Händedruck war kräftig.

Dann ließ er sie wieder los.

Sebastien deutete auf den Hund. «Das hier ist Moses. Es ist eine Weile her, aber früher gab es einen Dieselgenerator in einem der Nebengebäude. Wenn der Motor nicht kaputt ist, könnte ich versuchen, ihn für Sie in Gang zu bringen. Damit kriegen Sie zwar kein heißes Wasser, aber wenigstens haben

Sie Licht. Warum holen Sie nicht Ihre kleine Tochter nach drinnen, während Moses und ich gehen und uns die Sache ansehen?»

«Das ist sehr freundlich von Ihnen, danke sehr.»

Sie wusste nicht annähernd genug über ihn oder darüber, warum er hier war, und etwas an ihm beunruhigte sie. Doch das musste warten. Hannah sah zu, wie er seinen Hund herbeipfiff, den Kragen seiner Barbourjacke hochschlug und sich abwandte. Er stapfte aus dem Schein des Kerzenlichts über den Hof in Richtung des Steingebäudes.

Was auch immer geschieht, lass ihn auf keinen Fall mit Nate allein.

Wenn sie das zuließ, lief sie Gefahr, die eine Sache zu verlieren, an die sie sich mit absoluter Gewissheit klammern konnte: das Wissen, die tiefe innere Überzeugung, dass der Mann, der auf dem Sofa lag, der Vater ihres Kindes war, der Mann, den sie liebte, ihr Vertrauter, ihr Freund. Hannah öffnete die Küchentür, duckte sich nach draußen und rannte zu ihrem Wagen.

Der Wind beutelte sie wütend und versuchte sie zurück ins Haus zu drängen. Böen peitschten brennende Regentropfen auf ihre nackte Haut. Sie hob einen Arm vor das Gesicht, um ihre Augen zu schützen. Spähte durch die Dunkelheit zum Wagen und fragte sich, was sie tun würde, wenn ihre Tochter nicht mehr im Discovery läge. Der Gedanke ließ sie sich beinahe übergeben.

Denk nicht darüber nach. Noch nicht!

Sie ging zur hinteren Tür, zerrte sie auf und fand Leah im milchigen Lichtschein der automatischen Deckenbeleuchtung.

Erleichterung. Freude. Angst.

Was hättest du getan, wenn sie nicht mehr da gewesen wäre? Was hättest du getan, Hannah?

Sie versuchte, das kleine Mädchen nicht zu wecken, als sie

den Sicherheitsgurt löste, das Kind in die Arme nahm und über den freien Platz zum Haus trug. In einem der Nebengebäude bemerkte sie eine Taschenlampe, dann hörte sie das Klackern einer Handkurbel.

Zurück in der Küche, legte sie Leah in einen der Sessel. Das kleine Mädchen öffnete die Augen und blinzelte. Leah beruhigte sie wieder, indem sie ihr ein Kissen in die Arme drückte. Dann strich sie ihrer Tochter über das Haar, bis Leah die Augen wieder schloss und sich zusammenrollte.

Sie wandte sich zu Nate. Schlug seine Decke zurück. An mehreren Stellen hatte Blut die frisch angelegten Verbände durchtränkt.

Die Küchentür flog krachend auf, und bevor sie aufschreien oder ihn aufhalten konnte, war Sebastien eingetreten und wischte sich die Stiefel an einer Matte ab. Er betätigte den Lichtschalter. Als die Glühbirne an der Decke aufleuchtete, nickte er zufrieden. «Schätze, Sie haben noch genügend Diesel für drei oder vier Nächte. Morgen sollten Sie Ihren Flüssiggastank kontrollieren. Mag sein, dass es jetzt warm ist, aber Sie haben nicht viel Holz im Schuppen, und es ist obendrein nass, weil das Dach undicht ist. Mit dem Gas können Sie warmes Wasser machen. Wenn Sie keins mehr haben, sollten Sie unbedingt welches bestellen. Es wäre töricht, hier oben in den Bergen unvorbereitet zu sein. Insbesondere wenn wenig andere Leute in der Nähe leben.» Er drehte sich um. «Moses, komm rein. Wir wollen die Tür schließen.»

Hannah erhob sich, als der Hund hereintrottete. Sie spürte, wie sich ihre Muskeln anspannten, als der alte Mann die Tür schloss. Er öffnete den Mund, um noch etwas zu sagen, doch dann schien er ihr Erschrecken zu bemerken. Diesmal verrieten ihre Augen sie. Sie hatte nach unten zu ihrem Mann gesehen.

Sebastien beugte sich über die Sofalehne. Er starrte auf Nate hinunter. Auf das getrocknete Blut in seinem milchweißen Gesicht. Auf die Pressluftflasche. Den Lungenautomaten.

Ohne ein weiteres Wort legte er zwei Finger an die Halsschlagader Nates und tastete nach dem Puls.

Er sah Hannah an. «Ich dachte, Sie bringen keinen Ärger.»

«Tun wir nicht.»

«Vielleicht. Vielleicht nicht. Wie dem auch sei, Sie brauchen mehr Hilfe, als ich dachte.» Er leckte sich über die Lippen. «Sie müssen ehrlich zu mir sein. Reden Sie, schnell. Der Knabe hier ist so gut wie tot.»

Sie schluchzte auf. «Sagen Sie das nicht.»

«Ich sage nicht, dass er tot *ist.*» Sebastien umrundete das Sofa und kniete neben Nate nieder. Seine Gelenke knackten. Er schlug die Decke zurück und musterte die Verbände. «Wollen Sie, dass ich Ihnen helfe?»

«Ja.»

Er hob den Kopf, und seine Augen durchbohrten sie. «Sie sind bereit, genau das zu tun, was ich sage, und mir alles zu erzählen, wonach ich frage?»

«Ja.»

«Was ist passiert?»

«Er wurde niedergestochen. Zwei Stiche.» Tränen strömten über ihr Gesicht. «Ich weiß nicht, ob seine Lunge punktiert ist. Ich weiß nicht, woran man das erkennt.»

«Wann ist es passiert?»

«Vor ungefähr fünf Stunden.»

«Und Sie haben ihn nicht in ein Krankenhaus gebracht? Sie sind eine Närrin!»

«Ich weiß. *Ich weiß!*»

«Sie hätten ihn genauso gut gleich töten können.»

«Bitte. Sagen Sie das nicht.»

«Wer hat ihn niedergestochen?»

«Ich …» Sie stockte. Wie sollte sie ihm das erklären?

«Sie wollten jede Frage beantworten, die ich Ihnen stelle», schnappte er. «Na ja, egal. Sie können es mir später erzählen. Jetzt bleiben Sie erst mal hier. Moses? *Légy résen.*»

Der Hund umrundete das Sofa und setzte sich dicht neben Nate auf die Hinterbeine.

«Wohin gehen Sie?»

«Nach draußen. Ich habe einen Verbandskasten im Wagen.»

«Wir haben einen Verbandskasten hier.» Sie deutete auf die Plastikschachtel.

«Nicht gut genug. Ich benutze meinen eigenen.»

Er war weniger als eine Minute weg. Als er zurückkehrte, trug er eine dicke Rolle aus Segeltuch und eine schwarze Tasche. Die Rolle sah alt und militärisch aus, doch als er sie auseinanderrollte, sah sie, dass die medizinischen Gegenstände darin modern und sauber waren.

«Werfen wir erst mal einen Blick auf dich, Junge.» Sebastien rollte Nates Decke zurück, wählte eine Schere aus seiner Rolle aus und schnitt die Verbände herunter. Er nickte in Richtung Lungenautomat. «Was ist das?»

«Sauerstoffangereicherte Luft.»

«Wecken Sie ihn auf. Wir brauchen ihn bei Bewusstsein. Und stecken Sie ihm das Ding wieder in den Mund. Es nutzt niemandem, wenn er nicht daraus atmet.»

Hannah gehorchte. Sie schob sich an Sebastien vorbei, um ihren Mann zu wecken, und drückte ihm das Mundstück zwischen die Zähne. Nate stöhnte schwach.

Der alte Mann nahm die Kompressen weg und fluchte beim Anblick der Wunden darunter. Klaffende Wunden, in denen sich immer noch Blut sammelte. «Haben Sie die Wunden gereinigt?»

«Ja.»

«Nicht richtig, leider.» Er schüttelte den Kopf und murmelte weitere Flüche vor sich hin, während er sich chirurgische Handschuhe aus einer Tasche in der Segeltuchrolle überstreifte. Er schrubbte Nates Wunden gründlich mit Alkohol. Betastete die Ränder der ersten und verzog das Gesicht, als neues Blut austrat. «Der Stich ist tief. Sehr tief. Aber die Lunge ist nicht durchbohrt. Dazu sitzt die Wunde zu tief, und man würde Luftblasen sehen.»

Er wandte sich der zweiten Wunde zu und schnaufte, während er konzentriert weiterarbeitete. «Diese hier ist ernster», sagte er. «Sie befindet sich an der richtigen Stelle, um den Darm zu verletzen. Ich kann noch nicht erkennen, ob es der Fall ist.»

Er wählte ein glänzendes Metallinstrument aus und zog damit die Seiten behutsam auseinander. Dunkles Blut quoll hervor und rann über Nates Rumpf. «Ich muss sie nähen, und zwar schnell. Wir müssen es Schicht für Schicht machen.»

«Was soll ich tun?»

«Wissen Sie, wie man einen intravenösen Tropf vorbereitet?»

«Ja.»

«Dann setzen Sie ihm einen Katheter. Sie finden einen dort drin.» Er nickte in Richtung der Rolle. «In der Tasche sind Kochsalzlösungen. Und ein Schlauch.»

Sie arbeiteten fast eine Stunde lang, und während der ganzen Zeit waren die einzigen Worte seine Anweisungen und ihre Antworten. Hannah schob eine Kanüle in eine Vene an der Unterseite von Nates Arm. Sie befestigte die Kanüle mit Klebeband und installierte einen Tropf, während sie sich fragte, wieso ein alter Einsiedler medizinische Kochsalzlösung in seinem Kofferraum hatte. Es war unwahrscheinlich. Ihr wurde klar, dass ihre Familie noch nicht außer Gefahr war – möglicherweise war die Gefahr sogar noch größer geworden als zuvor.

Hannah sah zu, wie Sebastien Nates Wunden Schicht um Schicht nähte. Seine Hände arbeiteten mit großem Geschick. Sein Atem wurde nasaler, und seine grünen Augen glitzerten, während er sich auf die Aufgabe konzentrierte. Ohne aufzublicken, verlangte er nach einem Tupfer, und als sie ihm das Verlangte in die ausgestreckte Hand legte, bemerkte sie etwas auf seinem Handgelenk, ein Mal oder eine Tätowierung – verblasst, blau und verschwommen, doch unverkennbar die Silhouette eines Greifvogels.

Moses saß beim Feuer, die Augen wachsam auf die Fenster gerichtet, während sein Schwanz die Bodenfliesen wischte. Abrupt richtete sich Sebastien auf und streifte die chirurgischen Handschuhe ab. Er fuhr sich mit einer Hand über den Schädel und massierte sich die Kopfhaut. «Geschafft.»

Hannah studierte die sauber vernähten Wunden auf dem Rumpf ihres Mannes, die schockierend blasse Haut, die dunklen, eingefallenen Ringe um seine Augen herum. Seine blauen Lippen. «Nate?»

Nate starrte an die Decke, die Augen unfokussiert und stumpf. Wie ein Leichnam. Nach einem Moment bewegte er den Kopf und sah sie an. Als er den Mund öffnete, um zu reden, brachte sie ihn sogleich wieder zum Schweigen, versicherte ihm, dass alles in Ordnung sei, dass er wieder gesund werden würde.

Dann sah sie den alten Mann an. «Was jetzt?»

Indem er sich auf der Sofalehne abstützte, erhob Sebastien sich auf die Beine. Er straffte die Schultern. «Jetzt ruht er sich aus. Ich würde es vorziehen, wenn wir ihn in ein Bett legen könnten, aber für den Augenblick kann er hierbleiben. Wir wollen nicht riskieren, dass sich die Wunden wieder öffnen.»

«Können wir ihn einfach schlafen lassen?»

«Wir sollten ihm vorher noch mehr Flüssigkeit geben.»

Hannah erhob sich und mischte ein weiteres Glas Zuckerwasser. Sie hielt es Nate an die Lippen. Er trank in großen Schlucken. Schloss die Augen. Sekunden später war er eingeschlafen. Hannah bemerkte, dass Sebastien sie scharf beobachtete.

«Ich denke, es ist Zeit für eine Reihe von Antworten», sagte er schließlich.

«Wird er überleben?»

«Das ist eine Frage.»

«Es ist die einzige Frage, die mich im Augenblick interessiert.»

Er runzelte die Stirn. «Sie haben versprochen, aufrichtig zu mir zu sein.»

«Er ist mein Ehemann.» Sie deutete auf den Sessel, in dem Leah schlief. «Das ist unsere Tochter. Die beiden sind für mich die wichtigsten Menschen auf der Welt. Sie sind alles, was ich habe. Und ich muss wissen, ob er leben wird.»

«Wenn Ihr Mann diese Nacht übersteht, stehen die Chancen gut.»

«Und seine Chancen, diese Nacht zu überstehen?»

«Glauben Sie an Gott?»

Die Frage schockte sie, erstickte sie. Sie konnte nicht sprechen.

Als Sebastien ihre Not sah, wurde sein Gesicht freundlicher. «Falls ja, sollten Sie beten. Weil das alles ist, was wir beide jetzt noch tun können.» Er setzte sich auf einen Holzstuhl am Tisch beim Fenster. Moses erhob sich, tappte durch den Raum und ließ sich zu den Füßen des alten Mannes nieder.

Sebastien kraulte dem Tier den Kopf. «Okay», sagte er. «Ich habe Ihnen geholfen, so gut ich kann. Wenn Sie Ärger ins Tal bringen, dann will ich das wissen. Frage Nummer eins: Wer hat ihn niedergestochen?»

Hannah schwieg für einen Augenblick, während sie in Gedanken durchging, was passiert war. Ihr Herz begann wild in der Brust zu schlagen. Sie ging zum Herd und drehte einen der Regler auf. Gas zischte. Sie fand eine Schachtel Streichhölzer und zündete die Flamme an. Anschließend füllte sie den Kessel mit Wasser und setzte ihn auf. «Sie haben recht. Sie haben Antworten verdient», räumte sie ein. «Ich erzähle Ihnen alles. Aber bevor wir damit anfangen, lassen Sie mich Tee aufsetzen.»

Sebastien entspannte sich. «Das ist eine sehr gute Idee.»

«Ich glaube, irgendwo steht auch noch Milchpulver aus dem letzten Jahrhundert herum.»

Sie wusste, dass sie ihn nicht länger als einen kurzen Moment mit Nate allein lassen durfte. Sie öffnete die Tür zur Speisekammer, und das Herz schlug ihr bis zum Hals, als sie sich in den kleinen Raum duckte.

Sie fand, wonach sie gesucht hatte.

In der Küche war Sebastien auf seinem Stuhl am Fenster sitzen geblieben. Jetzt sah er hoch, als sie die Schrotflinte auf ihn richtete und die Waffe entsicherte.

«Ich kenne diese Tätowierung, alter Mann», sagte sie. «Ich habe sie schon einmal gesehen. Besser, Sie fangen an zu reden.»

KAPITEL 4

Oxford
1979

Charles sah nur für einen Sekundenbruchteil, wie Nicoles Wagen sich überschlug, dann wurde die Sicht durch eine Reihe von Bäumen versperrt, während er weiterfuhr.

Die Hände um das Lenkrad geklammert, die Zähne vor Schreck zusammengebissen, warf er einen hastigen Blick in den Rückspiegel, bevor er mit aller Kraft auf die Bremse stieg. Die Haube des Stag tauchte ab, und die Reifen quietschten. Der Sicherheitsgurt schnitt in Charles' Brust. Er kurbelte am Lenkrad und wendete auf der leeren Straße.

Was hat sie sich dabei gedacht?

Dann übermannte ihn ein neuer Gedanke, viel dunkler als der erste.

Was hast du getan?

Er fuhr zu der Stelle zurück, wo der Hillman von der Straße abgekommen war, wendete ein zweites Mal und lenkte den Stag an den Straßenrand, wo er den nachfolgenden Verkehr nicht behinderte. Er schaltete den Motor ab und rieb sich mit beiden Händen das Gesicht. Musterte seine zitternden Finger.

War er etwa verantwortlich für den Unfall? Er hatte ihr helfen wollen, keine Frage. Doch er konnte nicht so tun, als wären seine Motive vollkommen selbstlos gewesen. Es war auch

Neugier gewesen, die ihn getrieben hatte. Und der Wunsch, sie wiederzusehen.

Er öffnete die Fahrertür und sprang aus dem Wagen. Wappnete sich innerlich gegen den Anblick, der ihn vielleicht erwartete, als er die Grasböschung hinaufkletterte. Ein von Brombeerranken überwucherter Entwässerungsgraben trennte ihn vom Feld dahinter. Auf dem Feld wuchs dicht an dicht Weizen, bis auf die dunkle Narbe im Erdreich, die Nicoles Wagen hinterlassen hatte.

Der Hillman war eine verbeulte und verzogene Kiste, über und über voll mit Erde und Dreck. Er musste sich wenigstens einmal vollständig überschlagen haben, denn er lag nun auf den gebrochenen Achsen.

Rauch stieg vom Motorblock auf und verflüchtigte sich in der frischen Brise sogleich. Hinter dem Wagen lagen Metallteile und Glasscherben, Hinweise auf seinen zerstörerischen Weg durch das Feld.

Charles glitt die Böschung hinunter und in den Graben. Er rutschte mit seinen glatten Sohlen auf Steinen und Gestrüpp aus, verzog das Gesicht und bahnte sich seinen Weg durch ein Gewirr von Brombeeren, Ginster und Jakobskraut. Dornen stachen durch seine Hemdsärmel. Stacheln pieksten ihn in die Arme. Er spürte Blut, lange bevor er sich durch das Gestrüpp hindurchgekämpft hatte.

Als er auf der anderen Seite die Böschung hinaufgestiegen war und die letzten Ranken hinter sich gelassen hatte, stolperte er in das Feld. Seine Arme brannten, wo er sich an Brombeeren gekratzt hatte oder an Nesseln vorbeigestreift war. Sein Kopf juckte von den Kletten, die er unterwegs eingesammelt hatte. Etwas summte dicht neben seinem Ohr. Er winkte es mit einer lästigen Handbewegung weg und musterte den Hillman. Aus der Nähe sah er noch schlimmer aus, als Charles im ersten

Moment gedacht hatte. Ein Klumpen aus zerbeultem, abgerissenem Metall.

Und dann erblickte er Nicoles Beifahrerin. Adrenalin schoss in seine Adern. Sie bewegte sich vorsichtig, tastete auf der anderen Seite des Wagens umher, als herrschte dichter Nebel. Sie blutete aus einer Wunde auf der Stirn, und eine Wange war rot und geschwollen. Doch sie war am Leben.

Erleichtert rief Charles nach ihr. Als sie seine Stimme hörte, zögerte sie und blickte auf. Warf einen schnellen Blick auf das Autowrack. Dann hob sie eine Hand und stolperte ihm entgegen.

Die Sonne hatte die Erde zu einer harten Kruste verbrannt. Unter der Matte aus Stoppeln und Stängeln war der Boden mit Rissen durchzogen. Es machte das Vorankommen schwierig, und bis sie ihn erreicht hatte, war sie vor Anstrengung völlig außer Atem.

Sie muss früher einmal eine attraktive Frau gewesen sein, dachte Charles. Altersfalten – bestimmt jedenfalls keine Lachfalten – durchzogen ihr Gesicht, ohne die definierten Züge darunter zu verbergen. Als sie ihn anblitzte, sahen ihre Augen beinahe schwarz aus. Ihre Haare waren vom gleichen satten Kastanienbraun wie die von Nicole, doch sie hatten ihren Glanz vor langer Zeit verloren. Charles fragte sich, ob Schmerz der Grund war, aus dem sie die Lippen zu einem dünnen Strich zusammengepresst hatte.

Als er die letzten Meter zu ihr überwand, beugte sie sich stöhnend vor. Eine Gehirnerschütterung?, überlegte er. Gebrochene Rippen? Er starrte auf ihre Schädeldecke und die fleckige weiße Haut unter dem Schopf unfrisierter Haare ... es erinnerte ihn an Hühnerfüße. «Ist alles in Ordnung?»

Sie ignorierte ihn. Oder vielleicht verstand sie ihn auch nicht. Oder hatte zu große Schmerzen, um zu antworten. Von seinem jetzigen Blickwinkel aus konnte er nicht sehen, ob sie die Augen geöffnet hatte, ob sie blutunterlaufen waren oder ob sie Schmerzen hatte.

Charles streckte die Hand nach ihr aus, und genau in diesem Moment richtete sie sich auf. Er sah, dass sie etwas mit den Händen umklammert hielt, doch es war zu spät. Sie schwang es hoch gegen seinen Kopf.

Der stumpfe Stein krachte gegen seine Nase, und sein Kopf flog nach hinten. Schmerz durchzuckte ihn, und die Welt kippte, als er das Gleichgewicht verlor. Plötzlich lag er ohne Luft auf dem Rücken und blinzelte hinauf in den Himmel. Er hob die Hände und legte sie schützend über die Nase. Die Berührung erzeugte heiße elektrische Spasmen voll heftigem Schmerz. Er spürte, wie warmes Blut zwischen seinen Fingern hindurchquoll.

Vor seinen Augen tanzten Lichtpunkte. Leuchtkäfer aus Schmerz. Er blinzelte durch tränenverhangene Augen und suchte im blendenden Gegenlicht der Sonne nach der Alten. Ihr Gesichtsausdruck versetzte ihn in Panik. Sie stellte einen Fuß auf seine Brust und hob den Stein hoch über den Kopf.

«Nein!»

Der Schrei kam aus dem Hillman. Charles' Blick ging zu dem Wrack. Benommenheit drohte ihn zu übermannen, doch er hatte noch genügend Verstand übrig, um die Arme vor sich zu halten, als Schutz gegen das, was kommen würde.

Ein dumpfer Schlag und das Quietschen von Metall. Eine Wagentür, die von innen aus der Verankerung getreten wurde.

«Mama! No!»

Die Angreiferin drehte sich um, den Stein immer noch hoch über dem Kopf. Nicole kämpfte sich aus dem Wrack. Sie fiel auf Hände und Knie. Stöhnte schmerzerfüllt. Rappelte sich wieder hoch, hob abwehrend eine Hand und schüttelte den Kopf.

Aufhören.

Die alte Frau starrte Charles an. Ihre schwarzen Augen verrieten keinerlei Emotion, doch er sah, dass Tränen saubere Bahnen im Dreck auf ihren Wangen hinterlassen hatten. Sie warf den Stein achtlos zur Seite und nahm den Fuß von seiner Brust. Als Nicole neben ihr war, fing die alte Frau auf Französisch an zu schimpfen und zeigte immer wieder aufgeregt mit dem Finger auf Charles. Es gab einen heftigen Wortwechsel. Charles war zu benommen, um ihm zu folgen.

Schließlich brach Nicole ab und starrte ihn mit funkelnden Augen an. «Was wollen Sie? Warum sind Sie hier? Sie hätten uns umbringen können!»

Charles rollte sich herum und spuckte Blut aus. «Das ist ja großartig. *Sie* wollte mir den verdammten Schädel einschlagen, und Sie erzählen mir was von umbringen!»

Nicole bückte sich nach dem Steinbrocken. «Ich beende ihre Arbeit gleich, wenn Sie mir nicht verraten, was Sie hier suchen!»

Er zwang sich auf Hände und Knie und schüttelte den Kopf, um wieder denken zu können. Vor seinen Augen stob ein Funkenregen auf. «Ich weiß verdammt noch mal selbst nicht genau, was ich hier suche. Ich wünschte, ich wäre nicht hier, so viel kann ich Ihnen verraten! Sie waren schließlich diejenige, die mir eine Notiz in der Bibliothek hinterlassen hat. Was zum Teufel sollte das überhaupt?»

«Haben Sie bei mir zu Hause angerufen?»

«Ja.»

«Und warum haben Sie nach Préfontaine gefragt?»

«Weil das der Name war, unter dem Sie sich in der Bibliothek eingetragen haben. Warum benutzen Sie einen falschen Namen?»

«Ich stelle hier die Fragen, Charles. Warum fahren Sie einen anderen Wagen?»

Zu spät wurde ihm klar, dass sie ohne den unverwechselbaren Jag nicht hatte wissen können, wer ihr Verfolger war. «Ich habe zwei Autos», erklärte er.

«Warum?»

«Ich mag Autos. Herrgott!»

«Sie sind ein Universitätsprofessor!»

«Darf ich deswegen keine Autos mögen?»

«Nicht mit einem normalen Gehalt.»

«Ich bin nicht nur ein Universitätsprofessor.»

«Wie meinen Sie das?»

«Wie ich es sage.»

Sie schwang den Stein.

«Hören Sie, Herrgott noch mal, das ist nichts Illegales! Ich habe geerbt, das ist alles! Hauptsächlich Land. Einen Teil davon habe ich als Bauland entwickelt. Es hat sich ausgezahlt.»

«Warum sind Sie mir gefolgt?»

«Ich sagte Ihnen doch schon: Ich weiß es nicht! Ich war … ich wollte Sie wiedersehen. Und nach der bizarren Unterhaltung mit Ihrer entzückenden Mutter hier wollte ich mich einfach überzeugen, dass alles in Ordnung ist.»

Nicoles Mutter zerrte am Arm ihrer Tochter und deutete an Charles vorbei. *«Dépêche-toi!»*

Er drehte sich um und sah, dass der Laster, den sie überholt hatten, seine Fahrt verlangsamte und am Straßenrand zum Stehen kam. Luftbremsen zischten. Charles spürte, wie sich die Anspannung der beiden Frauen verstärkte.

Nicole richtete ihre Aufmerksamkeit wieder auf ihn. «Und Sie wollten mich einfach wiedersehen, wie?»

«Ja.»

«Warum?»

«Ich weiß es wirklich nicht! Es war … eine Art Zwang.»

Charles spekulierte darauf, dass sie ihn nicht mit dem Stein erschlagen würde, solange er keine Dummheiten beging. Langsam erhob er sich vom Boden. Sie wich zurück und ließ ihm Raum.

«Idiotisch, ich weiß», sagte er.

«Instinkt.» Sie blickte suchend in seine Augen.

«Etwas in der Art.»

«Und was sagt Ihnen Ihr Instinkt jetzt?»

Er angelte ein Taschentuch hervor und tupfte damit das Blut ab, das sich auf seiner Oberlippe sammelte. «Dass Sie beide zwei Irre sind.»

«Charles. Sehen Sie mich an. Ich meine es absolut ernst.» Sie warf einen schnellen Blick zu dem Laster. «Was sagt Ihnen Ihr Instinkt jetzt? Über mich, meine ich.»

«Ich kenne Sie nicht.»

«Das spielt keine Rolle. Vergessen Sie für einen Moment, was gerade eben passiert ist. Wenn Sie können. Sehen Sie mich an, denken Sie an unsere erste Begegnung. Glauben Sie, Sie können mir vertrauen?»

Sie redete schneller, wirkte von Minute zu Minute nervöser.

«Ich weiß es nicht», antwortete er, zögerte, zuckte die Schultern. «Vielleicht.»

«Dann hören Sie sich an, was ich zu sagen habe, Charles. Wir müssen weg von hier, auf der Stelle.»

«Warum?»

«Ich habe nicht die Zeit, das alles zu erklären. Sie müssen mir vertrauen, Charles. Ich bitte Sie um Hilfe. Es geschieht nicht oft, dass ich so etwas tue, und ich frage Sie nur einmal. Wenn Sie uns helfen wollen, müssen Sie uns von hier wegbringen.»

Das war verrückt.

«Okay. Nur ...» Er nickte. «Also schön, einverstanden. Ich werde Ihnen helfen. Aber was ist mit Ihrem Wagen? Wir können nicht einfach wegfahren ...»

«Charles –»

Er stieß den Atem aus. Und akzeptierte den Sprung ins Unbekannte. «Meinetwegen. Kommen Sie. Verschwinden wir von hier.»

Nicole drehte sich zu der alten Frau um und redete schnell auf sie ein. Sie deutete zuerst auf Charles und dann auf die Straße. Die Frau protestierte zunächst, doch dann schien sie einzulenken. Sie hatte den Disput verloren.

«Die Pässe!» Nicole rannte zum Kofferraum des Hillman, doch er ließ sich nicht öffnen. Sie hämmerte gegen das verbeulte Blech und fluchte, als es sich keinen Deut bewegte, und rüttelte verzweifelt am Schloss.

«Was ist denn?»

«Es klemmt. Unsere Taschen sind drin.»

«Warten Sie, ich versuche es.»

«Dazu haben wir keine Zeit. Der Kofferraumdeckel klemmt.» Sie ging zur Fahrerseite, griff durch das zerbrochene Fenster und zog ein großes, mit einer Schnur zusammengebundenes Bündel hervor. Es sah aus wie eine Sammlung alter ledergebundener Bücher. «Kommen Sie. Wir müssen hier weg.»

«Sie können nicht einfach Ihre Pässe hier lassen.»

«Wir *müssen los*!»

Nicole überquerte das Feld, stieg in die Grabenböschung hinunter und bahnte sich einen Weg durch Ranken und Dornen, während sie ihre Mutter hinter sich herzog. Charles blieb nichts anderes übrig, als den beiden Frauen zu folgen.

Der Laster, ein alter Bedford mit roter Motorhaube und schwarzen Kotflügeln, hatte zwanzig Meter hinter dem Stag gehalten. Ein Mann erschien auf der anderen Straßenseite. Bierbäuchig, mit grüner Weste und strähnigem Haar. Er hielt eine Zigarette in der hohlen Hand. «Is der Grund, warum wir Geschwindigkeitsbeschränkungen haben, Junge. Sind alle Arme und Beine noch dran?»

Charles ignorierte ihn. Er folgte den beiden Frauen zu seinem Stag, öffnete die Beifahrertür und half ihnen beim Einsteigen. Dann klemmte er sich hinter das Lenkrad, startete den Motor und fuhr los.

Im Rückspiegel beobachtete er die rasch kleiner werdende Gestalt neben dem Laster. Der Mann starrte ihnen hinterher. Nach einem Moment schnippte er seine Zigarette ins Gebüsch und wandte sich zu seinem Laster um.

Sie jagten durch die Landschaft von Oxfordshire. Charles kurbelte die Fenster herunter, dankbar für die reinigende Frischluft. Die Felder waren größtenteils bereits abgeerntet; die Mähdrescher hatten alles Getreide eingefahren. Die Sonnenglut hatte die verbliebene Erde verbrannt. Es war ein heißer Monat, auch wenn er nicht zu vergleichen war mit dem drei Jahre zurückliegenden Sommer von '76, als die Regierung gezwungen gewesen war, den Drought Act zu verabschieden, ein Gesetz zur Einschränkung des Wasserverbrauchs.

Sie passierten Milchfarmen, und Kühe grasten auf Weiden, deren Zäune gleich neben der Straße endeten. Die Tiere hoben ernst die Köpfe, als der Stag vorbeiraste. Nicole drehte sich häufig im Wagen um und suchte die Straße hinter ihnen ab. Charles fragte sich, ob sie nach etwas Speziellem Ausschau hielt oder ob ihre Gewohnheit so tief saß, dass es ihr unmöglich war, damit aufzuhören.

Wie dem auch sein mochte, er beschloss, für eine Weile den Mund zu halten. Er brauchte Zeit, um über das nachzudenken, was passiert war. Seine Nase tat höllisch weh, und hinter seinen Augen hatten bohrende Kopfschmerzen eingesetzt. Nicht zum ersten Mal fragte er sich, was er hier überhaupt machte und warum er einen so starken Zwang gespürt hatte, sich darauf einzulassen und der jungen Frau zu folgen.

Er bedachte sie mit unauffälligen Seitenblicken, während sie nervös in ihrem Sitz hin und her rutschte. Auf ihrem Schoß lag das Bündel Bücher, zusammengebunden mit einer Kordel. Einige von ihnen waren so alt, dass sie auseinanderfielen, das Leder der Bindungen gerissen, die Seiten brüchig und braun. Nicoles Hände lagen auf dem Stapel, und ihre Finger spielten mit dem Knoten. Ihr Gesicht verriet keine Regung, als sie die Straße vor ihnen studierte, die Augen zusammengekniffen gegen den Wind und die grelle Sonne. Sie wirkte stark und entschlossen, und doch hatte er an der Unfallstelle für einen Moment Angst bei ihr bemerkt – eine Angst, die ebenso flüchtig wie beunruhigend gewesen war. Er wusste, dass sie die Wahrheit gesagt hatte, als sie ihm verraten hatte, dass sie nur selten jemanden um Hilfe bat. Es war offensichtlich – erkennbar an ihrer Art zu sprechen, ihrer Haltung, jeder Interaktion mit ihm –, dass sie daran gewöhnt war, allein zurechtzukommen.

Er fragte sich, welche Ereignisse, welche Schicksalsschläge oder Entscheidungen sie so geformt hatten. Und er fragte sich, ob er es herausfinden würde.

Die London Road führte zum Motorway, doch anstatt nach Süden in Richtung London nahm er die Auffahrt nach Norden. Er blieb auf dem Motorway bis zur Ausfahrt von Wendlebury und fuhr dann um Bicester herum, bevor er über Nebenstraßen den Weg nach Westen in Richtung Woodstock einschlug. Es war eine umständliche Route, doch er spürte, dass Nicole Zeit benötigte, um ihre Gedanken zu ordnen. Erst als er den letzten Abschnitt des Heimwegs erreicht hatte, wurde sie ruhiger und kontrollierte nicht mehr unablässig die Straße hinter ihnen. Schließlich döste sie sogar ein wenig.

Charles kontrollierte sein Gesicht im Rückspiegel. Seine

Nase – ohnehin nie ein besonders anmutiges Körperteil – war unförmig geschwollen und purpurn. Verkrustetes Blut klebte an den Rändern seiner Nasenlöcher und an seinem Kinn. Seine Kleidung war verschmutzt und stellenweise von den Dornen zerrissen. Seine Unterarme waren zerkratzt und blutig.

Eigenartig, doch trotz des pulsierenden Schmerzes im Gesicht und trotz des immer stärker werdenden Drucks hinter den Augen fühlte er sich geradezu *beschwingt*. Er wusste, dass ein Teil des Gefühls vom Adrenalin herrührte, das durch seinen Kreislauf raste. Doch es steckte mehr dahinter als nur Adrenalin. Es fühlte sich an, als wäre ein verborgener Teil von ihm aufgesperrt worden und als wäre er außer sich vor Freude, weil endlich Tageslicht zu ihm hereinströmte.

Seine Gedanken gingen zu der alten Frau, die ihn so wirkungsvoll niedergeschlagen hatte. Er verdrehte den Spiegel, um sie zu betrachten. Nicoles Mutter bemerkte es und erwiderte sein Starren. In ihren Augen war keine Spur von Wärme, keine Spur von Vertrauen. Vermutlich hätten sie nie einen Unfall erlitten, hätte er sie nicht so ungestüm gejagt. Sie war ihm nichts schuldig, im Gegenteil. Trotzdem entzog sich ihr Verhalten, nachdem er den beiden Frauen zu Hilfe geeilt war, jeglichem Verständnis. Sie war bereit gewesen, ihn zu töten – fest entschlossen, ihm den Schädel einzuschlagen und sein Gehirn in die Erde sickern zu lassen.

Charles rief sich seine Unterhaltung mit der Alten in der Telefonzelle draußen vor dem Balliol College ins Gedächtnis. Sie hatte ihn *démon* genannt und *Jakab*. Es war offenkundig, dass sie ihn für jemanden hielt, der den beiden Frauen Schaden zufügen wollte. Wäre nicht die Erinnerung an ihre kalten schwarzen Augen gewesen, als sie mit dem Stein in der erhobenen Hand über ihm gestanden hatte, Charles hätte vielleicht sogar Mitleid empfunden. Doch dazu war es viel zu früh.

Er drückte den Spiegel weg.

Sie passierten einen Hügelkamm. Die Straße nach unten war gesäumt von massiven Eichen, deren Kronen ein Blätterdach bildeten. Der Stag jagte in einen grünen Tunnel, und das Sonnenlicht kämpfte sich in kleinen Sprenkeln durch das dichte Laub.

Im feuchten Mulch am Straßenrand lag der aufgedunsene, verwesende Kadaver eines Hirschs. Anscheinend hatte ein Fahrzeug ihn erwischt und ihm das Genick gebrochen. Der Kiefer war zerschmettert, und Blut war aus Maul, Ohren und Nase geströmt. Fliegen tanzten darin. Charles verzog das Gesicht, als sie vorbeifuhren.

«Wohin fahren Sie?» Der Anblick des toten Tieres hatte Nicole aus ihren Gedanken gerissen. Schlagartig war sie hellwach und richtete sich auf ihrem Sitz auf. «Charles, wo sind wir hier?»

Er hörte das Misstrauen in ihrer Stimme, und es bedrückte ihn. Er wusste, dass er vorsichtig sein und seine natürliche Neigung zu führen zügeln musste. Es war kein Feld, auf dem ein harmonisches Miteinander möglich gewesen wäre.

«Wir befinden uns nördlich der Stadt», sagte er zu ihr. «Wir sind eben durch Bunker's Hill gekommen. Ich habe ein Haus in Woodstock, ein paar Meilen von hier. Wenn Sie möchten, kann ich Sie hinbringen. Wenn nicht, kann ich Sie fahren, wohin auch immer Sie wollen.» Er verstummte, entschlossen, nichts mehr zu sagen. Er konnte fühlen, wie sie ihre Optionen überdachte.

Sie drehte sich auf ihrem Sitz um und sah die Frau auf der Rückbank an. «Können wir alle dorthin? In Ihr Haus?»

«Sicher. Sie können meinetwegen auch Jeanne d'Arc mitbringen, wenn sie sich anständig benimmt.»

«Passen Sie auf, was Sie sagen, Charles!», schnappte Nicole. «Das ist meine Mutter!»

«Ja», antwortete er sarkastisch. «Die bestechende Ähnlichkeit ist mir nicht entgangen.»

Er spürte, wie sie ihn von der Seite anfunkelte. Er konzentrierte sich auf die Straße vor ihm, doch als er einige Sekunden später spürte, dass sie ihn noch immer musterte, begegnete er ihrem Blick und stellte fest, dass sie grinste. Es veränderte ihr Gesicht auf derart spektakuläre Weise, dass er unwillkürlich zurückgrinste.

«Was ist so lustig?», wollte er wissen.

Sie lachte schuldbewusst auf. «Ihre Nase, Charles. Sie sieht aus wie eine Erdbeere.»

«Nett, dass Sie meine Nase erwähnen.»

«Tut sie sehr weh?»

«Kann man so sagen, ja.»

Sie lachte erneut. «Es tut mir leid.»

Er nickte. «Was ist mit Ihnen? Alles okay? Als ich Ihren Wagen gesehen habe, dachte ich, dass Sie beide tot sind.»

«Ich lebe. Allerdings glaube ich, dass es mir morgen um einiges schlechter gehen wird.»

«Was wollen Sie wegen des Wagens unternehmen?»

«Wir können nicht mehr zu ihm zurück. Er war gemietet. Es wird ein –» Sie unterbrach sich, und er wusste, dass sie erschrocken war, weil sie im Begriff gewesen war, etwas zu verraten.

«Schon gut», sagte er. «Sie müssen nicht darüber reden, wenn Sie nicht wollen.»

«Nein, kein Problem, Charles.» Sie schien bereit, mehr zu erzählen, doch dann spürte er, wie sie sich wieder versteifte. Sie starrte auf die Straße und strich sich das Haar aus dem Gesicht. «Unsere Pässe sind leider verloren», sagte sie leise.

Kurze Zeit später fuhren sie durch das offene Tor seines Grundstücks. Nicole sah aus dem Fenster, als er im Schatten einer Birke neben dem Jaguar parkte. «Es ist wunderschön, Charles», sagte sie.

Das Cottage war aus Cotswold-Naturstein erbaut. Die winzigen Schiebefenster besaßen hellgrün gestrichene Rahmen. Wisterien rankten sich am Haus hoch, und die purpurnen Blüten hingen schwer von Pollen in Trauben herab. Das Schieferdach war vom Alter durchgebogen.

Charles stieg aus dem Wagen, während Nicole ihrer Mutter vom Rücksitz half. Er führte die beiden Frauen in das Cottage und durch den Flur in die Küche. Als sie in dem Raum mit niedriger Decke angekommen waren, fühlte er sich plötzlich verlegen. «Bitte setzen Sie sich doch.» Er deutete zu einem alten Holztisch in der Ecke und bot ihnen Stühle an. Während Nicoles Mutter Platz nahm, legte ihre Tochter das Bündel mit den Büchern auf die Theke und ging zum Fenster, um einen Blick nach draußen in den Garten zu werfen.

Ein makellos gepflegter Rasen erstreckte sich bis zur rückwärtigen Grenze des Grundstücks, die von Schwarzen Johannisbeeren und Himbeersträuchern gebildet wurde. Dahinter lag eine wilde Blumenwiese. Die Beete quollen beinahe über mit Dahlien, Fingerhut, Chrysanthemen und Geranien: eine natürliche Barrikade aus Pink, Purpur und Rot. Wildblumen drängten sich um die dunklen Stämme von Apfelbäumen, Kirschen und japanischem Ahorn. Bienen summten, die Leiber klebrig von Nektar. Auf einer Seite stand ein Geräteschuppen, davor lag ein Gemüsebeet. An der Seite des Schuppens stand ein großes Eisenfass, in dem das Regenwasser vom Dach gesammelt wurde.

Charles spürte einen weiteren Anflug von Verlegenheit, als ihm klar wurde, wie feminin sein Garten auf den Betrachter wirken musste. Er ging zum Spülbecken und füllte einen Kessel mit Brunnenwasser.

«Sie überraschen mich, Charles», sagte Nicole. «Das hier hätte ich mir im Traum nicht vorgestellt.»

«Sie haben die beste Zeit des Jahres erwischt», sagte Charles.

Sie sah an ihm vorbei auf die Blumenpracht und lächelte.

Charles machte Tee in einer Porzellankanne und trug ihn auf einem Tablett mit Geschirr zum Tisch. Er wartete, bis die Blätter lange genug gezogen hatten, dann schenkte er aus. «Hören Sie», sagte er. «Ich weiß nicht, in was Sie verwickelt sind oder wie ernst Ihre Lage ist. Aber es ist offenkundig, dass Sie Angst haben, mir zu viel davon zu erzählen. Ich werde nicht bohren, das verspreche ich Ihnen, aber ich will helfen, und es wird schwierig, das zu tun, ohne zumindest ein paar Dinge über Sie und Ihre Probleme zu erfahren. Sie sind auf der Flucht vor irgendjemandem, so viel scheint klar. Sie haben Ihre Identität verschleiert. Im Moment weiß ich nicht mal, ob ich Sie Nicole nennen soll oder Amélie.»

«Es war wahrscheinlich dumm von mir, aber ich habe Ihnen die Wahrheit gesagt, als wir uns zum ersten Mal begegnet sind. Es ging mir nicht anders als Ihnen. Es war ein Zwang. Etwas in der Art. Ich kann es nicht erklären. Mein Name ist Nicole Dubois, und das hier ist meine Mutter Alice. Das mit dem Doktor stimmt ebenfalls. Ich habe an der Sorbonne in Paris promoviert. Mein Fachgebiet ist frühe mittelalterliche Geschichte, genau wie Ihres. Ich unterrichte an der Universität von Lille.»

Charles streckte gespielt förmlich die Hand aus. «Nun, Doktor Nicole Dubois. Ich bin sehr erfreut, eine Kollegin auf meinem Gebiet kennenzulernen.» Als Nicole ihre Hand in seine legte, ließ ihn das Gefühl ihrer Finger auf seiner Haut beinahe zusammenzucken.

Sie schenkte ihm ein müdes Lächeln. «Ich weiß nicht, wie es jetzt weitergehen soll.»

«Ein Patt also.»

«Wie bitte?»

«Sie sind nicht imstande, sich mir anzuvertrauen, und ich kann Ihnen nicht helfen, bevor ich nicht mehr weiß.»

Sie trank von ihrem Tee. «Wir müssen zurück nach Paris. Dort sind wir in Sicherheit, wir beide. Wir haben falsche Identitäten, die wir in Paris benutzen können. Préfontaine ... und andere.»

Er runzelte die Stirn. «Okay.»

«Wir sind keine Kriminellen, Charles, falls es das ist, was Sie denken. Sicher, wir haben falsche Identitäten und falsche Dokumente, doch nichts davon würde den genauen Kontrollen an einer Landesgrenze standhalten. Wir reisen unter echtem Namen mit unseren echten Pässen. Hierherzukommen war riskant. Wir wollten nur kurz bleiben. Aber jetzt, mit dem Unfall, der Versicherung, den Ermittlungen der Polizei ... unsere Spur wird leicht zu verfolgen sein. Und ohne Pässe, um England wieder zu verlassen ...» Sie beendete den Satz nicht.

«Wonach haben Sie in der Bibliothek von Balliol gesucht?»

«Charles, das kann ich Ihnen nicht sagen. Nicht dass ich es nicht wollte. Es ist um Ihrer eigenen Sicherheit willen. Ich selbst schwebe nicht in Gefahr. Nicht direkt jedenfalls. Ganz im Gegensatz zu denen in meiner direkten Umgebung ... Es ist besser, wenn Sie nichts davon wissen. Glauben Sie mir.»

«Sie können nicht von mir erwarten, dass ich ...»

Ihr Temperament flackerte auf. «Charles, haben Sie mir nicht zugehört? Ich sage Ihnen, was ich kann, aber nicht das! Ich kenne Sie doch überhaupt nicht!»

«Genau meine Worte vorhin, als Sie mich gefragt haben, ob ich Ihnen vertraue.»

«Das war etwas anderes.» Sie blickte sich in der Küche um, sah zu den Kupfertöpfen, die von der Decke herabhingen, zu der Vase mit Lilien auf der Fensterbank. Als sie ihn wieder anblickte, hatte sich ihr Gesicht verändert. Es war härter geworden. «Woher soll ich überhaupt wissen, dass Sie derjenige sind, für den Sie sich ausgeben?»

Er lehnte sich auf seinem Stuhl zurück. «Eigenartig, dass ausgerechnet Sie das sagen. Sie haben mich in der Universität gesehen. Sie sind hier in meinem Haus.»

Alice Dubois beugte sich vor und legte ihrer Tochter eine Hand auf den Arm. Sie redete zum ersten Mal seit ihrer Ankunft. «Nicole, finde es heraus. Validiere ihn», sagte sie mit starkem französischen Akzent. «Wenn es der einzige Weg ist, wie du ihm vertrauen kannst, dann tu es.»

Nicole sah ihre Mutter an, dann wieder Charles. «Wie lange wohnen Sie bereits hier?»

«Vier Jahre. Seit ich –»

«Erzählen Sie mir etwas über diesen Raum. Etwas, das nur Sie allein wissen können.»

«Beispielsweise?»

«Irgendetwas. Etwas, das ich nachprüfen kann.»

Er sah sich um. Auf der Arbeitsfläche stand eine Reihe von Kochbüchern, gestützt von zwei Einweckgläsern.

«Zwischen diesen Büchern dort gibt es ein Notizbuch, eingebunden in braunes Papier. Es ist das alte Rezeptbuch meiner Mutter. Hinten ist mit Tesafilm ein gefaltetes Rezept für einen Baiserkuchen eingeklebt, das sie aus einem Magazin ausgeschnitten hat. Auf dem Rezept ist ein handschriftliches Kreuz. Der Kuchen war eine Katastrophe», schloss er.

Nicole erhob sich von ihrem Platz, ging zur Arbeitsfläche, nahm das Notizbuch und blätterte durch die Seiten. Sie fand das Rezept für den Baiserkuchen mit dem beschriebenen

Kreuz und kam damit zum Tisch zurück, um es ihrer Mutter zu zeigen. «Danke. Es tut mir wirklich leid, dass ich –»

«Sie müssen sich nicht entschuldigen. Hören Sie, bleiben Sie heute Nacht hier. Ich habe ein Gästezimmer. Wir können uns später weiter unterhalten, wenn Sie mögen. Wenn nicht, auch gut. Ich fürchte, ich habe nicht viele Vorräte im Haus. Also muss ich noch mal kurz los. Ich muss ein paar Dinge erledigen, aber anschließend gehe ich einkaufen und mache uns ein Abendessen. Vielleicht wird danach alles klarer.» Er hoffte, dass sie sich vielleicht entspannen würde, wenn er ihr zeigte, dass er ihr vertraute. «Fühlen Sie sich wie zu Hause. Nehmen Sie sich, was immer Sie brauchen. Ich bin höchstens zwei Stunden weg.»

Nicole starrte wortlos auf die Teeblätter am Boden ihrer Tasse.

Um sieben Uhr abends kehrte Charles mit drei vollen Einkaufstüten zurück. Es gab Linguine mit Muscheln und Estragon in einer Weißwein-Sahne-Soße. Dazu öffnete er eine Flasche Chablis, und schon bald holte er die zweite Flasche aus dem Kühlschrank.

Während sie aßen, erzählte Charles von seiner Arbeit an der Universität. Ihm fielen die Texte ein, die sie gelesen hatte, und er steuerte die Unterhaltung auf das mittelalterliche Osteuropa. Nicole blieb wortkarg, doch sie stellte ihm hin und wieder Fragen und lauschte aufmerksam seinen Antworten.

Er erzählte ihnen von seinen anderen Projekten. Dass die BBC ihn beauftragt hatte, eine fünfteilige Radioserie über das mittelalterliche Europa zu schreiben und zu moderieren. Die beiden ersten Episoden waren in den letzten Wochen gesendet worden. Er hatte nur ein bescheidenes Honorar erhalten, doch die Zuhörerzahlen waren bis jetzt vielversprechend gewesen, und sein Produzent sprach bereits von einem größeren Nachfolgeprojekt.

Hinterher räumten sie den Tisch ab, und Nicole half ihm beim Abwasch. Er setzte Kaffee auf, und sie gingen damit ins Wohnzimmer. Nicole und ihre Mutter nahmen auf dem schmalen Sofa gegenüber seinem Lehnsessel Platz.

«Ich habe mir überlegt, wie ich Sie beide nach Frankreich zurückbringen kann», eröffnete er ihnen. «Es dauert noch ein paar Tage, bis ich alles arrangiert habe, aber Sie sind herzlich willkommen, solange bei mir zu wohnen.»

«Uns zurück nach Frankreich bringen?», fragte Nicole überrascht. «Wie das?»

Charles konnte sich ein Grinsen nicht verkneifen.

KAPITEL 5

Snowdonia
Heute

Hannah hielt den Schaft der Schrotflinte fest an die Schulter gedrückt und zielte über die beiden Läufe hinweg auf die Brust des alten Mannes. Sie stand nur ein paar Meter von ihm entfernt, doch sie hatte gesehen, wie schnell er sich bewegen konnte. Sie würde ihm keine Chance geben zu reagieren.

Seine Augen blitzten, als er die Waffe sah. Hannah fühlte sich eingeschüchtert von der Macht, die sie ausstrahlten. Sein Gesichtsausdruck blieb unergründlich, als er langsam die Hände hob.

«Nicht», zischte Hannah. «Lassen Sie die Hände, wo sie sind. Legen Sie sie in den Schoß. *Jetzt.* Glauben Sie nicht, ich würde nicht abdrücken. Geben Sie mir nur den kleinsten Grund zu schießen, und Sie sind tot, das verspreche ich Ihnen. Wenn Sie sich von diesem Stuhl erheben, sind Sie tot. Wenn ich Ihnen eine Frage stelle und Sie antworten nicht, sind Sie tot. Wenn Ihr gottverdammter Hund auch nur eine Bewegung macht, sind Sie tot. Haben Sie das verstanden?»

Er warf einen schnellen Blick zu Moses, der vor dem Kamin lag, bevor er mit Bedacht antwortete: «Wenn Sie sind, wer Sie zu sein vorgeben, haben Sie nichts von mir zu befürchten.»

«Ich bin diejenige mit der Waffe in der Hand, alter Mann. Ich habe überhaupt nichts von Ihnen zu befürchten.»

Er fuhr fort, als hätte sie ihn nicht unterbrochen: «Wenn Sie nicht Hannah Wilde sind – wenn Sie der andere sind –, dann kenne ich Ihre Geheimnisse. Tun Sie, was Sie wollen. Ich bin zu alt, um Angst zu haben. Ich habe meinen Frieden mit der Welt gemacht, und ich bin bereit, mich dem zu stellen, was auch immer als Nächstes kommt. Erschießen Sie mich – erschießen Sie mich in dem Wissen, dass wir Ihnen immer näher kommen und dass es vielleicht der letzte Mord ist, den Sie begehen.»

Sie erkannte am raschen Heben und Senken seiner Brust, dass er nicht so gelassen war, wie sein Verhalten suggerierte. Es hatte ihn eine Menge Willenskraft gekostet, so ruhig zu bleiben, während er ihr geantwortet hatte. «Ich bin beeindruckt. Was für eine Ansprache.»

Er neigte den Kopf. «Vielleicht ein wenig dramatisch, aber nichtsdestotrotz von Herzen.»

«Und woher wissen Sie, wer ich bin?»

«Das weiß ich nicht. Nicht mit Sicherheit. Lassen Sie mich Ihnen eine Frage stellen.»

«Ganz bestimmt nicht.»

«Dann drücken Sie ab.» Er wartete, ohne den Blick aus seinen smaragdgrünen Augen von ihr zu nehmen. Als sie nicht reagierte, sagte er: «Sie waren fünfzehn Jahre alt, als Ihr Vater eine Farm in South Oxfordshire kaufte. Eine Herde Milchkühe gehörte dazu. Welche Rasse?»

Sie starrte ihn an, und ihr Magen war in Aufruhr. Dieser Fremde wusste nicht nur, wer sie war, er versuchte außerdem, ihre Identität zu validieren, genau so, wie ihr Vater es sie gelehrt hatte. Sie überlegte, welchen Nachteil sie davon hatte, wenn sie wahrheitsgemäß antwortete, und konnte keinen sehen. Falls er versuchte, ihr Vertrauen zu gewinnen, dann war es ein lächerlicher Versuch. Er hätte ihrem Vater die richtigen Antworten abpressen können.

«Es geht nicht darum, Ihnen beim Validieren *meiner* Identität zu helfen, Hannah», fügte er hinzu, als er ihr Zögern bemerkte. «Es geht darum, mir Klarheit zu verschaffen, dass *Sie* sind, wer Sie zu sein vorgeben.»

«Es waren Ayrshires.»

«Kurz nachdem Sie auf der Farm eingezogen waren, gab es einen Unfall. Was war passiert?»

«Ich hatte versucht, eine der Kühe von Hand zu melken», sagte sie. «Ich muss sie versehentlich gekniffen haben. Sie trat aus und brach mir das Handgelenk.»

«Was wurde aus der Kuh?»

«Nichts. Wir nannten sie Footloose.»

Der alte Mann schloss die Augen. Als er sie wieder öffnete, glitzerten und strahlten sie. «Höllenfeuer! Für einen Moment dachte ich, ich würde mit *ihm* reden! Ich war drauf und dran, dich aufzuschlitzen!» Er kicherte, dann ging sein Blick zu Nate, und das Kichern endete abrupt. «Hannah, ich bin ja so froh, dass ihr alle noch am Leben seid!»

«Danke, ich bin gerührt. Aber die Regeln haben sich nicht geändert. Wenn Sie aufstehen oder eine falsche Bewegung –»

«Ja, ja, ich weiß», schnappte er. «Wenn ich eine falsche Bewegung mache, bin ich tot. Sehr poetisch.» Nachdem er sich zu seiner Zufriedenheit von ihrer Identität überzeugt hatte, war seine Forschheit zurück. «Ich bewege mich nicht, oder? Ich sitze auf diesem verdammt unbequemen Stuhl, und mir tut der Rücken weh, nachdem ich mich die ganze Zeit über deinen Mann gebeugt habe, um ihm das Leben zu retten! Selbst wenn ich mich bewegen wollte, würde ich wahrscheinlich eine Woche brauchen, bis ich wieder gerade stehen kann. Ich dachte, du wolltest Tee machen?»

«Woher wissen Sie meinen Namen?»

«Weil wir uns schon begegnet sind, sogar mehrmals. Seit

einigen Jahren nicht mehr, zugegeben ... Ich sehe, dass sich deine Manieren seit damals nicht gerade verbessert haben. Das letzte Mal habe ich dich in Ungarn gesehen, als dein Vater dich gebracht hat. Du hast immer noch den gleichen Gesichtsausdruck wie damals, sauer genug, um Milch gerinnen zu lassen.»

«Sie kennen meinen Vater?», fragte sie stirnrunzelnd.

«Selbstverständlich kenne ich deinen Vater! Ich war dabei, als er dieses Versteck ausgesucht hat. Es war übrigens eine gute Wahl, hierherzukommen.»

«Sie sind dran.»

«Ich bin dran? Womit?»

«Validierung. Bevor Sie noch etwas sagen, will ich einen Beweis.»

«Schön, meinetwegen.» Er machte Anstalten, die rechte Hand in die Außentasche seiner Barbourjacke zu schieben.

«Hey! Langsam mit den Händen. Schön langsam, okay?»

Mit übertriebener Vorsicht schob er Daumen und Zeigefinger in die Tasche und zog ein gefährlich aussehendes Jagdmesser hervor, das Metall stumpf glänzend, die Klinge scharf, der Griff glatt vom Alter.

«Vorsichtig», warnte sie ihn hinter vorgehaltener Waffe.

Er nickte, dann schob er das Messer in die Tasche zurück. «Das bin ich, nachdem ich jetzt weiß, wer du bist. Ich weiß nicht, was passiert wäre, wenn du *er* gewesen wärst. Ich schätze, er wäre ein Stück schneller gewesen als ich. Wer weiß. Ich bin alt geworden ... andererseits gilt das für *ihn* genauso. Das Gewehr ist nicht geladen, Hannah. Wenn du abgedrückt hättest, hätte ich dir dieses Messer in den Hals gestoßen. Ein Glück für dich und für mein Gewissen, dass es anders gekommen ist.»

«Was reden Sie da?»

«Als ich das letzte Mal hier war, um nach dem Rechten zu sehen, fand ich die geladene Flinte in der Vorratskammer.

Genau da, wo du sie auch gefunden hast, zweites Regalbrett auf der linken Seite, richtig? Weil ich weiß, was für Typen sich manchmal in leerstehenden Häusern herumtreiben, wollte ich keine geladene Waffe hierhaben. Deswegen entlud ich sie. Du hattest keine Zeit, die Läufe zu kontrollieren, als du sie rausgenommen hast. Wenn es dir hilft, die Patronen sind wieder in ihrer Schachtel in der Schublade im Schrank hinter dir. Dem mit dem ganzen Geschirr. Wenn du bitte dieses Ding aus meinem Gesicht nehmen könntest ... es ist sehr unhöflich.»

Hannah trat ein paar Schritte zurück und vergrößerte den Abstand zwischen sich und dem Alten. Als sie fast bei der Tür zum Flur angekommen war, brach sie die Waffe und kontrollierte die Läufe.

Leer.

«Erzählen Sie mir mehr», verlangte sie.

«An dem Tag, an dem dein Vater und deine Mutter sich zum ersten Mal begegneten, stritten sie sich um einen Tisch. Ich weiß nicht genau, wo, aber es war eines der Colleges in Oxford, wo dein Vater unterrichtete.»

Sie wusste, wie unwahrscheinlich es war, dass irgendjemand diese Geschichte kannte, es sei denn, Charles hatte sie ihm persönlich erzählt. Zusammen mit seinem Wissen um die Flinte konnte das nur eines bedeuten: Er sagte die Wahrheit.

Hannah spürte, wie die Erschöpfung über ihr zusammenschlug. Irgendwie hatte sie es fertiggebracht, Nate und Leah lebend aus dem Haus ihres Vaters zu bringen. Im Augenblick schien es so, als wären sie nicht verfolgt worden. Nates Zustand war schlimm. Die Möglichkeit, dass er die Nacht nicht überstand, so vernichtend sie auch sein mochte, war etwas, das sie in Betracht ziehen musste. Doch sie hatten einen sicheren Unterschlupf gefunden. Eine Atempause, eine Galgenfrist vor dem, das sie jagte. Noch hatten sie eine Chance.

«Hannah?», riss der Alte sie aus ihren Gedanken.

Sie blinzelte die Erschöpfung weg. «Bitte entschuldige, Sebastien. Als ich die Tätowierung gesehen habe, bin ich in Panik geraten. Ich wusste, dass ich sie schon einmal gesehen hatte, aber ich konnte mich nicht mehr erinnern, wo.»

«Du musst dich nicht entschuldigen, Hannah. Falls du mich je wieder validieren musst, aus welchem Grund auch immer, dann zögere nicht. Besser, auf Nummer sicher zu gehen. Und wenn ich nicht schnell genug antworte oder beleidigt tue oder verblüfft erscheine, erschieß mich. Ziel auf meinen Kopf, nicht auf meine Brust. Charles hat diese Regeln aus einem einfachen Grund aufgestellt – sie funktionieren, und sie sind die einzige Möglichkeit, deine Familie zu beschützen. Nachher erzähle ich dir ein paar Dinge, die du benutzen kannst, um mich zu validieren, sollte es nötig werden. Nachdem das geklärt wäre – ich bin von Natur aus kein sehr geduldiger Mensch. Ich hoffe um unser beider willen, dass du dein Wort hältst und endlich diesen Tee aufsetzt.»

Sie lächelte gezwungen bei seinen letzten Worten, auch wenn ihr nicht danach zumute war. Er versuchte die Atmosphäre aufzulockern, und er hatte eine Reaktion verdient. Er hatte schließlich schon unendlich viel mehr für sie und Nate getan. «Ich finde, das ist das Mindeste, was du dir verdient hast. Danke, Sebastien. Danke dafür, dass du hier bist. Dass du Nate geholfen hast.»

Sebastien winkte ab.

Sie ging zum Schrank, fand die Schachtel mit den Schrotpatronen und lud zwei davon in die Flinte. Dann legte sie die Waffe wieder in die Vorratskammer und kam mit Teebeuteln, Milchpulver und Zucker zurück. «Das sieht gar nicht so alt aus», bemerkte sie und zeigte ihm die Vorräte.

«Ist es auch nicht», antwortete er. «Ich kümmere mich darum, dass die Sachen nicht abgelaufen sind, nur für den Fall, dass etwas passiert.» Er stockte, dann fügte er hinzu: «Tut mir leid, dass der Fall jetzt eingetreten ist.»

Diesmal war es Hannah, die den gutgemeinten Kommentar abtat. Ein kindischer Teil von ihr hoffte immer noch, dass sich alles wieder von selbst einrenken würde, wenn sie sich nur lange genug weigerte, zur Kenntnis zu nehmen, was in der Nacht passiert war. Doch Nate, der blass und reglos auf dem Sofa schlief, war der Beweis dafür, wie dumm dieser Gedanke war.

Das Wasser im Kessel auf dem Herd fing an zu kochen. Sie drehte das Gas ab, hängte Teebeutel in zwei Becher und übergoss sie mit kochendem Wasser. Während der Tee zog, ließ Sebastien sich in einen Lehnsessel vor dem Kamin nieder. Nachdem er es sich bequem gemacht hatte, trottete Moses zu ihm, um ein wenig Aufmerksamkeit einzufordern.

«Du wusstest schon, dass etwas nicht in Ordnung ist, als du hergekommen bist, stimmt's?», fragte Hannah. «Noch bevor du Nate gesehen hast.»

Er nickte. «Ich habe heute Abend mit Charles gesprochen.»

Seine Beichte schreckte sie auf. «Du hast mit ihm gesprochen? *Wann?*»

«Kurz bevor er mit dir gesprochen hat, schätze ich.»

«Was hat er gesagt? Hast du seitdem von ihm gehört? Geht es ihm gut?»

Sebastien hob eine Hand und signalisierte Hannah, leiser zu sprechen. «Ich habe einmal mit ihm geredet, das ist alles, eine ganze Weile, bevor ihr hier aufgetaucht seid. Ich habe nichts mehr von ihm gehört, seit ihr entkommen seid, und er hat auch nicht versucht, mich zurückzurufen. Ich bezweifle, dass er es tun würde. Er sagte, ihr würdet in Schwierigkeiten stecken.»

Sie nickte. «Hat er dir auch erzählt, was genau passiert ist?»

«Er sagte, irgendjemand aus dem Büro seines Anwalts hätte

ihn angerufen. Sie wären in Sorge, dass sie vielleicht eine falsche Bemerkung gemacht hätten. Er nannte keine Einzelheiten. Es war eine schnelle Unterhaltung. Kannst du mir verraten, was passiert ist? Wie wurde Nate verletzt?»

«Das weiß ich selbst nicht. Dad hat uns angerufen. Er sagte, wir müssten auf der Stelle verschwinden und sollten ihm auf keinen Fall sagen, wohin wir gehen. Nate und ich teilten uns auf. Er fuhr nach Hause, um ein paar Dinge zu packen, und ich ging Leah holen. Ich war draußen auf dem Feld, als ich die Schüsse hörte.»

«Schüsse?»

«Es klang nach einer Pistole. Ich glaube, Nate hat ihn niedergeschossen. Als die Schüsse fielen, wusste ich nicht, was ich tun sollte. Ich rief ihn von meinem Handy aus an, und er sagte mir, ich solle mit dem Discovery rückwärts neben das Haus kommen. Das tat ich, und er stieg in den Wagen. Ich hatte keine Ahnung, wie schlimm seine Verletzung ist, bevor wir hier waren.»

Sebastien runzelte die Stirn und blickte zu Hannahs Ehemann. «Hast du deinen Vater noch gesehen, bevor ihr losgefahren seid?»

«Nein. Nein, habe ich nicht.»

«Hat er seither versucht, mit dir in Kontakt zu treten?»

Sie schüttelte den Kopf. Sie wollte es nicht laut aussprechen und sich selbst gegenüber eingestehen, was diese Tatsache vermutlich bedeutete.

«Es tut mir leid, Hannah. Es ist eine schlimme Geschichte. Sie muss zu einem Ende kommen. Ich werde alles tun, was in meiner Macht steht, um euch zu helfen.»

Sie kämpfte gegen die Tränen. Dann nahm sie die Teebeutel aus den Bechern, rührte Milchpulver ein und reichte Sebastien einen Becher.

Er legte die Hände um das Gefäß und sah zu Leah. Das kleine Mädchen schlief zusammengerollt im gegenüberliegenden Lehnsessel. «Kann ich einen Vorschlag machen?»

«Bitte.»

«Wir legen die Kleine oben ins Bett. Es gibt ein Kinderzimmer mit einem fertig gemachten Bett. Die nächsten paar Tage werden hart für sie, und sie muss sich verdammt schnell an all das hier gewöhnen.»

Hannah sah zu ihrer Tochter und widerstand dem Drang, sie in die Arme zu schließen. Vor Leahs Geburt hatte sie geglaubt, die Emotionen, die Nate in ihr hervorrief, wären der Gipfel dessen, was ein menschliches Wesen empfinden konnte: Liebe und Angst in gleichem Ausmaß, Liebe, die so machtvoll war, dass sie ihre Angst, Nate dem Schatten zu offenbaren, der sie verfolgte, beinahe überwältigte – jedoch niemals ganz. Angst, dass sie jemanden verlieren könnte, für den sie *so viel* empfand. Und doch – als Leah in ihr beider Leben getreten war, war sie wieder überrascht worden von der Macht und Komplexität ihrer Gefühle: wieder Liebe und Angst, hoffnungslos ineinander verschlungen, so intensiv wie nichts, was sie vorher gefühlt hatte. Liebe, die nicht konkurrierte mit der Liebe, die sie für Nate empfand, sondern hinausreichte und alle drei in ihren Armen vereinte. Multiplizierte Angst, ins Groteske vergrößert von der schrecklichen Möglichkeit, beide zu verlieren oder einen zu verlieren und den Schmerz des Verlusts im Gesicht des anderen zu sehen oder – dieser letzte Gedanke, der sich nur in ihren dunkelsten Augenblicken regte – sich für einen von beiden entscheiden zu müssen und den anderen aufzugeben. Einen zu opfern, damit der andere weiterleben konnte.

Von jenem ersten Tag an hatte sie sich geschworen, nicht zuzulassen, dass die Ereignisse, die ihre eigene Kindheit zerstört hatten, auch das Leben ihrer Tochter ruinierten. Und doch schien sich die Geschichte schon jetzt zu wiederholen. Hannah war zur hilflosen Zeugin der Geschehnisse geworden. Es war leicht für Sebastien zu sagen, dass die Sache ein Ende nehmen müsse. Sie hatte sich immer gesagt, dass sie, wenn die Zeit kam, kämpfen würde, anstatt zu fliehen. Doch genau dazu war sie bisher gezwungen worden. Zu fliehen.

Es war, so schwor sie sich, nur eine vorübergehende Flucht. Sie würde trotzdem weiterkämpfen. Sie hatte immer noch Leah, und Nate klammerte sich an sein Leben. Wenn er diesen Kampf verlor – sie spürte, wie sich ihre Kehle bei dem bloßen Gedanken zusammenzog –, dann war zwar ein fundamentaler Teil ihres Lebens unwiderruflich vorüber, doch die Verantwortung, für Leahs Sicherheit zu sorgen, würde umso schwerer auf ihren Schultern lasten. Und während sie noch nicht bereit war, über eine Welt ohne Nate nachzudenken, würde sie doch ohne Zögern ihr eigenes Leben eintauschen, um die Zukunft ihrer Tochter zu retten.

Doch was, wenn es zum Schlimmsten kam? Was, wenn Nate seinen Kampf verlor und Hannah ihr Leben für das ihrer Tochter gab? Leah wäre ganz allein auf der Welt.

Nach den furchtbaren Ereignissen der Nacht musste Hannah davon ausgehen, dass ihr Vater nicht mehr lebte. Damit war keiner mehr übrig. Niemand auf Nates Seite. Ihre eigene Familie ebenfalls tot. Einer von ihnen beiden *musste* überleben, um Leahs willen. Womit sie wieder beim gleichen Dilemma war. Kämpfen oder fliehen. Allmählich fing sie an zu verstehen, vor welch unmöglichen Entscheidungen jene gestanden hatten, die vor ihr auf diesem Weg gegangen waren.

Hannah versuchte positiv zu denken. Das Farmhaus konnte immer noch als Zuflucht fungieren, wie ihr Vater es beabsichtigt hatte. Ein Rückzugsort vor der Jagd. Er hatte ihnen ein wenig Zeit verschafft – Zeit zum Planen, Zeit für Nate zur

Regeneration, Zeit für sie, um Leah alles zu erklären, so gut es ging.

Sie sah zu Sebastien, der vor ihr im Lehnsessel saß. Sie wusste, dass er sie beobachtete, ihre Kraft und ihre Entschlossenheit abzuschätzen versuchte. Welche Rolle spielte er in dieser Geschichte? Nach seiner anfänglichen Schroffheit hatte die Sanftmut in seinen Worten das Gute in ihm verraten. Sie spürte, dass sie in ihm einen Verbündeten gefunden hatte. Doch sie hegte auch den Verdacht, dass er ihr längst nicht alles erzählt hatte. Wissen war stets die wichtigste aller Waffen gewesen in dem Kampf, den zu führen sie gezwungen war. Und Wissen war das, woran es ihr am meisten fehlte.

Sie musste sich Sebastiens Vertrauen sichern, und zwar schnell. Was immer er ihr erzählen konnte – über Jakab, über ihren Vater, über das, was hinter alldem steckte –, konnte nützlich sein, konnte die Chancen zu ihren Gunsten verändern.

Kämpfen oder fliehen.

«Du hast recht, sie braucht ein ordentliches Bett zum Schlafen.» Hannah leerte ihren Becher und stellte ihn auf die Theke. «Aber ich möchte nicht, dass sie aufwacht und ganz allein in einem fremden Zimmer ist. Nicht nach dieser Geschichte. Kannst du mir die Zimmer oben zeigen? Es gibt sicher ein großes Schlafzimmer, oder?»

«Nach vorn raus, ja.»

«Dann kann sie dort bei mir schlafen.»

Sebastien nickte und verzog das Gesicht, als er sich aus dem Sessel stemmte. Er stellte seinen Becher geräuschvoll neben ihrem auf der Theke ab.

Hannah ging zum Sofa und kniete neben Nate nieder. Er schlief immer noch, und seine Blässe war so erschreckend wie beim ersten Mal, als sie nach stundenlanger Flucht die Innenbeleuchtung des Discovery eingeschaltet hatte. Er atmete in flachen, abgehackten Zügen. Sie hätte gerne unter den Verbänden nachgesehen, ob die Blutungen zum Stillstand gekommen waren, doch Sebastien hatte sie gewarnt, das besser nicht zu tun. Sie küsste Nate auf die Stirn und strich ihm das Haar glatt.

Die Maglite lag beim Kamin, wo sie sie hatte liegen lassen. Hannah hob die Taschenlampe auf. Auch wenn Sebastien den Generator angeworfen hatte und sie nun über elektrisches Licht verfügten, fühlte sich das massive Aluminiumgehäuse der Lampe irgendwie beruhigend an. «Gehen wir oben nachsehen, okay?», sagte sie zu dem alten Mann.

Sebastien sah zu Moses und deutete in Nates Richtung. «Du bleibst hier und passt auf», befahl er. Moses spitzte ein Ohr. Seine Zunge rollte aus dem Maul, und er hechelte zustimmend.

Draußen im Flur legte Sebastien den Lichtschalter um. In einem verstaubten Kristallleuchter flammte eine einzelne Milchglasbirne auf. Das Licht zeichnete eine unheilvolle Patina aus Umrissen auf die vom Alter braune und brüchige Tapete, die sich an den Rändern gelöst hatte. Gegenüber dem Eingang zur Küche führte eine Tür in ein dunkles Wohnzimmer. Hannah erkannte die Umrisse von altem Mobiliar. Kühle Luft kam vom Eingang. Weiter den Flur hinunter befand sich eine zweite Tür, verschlossen, dahinter vermutlich das Esszimmer.

Sie folgte Sebastien in Richtung Haustür. Kurz vorher bog er ab und führte sie die Treppe hoch. Die alten Holzstufen knarrten unter seinen Schritten. Es wurde dunkler, je höher sie kamen – das Licht von der Lampe unten reichte nicht aus, um die Schatten aus der oberen Etage des Hauses zu verbannen.

Sie erreichten einen Treppenabsatz mit einer großen Schubladenkommode. Auf ihr stand ein Schaukasten, die Scheibe verstaubt und schmutzig. Im Kasten ein ausgestopfter Wanderfalke in mitleiderregendem, altersschwachem Zustand.

Einige seiner Federn fehlten, und auf der Brust befand sich ein großer brauner Fleck. Der Falke schien sie aus seinen Glasaugen zu beobachten. Hannah nahm sich vor, das grässliche Ding gleich als Erstes am nächsten Morgen zu entsorgen.

Zur Rechten führte die Treppe weiter nach oben. Sebastien ging voraus, und sie erreichten einen langen Flur. Er schaltete das Licht ein, doch die Glühbirne an der Decke hinter ihrem Lampenschirm aus Stoff blieb dunkel. Er bewegte den Schalter einige Male hin und her und zuckte dann die Schultern. «Scheint durchgebrannt zu sein. Komm weiter, hier entlang.»

Am Ende des Flurs öffnete er eine Tür und betätigte einen weiteren Lichtschalter. Diesmal wurde es hell. Hannah betrat ein großes Badezimmer. In einer Ecke stand eine wenig einladende, kalte Gussbadewanne. Um den Abfluss herum hatte sich Grünspan gebildet. Von der Mischbatterie führte ein rostiger Metallschlauch nach oben zu einem Brausekopf, der schlaff an einer Halterung baumelte, als wäre sein Genick gebrochen. Der Duschvorhang war übersät von schwarzem Schimmel. Auf dem Rand des Waschbeckens gleich neben der Toilette stand eine Plastikschale mit einem vertrockneten Stück brauner Seife.

«Könnte vielleicht mal sauber gemacht werden», murmelte Sebastien.

«Was du nicht sagst.»

«Wir können es morgen auf Vordermann bringen. Jetzt komm weiter, ich zeige dir das große Schlafzimmer.»

«Ich kann es kaum erwarten.»

Er deutete auf eine Tür, und sie steckte den Kopf hindurch. Das Zimmer war riesig, mit zwei Schiebefenstern, die nach vorne auf die Auffahrt hinausgingen. Der Wind war heftiger hier oben und pfiff und heulte, während er sich unablässig gegen die Mauern warf. Sebastien streckte die Hand nach dem

Schalter aus, doch sie riss sie weg. «Nicht! Auf dieser Seite des Hauses sind wir weniger geschützt. Lass mich zuerst die Vorhänge schließen, okay?»

«Wie du meinst.»

«Ich weiß, es ist unwahrscheinlich, aber ich würde mich besser fühlen, wenn ich wüsste, dass niemand ins Haus sehen kann.»

«Kann ich dir nicht verdenken.»

Hannah ging zu den schweren Vorhängen und zog sie vor die Fenster. Der Stoff fühlte sich kalt und modrig an. Das Haus musste dringend ordentlich durchgeheizt werden, um die Feuchtigkeit zu vertreiben.

Nachdem sie den Sturm auf diese Weise ausgesperrt hatte, schaltete Sebastien das Licht ein. An der Wand gegenüber dem Fenster stand ein antikes Himmelbett mit einer karmesinroten Tagesdecke. Die andere Wand wurde von zwei Mahagonischränken mit kunstvoll geschnitzten Leisten und Konsolen eingenommen. Eine Frisierkommode und ein Stuhl, beides im gleichen Renaissancestil wie die Schränke und das Bett, vervollständigten die Einrichtung des Zimmers.

Zwischen den beiden Schränken gab es einen kleinen gemauerten Kamin. Auf dem Rost war mit Spänen und Scheiten ein Feuer vorbereitet, eine Schachtel mit Streichhölzern lag griffbereit davor. In einem Korb lag ein kleiner Vorrat an Holz. «Warst du das?», fragte sie Sebastien.

Der alte Mann nickte. «Ich mache es für dich an.»

«Nein, das kriege ich schon hin.» Sie ging zum Kamin, riss ein Streichholz an, und bald brannte ein munteres Feuer. «Du kannst das Licht jetzt ausschalten.»

Sebastien kam ihrer Bitte nach. Mit dem flackernden Licht des Kaminfeuers als einziger Beleuchtung wirkte der Raum ein klein wenig einladender.

Hannah setzte sich auf die Bettkante. «Wie hast du meinen Vater kennengelernt?»

Sebastien zog den Stuhl von der Kommode heran und setzte sich ebenfalls. Er rieb sich die Tätowierung an seinem Handgelenk. «Charles hatte einen Kontakt des Konzils in Genf aufgespürt. Ich wurde losgeschickt, um ihn zu treffen. Wir dachten zuerst, dein Vater wäre einer von *ihnen*. Mein Auftrag lautete, die Wahrheit herauszufinden.»

«Das Eleni-Konzil?»

«Genau das.»

«Du bist ein Eleni?»

«Ich war einer. Nicht mehr.»

«Was ist passiert?»

Er betrachtete seine Hände, die dicken Adern auf den Handrücken. «Ich wurde alt. Ich hatte das Bedürfnis nach Frieden. Und mir gefiel die Richtung nicht, in die sich die Dinge entwickelten. Die Richtung, die das Konzil eingeschlagen hatte, verstehst du? Eine neue Generation war aufgetaucht, und alles wurde viel militanter. Eine falsche Richtung, fand ich. Auf der anderen Seite kann ich nicht verhehlen, dass ich selbst heutzutage weniger tolerant bin als früher. Vielleicht war nur ich es, der sich verändert hat.»

«Was hat dich hierhergeführt?»

Sebastien hob den Kopf und begegnete ihrem Blick. In seinen Augen glitzerte ein smaragdfarbenes Feuerwerk, und sie meinte für einen Moment, große Traurigkeit darin zu entdecken und eine so tiefe Einsamkeit, dass sie erschrak. «Was ich dir erzählt habe, ist die Wahrheit. Ich lebe heute hier. Als dein Vater vor vielen Jahren nach einem Versteck suchte, kam ich mit ihm hierher. Das hier war sein erster Unterschlupf. Die Gegend ist wunderschön, die Einsamkeit, die Berge, die Stille. Als er Llyn Gwyr kaufte, fand ich ein anderes Haus ein paar Meilen weiter westlich, das ebenfalls zum Verkauf stand. Seitdem wohne ich hier.»

«Allein?»

«Mit Moses.»

«Einem Hund.»

«Bessere Gesellschaft als viele Menschen, denen ich in meinem Leben begegnet bin.»

«Welche Rasse ist er?»

«Ein Magyar Vizsla. Eine alte Jagdhund-Rasse.»

«Ungarisch?», fragte sie und hob die Augenbrauen.

Sebastien lächelte. «Sie sind nicht nur hervorragend beim Aufspüren von Wild.» Er zuckte die Schultern. «Vielleicht ist es das, wofür sie in den alten Tagen gezüchtet wurden. Niemand kann das mit Bestimmtheit sagen. Du wirst feststellen, dass die meisten Eleni Vizslas halten.»

«Erzähl mir von der Tätowierung.»

Seine Finger strichen über die blauen Zeichen auf seinem Handgelenk, und er zog die Falten glatt. «Der Reichsadler. Das ehemalige Wappentier des Kaiserreichs Österreich-Ungarn. Dieser Tage so gut wie ausgestorben. Sämtliche Mitglieder des Konzils tragen einen Vogelkopf wie diesen. Je höher sie im Rang steigen, desto vollständiger wird der Vogel.»

«Du hast die vollständige Silhouette.»

«Ja. Ich war *Signeur*, als ich wegging.»

Sie starrte ihn verblüfft an. «Du machst Witze.»

«Du weißt, was das bedeutet?»

«Ich weiß, was meine Mutter mir erzählt hat, und ein paar Schnipsel aus den Erzählungen meines Vaters. Der *Signeur* ist einer der drei Vorsitzenden. Traditionell der Vertreter des *Presidente*.»

Er nickte. «Wohingegen du in mir nur einen alten Einsiedler mit schlechten Manieren und knackenden Gelenken siehst.»

«Nein, ich –» Sie stockte, dann zuckte sie die Schultern. «Ja. Ja, du hast recht.»

Er lachte gackernd. «Ich schätze, wir kommen prima miteinander aus, du und ich.»

«Hoffentlich. Ich habe nicht so viele Freunde im Moment.»

Sebastien legte ihr eine Hand auf die Schulter und drückte sie sanft. Hannah verspürte einen absurden Anflug von Dankbarkeit für diese Geste. «Ich bin nicht der Einzige», sagte er. «Aber du kannst dich darauf verlassen, dass ich tue, was in meiner Macht steht, um dich zu beschützen.»

«Er ist nicht hinter mir her. Sein Ziel sind die beiden unten.»

«Ich weiß. Und …» Er zögerte. Schien über etwas nachzudenken. «Wir werden gemeinsam dafür sorgen, dass es nicht so weit kommt.»

Sie nickte. Seine Zusicherung und seine unaufdringliche Menschlichkeit wärmten sie. «Du bist ein guter Mensch, Sebastien.»

Er zog die Hand zurück und erhob sich. Er durchquerte das Zimmer, ging zur Tür und nach draußen in den Flur, um über das Treppengeländer nach unten zu spähen. Zufrieden kehrte er zurück und schloss hinter sich die Tür. Dann kam er zum Bett und nahm ihr gegenüber Platz. Als er sprach, war seine Stimme kaum mehr als ein Flüstern. «Schildere mir bitte noch einmal ganz genau, was passiert ist, nachdem ihr heute Abend Charles verlassen habt.»

Sein ernster Gesichtsausdruck und die Vorsicht, mit der er sich überzeugt hatte, dass niemand sie belauschte, jagten Schauer der Angst über ihren Rücken. Sie spürte, wie ihr Herz schneller schlug. «Das habe ich doch schon.»

«Tu es einfach.»

Die plötzliche Schroffheit stand in starkem Kontrast zu der Sanftmut, die er noch Sekunden vorher gezeigt hatte.

«Vater rief mich in sein Arbeitszimmer. Er war verzweifelt, geradezu paranoid. Er sagte, Jakab wäre bereits im Haus und hätte jemanden vom Personal ersetzt. Er sagte, Nate und ich sollten Leah nehmen und weggehen.»

«Nicht so laut. Was geschah danach?»

«Leah spielte draußen. Nate ging, um eine Tasche zu packen, und ich holte Leah aus dem Garten. Plötzlich fielen Schüsse. Ich rief Nate über das Handy an.»

«Warum das?»

«Es ist ein großes Anwesen. Ställe, der ganze Betrieb. Ich wollte nicht mit Leah nach vorn, solange ich nicht wusste, was passiert war.»

«Und Nate nahm den Anruf entgegen.»

«Er sagte mir, ich solle Leah in den Wagen schaffen und dann zur Seite des Hauses zurücksetzen. Ich hatte noch nie im Leben so eine Angst. Ich wusste nicht, was los war. Ich überlegte für einen Moment, auf der Stelle zu fliehen, nur mit Leah. Ich hasste mich dafür. Dann setzte ich den Wagen zurück, und Nate kam herausgehumpelt.»

«Hat er gesagt, was passiert war?»

«Nur dass es einen Kampf gegeben hätte und dass er niedergestochen worden wäre. Ich glaube, er versuchte mich zu schützen, damit ich nicht zu sehr in Panik geriet.»

«Und du glaubst, Nate hat auf Jakab geschossen.»

«Ja.»

«Hast du sonst noch jemanden gesehen?»

«Nein.»

«Überhaupt niemanden?»

«Nein, ich –»

«Hannah, hör mir jetzt ganz genau zu.» Sebastien nahm ihre beiden Hände und hielt sie in seinen. «Hast du Nate validiert, seit er mit dir in den Wagen gestiegen ist?»

«Nein, ich –»

Sie hielt inne. Plötzlich wusste sie, warum er nach draußen gegangen war. Warum er die Tür geschlossen hatte. Warum er flüsterte.

Nacktes Entsetzen packte sie, bohrte seine Krallen in ihr Fleisch. «O mein Gott, nein …!», flüsterte sie.

KAPITEL 6

Gödöllő, Ungarn
1873

Lukács saß im Werkzeugschuppen und spielte mit der kleinen Blindmaus, als er hörte, wie sein Vater nach ihm rief.

Er wusste, warum József ihn zu sich zitierte. Er wusste auch, dass er nicht die geringste Chance hatte zu entkommen. Die für den nächsten Tag geplante Reise türmte sich mit dunkler Unausweichlichkeit vor ihm auf. Lukács konnte die Ereignisse, die vor ihm lagen, genauso wenig aufhalten, wie er die Uhren in der Werkstatt seines Vaters mit einem hoffnungsvollen Atemzug aufzuhalten vermochte.

Es machte den Gedanken daran nicht gerade leichter.

Seine erste *Végzet*-Nacht. Eine von vieren in den nächsten Monaten, die seinen Eintritt in das Erwachsenenalter symbolisieren sollten. Eine Nacht des Feierns, voller Entdeckungen und voller Mädchen mit hochroten Gesichtern angesichts der Aufregung der bevorstehenden Frauwerdung.

Wenn er doch nur, sinnierte er, wenn er doch nur so vollkommen zur Welt gekommen wäre wie seine Brüder, anstatt ihnen Schande zu bringen. Lukács befürchtete, dass seine Altersgenossen wenig begeistert reagieren würden auf sein *végzet*.

Auf dem mit Sägespänen bedeckten Boden des Schuppens wankte die Blindmaus von links nach rechts, während sie ihre zerschmetterten Hinterbeine nachzog. Sie hatte keine erkennbaren Augen und schnupperte durch eine schrumplige rosige Nase, deren Falten, wie sein älterer Bruder ihm versichert hatte, an die Vulva einer Frau erinnerten. Lukács beobachtete, wie die Nase zitterte und bebte, während die Kreatur nach einer Fluchtmöglichkeit suchte. Der Vergleich war abstoßend. Typisch für Jani.

Die Blindmaus schien zu spüren, dass hinter ihr freies Gelände lag. Sie drehte sich um und benutzte ihre Vorderpfoten, um den restlichen Körper durch den Staub zu ziehen.

Lukács versperrte ihr den Weg mit einem Stock.

«Hier steckt er!»

Zwei Gestalten waren in der Tür aufgetaucht, eine groß und breit, die andere ein Kind. Die Sommersonne rahmte sie ein, doch Lukács kannte ihre Umrisse, genau wie die Stimme, die gesprochen hatte. Die größere der Gestalten duckte sich durch die Tür, kam herbei und starrte mit in die Hüften gestemmten Fäusten auf Lukács herab. «Soso. Da steckst du also. Bei den Ratten.»

«Geh weg, Jani.»

«Hörst du nicht, dass Vater nach dir ruft?» Jani drehte sich zu dem kleinen Izsák um, der schüchtern über die Schwelle in den Schuppen spähte. «Er ist also auch noch taub. Unser Bruder ist wahrlich gesegnet.»

«Ich bin nicht taub.»

Jani ging in die Hocke und starrte Lukács ins Gesicht. «Und warum treibst du dich dann hier rum wie ein ungehorsamer junger Hund?»

«Er findet mich schon früh genug.»

«Sicher. Und wenn er dich gefunden hat, ist er wütend auf dich, weil du ihn ignoriert hast. Vielleicht kriegst du eine Abreibung. Obwohl – heute eher nicht. Er braucht seinen Kümmerling so vorzeigbar wie möglich, wenn er eine Chance haben will, ihn beim *végzet* loszuwerden. Zu schade, dass es kein *végzet* für Schwächlinge gibt, nicht wahr, du Zwerg?»

Lukács schwieg. Jani zu schlagfertig zu antworten zog nur Gewalt nach sich. Nicht dass es ihm etwas ausgemacht hätte.

Sein Bruder bemerkte die kleine Blindmaus. Sie sahen, wie der Nager seine vulvaähnliche Nase hob und prüfend die Luft schnüffelte. Dann, als hätte es etwas Übelriechendes in Janis Gegenwart gefunden, wandte sich das Tier ab.

«Das passende Haustier für dich», feixte Jani. «Hör zu, Schwächling. Morgen Nacht, bei deinem *végzet*, wirst du nichts von deinen Brüdern erzählen, ist das klar? Wenn dich jemand fragt, dann sagst du, *du hast keine*. Kapiert?»

Lukács sah ihn finster an.

«Du kennst niemanden mit Namen Balázs Jani, verstanden? Ich will nicht, dass mein Name mit einem Krüppel in Zusammenhang gebracht wird.»

«Er ist kein Krüppel, Jani.» Izsák betrat den Schuppen. Der Knabe reichte Jani nur bis zur Brust und verharrte in vorsichtigem Abstand.

«Halt die Klappe, 'sák!», giftete Jani. Er drehte sich zu Lukács um. «Du wirst nichts von Brüdern erzählen. Und ganz gewiss nicht gegenüber irgendwelchen Mädchen von der Zsinka-Familie. Wenn du so taub bist, wie du tust, hast du sicher auch kein Problem damit, stumm zu tun, oder? Hast du das verstanden?»

Lukács zuckte die Schultern.

Jani packte ihn am Schopf und riss seinen Kopf zurück. «Ich habe dich gefragt, ob du das verstanden hast!»

«Lass ihn in Ruhe!» Izsák machte einen weiteren Schritt auf Jani zu.

Lukács war zu stolz, um sich gegen den Griff seines älteren

Bruders zu wehren. «Schon gut, Jani. Kein Wort von Brüdern. Und ich rede mit keiner von den Zsinka-Nutten. Versprochen.»

Er hörte Izsák kichern. Bevor er eine Chance hatte zu reagieren, krachte Janis Faust gegen seine Wange. Der Schlag warf ihn um. Schmerz glühte heiß in seinem Gesicht, doch er behielt die Kontrolle, presste die Lippen aufeinander und hob trotzig den Kopf – eine Herausforderung an Jani, erneut zuzuschlagen.

«Vergiss nicht, was ich gesagt habe, Missgeburt.» Lukács' Bruder knackte mit dem Knöcheln und wandte sich zur Tür. «Ich hole Vater.»

Sobald Jani gegangen war, eilte Izsák herbei. «Tut es sehr weh?», fragte er.

Lukács lachte. Der Schmerz seiner Backe war nichts im Vergleich zu dem Stich, den ihm die Worte seines älteren Bruders versetzt hatten. Die Wahrheit dahinter ließ Wunden aufbrechen, die in ihm schwelten, seit er zurückdenken konnte. Eine Litanei individueller Narben: ein älterer Bruder, der sich so sehr wegen Lukács schämte, dass er seine Existenz verleugnete. Ein Vater, den allein die alten Traditionen interessierten und der kaum noch einen Blick für ihn hatte, nachdem ihre Mutter gegangen war. Ein jüngerer Bruder, der zu klein war, um die tiefgründigen Dinge zu verstehen, die auf ihrer Familie lasteten, und dessen Verachtung Lukács so sicher treffen würde wie die nächste Ernte, sobald er nur alt genug war zum Begreifen.

«Alles in Ordnung, Izsák.»

«Er ist verliebt in die ältere der Zsinka-Schwestern. Aber sie ist nicht so begeistert. Deswegen ist er so verärgert.»

«Klingt, als wäre die ältere der Zsinka-Schwestern ein kluges Mädchen.»

Izsák kicherte. «Ich habe gehört, sie wäre eine dreckige *kurvá*.»

«Hey! Woher hast du solche Ausdrücke?»

«Ich habe gehört, wie Vater sie so genannt hat. Er sagt, alle Zsinkas sind Schlampen.»

Lukács grinste seinen jüngeren Bruder an, bis eine neue Silhouette in der Tür erschien. Er zuckte zusammen, als er seinen Vater husten hörte, ein tiefes, leises Rumpeln.

«Izsák, lass uns alleine. Ich will mit deinem Bruder reden.»

«Ja, Papa.» Er warf Lukács ein letztes mitfühlendes Lächeln zu, dann schlüpfte er nach draußen.

Lukács' Vater stand noch für eine Weile in der Tür, bevor er über die Schwelle trat. Er zog einen Holzstuhl unter einer Werkbank hervor, wischte den Staub herunter und setzte sich. Er roch nach Tabakqualm und Minzöl.

Balázs József kramte in seiner Lederweste und brachte eine Tonpfeife zum Vorschein, die er sich in den Mund steckte. Das aufflammende Streichholz beleuchtete einen geölten Schnurrbart und nachdenkliche große Augen. «Dunkel hier drin.»

«Ja.»

«Bist du deswegen so gerne hier?»

«Keine Ahnung. Vielleicht.»

Samtene Rauchwölkchen stiegen nach oben und verbreiteten den Duft von Bratapfel und verbranntem Papier. «Ich habe gehört, was dein Bruder gesagt hat.»

«Es ist das, was ihr alle denkt. Er ist wenigstens ehrlich.»

«Er wird später meinen Gürtel spüren.»

Die Blindmaus zwischen ihnen hielt in ihren Bemühungen inne, während ihre Nase zitternd die Luft einsog und das Tier nach Fluchtmöglichkeiten suchte.

Lukács blickte von dem Nager auf und sah seinem Vater ins Gesicht. Józsefs Züge hatten mit dem Alter nichts von ihrer Kraft verloren. Sein Gesicht verriet selten Emotionen, und doch meinte Lukács jetzt etwas Weiches darin zu entdecken.

War es Mitleid? Er wollte nichts davon, am wenigsten von seinem Vater. Es war schließlich teilweise sein Samen, der verantwortlich war für Lukács' Missbildung.

József beugte sich vor. «Deine Wange ist aufgeplatzt. Das geht nicht. Du musst die Blutung stoppen.»

«Aber es tut weh, sie zu stoppen.»

«Tu, was ich dir sage. Ich dulde nicht, dass du morgen so aussiehst.»

Zögernd konzentrierte sich Lukács auf sein pochendes Gesicht. Er versuchte, seinen Geist von allen Ablenkungen zu befreien, genau so, wie es ihn gelehrt worden war, versuchte den bohrenden Blick seines Vaters zu ignorieren und konzentrierte sich stattdessen auf die Schwellung, die stechende Lanze aus Schmerz, wo Janis Knöchel seine Haut hatten platzen lassen. Er biss die Zähne zusammen, zwang die Muskeln in seiner Wange, sich zu kontrahieren, und wappnete sich gegen den Schmerz, als sich die Schwellung durch die gesamte rechte Seite seines Gesichts hindurch verteilte und schließlich auflöste.

«Entspann dich, Junge. Du bist viel zu verkrampft.»

Lukács bemerkte, dass er die Luft angehalten hatte. Tränen wallten in seinen Augen auf, als die Wunde glühend heiß wurde und sich schloss, während der Schmerz, wie zuvor die Schwellung, allmählich abebbte.

«Und jetzt wisch dir das Blut ab.»

Lukács gehorchte und betrachtete den roten Fleck auf seinem Handrücken.

József inhalierte Rauch und seufzte. «Nichts von alldem ist für dich normal, oder?»

Lukács schüttelte den Kopf.

«Ich schwöre, Lukács, wenn ich einen Weg wüsste, wie ich dir helfen kann …» Sein Vater streckte die Hand aus und fasste Lukács am Kinn, um sein Gesicht zu sich zu drehen. «Sieh mich an, Lukács. Zeig mir deine Augen.»

Unwillig gehorchte Lukács. Die Augen seines Vaters sahen im ersten Moment genauso aus wie immer: ein ausdrucksloses, nichtssagendes Grau. Doch dann, während er hinsah, begannen sie sich zu verändern. Grüne Streifen erschienen, indigofarbene Flecken. Die Streifen veränderten sich unablässig, entwickelten sich wie Diamanten, die in einem See aus Dämmerlicht aufstiegen und wieder versanken, ein prismatisches Schauspiel von Pigmenten, die Lukács mit ihrer Vielfalt und Schönheit in ihren Bann schlugen. Er spürte, wie die Wände des Schuppens ringsum verschwanden, als die Augen seines Vaters zu seinem ganzen Universum anschwollen. Er schwamm in einem überschäumenden Ozean mit Farbtupfern aus Türkis, Jade, Kupfer und Gold, auf einer anschwellenden Woge, in deren Gischt Pailletten aus Rubinen und Diamanten taumelten und tanzten.

Im Zentrum von alldem klafften Józsefs Pupillen wie gottverlassene schwarze Abgründe, in die Lukács zu fallen drohte, wenn er sich nicht in Acht nahm: gähnende Schlünde voller Horror und Entsetzen, die nach ihm griffen. Schönheit und Abscheu. Verführerisch und dann bedrohlich. Fürchtete er sich vor dem, was in der Dunkelheit der Augen seines Vaters lauerte? Oder fürchtete er das *Fehlen* dessen, was normalerweise dort lag?

Lukács blinzelte und brach den Bann. Er wusste, dass seine eigenen Augen stumpf waren, leblos – die Farbe von braunem Flussschlamm. Für einen kurzen Moment war er sogar froh darüber.

Dann hörte er seine Stimme. «Vielleicht noch ein Jahr. Vielleicht, wenn wir noch ein Jahr warten würden ... Wir könnten nächsten Sommer zum *végzet* fahren. Vielleicht habe ich es bis dahin gelernt.» Er sah, wie sein Vater anfing, den Kopf zu schütteln, doch er drängte weiter: «Oder wir könnten den *végzet* einfach ganz vergessen. Ich könnte hier bei dir bleiben und dir in der Werkstatt helfen. Du hast selbst gesagt, dass ich besser geworden bin mit den Instrumenten. Ich habe sämtliche Fräsarbeiten im letzten Monat gemacht, und ich –»

«*Genug*, Lukács! Ich habe genug gehört! Du wirst mich nicht in Schande stürzen! Oder das Andenken deiner Mutter beschmutzen!» Sein Vater atmete tief durch und schluckte seinen Ärger hinunter. «Du wirst zum *végzet* fahren. Du wirst dein Bestes geben. Wir werden sehen, was passiert. Du hast gewisse Qualitäten, die jedes halbwegs intelligente Mädchen anziehend finden sollte. Ich werde nicht zulassen, dass du – ein Balázs! – die Schande eines *kirekesztett* trägst! Also, ich will, dass du in einer Stunde im Haus bist. Wir müssen Vorbereitungen treffen. Morgen Mittag brechen wir auf.»

Sein Vater erhob sich und stieß eine Rauchwolke aus. Er wandte sich zum Gehen. In der Tür blieb er noch einmal stehen. «Weißt du, Lukács, dein Bruder Jani mag dir manchmal grausam erscheinen, aber wir alle haben ein Interesse an deinem Erfolg. Denk darüber nach. Du wirst es vielleicht nicht so sehen, doch das Leben eines *kirekesztett* ist ein einziger Fluch, ein Fluch, der dich dein ganzes Leben lang begleiten wird. Glaube mir, mein Sohn, das ist ganz bestimmt nicht der Weg, den du einschlagen möchtest.»

Nachdem sein Vater gegangen war, kehrte wieder Stille ein. Lukács beobachtete die Blindmaus, die sich im Dreck wand, während sie versuchte, ihren verwundeten Leib zu manövrieren.

Wir alle haben ein Interesse an deinem Erfolg.

Das war alles, was sie kümmerte. József tat zwar, als würde er sich sorgen, sein Sohn könnte ein Leben als Außenseiter führen, doch es war eine leere Behauptung. Keiner von ihnen scherte sich einen verdammten Dreck um *seine* Gefühle. Um seine Angst, seine absolute Gewissheit, dass die morgige Nacht lediglich den Auftakt bilden würde für ein Leben voller Demütigungen.

Er sah keinen Grund, warum er nicht hierbleiben konnte, ein einfaches Leben führen im Schloss seines Vaters, das Handwerk eines Uhrmachers erlernen und sich frei in der Welt bewegen, unbelastet von den gesellschaftlichen Bürden, die den *hosszú életek* auferlegt waren. Es war allein der Stolz seines Vaters, der ihn verdammte, diesen Weg zu gehen.

Lukács packte die Blindmaus, hob sie hoch und betrachtete sie. Der kleine Nager wand sich zwischen seinen Fingern, und Lukács konnte die winzigen Knochen unter dem dünnen grauen Fell spüren. Es war eine abstoßende Kreatur, praktisch blind wegen der Haut, die über die Augen gewachsen war, um sie zu schützen, während sie sich durch das Erdreich grub. In vielerlei Hinsicht erinnerte sie ihn an sich selbst. Er wusste, wie es sich anfühlte, wenn ein Sinn nur teilweise ausgebildet war.

Seine Frustration verwandelte sich in Wut. Er packte die kleine Blindmaus fester. Sie zappelte und stieß ein hohes verängstigtes Fiepen aus. Lukács erhöhte den Druck weiter und sah wie gebannt zu, bis ein klebriger roter Schwall aus ihrem Maul spritzte und seine Finger besudelte. Angewidert und außer sich drückte er noch fester und spürte, wie die kleinen Knochen des Nagers unter seinem Griff brachen. Er schleuderte den Kadaver quer durch den Schuppen, wo er mit einem nassen Geräusch gegen die Holzwand prallte.

Während Lukács sich die Flüssigkeiten der Blindmaus von den Fingern wischte, wurde ihm bewusst, wie lange er im Schuppen gesessen hatte. Die Sonne war über den Himmel gewandert, und jetzt fiel ein einzelner Lichtstrahl durch den Türspalt. Er hob die Hand und betrachtete den Schatten, den seine Finger an die Wand warfen.

Er bewegte die Finger, und der Schatten wurde zu einer Blindmaus – ein zuckender Knöchel eine perfekte Imitation der zuckenden Nase der Kreatur. Für einen Moment ließ Lukács die Blindmaus an der Wand herumhüpfen und tanzen, bevor er seine Fingerhaltung veränderte und die Blindmaus sich in einen Wolf verwandelte. Der Wolf gähnte und wurde zu einem Pferd, das zweimal den Kopf nach hinten warf, bevor es sich in einen Adler verwandelte, der den Kopf von einer Seite zur anderen drehte.

Lukács beobachtete den Adler für eine Weile, dann schüttelte er die Finger und machte eine Hirschkuh mit glattem, kahlem Kopf. Er atmete tief durch, wappnete sich gegen den Schmerz, von dem er wusste, dass er folgen würde, und konzentrierte sich auf den Schatten des Tiers. Es zuckte, und dann erschienen nach und nach zwei Beulen auf dem Kopf. Lukács spürte, wie seine Zähne mahlten, während er sich mit aller Kraft konzentrierte. Die Knöchel seiner Hand fühlten sich an, als wären sie in einen Schraubstock eingespannt. Er stöhnte laut auf vor Anstrengung und Schmerz, als die Beulen auf dem Schädel des Tiers plötzlich länger und länger wurden und sich verzweigten. Der Schmerz wurde schnell unerträglich – gläserne Dolche, die ihn von den Fingerspitzen her bis zu den Ellbogen aufschlitzten.

An der Wand hob die Silhouette des Bocks den Kopf und blickte sichernd nach rechts und links auf der Suche nach potenziellen Räubern. Lukács ächzte vor Erschöpfung, und das Bild des Tiers löste sich auf. Während er allmählich wieder zu Atem kam, betrachtete er die Silhouette seiner schlaffen Finger, die jetzt brannten, als hätte er in ein Feuer gefasst.

Tränen rannen über seine Wangen. Er wischte sie mit der freien Hand weg und studierte die andere, schmerzende. Blut quoll unter den Fingernägeln hervor und tropfte auf den Boden des Schuppens, wo es sich im Staub und Sägemehl mit dem Blut der Blindmaus mischte.

Am nächsten Tag brachen sie mittags in Richtung Budapest auf. Lukács stieg zu seinem Vater auf den Bock, und die beiden Pferde schüttelten die Mähnen. Sie konnten es kaum erwarten, sich endlich in Bewegung zu setzen.

Seine Brüder hatten sich im Hof eingefunden, um sie zu verabschieden. Janis Gesicht verriet seine Verachtung, doch er hob den Arm und winkte Lukács artig hinterher, als spürte er das Missfallen seines Vaters und als wäre ihm der Preis für Ungehorsam zu hoch. Der kleine Izsák war ganz aufgeregt angesichts der Aussicht auf eine Nacht allein. Er tanzte und hüpfte auf dem Kies. József stieß einen Pfiff aus, und die Pferde trabten los. Der Wagen machte einen Satz nach vorn, und Lukács spürte, wie sein Magen rebellierte, während sie durch das Tor rollten.

Sie durchquerten das Dorf, und bald passierten sie die weißen Mauern und das rote Ziegeldach des riesigen Palasts von Gödöllő. Die Pracht des Bauwerks faszinierte Lukács jedes Mal, wenn er es sah. Die Tatsache, dass der Königliche Palast in Budapest noch viel größer und prächtiger war, versetzte ihn regelmäßig in ehrfürchtiges Staunen.

«Sehe ich Franz Joseph im Palast?», fragte er, als sie eine Stunde unterwegs waren. Nachdem sie Gödöllő hinter sich gelassen hatten, war die Straße schmaler geworden, und sie passierten Felder und Wälder.

«Bestimmt nicht», antwortete sein Vater. «Er ist der König in Österreich – das ist der einzige Grund, aus dem wir die Erlaubnis erhalten haben, das *végzet* dieses Jahr im Palast abzuhalten.»

«Er weiß nicht, was in seinem eigenen Palast vorgeht?»

«Selbstverständlich weiß er das. Aber es gilt, nach außen hin einen gewissen Anschein zu wahren. Für die Krone gelten wir offiziell nicht als Untertanen.»

Sie aßen am Straßenrand zu Mittag: geräucherte Paprikawürste, Hartkäse und Brot. Dazu tranken sie Wein; sein Vater reichte Lukács den Villány und ermunterte ihn zu trinken. Es war das erste Mal, dass Lukács Alkohol trank, und er genoss das warme Gefühl, das sich in seinem Magen ausbreitete.

«Kommen all die großen Familien auf einem Pferdekarren zum Palast?», fragte er.

«Werde nicht frech, Sohn. Du wirst nicht im Pferdekarren vorfahren. Ich habe für heute Nacht eine Kutsche gemietet. Sie kommt zu Szilárds Haus. Die Art und Weise deiner Ankunft im Palast ist die kleinste unserer Sorgen.»

Am späten Nachmittag erreichten sie Pest. Die Stadt war heiß und staubig, und der Lärm der überfüllten Straßen erfüllte Lukács' Ohren. Sie kamen am Ufer an, und zum ersten Mal in seinem Leben erblickte der Junge den riesigen Strom der Donau. Jani hatte ihm zwar erzählt, dass der Anblick atemberaubend wäre, doch es war bei weitem das größte Gewässer, das Lukács je gesehen hatte. Im ersten Moment traute er seinen Augen nicht – welch ein unfassbares Naturwunder!

Der Fluss, so erklärte ihm sein Vater, entsprang im Deutschen Kaiserreich im Schwarzwald und wand sich fast dreitausend Kilometer durch ganz Europa, bevor er in das Schwarze Meer mündete. Die tief stehende Nachmittagssonne spiegelte sich in den braunen Fluten.

József ließ den Wagen vor einem dreistöckigen Stadthaus mit hohen bleiverglasten Fenstern halten. Ein Knabe kam heraus und brachte den Pferdekarren weg, während ein zweiter Diener sie ins Haus führte. Lukács wurde Szilárd kurz vorgestellt und dann in ein Ankleidezimmer geführt, wo man die Garderobe für den Abend bereitgelegt hatte.

Die gewienerten Schuhe erkannte er wieder – den Rest der Sachen hatte er nie zuvor gesehen. Sie erinnerten zwar an die förmliche Abendgarderobe, die von den Edelleuten in Gödöllő und Umgebung getragen wurde, doch die Materialien waren noch feiner und kostbarer.

Müde schälte er sich aus seiner Reisekleidung. Er wusch sich mit Wasser aus einem Krug, den ein Diener ihm dagelassen hatte, dann zog er eine dunkle Hose und ein gestärktes weißes Hemd an. Die Kragenspitzen kratzten an seinem Hals. Er band sich eine seidene Fliege um, schlüpfte in eine Weste und schließlich in den langen, weichen, luxuriösen Frack mit den langen Schößen.

Auf einem separaten Beistelltisch wartete der letzte Bekleidungsgegenstand auf ihn – eine polierte Zinnmaske. Er nahm sie auf und drehte sie in den Händen. Die Kunstfertigkeit war beeindruckend. Er erinnerte sich an die quälend lange Sitzung, die er sechs Monate zuvor über sich hatte ergehen lassen. Die Maske zeigte eine verblüffende Ähnlichkeit mit seinem eigenen Gesicht, auch wenn der Künstler sich eindeutig Freiheiten genommen hatte. Der Ausdruck der Maske verriet Kraft, Zuversicht, Leidenschaft – alles Eigenschaften, von denen er annahm, dass sein Vater sie verlangt hatte. Gewiss jedenfalls hatte der fahrende Geselle sie nicht bei Lukács gesehen.

Um neun Uhr am Abend, getreu den Anordnungen seines Vaters, stieg Lukács in eine geschlossene schwarze Kutsche. Die Sonne stand tief, als der Fahrer auf die Széchenyi Lánchid abbog, die mächtige Kettenbrücke, die Pest am Ostufer mit Buda am Westufer der Donau verband. Die berühmte Brücke ruhte auf zwei mächtigen Steinpylonen, und die Fahrbahn war an Eisenketten aufgehängt, jedes Glied mehrere Meter lang. Es war die einzige Brücke in ganz Ungarn, die die Donau überspannte.

«Siehst du die Löwen?», fragte sein Vater und deutete auf die steinernen Wächter, die rechts und links der Fahrbahn auf den Widerlagern saßen. «Ich kannte den Bildhauer, Marschalkó. Ein guter Mann. Es heißt, die berühmten Bronzelöwen vom Trafalgar Square haben seine Löwen als Vorbild. Welch ein Können.»

Während sie die Brücke überquerten, studierte Lukács das weitläufige Bauwerk des Palastes auf der anderen Seite. Es überwölbte den Hügel, auf dem es errichtet war, und seine steinernen Mauern, golden im Licht der untergehenden Sonne, erhoben sich stolz über die umgebenden Bäume. Eine mächtige Kuppel und Dächer aus angelaufenem Kupfer leuchteten in prachtvollem Grün.

«Das schönste Bauwerk in ganz Europa», sagte József stolz. «Und heute Nacht ist es der Ort, an dem sich die edelsten Bewohner des Landes treffen. Du bist privilegiert, mein Sohn. Ich selbst habe den Ballsaal nie gesehen. Es heißt, seine Pracht wäre nicht mehr zu übertreffen.»

Die Kutsche klapperte den Hügel hinauf und hielt schließlich vor dem Eingang zum Palast. József legte Lukács eine Hand auf die Schulter und griff in eine Tasche. «Bevor du gehst, habe ich etwas für dich», sagte er. «Heute Nacht wirst du zum Mann. Es ist nur recht, dass du als mein Sohn meine edelste Arbeit trägst.» Er zog eine goldene Uhr an einer schweren Kette hervor. «Sie gehört dir. Ich habe sie bis heute Nacht für dich aufbewahrt. Ich habe das ganze letzte Jahr daran gearbeitet. Du wirst keine genauere, besser ausbalancierte Uhr finden, auch wenn es klingt, als lobte ich mich selbst. Hier, nimm.»

Sprachlos nahm Lukács die Uhr von seinem Vater entgegen. Augenblicklich spürte er ihr Gewicht. Er öffnete den Deckel und starrte auf das Ziffernblatt, während er die Kunstfertigkeit bewunderte und die Arbeit, die sein Vater zweifellos hineingesteckt hatte. Er drehte die Uhr um und bemerkte auf der Rückseite eine Gravur.

Balázs Lukács
***Végzet* 1873**

«Ich weiß nicht, was ich sagen soll, Vater.»

«Dann sag nichts. Und nun geh. Verlier sie nicht. Setz deine Maske auf, bevor du die Kutschtür öffnest. Und nimm diese Börse mit. Du wirst kein Geld brauchen, aber du solltest welches bei dir haben. Mach mich stolz, Sohn. Ich wünsche dir viel Glück. Was auch immer heute Nacht geschieht ...» Sein Vater stockte. Dann nickte er in Richtung Tür. «Geh jetzt. Es ist Zeit.»

Lukács folgte zwei Dienern über das Palastgelände, während die Sonne hinter dem Hügel versank. Kerzenlicht leuchtete aus unzähligen Fenstern. Nachdem sie den herrschaftlichen Eingang passiert hatten, ging es eine breite Treppe hinauf und durch einen endlosen Korridor, dessen Wände vollhingen mit lebensgroßen Gemälden ungarischer Herrscher. Die meisten der Monarchen waren Lukács unbekannt, doch er entdeckte mehrere Bilder, auf denen Franz Joseph zu sehen war.

Am Ende des Korridors wartete eine hohe vergoldete Doppeltür. Musik und das Geräusch angeregter Unterhaltungen drang aus dem Saal dahinter. Die Diener traten zu den Türen und öffneten sie für Lukács, und er hob eine Hand zu der Zinnmaske vor dem Gesicht. Das Metall fühlte sich kalt an. Er atmete tief durch, dann betrat er den Ballsaal. Die Pracht, die ihn erwartete, war überwältigend.

Drei gewaltige Kronleuchter dominierten den zwanzig Meter hohen Raum, und in jedem brannten zahllose Kerzen. Der weiß-goldene Gipsputz der Decke war so kunstvoll und fein, dass er Lukács den Atem raubte. Entlang der Ostseite des Saals beherbergten riesige Alkoven zwölf Meter hohe Fenster, durch die man auf die mächtige Donau und Pest auf der anderen Seite des Flusses sehen konnte. Fresken zierten die Wand gegenüber den Fenstern, und darunter stand eine lange Reihe vergoldeter Stühle mit Sitzflächen und Lehnen aus rotem Samt.

Ein Streicherensemble spielte auf einer Bühne am anderen Ende des Raums. Überall im Saal standen Gruppen junger Männer zusammen, insgesamt sicher mehr als hundert. Sie trugen die gleichen förmlichen Gewänder wie Lukács, und ihre wahren Gesichter verbargen sich hinter den gleichen kunstvoll gearbeiteten Zinnmasken. Sie tranken aus dünnstieligen Champagnerflöten und rauchten lange Zigarren, während sie sich laut unterhielten.

Schon die jungen *hosszú életek* waren ein beeindruckender Anblick, doch sie verblassten geradezu neben den Frauen. Lukács fühlte sich verzaubert wie von der Farbenpracht tropischer Vögel. Ihre Kleider waren ein Kaleidoskop aus Stoffen und Mustern. Bustiers waren *de rigueur*, ein absolutes Muss, genau wie tief ausgeschnittene Dekolletés und schulterfreie Trägerkleider, die Lukács' Vater entsetzt hätten. Die Frisuren waren gleichermaßen von einer erstaunlichen Uniformität: hoch aufgetürmt und zu einem kunstvollen Knoten gebunden oder einem Lockenbündel. Anstatt Masken trugen die Frauen Spitzenschleier, die ihre Gesichter unmittelbar unter den Augen bedeckten. Genau wie ihre männlichen Gegenüber standen sie in kleinen Gruppen beisammen und schwatzten. Lukács sah, wie sich mehrere in der am nächsten stehenden Gruppe aus der Unterhaltung lösten, um ihn zu mustern, und er verspürte ein angenehmes Kribbeln auf der Haut, als ihre Augen über ihn glitten.

Er hielt einen Kellner mit einem Tablett voller Champagner an und nahm sich ein Glas, bevor er sich der am nächsten stehenden Gruppe junger Männer zuwandte und in ihre Mitte trat. Augenblicklich wurde der Kreis größer, um ihn aufzunehmen. Einer nach dem anderen traten sie vor, um seine Hand zu schütteln. Niemand stellte sich mit Namen vor, doch darauf hatte man ihn vorbereitet, und er erwartete nichts anderes.

Während einer nach dem anderen mit ihm redete, beobachtete er die Augen hinter den Masken. Er war an die Streifen aus Grün und Indigo in den Augen seines Vaters gewöhnt, doch nun erblickte er eine Vielzahl von Variationen: silberne Flecken, purpurne Wirbel, Tigerstreifen aus lebendigem Orange. Grimmig bemerkte er ihre Konfusion, als sie ihrerseits ihn studierten. Fragten sie sich möglicherweise, ob in ihrer Mitte ein Hochstapler und Betrüger lauerte? Oder einfach nur ein Schwächling? Die Fesseln des Protokolls verhinderten, dass ihn jemand herausforderte, doch er sah, wie einige von ihnen fragende Blicke wechselten.

Mit dem Champagner plätscherten auch die Unterhaltungen dahin, von den Errungenschaften des Königs hin zu den jüngsten Nachrichten bezüglich der Vereinigung von Buda und Pest zu einer großen Metropole. Lukács hatte zunächst Mühe, etwas beizutragen, doch als die Gläser nachgefüllt wurden und alle sich entspannten, kehrten die Gespräche zu der abendlichen Veranstaltung zurück, genauer gesagt, zur anderen Hälfte der versammelten Gäste. Lukács bemerkte, dass sich einige aus seiner Gruppe bereits in Richtung der jungen Frauen entfernten, um Konversationen zu beginnen. Nicht lange, und er stand allein in einem der Alkoven mit den riesigen Fenstern. Er wandte dem Eingang den Rücken zu und sah hinunter auf die

Donau. Draußen war es dunkel geworden. Der gewaltige Fluss war ein breiter Streifen aus Schwarz, auf dem die reflektierten Lichter der Stadt Pest glitzerten. Jenseits der Stadt, irgendwo weit hinten, lag Gödöllő, sein Heimatort. Er fragte sich, was Jani und Izsák wohl machten. Ob sie an ihn dachten.

«Wunderschön, nicht wahr?»

Erschrocken fuhr er herum. Direkt vor ihm stand ein Mädchen, fast genauso groß wie er, und studierte ihn mit kritischem Blick. Er bemerkte ein süffisantes Grinsen unter dem halb transparenten Spitzenschleier und wich instinktiv in den Alkoven zurück, weg vom Licht der Kronleuchter.

«Ah, schüchtern sind wir also auch.» Das Grinsen wurde breiter. «Keine Angst, ich beiße nicht. Ich hab dich reinkommen sehen. Ich dachte eigentlich, du wärst inzwischen mal vorbeigekommen und hättest dich vorgestellt, aber stattdessen stehst du den ganzen Abend mit dieser langweiligen Gruppe von Jungs herum. Und jetzt bist du allein. Du hast mit keiner von uns gesprochen.»

«Mir war nicht bewusst, dass ich beobachtet werde.» Er verzog das Gesicht wegen der tollpatschigen Bemerkung. «Aber du hast recht», fügte er hastig hinzu. «Die Aussicht ist wunderschön.»

Sie sah aus dem Fenster, und Lukács nutzte die Gelegenheit, sie eingehend zu mustern. Man konnte sie nicht als hübsch im eigentlichen Sinn bezeichnen – oder auch nur charmant –, doch ihre schnodderige Zuversicht und ihre offensichtliche Reife hatten sein Interesse geweckt.

«Bist du zum ersten Mal hier?», fragte sie.

«Ja. Und du?»

«Gütiger Himmel, nein. Mein Vater ist ein Botschafter.» Sie lachte auf. «Darf ich das erzählen? Nein, darf ich wahrscheinlich nicht. Bestimmt sogar. Aber jetzt habe ich es trotzdem getan, und es ist nicht mehr zu ändern. All diese Heimlichtuerei … nichts als Theater, meinst du nicht? Schließlich sind wir alle *hosszú életek*. Ich war schon viele Male mit meinem Vater hier. Offizielle Verpflichtungen. Unglaublich langweilig, glaub mir. Ganz und gar nicht wie das hier.» Sie berührte seinen Arm. «Los, komm ins Licht. Ich kann dich kaum sehen, so, wie du im Schatten stehst.»

Er spürte, wie sein Herz stockte. Das war es. Eine erste Annäherung. Der Moment, auf den sein Vater ihn vorbereitet hatte. Wegen dem sein älterer Bruder ihn verspottet hatte, seit so langer Zeit. Er kannte die Etikette, wusste, dass sie ihm schmeichelte, dass sie sich außerhalb des *végzet* zweifellos in sehr viel höheren gesellschaftlichen Kreisen bewegte. Doch genau das war der Sinn des *végzet*, oder vielleicht nicht? Eine nivellierende Umgebung, die es allen *hosszú életek* gestattete, sich untereinander zu mischen. Eine Tradition, die sich Jahrhunderte zurück erstreckte. Er fand sie nicht sonderlich attraktiv, doch das war nicht der entscheidende Punkt. Diese Nacht diente lediglich einem ersten Kennenlernen. Die komplizierten sexuellen Gefechte würden erst beim nächsten Zusammentreffen ihren Lauf nehmen.

«Magst du den Ausblick nicht noch eine Weile genießen?», fragte er zurück.

«Ach, Unsinn! Die Donau ist morgen auch noch da. Sie ist in tausend Jahren noch da!» Sie hob herausfordernd ihr spitzes Kinn. «Los, komm mit mir nach draußen.»

Er senkte den Kopf, und sein Herzschlag beschleunigte sich, als er ihr aus dem Alkoven und ins Licht folgte. Sie bewegten sich an der Wand entlang. Sie hielt unter einem kunstvoll verzierten goldenen Kerzenleuchter inne und drehte sich zu ihm um, schob einen Finger unter sein Kinn und bog seinen Kopf nach oben, sodass er sie ansehen musste.

Lukács wagte nicht zu atmen, als er in ihre Augen sah. Um das Schwarz der Pupillen herum war ihre Iris von einem verblüffenden Kornblumenblau, in das sich nach und nach weitere Farben mischten. Wirbel aus Magenta, gerade Linien aus Gold. Er spürte, wie das Blut durch seine Arterien zu rauschen begann. Seine Brust schwoll vor Erregung.

Doch noch während er sie in sich aufnahm, verblasste der Anblick. Noch immer wie gebannt von dem, was er gesehen hatte, bemerkte er nicht die plötzliche Verachtung in ihrem Gesicht, bis sie fragte: «Was stimmt nicht mit dir? Deine Augen ... *sie sind wie tot*!»

Er spürte, wie er rot anlief. «Es ist ... es ist ein Geburtsfehler. Der Rest von mir –»

«Du bist kein *hosszú élet*!»

«Aber ja doch! Selbstverständlich bin ich einer. Es ist nur, dass meine Augen ... meine Augen haben sich nicht normal entwickelt. Niemand weiß, warum. Aber der Rest ...» Er stockte.

«Es gab ein Gerücht, wir hätten eine Missgeburt in unserer Mitte», fauchte sie. «Ich hätte nicht im Traum gedacht, dass ausgerechnet ich so geschmacklos bin und mir den Freak aussuche!» Sie wandte sich ohne ein weiteres Wort ab und suchte nach bekannten Gesichtern in der Menge.

Lukács wurde wütend. Er packte sie beim Arm und drehte sie zu sich herum. «Wie geschmacklos von mir, ausgerechnet die einzige schmutzige *kurvá* im Saal auf mich aufmerksam zu machen!»

Sie bleckte eine Reihe makellos weißer Zähne. «Deine Manieren passen zu deiner Missgestalt, wie ich sehe. Lass meinen Arm los.»

Er wollte sie bestrafen, und sein Griff wurde fester. Unter seinen Fingern spürte er, wie sich die Muskeln ihres Arms verhärteten und gegen den Druck ankämpften.

Lukács biss die Zähne aufeinander und drückte. Er *wollte* ihr wehtun, *wollte*, dass seine Finger in ihr Fleisch eindrangen. Er grunzte, als er sah, wie sich der Schmerz auf ihrem Gesicht abzeichnete. «Schmutzige *kurvák* sollten ihre Meinung für sich behalten», knurrte er leise, während er sie in den Alkoven zurückführte.

Ein hässlicher roter Fleck erschien an ihrem Hals. Sie folgte ihm unwillig einen Schritt weit in den Alkoven. «Ich schreie!»

«Sicher. Nur zu.» Er wusste, dass sie nicht schreien würde. Er wusste, dass sie fast alles tun würde, um keine Aufmerksamkeit auf sich und die schäbige kleine Konfrontation zu lenken, selbst wenn das bedeutete, dass sie die Zähne zusammenbeißen und den Schmerz tolerieren musste, den er ihr zufügte. Er erhöhte den Druck auf ihren Arm. Sie ächzte, saugte den Spitzenschleier gegen die Lippen, und dann tauchte unvermittelt eine Hand auf Lukács' Schulter auf.

Spitze Finger sanken in sein Fleisch. Der Schmerz war direkt und brutal.

«Das reicht jetzt. Lass sie gehen, *auf der Stelle.*»

Lukács drehte sich um. Drei Männer, alt und gebeugt, hatten sich hinter ihm eingefunden. Jeder von ihnen trug eine graue Perücke und einen navyblauen Frack. Keiner der drei trug eine Maske.

Der älteste von ihnen hatte Lukács bei der Schulter gepackt. Altersfalten zeichneten sein Gesicht, ein Geflecht aus tiefen Linien, die sich um seinen Mund und die zusammengepressten Lippen herum bildeten, als er Lukács musterte. Die Haut an seiner Kehle war schlaff wie ein alter Sack, doch seine Augen waren klar, stark und wütend. Seine Finger drückten zu, und Lukács schluckte einen Fluch hinunter.

Die Stimme des Alten war ein gefährliches Flüstern. «Nimm deine Hand vom Arm der Lady.»

Lukács hielt sie noch einen Moment länger, eine törichte Geste des Trotzes, dann löste er seinen Griff, und das Mädchen wich vor ihm zurück. Der verächtliche Blick war aus ihren Augen verschwunden. Stattdessen stand Angst in ihnen. Sie wich ein paar unsichere Schritte zurück und tauchte dann in der Menge unter.

«Ich kann mir vorstellen, um was es bei eurer Begegnung ging», sagte der Alte, indem er seine Hand von Lukács' Schulter nahm. «Das ist keine Entschuldigung für dein Verhalten. Es gibt *überhaupt keine* Entschuldigung für ein derartiges Verhalten. Mit deinem Benehmen bringst du nichts als Schande über deine Familie. Ich weiß, wer du bist. Ich weiß von deinen Problemen und Schwierigkeiten. Dein Vater ist ein guter Mann, ein wirklich guter Mann. Er ist der einzige Grund, warum ich diese beiden Gentlemen nicht bitte, dich zum Fluss hinunterzuschaffen und geradewegs ins Wasser zu werfen. Wir werden über die Sache hinwegsehen. *Dieses eine Mal.* Hast du mich verstanden?»

Lukács schäumte immer noch. Er funkelte den alten Mann an, doch als dieser seinen Blick erwiderte, entdeckte er etwas in seinen Augen, das ihm mit einem Mal Angst machte. Seine Hände wurden feucht, und er spürte, wie sein Herz plötzlich schneller schlug. Er machte eine zerknirschte Miene. «Ja. Ich habe verstanden.»

«Ich schlage vor, du gehst ein wenig an die frische Luft. Es ist noch nicht zu spät, um deinen Fehler wieder auszubügeln. Glücklicherweise gab es kaum Zeugen deines Verhaltens. Wir werden mit dem Mädchen reden. Und jetzt geh. Nach draußen. Die frische Luft wird dich wieder zur Vernunft bringen.»

«Jawohl, Sir. Danke, Sir.»

Als Lukács durch den Ballsaal zum Ausgang marschierte, hätte er sich am liebsten die Maske vom Gesicht gerissen und den Schweiß abgewischt. Er kämpfte gegen den Drang an. Er passierte die vergoldete Doppeltür, stapfte durch den Korridor der Könige, die Prachttreppe hinunter und nach draußen in die frische Nachtluft.

Die Reaktion des Mädchens hatte wehgetan, doch er hatte damit gerechnet. Jani mit seinem beißenden Sarkasmus hatte ihn darauf vorbereitet. Was ihn verwirrte, was ihn *interessierte*, war die Erregung, die er gespürt hatte, als er seine Finger in ihr Fleisch gesenkt hatte.

Wie viele Stunden waren vergangen? Wie viel hatte er getrunken? Lukács blinzelte den Humpen auf dem zerschrammten Holztisch vor sich an. Die Uhr, das Geschenk seines Vaters, ruhte in seiner Westentasche, doch trotz seines alkoholisierten Zustands wusste er, wie unklug es gewesen wäre, ein so wertvolles Objekt an einem Ort wie diesem herauszunehmen. Die Taverne war brechend voll mit Gästen, es war laut und stank nach Menschen und Tabak.

Auf der anderen Seite des Tisches saßen seine beiden Saufkumpane. Márkus hieß der eine. Frech und von sich selbst überzeugt und mit einem lasterhaften Humor hatte er Lukács seit mehr als einer Stunde zum Lachen gebracht. Márkus' Freundin Krisztina hockte neben ihm. Sie ist hübsch, dachte Lukács. Nein, *sinnlich* ist ein treffenderer Ausdruck. Sie war locker und anzüglich, und der Schnitt ihres Kleides betonte ihre schlanken Hüften und die vollen Brüste. Ihr dichtes blondes Haar steckte unter einer weißen Haube.

Nachdem er den Palast hinter sich gelassen hatte, um die verschriebene frische Luft zu schnappen, war er einer Eingebung folgend hinunter zum Fluss gewandert. Dort hatte er Márkus und Krisztina vorgefunden, die am Ufer herumalberten. Sie hatten beide in der Taverne getrunken, bis sie kein

Geld mehr gehabt hatten. Lukács war zum ersten Mal in seinem Leben betrunken und wollte unbedingt weitertrinken. Er war außerdem im Besitz einer Börse voller Geld. Márkus und Krisztina hatten keine große Aufmunterung benötigt, ihm beim Ausgeben desselben behilflich zu sein. Sie waren zwar anfänglich überrascht, dass ein offensichtlich so hochwohlgeborener junger Herr ihre Gesellschaft suchte, doch ihre Entschlossenheit, sich zu betrinken, überwog jegliche anderen Vorbehalte.

Lukács musste bei diesen beiden nicht auf Etikette oder dergleichen achten. Die Unterhaltung war ebenso flach wie amüsant, naiv wie lustig. Er wusste, dass sie ein bizarres Trio abgaben – doch genau das war der Geist der *Végzet*-Nacht, sagte er sich trocken. Soziale Interaktion ohne die üblichen Klassenschranken. Seine neuen Freunde mochten tagsüber im Dreck wühlen, doch Lukács hatte den besten Abend, an den er sich erinnern konnte.

Márkus trank einen tiefen Schluck von seinem Bier und gestikulierte. «Du hast uns kein Wort erzählt – was ist los da oben im Palast? Du kommst doch von dort, oder? Du hattest eine von diesen Masken, genau wie all die anderen, die wir gesehen haben.»

«Ein Maskenball, wie?», sagte Krisztina mit blitzenden Augen. «Sehr vornehm.»

«Und sehr langweilig obendrein.» Lukács leerte seinen Humpen und knallte ihn auf den Tisch. «Mehr zu trinken!»

«Das lobe ich mir!», rief Márkus. «Aber ich habe eine noch bessere Idee! Kris, bist du dabei?»

Sie grinste Márkus an, dann sah sie Lukács in die Augen. Ihr Blick enthielt eine Herausforderung. «Ich bin dabei, wenn er dabei ist.»

«Worüber redet ihr?»

Márkus schlug ihm mit der Hand auf die Schulter. «Lukács, alter Freund. Hast du schon mal Opium ausprobiert?»

Eine Minute später führten sie ihn durch eine Seitentür und eine Treppe hoch. Es ging durch einen schmutzigen Korridor und einen fleckigen Vorhang, und schließlich standen sie in einem langen Raum. Einige wenige Kerzen erzeugten ein schwaches rötliches Licht, und in der Luft hing ein beißender Geruch, den Lukács nicht einordnen konnte. Matratzen reihten sich an den Wänden, einige besetzt von Gruppen von Männern, andere von Paaren, einige wenige von einzelnen Individuen. Márkus fand einen freien Platz, und sie ließen sich auf eine Matratze fallen. Langsam gewöhnten sich Lukács' Augen an das Dämmerlicht. Auf dem Boden vor sich bemerkte er eine kleine Öllampe auf einem Tablett.

Ein Mann kam herbei und sah auf sie herunter. «Wie viele?»

«Drei Pfeifen», sagte Márkus zu ihm. Und dann: «Nun, Lukács, *bezahle* den Mann!»

Lukács gab ihm Münzen aus seiner Börse, und der Mann brachte die Pfeifen. In jedem der Köpfe lag eine kleine weiße Tablette. Lukács sah zu, wie Márkus die Öllampe anzündete und seine Pfeife über der Flamme erwärmte. Dann hob er den Stiel an den Mund und inhalierte die Dämpfe. Er behielt den Dampf in der Lunge, solange er konnte, bevor er langsam ausatmete und sich auf den Ellbogen zurücklehnte.

«Du bist dran.»

Lukács ahmte die Vorgehensweise seines neuen Freundes nach und sog den Dampf von der kleinen Tablette in die Lunge. Im ersten Moment war es eine scharfe, unangenehme Empfindung, ein bitterer Geschmack in der Kehle. Er atmete aus und sah, wie Krisztina ihre Pfeife anzündete und über irgendetwas kicherte, das Márkus zu ihr sagte.

Sie unterhielten sich weiter. Die Konversation war genauso

bedeutungslos und sinnentleert wie zuvor. Der Mann brachte weitere Pfeifen. Nach einer Weile spürte Lukács, wie sich ein eigenartiger Friede über ihn herabsenkte. Ein taubes Gefühl hatte sich in seinen Gliedmaßen ausgebreitet, und seine Sicht war weich geworden. Er studierte Márkus und Krisztina und sinnierte darüber, wie viel Glück er gehabt hatte, den beiden begegnet zu sein. Er wärmte seine Pfeife und inhalierte den Opiumdampf aus vollen Zügen tief in die Lunge.

«Lukács. *Lukács!*» Márkus grinste ihn an. «Sieh ihn dir an, Krisztina! Sieh in seine Augen. Gefällt es dir, Lukács?»

Lukács nickte lachend. Seine Lippen fühlten sich an wie Gelee. «Ich will noch eine Pfeife.»

«Wo ist deine Börse?»

Lukács warf ihm die Geldbörse zu, dann wurde ihm bewusst, dass er gegen Krisztinas Oberkörper lehnte und sein Arm ihre Brust berührte. Er konnte sich nicht erinnern, wann sie sich so nah gekommen waren, doch er zögerte, sich zu bewegen, aus Angst, sie könnte sich entfernen. Von seinem Blickwinkel aus konnte er den Ansatz ihrer Brüste sehen und den sanften Kurven bis tief in die Schatten des Dekolletés folgen. Krisztinas Sinnlichkeit und ihre Nähe berauschten ihn nach und nach genauso stark wie das Opium. Er blinzelte, blickte auf und stellte fest, dass sie ihn beobachtet hatte. Bestürzt sah er zu Márkus, doch sein neuer Freund war zu sehr mit der Opiumpfeife beschäftigt, als dass er etwas bemerkt hätte.

Sie rauchten weitere Pfeifen. Die Unterhaltung flaute ab. In Lukács breitete sich ein Gefühl von völliger Ruhe und Gelassenheit aus. Alles war *richtig,* wie es war. Er bemerkte, dass Márkus nichts dagegen zu haben schien, dass er so dicht bei Krisztina saß oder dass sie mit ihm flirtete. Er schien genau zu wissen, wo er stand, und er schien auf Lukács' Ehre zu vertrauen. Beides machte ihn glücklich. «Weißt du, Márkus, dass du die schönste aller Frauen hast?», begann er nach einem Moment des Nachdenkens. «Glückwunsch zu deinem erlesenen Geschmack.»

Márkus kicherte und hob seine Pfeife. «Danke gleichfalls.»

Lukács spürte, wie Krisztina ihn anstarrte. Als Márkus sich erneut mit einer Pfeife beschäftigte, begegnete er ihrem Blick. Es lag eine Menge Vertraulichkeit in diesem Austausch. Wie eigenartig, dachte er. Das *végzet* war so schiefgegangen, doch hier schien er ein wahrer Experte in Kommunikation allein mit den Augen zu sein.

Er beschloss, ein Risiko einzugehen. Márkus kauerte über der Öllampe, als er die Hand ausstreckte, eine blonde Locke aus Krisztinas Gesicht strich und mit den Fingern über ihre Wange fuhr.

Ihr Mund klappte auf. Sie warf einen Blick zu Márkus, um zu sehen, ob er etwas bemerkt hatte. Als sie wieder zu Lukács sah, waren ihre Wangen leicht gerötet. Sie wechselten keine Worte, doch sie zog sich nicht von ihm zurück.

Sie blieben noch eine ganze Stunde nahezu komatös auf der Matratze, bis Lukács an die Kutsche dachte. Er zog seine Uhr hervor und stieß einen Fluch aus. Der Kutscher würde nicht die ganze Nacht auf ihn warten, und er kannte den Weg zum Haus von Szilárd nicht. Er weckte seine beiden neuen Freunde und informierte sie, dass er los musste, auf der Stelle. Sie richteten sich auf, blinzelten benommen, dankten ihm mit lallenden Stimmen.

«Ich will das noch mal machen», sagte Lukács. «Ich bin in einer Woche wieder in Buda. Wo finde ich euch?»

Márkus kramte einen Fetzen Papier hervor und zeichnete eine einfache Skizze. «Hier, in diesem Lokal kannst du uns finden.» Er grinste und schlug Lukács auf die Schulter. «Und bring deine Geldbörse mit!»

Lukács mühte sich auf die Beine. Sie fühlten sich an wie Pudding. Er schüttelte Márkus die Hand und verabschiedete sich mit einem gekünstelten Handkuss von Krisztina.

«Ich freue mich darauf, dich wiederzusehen, Lukács», sagte sie.

Ihre Augen verrieten ihm alles, was er wissen musste.

KAPITEL 7

Oxford
1979

Als Charles am Morgen, nachdem er Nicole und ihre Mutter mit zu sich nach Hause genommen hatte, in seine Küche kam, fielen ihm zwei Dinge auf. Erstens – die Hintertür stand offen. Er wusste, dass er sie am Abend abgeschlossen hatte. Zweitens lag der Bücherstapel, den Nicole aus dem Hillman gerettet hatte, auf dem Tresen. Die Schnur, die das Bündel zusammengehalten hatte, lag lose daneben.

Stirnrunzelnd trat Charles zum Fenster und sah nach draußen. Vor den Himbeersträuchern, die die Grenze seines Grundstücks kennzeichneten, stand Alice Dubois. Sie hatte dem Haus den Rücken zugewandt und rührte sich nicht. Sie stand da, mit verschränkten Armen wegen der morgendlichen Kühle, und starrte auf die Wiesen hinter dem Haus. Die tief stehende Sonne streichelte das Gras mit den ersten Strahlen.

Charles beobachtete sie mit einem Gefühl von zunehmender Nervosität. Einmal mehr fragte er sich, was diese Frau und ihre Tochter in derartige Angst versetzt hatte, was es war, wovor sie sich fürchteten und vor dem sie flohen. Er fragte sich auch, was es mit seinem Verlangen auf sich hatte, mehr über Nicole Dubois herauszufinden. Wie oft war er ihr begegnet? Zweimal in der Bibliothek, ein drittes Mal draußen vor dem

Campus und gestern, als es auf der Straße aus Oxford zu dem schweren Unfall gekommen war, den die beiden Frauen nur mit Glück überlebt hatten. Vier Begegnungen im Zeitraum von einer Woche, die ihn verzehrten wie nichts zuvor.

Sein Blick wanderte zum Bücherstapel. Eigenartig – sie schienen von Alt nach Jung geordnet, wie eine Chronologie. Die untersten Bände waren gesprungen und rissig, die Ledereinbände bröckelten, die Seiten waren vergilbt. Ein Exemplar sah aus, als wäre es in letzter Sekunde aus den Flammen gerettet worden, mit schwarz verkohlten Rändern, wo das Feuer angefangen hatte zu fressen. Kein einziges trug einen Titel auf dem Rücken. Die Bücher in der Mitte des Stapels waren jüngeren Datums, das Leder zwar abgewetzt, doch immer noch geschmeidig. Einige ziemlich weit oben trugen Jahreszahlen in goldener Prägung, und das oberste von allen war das Notizbuch, in das Nicole geschrieben hatte, als er ihr in der Bibliothek des Balliol zum ersten Mal begegnet war.

Diese Sammlung von Notiz- oder Tagebüchern enthielt die Antworten auf viele seiner Fragen zu ihrer derzeitigen Zwangslage, so viel wusste Charles. Nicole war immer noch voller Misstrauen gegen ihn. Bisher hatte sie ihm so gut wie überhaupt nichts erzählt – und das, obwohl er ihr das verlangte Vertrauen entgegengebracht hatte, obwohl er sie vom Unfallort weggebracht hatte, obwohl ihre Mutter ihn beinahe gesteinigt hätte und obwohl er beide Frauen in seinem Haus aufgenommen hatte. Und weil er all das getan hatte, hatte er doch wohl mindestens verdient zu erfahren, wovor sie davonliefen? Er wusste genau, was er wollte. Er war sich im Klaren über seine eigenen Absichten. Er wollte ihr bei ihrem Problem helfen ... zugegeben, vielleicht wünschte er sich noch ein wenig mehr. Doch je weniger sie ihm über ihre Zwangslage erzählte, desto schwieriger war es für ihn, ihr zu helfen.

Nicoles Mutter stand unverwandt am Ende des Gartens und starrte hinaus auf die Wiese. Mit einer Entschlossenheit, die ihn selbst überraschte und die sein Verhalten rechtfertigte, noch während er sich selbst dafür tadelte, packte Charles das zuoberst liegende Buch und schlug es auf.

Nicoles Handschrift war kompakt und sauber. Vieles war auf Französisch, doch hier und da bemerkte er auch ungarische Sätze. Er musste an die Texte denken, die sie in der Bibliothek studiert hatte. *Gesta Hungarorum* bei ihrer ersten Begegnung und *Gesta Hunnorum et Hungarorum* von Simon von Kezá bei der zweiten.

Er entdeckte Passagen, die sie auf Deutsch verfasst hatte, und Sätze in einer ihm völlig unbekannten Sprache. Auf verschiedenen Seiten fand er Skizzen von Gebäuden, Kostümen, Orten. Zwischen zwei Seiten entdeckte er eine alte Schwarzweiß-Fotografie. Sie zeigte eine silberne Maske. Das Datum auf der Rückseite verriet das Jahr, in dem die Aufnahme entstanden war: 1946. Charles blätterte weiter und fand verschiedene Ansätze für einen Familienstammbaum. Nicoles Name stand jedes Mal ganz unten. Die Namen direkt darüber klangen französisch, weiter oben deutsch. Die obersten Namen klangen mehr osteuropäisch.

Ein Begriff kam immer wieder vor.

Hosszú életek.

Charles hatte ihn noch nie gehört oder gelesen und wusste nichts damit anzufangen. Nicole schien davon besessen, so viel stand fest. Sie hatte ihn viele Male niedergeschrieben, manchmal unterstrichen, manchmal so energisch, dass sich der Stift durch das Papier gedrückt hatte. Ein weiteres Wort, das sich wiederholte, war ein Name.

Jakab.

Das war der Name, den ihre Mutter ihm am Telefon gegeben hatte. Jakab. Eingekreist, durchgestrichen, unterstrichen, übermalt.

«Was glauben Sie eigentlich, was Sie da tun?»

Charles wirbelte erschrocken herum. Nicole stand in der Küchentür und starrte ihn wütend an. Sie machte ein paar entschlossene Schritte auf ihn zu und riss ihm das Buch aus den Fingern.

Bestürzt hob er die Hände. Das, so wusste er, war der schlimmstmögliche Bruch des wenigen Vertrauens, das sie ihm bisher entgegengebracht hatte. «Nicole, es ... es tut mir leid. Ich bin ein verdammter Idiot. Ich kam nach unten, und die Bücher lagen einfach dort, offen ... ich konnte nicht anders. Ich dachte, vielleicht finde ich etwas darin, das ...»

«Verdammt richtig, Sie *sind* ein Idiot! Sie dachten, Sie finden vielleicht etwas darin, das ... *was*? Ihnen verrät, was Sie über uns wissen wollen? Nach allem, was ich Ihnen gestern Nacht gesagt habe? Glauben Sie mir nicht, oder haben Sie mich nicht verstanden?»

«Aber Sie haben kaum etwas gesagt, außer dass Sie mir nichts sagen wollen», protestierte er.

«Und das gibt Ihnen das Recht, in meinen Sachen herumzuschnüffeln, oder wie?»

«Schnüffeln ist wohl kaum das richtige Wort. Die Bücher lagen offen auf dem Tresen.»

«Sie haben sich wohl selbst spontan ausgewickelt, oder wie?»

«Sie lagen so da, als ich hereinkam!»

«Lügner! Ich kann nicht glauben, dass ich so dumm war zu glauben, ich könnte Ihnen vertrauen!»

«Nicole!» Alice Dubois war unbemerkt an der Hintertür erschienen. Ihr Gesicht war blass, als sie die Küche betrat. «Warum schreist du so? Was ist passiert?»

«*Er!* Er hat herumgeschnüffelt! Er hat die Tagebücher ausgepackt! Ich habe ihn dabei erwischt, wie er heimlich in ihnen gelesen hat!»

Ihre Mutter runzelte die Stirn. «Er hat sie nicht ausgepackt, Nicole. Das war ich. Ich habe sie heute Morgen mit nach unten genommen. Ich bin in den Garten gegangen, um mir den Sonnenaufgang anzusehen, und habe sie hier in der Küche liegen lassen.»

«Du hast sie unbewacht liegen lassen, wo jeder sie lesen kann?», fragte Nicole mit ungläubig erhobenen Augenbrauen.

«Ich dachte, ihr würdet noch fest schlafen», schnappte Alice zurück. «Jetzt beruhige dich bitte. Und was Sie angeht, junger Mann!» Sie zeigte mit dem Finger auf Charles. «Glauben Sie, Sie könnten sich an unseren Sachen bedienen, nur weil sie unter Ihrem Dach sind?»

«Bedienen?», protestierte Charles. «Ich glaube kaum –»

«Sie haben unser Vertrauen missbraucht!», unterbrach ihn Nicole.

Charles war am Ende seiner Geduld. Er spürte, wie seine geschwollene Nase pochte. Es war dumm gewesen, in ihrem Tagebuch zu lesen, doch er verwahrte sich ganz entschieden vor derartigen Anschuldigungen. «Seit wir uns zum ersten Mal begegnet sind, habe ich nichts weiter getan, als Ihnen zu helfen!»

«Danke sehr, Charles, wir wissen das wirklich sehr zu schätzen!», giftete sie. «Gestern wären wir beinahe gestorben durch Ihre Hilfe. Und heute sitzen wir ohne Pässe hier fest. Wären Sie nicht gewesen, wären wir inzwischen längst wieder in Paris.» Sie schob sich unwirsch an ihm vorbei zum Tresen und sammelte die Bücher auf. «Ich habe genug von Ihrer Hilfe. Ich ertrage nicht mehr davon!»

Er verschränkte die Arme vor der Brust. «Schön. Dann verschwinden Sie.»

Sie hielt inne, neigte den Kopf zur Seite und sah ihn an.

«Haben Sie Freunde hier?», fragte er. «Kontakte, an die Sie sich wenden können? Geld? Nein? Sehen Sie den Tatsachen ins Auge, Nicole – Sie brauchen meine Hilfe, ob Sie wollen oder nicht. Sie beide.»

«Wir sind bisher auch ohne Ihre Hilfe zurechtgekommen.»

«Sicher. Aber das war bisher, und jetzt sind Sie hier. Soll ich Ihnen etwas verraten? Trotz der Tatsache, dass Sie eine unberechenbare Irre sind mit einer gleichermaßen unberechenbaren Mutter, steht mein Angebot immer noch.»

Nicole starrte ihn an. Sie zitterte vor Empörung und Zorn. Er konnte sehen, dass seine Worte sie nachdenklich gemacht hatten, auch wenn sie außer sich war deswegen. Charles öffnete den Mund, um fortzufahren, doch eine innere Stimme ermahnte ihn, dass er genug geredet und sein Glück genügend herausgefordert hatte. Er schwieg.

Er spürte, dass die Situation auf der Kippe stand.

«Er hat recht, Nicole.»

Charles drehte sich überrascht zu Alice Dubois um. Von Nicoles Mutter hatte er am allerwenigsten Unterstützung erwartet.

«Wir haben keine andere Wahl», sagte Alice. «Lass es gut sein. Beruhige dich. Mir gefällt die Situation genauso wenig wie dir. Aber ich glaube ihm. Wir können ihm einen Fehler verzeihen, nach allem, was er für uns getan hat. Lassen wir ihn seine Arrangements vorbereiten, und sehen wir, ob er uns nach Hause bringen kann. Für den Moment müssen wir akzeptieren, dass er unsere einzige Chance ist.»

Nicoles Schultern sanken herab. Sie legte die Bücher auf die Theke. Dann nahm sie die Schnur und fing an, sie zusammenzubinden. Missmutig begegnete sie Charles' Blick. Sie setzte an, um etwas zu sagen, doch dann änderte sie ihre Meinung wieder, schüttelte den Kopf und schwieg. Sie kaute auf ihrer Unterlippe, nahm das Bündel mit den Büchern und stapfte aus dem Raum.

Charles sah ihr hinterher. Er spürte Alices Blick auf sich ruhen.

«Diese unberechenbare Irre von einer Mutter kann einen Fehler verzeihen», sagte sie mit ausdrucksloser Miene. «Zwei Fehler könnten gefährlich werden. Glauben Sie nicht, dass ich nicht jede Ihrer Bewegungen beobachte.»

«Sagt Ihnen der Ausdruck *hosszú életek* etwas?», fragte Charles seinen Kollegen Patrick Beckett.

Sie hatten es sich im Eagle and Child Pub in einer geschützten Nische beim Kamin gemütlich gemacht. Charles strich mit dem Finger über sein Pintglas und sah seinen Kollegen fragend an.

«Charles, ich bin sprachlos!» Der Professor für Vergleichende Philologie war ein großgewachsener Mann mit schnellen, vogelartigen Bewegungen und zu großen Zähnen für seinen Mund. Er beugte sich auf seinem Hocker nach vorn, und seine Hand schnellte vor, um sein Bier zu packen. Er setzte das Glas an die Lippen und trank einen Schluck. «Ich hätte es nie für möglich gehalten, dass dieser Tag kommen könnte.»

«Was für ein Tag wäre das?»

«Der Tag, an dem Sie mich wegen irgendetwas um Rat fragen, Charles. Sie erweisen mir eine große Ehre, mein Freund. Ich scheine weit aufgestiegen zu sein in den akademischen Zirkeln, um so eine Auszeichnung zu verdienen. Ich trinke mein Bier besser schnell aus, bevor Sie sich's anders überlegen, was? Ich wusste, dass es einen Grund geben muss, warum Sie mich auf ein Bier einladen. Was meinen Sie – ist es das erste Mal, dass Sie dieses Jahr so tief in Ihre Geldbörse gegriffen haben?»

«Seien Sie nicht albern, Patrick!», entgegnete Charles verlegen. Er warf einen Blick aus ihrer holzvertäfelten Nische, bevor er fortfuhr: «*Életek*. Ich habe überall danach gesucht, aber ich will verdammt sein, wenn ich auch nur den kleinsten Hinweis finde!»

«Ich bin froh, dass Sie das Licht gesehen haben, Charles, mehr kann ich dazu nicht sagen. Sehen Sie, man erfährt genauso viel über eine Gesellschaft, wenn man ihre Mythen studiert, als wenn man sich mit ihrer Geschichte beschäftigt.»

«Ich kann Ihnen nicht folgen.»

«Sie brauchen keinen Historiker, Charles. Sie brauchen einen Volkskundler.» Triumphierend deutete Beckett auf sich selbst. «An dieser Stelle kommt Beckett ins Spiel.»

«Ich hatte eigentlich den Eindruck, Sie wären Linguist?»

«Selbstverständlich. Um eine Sprache vollständig zu begreifen, muss man die Gesellschaft verstehen, in der sich diese Sprache entwickelt hat. Was wäre besser geeignet, als sich mit ihrer Folklore vertraut zu machen? Ich gestehe, dass ich sehr viel mehr Zeit damit verbracht habe, die alten Legenden zu lesen, als die meisten anderen, aber es ist ein faszinierender Stoff. Weit besser als der ganze Schund, der diesseits des zwanzigsten Jahrhunderts produziert wird.» Er hob rasch die Hand. «Ah, haha, ich vergesse unsere Umgebung, wie dumm von mir. Nichtsdestotrotz, Sie verstehen, worauf ich hinauswill.» Er klopfte aus irgendeinem unverständlichen Grund mit den Knöcheln auf den Tisch. Beckett steckte voller merkwürdiger Ticks, Marotten und Widersprüchlichkeiten. Es machte jede Unterhaltung mit ihm ermüdend.

«Also, was können Sie mir über *életek* erzählen?»

«Möglicherweise nur sehr wenig.» Beckett hob einen mahnenden Finger und trank einen schnellen Schluck von seinem Bier. «Obwohl, bei eingehender Betrachtung sicherlich mehr als die meisten. Auf der anderen Seite – wer vermag schon zu sagen, ob das, was ich zu wissen glaube, der Wahrheit entspricht? Womit ich korrekt meine, im Sinne von authentisch. Sehen Sie? Die Schwierigkeiten fangen schon an.»

«Ohne für den Moment auf die möglichen Ungenauigkeiten dessen einzugehen, was Sie gehört haben ...», sagte Charles. «Aber könnten Sie mich vielleicht trotzdem an Ihrem Wissen teilhaben lassen, bevor sie hier die letzte Runde einläuten?»

Beckett klatschte entzückt in die Hände. «Wunderbar! Absolut wunderbar formuliert. Selbstverständlich lasse ich Sie teilhaben, Charles. Ich muss das alles selbst noch einmal überprüfen – ich erinnere mich nicht mehr genau, ob es aus den deutschen Märchen stammt, aus den slawischen Erzählungen oder von ganz woanders her kommt. Ich nehme an, es spielt keine Rolle. Möglicherweise gibt es ähnliche Geschichten über sie in einer ganzen Reihe unterschiedlicher Quellen, was völlig normal wäre. Sie heißen auch nicht immer so. *Életek* – oder, um genau zu sein, *hosszú életek,* ist ein ungarischer Begriff.»

«Sie? Plural?»

«Ein Volk oder ein Stamm. *Hosszú életek* bedeutet so viel wie ‹langes Leben›. Oder ‹Langlebige›.» Er verstummte ein weiteres Mal und knackste mit den Fingern. «Ich bin nicht sicher, ob es eine wörtliche Übersetzung ist. Es könnte eine leichte Verfälschung sein.»

«Okay, halten wir uns nicht unnötig mit der Etymologie auf.»

«Gott bewahre!» Beckett leerte sein Bier. «Die nächste Runde geht wieder auf Sie?»

Kopfschüttelnd zückte Charles seine Geldbörse. Einige Minuten später, mit frischen Pints auf dem Tisch, lehnte er sich zurück und wartete darauf, dass Beckett weiterredete.

«Ich habe darüber nachgedacht, während Sie an der Theke

waren», begann er. «Ich sagte Ihnen ja bereits, ich weiß mehr, als ich dachte, stimmt's? Es kommt nach und nach zum Vorschein. Ich bin im Verlauf meiner jahrelangen Forschungen mehrmals auf sie gestoßen. Soweit ich mich entsinne, muss es sich um verschiedene Quellen gehandelt haben, denn die Geschichten unterscheiden sich. Wirklich erstaunlich, so ein Gehirn. Wie dem auch sei, das ‹Lange Leben› ist nur ein Teil des Ganzen. Der eigentlich entscheidende Punkt der Legende ist, dass die *hosszú életek* ihre Gestalt verändern konnten.»

«Gestaltwandler?»

«Ein weitverbreitetes Thema in der Mythologie, nicht wahr? Manchmal strafend, manchmal schützend. Oftmals räuberisch. Selbst die eher zeitgenössische psychologische Wandlung ist vorhanden, beispielsweise Jekyll und Hyde.»

«Und die *életek*?»

«Das ist der Punkt, an dem die Geschichten divergieren. Viele sprechen von den *hosszú életek*, wie wir über eine andere Kultur oder eine andere Gesellschaft reden würden. Wir würden die Franzosen nicht ganz allgemein als böse oder räuberisch klassifizieren, nicht wahr? Oder alle Japaner als verschlagen und betrügerisch? Die életek sind lediglich ein weiterer Aspekt unseres Erbes. Selten, doch nichtsdestotrotz gegenwärtig. Sie bewegen sich durch die Welt, größtenteils unsichtbar und lediglich dem Adel der jeweiligen Länder bekannt, in denen sie wohnen. Viele von ihnen *gehören* zum Adel. Man sollte logischerweise annehmen, dass Langlebigkeit und Tarnung ihnen einen gewissen Vorteil in den politischen Zirkeln verschaffen.» Beckett lachte auf. «Genau genommen in jeder Art von Zirkeln, machen wir uns nichts vor.»

«Aber nicht alle Legenden stimmen in diesem Punkt überein.»

«Nein. Und an dieser Stelle wird es interessant. Es scheint

eine klare Trennung zu geben. Es steht zu erwarten, dass die eine oder andere Überlieferung einer Geschichte wie dieser einen etwas böseren Ton hat. Märchen, die man kleinen Kindern erzählt, um sie zu Gehorsam anzuhalten beispielsweise. Es gibt reichlich von dieser Sorte. Was ich jedoch als faszinierend empfand, war die Tatsache, dass diese Geschichten viel später aufgetaucht sind. Man findet fast keine, wenn man weiter als zweihundert Jahre oder so in die Vergangenheit zurückgeht. Es ist, als wäre damals etwas geschehen, das die allgemeine Meinung gegen die *életek* umschwingen ließ.»

«Sie sprechen von ihnen, als würden sie tatsächlich existieren.»

«Es ist die Gesellschaft, die glaubt, dass sie existieren. Und es gibt jede Menge Beweise dafür. Wenn Sie die Legenden zusammennehmen, ein paar Annahmen hinzufügen und alles mit ein wenig Phantasie verrühren, kommt eine Geschichte von einer Rasse heraus, die bis vor etwa fünfhundert Jahren unerkannt in Osteuropa lebte. Es ist keine Überraschung, dass der gestaltwandlerische Aspekt ihrer Natur im Vordergrund steht. Bedenken Sie den Kontext. Im neunten Jahrhundert haben wir Árpád, den Magyarenführer, mit seinen Blutsbrüderschaften, der das gesamte Karpatenbecken erobert und geeint hat. Seine Nachkommen herrschen glücklich und zufrieden – nun ja, glücklich ist vielleicht nicht das richtige Wort, aber lassen wir uns davon nicht ablenken – bis ins dreizehnte Jahrhundert hinein, und dann – *PENG*!» Beckett schlug mit der Faust auf den Tisch, dass das Bier aus den Gläsern schwappte. «Desaster! Die Mongolen kommen. Millionen niedergemetzelt, Frauen und Kinder, Katzen und Hunde. Massaker folgt auf Massaker. Niemand ist seines Lebens sicher. Die Mongolen rauben und morden, brennen nieder, plündern, vergewaltigen. Es ist nicht weiter schwer zu verstehen, wie angesichts dieser

Umstände eine Legende entstehen konnte, die sich um Gestaltwandler dreht.»

«Zum Selbstschutz.»

«Genau. Und das ist möglicherweise die Geburtsstunde der *életek*. Und wenn es ein Verteidigungsmechanismus ist, von dem wir reden, dann sollte man erwarten, dass sie verschwiegen sind. Wer weiß? Vielleicht traten die *életek*, nachdem die Gefahr durch die Mongolen zum Ende des Jahrhunderts vorbei war, ans Licht der Öffentlichkeit und lebten glücklich und zufrieden neben den anderen her, bis sie warum auch immer erneut in den Untergrund getrieben wurden oder das Interesse an ihrem Mythos allmählich verklang.» Beckett trommelte mit den Fingern auf dem Tisch, allem Anschein nach zufrieden mit seinem Vortrag. Er trank von seinem Bier.

«Eine interessante Geschichte.»

Der Gelehrte nickte gesalbt. «Wissen Sie, Charles, ich muss schon sagen, ich habe unsere Konversation sehr genossen. Sie haben mein Interesse an den Karpaten wieder völlig neu belebt. Es gibt da etwas, das ich Sie vielleicht fragen sollte.»

«Schießen Sie los.»

Zum ersten Mal an diesem Abend wurde Becketts Gesichtsausdruck völlig ernst. «Wären Sie vielleicht daran interessiert, unserer Rollenspiel-Gruppe beizutreten?», fragte er.

Nicole und Alice blieben noch eine Woche bei Charles wohnen. Er benötigte länger als erwartet, um ihre Rückreise über den Kanal zu organisieren. Sein Bootseignerfreund hatte sich schnell bereit erklärt, den Transport zu übernehmen, doch das Umgehen der französischen Grenzbehörden war ein Verhandlungspunkt gewesen, der Charles mehrere seiner geliebten Flaschen Château Latour gekostet hatte.

Nachdem diese Komplikation gelöst war, musste Charles

sich eingestehen, dass er versucht hatte, Zeit zu schinden. Je länger er in Nicoles Gesellschaft weilte, desto klarer wurde ihm, dass es nicht bloß Neugier war, die ihn zu seiner Verzögerungstaktik greifen ließ, sondern dass er sich immer stärker zu ihr hingezogen fühlte. Sie hatten im Verlauf der Tage weniger und weniger gestritten – auch wenn ihre unterschiedlichen Meinungen mehrmals dazu geführt hatten, dass Alice eingeschritten war und die beiden getrennt hatte. Sie aßen zusammen, gingen zusammen spazieren, unterhielten sich, lachten. Nicole bat ihn, eine Aufnahme seiner Radio-Dokumentation abzuspielen, und dann verspottete sie ihn schonungslos, während sie lauschte. Er lernte eine andere Seite an ihr kennen während dieser Abende. Wenn ihre Schilde unten waren, scherzten sie geradezu liebevoll miteinander. Er war hinterher häufig wie berauscht von der Erfahrung.

Am Abend, bevor die beiden Frauen nach Frankreich aufbrachen, überredete er Nicole, mit ihm in einem französischen Restaurant im Zentrum von Oxford essen zu gehen. Vor wem auch immer sie auf der Flucht war, die Wahrscheinlichkeit, ihm an einem bestimmten Abend in einem bestimmten Restaurant in einer bestimmten Stadt zu begegnen, war minimal.

Als sie in dem winzigen Lokal Platz genommen hatten, bestellte Nicole zu seiner Freude *escargots*, und Charles beglückte sie damit, eine zu probieren. Während er sie über den Tisch hinweg beobachtete, versuchte er, sich ihr Gesicht einzuprägen, so gut er konnte. Sie trug das Haar an diesem Abend offen, und kastanienbraune Locken fielen über ihre Schultern. Die Sommersonne hatte ihr Gesicht gebräunt und Sommersprossen auf ihre Wangen gezaubert.

Nicole bemerkte seinen Blick und hob eine Augenbraue. «Sie sehen mich schon wieder so an.»

«Wie sehe ich Sie an?»

«Ich weiß nicht. *So* halt. Ich weiß nie, was Sie denken, wenn Sie mich so ansehen.»

«Ich denke, dies ist wahrscheinlich das letzte Mal für eine ganze Weile, dass ich Sie sehe. Ich hoffe nur, es ist nicht das letzte Mal.»

Nicole trank einen Schluck von ihrem Wein und stellte das Glas zurück. Sie sah auf ihren Teller, dann blickte sie ihm in die Augen. «Oh, Charles. Das alles war sehr schwierig für Sie, nicht wahr?»

«Sagen Sie das nicht in diesem Ton.»

«In welchem Ton?»

«Es klingt wie eine Abfuhr.»

«Es ist keine. Aber es war schwierig. *Ist* schwierig. Das hier, meine ich. Mit uns.»

«Das muss es nicht sein.»

Sie schüttelte den Kopf. «Bitte. Fangen Sie nicht damit an.»

«Ich will Sie wiedersehen.»

«Sie werden mich wiedersehen.»

«Werde ich?», fragte er. «Sie haben mir nicht verraten, wohin Sie gehen. Sie haben mir keine Adresse genannt. Nicht einmal eine Telefonnummer. Sie reden nicht mit mir über Ihre Pläne.»

«Ich weiß.» Sie legte ihre Gabel weg und ergriff seine Hand, um sie kurz zu drücken, bevor sie sie wieder losließ. «Es ist beängstigend, nicht wahr?»

«Was?»

«Vertrauen.»

Er nickte langsam. «Sie bitten mich, Ihnen zu vertrauen.»

«Habe ich das nicht von Anfang an?»

«Sie kommen zurück?»

«Das kann ich nicht versprechen. Aber wir werden uns wiedersehen, denke ich. Nur vielleicht nicht hier.»

«Ohne verzweifelt zu klingen – darf ich fragen, *wann*?»

Sie lachte. «Sie *klingen* verzweifelt. Es passt überhaupt nicht zu Ihnen. Und es ist unglaublich süß. Die Antwort lautet, ich weiß es nicht. Aber ich schätze, ich werde verrückt in Paris, wenn ich nicht irgendwann im Verlauf der nächsten ein, zwei Monate mit Ihnen streiten kann.»

Er grinste, und dann dachte er an das, was er sagen musste. Sein Gesicht wurde ernst. «Wir kommen immer wieder auf Vertrauen zurück. Ich denke, ich habe inzwischen genug getan, um Ihres zu verdienen ... auch wenn ich auf dem Weg dahin ein paar Fehler gemacht habe. Ich hätte niemals in den Tagebüchern lesen dürfen, ohne Sie vorher zu fragen.»

«Das ist richtig.»

«Und ich würde Ihr Vertrauen ebenfalls missbrauchen, wenn ich nicht beichten würde, was ich gelesen habe bei meinem kurzen Blick hinein. Oder wohin die Spur mich von dort aus geführt hat.»

Auf der anderen Seite des Tisches legte Nicole ihr Besteck ab und verschränkte die Finger über dem Teller. «Ich höre.»

Er zögerte, konzentrierte sich völlig auf ihre Reaktion. Indem er den Blick demonstrativ durch das Restaurant schweifen ließ – mehr um ihretwillen, als um auszuschließen, dass jemand sie belauschte –, raunte er ihr leise zu: *«Hosszú életek.»*

Sie zuckte zusammen. Ganz unmerklich, als wäre sie von einer Mücke gestochen worden.

Doch sie schüttete ihm nicht den Wein ins Gesicht, stürmte nicht aus dem Restaurant, tat nichts von den Dingen, die er halb erwartet, halb befürchtet hatte. Ihr Atem ging schneller, doch davon abgesehen beobachtete sie ihn nur.

Charles wartete, bis ein Gast an ihrem Tisch vorbeigegangen war, dann sah er sie fragend an. «Nun?»

Sie hob die Augenbrauen, drehte ihm die Handflächen zu und bedeutete ihm fortzufahren.

Er räusperte sich. Dann erzählte er ihr, was er von Beckett erfahren und was seine eigenen Recherchen im Anschluss daran zutage gefördert hatten. Er ließ nichts aus, redete von den widersprüchlichen Mythologien und über das, was Beckett von der Sache hielt. Als er geendet hatte, saß sie immer noch da und beobachtete ihn. Immer noch schweigend.

«Sie haben nicht ein Wort gesagt», stellte er fest, indem er sein Weinglas nahm und es leerte.

«Was soll ich denn Ihrer Meinung nach sagen?»

«Ich weiß es nicht. Reagieren, irgendwie. Mir sagen, dass ich das hätte bleiben lassen sollen? Oder mir verraten, was das alles zu bedeuten hat?»

«Charles ...» Ihre Stimme versagte, sie senkte den Blick, und er bemerkte Tränen in ihren Augen. «Wieso müssen wir diese Unterhaltung führen? Warum? Ich schätze Ihre Freundschaft. Ich respektiere Sie. Aber Sie würden das niemals verstehen. Darum ist es besser, wenn ...»

«Ich verstehe genug, Nicole. Ich verstehe, dass diese Legende aus irgendeinem Grund für Sie real ist und kein Märchen. Ich verstehe, dass Sie und Ihre Mutter vor irgendjemandem auf der Flucht sind. Irgendetwas ist passiert, aber ich weiß nicht, was. Und aus welchem Grund auch immer – Sie scheinen zu glauben, dass jemand Sie jagt, und Sie glauben außerdem, dass es sich dabei um einen *hosszú élet* handelt. Ist das so?»

Sie unterdrückte ein Schluchzen, und es kostete ihn all seine Selbstbeherrschung, nicht von seinem Stuhl aufzustehen und sie in die Arme zu nehmen und zu trösten.

«Nicole, Sie haben mich die ganze Zeit über immer wieder gebeten, Ihnen zu vertrauen. Ich weiß nichts über diese Sache mit Ausnahme der Dinge, die ich von Beckett erfahren habe.

Aber ich denke, ich habe mich in Sie verliebt.» Er schüttelte den Kopf. «Verdammt, jetzt habe ich es gesagt. Wie dem auch sei, ich kann diesen Vertrauensvorschuss nicht mehr gewähren, wenn Sie nicht endlich mit mir reden.»

Nicole schwieg für einen Moment, während sie über seine Worte nachdachte. «Was denken Sie über das, was Sie gehört haben?»

«Über *életek*?»

«Ja.»

«Ich weiß nicht, was ich darüber denken soll. Es ist eine interessante Sage. Was sonst kann ich schon darüber sagen?»

«Könnten Sie eine Beziehung mit jemandem führen, von dem Sie glauben, dass er unter Wahnvorstellungen leidet?»

«Nein.»

«Sehen Sie unser Dilemma?»

Er beschloss, einen letzten Trumpf auszuspielen. «Sein Name ist Jakab, richtig?»

Diesmal war ihre Reaktion heftiger. Sie zuckte auf ihrem Stuhl nach hinten, drückte sich von ihm weg, während ihre Blicke das Restaurant absuchten – der gleiche fluchtbereite, lauernde Gesichtsausdruck, den er an dem Tag des Autounfalls bei ihr beobachtet hatte. Ein Vogel, der zusammen mit einem Räuber in einem Käfig gefangen saß. Ihn fröstelte.

Nicole atmete schnell. Ihre Hände packten die Tischkante, bis die Knöchel weiß hervortraten. Er beobachtete, wie sie langsam die Fassung zurückgewann. Sie saßen schweigend für ein paar Minuten, und er wartete, während sie den Blick von ihm abwandte, den Tisch betrachtete und ihm dann wieder in die Augen sah.

«Charles, wir müssen weg von hier», sagte sie. «Irgendwo anders hin, wo es dunkler ist. Wo es stärkere Sachen zu trinken gibt.»

Zwei Straßen weiter fanden sie eine passende Kneipe. Schwach beleuchtet, laut, anonym. Vertäfelte Nischen säumten die Wand gegenüber der Theke. Nicole schob sich in eine, während er zwei große Cognacs bestellte und zum Tisch brachte, auf dem in einer Schale eine flackernde Kerze brannte. Sie blies die Kerze aus, während er sich setzte – ein deutlicher Hinweis darauf, wie sehr er in der letzten halben Stunde ihre Selbstsicherheit zerrüttet hatte.

Charles beobachtete sie, wie sie einen ersten Schluck von ihrem Cognac nahm. Sie saß vornübergebeugt auf ihrer Bank, die Finger um das Glas geschlungen. Er brannte vor Ungeduld und Neugier, während er an seinem Cognac nippte, sorgsam darauf bedacht, sie nicht unter Druck zu setzen. Er war immer noch verblüfft über sich selbst, weil er ihr gesagt hatte, dass er in sie verliebt war, und bestürzt sowohl über sein mehr als ungeschicktes Timing sowie das Ausbleiben jeglicher Reaktion von ihrer Seite.

«Jakab.» Sie erschauerte. «Gott, wie ich diesen Namen hasse. Als ich ein kleines Mädchen war, erzählte mir meine Mutter die Geschichte unserer Familie und verriet mir, warum wir immer auf der Hut sein müssen und nicht auffallen dürfen. Meine Großmutter Anna war Ungarin, doch sie floh zusammen mit ihrem Mann vor dem Zweiten Weltkrieg nach Deutschland. Sein Name war Albert. Irgendwas war in Ungarn passiert und hatte sie zur Flucht veranlasst. Alles ging sehr schnell, bei Nacht und Nebel. Sie verabschiedeten sich von ihren Familien, und das war es. Sie sahen sie nie wieder.

Sie richteten sich einigermaßen in Deutschland ein. Kurz nach ihrer Ankunft gebar meine Großmutter meine Mutter Hilde. Dann brach der Krieg aus, und Albert wurde von den Nazis eingezogen. Er schlug sich durch, bevor er bei Stalingrad von einem Scharfschützen getötet wurde.»

«Hilde? Ich dachte –»

«Ihr richtiger Name. Als der Krieg endete und die Alliierten Deutschland besetzten, wurde Anna nervös und wollte erneut weg. Ich weiß nicht, ob sie eine Begegnung mit Jakab hatte oder einfach nur Angst hatte, die Grenzen könnten geöffnet werden. Wie dem auch sei, sie beschloss, weiter nach Westen zu gehen, diesmal nach Frankreich. Sie nahm Hilde mit.»

«Keine gute Zeit, um nach Frankreich zu gehen, wenn ihr Mann ein toter Nazi war», warf Charles ein.

«Er war kein Nazi. Sie hatten ihn nur eingezogen. Aber ja, Sie haben recht. Sie waren Ausgestoßene. Zogen viel umher. Meine Mutter änderte ihren Namen in Alice, und dann lernte sie meinen Vater kennen, Eric Dubois. Zu dieser Zeit war Anna bereits gestorben. Ich habe sie nie kennengelernt.

Meine Mutter warnte mich stets, auf der Hut zu sein vor allem Fremden und Ungewöhnlichen. Das Verhalten von Leuten in unserem Umfeld zu beobachten, auf Veränderungen zu achten. Sie erzählte mir, dass es in Ungarn einen Mann gegeben hatte – Jakab –, der besessen gewesen war von ihrer Großmutter. Es bestand die Möglichkeit, dass er noch immer irgendwo da draußen lauerte. Und nachdem Anna gestorben war, lauerte er jetzt vielleicht uns auf.»

Nicole sah auf und versuchte seinen Gesichtsausdruck abzuschätzen. «Natürlich dachte sie, er wäre ein *hosszú élet*. Zu diesem Zeitpunkt hatte ich die Tagebücher bereits gelesen. Wenn man so etwas liest …» Sie nahm einen weiteren Schluck. «Ich erwarte nicht, dass Sie das verstehen. Oder glauben. Lassen Sie mich es so formulieren. Stellen Sie sich vor, Sie sind ein *hosszú élet*. Stellen Sie sich vor, die Geschichten, die man sich erzählt, entsprechen der Wahrheit, und Sie verfügen über diese Fähigkeit. Und stellen Sie sich weiter vor, die Frau, von der Sie besessen sind, ist mit einem anderen verheiratet. Und hasst Sie.

Stellen Sie sich vor, dass es Ihnen, obwohl Sie es wissen, egal ist, dass Sie nichts anderes wollen, als sie zu besitzen ...»

Er schüttelte den Kopf und drehte die Handflächen nach oben.

«Charles, Sie werden zu dem Mann, den sie liebt! Sie treten an seine Stelle! Meine Mutter war ihr ganzes Leben lang vor dieser Möglichkeit auf der Hut. Doch damals, ohne zu wissen, was auf uns zukam, erschien es mir wie Aberglaube, eine Reihe exzentrischer Tagebücher, vererbt durch die Generationen, zusammen mit Warnungen von einer Familie, die sich von ihren eigenen Kamingeschichten hat mitreißen lassen. Das war, bevor wir anfingen, die Veränderungen zu bemerken.

Mein Vater Eric war ein ruhiger, freundlicher Mann. Schreiner von Beruf. Wenn er nicht in seiner Werkstatt war und Möbel anfertigte, baute er Spielsachen für mich und meine Freundinnen im Dorf. Wir wohnten in einem winzigen Haus ein klein wenig außerhalb von Carcassonne. Ein Neuer zog in die Gemeinde. Petre nannte er sich. Er und mein Vater freundeten sich an. Petre ging bei uns ein und aus. Aß mit uns, war ständig bei uns. Er begann eine Lehre bei meinem Vater, obwohl beide fast im gleichen Alter waren. Arbeit war Mangelware. Die Leute nahmen, was sie kriegen konnten.

Doch mit der Zeit begann Petre, sich an meine Mutter heranzumachen. Er kam zu uns nach Hause, wenn er wusste, dass mein Vater nicht da war. Er fing an, Geschenke für sie zu kaufen. Mein Vater muss gesehen haben, was kam. Ich denke, er zögerte zu handeln, weil er seinen Freund so sehr mochte. Eines Nachmittags, als Petre einen weiteren Annäherungsversuch unternahm, kam es zum Streit. Vater war ein friedfertiger Mann, doch was zu viel war, war zu viel. Er drehte durch. Er suchte seinen Lehrling und verpasste ihm eine Tracht Prügel. Wir sahen Petre nie wieder. Jeder im Dorf wusste, was passiert war. Der Mann konnte nirgendwo bleiben, bekam nirgendwo zu trinken oder zu essen, keine Arbeit. Er war erledigt. Alle liebten Eric, und niemand würde einem Kerl verzeihen, der ihn auf diese Weise betrogen hatte.

Einige Zeit später bemerkten wir Veränderungen an meinem Vater. Zuerst hörte er auf, Spielzeuge zu schnitzen. Das war jedenfalls das Erste, was mir auffiel. Meine Mutter – sie hat nie mit mir darüber geredet, aber ich denke, ihre Beziehung ...» Nicole schluckte. Sie hatte Mühe zu reden. «Sagen wir, ihre körperliche Beziehung veränderte sich von liebevoll und gesund zu gewalttätig und pervers. Die Streitereien fingen an. Mein Vater vergaß eine Menge Dinge aus unserem früheren Leben. Ich erfand Geschichten über Dinge, die wir unternommen hatten, und er nickte zustimmend oder lachte mit mir zusammen, obwohl nichts der Wahrheit entsprach.

Dann eines Tages fanden sie draußen vor dem Dorf den Leichnam. Er war seit einer Weile verscharrt gewesen, und das Gesicht war nicht mehr da. Jemand hatte es herausgeschnitten. Die Gendarmerie konnte den Toten nicht identifizieren. Aber meine Mutter wusste Bescheid.»

Charles nickte. Er war fasziniert von ihrer Geschichte und voll Besorgnis wegen ihres Zustands, während sie redete. «Was geschah dann?»

«Eines Abends brachte meine Mutter mich zu Freunden. Sie machte meinen Vater betrunken, bis er komatös war, steckte ihn ins Bett und versperrte die Tür. Dann ging sie nach unten, vernagelte das Haus und steckte es an.»

«Mein Gott.»

«Sie holte mich mitten in der Nacht ab, und wir fuhren nach Norden. Wir kehrten nie wieder zurück.»

Nicole lehnte sich in ihrem Sitz zurück. Sie lächelte ihn an und wischte sich Tränen aus den Augen. «Das ist alles. Was denken Sie jetzt? Immer noch interessiert an mir?» Der Klang ihrer Stimme war beinahe hysterisch.

«Soll ich den *Advocatus Diaboli* spielen?»

«Nur zu.»

«Es ist schwierig, das zu sagen, ohne Sie möglicherweise zu verletzen, aber Ihr Vater könnte krank gewesen sein.»

«Eine degenerative Erkrankung, die sein Verhalten erklären würde. Alzheimer.»

«Vielleicht. Oder etwas in der Art.»

«Und meine Mutter hat einen Unschuldigen verbrannt.»

«Das ist der heikle Punkt, ja.»

Nicole nickte.

«Wenn Jakab im Haus verbrannt ist, warum fliehen Sie dann immer noch?», fragte er unvermittelt.

«Weil meine Mutter eine Freundin im Dorf hatte, der sie sich anvertraute. Sie telefonierte ein paar Jahre später mit ihr, um herauszufinden, was geschehen war. Bis das Feuer den ersten Stock erreicht hatte, waren sämtliche Dorfbewohner auf den Beinen. Sie sahen einen Mann an einem der Fenster. Er schrie und wand sich. Er schien sich zu *kräuseln*. Dann schlug er das Fenster ein und warf sich nach draußen, aus einer Höhe, die jeden gewöhnlichen Menschen verkrüppelt oder umgebracht hätte. Er hingegen sprang auf und rannte davon.»

«Und er ist immer noch hinter Ihnen her.»

Sie nahm ihr Glas und kippte den Cognac hinunter. «Das ist der Grund, warum ich in England bin. In Oxford. Ich habe die ganze Zeit über Nachforschungen angestellt. Es gibt eine Menge Texte hier. Originale, Quellen, auf die ich nirgendwo sonst zugreifen kann. *Hosszú életek* bedeutet ‹langes Leben›, aber es bedeutet nicht ‹unsterblich›. Ich will wissen, wie lange das noch so weitergehen kann.»

Charles atmete tief durch. Er fand es schwierig, auf die Ungeheuerlichkeit dessen zu reagieren, was sie ihm soeben erzählt hatte. Einige Aspekte ihre Geschichte konnte er unmöglich glauben. Auf der anderen Seite war der Familie Dubois eindeutig etwas Tragisches zugestoßen. Ob Becketts Geschichten irgendeine Bedeutung hatten oder nicht, spielte plötzlich keine Rolle mehr für Charles. Exzentrisch oder nicht, er war bereit, ihr erneut zu vertrauen, wenn sie ihn darum bat; er würde die Mythologie beiseiteschieben, bis er herausgefunden hatte, was zu tun war.

Er ergriff über den Tisch hinweg ihre Hand. «Werden Sie zulassen, dass ich Ihnen helfe?»

Sie lachte, und diesmal rannen ihr die Tränen über die Wangen. Sie legte ihre eigene Hand auf seine. «Gewiss, Charles. Danke.»

«Darf ich die Tagebücher lesen?»

«Wenn es das ist, was Sie wollen.»

«Würden Sie mir die Bücher für eine Weile überlassen? Vielleicht eins oder zwei davon?» Sie zögerte, dann drückte sie seine Hand und nickte. Charles warf einen Blick auf seine Uhr. «Wir machen besser Schluss für heute. Morgen segeln Sie nach Frankreich zurück.»

«Da ist noch etwas, Charles.» Sie hielt immer noch seine Hand, und diesmal lächelte sie offen. «Allerdings klingt es auf Französisch besser.»

«Was denn?»

«Je crois que je vous aime aussi.»

Es war der wunderschönste Satz, den er jemals gehört hatte.

KAPITEL 8

Snowdonia
Heute

Eine Woge aus Übelkeit drohte Hannah zu überwältigen, als ihr die volle Bedeutung von Sebastiens Worten bewusst wurde.

Hast du Nate validiert, seit er mit dir in den Wagen gestiegen ist?

Sie rang nach Luft. Atmete schnaufend ein. Hörte ein Summen in den Ohren, spürte Trockenheit im Mund.

Konnte sie sich auch nur entfernt vorstellen, dass der Mann unten jemand anderes war als ihr Ehemann? Die Möglichkeit, dass nicht Nate mit ihnen zum Farmhaus gefahren war, sondern ein anderer, zog derart verhängnisvolle Konsequenzen nach sich, dass sie kaum wagte, darüber nachzudenken.

Sie suchte panisch in ihrer Erinnerung nach einem Beweis, dass es Nate war – ihr Nate –, der verletzt auf dem Sofa in der Küche lag. Sie ging in Gedanken noch einmal die Flucht aus dem Haus ihres Vaters durch, die Worte, die sie im Wagen gewechselt hatten. Welche Worte überhaupt? Er hatte kaum etwas gesagt. Hatte ihr nicht einmal erzählt, was genau passiert war.

Aber er lag im Sterben!

Und wenn es uns nicht gelungen ist, seine Blutungen rechtzeitig zu stoppen, stirbt er vielleicht immer noch!

Ungebeten überkam sie eine Erinnerung: der Tag, an dem sie Nate geheiratet hatte. Keine Gäste. Kein Aufhebens. Ihr Mann, ihr Vater und ein Priester in einer Kirche am Ufer des Lake Annecy. Charles hatte die Hochzeitssuite eines Hotels mit Ausblick auf den See gebucht, doch Hannah schob Nate in den Wagen und fuhr mit ihm stattdessen hinaus in die Berge. In jener Nacht hatten sie sich unter freiem Sternenhimmel auf einer Decke geliebt und waren eingeschlafen, während sie zugesehen hatten, wie über ihnen ein kalter Mond den See mit Hochzeitsdiamanten bestäubt hatte. Am nächsten Morgen waren sie rechtzeitig für das Frühstück ins Hotel gefahren. Das Personal hatte sich alle Mühe gegeben, den Dreck auf ihren Kleidern und ihre geröteten Gesichter zu übersehen.

Tränen ließen ihre Sicht verschwimmen. Sie ballte die Fäuste, zwang sich, die Erinnerung auszusperren. Fokussierte sich stattdessen auf ihren Hass. Ihre Wut.

Sie wollte nicht so recht glauben, dass ihr Mann tot war, doch sie würde nach unten gehen und es herausfinden. Und falls es Jakab war, der sich an Nates Stelle geschlichen hatte, dann gnade ihm Gott, denn das Einzige, was ihr dann noch geblieben war, wäre Rache, und sie würde furchtbare Rache nehmen. Sie würde ihn vernichten. Vollkommen. Sein Fleisch pulverisieren. Jeden einzelnen seiner Knochen zermalmen. Ihn in die Erde stampfen. Seine Eingeweide herausreißen. Ihn verbrennen. Auslöschen.

Hannah wurde bewusst, dass sie zitterte. Sie sprang auf. Ihre Augen blickten entschlossen.

Sebastien erhob sich. «Was denkst du?»

«Ich muss die Wahrheit wissen.»

Er nickte. «Ich komme mit dir.»

Es ist nicht mehr nötig, leise zu sein, überlegte sie. Entweder ihr Mann lag unten auf der Couch oder ein monströser Doppelgänger.

Du hast Leah bei ihm gelassen.

Die Ungeheuerlichkeit dieses Gedankens überschwemmte sie wie eine schwarze Woge, die über ihrem Kopf zusammenschlug und sich in ihre Lungen drückte.

Du hast Leah zurückgelassen.

Hannah keuchte. Stolperte. Würde er ihrer Tochter etwas antun? Alles, was sie in den Tagebüchern gelesen hatte, beschrieb eine Kreatur, die so kaputt war, so vollkommen unfähig, Mitgefühl oder Liebe zu empfinden, dass ihr Verhalten so wenig vorherzusagen war wie das eines Wahnsinnigen.

Was sie noch Augenblicke zuvor für unmöglich gehalten hatte, wirkte mit einem Mal denkbar, geradezu *wahrscheinlich*. Während Hannah den Raum durchquerte, wurde ihr mit Entsetzen bewusst, dass sie bereits angefangen hatte zu trauern.

Sie war zum Überleben erzogen worden: fliehen, kämpfen, trauern, akzeptieren, beschützen. Ihre Lehrer: drei Jahrzehnte der Angst, des Verlustes, der flüchtigen Momente der Freude in einer Welt voller Instabilität. Hannah konnte sich nicht an eine Zeit erinnern, in der sie nicht sogar in ihren glücklichsten Augenblicken – ganz besonders in ihren glücklichsten Augenblicken – daran gedacht hatte, wann es enden würde, wie es enden würde und wie die Einträge in ihrem eigenen Tagebuch lauten würden, falls sie lange genug erhalten blieben, um weitergegeben zu werden.

Handle.

Hör auf zu denken. Zögere nicht. *Handle.* Das Mantra hatte ihr bisher leidliche Dienste geleistet. Gedanken an die Zukunft würden sie nur lähmen.

Vorhin – nach dem Verifizieren von Sebastiens Identität – hatte sie die Schrotflinte zurück auf das Regal in der Vorratskammer gelegt. Das Auftauchen des alten Mannes hatte sie beruhigt; so sehr, dass ihr eine geladene Waffe in Leahs Reichweite mehr Angst gemacht hatte als die Gefahr einer drohenden Entdeckung. Wie teuer mochte sie dieser Fehler zu stehen kommen?

Hannah verließ das Schlafzimmer und stieg die Treppe hinunter. Sie passierte den Absatz, und die toten Augen des ausgestopften Falken starrten ihr nach.

Es war nicht nötig, leise zu sein, trotzdem schlich sie unwillkürlich hinunter in den Flur. Nicht nötig, leise zu sein – jedoch sollte sie ihn auch nicht vorzeitig warnen. Sie hielt sich nah an der Wand, um das Knarren der Stufen unter ihren Füßen möglichst einzudämmen. Sebastien folgte ihr dicht auf den Fersen.

Am Fuß der Treppe verharrte Hannah und lauschte.

Wind. Das Klappern von Fensterläden. Regen, der laut wie Reiskörner gegen die Scheiben prasselte. Im Haus selbst war alles ruhig.

Sie tappte über die Holzdielen zur Küche. Schrak zurück vor den harten Schatten in den Ecken, hervorgerufen vom trüben Licht des Leuchters. Suchte sie trotzdem ab, versuchte ihre Furcht zu verdrängen.

Die erste Tür zu ihrer Rechten war geschlossen. Esszimmer. Die Wohnzimmertür, weiter vorn, stand weit offen. Aus der Dunkelheit dahinter kam ein kalter Luftzug. Sie dachte an das zerschlagene Fenster, das sie gesehen hatte. Und daran, dass sie es nicht genauer in Augenschein genommen hatte. Ein weiterer Fehler.

Der Flur beschrieb einen Knick, bevor er vor der Küche endete. Sie würde der offenen Wohnzimmertür den Rücken zuwenden müssen, jenem schwarzen Nichts.

Und das wäre der Moment, in dem er sie packen würde. Sie

würde spüren, wie seine Finger um ihre Kehle glitten, hören, wie er ihren Namen flüsterte, und schreien und treten und beißen und kratzen und um sich schlagen, und wenn sie sich umdrehte und die Kreatur mit dem Gesicht ihres Mannes sah, würde sie wissen, dass sie alles verloren hatte.

Hannah blieb unvermittelt im Flur stehen und hätte beinahe laut aufgeschrien, als Sebastien sie von hinten anstieß.

Du hast Leah bei ihm gelassen.

Sie wandte sich ab vom zahnlosen Maul des dunklen Wohnzimmereingangs. Ballte die Fäuste. Als nichts sie aus der Dunkelheit ansprang, betrat sie die Küche.

Hannah hatte die Kerzen brennen lassen, genau wie das knisternde Feuer im Kamin. Das Licht war weich und die Luft warm, als sie den Raum betrat. Das Sofa, auf das sie Nate gelegt hatte und auf dem sie seine Wunden behandelt hatten, war leer. Der Schlauch des intravenösen Tropfs lag achtlos auf dem Boden.

In dem Lehnsessel, wo Leah geschlafen hatte, lag nur noch ein verwaistes Kissen.

Hannah spürte, wie sich etwas in ihr zusammenzog. Sie öffnete den Mund. Wollte schreien. Eine Million dunkler Gedanken durchfluteten sie. Dreißig Jahre voller Albträume, kondensiert in diesem einen Moment.

Doch es war kein Albtraum. Es war Wirklichkeit.

Denk nicht darüber nach, was passieren wird. Denk nur an Leah.

Sebastien betrat hinter ihr die Küche. Als er das leere Sofa sah, stieß er einen leisen Pfiff aus. Blickte Hannah fragend an.

Gewehr, formten ihre Lippen, und er nickte zum Zeichen, dass er verstanden hatte.

Die Speisekammertür war nur angelehnt. Hannah schlüpfte hindurch. Tastete nach dem Regal, wo sie das Gewehr zurückgelassen hatte. Noch während sie überlegte, was sie tun würde, wenn die Flinte nicht mehr da wäre, fanden ihre Hände das Regal und glitten über das Holz. Nichts.

Hannah verschwendete einige kostbare Sekunden mit blindem Herumtasten, obwohl sie die Wahrheit kannte – sie musste sich überzeugen, dass die Waffe tatsächlich weg war.

Langsam zog sie sich aus der Kammer zurück.

Sebastien stand immer noch in der Tür, doch er hatte sich zum Flur umgedreht. Sie hörte, wie er langsam und bedächtig einatmete. «Es ist okay», sagte er, und das Timbre seiner Stimme ließ sie zusammenschrecken nach der Stille der letzten Minuten.

Etwas in seinem Ton war eigenartig. Beängstigend.

Ihre Beine versagten ihr den Dienst. «Was ist denn?», fragte sie.

«Es ist okay», wiederholte er. «Alles ist okay. Ich habe Nate gefunden.»

Sebastien machte einen Schritt rückwärts. Dann noch einen. Als er in die Küche kam, sah Hannah, dass die Doppelmündung der Schrotflinte gegen sein Kinn gepresst wurde. Sebastien wich weiter in den Raum zurück. Die Schrotflinte folgte, gehalten von einer albtraumhaften, leichenblassen Version ihres Ehemannes.

«Was machen Sie ...», sagte er, an Sebastien gewandt, dann brach seine Stimme. Er leckte sich die Lippen. Versuchte es erneut. «Was machen Sie hier?»

Hannah blieb wie angewurzelt stehen. «Nate, wo ist Leah?»

Nate durchquerte den Raum. Er benutzte die Läufe der Flinte wie einen Stock, um Sebastien auf Distanz zu halten. Er ließ den alten Mann nicht eine Sekunde aus den Augen. «Zurück. Zur Couch. Hinsetzen.»

«Nate, *wo ist Leah*?»

«In Sicherheit. Wann ... wann ist er aufge –?» Ein mühsamer Atemzug. «... aufgetaucht?»

Der Messerblock auf dem Küchentresen enthielt sechs Messer. Er war zwei Meter von ihm entfernt. «Gleich nachdem wir angekommen sind. Beruhige dich, Nate. Er ist ein Freund.»

Sebastien setzte sich auf das Sofa und legte die Hände in den Schoß.

«Du weißt nichts ... nichts über ihn, Han.»

«Nate, glaub mir, ich habe ihn validiert. Er ist sauber. Gib mir das Gewehr.»

Nate schwankte auf den Beinen, stützte sich mit einer Schulter an den Türrahmen. Die Läufe der Flinte schwangen zu ihr herum. Sie verkrampfte sich. Fragte sich, wie sich eine Ladung grober Schrot in der Brust anfühlte. Ob sie auf der Stelle tot wäre. «Nate, du verlierst gleich das Bewusstsein, und du hast eine geladene Waffe in der Hand! Gib sie mir. Ich habe eine bessere Chance als du, ihn zu treffen.»

Nate musterte sie flüchtig, dann wanderte sein Blick sogleich wieder zu Sebastien. Er nahm die linke Hand vom Schaft und wischte sich den Schweiß aus dem Gesicht. Schmerz schien ihn zu durchzucken. Er beugte sich vor, schnitt eine gequälte Grimasse ... wenn er das alles nur spielte, dann war es die beste Aufführung, die Hannah je gesehen hatte. Er sah aus, als würde er im nächsten Augenblick zusammenbrechen.

Aber natürlich sieht es echt aus. Es ist ganz sicher die beste Aufführung, die du je gesehen hast.

Dann, als sie am wenigsten damit rechnete, hielt er ihr die Flinte hin.

Bevor sie begriff, was geschah, hielt sie die Waffe. Rasch wich sie einen Schritt von ihm zurück.

Der Sicherungshebel war umgelegt. Sie sicherte die Flinte wieder – sie durfte nicht riskieren, ihren eigenen Mann zu erschießen. Wenn diese halbe Leiche noch ihr Mann war. Sie hob die Waffe und zielte auf ihn. «Es tut mir leid, Darling. Ich liebe dich. Ich liebe dich unendlich, und ich muss das hier trotzdem tun. Du musst mir den Namen des Hotels nennen, in dem wir unsere Hochzeitsnacht verbracht haben.»

Nate starrte auf das Gewehr, dessen Mündungen auf seinen Kopf zielten, und dann sah er seine Frau an. «Ich hoffe, das klingt jetzt nicht respektlos», sagte er, nach Atem ringend. «Aber du warst nie die Sorte von Frau, die sich …» Er schluckte. Zuckte zusammen. Streckte die Hand nach dem Türrahmen aus, um sich zu stützen, und schloss die Augen, als ihn eine weitere Woge aus Schmerz übermannte. Als er sie wieder öffnete, waren sie voller Liebe. «Du warst nie die Sorte Frau, die sich mit einem profanen Hotelbett zufriedengab, wenn sie die Chance auf eine Nacht unter freiem Sternenhimmel hatte.»

Hannah schluchzte auf, als sie spürte, wie sich ihre Lebensachse aufrichtete, ihre Welt wieder in geordnete Bahnen sprang. Dass sie ihr Heim verloren hatten, ihre Existenz, ihren Frieden, all das zählte nicht mehr. Nur ihre Familie war wichtig. Das, was von ihr geblieben war.

Leah. Nate.

Er sank am Türrahmen zusammen, und sie sprang vor, die Schrotflinte in der einen Hand, und umfing ihn mit der anderen.

Er deutete auf Sebastien. «Wir sind noch nicht fertig hier.»

«Nate, er hat dir das Leben gerettet.»

«Dann hat er sicher nichts dagegen, ein paar Fragen zu beantworten.»

«Hannah, denk an das, was ich dir gesagt habe», sagte Sebastien vom Sofa her. «Lass ihn fragen. Es ist wichtig.»

Nate nickte. «Wir sind uns schon früher begegnet. Wo war das?»

Der alte Mann lächelte. «Mehr als einmal sogar. Aber nie ohne Charles. Ich erinnere mich an eine spezielle Begebenheit, als wir in Budapest gemeinsam zum Essen waren und du ein Steak bestellt hast, das so englisch war, dass du es quasi trinken musstest.»

Nate starrte Sebastien an. Sein Mund verzog sich zu einem Grinsen, gefolgt von einer Grimasse des Schmerzes. «Du alter Hund. Was hat dich hergeführt?»

«Es gibt eine Menge Dinge, über die wir reden müssen. Aber das kann warten. Zuerst müssen wir dich über den Berg bringen.»

Nate biss die Zähne zusammen, als er in Hannahs Umarmung zusammensackte. «Leah ist im Zimmer nebenan. Sie schläft noch. Ihr müsst sie ... müsst sie zu Bett bringen. Ich muss mich ... hinlegen.»

Sebastien half ihr, Nate zum Sofa zu führen. «Darf ich fragen, was du mit Moses angestellt hast?», fragte er, als er den Tropf wieder an Nates Arm anschloss.

«Großartiger Wachhund», murmelte Nate. «Ich hab ihm ein Stück Schokolade nach draußen geworfen, und er ... er ist hinterher wie der Blitz.»

Hannah benötigte ein paar Minuten, um ihre Tochter nach oben zu tragen und unter die Decke des Himmelbetts zu stecken. Leah wachte einmal kurz auf, wollte wissen, wo sie waren, doch Hannah konnte sie beruhigen, und Augenblicke später war das kleine Mädchen wieder eingeschlafen.

Zurück im Erdgeschoss sah sie, dass Nate ebenfalls schlief. Sie ging mit Sebastien ins Wohnzimmer, wo sie das eingeschlagene Fenster in Augenschein nahm und beschloss, es gleich als Erstes am nächsten Morgen zu reparieren. Das Sicherheitsrisiko einer zerbrochenen Scheibe war ohnehin minimal angesichts der zahlreichen Möglichkeiten, sich Zugang zum Haus zu verschaffen. Allerdings machte es den Raum unbehaglich kühl. Hannah zog die Vorhänge zu und schaltete die schwache elektrische Glühbirne ein, die nackt von der Decke baumelte.

Sebastien nahm in einem Sessel Platz. «Ich kann mir vorstellen, wie traumatisch das alles für dich sein muss.»

Hannah rieb sich das Gesicht. Blies die Wangen auf und ließ die Luft durch zusammengepresste Lippen wieder entweichen. «Wenn ich Nate verloren hätte ...» Sie konnte den Satz nicht beenden, sonst hätten die Tränen sie übermannt. Moses schob sich in den Raum und ließ sich bei Sebastiens Füßen nieder.

«Wie geht es jetzt weiter?», fragte Sebastien. «Hast du einen Plan?»

«Wir können nicht ewig hierbleiben», antwortete sie. «Aber Nates Zustand ist schlimm.»

«Er ist erstaunlich widerstandsfähig. Ich muss zugeben, als er mit dieser Flinte auf mich zukam, dachte ich im ersten Moment nicht, dass es wirklich er sein könnte.»

«Er ist ein Kämpfer.»

«Ich kann nicht sagen, dass ich ihn besonders gut kenne, aber unsere Wege haben sich im Verlauf der Jahre einige Male gekreuzt, über deinen Vater. Es war immer vollkommen klar, dass er bei allem, was er tut, dich und eure Tochter im Hinterkopf hat.»

«Eine ziemlich undankbare Aufgabe.»

«Nach dem, was ich eben in der Küche gehört habe, denke ich schon, dass sie sich lohnt», entgegnete Sebastien schelmisch.

Sie sah überrascht zu ihm und bemerkte das wölfische Grinsen in seinem Gesicht. «Ich weiß nicht, was ich von einem Kerl halten soll, der so alt ist wie du und derart schmutzige Bemerkungen macht.»

«Alt ...» Er gackerte. «Du bist ganz die Tochter deines Vaters, nicht wahr?» Seine Miene wurde finster, noch bevor die Worte ganz heraus waren. Er presste die Lippen zusammen.

«Glaubst du, es besteht eine Chance ...?»

«Lass uns heute Nacht nicht darüber nachdenken, okay? Wir wissen einfach nicht genug, um darüber zu spekulieren.»

«Wir haben nichts von ihm gehört.»

«Nein.»

«Also sieht es nicht gut aus.»

Sebastien schwieg. «Erzähl mir von deinem Plan», sagte er schließlich.

«Es hängt alles von Nate ab. Ich will ihn nicht transportieren, bevor es unbedingt sein muss.»

«Er wird noch eine ganze Weile sehr schwach sein. Und morgen wird er sich noch schlimmer fühlen. Wenn erst die Wirkung des Adrenalins aufhört und die Steifheit einsetzt, kann er sich kaum noch bewegen.»

«Ich denke, für die nächste Woche sind wir hier sicher. Selbst wenn Jakab alle möglichen Verstecke findet, zu denen wir hätten gehen können, muss er unglaubliches Glück haben, um gleich als Erstes auf dieses hier zu kommen. Wir haben jede Menge falscher Spuren hinterlassen, die ihm wahrscheinlicher vorkommen müssen. Das sollte ihn für eine Weile beschäftigen.»

«Du hast eure Flucht gut geplant.»

«Nicht ich. Wir alle. Es ist für uns zur zweiten Natur geworden. Unsere Art zu leben.»

«Wohin werdet ihr gehen?»

Sie sah auf ihre Hände. «Es tut mir leid, Sebastien, aber ich glaube, es ist besser, wenn ich das nicht verrate.»

Er nickte, und sie konnte das Mitgefühl in seinen Augen sehen.

«Was du für uns getan hast …», sagte sie leise. «Ich schulde dir unendlich viel.»

«Du musst dich nicht bei mir bedanken oder dich dafür entschuldigen, dass du mir nicht sagst, wohin ihr geht. Du hast Nate bisher am Leben gehalten, weil du so umsichtig warst. Du hast Leah die Aussicht auf eine Zukunft erhalten. Jede Wette, du hörst das nicht oft genug, Hannah – aber du bist unglaublich mutig, unglaublich stark. Ich kann nicht sagen, dass ich jemand anderen kenne, der geschafft hätte, was du geschafft hast.»

Sie schüttelte den Kopf. Was hatte sie getan, was so rühmenswert gewesen wäre? Sie war immer nur weggelaufen. Geflüchtet. Das war alles. Wie viele Jahre hatte sie überlegt, den Kampf zu Jakab zu tragen? Wie viele Nächte hatte sie davon geträumt, ihn zu töten? Wieder und wieder hatte sie sich gesagt, dass sie, solange Nate lebte und solange jemand blieb, der sich um Leah kümmerte, alles in ihrer Macht Stehende tun würde, um diesen Albtraum zu beenden. Um ihrer Tochter die Chance auf ein Leben zu ermöglichen, das ihr selbst verwehrt geblieben war.

Aber das ist alles, was dahintersteckt, nicht wahr? Ein Traum, eine Phantasie. Als sich die Gelegenheit bot, was hast du da getan?

«Glaubst du, dass wir das Richtige tun?», fragte sie Sebastien. «Indem wir fliehen, meine ich? Oder glaubst du, wir sollten uns stellen? Einen Hinterhalt für ihn vorbereiten und versuchen, diese Geschichte ein für alle Mal zu beenden?»

«Ich habe mit deinem Vater unzählige Diskussionen über dieses Thema geführt.»

«Es ist schwierig, einen Feind zu besiegen, wenn man sein Gesicht nicht kennt.»

«Es ist nicht so, als hätte er es nicht schon versucht. Ich habe die Tagebücher ebenfalls gelesen.»

«Wie lange operieren die Eleni bereits?»

«Seit mehr als hundert Jahren, alles zusammengenommen. Ungefähr siebzig Jahre in der gegenwärtigen Zusammensetzung.»

«Und wie viele *hosszú életek* habt ihr in all der Zeit gefunden?»

«Du kennst die Antwort auf diese Frage, Hannah. Es ist, als würde man Regentropfen in einem Ozean suchen. Im Moment ist Jakab unsere heißeste Option.»

«Du denkst also, wir sollten reagieren. Aufhören, wegzurennen.»

«Die Antwort darauf könnt nur ihr allein geben. Ich spiele nicht Gott mit euren Leben.»

Sie erhob sich. «Ich glaube, ich lege mich jetzt ein wenig schlafen. Was machst du?»

«Ich gehe nach Hause.» Er erhob sich. «Ich komme morgen wieder. Ihr braucht Lebensmittel, Brennstoff für das Feuer, Diesel für den Generator. Es ist sicherer, wenn wir fürs Erste kein Gas nachbestellen. Ihr braucht nicht mehr neugierige Augen auf Llyn Gwyr als unbedingt nötig. Wenn du möchtest, lasse ich Moses bei euch. Trotz Nates Bedenken ist er ein guter Hund. Er wird nicht zulassen, dass euch etwas geschieht.»

«Danke, Sebastien.» An der Haustür gab sie ihm einen Kuss auf die bärtige Wange.

Oben im Schlafzimmer und unter den wachsamen Augen von Moses schürte Hannah die letzte Glut des Feuers und ging zum Fenster. Sie zog einen der Vorhänge beiseite und sah hinaus in die Nacht. Der Mond war zwischen den Wolken erschienen, und sein Licht glänzte und glitzerte auf der Oberfläche des Sees. Sie sah Sebastien hinterher, während er mit seinem Landrover die Brücke überquerte und im Schneckentempo die

Piste zur Hauptstraße hinaufkroch, bis er schließlich hinter dem Kamm verschwand.

Sie vermutete immer noch, dass mehr hinter seiner Geschichte steckte, als er ihr erzählt hatte, doch das musste warten. Sie hatte alles getan, was in ihren Kräften stand in dieser Nacht – Nate und Leah waren am Leben und in Llyn Gwyr in vorläufiger Sicherheit. Ihrem Vater hatte sie nicht mehr helfen können.

Sebastiens Worte gingen ihr durch den Kopf. *Wir wissen nicht genug, um darüber zu spekulieren.*

Das stimmte nicht. Sie wusste genug.

Sie stieg zu Leah ins Bett, küsste ihre Tochter auf die Stirn und legte sich in der Dunkelheit nieder. Sie dachte, sie könnte nicht schlafen, doch das war ein Irrtum.

Mitten in der Nacht wachte Hannah auf. Moses kauerte am Fenster, die Pfoten auf dem Sims, die Nase an der Scheibe. Hannah vertrieb die letzten Schatten ihres Traums, schlüpfte aus dem Bett und tappte zu dem Hund.

Auf der anderen Seite des Sees stand am Rand eines kleinen Wäldchens ein großer Rothirsch. Er starrte über das Wasser hinweg zum Cottage. Der Bast seines Geweihs glänzte im Mondlicht. Für einen Sekundenbruchteil trafen sich ihre Blicke. Dann trat er zurück ins Unterholz und war verschwunden.

Die Asche im Kamin war erkaltet, und auf den Scheiben waren Reifblumen, als Hannah ein paar Stunden später erwachte. Die Morgendämmerung war angebrochen und tauchte die Dinge im Zimmer in ein dunkles Blau. Sie rollte sich im Bett herum und sah Leah auf dem Rücken liegen und hinauf zu dem Geflecht aus Rissen starren, das sich über die Zimmerdecke zog.

Als sie bemerkte, dass ihre Mutter wach war, drehte sie sich zu Hannah. «Ist der Böse Mann gekommen?», fragte sie.

Hannah zog ihre Tochter in die Arme und zwang sich zu einem Lächeln. Sie hatte diesen Augenblick lange gefürchtet. Sie war entschlossen, Leah so gut wie möglich vor Angst abzuschirmen, doch sie hatte sich auch geschworen, ihre Tochter niemals anzulügen. Wenn sie eine Sache gelernt hatte beim Lesen in den Tagebüchern ihrer Vorfahren, dann, sich nicht vor der Wahrheit zu scheuen oder den schwierigen Fragen auszuweichen.

«Ja, Darling, er war da. Aber wir sind ihm entkommen und in Sicherheit.»

«Hat er mich gesehen?»

«Nein, er hat dich nicht gesehen, nicht einen Augenblick lang.»

Leah drehte sich aus der Umarmung ihrer Mutter und setzte sich im Bett auf. Sie rieb sich die Arme. «Es ist kalt. Wo sind wir?»

«In den Bergen. Wir sind die ganze Nacht durchgefahren. Erinnerst du dich daran, dass du im Auto gesessen hast? Du hast tief und fest geschlafen, als wir ankamen. Du bist nicht einmal wach geworden, als ich dich die Treppe hochgetragen habe.»

«Ich erinnere mich, wie wir bei Großvater losgefahren sind.»

Hannah stieg aus dem Bett. Sie hatte in ihren Sachen geschlafen, außerstande, sich genügend zu entspannen, um ihre Kleidung auszuziehen. Sie stieg in ihre Stiefel und schnürte sie.

«Mami, da ist ein Hund in unserem Zimmer!»

«Das ist Moses. Möchtest du guten Tag ihm sagen?»

«Lustiger Name für einen Hund.»

Moses kam zum Bett und leckte Leahs Hand. Das Mädchen kicherte und zog die Hand weg.

«Ist Daddy auch da?»

«Ja, er ist unten.» Hannah ging zur anderen Seite des Bettes und hockte sich vor Leah hin. Sie strich ihrer Tochter eine Haarsträhne aus den Augen und sah sie an. «Er hatte gestern einen Unfall. Er hat sich verletzt, und wir müssen ihn pflegen.»

«Wird er denn wieder gesund?»

«Ich hoffe es, Liebes. Ich hoffe es sehr.»

«Können wir runtergehen und ihn sehen?»

Sie gab Leah einen Klaps auf den Oberschenkel. «Natürlich. Komm.»

Sie gingen in die Küche. Nate schlief tief und fest. Er hatte dunkle Ringe um die Augen. Seine Gesichtsfarbe war blass, doch sein Atem ging gleichmäßig. Mehr war angesichts der Umstände nicht zu erwarten. Hannah beobachtete aufmerksam die Reaktion ihrer Tochter, als das kleine Mädchen zu seinem Vater trat.

«Hat er sich am Bauch verletzt?»

«Ja. Deswegen ist er so dick verbunden. Damit es ihm besser geht.»

«Was ist mit seinem Arm passiert?»

«Wir haben ein kleines Loch hineingepiekst, um ihm die Medizin verabreichen zu können.»

Leah drehte sich zu ihrer Mutter um, und ihr Blick verriet ihre Skepsis. «So etwas habe ich ja *noch nie* gehört.»

Hannah warf die letzten Scheite in die Glut, und es gelang ihr, das Feuer wieder zum Leben zu erwecken. Am Spülbecken füllte sie einen Kessel mit Wasser, stellte ihn auf den Kocher und zündete die Gasflamme an.

Als das Holz im Kamin anfing zu knistern und das Wasser im Kessel rauschte, rührte sich Nate und schlug die Augen auf.

Er blinzelte und sah sich im Zimmer um, um sich zu orientieren. Dann zwinkerte er Leah zu. «Hallo, Frechdachs», begrüßte er seine Tochter. «Komm her und gib mir einen Kuss.»

«Wir haben einen Hund, und der heißt Moses!», verriet sie ihrem Vater mit feierlicher Stimme. «Wie der Moses vom lieben Gott!»

Nate lachte auf, verschluckte sich und bekam einen Hustenanfall. «Ist das so?» Er sah zu Hannah hoch. «Wie geht es dir?»

Sie nahm ein Glas aus dem Schrank, füllte es mit Wasser und brachte es ihm. «Mir geht es gut. Uns allen geht es gut. Ich mache mir Sorgen wegen dir, aber sonst ist alles bestens. Hier. Ich habe Tee aufgesetzt, aber trink das zuerst. Wie fühlst du dich?»

«Als hätte mich ein Zug überfahren», antwortete er. «Ich glaube nicht, dass ich mich bewegen kann.»

«Sollst du auch nicht. Du hättest schon gestern Nacht nicht aufstehen sollen! Sebastien hat dich notdürftig zusammengeflickt. Ich zweifle nicht am handwerklichen Geschick unseres Freundes, aber wenn ich dich noch einmal woanders sehe als auf dieser Couch, kriegst du die Bratpfanne über den Schädel!»

Leah kicherte.

«Wo ist Sebastien?», fragte Nate.

«Er ist nach Hause gefahren. Er meinte, er würde später vorbeischauen und Vorräte mitbringen.»

Nate nickte und trank von seinem Wasser. Als der Kessel kochte, machte Hannah Tee für sie beide. Sie fand eine verstaubte Dose Cola in der Vorratskammer und gab sie ihrer Tochter, deren Miene sich beträchtlich aufhellte.

«Was hast du für heute Morgen geplant?», fragte er.

Sie verdrehte die Augen in Leahs Richtung. «Ich schätze, wir müssen uns unterhalten. Ich muss ihr ein paar Dinge erklären. Ich dachte, wir machen einen Spaziergang und schnappen ein wenig frische Luft.»

Nate nickte zustimmend und deutete auf Moses. «Möchtest du die Promenadenmischung mitnehmen?»

«Mir wäre wohler, wenn ich ihn bei dir wüsste», erwiderte sie.

Hannah holte Leahs Mantel aus dem Wagen und wartete, während das Mädchen hineinschlüpfte. Dann gingen sie nach draußen. Der Wind war über Nacht abgeklungen, doch niedrige graue Wolken kündigten neuen Regen an. Wasser tropfte aus Regenrinnen. Nässe klebte an Stängeln von Pflanzen und lag auf dem Kies der Zufahrt. Die von den Bergen herunterfließende kühle Luft hatte einen Biss, der ihre Augen zum Tränen brachte und sie zugleich wunderbar belebte.

Leah rannte zum Kuhstall und steckte den Kopf durch die Tür. Sie war ganz enttäuscht, als sie ihn leer vorfand. Gemeinsam erkundeten sie das aus Naturstein errichtete Lagerhaus. Das Dach war teilweise eingefallen, wie Sebastien es angedeutet hatte, und die gestapelten Holzscheite waren durchnässt und nutzlos. Im zweiten Nebengebäude fanden sie den Generator, der munter vor sich hin brummte. Nate hatte ihr beigebracht, wie man das Gerät warten musste, und sie stimmte der Einschätzung des alten Mannes zu, was die Dieselvorräte betraf.

Wieder draußen, wanderten sie vorbei an den verlassenen Ställen und durchquerten den Garten bis zu dem Zaun, der das Grundstück vom dahinterliegenden Farmland trennte. Die zu Llyn Gwyr gehörenden Weiden waren seit langer, langer Zeit nicht mehr abgegrast worden. Hohe Gräser und Wildblumen erstreckten sich vor ihnen, bis sie an den felsigen Hängen der Berge Geröll, Felsbrocken und schließlich nacktem Gestein wichen.

Hannah hockte sich neben Leah und zeigte zum Horizont.

«Siehst du diesen Gipfel dort?», fragte sie. «Das ist der Cadair Idris, einer der höchsten Berge von Wales. Der Name bedeutet so viel wie Riesensitz.»

«Gibt es auf dem Berg Gletscher?»

«Nicht mehr. Aber früher einmal gab es welche. Weißt du, was die Leute sich erzählen? Wenn du eine Nacht auf dem Gipfel verbringst, wachst du am nächsten Morgen entweder als Poet auf, oder du hast den Verstand verloren.»

Leah lachte. «Das ist albern.» Sie bückte sich und zeigte auf etwas. «Sieh mal.»

Hannah sah zu der Stelle, auf die der ausgestreckte Finger ihrer Tochter deutete, am Boden vor dem Zaun.

Spuren von Tieren. Jede Menge Spuren.

Eigenartig, so viele Spuren auf einem Fleck. Hannah konnte die Abdrücke von Hirschen, wilden Ziegen, Füchsen und anderen unterscheiden, die zu winzig waren, um sie zu identifizieren. Sie zeigte Leah alle Spuren, die sie erkannte, außerdem das Nest einer Erntemaus an einer Distel.

Leah hörte sich alles interessiert an. «Kommt der Böse Mann hierher?», fragte sie dann.

Hannah erhob sich. Sie nahm die Hand ihrer Tochter. «Komm, gehen wir zum See. Wir können auf dem Weg dorthin reden.»

Es fiel ihr überraschend leicht zu erklären, was passiert war. Sie fasste neuen Mut, als sie sah, wie gut Leah es aufzunehmen schien. Sie wusste, dass das Gehörte dem kleinen Mädchen Angst machte, trotz Hannahs Bemühungen, zuversichtlich zu erscheinen – oder wenigstens neutral zu klingen. Im Verlauf der vergangenen zwei Jahre hatte sie Leah immer wieder Geschichten aus den Tagebüchern erzählt. Sie hatte nicht unverblümt den Inhalt wiedergegeben, sondern ihn benutzt, um zur Vorsicht mahnende Geschichten daraus zu spinnen, Fabeln, von denen sie hoffte, dass sie ihrer Tochter ermöglichten, die tieferen Implikationen ihrer gegenwärtigen Lage zu verstehen, auch ohne dass Hannah in die grausigen Details gehen musste.

«Kommt Großvater hierher?», fragte Leah, als sie an den Nebengebäuden vorbei in Richtung See trotteten.

Die Frage ließ eine Woge der Trauer über Hannah zusammenschlagen. «Ich glaube nicht», erwiderte sie erstickt. Sie hatte ihren Vater mit Jakab allein gelassen – die Wahrscheinlichkeit, ihn lebend wiederzusehen, war äußerst gering.

Ihre Beziehung zu Charles während ihrer Erwachsenenjahre war recht stürmisch gewesen. Sie hatte zwar nicht seinen Jähzorn geerbt, dafür jedoch seine Sturheit, und das hatte zu einer Reihe spektakulärer Streitereien geführt. Er war kein perfekter Vater gewesen und sie keine perfekte Tochter, doch sie hatten sich innig geliebt, auch wenn sie nicht immer gut miteinander ausgekommen waren.

Hannah legte ihrer Tochter den Arm um die Schultern. Sie umrundeten einen morastigen Flecken und fanden einen Pfad aus Schiefer und Steinen. Als sie sich umsah, erkannte sie, wie gut ihr Vater diesen Schlupfwinkel ausgesucht hatte. Das Tal, in welchem das Farmhaus stand, machte sie unsichtbar für jeden Verkehr auf der Hauptstraße. Wären nicht die Gebäude hinter ihr gewesen, die Gegend wäre vollkommen verlassen erschienen.

Sie umrundeten eine Erhebung und kamen zum Seeufer. Der bewölkte Himmel hatte dem Wasser die Farbe von Stahl verliehen, und eine stetige Brise kräuselte die Oberfläche. Ein Schwarm Kanada-Gänse flog in Formation über ihre Köpfe hinweg.

«Mami, ein Boot!»

Hannah starrte aus zusammengekniffenen Augen auf den

See hinaus, und ihre Nackenhaare richteten sich auf. Tatsächlich, dort draußen, vielleicht zweihundert Meter vom Ufer entfernt, tanzte ein weißes Ruderboot auf dem Wasser. Zwei Angelruten ragten auf einer Seite über das Dollbord. Mitten im Boot saß ein Mann in einem dicken Pullover. Er trug einen Hut auf dem Kopf und schien sie unter der Krempe hervor zu beobachten.

Hannah spürte, wie ihr Puls anfing zu rasen.

«Wer ist das, Mami?»

«Ich weiß es nicht, Liebling. Ich habe keine Ahnung.»

Leah schlang einen Arm um ihre Taille. «Ist das der Böse Mann?»

Was sollte sie darauf antworten?

Der Mann hob einen Arm und winkte den beiden zu. Hannah starrte zu ihm hin. Dann erhob er sich, zeigte auf sich, dann auf ihre Seite des Ufers und tat so, als würde er rudern. Diese letzte Bewegung schien ihn aus dem Gleichgewicht zu bringen, denn das Boot schaukelte wild unter ihm. Er bewegte sich hastig vor und zurück, um sich zu stabilisieren – vergeblich. Er verlor das Gleichgewicht und kippte hintenüber der Länge nach ins Boot.

«Er wäre fast ins Wasser gefallen!», kreischte Leah und lachte ausgelassen.

Das Ungeschick des Anglers hatte den Stachel der Angst in Hannah abgestumpft. Sie beobachtete, wie der Fremde sich sammelte und mit dem Rücken zu ihnen auf die Bank setzte, dann packte er die Ruder. Er begann das Boot in Richtung Ufer zu rudern.

Denk nach, Hannah! Was jetzt?

Sie hatte keine andere Wahl, als zu bleiben, wo sie war. Es war offensichtlich, woher sie gekommen waren: Llyn Gwyr lag direkt hinter ihnen. Wären sie geflüchtet, bevor der Fremde das Ufer erreicht hatte, hätten sie keine Ahnung gehabt, wo er gerade war. Sie hätten im Haus in der Falle gesessen mit Fragen, für die sie keine Antworten hatten. Schlimmer noch, sie würden zweifellos seine Neugier wecken und ihn misstrauisch machen wegen ihres Verhaltens.

Lass ihn nicht aus den Augen.

Das Boot kam immer näher. Hannah konnte inzwischen das Knarren der Riemen hören und das leise Plätschern, wenn sie ins Wasser tauchten. Von dem Fremden sah sie nur den Rücken. Er trug einen dicken beigefarbenen Pullover, ausgefranst an den Ärmeln und am Kragen. Unter dem dunkelblauen Hut lugte ein Schopf pechschwarzer Haare hervor. Er besaß ungefähr Nates Statur – vielleicht nicht ganz so breit.

«Bleib dicht bei mir, Leah. Tu genau, was ich dir sage. Sag nichts über Daddy oder den Bösen Mann. Hast du verstanden?»

Das kleine Mädchen schob sich hinter seine Mutter und murmelte seine Zustimmung.

Das Ruderboot glitt ans Ufer und rutschte ein Stück weit den Kies hinauf, während der Fremde die Ruder einzog. Er drehte sich um, musterte Hannah und ihre Tochter von oben bis unten und grinste breit. Seine Zähne waren strahlend weiß, ein krasser Kontrast zum trüben Grau des Tages.

«Hallo, die Damen!», rief er munter. Seine Stimme war volltönend mit einem singenden irischen Akzent. Kobaltblau leuchtende Augen funkelten vor Heiterkeit. Als Hannah und Leah nicht reagierten, zögerte er und neigte den Kopf zur Seite. «Ah, sieh sich das einer an! Kaum mache ich den Mund auf, sorge ich schon für Verärgerung, und das, bevor ich auch nur Ihre Namen kenne!» Er grinste die beiden ein weiteres Mal strahlend an.

«Wir hatten nicht mit Gesellschaft gerechnet», entgegnete

Hannah und verschränkte die Arme vor der Brust. «Ich dachte eigentlich, dieser See gehört zur Farm?»

«Ah, aber ist es nicht Gottes See?»

«Wir haben Gottes Hund bei uns!», platzte Leah hinter ihrer Mutter hervor.

Der Mann warf den Kopf in den Nacken und lachte. «Habt ihr? Das ist vielleicht ein Ding! Gottes Hund. Und wie heißt dieses edle Tier?»

«Moses!»

Er lachte erneut, sah zu Hannah auf und zwinkerte. «Ein hübscher Name für einen Hund, ganz ehrlich. Hören Sie, ich habe es nicht ernst gemeint, okay? Mag sein, dass es Gottes See ist, aber von Rechts wegen gehört er auch zu Ihrer Farm. Was mich, aus Mangel eines besseren Wortes, zum Wilderer macht. Allerdings ...», er hielt seine beiden Angelruten in die Höhe, «... zu einem erfolglosen Wilderer. Also, es tut mir leid. Dass ich auf Ihrem See herumgefahren bin, meine ich. Und ohne Erfolg auf Ihre Fische aus war.»

Hannah nickte. «Und was macht ein gebürtiger Ire wie Sie mitten im Herzen von Snowdonia?» Trotz aller Alarmsignale in ihrem Kopf fühlte sie sich auf eine unerklärliche Weise von ihm verzaubert und ein wenig überrumpelt von seiner Offenheit. Der nüchternere Teil ihres Verstandes schrie ein einziges Wort.

Gefahr.

«Ich bin aus Irland weggelaufen, was sonst», antwortete er lachend.

«Und sind Sie *vor* etwas weggelaufen?»

«Laufen wir nicht alle vor etwas weg?» Seine Augen leuchteten, und sein herausfordernder Blick entging ihr nicht. «Oh, ich habe mich noch gar nicht vorgestellt. Erlauben Sie. Gabriel ist mein Name. Nennen Sie mich Gabe, wenn Sie mögen.»

«Nett, Sie kennenzulernen, Gabriel.»

«Und bitte entschuldigen Sie, dass ich Ihre Privatsphäre störe. Ich wusste nicht, dass jemand auf der Farm ist. Haben Sie sie gemietet?»

«Wir machen Ferien.»

«Großartig. Ich habe ein Haus auf der anderen Seite des Hügels.» Er zeigte in die Richtung. «Nur ich, ein kleiner Hof und ein paar Pferde.» Er richtete seine Aufmerksamkeit auf Leah, und das blitzende Grinsen kehrte zurück. «Magst du Pferde, kleines Fräulein?»

«Ja!»

Gabriel nickte, dann ließ er den Blick genüsslich über Hannahs Körper schweifen. «Und was ist mit deiner Ma? Kann sie reiten?»

Die laszive Doppeldeutigkeit seiner Bemerkung blieb ihr nicht verborgen; jede Bemerkung aus seinem Mund schien einen anzüglichen Unterton zu haben. Sie runzelte finster die Stirn.

«Mami ist die beste Reiterin von allen! Sie hat bei Wettbewerben mitgemacht!»

Hannah legte ihrer Tochter eine Hand auf die Schulter, entschlossen, die Aufregung des kleinen Mädchens zu dämpfen, bevor es sich verplappern konnte. «Komm jetzt, das reicht. Es war nett, mit Ihnen zu plaudern, Gabriel. Tut mir leid, dass Sie nichts gefangen haben, aber ich schätze, es gibt reichlich Seen in der Gegend. Vielleicht haben Sie woanders mehr Glück?»

Zerknirscht sah Gabriel zu Leah, dann nickte er zustimmend. Er schob die Ruder zurück in die Duchten. «Nun, dann will ich Sie nicht länger aufhalten», verkündete er unbekümmert. «Es dauert nicht lang, zurückzurudern. Ich bin aus Ihren Augen, bevor Sie sich's versehen. Es war entzückend, Sie kennenzulernen. Kleine Miss, große Miss …» Er zog den Hut und schwenkte ihn theatralisch. Dunkle Locken fielen herab und rahmten sein Gesicht ein. «Besteht vielleicht die Chance, dass die Damen mir einen Schubs geben?»

Hannah stemmte den Stiefel gegen den Bug des Ruderboots und schob es hinaus ins Wasser. Gabriel torkelte rückwärts. Er packte die Dollbords, und es gelang ihm so eben, sein Gleichgewicht zu bewahren. Leah lachte.

Auf dem Rückweg zur Farm drehte sich Hannah um und starrte dem Ruderboot hinterher, das sich über den See hinweg entfernte. Gabriel hob einen Arm und winkte.

Sie drehte sich um und hörte immer wieder das eine Wort in ihrem Kopf.

Gefahr.

KAPITEL 9

Gödöllő, Ungarn
1873

Die Woche bis zum zweiten *végzet* verging unerträglich langsam für Lukács. Wie es der Brauch war, stellte sein Vater keine Fragen nach dem Verlauf des Abends im Palast. Selbst Jani schien zufrieden und ließ ihn in Ruhe. Izsák hingegen bedrängte ihn neugierig, doch Lukács wehrte die Nachfragen seines kleinen Bruders mit einer Schroffheit ab, dass der kleine Junge weinend aus dem Zimmer rannte.

Lukács wusste kaum noch, wie er die Zeit vor seiner Reise nach Budapest verbracht hatte. Krisztina erfüllte seine Gedanken, war in seinem Blut. Wenn er die Augen schloss, spürte er das leichte Gewicht ihrer Brust an seinem Arm, die Wärme ihrer Haut, als er mit dem Finger über ihre Wange strich, die Andeutung in ihrem Blick, als sie sich von ihm verabschiedete.

Ich freue mich darauf, dich wiederzusehen, Lukács.

Er musste sie wiedersehen. Es dauerte Tage, die er im Widerstreit mit sich selbst verbrachte, doch letztendlich beschloss er, das zweite *végzet* gar nicht mehr zu besuchen. Oder irgendein anderes. Sollte sich die *Kurvá*-Tochter des Botschafters mitsamt ihrem Hexenzirkel aus privilegierten, verhätschelten Schmetterlingen mit den maskierten Harlekinen vergnügen. Lukács hatte keine Lust auf das Leben, das ihm vorbestimmt war. Er würde nicht länger zulassen, dass andere diktierten, was er anzuziehen hatte, was er zu denken hatte, wie er sich zu benehmen hatte. Er würde das lächerliche gesellschaftliche Zeremoniell nicht beachten, das vor Urzeiten arrogante *hosszú életek* für ihre Nachkommen entworfen hatten. Vor der Nacht mit Márkus und Krisztina war sein Leben von Angst beherrscht worden: Angst vor Zurückweisung, Angst vor Einsamkeit. Doch die Demütigung beim *végzet* war augenblicklich ausgeglichen worden von der Akzeptanz, die ihm das junge Pärchen entgegengebracht hatte. Zum ersten Mal hatte er sich unter Gewöhnliche gemischt und festgestellt, dass er ihre Gesellschaft der einer sauertöpfischen *hosszú élet* bei weitem vorzog.

Lukács war sicher, dass er vor dem dritten *végzet* nicht vermisst werden würde, vielleicht sogar erst beim letzten. An diesem Punkt jedoch würde seine Abwesenheit offensichtlich werden. Die Konsequenzen für seine Position in der Gemeinde wären katastrophal: Seine Bindung zu seinem Vater und zu seinen Brüdern würde aufgelöst und zerstört werden. Doch obwohl József versucht hatte, ihm mit seinem Gerede von einem Leben als *kirekesztett* Angst zu machen, hatte Lukács jetzt ein Stück von diesem Leben geschmeckt. Und er fürchtete es nicht, ganz im Gegenteil – er *begehrte* es. Ja, er würde seine Privilegien verlieren, den einfachen Weg durch das Leben, den seine Identität ihm ermöglichte. Zum ersten Mal würde er ein Einkommen brauchen, einen Ort, an dem er leben konnte. Doch er wäre frei.

Er hatte Vorkehrungen getroffen. Einige wertvolle Uhren waren bereits aus der Werkstatt seines Vaters verschwunden. Er hatte zwar noch nicht gewagt, sich an den Goldbarren zu vergreifen, die unter den Dielenbrettern des Salons versteckt waren, doch er hatte längst ausgerechnet, wie viel die außergewöhnliche Menge an Barren wert war, die sein Vater dort lagerte. Es war mehr als genug, um ihm einen luxuriösen Lebensstil zu finanzieren. Er hatte nicht vor, seine Familie mittellos zurückzulassen, doch wenn es so weit war, würde er sich auch nicht schämen, sich das zu nehmen, was er brauchte.

Am Abend des zweiten *végzet* fuhr er wie zuvor mit seinem Vater nach Pest. In Szilárds Haus wechselte Lukács in ein gestärktes Hemd, eine Weste und einen Frack. Diesmal erwartete ihn eine andere Maske auf dem Frisiertisch. Sie war viel leichter als die erste und bestand aus hauchdünn gehämmertem, auf Hochglanz poliertem Kupfer. Im Gegensatz zu der ersten Maske aus Zinn bedeckte sie nicht so viel von seinem Gesicht – lediglich einen schmalen Streifen von den Wangenknochen an aufwärts.

Er würde sie ohnehin nicht lange tragen.

Er schob seine Taschenuhr in seine Weste und betrachtete sich ein letztes Mal selbstgefällig im Spiegel, bevor er nach draußen ging. Die Fahrt von Szilárds Haus zum Palast war geradezu possenhaft kurz. Sie überquerten nicht die Donau, sondern hielten vor einem weitläufigen Palast am Pester Ufer.

«Mach mich stolz», sagte József, als ein Portier den Wagenschlag öffnete.

Lächelnd tätschelte Lukács den Arm seines Vaters und stieg aus. Er durchquerte den Vorhof und stieg die Treppe des Palasts hinauf, wo er wartete, bis Józsefs Kutsche um die Ecke gebogen war. Dann zog er die Maske ab, stieg die Treppe wieder hinunter und ging durch das Tor nach draußen auf die Straße.

Es war ein warmer Abend, und er beschloss, die Széchenyi-Kettenbrücke zu Fuß zu überqueren. Er genoss das Gefühl, so hoch über dem Wasser zu sein. Die Sonne ging unter, eine rot leuchtende Scheibe, die die Löwen am Brückenkopf in feurige Farben tauchte. Auf halber Höhe der Brücke blieb er stehen, drehte sich im Kreis und betrachtete die beiden Städte, die durch die mächtige Brücke vereint waren. Er angelte die Maske aus seiner Tasche und beugte sich über das Geländer. Was auch immer sie für die Hierarchie der *hosszú életek* bedeuten mochte, für ihn symbolisierte sie eine Fessel. Aus einer Laune heraus schleuderte er sie weit über das Geländer und beobachtete, wie sie in einer spiraligen Bahn nach unten segelte, dem Wasser entgegen. Er sah, wie sie auf der Oberfläche landete und einen Moment dort schwebte, ehe sie versank. Lukács atmete tief ein und wieder aus, bevor er sich abwandte und den Rest der Strecke zum anderen Ufer zurücklegte.

Márkus' Beschreibung führte ihn zu einer Taverne, die genauso laut und dreckig war wie die erste. Obwohl er seinen Frack ausgezogen und sich Dreck auf das Hemd geschmiert hatte, bevor er eintrat, erweckte sein Glanz Aufmerksamkeit. Er spürte feindselige Blicke auf sich, als er sich einen Weg durch die Menge bahnte.

Márkus saß auf einer Bank und hielt einen leeren Humpen. Krisztina saß neben ihm. Als sie ihn bemerkten, weiteten sich ihre Augen voller Überraschung. Márkus sprang auf, lachte und umarmte Lukács und schlug ihm kräftig auf den Rücken. Krisztina begrüßte ihn mit einem Lächeln, das sein Herz wild pochen ließ. Sein Magen zog sich zusammen.

Es war eigenartig, sie zu sehen, ohne dass Alkohol seine Sinne und sein Urteilsvermögen benebelte. Sie erregte ihn immer noch, doch sie war nicht so hübsch, wie er sie in Erinnerung hatte, und auch nicht so sauber. Seine Lippen wurden trocken, und er murmelte eine Begrüßung in ihre Richtung. Sie trug dasselbe Kleid wie beim letzten Mal. Es war fleckig und schmuddelig, doch es betonte ihre Kurven nichtsdestotrotz.

Er erbot sich, eine Runde auszugeben, und Márkus gratulierte ihm zu diesem Vorschlag. Schon bald trank Lukács Bier in vollen Zügen und lachte, während sein neuer Freund die Ereignisse der vergangenen Woche zum Besten gab. Der Höhepunkt war, wie es schien, ein Zusammenprall am Flussufer zwischen einem Händler und zwei Matrosen, die ein Fass mit verdorbenem Fisch hinter sich hergeschleppt hatten.

Sie redeten, scherzten und tranken. Als das Bier floss und Márkus immer lebhafter und weniger aufmerksam wurde, wechselte Lukács Blicke mit Krisztina, und ihr Flirt wurde gewagter. Einmal berührte ihr Bein unter dem Tisch sein eigenes, und er wäre vor Überraschung beinahe aufgesprungen. Er verfluchte sich selbst für sein Erröten.

Schließlich mühte sich Márkus mit rotem Gesicht auf die Beine. «Ich muss mal pinkeln», verkündete er und schob sich torkelnd in die lärmende Menge.

Mit rasendem Herzen begegnete Lukács dem Blick von Krisztina. «Ich würde dich gerne etwas fragen, wenn du erlaubst», sagte er.

Ihre Mundwinkel zuckten. Sie beugte sich vor, stemmte die Ellbogen auf die Tischplatte und legte das Kinn auf die verschränkten Finger. «Ich erlaube es», sagte sie.

Er räusperte sich und starrte auf den Tisch. «Ich … ich würde gerne etwas mit dir besprechen. Mit dir allein, meine ich.»

«Ich verstehe.»

Lukács hob den Blick. Ihr Gesichtsausdruck war nichtssagend, eine Augenbraue herausfordernd gehoben. Er beschloss, sein Glück auf die Probe zu stellen. «Deine Antwort?»

Ihr Lächeln kehrte zurück. «Ich warte. Ich bin gespannt, was es sein mag.»

«Gut. Ich gestehe, ich weiß nicht, wie ich eine Gelegenheit schaffen soll, mit dir allein zu reden ohne …»

«Márkus.»

«Du siehst mein Dilemma.»

Sie kaute auf ihrer Unterlippe. «Kennst du die neue Statue vom König unten am Ufer?»

Er nickte. Krisztina öffnete den Mund, um weiterzusprechen, als Márkus zum Tisch zurückkam. Sie presste die Lippen aufeinander.

Frustriert bestellte Lukács weitere Runden. Sie scherzten und schäkerten eine weitere Stunde. Als sich Krisztina vom Tisch erhob, war er betrunken.

Sie legte eine Hand auf die Brust und sah Márkus an. «Ich denke, ich lasse euch zwei Ganoven jetzt allein. Ich muss früh aufstehen, und letzte Woche hatte ich den ganzen Tag lang Kopfschmerzen, nachdem ihr mich vom rechten Weg abgebracht hattet.»

Lachend winkte Márkus ihr zum Abschied hinterher. Lukács blieb weitere zehn Minuten, dann nahm auch er seinen Mantel.

Márkus runzelte die Stirn. «Du gehst auch? Jetzt schon?»

«Ich hab noch ein paar Dinge zu erledigen, fürchte ich. Leider. Es war mir eine Freude.» Er rollte seinem neuen Freund ein paar Münzen zu. «Das sollte dir darüber hinweghelfen.»

Márkus schnappte das Geld. «Sir, Ihr seid ein wahrer Ehrenmann. Werde ich dich wiedersehen?»

«Oh, ganz bestimmt sogar.»

Er schlüpfte in seinen Frack, als er die Taverne verließ, und eilte hinunter zum Fluss. Die Nacht hatte sich auf die Stadt herabgesenkt, und der Mond versteckte sich hinter einer Wolkenbank. Es war viel dunkler unten am Wasser, als er gedacht hatte.

Er fand Krisztina an der Statue von Franz Joseph lehnend. Sie stieß sich von dem Denkmal ab, als er herankam, und ging neben ihm her.

«Gehen wir ein wenig», sagte sie.

Lukács nickte. Er musterte sie verstohlen, als sie am Ufer entlangschlenderten, und einmal erwiderte sie seinen Blick. Ihr Gesichtsausdruck war nichtssagend, doch die Erwartung war fühlbar und knisterte förmlich in der Luft. Er ermahnte sich, den Moment zu genießen, und versuchte jedes Detail von ihr zu absorbieren: das Rascheln ihres Kleids an ihren Beinen, den Schwung ihrer Hüften, den frivolen Schatten ihres Dekolletés.

«Für jemanden, der reden wollte, bist du bemerkenswert still», sagte sie.

Lukács ging zum Ufergeländer und lehnte sich dagegen. Krisztina blieb neben ihm stehen – so dicht, dass er meinte, die Hitze zu spüren, die von ihr ausstrahlte.

Zum ersten Mal bemerkte er auch ihren Geruch. Nicht den zarten Parfümduft der aufwendig frisierten *Hosszú-életek*-Damen. Dieser Geruch war irden, eine Mischung aus Moschus und Schweiß und Frau, der ihm in die Nase stieg und seine Atemwege überflutete und ihn erhitzte. Er fühlte sich nervös und freudig und unbesiegbar, alles zur gleichen Zeit.

«Du weißt ganz genau, was du tust, nicht wahr?», sagte er.

Sie drehte sich zu ihm und sah zu ihm hoch, das Gesicht nur wenige Zentimeter von seinem entfernt. «Ist das so?»

Lukács streckte die Hand nach ihr aus und zog sie an sich. Er presste seinen Mund auf ihren, und sie reagierte augenblicklich, öffnete die Lippen und schob ihre Zunge tief in seinen Mund. Er hätte beinahe aufgeschrien, außer sich angesichts der Schmutzigkeit dieses Aktes und zugleich von Lust gepackt, als sich ihr Speichel mischte und er sie schmeckte.

Sie hob die Hände und streichelte seine Schultern, dann glitten sie nach vorn und verweilten auf seiner Brust, während der Kuss tiefer wurde – doch dann stieß sie ihn mit unerwarteter Wucht von sich.

Sie ächzte und grinste schwer atmend, die Augen voller Lust, doch sie schüttelte den Kopf. «Das ist alles, was du kriegst, Lukács. Ich würde gerne, aber nein. Keinen Schritt weiter.»

«Was stimmt denn nicht?», fragte er und machte einen Schritt auf sie zu, doch sie hielt ihn mit einem einzelnen ausgestreckten Finger auf Abstand.

«Du. Ich. Das hier. Es ist falsch, und wir wissen es beide. Márkus mag Márkus sein, aber meine Beziehung zu ihm hat eine Zukunft. Das hier hat keine.»

Lukács runzelte die Stirn. «Warum nicht?» Er wollte sich auf sie stürzen, doch sie lachte und stieß ihn zurück.

«Warum nicht? Machst du Witze? Sieh dich an! Deine feinen Sachen, deine goldene Uhr. Ich habe niemals zuvor solchen Reichtum gesehen, so naiv zur Schau gestellt. Ich lebe in einem Haus mit zwei Zimmern, zusammen mit meinen Eltern und sechs Geschwistern. Mein Vater arbeitet am Fluss, und ich wasche für einen Hungerlohn anderer Leute Wäsche. Du fährst heute Nacht in deiner Kutsche nach Hause, keine Frage. Ich weiß genau, was du willst. Und ich bin ein törichtes Ding, weil es mich reizt. Aber du kriegst mich nicht.»

Seine Lust verwandelte sich in Frustration und Ärger. «Und warum nicht?»

Krisztinas Augenbrauen zogen sich zusammen, und ihre Augen blitzten vor Empörung. «Du glaubst wohl, du kannst dir eine Nacht mit mir kaufen, wie?»

«Ich habe zwei Abende mit dir gekauft.»

Sie gab ihm eine Ohrfeige.

Er schlug zurück. Hart.

Krisztina schrie auf, mehr aus Empörung als vor Schmerz. Sie legte sich die Hand an die Wange. Ihre Augen waren zu schmalen Schlitzen verengt, als sie vor ihm zurückwich.

«Komm nie wieder in meine Nähe, Lukács. Nie wieder!», spuckte sie. Dann raffte sie ihre Röcke und stapfte davon.

Lukács' Finger brannten von der Ohrfeige, die er ihr versetzt hatte. Er atmete schwer, aus Erregung, aus Wut, aus Verärgerung. Ihr Geruch hing ihm in der Nase, ihr Geschmack haftete an seinen Lippen. Er sah ihr nach, wie sie am Ufer entlang davonmarschierte, bis die Nacht sie verschlungen hatte.

Aus Lukács' wütendem Stirnrunzeln wurde ein selbstgefälliges Grinsen.

Das dritte *végzet* fand ganz ohne Masken statt. Es repräsentierte den symbolischen Eintritt der jungen *hosszú életek* in den Erwachsenenstand und gestattete den Teilnehmern, frei von den Beschränkungen der Kindheit zu interagieren. Es war das erste Mal, dass sie ein eventuelles Interesse kundtun durften. Potenzielle Partnerschaften wurden beim finalen *végzet* von den *tanács* beurteilt und abgewogen. Angemessene Paarungen wurden gebilligt, und die Brautwerbung konnte beginnen.

Lukács betrachtete es zwar nicht als Segen, doch er wusste, dass zwei Geschwister zu haben eine Seltenheit war. *Hosszú életek* vermehrten sich nicht leicht und nur während einer kurzen Periode ihres Lebens. Die niedrige Geburtenrate zusammen mit ihrer extremen Langlebigkeit hatte zur Folge, dass die gesamte Gemeinschaft sehr stark an einer erfolgreichen Paarung ihrer Jungen interessiert war.

Lukács für seinen Teil hatte alternative Vorbereitungen getroffen.

Seine letzte Begegnung mit Krisztina hatte ihn zunächst über alle Maßen erzürnt. Er konnte die Verachtung des Botschafter-Miststücks verstehen – so eben –, doch die Zurückweisung durch eine Tavernenschlampe aus Buda war eine ganz andere Angelegenheit. Das konnte er nicht auf sich beruhen lassen. In den vergangenen Wochen hatte er gespürt, wie sich die Veränderungen in ihm beschleunigt hatten. Trotz der beiden Zurückweisungen – oder vielleicht gerade deswegen! – fühlte er sich zum ersten Mal in seinem Leben wohl in seiner Haut. Und er sah eine Zukunft, in der er seine eigenen Entscheidungen traf, frei von den Beschränkungen, die ihm von den *tanács* auferlegt worden wären.

Er konnte nicht am dritten *végzet* teilnehmen, so viel war klar. Auch wenn die Konsequenzen seines Fernbleibens ernst waren, so betrachtete er die bevorstehende Konfrontation mit seinem Vater als den Wendepunkt, an dem sein Leben eine neue Richtung nehmen würde.

Als er seinem Vater sagte, dass er in die Stadt wolle, lieh József ihm ein Pferd, gab ihm Geld und brachte ihn zur Tür. Seine Freude über die Veränderungen an seinem Sohn war unübersehbar. Lukács hingegen nutzte die Gelegenheit zu einem Trinkgelage mit Márkus und Krisztina.

Die Stimmung am Tisch an jenem Abend amüsierte ihn sehr. Er wusste, dass Krisztina nicht mit Márkus über das hatte reden können, was sich zwischen ihnen beiden ereignet hatte. Für sie stand zu viel auf dem Spiel. Lukács saß da und lachte und scherzte mit Márkus und ignorierte sie völlig, bis sie sich mit gerötetem Gesicht entschuldigte und die Taverne verließ. Die beiden Männer tranken bis spät in die Nacht weiter und erzählten sich Geschichten aus ihrem Leben.

Lukács horchte Márkus nach Informationen darüber aus, wie die einfachen Leute in der Stadt lebten. Er musste eine Menge lernen, und das möglichst schnell. Er stellte Márkus Fragen über seine Arbeit, sein Zuhause, wo er aß, seine Beziehung zu Krisztina und die Orte an der Donau, die er schon gesehen hatte. Solange nur das Bier reichlich floss, beantwortete Márkus bereitwillig jede Frage, die Lukács ihm stellte.

Am Nachmittag des dritten *végzet* reiste Lukács allein in der Kutsche. Das Gespann überquerte die Kettenbrücke nach Buda. Diesmal hatte er sich nicht einmal die Mühe gemacht, einen Vorwand zu erfinden. Er gab dem Kutscher ein großzügiges Trinkgeld und bat darum, ihn direkt vor Márkus' Arbeitsstätte abzusetzen.

Auf der Ujvári-Schiffswerft fand er seinen neuen Freund mitten im Gestank von kochendem Pech und dem lauten Klappern von Hämmern, wo er den Rumpf eines mastlosen Flussschoners glättete. Als die Kutsche hielt und Lukács ausstieg, richtete Márkus sich auf und stieß einen langgezogenen leisen Pfiff aus. «Höllenzahn, Lukács, du reist wie ein König, wie? Ich dachte mir schon, dass du ein richtiger Edelmann sein musst, aber sieh sich ein Mensch den Zierrat an dem Ding an!» Er sah der davonfahrenden Kutsche hinterher, während er sich den Schweiß von der Stirn wischte. «Was machst du hier?»

Lukács schlug dem jungen Mann freundlich auf den Rücken. «Ich weiß, dass du dich dienstags mit Krisztina triffst, aber ich war in der Gegend, und da dachte ich, ich sehe mal nach, ob mein hart arbeitender Freund ein Bier vertragen kann, um seinen Durst zu löschen, bevor er sich mit seiner Liebsten trifft.»

«Und ob!», erwiderte Márkus und schüttelte den Kopf. «Ich frage mich immer wieder, womit ich es verdient habe, einem Burschen wie dir über den Weg zu laufen!»

Sie verbrachten zwei Stunden damit, in einer Taverne gleich um die Ecke einen Humpen nach dem anderen zu leeren. Lukács lachte herzlich über die Witze seines Freundes und war hoch zufrieden darüber, dass er den anderen zum Lachen bringen konnte mit frei erfundenen Anekdoten über sein eigenes Leben. «Márkus», sagte er schließlich. «Da ist eine Sache, die würde ich dich gerne fragen.»

«Nur zu!»

«Es ist ein wenig … heikel.»

«Sehe ich aus, als wäre ich empfindlich? Nur zu – heraus damit!»

«Ich habe beschlossen, Ungarn zu verlassen», sagte Lukács und empfand eine bizarre Freude, als er die Enttäuschung in den Augen des jungen Mannes sah. «Die Entscheidung wird meinem Vater nicht gefallen. Sie wird niemandem gefallen, offen gestanden. Ich habe Pläne geschmiedet, aber ich brauche deine Hilfe. Du musst ein paar Dinge für mich erledigen, wenn ich weg bin.»

«Kein Problem.»

Lukács nickte. «Ich weiß das zu schätzen, ehrlich. Es sind nur Kleinigkeiten, die noch zu regeln sind. Vielleicht, wenn du mich zu meiner Unterkunft begleiten würdest, kann ich dir zeigen, was es ist. Ich habe eine Suite im Albrecht angemietet.»

Márkus hob die Augenbrauen. «Sie lassen mich wahrscheinlich gar nicht rein dort.»

«Doch, das werden sie. Schließlich bist du in meiner Begleitung.»

Das Albrecht war ein Grandhotel, fünf Minuten Fußweg von der Ujvári-Schiffswerft entfernt. Ein Portier vor der imposanten Fassade öffnete ihnen die Tür und begrüßte Lukács, während er Márkus geringschätzig musterte. In der Empfangshalle trat Lukács zum Schalter und wartete darauf, dass der Concierge ihn bemerkte.

«Ah, Herr György! Guten Abend. Wie schön, Sie zu sehen. Ihr Zimmer wurde hergerichtet, wie ich mit Freude feststellen darf.»

«Danke sehr», sagte Lukács. «Ich wünsche nicht gestört zu werden.» Er schob eine Münze über den Tresen, und der Concierge verneigte sich, bevor er ihm seinen Schlüssel reichte.

Lukács führte Márkus hinauf in die zweite Etage, sperrte die Tür zu seiner Suite auf und trat ein. Er ging zu einem Barschrank, nahm zwei schwere Gläser hervor und schenkte Whisky aus. Er reichte Márkus ein Glas.

Márkus kippte den Inhalt in einem einzigen Zug hinunter und wischte sich über den Mund. «Ich nehm noch einen davon.»

«Sicher, gerne.»

«Sieh dir dieses Zimmer an, Lukács! Himmelbett, Spitzendeckchen auf dem Schrank!» Er ging zum Bett, strich mit der Hand über die Laken. «Das musst du gefühlt haben! Wie sie duften!»

Lukács lachte angesichts von so viel Bewunderung in der Stimme seines Freundes. «Hast du schon die Aussicht bewundert?»

Márkus kippte einen weiteren Whisky hinunter, stellte das leere Glas ab und ging zum Fenster. Er blickte hinunter auf die Straße und schüttelte voller Staunen den Kopf. «Ich könnte so leben. Ehrlich, ich könnte das.»

«Meinst du? Das denkst du vielleicht jetzt, aber sei dir nicht so sicher. Ich kann es nicht. Und ich werde es auch nicht. Du kennst die Einschränkungen nicht, die mit dieser Art zu leben einhergehen. Es hat seine Vorteile, zugegeben. Seinen Komfort. Aber es bringt auch Komplikationen mit sich. Komplikationen, die dir die Freude an diesem Leben nehmen.» Lukács spürte, wie er alleine durch das Reden über seine Gefühle missmutig wurde. Er wechselte das Thema. «Wo triffst du dich heute Abend mit Krisztina?»

«Bei der Kirche von Sankt Anne auf der Batthyány tér.»

«Nein, das tust du nicht.» Fauchend und mit gebleckten Zähnen versetzte Lukács dem jungen Mann einen Schlag mit der Whiskyflasche auf den Schädel. Er war froh, dass die improvisierte Waffe von der Wucht des Aufpralls nicht zersplitterte. Márkus drehte sich einmal um die eigene Achse und verhedderte sich in den bodenlangen Vorhängen, dann kippte er vornüber und rührte sich nicht mehr.

Lukács stellte die Flasche in den Barschrank und machte sich daran, Márkus die Sachen auszuziehen. Es war eine unangenehme Aufgabe. Schiffsbau war eine anstrengende Arbeit, und als er seinem Freund die Unterwäsche herunterstreifte, verzog er das Gesicht wegen des starken Geruchs, der von seinem Körper aufstieg.

Als er halb fertig war, fiel ihm ein, dass er gar nicht nachgesehen hatte, ob Márkus noch am Leben war. Er tadelte sich wegen seiner Nachlässigkeit, hob ein Augenlid, und als er nichts erkennen konnte, senkte er das Ohr über seinen Mund. Er atmete noch, wie Lukács erleichtert an der warmen feuchten Luft erkannte, die zwischen Márkus' Lippen hervorströmte. Er hatte nicht gewusst, wie hart er zuschlagen musste, damit Márkus das Bewusstsein verlor, also hatte er all seine Kraft in den Schlag gelegt. Er hatte seinen Freund zwar nur außer Gefecht setzen wollen, doch er hatte billigend hingenommen, dass ihn der Schlag möglicherweise töten würde. Er betastete Márkus' Schädel und die mächtige Schwellung, die sich dort gebildet hatte. Doch darunter war nichts Weiches. Er hatte ihm nicht den Schädel eingeschlagen.

Als Márkus vollkommen entkleidet war, griff Lukács unter das Bett, um die Schnüre hervorzuziehen, die er dort verstaut hatte. Er fesselte den Bewusstlosen an Händen und Füßen und band ihn an eines der Beine des massiven Himmelbetts. Dann formte er aus einem Stück Stoff und einer dünnen Schnur einen Knebel, den er Márkus in den Mund schob. Als er damit fertig war, kontrollierte er sämtliche Knoten und überzeugte sich ein letztes Mal, dass Márkus sich weder befreien noch um

Hilfe schreien konnte, dann streifte er seine eigenen Sachen ab und legte sie auf das Bett.

Er hockte sich neben den Bewusstlosen, riss ihm ein paar seiner kastanienbraunen Haare aus und ging damit zur Kommode, wo er die Haare auf das polierte Holz fallen ließ, um die Farbe und Struktur in Augenschein zu nehmen. Dann blickte er auf zu seinem Gesicht im Spiegel.

Was nun kam, hatte er seit vielen Monaten geübt. Längst ging es nicht mehr darum, die Schatten von Tieren an der heimischen Wand des väterlichen Werkzeugschuppens zu erzeugen. József hatte recht gehabt – es fiel ihm nicht leicht. Doch er war stolz auf die Fortschritte, die er gemacht hatte – trotz der Schmerzen, die er dafür hatte in Kauf nehmen müssen.

Lukács biss die Zähne aufeinander, als er mit beiden Händen die Kommode umfasste. Er schloss die Augen, atmete dreimal tief und bewusst ein und aus und *drückte.*

Eine Million Nadeln durchbohrten seine Kopfhaut und tätowierten seinen Skalp mit Feuer. Er konzentrierte sich, unterdrückte den Impuls zu schreien und *drückte* noch fester als zuvor. Er erreichte die Barriere, wo der Schmerz einfach zu groß wurde, und warf sich mit aller Macht dagegen. Einmal, zweimal, ein drittes Mal, und dann brach sie plötzlich zusammen, und er war hindurch.

Er rang nach Atem. Als er die Augen aufschlug, sah er Schweißperlen auf seiner Stirn. Sein Gesicht war rot und weiß gefleckt. Er hob die Hand zum Kopf und zog an einem Büschel Haare, bis es sich von der Haut löste. Er untersuchte die Haut darunter und entdeckte einen kastanienroten Flaum. Der Flaum hatte genau die gleiche Farbe wie das Haarbüschel auf der Kommode.

Lukács schloss erneut die Augen und ertrug eine weitere Minute lang sengenden Schmerz und glühende Hitze auf dem

Kopf. Durst überkam ihn, furchtbarer Durst. Er trank in gierigen Zügen Wasser aus einem Krug, während er seine Kräfte sammelte.

Er ging zu dem bewusstlosen Márkus und untersuchte ihn eingehend. Er betrachtete das Gesicht aus jedem Blickwinkel und ging so nah heran, dass er die Poren seiner Nase sehen konnte, die Haare in seinen Nasenlöchern, das Schmalz in seinen Ohren, die Essensreste in seinen Mundwinkeln. Dann nahm er Márkus' gefesselte Hand und betastete sie, untersuchte die Schwielen, die gerissenen Fingernägel, die zerschrammten Knöchel. Er suchte Márkus von oben bis unten nach Muttermalen ab, nach Hämatomen, Narben, Schnitten. Er inspizierte die Brustbehaarung, die Brustwarzen, die Genitalien.

Er beugte sich noch weiter vor und sog schnüffelnd die Luft ein, die aus Márkus' Mund kam, den Gestank, der von seinen Achselhöhlen aufstieg. Er senkte den Mund über den Schamhügel und inhalierte. Er wich angewidert zurück, wandte sich wieder dem Oberkörper des Bewusstlosen zu, betastete die Muskeln, die Festigkeit von Bizeps und Trizeps, Deltamuskel und Brustmuskeln.

Als er zufrieden war, zog er den Rest seiner Bekleidung aus und legte sich direkt neben Márkus auf den Fußboden. Er drehte den Kopf zur Seite, sodass er Márkus sehen konnte, falls es nötig wurde, atmete ein letztes Mal durch und schloss die Augen.

Er würde nicht schreien.

Als der Schmerz begann, als das Feuer durch ihn peitschte, seine Haut sich streckte und seine Muskeln spielten, als sich sein Rücken durchbog und seine Füße auf dem Boden trampelten, da glaubte Lukács für einen Moment, seine Zähne würden bersten und seine Augen im Schädel explodieren. Seine Finger gruben sich in das Holz des Bodens, die Fingernägel scharrten, die Knöchel knackten. Sein Herz schlug wild und so angestrengt in seiner Brust, dass Lukács befürchtete, es könnte platzen.

Als es vorbei war, lag er in betäubter Lähmung da. Wogen von Schmerz schlugen über ihm zusammen. Er ließ es geschehen, zwang sich zu atmen und es auszuhalten, bis sie nach und nach abebbten.

Sinneseindrücke überfluteten seine veränderte Gestalt. Er spürte, wie die Haare seines Körpers die winzigen Luftbewegungen im Raum registrierten. Die Umgebungsgeräusche des Hotels hatten eine neue Qualität. Er spürte die Luft deutlicher in seine Lungen strömen als zuvor. Er brachte Finger und Daumen einer Hand zusammen und fühlte die Schwielen auf den Ballen.

Schließlich öffnete er die Augen, mühte sich auf die Knie und kroch zum Bett. Hunger brannte in seinem Magen, doch darauf war er vorbereitet. Er riss ein Paket auf und schlang Würzfleisch, Hartkäse und süßes Gebäck hinunter. Speichel troff von seinem Kinn. Er spürte, wie Magensäfte die Nahrung augenblicklich angriffen und in ihre Bestandteile zerlegten und wie neue Energie durch seine Adern strömte.

Als er seinen Heißhunger gestillt hatte, zog er sich an, ging zur Kommode und trank in großen Zügen den Rest des Wassers aus dem Krug. Dann, endlich bereit, das Resultat zu begutachten, hob er das Kinn und sah in den Spiegel.

Das Spiegelbild, das ihm entgegenstarrte, war eine Statue, reglos und still. Nach einer Minute beugte sie sich vor und untersuchte ihre Zähne, die Nase, die Lippen. Strich sich mit einer Hand durch das kastanienbraune Haar. Öffnete den Mund zum Reden. «Sehe ich vielleicht aus, als wäre ich empfindlich?», fragte sie. Das Spiegelbild drehte den Kopf von einer Seite zur anderen, betastete die Wangen, das raue Kinn. Es atmete tief ein. Und dann verzog es den Mund zu einem Grinsen. «Ich könnte so leben», sagte es. «Ehrlich, ich könnte das.»

Márkus Thúry stapfte aus dem Zimmer.

Er lief bis zum Sonnenuntergang durch die Straßen von Buda. Es war aufregend, sich unter die Massen zu mischen. Die Geräusche der Stadt schienen lauter, die Farben lebendiger, der Gestank noch widerlicher.

Auf der Batthány tér erblickte er Krisztina auf einer Bank unter einer steinernen Statue. Sie trug dasselbe fleckige, verdreckte Kleid wie immer, mit seiner engen Taille und dem voluminösen Rock. Sie saß mit den Oberschenkeln auf den Händen und starrte in den Himmel hinauf, als wäre sie in einen Tagtraum versunken. Márkus Thúry beobachtete sie eine Weile, bevor er sich näherte. Er wollte sich das Bild von Krisztina einprägen, die Szene so genau einfangen wie nur irgend möglich, damit er sie später nacherleben konnte.

Die Sonne versank hinter einem Hügel, und der Himmel wurde dunkler, mit vereinzelten rosaroten Wolken. In den Fenstern wurden Kerzen entzündet, und Kinder wurden von den Straßen in die Häuser gerufen.

In der verklingenden Hitze des Tages schimmerte Schweiß auf Krisztinas Stirn. Er fragte sich, wie lange sie gearbeitet hatte, bevor sie hergekommen war. Ihre gebräunten Wangen waren schmutzig, doch ihre Hände und Unterarme waren sauber und rau, wo die Haut von der zum Bleichen verwendeten Oxalsäure verätzt war.

Krisztina bemerkte ihn, als er den Platz überquerte. Sie erhob sich, den Kopf auf die Seite gelegt, und sah ihn an. Márkus blieb vor ihr stehen. Blut rauschte in seinen Ohren. Er wollte sie küssen, doch im letzten Moment fiel ihm auf, dass sie nicht mit einem Lächeln auf sein Eintreffen reagiert hatte.

«Du bist zu spät!», sagte sie gereizt. «Ich warte seit fast einer Stunde auf dich!»

«Es gab ein Problem auf der Werft. Es hat eine Weile gedauert, bis wir es gelöst hatten.»

Krisztina beugte sich vor und schnüffelte seinen Atem. «Das ist eine Lüge! Du hast getrunken! Woher hast du das Geld dafür? Ich dachte, du würdest sparen?»

Er öffnete den Mund, um zu widersprechen, doch dann überlegte er es sich anders. «Okay, zugegeben. Lukács war auf der Werft und hat mich eingeladen. Er hat mich gebeten, ihm einen Gefallen zu tun, und wir sind in eine Taverne um die Ecke gegangen. Er will für immer weg aus Budapest, und wir werden ihn nie wieder sehen. Ich habe ihm eine Fahrt auf einem Dampfer gebucht. Er ist vor einer Stunde nach Norden abgereist.»

«Gut.»

Sie setzte sich in Bewegung, und Márkus hetzte hinter ihr her. «Gut?»

«Ja, gut. Du hast viel zu viel Zeit mit diesem Kerl verbracht. Es war nicht normal.»

«Ich dachte, du magst ihn?»

Sie blieb mitten auf der Straße stehen, die Stirn in Falten gelegt. «Wann habe ich gesagt, dass ich ihn mag? Wann hat *irgendeiner* von uns beiden das gesagt?»

«Was meinst du damit?»

Krisztina stemmte die Hände in die Hüften und reckte ihm angriffslustig das Kinn entgegen. «Was ich meine? Was *ich* meine? Du bist doch derjenige, der plötzlich seinen Tonfall geändert hat. ‹Lass den dämlichen *hülye* doch sein Geld ausgeben, wenn er unbedingt will, Krisztina›», fauchte sie. «‹Ein paar von seinen langweiligen Geschichten sind eine Nacht voller Gratis-Getränke wert.›» Du hältst dich für unendlich clever,

Márkus! Ich gebe zu, ich war anfangs von ihm angetan. Aber dieser Mann hat dich genauso benutzt wie du ihn, mindestens. Du willst das nur nicht sehen.» Sie drehte sich von ihm weg und stapfte die Straße hoch.

Er folgte ihr. «Wie kann er mich benutzen? Was meinst du damit?»

«Ich will nicht über ihn reden, ja? Ich bin froh, dass er weg ist, und damit basta. Wo gehen wir überhaupt hin? Was machen wir? Ich würde gerne trinken, aber das können wir uns nicht leisten.»

Er grinste sie an. «O doch, das können wir. Sieh her.» Er zog Lukács' Geldbörse aus der Hosentasche.

«Woher hast du die?»

«Er gab sie mir.»

«Er hat sie dir gegeben?»

«Ich schwöre, Kris. Weiß ich, was in seinem Kopf vorgeht? Als wir uns bei den Docks verabschiedeten, sah er mir in die Augen, schüttelte mir die Hand und gab mir die Börse. Ich sollte dir ausrichten, dass es ihm leidtäte, dir nicht Lebewohl sagen zu können. Er wünscht dir ein gutes Leben und hofft, dass die Börse ihren Teil dazu beiträgt.»

Ihr Unterkiefer sank herab. «*Das* hat er gesagt?»

«Was für ein *hülye*, oder?»

Krisztina starrte ihn für einen langen Augenblick an. Dann schüttelte sie den Kopf. «Márkus, was soll ich nur mit dir machen?»

Er grinste. «Geh mit mir. Rauf in den Wald.»

«In den Wald? Um diese Zeit? Warum um alles auf der Welt –»

Er legte ihr einen Finger auf die Lippen und klimperte mit der Geldbörse. «Es gibt da etwas, das ich dich fragen möchte, Krisztina.»

Ihr Mund öffnete sich noch weiter, und ihre Augen versuchten in seinem Gesicht zu lesen. Er sah, wie sie erwartungsvoll einatmete. Sie hakte sich bei ihm unter, und gemeinsam gingen sie den Hügel hinauf.

Als das Licht des Tages schwächer wurde, zogen sich die Schatten unter den Bäumen zusammen. Vögel sangen zum Abend und riefen einander hoch oben in den Ästen. Márkus fand einen hübschen Flecken unter einer Eiche. Er nahm Krisztinas Hand und half ihr, sich auf einen Flecken aus weichem Moos zu legen. Dann legte er sich neben sie und sah hinunter auf den Fluss. Das Wasser der Donau glitzerte in Lücken zwischen den Bäumen. «Es ist schön hier», sagte er. «So still.»

«Du wirst weich, Márkus. Seit wann hast du was für die Natur übrig?»

Er lächelte. «Küss mich», sagte er.

Krisztina blinzelte ihn aus den Augenwinkeln an. Lachend drückte sie ihn auf den Rücken und legte ein Bein über ihn. Ihre Röcke lagen über seinem Bauch. «‹Küss mich›, sagt er.» Ihre Augen glitzerten, als sie ihn neckte. Sie atmete schwer, und ihre Hände ruhten auf seiner Brust. «Nun, da du so artig gefragt hast ...»

Sie beugte sich vor und öffnete den Mund. Er küsste sie ebenso leidenschaftlich wie aggressiv, und die Erregung brachte sein Blut in Wallung. Sie packte seinen Schopf und schob ihre Zunge tiefer in seinen Mund, und als er spürte, wie er erigierte, drängte sie die Hüften gegen ihn. Das Gefühl war unerträglich exquisit.

Márkus griff ihr an die Brust. Zum ersten Mal spürte er ihr Gewicht, ertastete er ihre Konturen. Er erkundete sie mit den Fingern weiter, und als er durch den Stoff hindurch ihre Nippel ertastete, stöhnte sie leise auf.

Ihr Geruch – so potent, so allesverzehrend – berauschte ihn. Er schob die Hand auf die warme Haut ihres Dekolletés und von dort unter den Stoff ihres Kleids. Krisztina küsste ihn drängend und voller Inbrunst, doch als er sich tiefer unter die Stoffschichten vortasten wollte, wich sie zurück, außer Reichweite.

Lachend wischte sie sich mit dem Handrücken über den Mund. «Na, na, Márkus! Du wirst mir ein wenig zu heiß. Vielleicht solltest du dich abkühlen?»

Er runzelte die Stirn. Zog sie erneut zu sich. Sie küssten sich abermals. Als er sie anfassen wollte, zog sie sich wieder zurück.

«Was ist denn?», fragte er. Er konnte die Hitze auf seinen Wangen spüren, das Pulsieren seines Blutes.

Krisztina richtete ihr Dekolleté, beugte sich vor und gab ihm einen letzten keuschen Kuss. «Du hast selbst gesagt, wir würden warten. Du wolltest es auch.»

«Wollte ich?»

Sie lächelte und nickte.

Er starrte zu ihr hoch. Ihr Geruch benebelte seinen Verstand. Diese Frau, so irden, so üppig, so urwüchsig, quälte und peinigte und faszinierte und frustrierte ihn, alles zugleich. Er prägte sich ihren Anblick ein, wie sie rittlings auf ihm saß, das Blätterdach der Bäume über ihr. Er schnaubte. «Ich habe gelogen.»

Er packte sie bei den Armen, drehte sie herum, warf sie auf den Rücken und tauschte ihre Positionen. Dann riss er ihr Kleid vorne auseinander und entblößte ihre Brüste. Weiches, weißes Fleisch und dunkle, höckerige Nippel kamen zum Vorschein.

Krisztina schrie. Er packte sie an der Kehle und drückte sie zu Boden. Sie scharrte mit der freien Hand in der Erde, und bevor er sie zu fassen bekam, fanden ihre Finger einen großen Stein, den sie ihm an den Kopf schlug. Funken explodierten vor seinen Augen, und beinahe hätte er sie losgelassen. Doch dann erwischte er ihr Handgelenk und schlug es gegen den Boden, bis der Stein aus ihren Fingern flog.

«Dreckige *kurvá!*», grunzte er. «Du hast mich lange genug zum Narren gehalten.»

Als es vorbei war, rollte Márkus von ihr herunter, stand auf und knöpfte sich die Hose zu.

Krisztina saß auf dem moosigen Boden, die Arme um die angezogenen Knie geschlungen, und starrte zu ihm hoch. Tränen hatten saubere Linien in den Schmutz auf ihren Wangen gewaschen, und an ihrem Mund klebte Blut. Ihre Stimme zitterte. «Was machst du jetzt?»

«Was meinst du?»

«Wirst du mich töten?»

Er atmete überrascht ein, dann kicherte er und schüttelte den Kopf. «Warum um alles auf der Welt sollte ich das tun? Wir wussten beide, dass es irgendwann passieren würde, Krisztina. Es war nur ein wenig früher, als du gedacht hast, das ist alles. Nichts Weltbewegendes, wirklich. Wir sehen uns morgen.»

Mit diesen Worten wandte er ihr den Rücken zu und schlenderte pfeifend davon, den Hügel hinunter in Richtung Stadt. Der Himmel war unterdessen dunkel geworden, und die Nacht hatte eingesetzt.

Er ging nicht auf dem kürzesten Weg zum Hotel, weil er das Bedürfnis hatte, sich noch ein wenig zu bewegen. Er liebte diese neue Bewegungsfreiheit, zu tun, was er wollte, zu gehen, wohin er wollte. Einem Impuls folgend, besuchte er die Taverne, in der er seine Freunde kennengelernt hatte. Er trank ein Bier, und als es seinen Durst nicht löschte, trank er noch eins und noch eins. Er stand so sehr unter Adrenalin, dass er den Alkohol erst spürte, als er beinahe völlig betrunken war. Zu diesem Zeitpunkt erschien ihm eine Pfeife Opium als gute Idee, und er probierte auch dies.

Einige Stunden später kehrte er in sein Hotel zurück. Der Portier funkelte ihn böse an, doch es war das dritte Mal, dass sie aufeinanderprallten, und der Bedienstete öffnete ihm wortlos die Tür.

Der Eingang zu seiner Suite oben im zweiten Stock sah unberührt aus. Er legte das Ohr an die Tür. Von drinnen war kein Geräusch zu hören. Zufrieden sperrte er auf und betrat den Raum dahinter.

Sein Freund Márkus lag an das Himmelbett gefesselt da wie zuvor. Er war wach. Als er Lukács sah, drohten ihm die Augen vor Schreck aus den Höhlen zu quellen. Er stemmte sich gegen seine Fesseln, gab dumpfe Geräusche von sich und stöhnte laut durch den Knebel in seinem Mund.

Der falsche Márkus schloss die Tür, trat zu dem Gefesselten und versetzte ihm einen Tritt in die Niere. «Undankbarer Scheißkerl», sagte er. «Das ist dafür, dass du mich einen *hülye* genannt hast.» Er ging zum Bett und streifte seine Kleidung ab. Als er nackt war, reckte und dehnte er sich kurz, bevor er sich auf den Boden legte. Er schloss die Augen, entspannte sich und konzentrierte sich auf seinen Atem.

Ein Geräusch lenkte ihn ab. Er öffnete die Augen wieder und sah zu dem gefesselten jungen Mann, der ihn voller Entsetzen anglotzte. «Herrgott noch mal, Márkus, das ist auch so schwierig genug, ohne dass du mich unablässig anstarrst!»

Eigenartigerweise war es nicht so schwer, wie er geglaubt hatte. Es gab Schmerzen, sicher, doch die Rücktransformation war nicht annähernd so strapaziös wie befürchtet. Es fühlte sich an, als flösse sein Körper fast von allein in eine Form, die er bereits kannte, eine Erinnerung an sich selbst. Als er fertig war, öffnete er die Augen und sah Márkus an. Aus dem Gesicht des jungen Mannes war jegliche Farbe gewichen.

«Überraschung!», sagte Lukács und musste selbst lachen, als ihm das Absurde der ganzen Situation bewusst wurde. Er ging zum Spiegel und untersuchte sein Gesicht, bevor er die Haare vom Boden auffegte und aus dem Fenster warf. Dann zog er ein Messer aus der Tasche.

Márkus zuckte und wand sich, als Lukács über ihm stand. Lukács beugte sich vor und durchtrennte Márkus' Fesseln. Er schnitt den Knebel auf, dann zog er sich zum Bett zurück.

«Zieh dich an», befahl er.

Sein Freund hatte stundenlang gefesselt in der Suite gelegen. Er konnte sich nicht schnell bewegen. Zitternd und taumelnd nahm er seine Sachen, ohne den Blick von Lukács zu nehmen.

Schließlich fand er seine Stimme wieder. *«Hosszú élet ...»*, flüsterte er. «Du bist ein *hosszú élet.*»

«Eine scharfsinnige Beobachtung, Márkus.»

«Lukács ... bitte lass mich am Leben.»

Lukács verdrehte die Augen und sah zur Decke. «Warum um alles in der Welt glaubt heute jeder, ich wollte ihn umbringen?» Er schüttelte den Kopf. «Ich habe nicht vor, dich zu töten, Márkus. Ich will nur, dass du dich anziehst.»

Nachdem Márkus seine restlichen Sachen angezogen hatte, führte Lukács ihn nach draußen auf den Korridor, die Treppe hinunter und durch das Foyer auf die Straße. Draußen angekommen zupfte er ihm ein Farnblatt vom Hemd. Der junge Mann schien zu verängstigt, um irgendetwas zu unternehmen, außer dazustehen und auf Instruktionen zu warten.

«Wir werden uns nicht wiedersehen, Márkus. Viel Glück bei allem. Versuch in Zukunft nicht mehr schlecht über andere Leute zu reden. Man weiß nie, ob sie vielleicht zuhören.

Hier …» Er kramte in seiner Tasche und zog seine Geldbörse hervor. Als Márkus sich immer noch nicht rührte, ergriff er seine Hand und drückte ihm die Börse hinein. «Als Entschädigung für die Unbequemlichkeiten des heutigen Abends. Gib nicht gleich alles aus. Und verlier es nicht.»

Zwinkernd wandte sich Lukács um und ging die Straße hinunter davon.

KAPITEL 10

Gödöllő, Ungarn
1873

Balázs József wartete im marmorgefliesten Eingang des Stadthauses und starrte auf die Uhr an der gegenüberliegenden Wand. Es war keine von seinen Uhren – trotzdem, handwerklich war sie passabel. Das behäbige Pendel markierte das Verstreichen langer Sekunden, während József in dem kühlen Foyer auf einem hochlehnigen Stuhl saß und darauf wartete, gerufen zu werden.

Zwei Mitglieder des *tanács* hatten ihn bei einem Treffen mit einem Kunden in Pest unterbrochen und abgeholt. Unterwegs hatten sie kaum ein Wort mit ihm gesprochen. Als das Ziel der Fahrt offenbar wurde, war József still geworden. Niemand hinterfragte die Motive hinter den Aktionen des *Örökös Főnök*. Er war schon früher herzitiert worden, doch diesmal war es etwas anderes. Unruhe hatte ihn erfasst und wurde mit jedem Ticken der Uhr stärker.

Schließlich öffnete sich am Ende des Foyers eine Tür, und ein streng aussehender alter Mann mit weißen Haaren und schwarzem Anzug erschien und kam zu József. «Der *Főnök* will Sie jetzt sehen», sagte er.

József erhob sich. «Selbstverständlich.»

«Er ist im Rosengarten. Wenn Sie mir folgen wollen.»

József folgte dem alten Mann durch einen kunstvoll mit

Stuck verzierten Vorraum und durch eine von drei Türen in einen quadratischen Innenhof. Vor ihnen lag ein französischer Garten, der von einem überdachten Wandelgang umschlossen war. In der Mitte des Gartens stand ein Wasserbrunnen, von dem vier Kieswege abgingen. Rote und weiße Rosen säumten die Wege. Neben dem plätschernden Brunnen wartete bei einem flachen, weiten Teich der *Örökös Főnök*. Ein Diener in weißem Anzug hielt einen Parasol über ihn und schützte ihn vor der Sonne.

Als József näher trat, wandte sich der *Főnök* zu ihm um. Die Haut auf seinem alten Gesicht war überzogen von unzähligen Falten, und das Fleisch an seinen Knochen war welk. Doch seine Augen, als er József nun betrachtete, waren hell und glänzend und wach: zwei Kugeln aus kaltem Jade.

József sank vor dem *Főnök* auf die Knie und neigte den Kopf. «Gebieter, ich bin sogleich gekommen, als ich gerufen wurde.»

Der *Főnök* seufzte, und sein Atem ging rasselnd wie der Wind durch die Zweige eines toten Baumes. «Bitte, József, steh auf, steh auf. Wie lange kennen wir beide uns nun schon?»

József erhob sich. Er bemerkte, dass der *Főnök* ihn aufmerksam musterte, und seine Unruhe verwandelte sich in Angst.

«Was macht Jani?»

Was war das nun wieder für eine Frage? József streckte dem *Főnök* die offenen Handflächen hin. «Jani ist ein eigensinniger Junge. Er ist in das Zsinka-Mädchen verliebt, und es fällt ihm schwer, sich in Geduld zu üben.»

«Der *tanács* wird bald seine Entscheidung treffen. Geduld ist eine wertvolle Eigenschaft. Es wird ihm nicht schaden, noch eine Weile länger zu warten.»

«Ich stimme Euch zu, Gebieter.»

Der *Főnök* nickte nachdenklich. Er atmete ein weiteres Mal rasselnd ein und aus, dann drehte er sich zu dem Diener um, der den Sonnenschirm hielt. «Lass uns bitte allein. József, gib mir deinen Arm. Geh mit mir zur Bank.»

Während der junge Diener in seinem weißen Anzug den Parasol zusammenfaltete und sich ins Haus zurückzog, bot József dem alten Mann seinen Arm. Er spürte, wie sich die Finger des *Főnök* um sein Fleisch schlossen wie die Klauen eines alten Raubvogels. Sie gingen gemeinsam zu einer Holzbank im Schatten des Wandelgangs und setzten sich mit Blick in den Garten.

Als József den Garten betreten hatte, hatte er zwei Wachen bemerkt, die den nächstgelegenen Eingang flankierten. Jetzt kamen zwei weitere Wachen durch eine Tür auf der anderen Seite und bezogen rechts und links der Tür Stellung. József spürte, wie sich seine Kopfhaut zusammenzog.

«Mein alter Freund, was ich zu sagen habe, wird schmerzvoll werden. Ich möchte, dass du das weißt. Ich fürchte, es gibt keinen Weg, wie ich es dir schonend beibringen könnte. Dein Lukács ... er ist nicht zu den beiden letzten *végzets* erschienen.

József starrte auf eine der Säulen, die die Decke des Gangs stützten, ohne recht zu begreifen, was er hörte. «Das kann nicht sein.»

«Du glaubst, dass ich mich irre?»

József atmete scharf ein, als ihm sein Fehler bewusst wurde. «Nein. Nein, selbstverständlich nicht. So etwas würde mir niemals in den Sinn kommen. Aber ich ...» Er brach ab. «Ich habe ihn selbst zum zweiten *végzet* begleitet», sagte er dann. «Ich habe gesehen, wie er hineingegangen ist.»

«Man hat mir berichtet, dass dein Sohn wieder nach draußen geschlüpft ist, kaum dass deine Kutsche abgefahren war. Beim dritten *végzet* ist er überhaupt nicht erschienen.»

József spürte, wie sich seine Brust zusammenzog und sein Magen verknotete, als wäre er in ein tiefes Loch gefallen. Er hob eine Hand vor das Gesicht und stellte fest, dass sie zitterte. «Ich ... ich habe ihm vertraut. Ich war stolz, unermesslich stolz. Ich dachte, dass er trotz all seiner Schwierigkeiten die Absicht hatte, sich seinen Verpflichtungen zu stellen. Er hat mein Vertrauen verhöhnt. Er hat mich zum Gespött gemacht ...»

Der *Főnök* neigte den Kopf. «Das tut mir sehr leid.»

József sah den alten Mann von der Seite an. Er straffte die Schultern. «Lukács ist immer noch mein Sohn», sagte er. «Was wird nun mit ihm geschehen?»

«Du verstehst sicher, wie wichtig es ist, dass wir unsere Tradition bewahren.»

«Ich weiß auch, Gebieter, dass Ihr die Macht besitzt, Recht zu sprechen, wie es Euch beliebt.»

Der alte Mann nickte, wandte den Kopf und sah ihn an. Die jadefarbenen Augen waren jetzt mit Azur durchsetzt. «Das ist richtig, József. Und ich würde zögern, irgendeinen deiner Söhne zu verstoßen, selbst bei einem so schweren Verstoß wie diesem. Doch das ist noch nicht alles. Es sind weitere Dinge ans Licht gekommen.»

József schloss die Augen.

«Gestern Abend wurde in Buda eine junge Frau vergewaltigt. Ein ausgesprochen hübsches Ding, wie es heißt. Sie hat ihren Verlobten dieses Verbrechens beschuldigt.» Der *Főnök* schüttelte den Kopf. «Ein Zwischenfall wie dieser wird nicht oft gemeldet, und selbst wenn, noch seltener ernst genommen, doch diese junge Frau ist eine Kämpferin, bei allem, was recht ist!»

«Und was hat das mit meinem Sohn zu tun?» József fühlte sich, als stünde er am Rand eines Abgrunds, mit dem Finger des *Főnök* im Rücken.

«Hoffentlich nichts, mein Freund. Doch der Verlobte wurde kurze Zeit später aufgegriffen und in eine Zelle geworfen.

Seine Verteidigung hört sich sehr eigenartig an. Er behauptet, von einem *hosszú élet* entführt worden zu sein, der den gleichen Namen trägt wie dein Sohn und der seine Gestalt angenommen hat, bevor er sich mit seiner Verlobten traf. Zum jetzigen Zeitpunkt wissen wir noch nicht viel mehr als das. Wir hatten noch keine Gelegenheit, selbst mit dem jungen Mann zu reden.» Die azurfarbenen Flecken in den Augen des *Főnök* waren verblasst. «Der Palast hat uns gebeten, die Angelegenheit zu untersuchen. Das ist ohne Beispiel. Ungeachtet dessen, was sich nun ereignet hat oder nicht, die Tatsache, dass der Palast um unsere Kooperation ersucht, demonstriert das wachsende Misstrauen, dass uns von allen Seiten entgegenschlägt. Der König sieht, dass sich der Wind dreht, József, und versucht, sich zu distanzieren. Du musst deinen Sohn vor den *tanács* bringen und ihm Gelegenheit geben, seinen Namen reinzuwaschen.»

«Jawohl, Gebieter.» József zögerte. «Wenn ich fragen darf – was wird aus dem jungen Mann im Gefängnis?»

«Schuldig oder nicht, er wird hängen. Es steht zu viel auf dem Spiel für eine andere Lösung. Deine Aufgabe ist einfach, József. Kehre heim nach Gödöllő. Und komme mit deinem Sohn zu mir zurück.»

Lukács saß am Fenster und sah hinunter in den Hof, als sein Vater durch das Tor geritten kam. Er beobachtete, wie József vom Pferd stieg und die Zügel an einen Diener übergab.

Wenn du wüsstest, Vater, was ich dir gleich sagen werde, würdest du vielleicht nicht mehr ganz so stolz und aufrecht gehen.

Lukács ging die Stufen hinunter zur Bibliothek seines Vaters. Sein Magen verkrampfte sich aufgeregt. Es war keine Angst, die er empfand – dazu war er inzwischen zu selbstbewusst geworden. Doch selbst die einfachsten Interaktionen mit seinem

Vater kosteten Mut, und angesichts der Ungeheuerlichkeit dessen, was er dem alten Mann sagen würde, war es ein überdeutliches Zeugnis der Entwicklung der letzten Wochen, dass er nur Aufregung verspürte und nicht mehr. Stärker als alles andere war sein Verlangen, die Augen seines Vaters zu sehen, wenn József dämmerte, dass es ihm nicht gelungen war, seinem Sohn den eigenen Willen aufzuzwingen.

Lukács' Situation war ein *fait accompli.* Mit seiner Weigerung, das *végzet* anzunehmen, hatte er den Übergang zum *kirekesztett* unausweichlich gemacht. József konnte machen, was er wollte – nichts würde daran etwas ändern. Vielleicht wäre die Sache anders ausgegangen, wenn er zugehört und wenn er Lukács' Bitten nachgegeben hätte. Stattdessen hatte er nun beides verloren – seinen Sohn *und* die Respektabilität, die ihm so viel wichtiger war als die Gefühle seiner eigenen Brut. József hatte nicht zugehört. Er hatte nie zugehört. Lukács würde dafür sorgen, dass sein Vater ihm diesmal zuhörte – *richtig* zuhörte –, bevor er Gödöllő ein für alle Mal verließ.

Er musste grinsen – außerstande, seine Selbstgefälligkeit zu verbergen, obwohl sein Magen sich umdrehte und sein Herz raste –, als die Tür zur Bibliothek aufschwang und sein Vater hereinstürmte und abrupt stehen blieb.

József starrte ihn an. Lukács starrte zurück.

Sein Vater atmete ein, und es sah aus, als würde sich die Luft in seiner Kehle verfangen. Er erschauerte. Seltsamerweise füllten sich seine Augen mit Tränen, als er den Raum durchquerte, die Faust erhoben, um seinen Sohn zu schlagen.

Lukács war so überrascht, dass er nicht reagierte. Der Schlag erwischte ihn mit solcher Wucht an der Wange, dass er spürte, wie ein Knochen brach. Er stolperte, fiel auf die Knie. Als er aufblickte, schlug József erneut zu. Blut spritzte aus Lukács' Nase. Schmerz blendete ihn, er spuckte Blut, und die Faust traf ihn ein drittes Mal am Kopf. Er ging ganz zu Boden, und József trat ihn so brutal in den Magen, dass Lukács die Luft wegblieb.

Er fühlte, wie er von kraftvollen Händen gepackt und hochgerissen wurde. Blinzelte die Tränen weg, um das Gesicht seines Vaters zu sehen, nur Zentimeter vor dem eigenen, die Augen ein wahnsinniger Regenbogen aus Farben. József fauchte und schleuderte ihn von sich. Er krachte mit dem Rücken gegen ein Bücherregal und schlug mit dem Kopf gegen ein Holzbrett. Benommen ging er ein zweites Mal zu Boden. Bücher regneten auf ihn herab. Sein Vater wandte sich ab, ging zu einem Mazarin-Schreibtisch, zerrte eine Schublade heraus und kramte darin.

Lukács versuchte sich auf Heilung zu konzentrieren, darauf, die Verletzungen zu reparieren, die sein Vater ihm zugefügt hatte. Doch er war zu geschockt, um sich zu konzentrieren. «Was … machst du?», stammelte er mit geschwollener Zunge.

«Ich weiß Bescheid, Lukács, hörst du? Ich weiß alles!» Zitternd vor Zorn, zog József die Schublade ganz aus dem Schreibtisch und schüttete den Inhalt auf die Platte. «Der *Főnök* weiß es ebenfalls. Sie alle wissen Bescheid, aber sie haben mir ein Angebot gemacht. Du wusstest, was du tust, als du dieses Mädchen vergewaltigt hast, Lukács. Du wusstest, was die Strafe dafür ist. Der *tanács* duldet nicht, dass schlechtes Blut gedeiht.»

«Warte, Vater! Vergewaltigt?» Er versuchte dahinterzukommen, wie jemand davon wissen konnte, und nachdem er sich darüber klar geworden war, fragte er sich erstaunt, wieso irgendjemand die Geschichte glaubte, so schnell und ohne ihn anzuhören. Insbesondere sein eigener Vater.

Dachten alle *so schlecht* über ihn?

«Lüg mich nicht an, Lukács. Und mach es nicht schwerer für mich, als es ohnehin schon ist.» József fand, wonach er gesucht hatte. Er packte einen Dolch, zog die Klinge aus der Scheide und drehte sie im Licht hin und her. Tränen strömten über seine Wangen. «Du hast mir ein Messer ins Herz gestoßen, so real wie dieses hier.»

Lukács ächzte durch den Schmerz hindurch. Wenn der *tanács* ihn für schuldig befand, war die Strafe der Tod. Mit plötzlicher Klarheit begriff er, dass sein Vater nicht beabsichtigte, es so weit kommen zu lassen. József würde die Demütigung einer Verurteilung seines Sohnes nicht hinnehmen.

Hustend und Blut spuckend, zog sich Lukács am Bücherregal hoch. Die Intensität der Schmerzen in seinem Gesicht und seiner Seite ließ ihn würgen.

József schnellte durch den Raum, rammte Lukács gegen das Regal und setzte ihm die Klinge an die Kehle.

Lukács versuchte den Kopf zu bewegen, doch es ging nicht, ohne dass er sich geschnitten hätte. Konnte er die Wunde schnell genug behandeln, falls sein Vater ihm die Kehle durchschnitt? Möglicherweise. Aber was, wenn József es nicht dabei beließ? Wenn er tiefer schnitt? Der Gedanke versetzte ihn in Panik, und während er dagegen ankämpfte, biss die Messerklinge zu, und der Stahl zog einen feurigen Striemen über seine Kehle.

Das Gesicht seines Vaters war so nah, dass Lukács die Poren seiner Haut sehen konnte, den Tabak in seinem Atem riechen, das Minzöl, die Nässe seiner Tränen spüren.

József stöhnte. Er presste seine Wange an Lukács' Stirn. «Ich habe dich geliebt, du dummer Junge. Trotz allem habe ich dich geliebt, immer geliebt, *immer*. Und dann musstest du so etwas tun. Du hast es mir angetan. Deiner Familie, dir selbst. Diesem dummen Mädchen. Warum, Lukács, *warum*? Ich will das nicht tun, ich will es wirklich nicht, aber ich *muss*!»

«Du musst überhaupt nichts, Vater.»

József heulte auf. Mit der freien Hand zerrte er Lukács vom Regal weg und rammte ihn ein weiteres Mal dagegen. Das Brett krachte gegen seinen Schädel, und die Klinge glitt tiefer. Lukács spürte, wie das Blut an seinem Hals entlanglief, heiß und dick.

Und dann, mit Augen so schwarz wie das Herz einer Sonnenfinsternis, mit Speicheltropfen am Kinn und monströser Kraft, zog József die Klinge durch die Kehle seines Sohnes. Lukács' Augen quollen hervor. Er spürte, wie Blut hervorsprudelte. Sah, wie es über Józsefs Unterarme spritzte. Hörte es auf den Boden platschen.

Sein Vater hielt ihn, das Gesicht verzerrt.

Lukács wollte reden, wollte sich aus Józsefs Griff befreien, versuchte sich auf seinen Hals zu konzentrieren, doch der Schmerz war zu stark. Er spürte, wie seine Beine nachgaben, und als die Kraft vollends aus ihnen wich, hielt sein Vater ihn gegen das Regal gedrückt.

Er hustete, würgte, verkrampfte.

Schatten rollten über ihn hinweg. Er fühlte, wie sein Kopf leicht wurde. Seine Gedanken trudelten davon, und zurück blieb nacktes Entsetzen. Seine Lungen leerten sich, und als er Luft holen wollte, stellte er fest, dass es nicht ging, stellte fest, dass seine Lippen taub waren, dass seine Arme taub waren, dass seine Welt dunkler und dunkler wurde, dass seine, dass …

Balázs József lockerte den Griff um den Körper des Jungen und ließ ihn zu Boden gleiten. Er drehte sich um, starrte zum Mazarin-Schreibtisch und rammte das Messer tief in das Holz der Tischplatte. Schwer atmend, schluchzend, aufbrüllend packte er das Möbel und warf es um. Papiere, Kerzen, Schriftstücke segelten durch die Luft. József brach zwischen den Trümmern zusammen. Weinend presste er die Hände gegen die Schläfen.

Wie hatte das passieren können? *Wie?*

War es seine Schuld? Hatte er den Jungen irgendwie im Stich gelassen? Er dachte an seine tote Frau und stöhnte. Die

Trauer um sie hatte dazu geführt, dass er sich von der Welt zurückgezogen hatte, von der Verantwortung gegenüber seinen Söhnen. Was würde sie denken, wenn sie das sehen könnte? Was würde sie sagen? Ihr mittlerer Sohn ein Vergewaltiger. Ihr Ehemann besudelt mit seinem Blut.

József hob den Kopf, zwang sich, zu Lukács' regloser Gestalt zu sehen, zu der aufgeschlitzten Kehle, aus der immer noch das Blut quoll, auch wenn der Strom schwächer und schwächer wurde. Es war ein dunkles Bild. Ein albtraumhaftes Bild. Doch es war am besten so, dachte József.

Nein.

Doch. Doch, es war besser so. Barmherziger. Gnädiger für den Jungen.

Du darfst das nicht tun.

Besser für alle.

NEIN!

Zitternd und vor sich hin murmelnd kroch er über den Boden zu seinem Sohn. Untersuchte seine Seite, drehte ihn auf den Rücken. Die Augen des Jungen waren geschlossen. Seine Brust bewegte sich nicht.

József legte die Hände über die klaffende Wunde in Lukács' Kehle und schloss die Augen.

Er *drückte.*

Er spürte ein Stechen in den Fingern, einen Widerstand, als drückte er die Hände in Berge von zersplittertem Glas. Der Schmerz wurde stärker, und dann war er mit einem Mal durch. Hitze floss durch seine Hände. Er biss die Zähne zusammen, als er spürte, wie er sich mit den Muskeln und dem Fleisch und der Haut des Jungen verband, und dann strömte sein Blut durch die Finger zu Lukács.

«Komm zurück», flüsterte er leise. «Bitte, Sohn. Komm zurück.»

Als die Wärme aus ihm floss, fing er an zu zittern. Durst wütete in ihm. Er spürte, wie er schwächer und schwächer wurde, wie sich sein Magen zusammenzog und knurrte.

Unter ihm rührte sich Lukács. Er zuckte, seine Hände schlugen gegen den Boden, seine Beine traten aus. Dann atmete er tief und zitternd ein, setzte sich auf und schrie.

József nahm die Finger weg, und ein Schauer aus roten Tropfen sprühte hoch. Lukács' Kehle war rau. Dunkle Handabdrücke markierten zwei Flecken, an denen keine Haut mehr war. Der tiefe Schnitt hatte sich geschlossen.

Der Junge öffnete die Augen. Blinzelte. Er starrte seinen Vater an, und József wollte nicht wissen, welche Gedanken sich hinter seiner Stirn zusammenbrauten.

Als Lukács sprach, knackte seine Stimme wie berstendes, splitterndes Holz. «Hat es dir nicht gereicht, mich einmal zu töten?»

«Raus!»

Seine Augen waren furchtbar. Sie schimmerten mit unfassbarer Intensität. «Du sagst, du hast mich geliebt? Meinst du, das hat mich besänftigt? Du sagst mir, du liebst mich, und dann ...»

«Raus! Mach, dass du verschwindest!», brüllte József. «Meinetwegen verfluche mich, weil ich so schwach bin, aber ich kann mein eigenes Fleisch nicht töten. Sie werden dich jagen für das, was du getan hast, und das mit Recht. Geh jetzt. Nimm mit, was du brauchst. Ich wende mich von dir ab als meinem Sohn. Du bist nicht länger ein *hosszú élet*. Du hast deine Wahl getroffen. *Kirekesztett!*» Das letzte Wort spuckte er förmlich aus, wie einen Fluch.

Lukács starrte seinen Vater an. Mühte sich auf die Füße. Eine Hand am Hals, stolperte er aus dem Raum.

«Balázs Jani wartet draußen, Gebieter.»

Der *Főnök* atmete tief ein und stieß seufzend die Luft aus. Er spürte, wie sich seine Brust unter der Kleidung senkte. Eine Woche war vergangen seit seiner ersten Unterhaltung mit Balázs József. Als der Uhrmacher drei Tage später zum Stadthaus des *tanács* zurückgekehrt war, hatte er seinen Sohn nicht dabeigehabt und stattdessen eine Erklärung abgegeben, was geschehen war.

Wieso József ohne weitere Untersuchung gleich von der Schuld seines Sohnes überzeugt gewesen war, hatte sie alle im ersten Moment irritiert. Andererseits war es auf seine Weise sehr aufschlussreich. Dass er den Jungen hatte entkommen lassen, würde Konsequenzen haben – Konsequenzen, die dem *Főnök* beinahe mehr zu schaffen machten, als er meinte, ertragen zu können. Die Ereignisse der letzten paar Tage waren die folgenreichsten in seiner gesamten Amtszeit, doch er war verantwortlich für die Sicherheit der *hosszú életek*. Er *musste* unparteiisch bleiben.

Der *Főnök* saß am großen Tisch in der Kammer der *tanács* und neigte den Kopf zuerst nach rechts, dann nach links, um die beiden Ältesten zu begrüßen, die neben ihm saßen. Beide trugen die offizielle Kopfbedeckung aus Pferdehaar. Er spürte das Gewicht der Perücke auf dem eigenen Kopf. Kein Gefühl, das ihn irgendwie getröstet hätte. «Dann sind wir also einer Meinung?», fragte er.

Pakov zu seiner Rechten räusperte sich. «Wir müssen dies tun, Gebieter. Ich fühle natürlich mit dem Jungen, doch es ist nicht nur die Tradition, die unser Eingreifen verlangt. Gefährliche Mächte erheben sich gegen uns. Die öffentliche Meinung dreht sich. Wir handeln nicht nur, um das Verbrechen eines Einzelnen zu bestrafen, sondern weil wir das Leben aller schützen müssen.»

«Das Wohl des großen Ganzen», murmelte der *Főnök*. Er streckte die Hände vor sich aus und musterte das Geflecht von Adern, die Altersflecken, die Falten. Wie er das alles hasste! Wie lange diente er der Gemeinschaft schon in dieser Position? Alles würde bedeutungslos werden, wenn es ihm jetzt nicht gelang, das Massaker sicher zu umschiffen, das Balázs Lukács in seinem Kielwasser zurückgelassen hatte.

Er atmete tief ein, spürte, wie die Luft seine Brust füllte, lauschte dem Rasseln in seiner Lunge, als würde sie durch staubige Korridore und vergessene Katakomben streichen.

«Schick ihn herein», sagte er, an einen Wachmann gewandt.

Die Tür wurde geöffnet, und Balázs Jani, der erstgeborene Sohn von József, betrat die Kammer. Er war dem Anlass entsprechend gekleidet: schwarzer Anzug, dunkles Hemd. Noch nicht ganz zum Mann gereift. Seine Augen verrieten seine Gefühle. Silberne Blitze auf grünem Untergrund. Angst vielleicht, durchsetzt mit Wut und Ärger. Scham.

Jani näherte sich dem Tisch, die Hände an den Seiten, und verneigte sich tief. «Mein Gebieter, die edlen Herren.»

Der *Főnök* mühte sich auf die Füße und streckte Balázs Jani die Hand entgegen.

Jani hob überrascht die Augenbrauen. Er starrte mehrere Sekunden lang auf die angebotene Hand, bevor er sich nach vorn beugte, sie ergriff und küsste.

Der *Főnök* setzte sich wieder. «Jani, ich bin froh, dass du gekommen bist.»

«Sie haben mich gerufen, Gebieter. Was hätte ich sonst tun sollen?»

«Ja, natürlich. Natürlich.»

«Es geht um meinen –» Er stockte. «Es geht um den *kirekesztett*.»

«Das ist richtig, Jani.»

«Sie haben meinen Vater gebeten, den *kirekesztett* seiner Strafe zuzuführen. Er hat sich Ihren Wünschen verweigert. Lu–, der *kirekesztett* ... Er konnte fliehen.»

«Das wissen wir. Dein Vater hat uns berichtet, was geschehen ist.»

«Und jetzt soll mein Vater gerichtet werden.» Eine Träne erschien auf Janis Wange. Sie schien den jungen Mann wütend zu machen. Er presste die Kiefer aufeinander.

«Dein Vater ist ein guter Mann, Jani. Vergiss das nicht. Er hat einen schweren Fehler begangen, einen Fehler, der nicht so leicht zu entschuldigen ist. Die Angelegenheit ist ernst. Es steht sehr viel auf dem Spiel. Ich möchte mit dir darüber sprechen.»

Jani hob eine Hand und wischte die Träne ab. Sein Gesichtsausdruck war gefasst und entschlossen. Er nickte forsch.

«Als ich zum ersten Mal mit deinem Vater sprach, lagen uns nur vorläufige Berichte über die Geschehnisse in Buda vor», fuhr der *Főnök* fort. «Seitdem haben wir weitere Informationen erhalten. Der beschuldigte Junge wurde verhört. Die Details seiner Aussage haben seine Geschichte noch glaubhafter gemacht. Das Mädchen hat sie ebenfalls bekräftigt. Es tut mir leid, Jani, dass ich dir dies sagen muss, aber der *ördög*, der Krisztina Dorfmeister vergewaltigt hat, war dein Bruder.»

Der junge Mann neigte den Kopf. «Ich weiß, Gebieter. Ich wusste es in dem Moment, als ich es erfuhr, genau wie mein Vater.»

«Dann weißt du auch, was getan werden muss.»

«Sein Blut muss aus der Linie getilgt werden.»

Der *Főnök* starrte Jani nachdenklich an. «Und folglich muss jemand ausgeschickt werden, diese Aufgabe zu erledigen.»

Jani runzelte die Stirn. «Sie wollen doch nicht etwa andeuten, dass ich –»

Pakov zur Rechten des *Főnök* beugte sich vor und hämmerte

mit der Faust auf den Tisch. «Du erdreistest dich, den *Örökös Főnök* in Frage zu stellen?», rief er.

«Aber nein! Natürlich nicht! Ich wollte nicht –»

«Genug!» Der *Főnök* hob die Hand. «Ich dulde kein Gezänk! Jani, du wirst mich anhören, und du wirst gehorchen. Falls nicht, bleibt uns keine andere Wahl, als die gesamte Familie Balázs zu verurteilen.

Die vorliegenden Beweise sind ausreichend, um *in absentia* zu entscheiden. Der früher unter dem Namen Lukács Balázs bekannte *kirekesztett* ist von diesem Moment an ausgestoßen. Sein Blut wird ausgelöscht werden. Dein Vater hat bei dieser Aufgabe versagt. Als ältester Sohn geht die Aufgabe auf dich über. Du wirst den *kirekesztett* jagen und stellen und unser Urteil vollstrecken. Tu wie geheißen, und die Ehre deiner Familie ist wiederhergestellt. Bis dahin, Jani, bleibt uns keine Wahl. Die Beurteilung deines *végzet* ist aufgeschoben. Du wirst dein Werben um das Zsinka-Mädchen einstellen, du wirst sie nicht sehen, nicht mit ihr sprechen und auf keine andere Weise mit ihr oder ihrer Familie kommunizieren. Dein Bruder Iszák ist zu jung, um dir zu helfen. Nichtsdestotrotz ist auch sein Recht zur Teilnahme am *végzet* bis zur Vollstreckung des Urteils aufgehoben.»

Der *Főnök* beugte sich in seinem Sessel vor. Jani war blass geworden, und seine Augen flackerten ungläubig, während er einen nach dem anderen ansah. «Balázs Jani, hast du verstanden, welche Pflicht dein *Főnök* dir auferlegt hat?»

Jani schloss die Augen. Öffnete sie wieder. Die grünen Flecken hatten das Silber verdrängt. Jani richtete sich auf. «Ich habe verstanden, Gebieter. Und ich werde gehorchen. Ich werde das Urteil an dem *kirekesztett* vollstrecken. Und dann werde ich wieder vor Sie treten, und Sie werden meiner Familie die Ehre zurückgeben, die dieser *ördög* ihr gestohlen hat.»

«Ich bete darum, dass es so kommt, Jani. Wisse, dass wir dies nicht aus Boshaftigkeit tun und auch nicht aus Freude am Bestrafen, sondern weil es unsere Pflicht ist.» Er wandte sich zu den beiden Männern rechts und links. «Meine Herren, das Urteil ist gesprochen. Der *hosszú élet* mit dem Namen Balázs Lukács existiert nicht mehr. Von diesem Tag an bis zur Vollstreckung unseres Urteils wird der in Ungnade gefallene *kirekesztett* den Namen Jakab tragen.»

KAPITEL 11

Snowdonia
Heute

Nach ihrer Begegnung mit Gabriel unten am See eilte Hannah mit ihrer Tochter zum Farmhaus. Sie schickte ihre Tochter, Moses zu füttern, und ging selbst, um nach Nate zu sehen, bevor sie wieder nach draußen zurückkehrte. Noch immer wirbelten dunkelgraue Wolken von den Bergen herunter in Richtung Tal. Die Luft war schwer vom elektrischen Geschmack nach Ozon.

Hannah schloss den Discovery auf, glitt hinter das Lenkrad und zog die Tür hinter sich zu. Die vertraute, abgenutzte Behaglichkeit des großen Geländewagens wirkte beruhigend – bis sie an das Blut dachte.

Der Beifahrersitz war durchtränkt damit, die grauen Polster braun, wo es bereits eingetrocknet war, und glänzend schwarz, wo es eine so tiefe Lache gebildet hatte, dass es noch nicht völlig geronnen war. Der Anblick ließ Übelkeit in ihr aufsteigen, und sie wendete den Blick ab. Nate hätte eigentlich in diesem Wagen sterben müssen. Es war ihr ein Rätsel, wie er es geschafft hatte zu überleben. Wie jemand so viel Blut verlieren konnte und trotzdem am Leben bleiben. Sie dankte Gott dafür, dass Nate das durchgestanden hatte.

Hannah beugte sich über den ruinierten Beifahrersitz und nahm das Fernglas aus dem Ablagefach in der Tür. Dann kroch sie auf die Rückbank, hob die gummierten Okulare an die Augen und richtete das Glas durch das Rückfenster auf den See.

Zuerst war alles unscharf. Sie fokussierte den Brennpunkt auf die Wasserfläche und schwenkte das Glas. Kein Ruderboot war zu sehen. Kein unwillkommener Besucher, der ohne Erlaubnis angelte. Schließlich entdeckte sie das Boot doch noch, auf der Seite liegend am Kiesstrand des gegenüberliegenden Ufers. Die Ruder waren verschwunden, genau wie Gabriel. Hannah suchte den Rest des Tals ab, doch niemand lauerte zwischen den Bäumen oder an den Hängen, nirgendwo war etwas Auffälliges zu sehen.

Sie vernahm das Geräusch eines Motors, veränderte ihre Position, senkte das Fernglas und entdeckte einen alten verbeulten Defender, der in diesem Moment um die Ecke des Farmhauses bog. Der Wagen zog einen Anhänger hinter sich her. Sebastien. Als er parkte, öffnete Hannah die hintere Seitentür des Discovery und stieg aus.

Der alte Mann kletterte vom Fahrersitz. «Es gibt bald wieder Regen», sagte er mit einem Blick zu den Wolken hinauf. «Wenigstens bleibt uns die Kälte für eine Weile erspart. Wie geht es unserem Patienten?»

«Genau, wie du gesagt hast. Er ist steif, außerstande, sich zu bewegen, und er hat Schmerzen. Aber er lebt.»

Sebastien knurrte. «Das ist die Hauptsache. Ich habe dir Lebensmittel gebracht. Und so viel Diesel, wie ich kriegen konnte. Dazu Feuerholz.»

«Du bist ein Engel, Sebastien, den der Himmel geschickt hat.»

Für einen Moment sah er sie aus seinen smaragdgrünen Augen abschätzend an, dann verzog er das Gesicht zu einem Grinsen. «Ein Todesengel vielleicht. Ich habe auch neue Munition mitgebracht.»

Hannah half ihm dabei, die Kisten mit den Einkäufen ins Haus zu tragen: Gemüse, Milch, Brot, Teegebäck, Käse, Früchte. Sie starrte auf eine riesige Tafel Cadbury-Schokolade. Schließlich reichte Sebastien ihr zwei frischgeschossene Enten, die sie draußen an einen Haken hängte.

Zurück in der Küche, setzte sie den Wasserkessel auf und verstaute die Einkäufe, während Sebastien sich mit Leah bekannt machte. Das kleine Mädchen war zuerst schüchtern, bis er sich auf alle viere niederließ und ihr zeigte, wie sie Moses dazu bringen konnte, sich auf den Rücken zu rollen und den Bauch zum Kraulen zu entblößen.

Nate lag auf dem Sofa und sah den beiden aus müden Augen beim Spielen zu. Hannah brachte ihm eine Tasse Tee und strich ihm die Haare glatt, während er trank. «Wir sind unterwegs jemandem begegnet», berichtete sie. Als die beiden Männer alarmiert aufblickten, deutete sie mit einem unmerklichen Kopfnicken auf Leah, eine Ermahnung, vorsichtig zu reden. «Gerade eben, unten am See.»

Sebastien ging zum Fenster.

«Er ist weg», sagte Hannah. «Er war in einem Ruderboot unterwegs. Hatte ein paar Angelruten dabei.»

«Wie sah er aus?», fragte der alte Mann.

«Groß, gelocktes schwarzes Haar. Irischer Akzent.»

«Das war Gabriel.»

Hannah seufzte vor Erleichterung. «Du kennst ihn also. Er sagt, er wohnt auf der anderen Seite des Tals. Er kommt manchmal zum Angeln her und ist nicht besonders gut darin.»

«Ich bin ihm ein paarmal über den Weg gelaufen. Er hat einen kleinen Hof mit Pferden. Ein umgänglicher Bursche, ständig einen Witz auf den Lippen. Lästig wie sonst was.»

«Das würde ich nicht sagen. Aber wir wollen ihn trotzdem nicht um uns herum haben.»

«Worüber habt ihr geredet?»

«Nichts Besonderes. Ich habe ihn ziemlich knapp abgefertigt. Ich habe ihm gesagt, er solle sich einen anderen See zum Angeln suchen.»

«Gut. Gabriel ist harmlos, aber wenn er eine Chance wittert, kommt er her und steckt seine Nase in Dinge, die ihn nichts angehen. Und jetzt machen wir uns an die Arbeit.»

Leah brachte den Hund ins Wohnzimmer, und sie untersuchten Nates Verband. Die Stiche hatten gehalten, und die Wunden sahen aus, als wären sie frei von Infektionen. Sie reinigten sie mit medizinischem Alkohol und wechselten die Verbände.

Draußen setzte Regen ein. Die Tropfen trommelten einen langsamen Rhythmus auf die Karosserien, als sie das Brennholz abluden und nach drinnen trugen, um es neben den Feuerstellen in der Küche, dem Wohnzimmer und dem großen Schlafzimmer zu stapeln. Danach nahmen sie den Hänger von der Kupplung und schoben ihn zu einem der Nebengebäude. Sie hoben ein Fass Diesel heraus, rollten es nach drinnen und füllten den Tank des Generators auf.

Als Hannah bemerkte, dass Sebastien die Luft ausging, zwang sie ihn, sich auf eine leere Kiste zu setzen und zu verschnaufen, ohne auf seine Proteste einzugehen. Sie sahen zu, wie die Regentropfen schneller und schneller fielen, während sich der Wind erhob und durch die Bäume im Tal rauschte.

«Ich habe dir etwas mitgebracht», sagte Sebastien. Er kramte in der Tasche seiner Barbourjacke. Als sie wieder zum Vorschein kam, hielt sie eine Brosche. Einen goldenen Drachen mit Schuppen aus rotem Email.

Hannah riss die Augen auf, als sie die Brosche erblickte. Sie nahm sie entgegen und drehte sie in den Händen. «Die stammt von meiner Mutter», sagte sie staunend. «Ich dachte, sie wäre verlorengegangen.»

«Dein Vater hat sie bei mir gelassen. Er wollte sie nicht länger mit sich herumschleppen. Er meinte, eines Tages könnte sie dich vielleicht überzeugen, mir zu vertrauen – falls du je meine Hilfe benötigst.»

Hannah strich mit den Fingern über die Erhebungen der emaillierten Schuppen. Sie blickte auf und stellte fest, dass der alte Mann sie beobachtete. «Ich vertraue dir, Sebastien. Ich weiß nicht, was passiert wäre, wenn du nicht da gewesen wärst.»

Die Linien in seinem Gesicht wurden tiefer. «Du wärst zurechtgekommen. Du bist dein ganzes Leben lang zurechtgekommen.»

«Ich habe nicht das Gefühl, zurechtzukommen.»

«Das sehe ich. Aber du hast Nate und Leah sicher hierhergebracht. Dank dir sind sie am Leben, vergiss das nicht. Die Situation mag dir ausweglos erscheinen, aber du wirst es überleben, Hannah. Ihr alle werdet überleben. Die Sache wird ein Ende haben. Wir müssen deinen Mann wieder auf die Beine bringen, aber dann geht es weiter.»

«Ich habe darüber nachgedacht. Es gibt ein anderes Versteck. Ich muss vorher noch ein paar Dinge arrangieren, aber es ist sicher. Wirklich sicher. Ich habe es vor Jahren eingerichtet. Es gibt keine Verbindung zurück. Nicht einmal mein Vater weiß davon. Aber es ist eine weite Reise. Und bis Nate bereit ist dazu, müssen wir hier aushalten.»

«Siehst du?» Sebastien lächelte. «Genau, wie ich es gesagt habe.»

Hannah ließ die Brosche in ihre Tasche fallen. Sie strich sich mit den Fingern durch die Haare und starrte auf den Betonboden. «Mein Vater –»

«Quäl dich nicht selbst, Hannah. Du weißt es nicht. Ich weiß es nicht. Vielleicht erfahren wir, was passiert ist, vielleicht auch nicht. Charles hat sich schon vor vielen Jahren darauf vorbereitet. Er hat dich geliebt – liebt dich, meine ich.»

«Schreib ihn nicht ab», sagte sie.

«Das tue ich nicht. Aber du solltest akzeptieren –»

Hannah erhob sich und steckte die Hände in die Taschen ihrer Jeans. «Gehen wir ins Haus.»

Am Nachmittag zeigte sie Leah, wie man die von Sebastien mitgebrachten Enten küchenfertig zubereitete. Sie brühte das Federvieh kurz in kochendem Wasser, bevor es gerupft, die Köpfe und Füße abgeschnitten und Organe, Eingeweide und Kropf ausgeweidet wurden.

Während draußen die Wolken purpurn wurden und der Tag sich dem Ende zuneigte, bereitete Hannah ein Abendessen aus gebratener Ente, Kartoffelgratin, grünen Bohnen und dicken Scheiben Vollkornbrot mit Butter.

Weil Nate nicht vom Sofa aufstehen konnte, räumte Sebastien den runden Tisch ab und deckte ihn mit einem wilden Durcheinander von Untersetzern, Besteck und Gläsern. Er machte Feuer aus dem erneuerten Vorrat an Brennholz, zündete zwei Kerzen an, öffnete eine staubige Flasche Cabernet Sauvignon und half Hannah beim Auftischen. Nate aß, aufgestützt auf Kissen, von einem Tablett auf seiner Brust, Hannah saß mit den beiden anderen am Tisch.

Während des Essens unterhielt Sebastien das kleine Mädchen mit volkstümlichen Erzählungen. Hannah war ihm dankbar dafür. Sie fühlte sich ausgelaugt und erschöpft nach einem langen Tag der Pflege ihres Mannes, des Redens und Spielens mit ihrer Tochter und des Pläneschmiedens. Sie hatte am Nachmittag ein paar Anrufe getätigt als Teil der Vorbereitungen für ihre Flucht in das Versteck in Südfrankreich. Sie wollte so viel Distanz und so viele Hindernisse wie möglich zwischen

Jakab und ihre Familie bringen. Nicht zum ersten Mal an diesem Tag ertappte sich Hannah dabei, wie sie an ihren Vater dachte und sich fragte, wo er war, ob er noch lebte und ob sie ihn jemals wiedersehen würde. Es war grausam – nicht zu wissen, was mit ihm war –, doch sie zwang sich, diese Gedanken zu verdrängen. Sie durfte nicht das eigentliche Ziel aus den Augen verlieren, ihre Verantwortung für die Sicherheit und das Wohlergehen ihrer Tochter und ihres Mannes.

Nach dem Essen durfte Leah eine Schale mit Resten füllen, die sie Moses hinstellte. Dann brachte Hannah das kleine Mädchen nach oben, ließ heißes Wasser in die Badewanne laufen und schrubbte es, bis seine Haut rosig leuchtete. Danach brachte sie Leah im großen Schlafzimmer zu Bett und deckte sie zu.

«Sebastien ist lustig, nicht wahr, Mami?»

«Ja, Darling. Er ist ein sehr lieber Mann.»

«Als ich ihn zum ersten Mal sah, dachte ich, er wäre der Böse Mann.»

Hannah streichelte ihr über das Haar. Die stille Angst in der Stimme ihrer Tochter erfüllte sie mit Sorge. Was war das für eine Kindheit, die sie ihrer Tochter zumutete, in der die Begegnung mit einem Fremden so viel Angst auslöste? Wenn der Erfolg von Eltern daran gemessen wurde, wie viel Selbstvertrauen sie ihren Kindern mit auf den Weg gaben, dann hatte sie total versagt. Andererseits – welche Wahl hatte sie denn gehabt? Leah im Unwissen darüber zu lassen, welche Gefahr ihr drohte? Ihr die glückliche Kindheit zu schenken, nach der sie sich selbst gesehnt hatte, und das Mädchen zugleich völlig wehrlos zurückzulassen, sollte etwas passieren? Was war schlimmer?

«Er ist nicht der Böse Mann, Leah», sagte sie. «Sein Hund heißt Moses.»

«Daddy sieht besser aus.»

«Ja, du hast recht. Er kommt wieder ganz in Ordnung.»

«Bist du in Ordnung?»

Die Frage erwischte sie auf dem falschen Fuß und ließ ihre Sicht verschwimmen. Sie biss die Zähne zusammen, zwang sich zu einem Lächeln und zog ihre Tochter in die Arme. Sie vergrub das Gesicht in Leahs Haar, wollte sich in ihrem sauberen, jugendlichen Duft verlieren, während sie sich zugleich danach sehnte, frei zu sein von der Verantwortung und den Entscheidungen, die sie zu treffen hatte.

Nachdem sie Leah auf diese Weise einige Sekunden fest gehalten hatte, fasste sie sich wieder und löste sich von ihr.

«Es wird alles gut, Mami.»

Scham schlug über ihr zusammen, Verlegenheit darüber, dass sie hier saß und sich von einem neun Jahre alten Mädchen trösten ließ – dass sie noch zu Leahs Angst beitrug, während sie versuchte, sie von ihr abzulenken. «Ja, natürlich», antwortete sie leise, während sie sich sammelte. «Allerdings nicht für dich, wenn du nicht bald machst, dass du ins Bett kommst. Los, Sebastien hat gesagt, dass er dir morgen ein paar Tricks zeigen will, wenn du dich heute Nacht ordentlich ausschläfst. Und jetzt gib mir einen Kuss und leg dich hin. Ich bin gleich wieder zurück.»

Wieder unten, stellte sie fest, dass Sebastien inzwischen das Geschirr abgewaschen und es sich in einem Sessel gegenüber Nate bequem gemacht hatte. In der Hand hielt er ein Glas Wein.

Nate blickte auf. «Hat sie sich beruhigt?»

«Nach einer Weile, ja. Sie hat eine Heidenangst, aber sie will es nicht zeigen. Ich hasse mich für das, was ich ihr zugemutet habe. Für diese ganze elende Geschichte.»

«Es ist nicht deine Schuld, Hannah.»

Sie setzte sich neben dem Sofa auf den Boden. «Es ist auch nicht Leahs Schuld, Nate. Wir ... wir müssen diese Sache beenden, ein für alle Mal.»

«Das werden wir auch.» Er streckte die Hand aus, und sie ergriff sie. Als er ihre Finger drückte, stellte sie erleichtert fest, dass seine Kräfte zurückzukehren schienen.

Sie beugte sich vor und legte ihre Stirn an seine. «Oh, Nate, wirklich?»

«Du hast alles getan, was in deiner Macht steht, Han. Ich weiß, du hast das Gefühl, dass es zu viel ist, dass du machtlos bist, aber ich habe noch nie eine Person gesehen, die stärker gewesen wäre als du. Du hast mich gerettet. Herrgott, Han, du hast *uns alle* gerettet! Ich sollte eigentlich dein Tarzan sein, aber du hast mich über die Schulter geworfen und bist mit mir aus dem Dschungel marschiert.» Er grinste. «Wenn ich nicht so verdammt viel Blut verloren hätte, würde ich jetzt wahrscheinlich erröten.»

Plötzlich musste sie lachen. Sie lachte und küsste ihn, fühlte sich belebt von seinen Worten und berauscht von ihrer Liebe zu ihm.

Ganz gleich, wie schwierig ihre Lage sein mochte, Nate wusste mit verblüffendem Instinkt, was er sagen musste, um sie aus ihrer Depression zu holen, sie aufzusammeln, abzuklopfen und wieder auf die Füße zu stellen. Sie liebte ihn für so viele Dinge. Im Moment für sein angeborenes tiefes Verständnis, seine Fähigkeit, immer zu wissen, was er sagen musste, um sie aufzumuntern. All das war wie ein Rettungsring, der sie über Wasser und am Leben hielt.

Und dann war der Zauber verschwunden, als ihr einfiel, dass sie nicht allein waren und Sebastien am Tisch saß und sie beobachtete. Diesmal lachte sie voller Verlegenheit und bemerkte, dass sie diejenige war, die errötete. «Schmeichler», sagte sie zu Nate, während sie sich erhob und ihm einen Klaps auf den Arm gab. «Sorry, Sebastien, wir benehmen uns wie ein paar Teenager.»

Der alte Mann grinste. «Soll ich dazwischengehen?»

«Was hältst du davon, wenn du mir stattdessen ein Glas Wein einschenkst?»

«Gerne.»

Ihr Handy auf dem Tisch fing an zu summen.

Sebastien zögerte, eine Hand an der Weinflasche, während er auf das kleine vibrierende Gerät in der schwarzen Gummihülle starrte. Der alte Mann guckte aufs Display, dann drehte er sich zu Hannah um.

Als sie seinen Gesichtsausdruck sah, spürte sie, wie sich ihr Magen verdrehte. Sie schnappte das Telefon vom Tisch. Auf dem Display stand nur ein Wort. *Dad.*

Hannah war nicht vorbereitet auf die Emotionen, die sich in ihr überschlugen. Sie konnte nicht klar denken; für einen Moment wusste sie nicht einmal mehr, wie sie das Telefon bedienen musste. Verzweifelt fummelte sie daran herum und ließ es beinahe fallen: «Dad?», fragte sie mit erstickter Stimme.

Stille am anderen Ende der Leitung. Dann: «Hannah. Oh, Gott sei Dank!»

Die Stimme ihres Vaters. Hannah wurde von Schluchzen überwältigt. Sie zitterte, und Tränen strömten über ihre Wangen. Sie sank zu Boden, beugte sich vornüber, das Handy an ihr Ohr gedrückt, die Stirn an den Bodenfliesen, und wiederholte unablässig den Namen ihres Vaters. Es dauerte eine ganze Weile, bis sie sich so weit beruhigt hatte, dass sie seine tröstenden Worte hörte, die sie zum Verstummen brachten.

«Wo bist du?», fragte sie schließlich. «Was ist passiert? Ich dachte, du wärst tot.»

«Es gibt eine Menge zu erzählen. Aber mir geht es gut, Hannah. Alles ist in Ordnung. Das ist für den Moment die Hauptsache. Ich musste für eine Weile die Verbindung abreißen lassen. Ich werde dir nicht verraten, wo ich jetzt bin. Es ist besser, wenn du das nicht weißt. Es war ... es war eine Sauerei, Hannah. Eine unbeschreibliche Sauerei.» Sie hörte Anspannung in der Stimme ihres Vaters, einen Unterton, wie sie ihn noch nie zuvor gehört hatte.

«Wo ist Jakab?»

«Erledigt. Tot. Er ist endlich tot. Dieser Teil der Geschichte ist zu Ende. Aber es wimmelt von Polizei. Sie suchen nach mir. Du bist entkommen, das ist das Wichtigste. Du bist entkommen, und es ist vorbei. Bist du verletzt?»

«Nein, mir geht es gut. Wirklich. Mir fehlt nichts.»

«Wo seid ihr jetzt? Ist Nate okay?»

«Wo wir sind?»

Sebastien ergriff ihre Schulter und drückte so fest zu, dass sie zurückfuhr. Sie starrte in das Gesicht des alten Mannes, in Augen voll smaragdgrünen Feuers. Sie blickte zu Nate, der sie gleichermaßen entsetzt anstarrte. Und dann dämmerte ihr, wie dumm sie war. Ihre Erleichterung, die Stimme ihres Vaters zu hören, hatte sie geblendet. Sie hatte nicht an eine dunklere, schlimmere Möglichkeit gedacht.

Hatte sie denn überhaupt nichts gelernt in all den Jahren?

«Hannah?»

«Ich bin hier, Dad. Was ...» Sie zwang sich zu denken. «Wie war der Name deines Freundes an der Universität? Du weißt schon, dieser nervöse Kerl, der ständig über Volkskunde geredet und mit den Händen gefummelt und jeden nervös gemacht hat?»

«Hannah, wie kommst du denn jetzt darauf?»

«Dad, bitte. Beantworte meine Frage.»

«Du meinst Beckett? Warum?»

Sie schloss die Augen, als sie seine Antwort hörte, doch als sie sie wieder öffnete, sah sie, wie Sebastien den Kopf schüttelte und ihr bedeutete fortzufahren. Es war eine einfache Frage gewesen. Zu einfach für eine Validierung. «Gestern bin ich einem deiner alten Freunde begegnet, Dad. Er gab mir etwas. Etwas, das du Mum vor langer Zeit geschenkt hast. Erinnerst du dich?»

Statisches Knistern in der Verbindung. «Hannah, ich habe ihr so viele Dinge geschenkt. Ich weiß, du musst dich überzeugen, dass wirklich ich es bin. Was kann ich sagen?»

Sie spürte, wie aufsteigender Schmerz ihr die Kehle zusammenschnürte, wie Hoffnung sich in Trauer verwandelte. «Du musst dich erinnern, Dad. Bitte. Du hast es ihr damals im Urlaub gekauft, als wir in Bern waren. Bitte, Dad. *Bitte.*»

«Hannah, Liebes. Es war ein schwerer Tag. Ich bin völlig erschöpft. Sag mir, wo du bist. Ich möchte zu dir kommen. Es ist vorbei, Hannah. Du musst keine Angst mehr haben. Jakab ist tot.»

Mit einem unbeschreiblichen, erstickenden Schmerz, der aus ihrer tiefsten Seele kam, der in ihre Glieder ausstrahlte und ihren Kopf überflutete, wurde ihr klar, dass die Stimme am anderen Ende der Verbindung nicht die des geliebten Vaters war, sondern die eines abscheulichen Betrügers. Eines Blenders, der ihre Familie mit Tod und Vernichtung überzogen hatte, der versucht hatte, ihren Mann zu ermorden, der versucht hatte, in seine Rolle zu schlüpfen und sich in ihr Leben zu schleichen wie ein unsichtbares Krebsgeschwür, und alles vergiftete, was er dabei berührte.

«Was hast du mit meinem Vater gemacht, *du widerlicher Bastard*?»

Stille.

In der Leitung und in der Küche.

Sebastien lockerte seinen Griff um ihre Schulter. Sein Gesicht war lang vor Kummer. Nate glitt vom Sofa auf die Knie. Streckte die Hand nach ihr aus.

Als die Stimme wieder sprach, hatte sie jegliche Ähnlichkeit mit der ihres Vaters abgelegt. «Weißt du, das nenne ich wirklich unglaubliches Pech. Da warte ich Jahre auf eine Gelegenheit, mit dir zu reden, und dann fangen wir gleich beim ersten Mal auf dem falschen Fuß an.» Jakab zögerte. «Ich möchte mich entschuldigen. Das war ein jämmerlicher Versuch, und es tut mir wirklich leid. Wahrscheinlich die Nerven. Ich schätze, man könnte es Lampenfieber nennen. Es ist einfacher, in die Rolle eines anderen zu schlüpfen, als die eigene Seele zu entblößen. Ich bin wirklich nicht das Monster, für das du mich hältst. Ich wollte nur mit dir reden, unbelastet von all diesen Komplikationen, von dieser langen, elenden ... Geschichte.»

Sie bemerkte, dass sie immer noch auf dem Boden kniete, und sprang auf. Ihre Trauer wich rasender Wut. Sie musste stehen, um kämpfen zu können. «Wo ist er?»

Jakab lachte. «Hannah, bitte. Für wie dumm hältst du mich? Deinem Vater geht es gut. Es wäre eine ziemlich ungewöhnliche Strategie, meinst du nicht, wenn ich mich bei dir einzuschmeicheln versuchte, indem ich deinem Vater ein Leid antue, noch dazu, bevor wir uns je begegnet sind?»

«Das hat dich früher auch nicht aufgehalten.»

Ein Seufzer. «Gerüchte, Hannah. Lügen. Du warst nicht dabei, und du kannst es nicht wissen. Ich habe mich um Charles gekümmert. Es geht ihm gut. Er sitzt in diesem Moment hier vor mir, während wir reden.»

«Gib ihn mir.»

«Mit Vergnügen.»

Eine Pause, dann die Stimme ihres Vaters in der Leitung. «Hannah?»

«Dad?» Falls es wirklich ihr Vater war, klang er gebrochen.

«Ich liebe dich», sagte er. «Immer. Okay? Sei tapfer. Wir wissen, dass dies das Ende ist. Tu es nicht. Frag mich nicht. Du weißt nie, wer dir antwortet. Ich werde immer bei dir sein. Geh jetzt.»

Er verabschiedete sich. Er hatte beschlossen, dass es das letzte Mal war, dass er mit ihr reden würde, und er versuchte, seine Würde zu bewahren.

Sie schlug eine Hand vor den Mund, presste sie auf die Lippen und fragte sich, warum sie das tat. Es war eine so sinnlose Geste.

Dann sprach wieder Jakabs Stimme. «Hannah, bitte. Hör mich an. Was ich gesagt habe, war ernst gemeint. Ich bin nicht das Monster, das du in mir siehst. Ich werde ihm nicht wehtun. Ich gebe dir mein Wort darauf. Diese Geschichte geht nun schon viel zu lange. Ich bin müde. Ich will dich sehen, ja. Ich will mit dir reden. Aber ich will niemandes Platz einnehmen. Dazu ist es zu spät; außerdem hätte es niemals lange genug funktioniert. Deinem Vater wird nichts geschehen. Ich bitte dich nur um ein Treffen. Nur du und ich, niemand sonst. Wo immer du willst. Draußen im Freien. Du bestimmst den Ort. Aber ich möchte dich sehen, einmal. Reden. Erklären. Es gab so viele Unwahrheiten. Ich mache dir keinen Vorwurf, weil du verwirrt bist.»

«Du hast Nate angegriffen! Was ist daran unwahr?»

«Er hat auf mich *geschossen*! Was hätte ich denn tun sollen? Dastehen und abwarten, dass er mir eine zweite Kugel in den Leib jagt? Komm schon, Hannah. Ich habe mich selbst geschützt, das ist alles. Ich hatte nie vor, ihn zu töten. Ist alles in Ordnung mit ihm? Hat er überlebt?»

«Gib mir meinen Vater!»

«Können wir reden? Uns treffen?»

«Gib mir meinen Vater. Lass mich mit ihm reden, ungehindert. Erfüll mir diesen Wunsch, und dann sehen wir weiter. Beweise mir, dass ich dir vertrauen kann.»

«Mehr kann ich nicht verlangen. Hier ist dein Vater.»

Charles war wieder dran. «Hannah, ich habe dich gewarnt! Du darfst dich nicht darauf einlassen!»

«Dad, ich weiß, was ich tue.» Ihre Stimme bebte. Sie kämpfte darum, ihre Emotionen im Zaum zu halten. «Erinnerst du dich an das Weihnachtsfest, als du mir das Puppenhaus gebaut hast?»

«Ich werde es nie vergessen.»

«Erinnerst du dich, was geschehen ist?»

«Die Farbe war nicht rechtzeitig getrocknet, und wir haben dein Kleid, den Teppich, meine Hosen und die Vase deiner Mutter im Flur ruiniert.»

«Weißt du noch, wie wir gelacht haben?» Sie hörte sein leises Seufzen. Er klang schon jetzt unendlich weit weg. Unerreichbar.

Sie kämpfte darum, einen klaren Kopf zu behalten, trotz ihrer Trauer. «Dad, erinnerst du dich, was ich zu dir gesagt habe?»

«Ja.»

«Dass du der beste Vater auf der Welt wärst und wie sehr ich dich dafür liebte, dass du all die Zeit investiert hattest, um etwas ganz allein für mich zu bauen?»

«Ich erinnere mich.»

Jetzt, nachdem sie akzeptiert hatte, dass dies ihre allerletzte Unterhaltung sein würde, wollte sie eine finale Erinnerung mit ihm teilen. Es war das einzige Geschenk, das sie ihm machen konnte – der Schnappschuss eines perfekten Augenblicks, den sie miteinander verbracht hatten.

«Ich habe es damals so gemeint, und ich meine es heute so», sagte sie zu ihm. «Dad, ich liebe dich so sehr!»

«Ich liebe dich auch, Darling. Es tut mir so leid.»

«Nein, Dad, nicht. Sag nicht, dass es dir leidtut. Sag das niemals! Wag es nicht, dich zu entschuldigen. Was du getan hast, hat uns gerettet, uns alle. Wir sind überhaupt nur hier, weil du da warst. Ich liebe dich. Dafür und für alles andere.»

«Zeit, Lebewohl zu sagen, Liebling.»

«Ich weiß.» Sie schluchzte auf. «Oh, Dad!»

«Sag es, Hannah.»

«Ich liebe dich. Leb wohl, Dad.»

Hannah schleuderte das Handy durch die Küche und brach weinend in Nates Armen zusammen.

KAPITEL 12

Keszthely, Ungarn
1874

Die Sonne über den Hügeln hinter Keszthely verwandelte sich in flüssiges Feuer, als Jakab sein Hotelzimmer verließ und zum Ufer des Plattensees hinunterging, um sich mit Erna Novák zu treffen. Es war neun Uhr an einem Hochsommerabend, und der ganze Tag war heiß und feucht gewesen. Jetzt hatte sich eine Brise erhoben, die an Jakabs schweißfeuchter Kleidung zupfte und seine Stirn trocknete.

Nach einem kurzen Spaziergang durch die Straßen von Keszthely erreichte er das Seeufer und blickte hinaus aufs Wasser. Die Größe des Sees beeindruckte ihn auch nach acht Wochen noch. Im Südosten war im Dunst schwach das andere Ufer zu erkennen, und im Nordosten erstreckte sich der See bis zum Horizont.

Er hatte den größten Teil des Tages wegen der Hitze in seinem Hotelzimmer verbracht, dankbar für den Lufthauch, der vom See durch das Fenster hereinwehte und die Vorhänge blähte. Von seinem Balkon aus hatte der See in der Sonne so türkisfarben geglänzt, dass es Jakab den Atem verschlagen hatte. Jetzt, als die Sonne die Wolken blutig rot färbte und dem Horizont entgegensank, verlor das Wasser seine blaue Farbe und verwandelte sich in eine bodenlose Schale aus Quecksilber.

Jakab spürte seine Sinne vor Erwartung brodeln, während er die Ankunft des Mädchens herbeisehnte. Das Licht nahm rasch ab, und das Singen der Grillen wurde so laut, dass die Luft erfüllt war von ihrem Gezirpe. Er bildete sich ein, den Saft der Tannenbäume riechen zu können, die im Westen auf den Hügeln wuchsen. Ihr Duft vermischte sich mit dem mineralischen Geruch des Wassers, dem Zitrusaroma seines Parfüms und der darunterliegenden sauren Herbheit seines Schweißes.

Konnte es tatsächlich bereits zwei Monate her sein, dass er in Keszthely angekommen war? Viel vom Liebreiz der Stadt kam zweifellos durch das Mädchen. Doch selbst ohne seinen Einfluss war er sicher, niemals so viel Frieden erlebt zu haben und eine derart komfortable Anonymität.

Nachdem er Gödöllő verlassen hatte, war er mit dem Dampfer nach Süden gefahren, dem Verlauf der Donau durch Serbien und zwischen Rumänien und Bulgarien hindurch gefolgt, bevor ihm bewusst geworden war, dass er es seinen möglichen Verfolgern unnötig leicht machte. Er hatte sich dann von der Donau abgewandt und war nach Norden gereist, nach Bukarest, und hatte von dort aus die Berge zurück nach Ungarn überquert, um rechtzeitig zum Sommer den Plattensee zu erreichen – und mit ihm Erna Novák zu sehen.

Als der letzte rote Streifen Sonne hinter den Hügeln versank, wurden die Wasser des Sees dunkel, und ringsum schien sich eine kühlere Brise zu erheben.

«Jakab?»

Er drehte sich um, und da war sie. So stark war ihre Wirkung auf ihn, dass sein Atem schneller ging, sein Herz erblühte. Dort stand sie in einem Etuikleid aus rauem Leinen und Ledersandalen, Gesicht und Arme gebräunt von der Sonne, sich der Gefühle bewusst, die sie in ihm erweckte und für die er keine

Erklärung hatte. Ihr Haar fiel offen herab und umrahmte ihr Gesicht, und die dunklen Locken waren von der Sonne honiggolden gebleicht. Schokoladenbraune Augen, durchsetzt mit Olivgrün und Karamell, blitzten ihn an und ließen seinen Puls schneller gehen.

Jakab zog sie an sich, presste die Lippen auf ihren Mund, schlang seine Finger um ihre. «Die Sonne geht gerade erst unter. Komm, lass uns eine Weile am Ufer spazieren gehen. Ich möchte –»

«Jakab, warte. Ich muss dir zuerst etwas sagen.»

Er grinste. «Sag es mir später. Wir haben den ganzen Abend vor uns. Ich habe eine Überraschung für dich.» Er ließ ihre Hand los und fasste sie am Arm. Ihre Haut war warm und köstlich feucht unter seinen Fingern. «Komm, hier entlang. Ich verspreche dir, es ist die Mühe wert.»

Für einen kurzen Augenblick ließ sie sich von ihm weiterziehen. Dann wurde sie langsamer, und auf ihrem Gesicht standen Sorgenfalten. «Jakab, nein. Bitte. Ich glaube, was ich dir sagen muss, ist wichtig.»

«Was denn?»

Erna suchte in seinem Gesicht. «Fremde sind in die Stadt gekommen. Sie waren heute Nachmittag in der Taverne meines Vaters und haben nach dir gefragt.»

Jakab fühlte sich, als hätte ihm jemand Eiswasser über den Rücken gekippt. «Fremde? Was für Fremde? Wie viele?»

«Zwei. Einer groß und breit gebaut, vielleicht ein paar Jahre älter als du. Dunkles Haar. Der andere um die fünfzig. Narbiges Gesicht, gefährliche Augen.»

Jakab versuchte sich nichts anmerken zu lassen und völlig ruhig zu bleiben, als er sie zwischen hohen Gräsern hindurch den Pfad entlangführte. «Was für Fragen?»

«Jakab, bist du in Schwierigkeiten?»

«Nein, selbstverständlich nicht! Sag mir, was für Fragen haben sie gestellt?»

«Sie haben mit meinem Vater geredet, als ich vom *piac* zurückkam. Haben ihm Fragen über dich gestellt. Wie lange er dich schon kennt, wie lange du mich kennst. Wo sie dich finden können.»

«Haben sie dich gesehen?»

«Ich glaube nicht.»

«Haben sie gesagt, wer sie sind?»

«Ich war nicht da, als sie kamen. Nach dem, was ich gehört habe, sind sie alte Freunde von dir. Aber es war etwas Eigenartiges an ihnen, insbesondere an dem Älteren der beiden. Wer sind diese Männer, Jakab?»

Jakab. Als er den *Kirekesztett*-Namen gehört hatte, den der *tanács* ihm gegeben hatte, hatte er ihn nur zu bereitwillig angenommen als neues Statussymbol. Es war ein stolzer, hemmungsloser Akt gewesen, eine kindische lange Nase. Es wäre besser gewesen, einen Namen zu wählen ohne Verbindung zu seinem vergangenen Leben. Er wusste, dass die *hosszú életek* ihn jagten, um ihn wegen seiner Taten in Budapest zur Verantwortung zu ziehen. Warum um alles in der Welt hatte er es ihnen unnötig leicht gemacht?

Im Rückblick auf die Ereignisse, die zu seinem Fortgehen aus Gödöllő geführt hatten, erkannte er die Person nicht wieder, die er damals gewesen war. Jene Zeit enthielt schreckliche Erinnerungen – Erinnerungen an Taten, für die er sich heute schämte. Ganz gleich, unter welchem Druck er gestanden oder welcher Konflikt in ihm getobt hatte, nichts konnte entschuldigen, was er Krisztina angetan hatte. In Bukarest hatte er in einer Zeitung gelesen, dass Márkus Thúry gehängt worden war. Auch das bedauerte er, wenngleich nicht annähernd so sehr wie das, was er mit dem Mädchen gemacht hatte. Er hatte Márkus' Stelle eingenommen in dem festen Glauben, dass es nicht schwierig sein würde, sie zu verführen. Er hatte noch immer unter seiner Erfahrung beim ersten *végzet* gelitten und war nicht imstande gewesen zu sehen, dass Krisztinas Weigerung keine Zurückweisung gegenüber ihm gewesen war, sondern gegenüber Márkus. Damals hatte ihre Weigerung ihn blind gemacht vor Wut, und Jakab wand sich innerlich bei dem Gedanken an das, was sich danach abgespielt hatte.

Seitdem war er auf der Flucht. Anfangs aus Scham und Schande, später aus reiner Notwendigkeit. In Belgrad war er zufällig einem *hosszú élet* begegnet, einem Händler, der ihm von dem Skandal in Budapest berichtet und erzählt hatte, dass der *tanács* jetzt einen der ihren jage. Als der *hosszú élet* Verdacht geschöpft hatte, hatte Jakab ihn getötet. Auch diese Tat bedauerte er kurz – bis er beinahe von seinen Verfolgern geschnappt worden wäre. Das Trauma jener Erfahrung löschte sehr schnell jedes Bedauern aus.

Er wusste seit Wochen, dass er schon zu lange in Keszthely verweilte. Doch was konnte er dagegen tun? Er hatte Erna Novák kennengelernt, und zum ersten Mal in seinem Leben gab es einen Menschen, den er liebte und der dieses Gefühl erwiderte. Er konnte sie nicht einfach zurücklassen. Er *wollte* nicht. Obwohl er sie erst seit zwei kurzen Monaten kannte, war die Aussicht auf ein Leben ohne sie bereits so freudlos, dass er nicht darüber nachdenken wollte.

«Jakab? Bitte sprich mit mir. Das sind deine Leute, stimmt's?»

Ihr die Wahrheit über seine Herkunft zu verraten war das größte Risiko, das er bisher eingegangen war. Die Enthüllung hatte ihr zuerst Angst gemacht – die *hosszú életek* waren für die meisten ein Mythos. Sie hatte ihn gebeten, es ihr zu zeigen, und er war ihrem Wunsch nachgekommen. Unglaublicherweise war ihre Angst Staunen gewichen, und sie hatte es akzeptiert, hatte *ihn* akzeptiert – nur einer der vielen Gründe, warum er sie nicht aufgeben wollte. «Ja», sagte er. «Wahrscheinlich. *Hosszú életek.*»

«Und es sind keine Freunde.»

Er lachte bitter. «Unwahrscheinlich.»

«Was wollen sie von dir?»

«Erna, das kann ich dir nicht sagen. Ich habe dir so viel erzählt, dir alles gesagt, was ich kann, aber du musst mir vertrauen. Liebst du mich?»

«Du weißt, dass es so ist.»

«Dann glaub mir, wenn ich dir sage, dass es besser ist, wenn du es nicht weißt.»

Sie waren an einem abgelegenen Teil des Seeufers angelangt, wo eine Erhebung den Blick auf die Stadt hinter ihnen verbarg. Auf dem grasbewachsenen Hang vor ihnen lag eine Decke. Auf der Decke stand ein Weidenkorb mit einem Tuch darüber. Im Korb lagen Brot, Käse, kaltes Fleisch, Schokolade. Neben dem Korb eine Flasche Wein und zwei Gläser.

Erna sah ihn unter erhobenen Augenbrauen an. «Hast du das gemacht?»

Jakab zuckte die Schultern. Er hatte einen romantischen Abend geplant, doch ihre Neuigkeiten hatten ihm die Suppe versalzen.

«Oh, Jakab. Was wirst du jetzt tun?»

Er zwang sich zu einem Lächeln. «Fürs Erste werde ich diese Flasche Wein öffnen. Möchtest du ein Glas?»

Sie lagen aneinandergekuschelt auf der Decke, aßen und tranken den Wein. Während es dunkler wurde und die Grillen zirpten, hielten sie sich in den Armen und starrten hinaus auf den Plattensee.

«Ich muss für eine Weile verschwinden», sagte er.

Erna versteifte sich. «Ich wusste, dass du das sagen würdest. Gibt es keinen anderen Weg?»

«Im Augenblick nicht.»

«Aber du bist ein *hosszú élet*. Kannst du nicht einfach in eine andere Gestalt schlüpfen?»

«So einfach ist das nicht. Es gibt keine Gestalt, die sie darüber hinwegtäuschen könnte, wer ich bin. Es ist schwierig zu erklären, aber sie würden es merken.» Er stellte sein Weinglas ab, nahm ihre Hände und drehte sich zu ihr um. «Du solltest jetzt nach Hause gehen. Ich muss mehr herausfinden über die Fremden. Jetzt. Heute Abend noch.»

«Versprich mir, dass du vorsichtig bist.»

«Natürlich. Können wir uns später noch einmal sehen?»

«Wo?»

«Im Wald hinter der Taverne deines Vaters. Wenn du mich pfeifen hörst, komm runter.»

Sie küsste ihn. «Wir sehen uns später, versprochen?», sagte sie nervös.

Ihre Unsicherheit verdrehte ihm den Magen, und er schloss sie in die Arme.

Die Nacht brachte kühlere Luft und eine frische Brise, die durch die Straßen von Keszthely tanzte. Jakab folgte Erna, als sie den Platz an der Kossuth Lajos Utca überquerte und sich einen Weg durch Menschentrauben bahnte, die Erholung von der Hitze suchten.

Die Taverne ihres Vaters befand sich in einer Straße mit vielen Geschäften, flankiert von einer Apotheke und einem Lebensmittelladen. Als Erna sich dem Eingang näherte, blieb Jakab zurück und beobachtete sie aus einer Seitengasse.

Vor der Taverne saßen Gruppen von Männern an wackligen Tischen und tranken und rauchten. Jakab hörte Lachen, das

Klimpern von Gläsern, das Summen von Unterhaltungen. Er spürte einen Anfall von Ärger angesichts der Blicke, die Erna auf sich zog, als sie an den Tischen vorbeiging und die Taverne betrat, doch er verharrte reglos. Jetzt war nicht die Zeit, um sich von Gefühlen ablenken zu lassen.

Sie waren da. Er konnte sie spüren.

Ob es ein neuerwachter siebter Sinn war, der ihn warnte, vermochte er nicht zu sagen. Keine wie auch immer geartete Verkleidung konnte ihn für seine Artgenossen unsichtbar machen, doch sie mussten ihn von Angesicht zu Angesicht sehen, um sicher zu sein, dass er der war, den sie suchten. Dieses Gefühl hier war etwas anderes, ein unbeschreiblicher *Zug* in Richtung des Gebäudes, ein vages Jucken hinter den Augen. Er schüttelte benommen und verwirrt den Kopf, um die Symptome zu vertreiben.

Die Tür der Taverne öffnete sich, und ein Mann kam heraus. Die große Gestalt war eingerahmt vom Kerzenlicht hinter ihm. Jakab erschauerte, als der Mann sich eine Zigarre zwischen die Lippen schob, ein Streichholz anriss und sein Gesicht für einen kurzen Moment von der aufflackernden Flamme beleuchtet wurde: ein massiger Kiefer, dichte, wirre Augenbrauen, dunkle, pomadig glänzende Locken, eine Narbe, die sich vom linken Mundwinkel über die Wange zog. Jakab hatte den Mann noch nie im Leben gesehen, doch dieser neue, fremdartige Sinn schrie ihm entgegen, dass er einen seiner Verfolger gefunden hatte. Der Fremde zündete seine Zigarre an und blies eine Rauchwolke aus. Er lümmelte sich neben dem Eingang der Taverne und starrte hinaus in die Nacht.

Jakab blieb in der Seitengasse, reglos und tief geduckt in die Schatten, doch er spürte trotzdem die suchenden Augen des Fremden.

Angst ergriff von ihm Besitz. Die Beziehungen zwischen

den *hosszú életek* und den herrschenden Familien in Budapest waren stets brüchig gewesen, und er wusste, dass seine Taten im vergangenen Jahr die Beziehungen weiter verschlechtert hatten. Der *tanács* musste seine Kritiker beschwichtigen, indem er an Jakab ein Exempel statuierte. Wenn Jakab gefasst wurde, war sein Leben verwirkt.

Aus einer Lücke zwischen zwei Wohnhäusern tauchte eine weitere Gestalt auf. Sie näherte sich dem ersten Mann und schien sich mit ihm zu beratschlagen. Die beiden redeten einige Minuten. Jakab schob sich näher heran. Unvermittelt versteifte sich der Neuankömmling und drehte sich zur Gasse um, und für einen winzigen Moment schien das Licht aus den Fenstern der Taverne auf sein Gesicht.

Jani.

Jakab spürte, wie sein Puls schneller ging. Das Blut rauschte durch seine Adern. Sein Magen krampfte sich zusammen. Sein Kopf pochte.

Natürlich.

Sie hatten seinen Bruder hinter ihm hergeschickt. Die Feststellung empörte ihn, doch es war ein offensichtlicher Zug, wenn man es genau bedachte. Seine *Hosszú-életek*-Genossen konnten ihn zwar aus der Nähe identifizieren, doch es war eine weit größere Herausforderung, ihn auf längere Distanz zu verfolgen und aufzuspüren.

Ein Verwandter – ein Bruder –, das war eine ganz andere Geschichte. Jani hatte das *vérérzet,* die Blutsbande. Sie ermöglichte ihm, den Aufenthaltsort seines Bruders mit der gleichen Intuition aufzuspüren wie ein Wünschelrutengänger das Wasser.

Bis zu diesem Augenblick hatte Jakab geglaubt, er wäre selbst nicht mit diesem Talent ausgestattet – ein weiteres Zeichen seiner Andersartigkeit, seiner Missbildung. Doch das hier erklärte das nagende Gefühl, *beobachtet* zu werden, das er schon früher gehabt hatte. Seine eigene Fähigkeit war im Vergleich zu Janis offensichtlich nur schwach ausgeprägt. Immerhin war es Jani gelungen, ihm über viele hundert Meilen zu folgen.

Mit trockenem Mund beobachtete Jakab, wie sein Bruder und der narbengesichtige Fremde in die Taverne zurückkehrten. Was hatte er getan, das einen derartigen Verrat rechtfertigte? Was hatte der *tanács* seinem Bruder versprochen als Gegenleistung dafür, dass er Jakab nach Budapest zurückbrachte?

Jakab hatte ursprünglich geplant, seine Verfolger noch in dieser Nacht zu töten. Doch wie konnte er Jani das Leben nehmen – und, genauso entsetzlich, wie konnte er jemals hoffen, frei zu sein, ein Leben mit Erna zu leben, wenn er es nicht tat? Er hatte keine Ahnung, wie lange sie nach ihm suchen würden. Ein Jahr war vergangen seit dem *végzet.* Würden sie in einem Jahr immer noch nach ihm suchen? In zehn Jahren?

Nachdem Jani außer Sicht verschwunden war und in dem beruhigenden Wissen, dass das *vérérzet* sich als vage Richtungsahnung manifestierte, nicht als ein strahlend helles Leuchtsignal, wagte sich Jakab aus den Schatten der Seitengasse und folgte einem Weg zwischen den Gebäuden hindurch in die Wälder hinter der Taverne.

Erna kam zehn Minuten nach seinem leisen Pfeifen aus der Deckung der Bäume hervor. Er beobachtete, wie sie sich durch das hohe Gras bewegte, während der Mond ihre Schultern in silbrig-milchiges Licht badete. Der Gedanke, dass dies möglicherweise für eine ganze Weile das letzte Mal war, dass er sie sah, schmerzte ihn mehr, als er ertragen zu können glaubte. Sie entdeckte ihn am Waldrand, und als sie bei ihm war und die Arme um seinen Hals schlang, spürte er heiße Tränen in sich aufsteigen.

So blieben sie eine Weile stehen, ohne sich zu rühren, die einzige Bewegung ihr Atmen, und lauschten dem bedauernden Gesang von tausend Grillen.

«Ich habe sie gesehen», sagte er schließlich.

«Hast du?»

«Es war gut, dass du mich gewarnt hast. Du hast mir wahrscheinlich das Leben gerettet.»

«Was wirst du tun?»

«Ich muss weg von hier. Ich muss diese Sache beenden. Ansonsten werden wir niemals Frieden haben.»

«Dir geschieht auch nichts?»

«Mir geschieht nichts, wenn du mir sagst, dass du auf mich wartest.»

«Was wirst du tun? Wie lange bleibst du weg?»

«Ich weiß es nicht genau. Aber bestimmt nicht sehr lange. Das verspreche ich dir. Ich glaube nicht, dass ich es lange aushalten würde ohne dich.» Er zögerte. «Das sind kaum die Umstände, die ich mir ausgemalt habe, aber ich hatte dich eigentlich heute Abend am See fragen wollen, ob du meine Frau werden willst.»

Jetzt wurden ihre Augen feucht. «Wer auch immer diese Leute in der Taverne sind, was immer sie von dir wollen, Jakab, du kennst meine Antwort.»

«Also wartest du auf mich?»

Sie küsste ihn, und er spürte ihre Verzweiflung im Drängen ihres Kusses. «Warum muss ich warten? Lass mich mit dir kommen.»

«Erna, nein.»

«Warum nicht?»

«Es gibt Dinge, die ich tun muss. Dinge, vor denen ich dich beschützen will. Dein Platz ist hier, bis ich diese Sache beendet habe. Ich komme zurück. Bald. Und wenn ich wieder da bin, spreche ich mit deinem Vater. Wir machen das so, wie es sich gehört.»

«Versprich mir das.»

Jakab küsste sie erneut, und ihre Tränen klebten nass an seiner Wange. Er spürte, wie Wut in ihm aufstieg, eine kalte Wut, die ihn die Fäuste ballen ließ angesichts der Ungerechtigkeit von allem. Die *hosszú életek* hatten ihn ausgestoßen, und er war bereitwillig gegangen – aber sie gaben sich nicht damit zufrieden und ließen ihn nicht in Ruhe. Am Ufer dieses Sees hatte er sein Glück gefunden, und jetzt kamen sie schon wieder daher und bedrohten alles, was ihm lieb und teuer war.

Für den Augenblick würde er fliehen. Er war nicht auf eine Konfrontation vorbereitet. Er brauchte Zeit zum Planen. Doch er würde zu Erna zurückkehren, und er würde jeden töten, der sich ihm in den Weg stellte.

In der Tasche spürte er das Gewicht des goldenen Rings, den er für sie gekauft hatte. Er drückte gegen seinen Oberschenkel und schien ihn zu verspotten.

Jakab saß in einem Restaurant in der Nähe des Festetics-Palastes, als er Erna Novák das nächste Mal sah.

Es war Frühling, und er war seit zwei Tagen zurück in Keszthely. Dies war eine andere Stadt als die, die er in der glühenden Sommerhitze hinter sich gelassen hatte. Diesmal wehte kühle Luft von den Bergen herunter und glitt über das wärmere Wasser des Plattensees. Der aufsteigende Dunst und Nebel hüllte die gesamte Gegend ein wie ein Leichentuch.

Der Nebel brachte außerdem eine eigenartige Ruhe über Keszthely. Alle Geräusche waren gedämpft. Es klang wie vom Grund eines tiefen Brunnens, wenn ein Hund bellte oder eine Kirchenglocke läutete, und Jakab war nicht in der Lage, zu lokalisieren, woher die Geräusche kamen.

Er hatte von Anfang an gewusst, dass die Rückkehr nach Keszthely sich anfühlen würde, als wäre er heimgekehrt. Der Nebel entfaltete sein eigenes Willkommen, eine schützende Anonymität, die Jakab in die Arme schloss und ihn in ihrem Frieden wiegte.

Wie sehr er diesen Frieden nötig hatte! Er wusste nicht genau, wie lange er weg gewesen war, doch seine Erfahrungen zwischen seinem Weggehen und der Heimkehr nach Keszthely schienen nur noch eine aufgewühlte Erinnerung. Wie lange war er gerannt, von einer Stadt zur nächsten gezogen, aufgebrochen in der tiefsten Nacht, eingestiegen in willkürlich ausgewählte Züge, um kreuz und quer durch das Land zu fahren, über Berge und Täler zu wandern und schließlich wieder zurückzukehren?

Als er vom Plattensee geflohen war, hatte er keinen genauen Plan gehabt. Er hatte sich immer wieder ermahnt, so viel Distanz zwischen Jani und sich zu bringen wie nur irgend möglich und einen Ort zu finden, an dem er Vorkehrungen für Janis Ankunft treffen konnte. Anfangs hatte ihn der Gedanke abgestoßen, seinem Bruder etwas anzutun, doch je weiter er sich von Keszthely und Erna Novák entfernt hatte, desto weniger hatte ihm die Sache zu schaffen gemacht.

Und trotzdem: Immer wenn er ausreichend Vorsprung hatte und sich in einer trostlosen Stadt oder einer Ortschaft wiederfand, sah er sich außerstande zu entscheiden, was er tun sollte, wenn Jani ihn einholte.

Der Sommer kam, und Jakab war immer noch nicht bereit für eine Rückkehr nach Keszthely. Die Jahreszeit verging, und als die Herbstblätter sich dem winterlichen Schnee ergaben, begann Jakab sich einzugestehen, dass die Aussicht, zwei *hosszú életek* töten zu müssen, von denen der eine ihn über viele Meilen hinweg aufspüren konnte, ihn so sehr quälte, dass er begann, Ausreden für seine Untätigkeit zu finden.

Angewidert von seinem Mangel an Entschlossenheit, schwor er sich, die *hosszú életek* bei der nächsten sich bietenden Gelegenheit zu eliminieren.

Die Gelegenheit kam in Pozsony. Als er die Stadt erreichte, hatte er ein paar Wochen Vorsprung auf seine Verfolger herausgearbeitet. Er mietete ein extravagantes großes Haus im Ortsteil Rusovce und spielte die Rolle eines exzentrischen, introvertierten Aristokraten. Er bestellte einen windigen Anwalt, der seinerseits einen ebenso dubiosen wie zuverlässigen Charakter namens Alexej beauftragte, jede Nacht im Haus zu verbringen und Wache zu halten, um Jakab vor der Ankunft von Jani und seinem Komplizen zu warnen.

Es war Februar oder März, als die beiden schließlich auftauchten. Alexej weckte Jakab in den frühen Morgenstunden. Zwei Männer, flüsterte er, hätten das Tor an der Vorderseite des Grundstücks überstiegen.

Der erste Eindringling näherte sich dem Haupteingang. Der zweite schlich hinten herum und kletterte an einer Wisteria-Ranke auf den Balkon im ersten Stock, der auf den Garten zeigte. Im großen Schlafzimmer, eingehüllt in Schatten, beobachtete Jakab, wie sich der Eindringling über die Balustrade schwang und zu einem der hohen Schiebefenster schlich. Er fand es unverriegelt und schob es behutsam auf. In diesem Moment trat Jakab aus der Dunkelheit, hob einen Revolver, zielte auf die Stirn des Fremden und drückte ab.

Erst im Mündungsblitz der Waffe erkannte er Janis erschrockene Augen. Einen Sekundenbruchteil später flog der Kopf von Jakabs Bruder auseinander. Der Krach des Schusses hallte durch das Haus und durch Jakabs Seele. Er sah, wie Janis lebloser Körper rückwärts über die Brüstung kippte und ins Gebüsch fiel.

Noch Stunden später staunte er darüber, wie schnell und

einfach die mörderische Tat gewesen war. Doch unmittelbar danach, mit dem scharfen Gestank des Schießpulvers in der Nase, war er fasziniert von den hell glänzenden Splittern von Janis Schädel auf den mondbeschienenen Blättern der Rhododendren-Büsche vorm Fenster.

Er starrte auf den Leichnam seines Bruders, dachte an all die Dinge, die sie erlebt hatten, und versuchte Trauer zu empfinden. Doch alles, was er spüren konnte, als er an der Balustrade stand und nach unten starrte, war Leere. Keine Schuld, kein Bedauern, nicht einmal Befriedigung. Er war ein leeres Gefäß, ein Vakuum, bar jeglicher Emotion.

Jakab hatte zwar die ganze Zeit über gewusst, dass es keinen Weg zurück zu seinem alten Leben gab, trotzdem war dies ein entscheidender Moment. Der *tanács* würde von jetzt an alle Energie darauf verwenden, Jakab zu finden.

Sie waren es selbst schuld. Jakab war es zufrieden gewesen, die Gemeinschaft der *hosszú életek* zu verlassen, doch sie mussten ihn ja unbedingt verfolgen, hatten sogar die spektakuläre Grausamkeit aufgebracht, Bruder gegen Bruder zu hetzen. Jakab hatte keine große Liebe für Jani empfunden. Im Gegenteil, er hatte ihn die meiste Zeit seines Lebens gehasst. Trotzdem hatte sich die Zahl der Menschen, mit denen Jakab etwas verband, soeben verringert, und deswegen, wenn schon aus keinem anderen Grund, sollte er vermutlich so etwas wie Trauer empfinden.

Alexej kam aus dem dunklen Schlafzimmer und trat auf den Balkon heraus. «Der andere ist abgehauen, als er den Schuss gehört hat», berichtete er und blickte über die Balustrade auf den Leichnam hinunter. «Soll ich ihn für Sie beseitigen?»

Jakab musterte Alexej für einen Moment, während er überlegte, ob er ihm ebenfalls eine Kugel durch den Kopf schießen sollte. Doch dann legte er ihm eine Hand auf die Schulter und nickte. Alexej hatte ihm gut gedient, und er wusste nicht, wann er seine Dienste erneut benötigen würde. Es war besser, Bekanntschaften wie diese zu erhalten.

Jakab packte rasch seine Sachen, stieg über die rückwärtige Grundstücksmauer und verließ Pozsony noch in derselben Nacht. Bis nach Keszthely waren es zwei Tagesreisen mit Bahn und Kutsche. Jakab mietete ein Zimmer in der Nähe des Sees und verbrachte den ersten Tag damit, am Ufer spazieren zu gehen, während er darüber nachdachte, wie er Erna am besten über seine Rückkehr informieren sollte.

Er sehnte sich genauso sehr nach ihr wie an jenem Tag im Wald hinter der Taverne ihres Vaters, als sie sich Lebewohl gesagt hatten. Er hatte den Ring immer noch bei sich. Das Gewicht in seiner Tasche war eine ständige, beharrliche Erinnerung.

Eigenartigerweise verspürte er Nervosität angesichts ihres bevorstehenden Wiedersehens. Er konnte sich nicht erklären, aus welchem Grund. Es schien ihm beinahe so, als wäre die Zeit seiner Trennung von Erna – und seine Konfrontation mit Jani – der Preis, den das Schicksal für seine Erlösung forderte. Jakab hatte die Herausforderung erhobenen Hauptes angenommen, und jetzt waren seine Fehler in Buda vergessen. Nach Janis Tod hatte der *tanács* keine Möglichkeit mehr, ihn aufzuspüren. Er konnte nicht in Keszthely bleiben, zugegeben, doch er hatte immer noch Geld, mehr als genug, um ein Haus weit weg von hier zu kaufen und in Frieden mit Erna eine Familie zu gründen.

An jenem Abend legte er sich im Hotelzimmer auf den Läufer und erweckte Márkus Thúry wieder zum Leben. Der inzwischen wohlvertraute Schmerz riss ihm fast den Schädel auseinander und ließ ihn mit den Hacken auf die Dielen trommeln.

Als er fertig war, verschlang er eine Mahlzeit, spülte sie mit

Wein herunter und kroch anschließend ins Bett, um sich zu erholen. Ein paar Stunden später, eingenistet in sein neues Gesicht, spazierte er in die Taverne ihres Vaters. Er setzte sich an die Theke und blieb den ganzen Abend dort, doch Erna tauchte nicht auf. Ihr Vater bediente ihn stattdessen, unterhielt sich mit dem Fremden, scherzte und tratschte, doch Jakab widerstand dem Drang, nach Erna zu fragen.

Einen Tag später saß er in dem Restaurant gegenüber dem Festetics-Palast, starrte hinaus auf den Dunst, der über der Stadt hing und sich an den Fenstern niederschlug, als eine Frau die Straße entlangkam. Er sah genauer hin, und es versetzte ihm einen Stich.

Jakab hielt den Atem an, als sie näher kam. Er legte die Hände auf die weiße Tischdecke. Das Geschirr fing an zu klappern.

Erna.

Kein Zweifel möglich.

Sie sah anders aus. Irgendwie älter. Dicker um die Hüften herum, mit schwereren Brüsten. Ihr Gesichtsausdruck war abwesend, und er stellte beschämt fest, dass er in ihren Zügen nach Anzeichen von Schmerz suchte, irgendeinem Hinweis auf Liebeskummer. Als sie das Fenster passierte, warf sie einen flüchtigen Blick ins Innere, und für einen Moment begegneten sich ihre Augen. Erna lächelte und ging weiter, als wäre nichts gewesen, einfache Höflichkeit gegenüber einem Fremden. Und dann bemerkte Jakab, dass sie ein Kleinkind auf der Hüfte trug.

Der Anblick verwirrte ihn und brachte seine Gedanken ins Stocken. Er blickte sich im Lokal um, sah zur Uhr an der Wand und zu dem silbernen Teekessel auf dem Tisch vor ihm, während er versuchte, das Gesehene zu verarbeiten. Ein verblüffender Gedanke ging ihm durch den Kopf, doch er wusste, dass es ein Ding der Unmöglichkeit war, noch während er darüber nachdachte. Sie waren viel zu vorsichtig gewesen, und das Kind war zu jung.

Als ihm dämmerte, dass sie jeden Moment im Nebel verschwinden würde, sprang er auf, um hinter ihr herzurennen. Er warf eine Vase um, und Wasser spritzte über die weiße Tischdecke. Fluchend knallte er ein paar Münzen auf den Tisch und stürzte nach draußen.

Erna hatte die Straßenseite zum Palast hin gewechselt und ging durch eine Allee. Die Zweige der Bäume waren übersät mit frischen grünen Knospen. Jakab rannte hinterher und rief laut lachend und voller Freude ihren Namen.

Erna drehte sich um, und als sie sah, wie er sich ihr näherte, zögerte sie und blickte über die Schulter nach hinten, als hoffte sie, er meinte eine andere.

Schnaufend legte Jakab die letzten Meter zurück.

«Kenne ich Sie?», fragte Erna.

In seiner Hast hatte er das Offensichtliche vergessen. Statt ihres Liebsten erblickte sie einen sonnengebräunten, schwitzenden Márkus Thúry. Kein attraktiver Anblick, wie er vermutete. «Erna, es tut mir leid.» Er grinste. «Ich bin es.»

«Ich fürchte, ich kann Ihnen nicht folgen», sagte sie. «Sind Sie vielleicht ein Freund von Hans?»

«Ich bin Jakab, Erna. *Dein* Jakab. Ich hatte versprochen, dass ich zurückkehren würde. Hier bin ich.»

Sie riss die Augen auf, und er sah betroffen einen Schatten von Furcht über ihr Gesicht huschen. Sie wollte einen Schritt zurückweichen, bemerkte, was sie tat, und hielt inne. Ihre Brust hob und senkte sich wogend, während sie ihn anstarrte. «Jakab?»

Er breitete die Arme aus.

«Was willst du?»

Die Frage erschreckte ihn genauso sehr wie der Blick in

ihren Augen. «Was ich will? Erna, ich bin zurück! Es ist getan! Ich weiß, mein Anblick muss ein Schock für dich sein, aber ...»

«Ein Schock? Wie ... Jakab. Erstens, woher weiß ich, dass du es wirklich bist? Woher weiß ich, dass du nicht einer dieser beiden *hosszú életek* bist, die damals meinen Vater nach dir ausgefragt haben?»

«Aber ich bin es! Hörst du es nicht an meiner Stimme? Ich kann es beweisen, wenn es sein muss. Aber nicht hier. Außerdem solltest du das nicht sehen müssen. Wie viele andere Männer haben dich mit ans Seeufer genommen und dich gefragt, ob du ihre Frau werden willst?» Er griff nach ihr, und als er sie an den Armen berührte, versteifte sie sich.

Sie starrte ihn an, als wäre er gerade aus einer Gruft gestiegen. «Was machst du hier, Jakab?»

Ihre Reaktion hatte seine Hochstimmung in Verwirrung umschlagen lassen. «Ich bin hier wegen dir. Wegen uns. Wie ich es versprochen hatte.»

Der kleine Junge auf ihrer Hüfte richtete den Finger auf Jakab. «Mama, wer ist der –»

Erna griff nach seiner Hand und brachte ihn zum Schweigen.

Jakab starrte das Kind an. *Wie* hatte es Erna gerade genannt? «Wer ist der Junge?»

«Jakab, weißt du, wie lange du weg warst?»

«Wer ist der *Junge*, Erna?»

«Ich dachte, du bist tot!»

Er brüllte jetzt. «Erna, WER IST DIESER JUNGE?»

Der kleine Junge fing an zu weinen. Sie drückte sein Gesicht gegen ihre Brust und beruhigte ihn. «Das ist mein Sohn. Mein Sohn Carl. Ich weiß nicht, was du hier willst, Jakab, und ich weiß auch nicht, wieso du dich plötzlich entschlossen hast zurückzukommen. Was wir hatten ... es ist lange her.»

«Wie kannst du das sagen –»

Sie schüttelte den Kopf. «Ich weiß nicht, was passiert ist, wohin du gegangen bist, was du getan hast, aber du bist offensichtlich verwirrt und nicht bei klarem Verstand, Jakab. Es ist *Jahre* her! Du kannst nicht einfach so wiederkommen, aus heiterem Himmel! Das ist grausam, Jakab. Ich habe geheiratet. Ich habe einen Mann, eine Familie.»

Er begriff nicht, was sie sagte, begriff nicht, wie es wahr sein konnte. Langsam stieg Entsetzen in ihm auf. Der kleine Junge war mindestens zwei Jahre alt. Wann hatte er Keszthely verlassen? Vor einem Jahr, höchstenfalls. Oder? Er versuchte die Monate zu zählen, die Jahreszeiten und starrte Erna mit offenem Mund an. Er hatte nicht die geringste Ahnung, wie lange er weg gewesen war.

Jakab spürte, wie in seinem Innern etwas zu zerbrechen drohte, und er wappnete sich dagegen. Es fühlte sich an wie ein zerplatzter Traum, als versuchte er, die Scherben festzuhalten.

Nein.

Wütend wandte er dem Gedanken den Rücken zu.

Sie stand unter Schock, das war alles.

Aber sie hat einen Sohn!

Er stellte sich vor, wie sie mit einem anderen im Bett war, und wollte schreien. «Erna, ich hätte besser nachdenken sollen, bevor ich zu dir kam. Ich weiß, du hast recht. Es war ungeschickt und tölpelhaft von mir, so unangemeldet zurückzukommen. Lass uns noch einmal von vorne anfangen. Ganz von vorne, meine ich. Ich –»

«Jakab, ich muss gehen.»

«Warte, nein! Sag das nicht, Erna. Du kannst mich nicht einfach so abtun. Du hast gesagt, du würdest auf mich warten.»

«Ich dachte, du bist tot.»

«Du hast gesagt, du würdest warten!» Er brüllte wieder, und sie wich vor ihm zurück. Er wollte nichts auf der Welt sehnlicher als sie in die Arme nehmen und ihr Gesicht küssen. Doch er widerstand dem Impuls und verschränkte krampfhaft die Hände ineinander. Das hier war die heikelste Unterhaltung seines Lebens. «Bitte, Erna ... du musst mit mir reden. Ich ... ich war lange Zeit weg. Mir war nicht klar, wie lange, und ich weiß nicht, warum. Erna, ich liebe dich. Das weißt du. Ich habe dich die ganze Zeit in mir getragen, die ganze Zeit, die ich weg gewesen bin. Ich weiß, dass du mich ebenfalls liebst. Mag sein, dass in der Zwischenzeit Dinge passiert sind, dass sich das Leben in der Zwischenzeit geändert hat, aber ...»

«Jakab, es tut mir leid. Ich kann jetzt nicht mit dir sprechen. Ich muss wirklich gehen. Ich muss Carl füttern. Ich muss das Essen für meinen Ehemann kochen.»

Dieses Wort – Ehemann – verwundete ihn mehr als alles, was sie bisher gesagt hatte. Wie eine Zange, die sein Herz zusammenquetschte. «Dann komm später wieder. Am Abend.»

«Das kann ich nicht.»

«Erna, ich bestehe darauf ...»

Ihre Miene verdunkelte sich. «Hüte deine Zunge, Jakab! Du hast dein Recht, auf irgendetwas zu bestehen, vor langer, langer Zeit verloren.»

Er stolperte rückwärts, die Hände ausgestreckt, Tränen in den Augen. Er starrte hinauf zum Himmel, schüttelte den Kopf, sah wieder zu ihr. «Bitte, Erna. Ich bin nicht hergekommen, um dich wütend zu machen. Ich mache alles falsch, ich weiß. Bitte, ich bin halb von Sinnen von unserem Wiedersehen. Ich flehe dich an, Erna, komm später noch einmal her. Lass mich dir alles erklären.»

«Jakab, ich kann nicht. Verstehst du denn nicht? Ich kann

nicht einfach in der Nacht aus dem Haus gehen und mich mit jemandem treffen. Ich habe dir gesagt, ich habe eine Familie, ich habe Verantwortung, einen Mann, den ich liebe.»

«Du hast mich geliebt.»

Sie stockte, und er spürte, dass seine Tränen sie ein wenig erweicht hatten. Ihr Blick war sanfter, auch wenn ihr Gesichtsausdruck so viel Mitleid verriet, dass es ihn zerriss. «Lass mir ein paar Tage Zeit», sagte sie. «Ich muss etwas arrangieren. Dann können wir reden.»

«Das ist alles, was ich möchte.»

Sie nickte. «Und das ist alles, was du bekommst, Jakab. Ich bin an jemanden gebunden. Ich habe ein Ehegelübde abgegeben, und weder du noch ich werden es brechen. Unsere Zeit ist vorbei. Es tut mir wirklich leid, dass es so gekommen ist. Ich habe zwei Jahre auf dich gewartet, Jakab. Zwei Jahre! Keinerlei Zeichen, dass du noch am Leben warst, kein Brief, keine Nachricht, nichts. Weißt du eigentlich, wie sehr ich um dich getrauert habe? Nein. Nein, du wirst es niemals wissen. Im Nordosten, eine Meile von hier am Ufer entlang, findest du einen alten Bootsschuppen mit einem Holzsteg. Du kannst ihn nicht verfehlen. Wir treffen uns dort, in drei Tagen. Bei Tagesanbruch.»

«Ich verstehe.»

Es war eine Lüge. Er verstand überhaupt nichts.

Erna rückte ihren Sohn auf ihrer Hüfte zurecht und ging davon. Jakab sah ihr hinterher, bis sie im Nebel verschwunden war.

Zurück in der Stadt, kaufte er eine Zeitung und sah auf das Datum: 24. April 1879.

Er setzte sich auf eine Mauer und rechnete nach.

Fünf Jahre.

Er war *fünf Jahre* lang weg gewesen.

Jakab ließ die Zeitung sinken und stöhnte. Er verbarg das Gesicht in den Händen. Wie hatte das passieren können? Wie hatte er *fünf Jahre* verstreichen lassen können, ohne zu erkennen, ohne auch nur einen Gedanken daran zu verschwenden, welche Konsequenzen das für sein Leben in Keszthely haben würde? Sie hatte gesagt, sie hätte zwei Jahre auf ihn gewartet. Wenn sie nach Ablauf dieser Zeit jemanden kennengelernt und innerhalb eines Jahres geheiratet hatte, erklärte es das Alter des Jungen.

Erna hatte einen Sohn. Einen Ehemann. Ein Leben ohne Jakab.

Trotzdem. Trotz allem, was sie gesagt hatte, weigerte er sich zu akzeptieren, dass es zu spät war. Eine Liebe, so groß wie ihre, kam nur einmal im Leben. Er würde alles darauf setzen. Er hatte seinen eigenen Bruder getötet, um mit ihr zusammen sein zu können. Wenn sie das erfuhr, wenn sie begriff, was er auf sich genommen hatte, um mit ihr zusammen zu sein, würde sie zur Vernunft kommen.

Es war ein Schock gewesen, das war alles. Er würde ihr die harten Worte verzeihen, die sie gesprochen hatte. Er hatte ihr Wiedersehen schlecht vorbereitet. Wenn sie seine Rückkehr in ihr Leben erst akzeptiert hatte, würde sie sehen, wie voreilig es gewesen war, ihn zurückzuweisen. Sie würde ihre Worte bedauern. Alles würde wieder gut.

Jakab traf wie verabredet kurz vor Sonnenaufgang am Bootssteg ein. Der Nebel war um diese Zeit so dicht, dass er nicht sagen konnte, wo die Sonne aufgehen würde. Er saß auf einem Baumstumpf neben dem Wrack eines Ruderboots und wartete. In seinem Magen brodelte es vor Nervosität.

Der Bootsschuppen ragte über ihm auf, eine einstöckige

Hülle aus Holz mit einem durchhängenden Dach und einem breiten Tor auf der Vorderseite. Einer der Torflügel war herausgefallen und lag im Gras. Die Farbe war von den Wänden abgeblättert, und die Sonne zahlloser Sommer hatte die Balken darunter verzogen und ausgebleicht. Die Schattenseite war von Moosen und Flechten überwuchert wie von einer Krebsgeschwulst. Längst hatte jemand das Tor auf der Seeseite entfernt, das früher an einer Metallschiene aufgehängt war. Dahinter befand sich eine betonierte Rampe. Gleich neben dem Bootshaus ragte ein Holzsteg in den See hinaus.

Erna tauchte aus dem Nebel auf und eilte von der Straße über den schmalen Weg. Er sprang auf, um sie zu begrüßen, doch sie schüttelte heftig den Kopf und hob abwehrend die Hände. «Nein, Jakab, dazu ist keine Zeit! Du musst weg von hier. Jetzt, sofort! Sie sind hinter dir her!»

Jakab runzelte die Stirn. «Was redest du da?»

«Wir haben keine Zeit für Erklärungen. Du musst weg von hier, *auf der Stelle*. Bitte, Jakab, ich wollte das nicht. Aber ... deine Leute. Sie wissen, dass du hier bist. Sie kommen, um dich zu holen.»

Er hatte Mühe, ihre Worte zu verarbeiten. «Ist das ein Trick?», fragte er.

«Ein Trick? Jakab, traust du mir das zu?»

Er starrte sie an. «Du hattest es ziemlich eilig vor drei Tagen, mich wieder loszuwerden.»

«Herrgott im Himmel, für was für eine Sorte Frau hältst du mich eigentlich?» Sie packte ihn am Ärmel. «Komm jetzt. Geh nicht zurück auf die Hauptstraße. Folge dem Ufer bis nach Gyenesdiás. Von dort kommst du mit der Kutsche weiter. Komm nicht nach Keszthely zurück. Versprich mir das, Jakab. Hast du Geld? Hier, ich habe dir etwas mitgebracht. Es ist nicht viel, aber vielleicht hilft es dir weiter ...»

Erna kramte in ihren Röcken und brachte eine Handvoll Münzen zum Vorschein. Als sie versuchte, ihm das Geld in die Hand zu drücken, schleuderte er ihren Arm in plötzlicher Wut von sich. Die Münzen flogen in hohem Bogen ins Gras. Sie stieß einen erschrockenen Laut aus und kniete nieder, um sie einzusammeln.

«Glaubst du wirklich, ich brauche deine bäuerliche Mildtätigkeit?», schnauzte er sie an. «Woher wissen sie, dass ich hier bin? Woher weißt du, dass sie mich holen kommen?»

Sie sammelte die verstreuten Münzen ein. «Jakab, bitte. Bitte vertrau mir einfach. Nimm das Geld. Es ist kein Trick, ich schwöre es! Glaubst du wirklich, ich könnte dich betrügen, nach allem, was wir hatten? Denkst du so schlecht von mir?» Sie schluchzte. «Du hast keine Zeit mehr. Sie können jeden Augenblick hier sein.»

«Balázs, Lukács! Balázs, Jakab!»

Beim Klang der fremden Stimme machte Jakab einen Satz von ihr weg. Der Nebel schien noch dichter geworden zu sein, ein wabernder Schleier ringsum, der die Umgebung verbarg und es unmöglich machte, die Richtung festzustellen, aus der die Stimme gekommen war. Feuchtigkeit klebte auf Jakabs Mantel, leckte an seinem Gesicht und seinen Wangen und seinen Haaren.

«Balázs, Lukács! Balázs, *Jakab*!»

Eine männliche Stimme, misstönend und verweichlicht. Jakab spürte die Verachtung darin. Er hörte ein Pferd schnauben. Er drehte sich auf dem Absatz um und sah in Richtung des Weges, der von der Hauptstraße zum Bootssteg führte.

Dort, im dichten Nebel, bewegte sich ein dunkler Schatten. Er wurde größer und größer und schließlich als Reiter auf einem Pferd erkennbar. Der Reiter trug einen schwarzen, breitkrempigen Hut und einen mit Dreck besudelten ledernen

Übermantel. Das Pferd, ein gewaltiger grauer Hengst, kam auf klappernden eisenbeschlagenen Hufen herbei und schnaubte. Dampf stieg von seinen Nüstern auf.

Der Reiter hob den Kopf und musterte Jakab aus Augen, die aussahen wie kalte gelbe Tümpel mit darauf treibenden Flecken aus Elfenbein und Malachit. Seine Haut hatte die Blässe von Waldpilzen, und sein Albinohaar war geölt und zu einem strengen Pferdeschwanz zurückgebunden. Als er grinste, faltete sich sein Gesicht in etwas, das aussah wie die tiefgefurchte Rinde eines Baums, und in seinem Ausdruck war kaum noch etwas Menschliches zu erkennen.

Angst stieg in Jakab auf, raubte ihm den Atem und trocknete seine Kehle aus. Seine Füße erstarrten. Er wusste, wer dieser Mann war. Wusste, was dieser Mann war, obwohl er ihn nie gesehen hatte.

Der *Merénylő* des *Főnök.*

Jeder Machthaber und jeder Potentat hatten eine Kreatur wie den *Merénylő.* Ein Tier, das ausgeschickt wurde, um die unappetitlichen Missionen zu erledigen, die Aufgaben, die nichtsdestotrotz unerlässlich waren für den Erhalt ebendieser Macht. Das Arbeitspensum dieses Exemplars schien sogar sein Fleisch verdorben zu haben.

«Und damit, Balázs ...», intonierte der *Merénylő* mit seiner hohen Singsangstimme, «... damit wären wir am Ende deines Weges angekommen. Du hast einen ziemlichen Tanz veranstaltet.»

Jakab suchte seine Umgebung ab. Seine Muskeln zitterten und bebten, und sein Mund war trocken wie Sägespäne. Zur Linken lag Buschland, zur Rechten befanden sich der Bootsschuppen und der Holzsteg. Auf der anderen Seite des baufälligen Schuppens noch mehr Buschland, das sich nach Norden hinzog, in Richtung Gyenesdiás. In seinem Rücken das leise ans Ufer schwappende Wasser des Sees und über allem eine dichte Wand aus Nebel.

Erna kniete immer noch vor ihm am Boden. Sie starrte den Reiter mit offenem Mund an.

«Steh auf», sagte Jakab zu ihr. Als sie nicht reagierte, wiederholte er seine Worte, drängender diesmal: «Erna, *steh auf*! Jetzt!»

Vielleicht bemerkte sie die Anspannung in seiner Stimme und seine Angst um sie, denn sie rappelte sich hastig auf und wich vor dem Reiter zurück.

«Wie rührend», kicherte der *Merénylő*. Er zupfte ein seidenes Taschentuch aus der Manteltasche und betupfte damit seine Oberlippe. «Sieht so aus, als hättest du diese hier noch nicht vergewaltigt, Balázs.»

Das Gestrüpp links von ihm schien am aussichtsreichsten für einen Fluchtversuch. Das Buschwerk war dicht und verfilzt, und während er sich einen Weg hindurchbahnen konnte, würde ein Reiter größere Schwierigkeiten haben. Er brauchte nur zwanzig Meter Vorsprung, bis der Nebel ihn verschlungen hatte. Wenn er nur Erna irgendwie in seinen Plan einweihen konnte – er würde sie ganz bestimmt nicht mit dem Assassinen des *Főnök* allein lassen.

Im Gestrüpp raschelte es, ein Zweig brach – unmittelbar hinter der Stelle, die er ausgeguckt hatte. Die Nebelbank wurde dünner und trieb auseinander, und Jakab erblickte einen zweiten Reiter, der sich durch das Gestrüpp näherte.

Der Neuankömmling sah Jakab an und grinste. Seine Zähne waren braun und verfault, die Augen ausdruckslos und leer. Kein *hosszú életek*. Obwohl er, nach seinem Aussehen zu urteilen, beinahe genauso gefährlich zu sein schien.

Der *Merénylő* drückte dem Pferd die Hacken in die grauen Flanken, und das Tier machte einen Schritt auf Jakab zu.

Seine Hufe scharrten und kratzten über die nassen Steine. «Du möchtest fliehen. Ich kann das verstehen. Ich denke, du hattest eben beinahe den Mut dafür zusammen, bis die Feigheit dich übermannt hat.» Die elfenbeinfarbenen Flecken in den Augen des Assassinen waren verblasst, doch sein Grinsen blieb. «Ich halte dich nicht auf, Jakab. Nicht augenblicklich jedenfalls. Es war ein langes Rennen. Viel zu lang und viel zu langweilig die meiste Zeit über. Machen wir es ein wenig spannend, jetzt ganz am Ende, wollen wir? Wir wissen beide, wie es endet. Ich zerre dich tretend und schreiend und spuckend und beißend den ganzen Weg zurück bis nach Buda, und was von dir übrig ist, wenn wir dort angekommen sind, wird aufgeknüpft, aufgeschlitzt, ausgeweidet, in kochendes Wasser geworfen und an die Wölfe verfüttert. Na, wie gefällt dir die Vorstellung?»

«Erna. *Erna!*» Eine Stimme, panisch und körperlos, hallte dumpf durch den Nebel.

Erna stöhnte auf und ließ den Kopf hängen. «Hans, nein! Warum bist du hergekommen?»

Aus dem watteartigen Weiß stürzte ein junger Mann herbei. Er war größer und schlanker als Jakab. Attraktiv, wäre nicht sein Gesicht blass und wären seine Augen nicht vor Panik geweitet gewesen. Wenige Meter vor dem *Merénylő* kam er schlitternd zum Stehen. Sein Blick ging von den beiden Reitern über Erna zu Jakab. In den Händen hielt er eine Axt, mit der er nun herumwedelte. «Hierher, Erna. Komm weg da, sofort.»

Jakab legte ihr eine Hand auf die Schulter. «Du bleibst, wo du bist.»

Hans drehte sich zu dem *Merénylő* um. «Was soll das?», fragte er anklagend. «Sie haben gesagt, uns würde nichts passieren. Wir wären sicher. Sie haben gesagt, wir könnten Ihnen vertrauen.»

«Was ich gesagt habe, *Bauer*, ist, dass ihr beide uns nicht wiedersehen würdet, *wenn ihr uns aus dem Weg geht*», erwiderte der *hosszú élet*, ohne den spöttischen Blick für eine Sekunde von Jakab abzuwenden. «Jetzt sind wir hier, und als Erstes finde ich deine Frau vor und nun auch noch dich. Ich muss schon sagen, das kann man wohl kaum ‹aus dem Weg› nennen, meinst du nicht? Abgesehen davon glaube ich nicht, dass ich irgendetwas getan habe, was das Leben deiner Frau oder deiner eigenen Person gefährden würde. Ich sitze einfach hier auf meinem Pferd und verbringe meine Zeit mit einem Vergewaltiger und Mörder, der noch nicht weiß, dass er tot ist. Warum kehrt ihr nicht in die Stadt zurück und gebt etwas von dem Geld aus, mit dem wir euch so großzügig entlohnt haben?» Der *Merénylő* grinste breiter, doch seine Augen blieben unberührt. Sie brannten wie Zwillingssonnen, durchdrangen Jakabs Verstand, durchschauten ihn, verhöhnten ihn.

Jakab hatte das Gefühl, als hätte ihn jemand mit einer Eisenstange geschlagen. Er packte Erna fester bei den Schultern und starrte sie fassungslos an. «Du ... du hast mich an sie *verkauft*?», flüsterte er.

Sie schüttelte den Kopf und versuchte sich aus seinem Griff zu lösen. «Nein, Jakab, nein. So war das nicht. Hör nicht auf ihn. Er –»

«Du hast mich gegen eine erbärmliche Handvoll Silberlinge *verschachert*?»

Der Ansturm von Emotionen brachte ihn aus dem Gleichgewicht, und seine anfängliche Wut wurde erstickt von einer alles verzehrenden Trauer. Wie hatte sie so etwas tun können? Von allen Menschen, die er jemals gekannt hatte, ausgerechnet von *ihr* verraten zu werden ... Es war zu schockierend, zu niederschmetternd, zu vernichtend, um es in einen einzelnen

Gedanken zu fassen. Er hatte geglaubt, dass sie ihn liebte, wirklich und wahrhaftig liebte, und doch war sie zu einem niederträchtigen Verrat wie diesem imstande gewesen.

Was kam als Nächstes? Nachdem alles gesagt und getan wäre und er zweifellos an Händen und Füßen gefesselt hinter dem Pferd des *Merénylő* hergeschleift würde, wie sah ihr Plan aus? Zurückzukehren zu dem Leben mit dem Trottel, der wie ein begossener Pudel neben dem Assassinen stand? Zu ihrem Baby und dem Blutgeld und dem behaglichen unbedeutenden Leben?

Beinahe ohne bewussten Gedanken, als würde sein Körper aus eigenem Willen agieren, ging seine freie Hand zu seinem Gürtel. Seine Finger glitten am Leder entlang, schoben sich hinter den Hosenbund und zogen das verborgene Messer aus der Scheide. Als er die Waffe im Bogen vor Erna zog, sah er ihre Lippen im polierten Stahl der Klinge: Lippen, die zu küssen er fünf Jahre gewartet hatte, Lippen, die ihn angelacht, die mit ihm gelacht, die mit ihm über Zukunftspläne gesprochen und die einst seine Haut liebkost hatten.

Als Jakab die Klinge an ihre Kehle setzte, schrie sie und schlug wild um sich, bis der Stahl in ihre Haut schnitt. Plötzlich wurde sie ganz still.

Dafür schrie ihr Ehemann Hans voller Entsetzen auf. Er hob einen Fuß und ließ ihn kraftlos wieder sinken. «Bitte! Was immer Sie denken, tun Sie das nicht! Ich flehe Sie an!»

Jakab sah nach rechts, in die einzige Richtung, die ihm geblieben war. Der Holzsteg. Die Planken waren dunkel und fleckig vom Tau und der feuchten Luft. Er machte einen seitlichen Schritt auf den Steg zu und zerrte Erna mit sich. Ein einzelner Blutstropfen erschien an ihrer Kehle. Er rollte am Hals nach unten.

«Hoppla – das ist interessant», bemerkte der *Merénylő* spöttisch. «Bizarr, aber trotzdem interessant. Ich muss gestehen, ich hätte nicht erwartet, dass du so etwas tust, Balázs.»

Der Steg befand sich jetzt direkt hinter Jakab. Er wich auf die Planken zurück und zerrte Erna hinter sich her.

Zu seiner Linken kam der zweite Reiter aus dem Gestrüpp und führte sein Pferd über die letzten Brombeerranken. Er brachte sein Tier zum Halten und zog ein Rapier aus der Scheide. Dann wartete er auf Instruktionen.

Jakab setzte seinen Weg über die schlüpfrigen Planken fort.

Der *Merénylő* griff nach unten. Als er sich im Sattel wieder aufrichtete, hielt er eine Armbrust. Ein Bolzen war in die Führungsrille eingelegt, die Sehne war gespannt. «Weißt du, Jakab, ich denke, das reicht jetzt. Was kannst du als Nächstes tun, hm? Mein schmutziger Kollege hier ist hungrig, und er verliert sehr schnell die Geduld, wenn sein Magen leer ist. In der Ortschaft gibt es eine Taverne, die köstliche Würste serviert, und ich habe ihm versprochen, dass er sich rundherum satt essen kann, sobald wir hier fertig sind. Und *wir sind fertig,* Jakab. Du kannst nirgendwo mehr hin.»

Ernas Ehemann ließ die Axt fallen. Er sah jeden von ihnen der Reihe nach mit flehenden Blicken an.

Erna atmete durch, und Jakab spürte, wie sie sich gegen ihn drückte. Sie lehnte sich zurück. «Jakab, hör zu», sagte sie leise, mit ruhiger Stimme. «Und wenn du für den Rest deines Lebens nichts mehr tust, hör mir jetzt zu. Du hast das alles völlig falsch verstanden. Alles. Nachdem du mich vor ein paar Tagen gefunden hattest, ging ich nach Hause und erzählte Hans, was passiert war. So viel gebe ich zu, Jakab. Aber das ist *alles,* was ich getan habe. Hans wusste bereits von dir, seit Jahren. Ich hatte ihm alles erzählt. Mein Gott, du warst der Grund, warum es so schwer war für ihn, mir den Hof zu machen. Ich dachte so lange Zeit, du würdest zurückkehren, dass ich –»

«Ich *bin* zurückgekehrt!», zischte er.

«Fünf Jahre später, Jakab. Fünf Jahre! Für dich wohl nur ein Augenblick, aber nicht für mich. Ich dachte, du wärst tot. Ich schwöre es, Jakab. Vor ein paar Jahren kamen deine Leute wieder nach Keszthely und stellten Fragen. Ich habe ihnen nichts gesagt – es gab nichts zu erzählen –, aber sie erklärten uns, wie wir sie kontaktieren konnten, solltest du dich zeigen.»

«Und als ich aufgetaucht bin, war das Geld zu verlockend, stimmt's?»

«Nein! Eben nicht! Ich sagte zu Hans, ich müsste dich ein letztes Mal sehen. Um Lebewohl zu sagen. Zuerst war er einverstanden, aber dann hat er sich bei diesen Leuten gemeldet, Jakab. Ich wusste nichts davon! Er hatte Angst, und deswegen hat er sich an sie gewandt. Er hatte Angst vor dir und Angst vor den *hosszú életek*. Angst, er könnte mich verlieren.

Jakab, bitte hör mich an! Hans ist ein guter Mann. Ein wunderbarer Mann. Er liebt mich, und er liebt unseren Sohn. Er sorgt gut für uns. Er hat getan, was er geglaubt hat, tun zu müssen, um seine Familie zu beschützen. Das ist die Wahrheit, Jakab. Vor fünf Jahren habe ich dich so unglaublich geliebt, dass ich dachte, ich müsste verrückt werden. Unsere Zeit mag vergangen sein, doch ich liebe dich immer noch. Ich werde dich immer lieben. Ich könnte dich niemals verraten. Nicht für Geld, nicht für irgendetwas sonst.»

Sie sah über die Schulter, und als Jakab ihrem Blick begegnete, geriet er ins Schwimmen angesichts der Ehrlichkeit in ihren Augen. Sie sagte die Wahrheit. Alles hatte sich ganz genauso zugetragen, daran zweifelte er plötzlich nicht länger. Als ihm dämmerte, dass sie ihn nicht verraten, seine Freiheit nicht verkauft und sogar ihr Leben riskiert hatte, um ihm eine Chance zur Flucht zu verschaffen, drohten ihn seine Emotionen ein weiteres Mal zu übermannen.

Er hatte nie eine Chance gehabt, sie für sich zurückzugewinnen. Sie war zu treu dafür. Obwohl sie weitergezogen war, obwohl sie geheiratet und ein neues Leben angefangen und eine Familie gegründet hatte, war ihre Liebe zu ihm niemals Bitterkeit gewichen. Selbst jetzt noch versuchte sie ihn zu beschützen.

Seine Sicht verschwamm – Tränen der Verzweiflung darüber, dass er niemals mit ihr zusammen sein würde. Nach allem, was er getan hatte, um hier zu sein, war diese Grausamkeit nicht mehr zu ertragen. «Es ... tut mir leid», würgte er mit brechender Stimme. «Ehrlich. Das sollst du wissen. Aber wenn ich dich nicht zur Frau haben kann –»

«Meine Güte, Balázs!», rief der *Merénylő* gelangweilt und schüttelte den Kopf. «Wie lange müssen wir denn noch warten? Hier sind wir beide, hoch zu Ross, und da bist du, allein und zu Fuß. Was glaubst du, wie weit du kommst, hm? Schneid der Frau die Gurgel durch, wenn du meinst, das tun zu müssen. Na und? Für dich wird es nicht gut ausgehen, ob du nun die Frau dieses Burschen hier vorher noch umbringst oder nicht. Hatte ich erwähnt, dass ich hungrig bin? Ich glaube, ich habe seit gestern Abend nichts mehr gegessen.»

Jakab bemerkte die Reaktion von Ernas Ehemann auf die Worte des *Merénylő*. Die Augen des Mannes weiteten sich in heißer Wut. Er bückte sich und hob seine Axt wieder auf.

Auch wenn er außerhalb seines Blickfelds stand, wusste der *Merénylő* zweifellos ganz genau, wo er sich befand. Was er vielleicht nicht bedacht hatte, war die Wirkung, die seine Geringschätzung von Ernas Leben auf ihren Ehemann hatte. Hans hob die Axt, legte sich das Heft über die Schulter und machte einen lautlosen Schritt auf sein Pferd zu. Dann richtete er seinen Blick auf Jakab.

Jakab erwiderte den Blick verächtlich. Wie war es möglich,

dass dieser Kerl, dieser Bauerntölpel, Ernas Herz gewinnen konnte? Jakab hätte darüber lachen können, wäre es nicht so eine Tragödie gewesen. Er hatte fünf Jahre geopfert und seinem eigenen Bruder das Leben genommen, bevor er nach Keszthely zurückgekehrt war, bereit, Erna mit sich zu nehmen und eine weit einfachere Existenz mit ihr zu fristen, als er sie andernfalls je akzeptiert hätte. Doch in der Zwischenzeit war dieser primitive Bauer dahergekommen und hatte alles gestohlen, wofür Jakab gearbeitet hatte. Schlimmer noch – er hatte sie mit *seinem* Samen besudelt, und sie hatte sein Kind geboren.

Jakab schob seine Finger um den Griff des Messers herum und wechselte die Haltung. Die Waffe stammte aus Österreich, geschmiedet aus einem einzigen Stück Stahl und so balanciert, dass sie von beiden Enden aus geworfen werden konnte. Er hatte so viele Stunden mit dem Schärfen der Klinge zugebracht, dass er es vorzog, das Messer mit dem Griff zu werfen. Die Gefahr, sich selbst zu schneiden, war auf diese Weise deutlich geringer.

Jakab konnte zwar nichts an der Tatsache ändern, dass Erna diesen Kerl liebte, doch er wollte verdammt sein, wenn er tatenlos danebenstand und zusah, wie ihm der bäuerliche Trottel seinen rechtmäßigen Platz neben ihr stahl. Er studierte Hans' Gesicht, die lange Nase, den breiten Kiefer, die großen, ängstlichen Augen. So leicht einzuprägen war dieses Gesicht, so leicht, in seine Rolle zu schlüpfen. Wäre nicht der gedungene Mörder aufgetaucht, die Dinge hätten doch noch ein gutes Ende finden können. Jakab beobachtete, wie der Bauer einen weiteren Schritt machte, während seine Finger den Griff der Axt fester packten.

Der *Merénylő* drehte sich zu Hans um. «Mein Freund, denk nicht mal daran, dich in diese Geschichte einzu–»

Jakab zerrte Erna nach links, holte aus und schleuderte das

Messer. Noch während die Klinge seine Finger verließ, erkannte er, dass er den Assassinen unterschätzt hatte. Der *Merénylő* bewegte sich, bevor seine Augen die Flugbahn der Klinge erfassen konnten. Er lehnte sich im Sattel weit zurück, während die Waffe in seine Richtung surrte.

Er drehte sich in einer fließenden Bewegung weg, und das Messer zischte durch die Luft, wo er gerade noch gewesen war. Als er wieder hochkam, hielt er die Armbrust im Anschlag. Hans sprang vor und wollte die Zügel des Pferdes packen.

Jakab stand wie angewurzelt da, als der *Merénylő* den Abzug betätigte. Er hörte ein *Flitsch*, als die Sehne, sich zusammenziehend, den Bolzen durch die Rinne beschleunigte. Er spürte den Einschlag des Projektils, bevor der Schmerz einsetzte, und die Wucht ließ ihn einen Schritt rückwärtstaumeln.

Hans schrie auf. Der *Merénylő* ließ die Armbrust fallen und riss das Schwert aus der Scheide. Der zweite Reiter brüllte und rammte seinem Pferd die Sporen in die Seiten.

Konzentriere dich auf den Schmerz, ermahnte Jakab sich selbst. *Beiß die Zähne zusammen und erforsche seine Ränder. Zwinge die Wunde dazu, sich zu schließen. Knete das Fleisch wieder zusammen.*

Er hoffte, dass der Armbrustbolzen nicht in seinem Körper stecken geblieben war. Das würde die Sache sehr viel schwieriger machen.

Hans stieß einen zweiten herzzerreißenden Schrei aus, schwang die Axt und vergrub die Klinge tief im Rücken des *Merénylő*. Die Augen des Assassinen drohten aus den Höhlen zu quellen.

Erna gab ein merkwürdiges Wimmern von sich.

Jakab drehte sich um. Der Armbrustbolzen hatte sich in ihren Kopf gebohrt, war direkt unter dem rechten Auge in den Schädel eingedrungen. Der Einschlag hatte Ernas Wangenknochen zerschmettert, wodurch die rechte Seite ihres Gesichts merkwürdig nach innen gewölbt war. Ihr Auge war eine blutige Masse. Flüssigkeit leckte zwischen ihren Lidern hervor und rann über ihre Wange.

Nur das Ende des Bolzens war noch zu sehen. Jakab konnte die Befiederung am Schaft erkennen. Ernas Unterkiefer sank herab, und aus ihrem Mund kam ein verstandloses, klackendes Geräusch. Sie zuckte und zitterte, ihre Zähne schnappten ins Nichts, und als Jakab sie losließ, kippte sie vornüber auf die schleimigen Planken des Stegs. Während Jakab den Bolzen aus ihrem Hinterkopf ragen und die Überreste ihres wunderbaren Wesens und ihre Erinnerungen von der Spitze tropfen sah, spürte er, wie sich sein Zwerchfell zusammenzog. Er stieß einen gequälten Schrei aus, einen Laut, der in seinem Kopf widerhallte und der nicht mehr aufzuhören schien, niemals aufhören konnte.

Hans riss die Axt aus dem Rücken des *Merénylő*, und der Assassine des *Főnök* kippte in Zeitlupe aus dem Sattel. Er landete mit einem hässlichen Geräusch auf dem Gesicht. Ernas Ehemann trat über den Gefallenen, hob die Axt hoch über den Kopf und brachte sie ein zweites Mal ins Ziel. Diesmal durchtrennte die Klinge das weiche Fleisch des Halses und die Wirbel darunter. Der Kopf rollte davon. Hans ließ die Axt fallen, stolperte zur Seite, sank auf die Knie. Er hob beide Hände hoch über den Kopf.

Jakab zwang sich, zu Erna zu sehen, sich jedes grausige Detail einzuprägen. Er war aus freien Stücken von den *hosszú életek* weggegangen, doch sie waren ihm gefolgt, hatten ihm den eigenen Bruder hinterhergeschickt. Sie hatten ihn gezwungen, Jani zu töten, und danach hatten sie diese abscheuliche Kreatur ausgesandt.

Jetzt war der *Merénylő* ebenfalls tot – doch bevor er gestorben war, hatte er auch Jakabs Leben beendet. Zwar atmete er noch, doch er hatte Jakab das Wertvollste genommen.

Es war vorbei. Er wusste beim besten Willen nicht, was er jetzt tun sollte.

Es war vorbei.

Alles war vorbei.

Jakab stieß den Atem aus, hörte ihn zischen, als er seine Lippen passierte. Es war ein Ausströmen, ein letzter Erguss. Er hob die Arme, bis sie seitlich ausgestreckt von seinem Rumpf wegzeigten. Eine unheimliche Ruhe senkte sich über ihn.

Nichts war mehr übrig. Überhaupt nichts.

Er bedachte den zweiten Reiter mit einem besiegten Grinsen.

Und dann ließ er sich hintenüberfallen. Der Schwung riss ihn mit, und er spürte einen eisigen Schock, als er auf das Wasser prallte. Die Oberfläche des Sees teilte sich, und dann nahm er Jakab auf, und Kälte überflutete ihn, als er hinabsank, während es in seinen Ohren grabesstill wurde.

Der Nebel schloss sich über ihm und den Wellen.

KAPITEL 13

Paris
1979

Nicole Dubois und Charles saßen an einem kleinen runden Tisch unter der Markise des Café de Flore, an der Ecke des Boulevard Saint-Germain und der Rue Saint-Benoît. Nicole rührte ein Stück Zucker in ihren Espresso.

Auf dem Boulevard herrschte reger Verkehr. Charles beobachtete, wie ein verbeulter alter Citroën, ohne langsamer zu werden, um eine Gruppe von Touristen herumkurvte, die die Kreuzung überquerten. Der Wagen verschwand mit quietschenden Reifen um die Ecke in einer Wolke schwarzer Auspuffgase. Der Fahrer hielt das Lenkrad mit einer Hand, während er mit der anderen wild aus dem Fenster gestikulierte.

Nicole blickte Charles an. Ihr Gesichtsausdruck war grimmig. «Später an jenem Morgen ...», fuhr sie fort, «... begrub Hans Fischer seine Frau in einem improvisierten Grab am Ufer des Plattensees.»

«Erna Novák», sagte Charles.

Bevor Nicole England verlassen hatte, hatte sie ihm eine Übersetzung der ältesten Tagebücher gegeben, geschrieben von Hans persönlich. Charles hatte zwei Abende benötigt, um alles zu lesen. Er hatte genug von den Originalen gesehen, um zu erkennen, dass die Übersetzungen akkurat waren. Sie hatten ihn weit nervöser gemacht, als er dies für möglich gehalten hätte.

Nicole nickte. «Meine Ururgroßmutter. Es war das Jahr 1879. Sie war siebenundzwanzig Jahre alt. Sie war gerade erst drei Jahre mit Hans Fischer verheiratet gewesen. Sie starb, weil sie versuchte, Jakab vor den Leuten zu beschützen, die ihn jagten. Nachdem Hans seine Frau begraben hatte, kehrte er nach Keszthely zurück, packte seine Siebensachen, verabschiedete sich von seinen Eltern und verließ noch am selben Morgen zusammen mit seinem Sohn Carl die Stadt. Der Junge, mein Urgroßvater, war zu diesem Zeitpunkt noch keine zwei Jahre alt. Beide kehrten nie wieder nach Keszthely zurück.»

Charles konnte nicht sagen, ob es ein reines Hirngespinst war oder das Ergebnis eines schockierenden Erlebnisses, gepaart mit Aberglauben, doch die Geschichte aus Nicoles Mund zu hören hob sie aus der Vergangenheit mitten hinein in das Hier und Jetzt. Weder Charles noch Nicole konnten wissen, was sich damals in Keszthely tatsächlich abgespielt hatte, doch es stand fest, dass Erna Novák etwas Schlimmes widerfahren war. Es hatte Charles einige Mühen gekostet, die Geschichte zu recherchieren, doch er hatte herausgefunden, dass Gerold Novák, Ernas Vater, seine Tochter im Frühjahr 1879 als vermisst gemeldet hatte. Zwei Monate später war die Leiche wiederaufgetaucht, ausgegraben von den Schweinen eines Bauern. Sie war an einem Schuss in den Kopf gestorben.

Hatte Hans Fischer sie ermordet? Oder war sie so gestorben, wie es in den Tagebüchern geschrieben stand? Vielleicht hatte das Trauma des Mordes an seiner Frau zusammen mit einer Kindheit voll Aberglauben Hans zu der Überzeugung getrieben, dass *hosszú életek* für die Tat verantwortlich waren. Doch selbst wenn das zutraf, erklärte es nicht die Fortdauer der Geschichte in der Familie über Generationen hinweg, lange nachdem Hans gestorben war.

Nicole verstummte, als ein Kellner vorbeikam und zwei Französinnen am Nachbartisch Kaffee und Croissants servierte. Nachdem er wieder gegangen war, fuhr sie fort: «Hans und Carl ließen sich schließlich in Sopron nieder, einer Ortschaft an der Grenze zu Österreich. Er änderte ihren Familiennamen von Fischer in Richter.»

«An dieser Stelle fangen die Tagebücher an.»

«Hans schrieb das erste. Er fing damit an, weil er verarbeiten wollte, was passiert war, und um seine Erinnerungen an Erna einzufangen, damit er sie an Carl weitergeben konnte, sobald der Junge alt genug geworden war.»

«Er hat nie einen stichhaltigen Beweis für die Fähigkeiten der *hosszú életek* gesehen, richtig? Irgendeinen Beweis.»

«Charles, wir reden hier vom provinziellen Ungarn des neunzehnten Jahrhunderts! Hans brauchte keine Beweise, um zu akzeptieren, was man sich über die *hosszú életek* erzählte. Er musste mit eigenen Augen ansehen, wie der *Merénylő* seine Frau ermordete.»

«Das ist schon klar soweit. Ich wollte nur sicher sein.»

Nicole starrte ihn an, und ihre Augen verengten sich. «Nein, Charles. Er hat nie einen Beweis gesehen.»

«Entschuldige.» Er hob die Hände, legte sie auf den Tisch. «Sie lassen sich also in Sopron nieder. Dann viele Jahre lang kein weiterer Kontakt.»

«Carl wurde erwachsen und trat eine Stelle als Buchhalter bei der Familie Sárközy an, einer der Wein-Dynastien in der Region. Er war erfolgreich, sehr erfolgreich. 1906 heiratete er Helene, die älteste Tochter Sárközys.»

«Hans muss sehr erfreut gewesen sein.»

«Allerdings. Es war keine Zeit großer gesellschaftlicher Mobilität. Wie dem auch sei, zwei Jahre später bekamen Carl und Helene ein Baby: meine Großmutter Anna Richter. Alles war gut. Hans war Mitte fünfzig und sah seine Enkeltochter aufwachsen, während sein Sohn Karriere machte. Er führte weiter Tagebuch, wenngleich nicht mehr so regelmäßig. Trotz allem blieb ihm Jakab im Gedächtnis, und er vergaß nie, was Erna zugestoßen war. Sein ganzes Leben lang sammelte er Geschichten über die *hosszú életek* und hielt sie in seinen Tagebüchern fest. Und was soll ich sagen? Trotz der vielen Jahre der Recherche und der Forschung stammen einige meiner nützlichsten Informationen aus den Geschichten, die mein Ururgroßvater niedergeschrieben hat.»

«Er hat seine Aufzeichnungen sehr gewissenhaft geführt, so viel steht fest.»

«Hans' Enkeltochter wuchs heran, und ihre Ähnlichkeit mit Erna Novák war verblüffend. Du hast die Übersetzungen gelesen, die ich dir dagelassen habe. In seinen Tagebüchern ging er mehrfach auf die verblüffende Ähnlichkeit ein, und das muss schmerzlich für ihn gewesen sein. Wie dem auch sei, 1926 wurde Anna achtzehn Jahre alt. Kurze Zeit später traf sie einen deutschen Chemiker mit Namen Albert Bauer und verliebte sich in ihn. Es dauerte nicht mehr lange, und die Dinge liefen aus dem Ruder.»

Charles hob den Deckel der Teekanne und rührte den Inhalt mit einem Löffel um. Er schenkte sich eine Tasse ein. Fügte Milch hinzu. Rührte um und sah zu Nicole hoch. Er konnte die Anspannung in ihrem Gesicht sehen, und das machte ihm Sorgen. Zwei Monate waren vergangen, seit sie und ihre Mutter England verlassen hatten. Er hatte fast drei Wochen lang nichts von ihr gehört, bis sie angerufen hatte, um ihm zu sagen, dass sie zurück in Paris und in Sicherheit war. Er wäre am liebsten auf der Stelle zu ihr gefahren, doch es hatte eine Weile gedauert, den Urlaub im College zu arrangieren.

Er hatte immer noch Mühe, die ernsthafte, eigensinnige Person Nicoles mit der Geschichte in Einklang zu bringen, an deren Wahrheitsgehalt sie offensichtlich nicht zweifelte. Er hatte die Wochen vor seinem Urlaub damit verbracht, Nachforschungen über die *hosszú életek* anzustellen. Beckett war ihm eine große Hilfe gewesen. Er hatte ihm eine Reihe von Büchern ausgeliehen und ihn auf weitere Literatur hingewiesen. Doch die Informationen waren spärlich. Charles hatte ein paar Erwähnungen in den ältesten ungarischen Texten gefunden, doch der Großteil des Materials enthielt kaum mehr als wirres Gerede. Wo Beckett kaum differenzierte, war Charles darauf konditioniert, jede einzelne Quelle zunächst mit Skepsis zu betrachten. Nichts von dem, was er bisher gefunden hatte, gab ihm einen Anlass, auch nur einen Teil von Nicoles Geschichte zu glauben. Es gab einfach nichts, nirgendwo, das die Phantasien gestützt hätte, in denen sie gefangen war.

Und trotzdem liebte er sie. Er hielt es nicht für möglich, dass er sich in jemanden verlieben konnte, der wahnsinnig war oder paranoid oder sonst wie geistig verwirrt. Was also sagte das über ihn aus?

Nicole schien gemerkt zu haben, dass seine Gedanken abschweiften, denn sie neigte den Kopf zur Seite und lächelte mit zusammengepressten Lippen. «Du hältst mich für verrückt.»

Er schüttelte den Kopf. «Das ist ja das Eigenartige. Genau das tue ich nämlich nicht. Ich weiß keine Erklärung für all das, und ich kann das, was ich gelesen habe, nicht als Fakten betrachten. Aber ich wäre nicht hier, wenn ich dich für verrückt halten würde. Du hast gesagt, die Dinge fingen an, unheimlich zu werden, kurz nachdem deine Großmutter Albert Bauer kennengelernt hatte. Wie alt war Jakab zu diesem Zeitpunkt?»

Sie zuckte die Schultern. «Wer weiß? Wie alt war er, als er Erna zum ersten Mal begegnete? Hans glaubte, dass er noch ein junger Mann war, doch das wissen wir nicht. Erna starb 1879. Anna Richter lernte Albert 1929 kennen. Fünfzig Jahre später.»

«Wenn Jakab zwischen zwanzig und dreißig war, als er deine Ururgroßmutter kennenlernte, muss er zwischen siebzig und achtzig Jahre alt gewesen sein, als die erwachsene Anna Albert kennenlernte.»

Nicole sah ihn an, studierte seine Augen. «Ja.»

«An diesem Punkt enden die Tagebücher von Hans. Wie ging es weiter?»

«Anna hatte schon seit einer Weile ein eigenartiges Gefühl, bevor sie sich endlich ihrem Großvater anvertraute. Albert Bauer war ein Akademiker, ein hochintelligenter Mann. Sechs Monate, nachdem sie angefangen hatten, sich zu treffen, begann sie Veränderungen zu bemerken. Subtile Veränderungen. Er vergaß gemeinsame Erlebnisse, Dinge, die sie unternommen hatten. Er fragte sie aus, ließ sich von ihr erzählen, wie sie sich kennengelernt hatten. Anna führte ebenfalls Tagebuch. Sie schrieb auf, wie Albert anfing, sie zu ungewöhnlichen Tageszeiten zu besuchen, wenn er eigentlich auf der Arbeit hätte sein müssen. Sie hatten Sex, wilden, leidenschaftlichen Sex. Als Anna mit ihrem Großvater redete, war Hans sofort überzeugt, dass Jakab sie gefunden hatte. Er war nur nicht sicher, ob Jakab sich bereits vollends in die Rolle von Albert gedrängt hatte und die Leiche ihres Verlobten irgendwo in einem Straßengraben lag.

Er wollte Anna zur Flucht überreden, doch er wusste, wie sehr sie Albert liebte, also versprach er ihr, herauszufinden, ob ihr Verlobter noch am Leben war. Sie schmiedeten einen Plan. Als Anna das nächste Mal Besuch von jenem Albert erhielt, von dem sie vermutete, dass er ein Schwindler war, machte sich Hans auf den Weg zum Labor des jungen Chemikers.

Der Plan ging auf. Während Anna den falschen Albert in eine Unterhaltung verwickelte, redete Hans mit dem echten Albert acht Kilometer entfernt im Stadtzentrum.»

Charles runzelte die Stirn, als er dies hörte. Zum ersten Mal fiel ihm nicht sogleich eine offensichtliche Erklärung ein. «Und was haben sie dann gemacht?»

«Noch in derselben Nacht packte Anna eine Tasche, stopfte die Tagebücher hinein, die ihr Großvater ihr gegeben hatte, und verschwand aus der Stadt, genau wie Hans achtundvierzig Jahre zuvor. Albert ging mit ihr. Es geht nicht eindeutig aus den Aufzeichnungen hervor, aber es scheint, als hätte Albert ebenfalls etwas gesehen. Etwas, das ihm genügend Angst gemacht hatte, um nicht zu versuchen, Anna zum Bleiben zu überreden.»

«Kamen sie je zurück?»

Nicole schüttelte den Kopf. «Anna wollte. Sie litt furchtbar unter Heimweh. Dann, einen Monat später, lasen sie in der Zeitung, dass ihr Großvater, ihr Vater und ihre Mutter tot aufgefunden worden waren. Hans, Carl und Helene. Alle drei waren gefoltert worden.»

Charles spürte, wie er allmählich unruhig wurde. Er konnte nicht sagen, ob es an Nicoles Geschichte lag oder dem gehetzten Blick in ihren Augen, während sie erzählte.

Sie trank einen Schluck von ihrem Espresso und verzog das Gesicht. «Jakab hatte sie im Wohnzimmer an Sessel gefesselt. Er verging sich erbarmungslos an ihnen. Wir glauben, er wollte Informationen, wo Anna sich versteckt hielt. Er war beinahe so weit gewesen, Albert endgültig zu ersetzen. Er hatte sich sicher genug gefühlt in seiner Kenntnis der Vergangenheit des Mannes und seiner tagtäglichen Gewohnheiten, um in seine Person zu schlüpfen. Seine Beute war ihm buchstäblich im allerletzten Moment entkommen.»

«Natürlich weißt du auch davon nichts mit Bestimmtheit», sagte Charles und war sogleich erschrocken über seinen Mangel an Feingefühl.

Nicoles Augen blitzten verärgert. «Natürlich nicht. Aber es ist nicht gerade eine wüste Spekulation, oder? Die Familie hatte keine Feinde. Selbst die Art und Weise, wie sie gefoltert wurden, erzählt eine Geschichte. *Nichts Böses sehen, nichts Böses hören, nichts Böses sprechen.* Ich erspare dir die Details.» Sie schüttelte den Kopf. «Jakab erfuhr nicht, wohin Anna gegangen war, weil Hans darauf bestanden hatte, dass sie es ihm nicht verriet. Jakab konnte das natürlich schwer glauben. Er hatte achtundvierzig Jahre benötigt, die Familie aufzuspüren. Als es ihm gelang, fand er eine wunderschöne junge Frau, ein Spiegelbild der Erna, die er vor so langer Zeit verloren hatte. Und dann verlor er sie ebenfalls. Es raubte ihm den Verstand. Und weil er ein kranker Irrer ist, ließ er seine ganze Wut an der Familie aus, die versuchte, Anna zu schützen.»

Charles stieß die Luft aus. «Und dann?»

«Den Rest kennst du. Ich habe ihn dir erzählt, bevor wir England verlassen haben. Anna und Albert gingen nach Deutschland, wo sie heirateten. Kurze Zeit später kam meine Mutter zur Welt. Dann brach der Zweite Weltkrieg aus. Albert wurde eingezogen und kam an die Ostfront. Er starb in Stalingrad durch die Kugel eines Scharfschützen. Nach dem Krieg floh Anna mit meiner Mutter aus Deutschland. Sie ließen sich in Frankreich nieder.»

Charles nickte, während er auszurechnen versuchte, wie alt Jakab zu dem Zeitpunkt gewesen sein musste, als er Eric Dubois fand.

«Ich wurde 1952 geboren», sagte sie. «Dreiundsiebzig Jahre

nach Erna Nováks Tod. Und ich erinnere mich, was mit meinem Vater Eric geschah.» Sie erschauerte. «Komm, Charles, gehen wir. Ich möchte hier raus.»

Er erhob sich und warf eine Handvoll Münzen auf den Tisch. Als sie das Café de Flore verließen, bemerkte er, wie er die Kellner verstohlen beobachtete, ob sich einer von ihnen für ihn interessierte.

Sie spazierten durch die geschäftigen Straßen des nachmittäglichen Paris, überquerten die Pont du Carrousel, wandten sich beim Louvre nach Westen und gelangten schließlich in den Jardin des Tuileries. Als sie die Skulptur von Theseus und dem Minotaurus passierten, hakte sich Nicole bei ihm ein. Charles war so überrascht von der Geste, dass er sie von der Seite ansah, doch sie tat, als bemerkte sie es nicht.

Der Himmel über ihnen war strahlend blau. Herbstliches Sonnenlicht schien schräg auf die vielen Statuen und überzog den milchweißen Stein mit dunklen Schatten. Einheimische und Touristen bevölkerten den Park, Büroangestellte eilten an Scharen von jungen Müttern auf Parkbänken mit vor ihnen aufgereihten Kinderwagen vorbei. Eine kreischende, lachende Schulklasse folgte einem Trio von streng dreinblickenden Lehrerinnen. Ein Landstreicher schlurfte vorbei. Er schob einen Einkaufswagen mit Bergen von blauen Säcken und anderen Habseligkeiten, darüber eine flatternde Trikolore.

Obwohl Charles sich dabei albern vorkam, konnte er nicht anders, als aufmerksam die Fremden zu studieren, die ihnen begegneten, und ihnen länger in die Gesichter zu starren, als es die Höflichkeit erlaubte. Manche lächelten, andere ignorierten ihn oder blickten verärgert drein, als sie vorbeigingen.

«Wie machst du das?», fragte er sie schließlich, als sie die Statue *La Misère* passierten.

«Wie mache ich was, Charles?»

Er atmete tief ein und wieder aus. «Leben, wie du lebst. Ständig nach Gesichtern in der Menge suchen, ständig die Frage, wem du trauen kannst und wem nicht.»

«Welche Wahl habe ich?»

Beispielsweise, diesen Wahnsinn einfach abzustellen, wollte er erwidern. *Dich zu weigern, noch einen Moment länger an diesen Unsinn zu glauben. Die Kontrolle über dein Leben wieder selbst in die Hand zu nehmen und Aberglauben und Tragödie in der Vergangenheit zu lassen, wo sie hingehören.* Doch all das konnte er ihr nicht sagen. Noch nicht. Jede Unterhaltung mit ihr war ein Drahtseilakt zwischen ihren temperamentvoll vorgebrachten Überzeugungen und seiner Skepsis. «Ich weiß es nicht», räumte er ein.

«Vergiss nicht», fügte sie hinzu. «Nicht ich bin es, die in Gefahr schwebt, sondern diejenigen, die mir am nächsten stehen. Und momentan bist das du.»

Er sah sie von der Seite an, in der Hoffnung, wenigstens die Andeutung eines Lächelns zu entdecken, und stellte deprimiert fest, dass ihre Miene ernst und abwesend war. «Hat es andere gegeben?», fragte er.

«Ich bin keine Jungfrau mehr, Charles, falls es das ist, was dich interessiert.»

«Nein, das meinte ich nicht. Ich habe mich nur gefragt, ob du dich auch schon früher jemand anderem anvertraut hast.»

«Einmal, ja.» Sie lachte spröde. «Ich dachte, ich würde diesen Fehler nicht noch einmal begehen.»

«Hat nicht funktioniert.»

«Um es gelinde auszudrücken, ja.»

«Aber es gab keinen Zwischenfall. Was ich meine: Du bist diesem Jakab nicht begegnet, oder?»

«Nein. Ich glaube nicht.»

«Dann ist er also, soweit du weißt, das letzte Mal aufgetaucht, als du ein kleines Mädchen warst und in Carcassonne gelebt hast?»

«Ja.»

«Vor zwanzig Jahren oder mehr.»

Sie nickte. «Und was will er deiner Meinung nach von dir?», fragte Charles.

«Er will Erna.»

«Aber Erna ist tot.»

«Er will das Leben zurück, das er zusammen mit ihr hatte. Und es ist ihm egal, ob er jemanden umbringen muss, um sein Ziel zu erreichen. Anna Bauer war ein Ebenbild ihrer Großmutter. Meine Mutter sagt, ich sehe genauso aus. Jakab wusste, dass Anna sich ihm niemals freiwillig hingeben würde. Er beabsichtigte, ihren Mann zu ermorden, in seine Rolle zu schlüpfen und sich in ihr Leben zu schmuggeln, ohne dass sie etwas davon erfuhr. Jahre später, nachdem dieser Versuch fehlgeschlagen war, versuchte er es erneut, diesmal bei meiner Mutter. Auch das ging schief, aber ich denke, er lernt, und er wird jedes Mal besser.»

Sie ließ die Hand an seinem Arm nach unten gleiten und ergriff seine Hand. Charles hätte vor Freude geseufzt, hätte sie nicht so unglaublich elend dreingeblickt.

«Was machen wir jetzt?», fragte sie.

Er wusste, dass sie mehr mit sich selbst sprach, doch er beschloss, trotzdem zu antworten. «Wir sehen zu, dass wir irgendwo etwas zu essen kriegen», sagte er. «Und danach betrinken wir uns bis zum Umfallen.»

Nicole lachte auf, und zum ersten Mal an diesem späten Nachmittag klang es aufrichtig. Sie drückte seine Hand. «Der große Charles Meredith. Hat immer nur seinen Magen im Sinn.»

«Ich hatte nur einen Crêpe, seit ich von Bord der Fähre gegangen bin.»

«Dann hast du tatsächlich eine anständige Mahlzeit nötig», sagte sie und zupfte an seiner Hand. «Komm mit. Ich kenne ein Lokal.»

Sie aßen in einem vollen und lauten Bistro in einer Seitenstraße der Champs-Élysées. Charles bestellte sich eine geräucherte Makrelenmousse, gefolgt von Kalbsleber mit Schinken und Röstkartoffeln. Das Essen, als es schließlich eintraf, war exzellent. Während er mit gesenktem Kopf über seinem Teller saß und seinen Hunger stillte, stocherte Nicole in ihrem Kabeljaufilet herum und schob Charles schließlich ihren Teller hin, als sie nicht mehr weiteressen konnte.

«Irgendetwas geht dir durch den Kopf», sagte er und bemerkte erneut, dass sie die anderen Gäste musterte.

«Es ... es tut mir leid. Es war ein merkwürdiger Tag. Dich wiederzusehen, hier in Paris, nach unserer gemeinsamen Zeit in England.»

Er studierte ihr Gesicht. «Du sagst es so, als wäre es keine besonders erfreuliche Erfahrung gewesen.»

Sie lächelte, und als er die unendliche Müdigkeit in ihrem Blick bemerkte, hätte er sie am liebsten in den Arm genommen und gehalten, bis er diesen hirnlosen Aberglauben aus ihrem Kopf vertrieben hätte, sodass sie aufhören konnte, ihr Leben zu ruinieren. «Ich habe mich sehr gefreut, dich wiederzusehen. Ich konnte mir doch das Vergnügen deiner feinen englischen Ausdrucksweise nicht entgehen lassen.»

«Und was ist es dann?»

«Ich kann nicht die Verantwortung für dich tragen. Ich weiß nicht, wie es so weit mit uns kommen konnte. Es sieht fast aus wie Schicksal, und das beunruhigt mich. Du bist ein wunderbarer Mann, und ich fühle mich zu dir hingezogen, aber wenn du kein Wort von dem glaubst, was ich dir erzähle, bringst du mir nicht nur keinen Respekt entgegen, sondern bist darüber hinaus nicht imstande, dich oder mich zu beschützen. Wenn du ihn in Versuchung führst, Charles, tötet er dich. Es ist ganz einfach, wirklich.»

«Nicole, selbstverständlich hast du meinen Respekt.»

«Aber du glaubst kein Wort von dem, was ich dir über die *hosszú életek* erzählt habe.»

«Ich bin bereit zu akzeptieren, dass Erna Novák und Eric Dubois höchst eigenartige Dinge zugestoßen sind. Und ich bin auch bereit, den Rest der Tagebücher unvoreingenommen zu lesen.» Seine Worte widerstrebten ihm, doch er wusste, dass diese Lüge der einzige Weg war, sie zu halten.

Nicole blinzelte, und in ihren Augenwinkeln glitzerten Tränen. «Ehrlich?»

«Großes Pfadfinderehrenwort. Ich möchte die restlichen von dir übersetzten Passagen gerne lesen.»

«Natürlich.»

«Und ich würde gerne meine eigenen Nachforschungen vorantreiben.»

«Wirst du diskret sein?»

«Selbstverständlich. Und wenn wir etwas finden, das diese Ereignisse erklärt, möchte ich, dass du dafür offen bist und es zumindest in Erwägung ziehst.»

«Charles, mir wäre nichts auf der Welt lieber als eine einfache Erklärung für all die Ereignisse, glaube mir. Allerdings bezweifle ich, dass du eine findest.»

Er zuckte die Schultern. «Dann sind wir uns also einig?»

«Inwiefern?»

«Ich bleibe offen und unvoreingenommen. Das Gleiche gilt für dich. Wir stellen beide unsere eigenen Nachforschungen an, und wir werden vorsichtig sein mit dem, was wir ans Licht bringen. In der Zwischenzeit – angesichts der Tatsache, dass ich allem Anschein nach meine Existenz riskiere in meinen fortgesetzten Bemühungen, dir zu helfen – sehen wir zu, dass wir uns vergnügen, wann und wo auch immer sich die Gelegenheit bietet.»

Er hielt inne, erschrocken über seine eigenen Worte. Nicole errötete.

«Ist es weit bis zu deinem Hotel?», fragte sie und sah ihn mit erhobener Augenbraue an.

«Zu weit zum Laufen, denke ich.»

Sie legte ihre Hand auf seine. «Dann lass uns ein Taxi rufen.»

Nachdem sie sich zum allerersten Mal geliebt hatten in jener Nacht, lagen sie nebeneinander auf dem großen Bett und lauschten dem beständigen Geräusch des Pariser Verkehrs auf den Straßen weit unten. Der Mond warf sein kaltes silbernes Licht auf das Glas der Scheibe und malte schwarze Schatten an die Wand.

Sie verbrachten den nächsten Tag völlig ineinander versunken und verließen kaum das Hotelzimmer, außer für einen Spaziergang entlang der Seine, als die Sonne bereits wieder rote Streifen über den Himmel zeichnete.

Charles blieb noch vier Tage in Paris, bevor er nach England zurückkehrte. Kurze Zeit später gelang es ihm, auch für Nicole eine Passage zu arrangieren. Diesmal blieb sie einen Monat.

Im Frühling 1980 machte er ihr seinen Antrag. Nicole weinte heiße Tränen und lehnte ab mit der Begründung, dass sie keine Verantwortung für ihn übernehmen könne. Sie sagte, dass sie ihn liebe und dass sie sich aus diesem Grund nicht länger treffen dürften.

Charles reagierte wütend. Sein Ärger war nur eine Maske für seinen Schmerz. Mehr als zwanzig Jahre waren vergangen, argumentierte er, dass Eric Dubois etwas zugestoßen war. Etwas, das Jakab Balázs zugeschrieben werden konnte oder auch nicht. Die Tatsache, dass sie mit Charles verheiratet wäre und einen neuen Familiennamen tragen würde, würde die Wahrscheinlichkeit doch eher noch verringern, dass Jakab sie jemals fand. Nicole war nicht zu überzeugen, und er kehrte tieftraurig nach England zurück.

Drei Monate später kam sie ihm nach. Im Frühjahr 1981, als er sie ein zweites Mal fragte, ob sie ihn heiraten wolle, nahm sie an. Doch sie stellte Bedingungen. Die Zeremonie sollte diskret sein, ohne offizielle Ankündigung. Charles würde weiter am Balliol College unterrichten und seine Nachforschungen fortführen, doch er würde kein öffentliches Aufgebot bestellen und weder in der Öffentlichkeit noch sonst wo über seine Frau sprechen, außer gegenüber seinen engsten Freunden.

Nicole zog in sein Cottage und brachte eine nie gekannte Wärme und Vitalität in Charles' Heim. Sie verwandelte das kleine Esszimmer in ein Studio und brachte sich selbst das Malen bei. Sie suchte neue Möbel aus oder arbeitete die alten auf. Kurz vor Weihnachten 1982 gebar sie eine Tochter, die sie Hannah tauften. Charles nahm um die Hüften herum zu, glücklich mit seiner Arbeit und seiner Familie. Er verkaufte ein weiteres Stück Land an einen Bauunternehmer und kassierte ein Vermögen, das er geschickt investierte. Am Ende des Jahrzehnts wurde ihnen beiden klar, dass sie nicht mit weiteren Kindern gesegnet sein würden, doch die Freude, die Hannah ihnen brachte, glich diesen Umstand aus. Die Beharrlichkeit und das Feuer des Mädchens, beides eindeutig ein Erbe der Eltern, wurden gemildert von einer selbstlosen Art, die Charles und Nicole von sich selbst nicht kannten.

Im Jahr 1997 feierte Hannah ihren fünfzehnten Geburtstag. Es war der fünfunddreißigste Jahrestag des Feuers, das Nicoles

Mutter gelegt hatte, nachdem ein *hosszú élet* sich ins Haus der Familie eingeschlichen hatte. Charles feierte zwei Veröffentlichungen, die er für den Rest seines Lebens bedauern sollte.

Sein erstes Buch, *Legacy of the Germanic Peoples,* wurde von mehreren nationalen Zeitungen positiv rezensiert, was höhere Verkaufszahlen zur Folge hatte, als er normalerweise gehofft hätte. Sein wachsender Bekanntheitsgrad im Radio half ebenfalls.

Als Nicole das Buch aufschlug, stellte sie bestürzt fest, dass die Innenseite des Einbands ein Schwarzweißfoto von ihr und Charles in seinem Arbeitszimmer zeigte. Das Foto hatte Hannah ein Jahr zuvor aufgenommen. Die Bildunterschrift lautete: *Professor Charles Meredith entspannt sich zusammen mit seiner Frau in ihrem Heim in Oxfordshire.*

Charles hatte nicht mit dem Ausmaß ihrer Wut gerechnet. Er hatte geglaubt, die Jahre der Paranoia wegen der *hosszú életek* wären vorbei. Ihre Reaktion brachte ihn so aus der Fassung, dass er ihr erst gar nichts von seiner zweiten Veröffentlichung sagte, einem Artikel in der wenig bekannten Dreimonatsschrift *Mottram-Gardner Journal of European Folklore and Mythology.*

Der Artikel, gerade mal fünftausend Worte, stand relativ weit hinten. Sein Titel: *Hosszú életek: Geburt und Tod einer ungarischen Legende.*

Charles wurde als Autor genannt.

KAPITEL 14

Snowdonia
Heute

Das schwere Gewitter, das seit drei Tagen bedrohlich über dem Tal gehangen hatte, war wieder abgezogen. Für den Augenblick herrschte am Himmel eine trügerische Ruhe. Wolken zogen über das Firmament und zeigten dem Tal ihre roten Bäuche. Die ausgefransten Ränder wurden von Sonnenstrahlen durchbohrt, die Teile der Landschaft für einen flüchtigen Moment in leuchtendes Grün und Violett tauchten, bevor sich neue Wolken heranschoben und die Farben wieder verblassten.

Im Farmhaus machte Hannah in jedem Raum ein starkes Feuer, um die Feuchtigkeit zu vertreiben, bevor der nächste Sturm losbrach. Während das Haus allmählich warm wurde, zog sie Gummihandschuhe über und schrubbte das winzige Badezimmer, bis das Porzellan glänzte und auf dem Chrom kein Fleck mehr zu sehen war. Sie wischte den Küchenboden und bleichte das Spülbecken, putzte den Herd und stapelte das restliche Holz, das Sebastien gebracht hatte, neben den Kaminen. In einem der Nebengebäude fand sie Bretter, Nägel und einen Hammer und benutzte sie, um das zertrümmerte Fenster im Wohnzimmer zu vernageln. Sie verbrannte Nates blutverkrustete Kleidung, nachdem sie in einem der Schränke passende Ersatzgarderobe gefunden und gelüftet hatte. Sie ließ ein Bad für Leah ein und wusch ihrer Tochter die Haare, dann setzte sie das kleine Mädchen mit einem Enid-Blyton-Roman ins Esszimmer von Llyn Gwyr.

Nachdem ihre Tochter beschäftigt war, kontrollierte Hannah zweimal den Inhalt der Patronenschachteln. Sie fand drei neue Verstecke für die Munition und fürchtete jedes Mal, dass die Patronen entweder nicht direkt griffbereit sein könnten oder zu einfach zu finden waren für Leahs neugierige Finger. Sie lud und entlud die Schrotflinte und reinigte die Waffe mit einer Kanne Öl, die sie unter der Treppe gefunden hatte. Als sie fertig war, legte sie das geladene Gewehr zurück in die Speisekammer. Die ganze Zeit über bemühte sie sich, jeden Gedanken an ihren Vater zu verdrängen.

Nate beobachtete sie mit undurchdringlicher Miene. Drei Tage waren vergangen seit ihrem Eintreffen in Llyn Gwyr. Es fiel ihr immer noch schwer zu glauben, dass jemand so viel Blut verlieren und trotzdem überleben konnte.

Doch er hatte überlebt. Das Küchensofa beim Feuer war zu seinem Genesungsbett geworden, von wo aus er immer häufiger Wünsche äußerte nach Essen, Trinken und leeren Flaschen, in die er sich erleichtern konnte. An diesem Morgen hatte er sie sogar gebeten, ihm auf die Toilette zu helfen. Trotz ihrer Befürchtungen, eine der Wunden könnte wieder aufreißen, hatte er es geschafft. Weil er ein gewohnheitsmäßiger Optimist war, spornte ihn dieser kleine Fortschritt an, und nachdem er ihr dreimal im Verlauf einer Stunde auf den Hintern geschlagen hatte, wenn sie an der Couch vorbeigekommen war, wusste sie, dass er sich erholte.

Zweimal ertappte sie sich dabei, wie sie darüber brütete, was passiert wäre, wie das Leben gewesen wäre, hätte Nate es nicht geschafft. Beide Male verschwamm ihr Blick, und ihre Hände fingen an zu zittern, als ihr bewusst wurde, wie einsam und verloren sie gewesen wäre. Die Aussicht, um Leahs willen ein neues Leben ohne Nate beginnen zu müssen, war so unfassbar niederschmetternd, dass es ihr unmöglich war, diesen Gedanken an sich heranzulassen. Wie sollte sie Leah vor dem schützen, was sie erwartete? Ein Sturm, weit schlimmer als alles, was sich in den letzten Tagen am Himmel zusammengebraut hatte.

Sie wusste, dass Jakab sie aufspüren würde. Sie wusste es in ihrem tiefsten Innern. Und obwohl sie überzeugt war, dass sie diese Konfrontation allein nicht bestehen konnte, nachdem ihr Vater mit an Sicherheit grenzender Wahrscheinlichkeit tot war und Nate schwer verletzt und außer Gefecht, fiel ihr die Bürde zu, alle drei zu beschützen.

Ich bitte dich um ein Treffen. Nur du und ich, niemand sonst. Wo immer du willst. Draußen im Freien.

Die Erinnerung an Jakabs Stimme erfüllte sie mit Abscheu. Sie hütete sich davor, ihm auch nur ein einziges Wort zu glauben. Obwohl sie wusste, dass er ein Monster war, ein geisteskranker Besessener, hatte sie sich von seiner Stimme unerklärlicherweise angezogen gefühlt.

Du bestimmst den Ort. Aber ich möchte dich sehen, nur einmal sehen. Reden. Erklären. Es gab so viele Unwahrheiten. Ich mache dir keinen Vorwurf, dass du verwirrt bist.

Es war verstörend, es zuzugeben, doch vielleicht war ein kleiner Teil von ihr nach all den Jahren bereit, die Kontrolle aufzugeben und sich dem Schicksal zu überlassen. Sie hatte Raubtiere in der Wildnis jagen sehen, war fasziniert von der Art und Weise, wie sie ihre Beute weiter und weiter hetzten, bis sie ihr letztes Quäntchen Energie verbraucht hatten und nicht mehr konnten. Und wenn der Jäger am Ende seine Beute stellte, schien sie sich häufig zu entspannen und ihren Tod sogar zu akzeptieren. Jene letzten Momente, so grausig sie in einer Hinsicht sein mochten, so intim waren sie auch auf eine Weise.

Vielleicht löste die Erkenntnis, dass man geschlagen war, dass es wirklich keine Hoffnung mehr gab, etwas im Gehirn aus, etwas, das einem ermöglichte, sein Schicksal anzunehmen.

In der Küche öffnete Hannah die Schränke und ging die Vorräte durch. Es war Vormittag, doch sie musste schon bald das Essen für alle zubereiten. Als sie an Nates Sofa vorbeikam, streckte er die Hand aus und ergriff ihren Arm.

«Wenn du die Schrotpatronen jetzt zum vierten Mal zählen gehst, dann muss ich mir ein neues Bett suchen. Fünfundzwanzig Patronen in einer Schachtel. Zwei volle Schachteln und eine dritte mit sechs Patronen. Das sind insgesamt sechsundfünfzig Schuss sowie zwei in der Flinte. Macht achtundfünfzig. Genauso viel wie beim letzten Mal, als du gezählt hast. Und beim vorletzten Mal. Und davor.»

Sie sah hinunter in seine glitzernden Augen. «Ich werde verrückt, wie?»

«Total. Zieh dir einen Stuhl heran und setz dich für einen Moment», sagte er und deutete auf den Lehnstuhl, der auf der anderen Seite des Kamins stand. Sie holte den Stuhl und setzte sich.

«Gib mir deinen Fuß.»

Hannah hob einen Fuß und legte ihn auf die Sofakante. Nate löste die Schnüre, nahm den Stiefel ab und zog ihre Socke herunter. Dann massierte er mit den Fingern ihre Zehen.

Sie stöhnte und schloss die Augen. «Du hast keine Ahnung, wie gut das tut.»

«Deswegen hast du mich geheiratet.»

«Mir fallen spontan noch ein paar Gründe mehr ein.»

«Mir auch. Aber ich glaube nicht, dass die Nähte das jetzt schon aushalten.»

Hannah öffnete die Augen, und als sie sah, wie er sie angrinste, überkam sie wildes Verlangen nach ihm. Sie hatten immer eine sehr enge körperliche Beziehung gehabt, viel enger, vermutete sie, als andere Paare, deren Leben frei war von ständigen Verlustängsten. Ihr Verlangen war aber mehr als bloße körperliche Anziehung. Sie vertraute ihm bedingungslos, und sie verstanden sich blind. Hannah war ein Produkt ihrer Umwelt. Aufrichtigkeit, Vertrauen, Sicherheit waren die Grundfesten ihrer Welt. Das Fundament ihrer Beziehung zu Nate war wie ein Fels. Was der Grund dafür war, dass die Aussicht, ihn zu verlieren, so ganz und gar unvorstellbar schien. «Du hast mir immer noch keine Einzelheiten erzählt», sagte sie leise und studierte sein Gesicht. Mit Genugtuung sah sie, wie die Farbe allmählich zurückzukehren schien.

«Dazu war bis jetzt wohl kaum Gelegenheit.»

«Als Dad uns in sein Arbeitszimmer holte, sagte er, dass er befürchtete, unsere Deckung wäre aufgeflogen. Irgendjemand im Büro seiner Anwaltskanzlei, der keine Ahnung vom Protokoll hatte, scheint am Telefon Informationen herausgegeben zu haben. Das war alles, was ich mitbekommen habe, bevor ich rausgegangen bin, um Leah zu holen.»

Nates Hände glitten über das Fußgewölbe und vertrieben die Anspannung. «Charles meinte, die Sache mit den Anwälten hätte sich schon vor Wochen ereignet, was bedeuten würde, dass Jakab sich wahrscheinlich bereits eingeschlichen hatte.»

Ihr Vater hatte vier Mitarbeiter, die ihm halfen, das Anwesen am Rand von Chipping Ditton zu bewirtschaften. Nora Trencher, Ende sechzig, arbeitete stundenweise als Haushälterin. Noras Ehemann Bill war ebenfalls ein regelmäßiger Besucher, auch wenn er längst zu alt war, um sinnvolle Arbeit zu leisten. Charles hatte sie gerne bei sich, und Leah war in ihrer Gegenwart aufgewachsen. Außerdem gab es noch zwei Arbeiter aus der Gegend, Brüder: Tom und Alex Tavistock.

Nates Blick wanderte von ihrem Gesicht zu den Flammen

im Kamin. «Wir überlegten, wer es sein könnte. Wer sich merkwürdig verhalten hatte. Ich ging in den Feuchtraum, um unsere Panik-Ausrüstung zu holen. Ich hatte bereits den Waffenschrank geöffnet und Charles' alte Luger hervorgeholt. Sie steckte geladen in meiner Jackentasche.

Dann kam Nora ins Zimmer und fragte, ob ich Hilfe brauche. Als sie unsere Taschen sah und den offenen Waffenschrank, da ...» Nate blies die Wangen auf, und als er Hannah wieder ansah, wirkte sein Gesicht eingefallen. «Sie lächelte mich an, und ich wusste, dass es jemand anderes war. Die Augen, verstehst du? Ich habe noch nie solche Augen gesehen. Niemals. Es war die alte Nora, sogar das Muttermal war auf der Wange – bis auf den Blick in ihren Augen.»

Hannah ließ den Kopf hängen.

Nora Trencher. Die Frau war sechs Jahre lang Teil ihres Lebens gewesen. Sie war wie eine Großmutter für Leah. Die Wahrscheinlichkeit, dass sie noch am Leben war, ging gegen null. Ihr Ehemann Bill, der Leah vor zwei Sommern ein wunderschönes Puppenhaus gebaut hatte, hatte im Verlauf der letzten sechs Monate immer schlechter gesehen und war in der Folge immer abhängiger geworden von seiner Frau. Hannah fragte sich, was nun aus ihm werden sollte. Der Gedanke machte sie ganz krank, dass der alte Mann in seinem einfachen Cottage festsaß, blind und allein.

«Ich dachte, ich wäre auf diesen Moment vorbereitet», fuhr Nate fort. «Ich hätte niemals für möglich gehalten, dass es mich dermaßen schockieren könnte. Nora vor mir zu sehen und zu wissen, dass sie nicht Nora war ... es lähmte mich nur für eine Sekunde, aber mehr war nicht nötig. Sie war unglaublich *schnell*, Han. Ich habe das Messer gar nicht gesehen, bevor sie mich damit niederstach.» Er deutete auf die obere der beiden Wunden. «Zuerst hier. Dann hier. Und weißt du, was das

Schlimmste daran ist? Als sie erkannte, dass ich nicht imstande war zu schreien, trat sie einen Schritt zurück und sah mich an. Sie sah mich einfach an, den Kopf zur Seite geneigt, als versuchte sie, sich mein Gesicht einzuprägen, meine Mimik. Alles im Gedächtnis zu speichern.» Nate schüttelte den Kopf. «Ich sage immer *sie*. Ich sollte *er* sagen. Oder *es*.»

Er nahm die andere Hand von ihrem Fuß und strich sich durch die Haare. Auf seiner Stirn hatten sich Schweißperlen gebildet, und er wischte sie weg. «Ich konnte die Luger ziehen. Und ich schoss. Ich traf sie mitten in der Brust. Es hätte sie töten müssen, auf der Stelle. Der Einschlag warf sie zurück in den Flur. Ich feuerte ein zweites Mal, aber der Schuss ging vorbei. Bis ich mich in den Flur geschleppt hatte, war sie verschwunden.»

Hannah sah ihn schweigend an.

Es gab so viele Unwahrheiten. Ich mache dir keinen Vorwurf, wenn du verwirrt bist.

Das war die Realität, das, womit sie es zu tun hatten. Jakab hatte Nora Trencher ermordet. Sie konnte es nicht mit Sicherheit sagen, doch es war offensichtlich, dass er in Noras Gestalt geschlüpft war und versucht hatte, Nate zu töten. «Er hat gesagt, du hättest zuerst geschossen», sagte sie.

«Natürlich sagt er das.»

«Er sagt, er hätte sich nur selbst geschützt.»

Nate grummelte. Seine Verachtung war nicht zu übersehen.

Hannah glitt vom Lehnstuhl und kniete sich vor die Couch. Sie beugte sich vor, küsste ihn und schloss die Augen, als er einen Arm hob und sie hielt.

Sie legte die Stirn an Nates Schulter. «Hat er etwas gesagt?», wollte sie wissen.

«Nichts. Kein Wort, während der gesamten Begegnung nicht. Weißt du, ich habe ununterbrochen darüber nachgedacht. Jakab hätte mich an Ort und Stelle töten können. Er hätte jede Möglichkeit dazu gehabt. Ich glaube, als er sah, dass er enttarnt war und wir im Begriff waren zu fliehen, verlor er die Kontrolle und schlug blind um sich. Ich müsste eigentlich tot sein.»

«Sag das nicht.»

«Ich bin nicht morbide. Ich denke nur, ich hatte verdammtes Glück.»

«Ich bin diejenige, die Glück hatte.»

«Charles hat mich eingestellt, um dich zu beschützen.»

«Du hast mich geheiratet, oder?»

Nate lachte auf. «Nicht gerade das, was er geplant hatte.»

«Das sind keine normalen Umstände.»

«Ich wurde dazu ausgebildet, ungewöhnliche Situationen zu meistern.»

«Nicht Situationen wie diese.»

«Nein, nicht Situationen wie diese.» Nate rieb ihr über den Rücken, und dann hob er ihr Kinn, sodass er sie ansehen konnte. «Hannah, wir müssen diese elende Geschichte beenden.»

«Ich weiß», flüsterte sie.

«Er ist wie ein verwundetes Tier, wahnsinnig vor Schmerz, und er beißt nach jedem, der ihm zu nahe kommt.»

«Schlimmer als das, Nate. Kein Tier ist so verschlagen und heimtückisch wie er. Seine Motive sind viel abgründiger.»

«Wir dürfen nicht zulassen, dass Leah auch noch unter ihm leidet. Es muss mit uns enden. Wir müssen tun, was immer dazu nötig ist.» Er zögerte. «Ich liebe dich. Ich liebe euch beide. Ich hoffe, du weißt, wie sehr. Und wenn es mein Leben kostet, diese Geschichte zu beenden, dann werde ich den Preis bezahlen.»

Sie nickte, und ihre Kehle zog sich zusammen. «Ich habe das Gleiche gedacht.»

Es war zu schmerzhaft, ihm in die Augen zu blicken und seine Hingabe zu sehen. Sie wandte den Kopf zur Seite und erhob sich, den Tränen nah. Sie wollte nicht, dass er sah, wie nah ihr seine Worte gingen.

Im Esszimmer schrie Leah plötzlich auf.

Hannah wirbelte herum. Ihr erster Gedanke galt der Schrotflinte. In der Vorratskammer, oben auf dem Regal.

Geladen.

Vier Patronen steckten in den Taschen ihrer Jeans.

Bevor sie sich von Nates Couch entfernen konnte, schrie Leah erneut und kam in die Küche gerannt. Erst jetzt dämmerte Hannah, dass ihre Tochter vor Entzücken kreischte.

«Pferde, Mami! Pferde!»

Hannah ging zu ihrer Tochter und kniete vor ihr hin. «Leah, beruhige dich, okay? Pferde? Was hast du gesehen?»

«Draußen vor dem Fenster! Drei Pferde!»

«Okay, Frechdachs. Beruhige dich für einen Moment, ja?»

Das Knistern und Knacken der Scheite im Kamin war das einzige Geräusch. Dann wurde es von etwas anderem übertönt, lauter und lauter: dem Klappern von Hufen auf Kies. Ein gewaltiger Fuchs passierte die Küchenfenster. Auf ihm saß in Jeans, Stiefeln und einer schmuddeligen Jacke – Gabriel. Er hatte einen zerbeulten Stetson auf dem Kopf.

«Es ist der Angler!», rief Leah aufgeregt.

Gabriels Gesichtsausdruck war gelassen und entspannt. Er hatte den Mund zu einem leichten Grinsen verzogen, als amüsierte er sich insgeheim über einen Witz. Hinter dem Fuchs trottete eine ehrwürdige braune Stute mit rötlicher Mähne, geführt an einer Leine. Die Stute wiederum führte ihrerseits einen kleineren grauen Hengst, einen einjährigen Rüpel, der sich mit hocherhobenem Kopf gegen seine Leine stemmte.

«Rühr dich nicht von der Stelle!», zischte Hannah mit einem

wütenden Blick zu ihrer Tochter. Sie riss die Tür zur Speisekammer auf und nahm die geladene Flinte vom Regal.

Sie streckte den Kopf um die Tür und überzeugte sich, dass Gabriel nicht in die Küche sehen konnte, dann huschte sie zu Nates Couch und legte die Waffe neben ihn. Sie schob eine Hand in die Tasche und berührte die kalten Messingverschlüsse von zwei weiteren Patronen.

Was hatte Gabriel hier zu suchen? Warum die Pferde? Ihr Kopf brummte, als sie versuchte, die potenzielle Bedrohung abzuschätzen und sich zu überlegen, wie sie mit der Situation umgehen sollte. Sie sah zu Nate. Die Rückenlehne des Sofas schirmte ihn vom Fenster ab. «Was denkst du?»

«Ich dachte, du hättest ihn gewarnt, nicht mehr herzukommen?»

«Scheint nichts genutzt zu haben, oder? Ich finde heraus, was er will. Und dann schicke ich ihn zum Teufel.»

«Han, warte! Sei nicht zu grob mit ihm. Wir wollen nicht, dass er Verdacht schöpft, okay? Er ist ein hartnäckiger Kerl.»

«Zu hartnäckig für meinen Geschmack.»

«Zugegeben. Aber machen wir trotzdem langsam, ja? Wäre es möglich, dass Jakab uns schon gefunden hat?»

Sie wusste nicht, wie. Außerdem, falls er es bereits wusste, wäre er bestimmt nicht mit ihr in Kontakt getreten und hätte versucht, sie zur Preisgabe ihres Verstecks zu bewegen. Trotzdem. Etwas an der Ausstrahlung des Iren machte ihr Angst. «Die Sache gefällt mir nicht.»

«Mir genauso wenig. Aber wir sind in einem Krieg, Hannah. Wir müssen strategisch denken. Falls Jakab es hierherschafft, wird er mit großer Wahrscheinlichkeit versuchen, diesen Gabriel gegen uns zu benutzen. Es könnte also nützlich sein, etwas über den Mann in Erfahrung zu bringen. Etwas, womit wir ihn validieren können.»

Die nüchterne Art und Weise, wie Nate über die Möglichkeit redete, dass Jakab in die Rolle von Gabriel schlüpfen könnte und welche Vorkehrungen sie treffen mussten, ließ sie frösteln – obwohl er nur ihren eigenen Gedanken laut ausgesprochen hatte.

Waren sie dabei, einen wichtigen Teil ihres Menschseins zu verlieren? Sie wollte nicht, dass noch jemand in diesen Albtraum hineingezogen wurde. Schon jetzt waren viel zu viele Menschen gestorben. Auf der anderen Seite hatte sie nur noch Nate und Leah. Richtig oder falsch, sie würde das Leben von beliebig vielen Fremden opfern, wenn sie damit das Leben der beiden retten konnte. Falls Gabriel sich unbedingt einmischen musste, war er selbst für seine Sicherheit verantwortlich. Wie Nate ganz richtig gesagt hatte: Die Kenntnis des einen oder anderen persönlichen Details könnte sich als unverzichtbar erweisen.

Draußen zog der Ire einen Lederhandschuh aus und beugte und streckte die befreiten Finger. Dann schwang er sich aus dem Sattel und stapfte zur Hintertür.

«Leah, vergiss nicht, was wir besprochen haben», warnte Hannah ihre Tochter.

Als Gabriel sie durch die Scheibe in der Tür erblickte, grinste er, und sie war ein weiteres Mal überrascht vom Kontrast zwischen seinen leuchtend kobaltblauen Augen und den perlweißen Zähnen.

Mit wild pochendem Herzen ging Hannah zur Tür. Rief sich ins Gedächtnis, was Sebastien ihr über Gabriel erzählt hatte.

Ein umgänglicher Bursche, ständig einen Witz auf den Lippen. Lästig wie sonst was. Gabriel ist harmlos, aber wenn er eine Chance wittert, kommt er her und steckt seine Nase in Dinge, die ihn nichts angehen.

Der alte Mann hatte recht gehabt mit der letzten Feststellung, daran bestand kein Zweifel. Hannah legte die Hand auf die Türklinke und öffnete.

«Na, das nenne ich einen Anblick!», begrüßte Gabriel sie und stemmte die Hände in die Hüften. «Die Vision von Llyn Gwyr steht vor mir. Herrin des Sees, Mahnerin der Wilderer, Schutzpatronin der Fische!»

«Was machen Sie hier, Gabriel?»

Er füllte die Lungen mit walisischer Bergluft und atmete aus. Dann hob er die Arme und vollführte eine langsame Pirouette. «Leben! Atmen! Frohlocken unter Gottes Himmel! Haben Sie je einen so verheißungsvollen Tag gesehen wie diesen?», rief er.

«Ein Sturm ist im Anzug.»

«Nein, nein. Nicht heute. Der Sturm kommt, sicher, und wir sollten uns vorbereiten, weil er zweifellos heftig wird, aber nicht heute. Heute ist ein Tag, um das Leben zu feiern, seiner Vergänglichkeit zu gedenken und dem Schwanengesang der Natur zu lauschen. Der Herbst in all seiner Pracht.» Er hob eine Augenbraue. «Ihre Tochter sagte, Sie reiten?»

«Das tue ich.» Hannah merkte, wie die Worte des Mannes ihre Wirkung auf sie entfalteten, genau wie bei ihrer ersten Begegnung. Je länger er redete, desto ruhiger wurde sie und desto gefährlicher schien die Situation zu werden.

Sei auf der Hut. Irgendetwas stimmt hier nicht. Ich weiß nicht, was, aber irgendetwas stimmt nicht.

«Haben Sie Lust, mich auf einen Ausritt zu begleiten?», fragte Gabriel. «Ich würde Sie ja gerne mit Namen ansprechen, aber Sie haben mir diese Ehre noch nicht erwiesen.»

«Ich kann meine Tochter nicht allein lassen.»

Er drehte sich um und deutete mit überschwänglicher Geste zu den Tieren. «Sehen Sie, drei Reitpferde. Eins für den nichtsnutzigen Gabe, eins für die kleine Lady und eins für die Herrin von Llyn Gwyr.»

Leah sprang in den freien Raum zwischen Hannah und der Tür, spähte zu den Pferden und kreischte vor Begeisterung. «Mami, können wir reiten? Bitte! Nur ein bisschen! Es wird dir sicher gefallen, ich weiß, dass es so ist! *Bitte,* Mami!»

Gabriel lachte auf. «Das klingt in meinen Ohren, als würde sie es befürworten.»

Hannah verschränkte die Arme vor der Brust. «Wir haben keine Reithelme.»

«Ich habe extra welche mitgebracht.»

«Es ist bald Mittag. Leah muss essen.» Sie zuckte zusammen, erschrocken darüber, wie leichtfertig sie den Namen ihrer Tochter preisgegeben hatte.

Gabriels Augen glitzerten. War das Triumph, der sich in ihnen spiegelte? Er deutete auf das Paket, das an seinem Sattel befestigt war. «Ich habe Brot, kaltes Fleisch und Käse dabei. Außerdem Suppe und Schokoladenkekse. Ambrosia. Nahrung der Götter, nicht mehr und nicht weniger.»

Sein Verhalten war so absurd, so exzessiv theatralisch, dass sie Mühe hatte, ihr Misstrauen ihm gegenüber aufrechtzuerhalten.

Idiotin! Das ist genau der Grund, warum du so vorsichtig sein musst!

«Kommen Sie, geben Sie sich einen Ruck», sagte er. «Erweisen Sie mir für zwei Stunden das Vergnügen Ihrer Gesellschaft, und ich zeige Ihnen und der kleinen Lady ein paar der Geheimnisse, die diese majestätischen alten Berge gerne für sich behalten würden.» Gabriel neigte den Kopf zur Seite. «Ich frage Sie: Was könnten Sie heute Besseres vorhaben?»

Sie nahmen den Weg am See entlang, bevor sie nach Norden in Richtung der ersten Ausläufer des Cadair Idris abbogen. Gabriel führte sie, gefolgt von Leah auf dem Junghengst. Hannah war zuerst besorgt gewesen wegen des Temperaments des jungen Tieres, doch bisher verhielt es sich tadellos. Sie selbst bildete den Abschluss auf der Stute, und ihre Blicke wanderten beständig von ihrer Tochter zu Gabriel und zurück, während sie sich nicht zum ersten Mal fragte, welche Motive ihn antrieben.

Wolkenfetzen jagten in dichter Folge über den Himmel und filterten das Sonnenlicht. In der Ferne bemerkte sie einen Falken, der auf einer Strömung gleitend in der Luft schwebte. Der Vogel beobachtete die kleine Prozession für eine Weile, bevor er sich erst in die Kurve legte und dann in den Sturzflug überging.

Trotz der ungewöhnlichen Situation war es ein phantastisches Gefühl, endlich wieder zu reiten. Die Einheit von Pferd und Reiter hatte ihr bisher jedes Mal inneren Frieden gebracht. Sie beugte sich im Sattel vor und rieb die Flanke der Stute. Die Ohren des Tieres zuckten, und es schnaubte laut.

Vor ihnen wurde der Pfad breiter und stieg an. Die Hufe der Pferde scharrten über felsiges Moränengestein. Als der Hang schwieriger wurde, beobachtete Hannah ihre Tochter sehr aufmerksam, doch obwohl der Hengst noch jung war, schien er auf leichteste Berührungen zu reagieren.

Moosüberwachsene Felsbrocken – Überbleibsel von längst nicht mehr existierenden Gletschern – lagen über die Landschaft verstreut. Gabriel verlangsamte sein Tier, bis er neben Hannah herritt. Beide beobachteten, wie Leah den Grauen den Hang hinaufführte.

Hannah spürte, wie Gabriel sie taxierte.

«Wie kommen Sie zurecht?», wollte er wissen.

«Eins muss man Ihnen lassen, Sie verstehen es, ein Pferd einzureiten. Wie heißt es?»

«Landra.»

«Und Ihres?»

«Das ist Salomon. Ihre Tochter reitet auf Valantin.»

«Schöne Namen.»

Er grinste. «Ihrer ist der einzige, den ich nicht kenne.»

Sie musterte ihn aus zusammengekniffenen Augen. Dann traf sie eine impulsive Entscheidung. «Hannah», sagte sie. «Hannah Wilde.» Sie nahm keine Veränderung in seinem Blick wahr, als sie ihren Namen nannte.

Dafür wurde sein Grinsen breiter, und er legte die Finger an die Hutkrempe. «Hannah Wilde, Lady von Llyn Gwyr, dem versteckten Juwel von Snowdonia. Ich fühle mich geehrt, Ihre Bekanntschaft zu machen.»

«Sie sind ein ungewöhnlicher Mann, Gabriel.»

Er lachte auf. «Sie meinen wahrscheinlich charismatisch?»

«Ich sagte ungewöhnlich.»

«Das kommt wahrscheinlich davon, wenn man in diesen Bergen lebt und nur Pferde zur Gesellschaft hat.»

«Es ist ein wunderschönes Land.»

«Aye, das ist es.»

«Gibt es keine Mrs. Gabriel?»

Ein betrübter Ausdruck huschte über sein Gesicht und war genauso schnell wieder verschwunden, wie er gekommen war. «Noch nicht, leider. Ein verabscheuenswürdiges Verbrechen, meinen Sie nicht?»

«Schockierend.»

Für eine Weile ritten sie schweigend nebeneinanderher. «Nachdem Sie beim letzten Mal so verärgert waren, dachte ich eigentlich nicht, dass Sie mir Gesellschaft leisten würden.»

«Ich war nicht verärgert. Ich hatte nur nicht mit Besuch gerechnet.»

«Sie waren schon ein klein wenig verärgert.»

«Sie hätten sich nicht auf dem See herumtreiben sollen. Wir sind hergekommen, weil wir Ruhe suchen.»

«Nun, einen besseren Ort hätten Sie dafür nicht finden können. Dann haben Sie mir also verziehen? Ehrlich, ich wollte Ihnen nicht in die Quere kommen.»

«Und mit drei Pferden im Schlepptau auf Llyn Gwyr aufzutauchen ist nicht ‹in die Quere kommen›?»

«Das war vielleicht ein klein wenig aufdringlich. Irgendwie hatte ich das Gefühl, es könnte Ihnen Freude machen.»

Sie lachte trocken. «Weil Sie mich so gut kennen.»

«Sich mit Ihnen zu unterhalten ist, als würde man mit einem großen Weißen Hai Poker spielen.»

«Was für ein charmanter Vergleich.»

«Ihr Mund ist durchaus hübscher als das Maul eines Weißen Hais, wenn ich mir die Bemerkung erlauben darf.»

«Sehen Sie? Ungewöhnlich, wie ich bereits sagte.»

Sie sahen sich an.

«Wie steht es mit Ihnen, Hannah Wilde? Sie tragen einen Ehering.»

«Sehr scharf beobachtet.»

«Er ist nicht nur ein Mittel, um charismatische Iren abzuwehren?»

«Ich sagte ungewöhnlich, nicht charismatisch. Und die Antwort lautet: Nein, ist er nicht.»

«Sie sind also verheiratet. Sollen wir umkehren?» Er grinste, um ihr zu zeigen, dass er nur einen Scherz gemacht hatte. «Wo ist der Glückliche?»

«Sie stellen eine Menge Fragen.»

«Ich bin eben ein ungewöhnlicher Mann.»

Hannah schüttelte verärgert den Kopf und drückte die Hacken in die Flanken der Stute Landra. Das Tier wurde schneller und schloss zu Leah auf, während Gabriel auf seinem Fuchs zurückblieb.

Kurz nach Mittag stießen sie auf eine Reihe riesiger schräger Felsplatten, die feucht waren von kondensiertem Dunst. Sie stiegen ab und führten die Pferde zu Fuß hinüber. Auf der anderen Seite stiegen sie wieder in den Sattel und folgten dem Verlauf des Pfades weiter den Berg hinauf. Sie ritten durch einen Wald. Der steile Boden war durchzogen von dicken moosbewachsenen Wurzeln der Bäume, die zwischen dem Fels nach Halt suchten. Blassgraue Pilze wuchsen auf den Stämmen.

Die Luft war spürbar kühler so weit oben. Als sie den Wald hinter sich ließen, wehte der Wind noch eisiger. Sie überquerten einen Kamm, der spärlich mit Raugrasbüscheln bewachsen war, und Hannah sog beeindruckt die Luft ein. Vor ihnen erstreckte sich ein riesiger Gletschersee, auf drei Seiten umgeben von steil aufragenden Felsen. Die schattigen Klippenwände waren durchsetzt von tiefen Spalten und Rissen. Das dunkelblaue Wasser des Sees glitzerte, als Windböen die Oberfläche kräuselten. «Phantastisch», sagte Hannah. «Wo sind wir hier?»

Gabriel sprang von seinem Reittier und führte den Hengst ans Wasser. «Das ist der Llyn Cau», antwortete er. «Wunderschön, nicht wahr? Der Legende nach ist der See bodenlos.»

«Ja, sicher», sagte Leah und lachte.

«Es heißt auch, der Drache Afanc lebt am Grund des Sees», erzählte Gabriel, an Leah gewandt. «Du bist besser vorsichtig mit dem, was du sagst, kleine Lady.»

«Ich dachte, der See hätte keinen Boden», entgegnete Leah. Sie machte es Gabriel nach, indem sie von ihrem Pferd sprang und den jungen Hengst zum Wasser führte. Hannah beobachtete ihre Tochter mit einem Gefühl von Nervosität.

Gabriel hob in gespielter Resignation die Hände. «Autsch. Übertölpelt von einer Zwölfjährigen.»

«Eigentlich bin ich erst neun, Mister», entgegnete Leah mit feierlicher Miene.

«Danke, kleine Lady, aber das macht es nur noch schlimmer. Hier, lass Valantin für eine Weile trinken. Sobald er seinen Durst gestillt hat, geben wir ihm ein wenig Getreide. Es ist in der Tasche dort.» Er deutete auf eine der Satteltaschen. «Ich zeige dir, was du tun musst. Aber jetzt ist erst einmal Mittagszeit, und wenn ich dir nicht bald etwas Ordentliches zu essen gebe, wird deine Mutter mir wahrscheinlich das Fell über die Ohren ziehen.»

Gabriel breitete zwei große Decken am Ufer aus und beschwerte die Ecken mit Steinen. Dann holte er Baguettes, ein großes Stück in Folie eingepackten Schinken, gegrilltes Hühnchen und einen Block Cheddar aus der Satteltasche. Er verteilte Teller und Becher und zog ein Messer hervor. Die Klinge sah kalt und scharf aus.

Er schraubte die Verschlusskappe einer großen Thermoskanne auf. «Wer möchte Tomatensuppe?»

«Ich!» Leah setzte sich auf die Decke, während Gabriel drei dampfende Portionen ausschenkte. Hannah setzte sich zu ihnen und nahm den Becher in beide Hände, um ihre kalten Finger zu wärmen.

«Dort ist der Gipfel», sagte Gabriel und zeigte zur höchsten Erhebung vor ihnen. «Penygadair. Aber keine Sorge, wir wollen nicht hinauf. Es ist ziemlich steil. An einem klaren Tag ist die Aussicht atemberaubend.»

«Ich finde es auch hier schon atemberaubend.»

«Allerdings. Sie sollten erst sehen, wie es in einer klaren Nacht ist, wenn sich der Mond im See spiegelt und der Himmel übersät ist mit Sternen.»

«Sie waren schon einmal nachts hier oben?», fragte Leah mit weiten Augen.

«Viele Male.»

«Warum?»

Gabriel sah sie von der Seite an. «Ich habe nach den *Cŵn Annwn* gesucht, was sonst?»

«Den was?»

«Den *Cŵn Annwn*. Den gespenstischen Hunden aus der walisischen Sage. Riesige Tiere mit roten Ohren und brennenden Augen und Fängen so lang wie mein Unterarm. Sie jagen nur in ganz bestimmten Nächten des Jahres, zwischen Weihnachten und der Raunacht, und nur an den Hängen von Cadair Idris. Genau hier, wo wir sitzen. Sie bringen jedem den Tod, der ihr Heulen hört.»

Leah runzelte die Stirn. «Und warum wollten Sie die Hunde dann hören?»

Gabriel verzog das Gesicht zu einem anzüglichen Grinsen. «Um herauszufinden, ob es stimmt natürlich.»

Das kleine Mädchen lachte.

Hannah schüttelte den Kopf. Sie musste unwillkürlich grinsen. «Hören Sie auf. Sie machen ihr Angst.»

«Nein, macht er nicht, Mami! Das ist doch albern! Es gibt keine Gespenster!»

Gabriel ließ resigniert die Schultern hängen. «Schon wieder durchschaut. Diesmal von einer Neunjährigen.»

Nach dem Essen wurde es kühler, und der Gipfel verschwand hinter Wolken. Sie packten ihre Sachen zusammen und falteten die Decken. Gabriel nahm einen Sack mit zerstoßener Gerste aus der Satteltasche und zeigte Leah, wie sie die Pferde füttern musste.

Hannah beobachtete die beiden bei der Arbeit und sah, wie entspannt und glücklich ihre Tochter wirkte. Sie war dankbar dafür. Die nächsten Tage würden wieder sehr anstrengend werden für das kleine Mädchen. Schon bald würden sie Llyn

Gwyr hinter sich lassen und zu einem Ort aufbrechen, wo wieder alles unvertraut und neu war.

Sie stiegen auf, und Gabriel führte sie den Hang hinunter. Sie passierten eine Schlucht mit einem weiß schäumenden Wasserfall, und jetzt erst bemerkte Hannah, dass er einen anderen Weg gewählt hatte. Sie ließen die Schlucht hinter sich und ritten über grasbedeckte, mit Heidekraut getüpfelte Hänge. Der Weg führte über immer kleiner werdende Terrassen nach unten. Sie umrundeten einen Felsvorsprung zur Rechten, und dahinter endete die nächste Terrasse vor einer steilen Klippe. Als sie näher kamen, wurde das Land darunter sichtbar. Es ging sicher hundert Meter hinunter. Gabriel folgte dem Verlauf der Klippe in südlicher Richtung.

Als Hannahs Pferd sich der Kante näherte, erblickte sie tief unten im Tal ein einsames Cottage. Es war klein und aus Bruchstein errichtet. Aus dem Schornstein quoll Rauch. Vor dem Cottage parkten zwei Fahrzeuge: ein weißer, schlammbespritzter Audi Q7. Und ein verbeulter blauer Landrover Defender.

Schlagartig wurde ihr bewusst, dass der Landrover Sebastien gehörte. Kaum hatte sie sich von ihrer Verwunderung erholt, kamen drei Männer hinter dem Gebäude hervor. Sebastiens große weißhaarige Gestalt war unverwechselbar. Die beiden anderen Männer kannte Hannah nicht. Einer von ihnen war kräftig gebaut und trug eine rote Bergsteigerjacke. Sein Gesicht war unter einem dunklen Vollbart verborgen. Der zweite Mann, kleiner und beträchtlich älter als der erste, trug einen grauen Anzug. Er schien zu reden, während die beiden anderen zuhörten.

Angst stieg in Hannah auf. Sie spürte, wie Gabriel neben ihr heranritt, und sah ihn fragend an.

Er spähte hinunter in das Tal. «Ihr Nachbar», sagte er mit einem Nicken in Richtung Cottage.

Hannah beobachtete, wie die drei Männer zu dem Audi gingen. Hatte Gabriel etwa absichtlich diese Route für den Heimweg gewählt, um ihr das hier zu zeigen? Sie tat den Gedanken ab. Er war lächerlich.

Wer zum Teufel sind diese Männer, mit denen Sebastien redet?

Vor dem Cottage schüttelten die beiden Männer Sebastien die Hand und stiegen in den Audi. Der Wagen wirbelte Dreck auf, als er in weitem Bogen wendete und über die unbefestigte Piste zurück in Richtung Hauptstraße fuhr. Sebastien winkte zum Abschied hinterher.

«Kennen Sie ihn?», fragte Gabriel.

Hannah schüttelte den Kopf.

«Wirklich nicht?»

«Nein.»

«Hm. Vielleicht besser so», sagte er. Als sie sich zu ihm umdrehte, war jede Spur seines üblichen Humors aus seinem Gesicht verschwunden.

Ein eisiger Schauer lief ihr über den Rücken. «Warum sagen Sie das?»

KAPITEL 15

Oxford
1997

Charles spazierte über einen Kiesweg im Botanischen Garten der Universität. Er war auf der Suche nach Beckett.

Der Kräutergarten war immer einer seiner Lieblingsplätze gewesen. Er genoss die Düfte und Aromen, den Anblick, die Ruhe, die Geschichte, den einzigartigen Ausdruck der verschiedenen Jahreszeiten. Normalerweise war ein Spaziergang im Kräutergarten ein Tonikum für seine Sorgen. Nicht jedoch heute.

Er war seit Wochen unruhig und nervös. Seit der Veröffentlichung seines Buches *Legacy of the Germanic Peoples* mit dem Umschlagfoto von sich und Nicole wurde er überschwemmt von Schuldgefühlen, und die Flut wollte nicht verebben.

Vor seinem geistigen Auge sah er immer wieder, wie Nicole das Buch zum ersten Mal aufschlug – und wie ihr Lächeln erlosch, als sie ihr Foto sah. Zuerst hatte der Schock sie erstarren lassen. Und dann war sie vor Ärger explodiert. Sie hatte das Buch zerrissen, die beiden Hälften von sich geschleudert und sich mit einem Wutschrei auf ihn gestürzt.

Wie hatte er jemals eine so selbstsüchtige Entscheidung treffen können? Die schreckliche Ironie daran war, dass er, obwohl er Nicole heute mehr liebte als am Tag ihrer Hochzeit, mit diesem einen Akt unbekümmert jedes Versprechen gebrochen hatte, das er ihr jemals gegeben hatte. Dass er die Überzeugungen, die ihr Leben bestimmten, zu einer Kinderphantasie reduziert hatte, einem alten, verbrauchten Schwarzen Mann, der reif war für die Euthanasie.

Ich weiß es besser, verkündete das Foto. *Ich habe achtzehn Jahre lang deine Paranoia ertragen, und es ist Zeit, dass wir sie begraben.*

Er wusste, warum er es getan hatte: Stolz. Selbst achtzehn Jahre nach ihrer ersten Begegnung hielt er Nicole immer noch für die faszinierendste, begehrenswerteste Frau, die er je getroffen hatte. Nach all den Jahren der Heimlichtuerei hatte er der Welt von ihrer Beziehung verkünden wollen, hatte hinausrufen wollen, dass er, Charles Meredith, das riesige Glück gehabt hatte, eine so unglaubliche Frau wie Nicole Dubois zu finden. Der Gedanke, dass etwas so Wertloses wie seine eigene Eitelkeit zu dem Messer werden konnte, das ihre Beziehung durchtrennte, war so erschreckend, dass er sich sterbenselend fühlte.

Zuerst hatte Nicole mit ausdrucksloser, gleichmütiger Stimme verkündet, dass sie ihn verlassen würde. Dass sie eine Tasche packen und verschwinden würde. Später, nach vielen Stunden voller Tränen auf beiden Seiten, hatte sie vorgeschlagen, dass sie zusammen weggehen sollten. Oxford zurücklassen, den Ruhm seines Namens, die neue und ungewollte öffentliche Aufmerksamkeit.

Trotz allen Redens hatten sie am Ende nichts unternommen. Sie liebten einander viel zu sehr, um sich zu trennen, und ihr gemeinsames Leben war seit vielen Jahren viel zu tief in Oxford verwurzelt, um ernsthaft über ein Fortgehen nachzudenken.

Obwohl sie zusammenblieben, hatte sich ihre Beziehung unwiderruflich verändert. Zwischen ihnen lag nun eine Vorsicht, die es vorher nicht gegeben hatte, ein Zögern vor dem Reden, vor dem Handeln. Er trauerte den alten behaglichen

Tagen hinterher, während er sich zugleich für ihren Verlust geißelte. Sie waren sich körperlich nicht mehr nah gewesen seit jenem schlimmen Streit. Nicht dass Nicole sich ihm verweigert hätte – er fühlte sich einfach unwürdig. Das war es, was ihm am meisten zu schaffen machte. Das und die Tatsache, dass er nicht den Mut gefunden hatte, auch den zweiten Akt seines Verrats einzugestehen – den Artikel, den er für das *Mottram-Gardner Journal of European Folklore and Mythology* geschrieben hatte.

Es war dieser Artikel, veröffentlicht einen Monat zuvor, der ihn in den Botanischen Garten getrieben hatte und ihn veranlasste, über die gekiesten Wege zu spazieren und nach der vogelartigen Kreatur mit Namen Patrick Beckett zu suchen.

Er fand ihn schließlich auf einer der Bänke, die in einem weiten Kreis um den Springbrunnen herum aufgestellt waren. Beckett war in einen Wollmantel gehüllt und hatte einen Hut auf dem Kopf. Er starrte auf die Wasserlilien im Brunnenbecken und tippte mit den Knöcheln einen komplizierten Rhythmus auf den Knien. Neben ihm stand seine Aktentasche.

Als Charles sich näherte, blickte Beckett auf. Das Alter hatte seinen Akademiker-Spleens nichts anhaben können. Er zuckte zusammen und sprang auf. «Da ist er ja! Professor Charles Meredith, Bezwinger der allmächtigen *hosszú életek*!»

Charles schüttelte den Kopf. «Bitte, Patrick.» Er war nicht in der Stimmung für Becketts Theatralik.

Beckett zuckte überrascht zurück, dann schlug er Charles mit der Hand auf die Schulter. «Warum so bedrückt, mein Freund? Ich würde Triumph erwarten, Jubilieren, vielleicht eine Spur von falscher Bescheidenheit – aber wirklich nur eine winzige Spur! Jedenfalls nicht dieses betrübte Gesicht, das sich mir nun zeigt. Kommen Sie, setzen Sie sich zu mir. Die Bank ist feucht, aber Sie dürfen mit auf meine Decke.» Er deutete auf einen Streifen karierten Stoff, den er auf dem Holz ausgebreitet hatte.

Charles setzte sich. «Sie sagten, Sie hätten etwas mit mir zu besprechen?»

«Wie immer geradewegs auf den Punkt. Keine Lust auf Smalltalk.» Beckett kramte in einer Tasche und brachte einen silbernen Flachmann zum Vorschein. «Vorher muss ich allerdings auf einem Toast bestehen.»

Er schraubte den Verschluss ab, nahm einen Schluck, biss die Zähne zusammen und schluckte. «Auf den Erfolg Ihrer *Germanic Peoples*. Und – faszinierender noch – Ihren verblüffenden Auftritt als Volkskundler. *Geburt und Tod einer ungarischen Legende* war eine Offenbarung, Charles.» Er reichte Charles die Flasche.

«Sie haben es gelesen?»

Becketts Augen glitzerten. «Ich habe es geradezu verschlungen.»

Charles nahm den Flachmann entgegen und trank einen großzügigen Schluck. Die sirupartige Flüssigkeit brannte wie Feuer in seiner Kehle. Er hustete und blinzelte die Tränen zurück. «Gütiger Himmel, Patrick, was haben Sie da drin?»

Beckett grinste. «Sie kennen Pálinka nicht? Ein Pflaumenbranntwein aus Szatmar. Schien mir das passende Getränk zu sein für unseren Toast.»

Charles gab ihm den Flachmann zurück und wischte sich über den Mund. «Ich dachte, Sie mögen keine Spirituosen?»

«Der Geschmack ändert sich mit dem Alter, Charles. Ich hatte ja keine Ahnung, dass Sie sich so für die *hosszú életek* interessieren.»

«Es ist sicher zwanzig Jahre her, dass ich Sie zum ersten Mal danach gefragt habe. Ich schätze, Sie haben meine Neugier geweckt.»

Beckett neigte den Kopf. «Wie außergewöhnlich. Und jetzt sind Sie nach all der Zeit wieder hier, eine Autorität auf dem Gebiet.»

«So würde ich das nicht sagen.»

«Jetzt tun Sie doch nicht so.»

«Es war wohl kaum eine brillante Arbeit, Patrick.»

«Einiges von dem Material, das Sie zitieren ... wie haben Sie das bloß herausgefunden?»

«Die Quellen sind sämtlich genannt.»

Beckett hob die Augenbrauen. «Und doch war ich in den meisten Fällen nicht imstande, Ihre Quellen nachzuvollziehen, Charles.»

«Sie haben es nachgeprüft?»

«Mein lieber Charles, bitte glauben Sie nicht, ich würde Ihre Authentizität in Frage stellen. Sie wissen, wie sehr ich fasziniert bin von diesem Stoff. Es ist nur so, dass ich gerne die Quellen lese, wann immer möglich.»

«Nun, Ihr Interesse schmeichelt mir.» Er zögerte unbehaglich. «Sie sagten am Telefon ...»

«Ah, richtig. Ich sagte, ich müsste Ihnen etwas zeigen, nicht wahr, etwas, von dem ich glaube, dass es Sie kitzelt. Ich habe seit Jahren mit dem Hintern darauf gesessen, stellen Sie sich das vor! In Ihrem Artikel erwähnten Sie etwas, das mich wieder darauf brachte. Die sogenannte große Keulung der *hosszú életek* – eine Art Genozid – irgendwann Ende des neunzehnten Jahrhunderts. Eine abscheuliche Episode.»

Charles runzelte die Stirn. Ihm missfiel die Art und Weise, wie Beckett über volkstümliche Legenden sprach, als wären es historische Fakten. «Das sind nur Geschichten, Patrick. Viele unterschiedliche Darstellungen des gleichen grundlegenden Sachverhalts. Diese Verweise auf eine Keulung tauchen erst in den Versionen auf, die um die Jahrhundertwende entstanden sind. Sie kennen meine Meinung dazu. Als der Aberglaube nach und nach aus der Gesellschaft verschwand – und mit ihm die mutmaßlichen *Hosszú-életek*-Sichtungen –, diente es vermutlich als Möglichkeit, den Mythos am Leben zu erhalten. Als Erklärung für die Abwesenheit von *hosszú életek* in der modernen Gesellschaft.» Charles zuckte die Schultern. «Wer weiß es schon? Es sind nur Hypothesen.»

Beckett beugte sich vor. «Sie konnten kein Motiv für die Keulung entdecken?»

«Nein.»

«Interessant.»

«Und was wollten Sie mir nun zeigen, Patrick?»

Beckett zuckte erneut und rieb sich die Hände. Er beugte sich über seine Aktentasche, ließ die Schlösser aufschnappen und nahm eine Papprӧhre hervor. Er entfernte die Plastikkappe am Ende. Dann zog er eine Schriftrolle hervor, das dicke Pergament brüchig und fleckig vom Alter.

Charles sah gespannt zu, wie Beckett das Pergament entrollte. Der handgeschriebene Text war ungarisch und mit verschwenderischer Kalligraphie versehen. Er konnte mehrere Male die Worte *hosszú életek* lesen. Das Dokument war dreifach unterzeichnet und mit einem Wachssiegel versehen, dessen einstige rote Farbe braun geworden war. Das Datum des Dokuments lautete *3. März 1880.*

«Was ist das?»

«Sehen Sie die Unterschriften? Diese hier gehört Kaiser Franz Joseph, dem damaligen Herrscher. Die zweite gehört Kálmán Tisza de Borosjenő. Er war ungarischer Premierminister von 1875 bis 1890. Die dritte Unterschrift konnte ich bisher nicht identifizieren.»

«Und was steht in diesem Dokument?»

Beckett blickte von der Schriftrolle auf. Seine Augen studierten Charles hungrig. «Es ist ein königliches Dekret. Ein ziemlich hässliches Dekret.»

«Und?»

«Es autorisiert die sofortige Exterminierung der in Budapest lebenden *hosszú életek*. Nicht nur die herrschenden Klassen. Jeder einzelne arme Tropf. *‹Dieser Schandfleck soll für immer aus unserer Gesellschaft getilgt werden›*.»

«Woher haben Sie das?»

Beckett grinste feixend. «Möchten Sie mit mir Quellen tauschen?»

«Haben Sie die Echtheit überprüft?»

«Oh, es ist echt, Charles. Ich garantiere es. Was halten Sie davon?»

«Ich weiß es nicht. Was halten *Sie* davon?»

«Vielleicht steckt vergraben unter all den Mythen ja doch eine Spur Wahrheit.»

«Wie meinen Sie das?»

«Stellen Sie sich vor, damals ist irgendetwas passiert. Irgendetwas, das das Gleichgewicht zerstört hat. Wir wissen aus den gängigen Quellen, dass die Allianz zwischen den *hosszú életek* und dem Budapester Adel immer eine wacklige Angelegenheit war. Sie waren nicht gerade Busenfreunde. Vielleicht hat ein besonderer Zwischenfall die Unruhen entfacht, die letztendlich zu diesem Dekret geführt haben.»

«Und das ist alles nur Ihre Spekulation?»

«Natürlich.»

«Sie klingen, als würden Sie das alles glauben.»

«Sie nicht?»

Charles starrte den Gelehrten an, und seine Unruhe wuchs. Becketts Grinsen war spöttisch, und seine Augen leuchteten.

«Und hier kommt noch etwas Interessantes», fuhr der Gelehrte fort. «Sind Sie bei all Ihren Recherchen je auf die Eleni gestoßen?»

«Ich kann mich nicht erinnern.»

«Die Eleni waren die Organisation, die beauftragt war, den Genozid durchzuführen.»

«Eleni.» Charles hielt inne. Jetzt, wo er darüber nachdachte – vielleicht hatte er den Namen in dem einen oder anderen von Anna Bauers Tagebüchern gelesen. Er schüttelte den Kopf. «Nein. Nein, der Name sagt mir nichts.»

«Ah … das ist wirklich zu dumm. Na ja, macht nichts. Sie sind hier in diesem Dokument erwähnt. Sehen Sie, im zweiten Absatz? Wissen Sie, was ich interessant finde? Es gibt in Budapest ein Eleni-Konzil, und zwar bis zum heutigen Tag.»

«Und?»

«Sie haben recht. Sicher nur ein Zufall.» Beckett lachte. «Es gibt einen Tafelrunden-Club in Oxford, aber ich vermute, die Mitglieder sind nicht ausnahmslos edle Ritter.» Er richtete den Blick auf das Dokument in seinen Händen, rollte es zusammen, schob es zurück in die Pappröhre und setzte die Plastikkappe wieder auf. «Wie geht es übrigens Ihrer Frau, Nicole?»

Seine Anspannung ließ ein wenig nach. Charles lächelte. «Gut, danke.»

«Ist lange her, dass wir uns gesehen haben. Wir sollten uns vielleicht zum Essen verabreden. Was meinen Sie?»

Charles erhob sich. «Ja. Gehen wir zusammen essen.»

Sie schüttelten sich die Hände, und Charles verließ den Park durch das Danby Gate. Auf dem Weg nach draußen sah er zurück zu Beckett. Der alte Mann stand am Brunnen und starrte ins Wasser.

KAPITEL 16

Snowdonia
Heute

Die Dämmerung hatte bereits eingesetzt, als Hannah, Gabriel und Leah wieder in Llyn Gwyr eintrafen. Während die Sonne hinter dem Horizont versank, gingen die Temperaturen rasch zurück. Ein eisiger, böiger Wind betäubte Finger und Gesichter.

Sie ritten auf den gekiesten Hof hinter dem Farmhaus. Der Atem der Pferde kondensierte vor ihren Nüstern. Die Gebäude standen in blauem Schatten, und in der Küche brannte ein einsames Licht als Wache gegen die herannahende Nacht.

Hannah ließ die Stute anhalten und stieg ab. Ihre Oberschenkel schmerzten. Sie dehnte ihre Beine, um die Verkrampfungen in den Muskeln zu lockern. Gabriel beobachtete sie vom Sattel aus. «Wundgeritten?», fragte er.

Sie nickte. «Danke für den Tag.»

«Das Vergnügen war ganz auf meiner Seite.» Er drehte sich zu Leah um. «Hat es dir Spaß gemacht, kleine Lady?»

Leah grinste. Sie sprang vom Pferd und rieb dem jungen Hengst das Maul. «Es war großartig! Valantin ist ein wunderbares Pferd!»

«Das ist er.»

«Leah, es ist Zeit, dass du dich von Gabriel verabschiedest», sagte Hannah. «Geh schon ins Haus. Ich komme gleich nach.»

Nachdem Leah im Haus verschwunden war, drehte sich Hannah zu Gabriel um.

Gabriel starrte auf die Fenster des Farmhauses. «Ist er drinnen?»

«Wer?»

«Der Herr von Llyn Gwyr.»

«Sie fragen immer wieder nach ihm.»

«Reine Neugier, mehr nicht. Ich möchte den Mann sehen, der das Glück hat, Hannah Wilde seine Frau zu nennen.» Er lachte. «Sehen, wie ich gegen ihn abschneide.»

«Nicht gut.»

Er lachte lauter. «Ah, wie grausam Sie sind, Hannah.»

«Und Sie flirten ausgesprochen schlecht.»

Sie löste die Zügel der Stute und des jungen Hengstes und band die beiden Tiere mit einer Leine zusammen. Dann ging sie zu Gabriel, reichte ihm das Ende der Leine und gab ihm die Hand. «Wir reisen bald ab, also werden wir uns wahrscheinlich nicht mehr sehen. Es war nett, Sie kennenzulernen, Gabriel. Ehrlich. Ich hoffe aufrichtig, Sie begegnen diesen Hunden nicht.»

Gabriel ergriff ihre Hand und schüttelte sie. «Keine Sorge, die *Cŵn Annwn* kriegen mich nicht.» Er zwinkerte ihr zu. «War nett, sich zur Abwechslung mal mit jemandem zu unterhalten, der nur zwei Beine hat. Leben Sie wohl, Hannah Wilde.»

Er schnalzte mit der Zunge, und die Pferde setzten sich in Bewegung.

Sie sah ihm hinterher, bis er die Brücke über den Fluss passiert hatte und den Weg zur Hauptstraße hinaufritt.

In der Küche fand sie Nate in einem Lehnstuhl neben dem Kamin. Er aß Corned Beef aus einer Dose. Leah saß zu seinen Füßen, wärmte sich am Feuer und plapperte aufgeregt.

Nate blickte auf, als Hannah die Küchentür hinter sich schloss und absperrte. «Wie war es?», fragte er.

«Eigenartig», antwortete sie. «Und am eigenartigsten war, dass wir an Sebastiens Haus vorbeigekommen sind. Unser Einsiedlerfreund hatte Besuch.»

«Was? Von wem?»

«Zwei Männer. Ich habe sie noch nie gesehen. Sie fuhren einen großen Audi Q7.» Hannah zog das Rollo über der Glasscheibe in der Tür herunter, dann zog sie die Vorhänge zu. «Und hier? Irgendwas los gewesen?»

«Absolut nichts.»

«Diese ganze Sache gefällt mir nicht, Nate. Irgendwas geht da vor. Ich glaube nicht, dass wir hierbleiben sollten, um herauszufinden, was es ist.»

«Was hat Gabriel erzählt?»

«Er hat eine Menge Fragen über dich gestellt.»

«Tatsächlich?» Nate runzelte die Stirn. «Glaubst du …?»

«Ich weiß es nicht.» Sie blies die Luft durch die Wangen und versuchte ihren Herzschlag zu beruhigen. «Im Moment bin ich total erschrocken. Ich denke, wir sollten verschwinden.»

«Okay. Wollen wir warten, bis es hell wird?»

«Nein, lieber nicht. Ich würde eigentlich gerne sofort los. Andererseits ist es sinnvoll. Wir müssen noch packen.»

«Wir können das Haus für die eine Nacht sichern. Bei Sonnenaufgang verschwinden wir.»

Sie nickte. «Wir schlafen alle im selben Zimmer.»

«Einverstanden.»

«Mami?»

Sie drehte sich zu ihrer Tochter um und sah mit Bestürzung, dass Leah ganz blass geworden war. Hannah beugte sich zu dem kleinen Mädchen hinunter, das zu ihren Füßen kauerte. «Komm her, Frechdachs.» Sie schloss Leah in die Arme.

Leah klammerte sich an sie. «Es wird alles wieder gut, ja? Wir werden nicht sterben, oder?»

Nate streckte die Hand aus und streichelte seiner Tochter über den Kopf. «Ganz bestimmt nicht. Genau deswegen sind Mami und ich hier. Damit du sicher bist. Damit wir alle sicher sind.»

«Er hat dich getroffen. Der Böse Mann. Er hat dich verletzt.»

«Aber mir geht es schon wieder besser. Morgen früh sind wir hier raus. Warte nur, bis du das Haus siehst, das Mami für uns ausgesucht hat. Dort bist du in Sicherheit. Der Böse Mann findet uns dort nicht. Versprochen.»

Hannah bereitete einen Eintopf zu, den sie zusammen mit dem letzten Brot verzehrten. Danach brachte sie Leah im Elternschlafzimmer zu Bett. Dann machte sie ihre Runde durch das Erdgeschoss, kontrollierte Schlösser und sicherte Fenster. Zuerst wollte sie sämtliche Vorhänge zuziehen, doch dann beschloss sie, das Licht ausgeschaltet und die Vorhänge offen zu lassen. Auf diese Weise waren mögliche Eindringlinge leichter zu entdecken.

Nachdem alles verriegelt und verschlossen war, half sie Nate nach oben ins Schlafzimmer. Leah schlief bereits unter der Decke des großen Himmelbetts.

«Ich glaube nicht, dass ich Schlaf finde», sagte Hannah leise.

«Möchtest du, dass wir abwechselnd Wache halten?»

«Eine gute Idee. Es tut mir leid, Nate, aber ich habe wirklich ein ganz komisches Gefühl.»

«Das muss dir nicht leidtun. Ich vertraue deinen Instinkten. Soll ich die erste Schicht übernehmen?»

Sie schüttelte den Kopf und küsste ihn. «Ich bin viel zu aufgedreht, um jetzt zu schlafen. Ruh dich aus, okay? Du bist immer noch nicht wieder gesund.»

«Weckst du mich?»

«Sobald ich merke, dass ich nicht mehr kann.» Sie wusste schon jetzt, dass sie ihn nicht wecken würde. Vor ihnen lag eine weite Reise, und in seinem gegenwärtigen Zustand war das anstrengend genug für ihn.

Minuten später war Nate eingeschlafen. Hannah warf mehr Holz ins Feuer und setzte sich neben das Fenster, um nach draußen zu spähen.

Die Dunkelheit war beinahe undurchdringlich. Der Mond war ein schwach schimmernder Fleck hinter dichten Wolken. Sie konnte so eben die Umrisse des Sees erkennen und den Schatten der Brücke über den Fluss.

Nichts rührte sich.

Irgendwo dort draußen lauerte Jakab. Sie hatte keine Ahnung, wie nah er bereits war. Sie fragte sich, was im Nachbartal vorging, wo Sebastien wohnte. Der Anblick des alten Mannes und der beiden Fremden hatte sie zutiefst erschreckt. Er hatte ihr erzählt, er würde isoliert leben, zurückgezogen von der Welt.

Und was war mit Gabriel? Mehrere Male während ihres Ausrittes hatte er die Unterhaltung auf gefährliches Terrain gelenkt, ohne im Gegenzug viel von sich selbst preiszugeben.

Vielleicht war alles reiner Zufall und hatte nichts mit ihren Problemen zu tun. Vielleicht war sie so übermüdet, dass sie anfing, Zusammenhänge zu sehen, wo keine waren. Sie blickte zum Bett. Nate schlief. Seine Brust hob und senkte sich unter der Decke. Neben ihm lag Leah, in seinen Arm gekuschelt. Hannah beobachtete die beiden, und sie wusste, dass sie nicht aufgeben würde, ganz gleich, wie erschöpft sie war. Sie *konnte* nicht.

Ganz egal, wie die Chancen stehen – kämpf weiter, bis nichts mehr da ist, wofür du kämpfen kannst.

Die Worte ihres Vaters. Der Gedanke an ihn schmerzte in ihrer Brust. Dieser letzte Anruf war die schwierigste Unterhaltung ihres Lebens gewesen. Was war hinterher mit ihm geschehen? Mit großer Wahrscheinlichkeit würde sie es niemals herausfinden.

Obwohl sie sämtliche Türen verschlossen hatte und niemand in den Raum konnte, ohne an ihr vorbeizukommen, fühlte sie sich schrecklich exponiert. Die Dunkelheit draußen war beklemmend. Sie drückte gegen die Fenster.

Hannah warf einen Blick auf die Leuchtziffern ihrer Uhr. Schon zwanzig nach drei. Vier Stunden bis Sonnenaufgang. Dreieinhalb Stunden bis zum ersten Tageslicht.

Je länger sie im Zimmer war, desto stärker wurde ihre Unruhe. Wenn draußen irgendwas geschah, oder unten, würde sie es erst bemerken, wenn es an der Schlafzimmertür war. Als ihr dämmerte, dass ihre Unruhe sich nicht legen würde, erhob sie sich.

Die Flinte lehnte in einer Ecke. Sie nahm die Waffe und überprüfte aus reiner Gewohnheit die Läufe. Immer noch mit zwei Patronen geladen. Immer noch vier Patronen in ihrer Jeans. Sie schob den langen Schaft ihrer Maglite in die vordere Hosentasche. Ging zur Schlafzimmertür und öffnete sie leise.

Der Flur draußen war ein schwarzes Nichts, aus dem jederzeit namenloses Grauen auftauchen konnte. Sie wollte die Taschenlampe benutzen, wollte die Schatten vertreiben – doch sie wollte nicht, dass jemand draußen das Licht bemerkte.

Hannah trat hinaus in die Dunkelheit und lauschte. Trotz der Feuer in den Kaminen, die sie in den vergangenen Tagen ständig in Gang gehalten hatte, roch die Luft feucht und modrig. Das Haus knarrte und knackte. Ein Fenster klapperte im Wind.

Sie wusste, dass auf halbem Weg zur Treppe eine Diele lose

war, und umging sie vorsichtig. Am oberen Treppenabsatz passierte sie die Vitrine. Sie spürte die Augen des toten Falken auf sich ruhen. Obwohl sie wusste, dass es nur Glas war, richteten sich ihre Nackenhaare auf. Warum hatte sie das abscheuliche Ding nicht nach draußen gebracht und verbrannt?

Hannah schob sich auf Zehenspitzen an der Vitrine vorbei und schlich bis zur Mitte der Treppe. Leise ließ sie sich in eine sitzende Position nieder und lehnte das Gewehr auf ein Knie, die Läufe nach vorn in die Dunkelheit gerichtet. Sie nahm die Lampe aus der Tasche und legte sie neben sich.

Ihre Augen brannten und waren trocken vom Schlafmangel. Ihr Kopf pochte. Sie musste nur die Nacht irgendwie überstehen. Morgen früh würden sie alle von hier wegfahren. Sicherstellen, dass niemand ihnen folgte. Ein Hotel finden. Mit Bargeld bezahlen. Schlafen.

Hannah blinzelte in die Dunkelheit, streckte den Hals von einer Seite zur anderen und dämmerte vor sich hin.

Als sie die Augen wieder aufschlug, hätte sie, völlig desorientiert, beinahe das Gleichgewicht verloren. Das Metall der Schrotflinte war warm an der Stelle, wo ihre Hände es gepackt hielten, und glatt vom Schweiß. Ihre Augenlider fühlten sich klebrig an. War sie etwa eingeschlafen?

Gütiger Himmel, Hannah!

Sie starrte auf ihre Uhr, runzelte die Stirn, versuchte einen Sinn zu erkennen in der angezeigten Zeit. Fünfzehn Minuten nach fünf. Draußen war es immer noch dunkel. Wann hatte sie das Schlafzimmer verlassen? Gegen drei? Sie musste im Sitzen eingeschlafen sein, mit dem Kopf an das Geländer gelehnt.

Mit einer geladenen Flinte im Schoß. Clever.

Sie unterdrückte ein Gähnen und zwang sich nachzudenken. Was hatte sie aufgeweckt? Das Haus lag still.

Ein kalter Lufthauch strich über ihre Haut. Sie erschauerte. Es war viel kälter geworden im Haus. Das einzige Feuer, das immer noch brannte, war das im Schlafzimmer.

Hannah versteifte sich. Hob die Waffe.

Bevor sie nach oben gegangen war, hatte sie sämtliche Fenster und Türen kontrolliert. Das zerschlagene Fenster hatte sie mit Brettern vernagelt. Der kalte Luftzug war nicht mit normalen Luftbewegungen im Haus zu erklären.

Sie biss die Zähne zusammen. Spürte, wie sie anfing zu zittern.

Konzentriere dich auf Nate. Auf Leah. Deinen Mann und deine wunderschöne kleine Tochter. *Wag es nicht, sie zu enttäuschen. Wage es nicht!*

Jemand war im Haus. Sie wusste es mit plötzlicher, furchtbarer Gewissheit. War es möglich, dass der Eindringling an ihr vorbeigeschlichen war, während sie geschlafen hatte? *Gütiger Himmel* – sie wusste es nicht.

Ihr linkes Knie knackte, als sie sich erhob. Sie streckte die Hand aus, tastete nach der Taschenlampe …

Wenn sie nicht da ist, schreie ich. Ich kann gar nicht anders.

Ihre Finger ertasteten die Lampe. Sie schob sie in ihre Tasche.

Sie starrte angestrengt in den Abgrund am Fuß der Treppe, während sie mit dem Rücken an die Wand geschmiegt nach unten schlich.

Im Flur angekommen, spähte sie um das Geländer herum. Schwacher Lichtschein schimmerte vom Verandafenster herein und warf undeutliche Schatten auf die Dielen. Die Tür zum Esszimmer war geschlossen. Hatte es so ausgesehen, als sie nach oben gegangen war? Vermutlich.

Sie tappte durch den Flur und spürte, wie sich das Holz der Dielen unter ihren Füßen bog. Die nächste Tür zur Rechten führte ins Wohnzimmer. Sie stand offen. Geradeaus bog der Flur nach links ab und führte in die Küche.

Lass nie eine offene Tür hinter dir.

Sie schlich ein paar Schritte weiter und spähte um die Ecke. Die Küche war ein schwarzes klaffendes Loch. Sie duckte sich und schob den Kopf durch die Wohnzimmertür, während sie aus den Augenwinkeln den Eingang zur Küche beobachtete.

Im Wohnzimmer war niemand, soweit sie es beurteilen konnte. Das Sofa war groß genug, dass sich jemand dahinter verstecken könnte. Das große Bücherregal in der Ecke warf undurchdringliche Schatten. Doch die Fenster waren allesamt geschlossen. Die Bretter über der zersplitterten Scheibe saßen fest vernagelt an Ort und Stelle.

Hannah stieß langsam den Atem aus und wollte sich soeben der Küche zuwenden, als sich Sebastien aus der Dunkelheit schälte.

Hannah unterdrückte nur mühsam einen Schrei. Sie stolperte rückwärts, riss das Gewehr hoch. «Jesses! Geh zurück!»

Der alte Mann zischte überrascht. «Hannah? Gott sei Dank, du bist –»

«Was soll das, zum Teufel, Sebastien! Bleib da stehen, wo ich dich sehen kann.»

Sie konnte sehen, wie seine Augen in der Dunkelheit glänzten.

«Nicht so laut», flüsterte er. «Er ist hier.»

«Jakab?»

«Du musst Nate und Leah holen. Wir verschwinden von hier. Jetzt sofort!»

«Was ist passiert?»

«Er hat mich in meinem Haus überrascht. Ich konnte entkommen. Er ist *hier*, Hannah!»

Ihr Herz pochte wie wild. Sie presste den Kolben der Schrotflinte an ihre Schulter. «Wie bist du hereingekommen?»

«Ich habe einen Schlüssel.»

Ihre Lungen brannten in ihrer Brust. Sie saugte Luft ein. Kniff die Augen zusammen, um ihn deutlicher zu erkennen in den Schatten. Seine Gesichtszüge zu erkennen. «Wo ist Moses?»

«Bei mir im Haus.»

«Du hast ihn zurückgelassen?»

«Hannah, wir müssen los.»

«Was für eine Rasse ist er?»

«Das ist eine gute Frage. Du denkst nach. Er ist ein Magyar Vizsla. Komm jetzt, weck Nate und Leah. Wir haben keine Zeit mehr!»

Ihre Haut fühlte sich an, als würden Läuse daran fressen. Das Zittern war unkontrollierbar geworden. Was, wenn sie die Waffe fallen ließ? Sie kämpfte gegen den Drang an, sich gegen den Türrahmen zu lehnen.

Konzentrier dich!

«Sebastien, sag mir – wann hast du Nate zum letzten Mal gesehen? Vor alldem hier. Wann war das? Und was hat er gegessen?»

Die Gestalt vor ihr *zögerte*. Und dann *sprang* sie. Weg von Hannah, in Richtung Küche.

Hannah drückte ab. Die Flinte krachte, und der Kolben knallte ihr gegen die Schulter. Der Mündungsblitz erhellte den Flur, und der Donnerhall des Schusses klingelte in ihren Ohren.

Sie sprang vor. Kalte Luft wehte ihr entgegen, als die Tür zur Küche zuschlug.

Vor ihren Augen tanzten kleine leuchtende Punkte. In ihren Ohren rauschte das Blut. Animalische Wut hatte ihre Angst verdrängt. Die Chance, alles zu beenden, die ganze Geschichte hier und jetzt ein für alle Mal zum Abschluss zu bringen, war plötzlich zum Greifen nah. Sie stürzte zur Tür und warf sich mit der Schulter dagegen. Sie gab ein paar Zentimeter nach, dann prallte etwas von der anderen Seite dagegen.

«Du musst das nicht tun, Hannah. Ich möchte es genauso sehr zu Ende bringen wie du.»

Seine Stimme.

Sie hörte ein Scharren, und der Druck von der anderen Seite hörte auf. Ein Tisch wurde krachend umgeworfen.

Hannah wich einen Schritt zurück und trat die Tür ein. «Dann lass dir von mir helfen», sagte sie und feuerte in die Dunkelheit. Diesmal hielt sie die Waffe nicht richtig, und der Rückstoß ließ den Kolben schmerzhaft gegen ihr Schlüsselbein prallen. Das Küchenfenster explodierte.

Ein Schrei. Hatte sie ihn erwischt? Ein Schatten tanzte wie wild an der Hintertür. Er kämpfte mit dem Griff. Sie rannte auf die Gestalt zu.

In diesem Moment riss der Schatten die Tür auf und flüchtete nach draußen. Kies knirschte und spritzte. Hannah rannte zur Tür, die in diesem Moment zuflog und ihr gegen den Kopf knallte. Schmerz durchzuckte sie, doch sie ignorierte ihn. Riss die Tür auf. Rannte hinaus in die Nacht.

Jakab hatte die Ecke des Hauses erreicht und verschwand mit einem Satz. Hannah folgte ihm kreischend vor Wut. Sie kam um die Ecke und sah ihn den Weg zur Brücke hinunterlaufen. Zu seiner Linken eine Reihe von Bäumen. Zur Rechten der Fluss.

Sie hielt an. Verlagerte ihr Gewicht auf das linke Bein. Schützenhaltung. Hob die Flinte, folgte seiner Bewegung.

Beide Läufe sind abgeschossen, Hannah.

Fluchend klappte sie den Lauf auf. Hörte, wie die Patronenhülsen aus dem Lager flogen. Der charakteristische Geruch von Pulver stieg ihr in die Nase.

Sie kramte in den Gesäßtaschen nach neuen Patronen. Schob die erste in den rechten Lauf. Die zweite wollte nicht passen. Sie zitterte zu viel. Die Patrone hüpfte ihr aus den Fingern. Landete auf dem Boden.

Vergiss es. Keine Zeit. Jakab drohte zu entkommen. Sie klappte die Flinte zu und hob die Waffe an die Schulter. Jakab war nur noch ein undeutlicher Schatten in der Dunkelheit. Sie hielt auf den Schatten, schwenkte die Waffe. Schloss das linke Auge. Feuerte.

Die Flinte bockte. Der Schuss *krachte.* Voraus war nichts als Dunkelheit zu erkennen. Sie lauschte und vernahm das schnell leiser werdende Geräusch sich entfernender Schritte.

Hannah senkte die Waffe. Sie hyperventilierte. Schweiß brach ihr aus allen Poren. Ihr linkes Auge fühlte sich klebrig an. Sie hob die Hand, betastete ihre Stirn. Blutig. Eine lange Platzwunde, von der Nasenwurzel bis zum Haaransatz.

Plötzlich raschelte zu ihrer Linken das Unterholz, laut und heftig. Sie stolperte erschrocken zurück. In diesem Moment sprang ein Hirsch unter den Bäumen hervor.

Er blieb auf dem Weg stehen, schlitternd, während die Hufe Halt suchten. Der Kopf schwang zu Hannah herum, die dunklen, glänzenden Augen begegneten ihrem Blick, und das Tier erstarrte. Seine Flanken hoben und senkten sich, als er röhrte, und aus seinem Maul stieg eine Dampfwolke auf. Das Tier war riesig, und sein Geweih hatte so viele Verzweigungen wie ein Baum Äste.

Hannah hob das Gewehr, obwohl sie wusste, dass es nicht geladen war. Sie hob es trotzdem.

Der Hirsch bewegte den Kopf zur Seite und beobachtete sie. Und dann bemerkte sie fassungslos, wie er die Vorderbeine abknickte und niederkniete. Er zog die Hinterbeine unter den Leib und wartete.

Hannah starrte das Tier verständnislos an.

Erst ganz langsam dämmerte ihr, dass der Lärm, der hinter ihr ertönte und den sie bisher weder gehört noch beachtet hatte, Schreie waren. Die Schreie ihrer Tochter Leah.

KAPITEL 17

Oxford
1997

Dünner Nebel senkte sich herab, als Charles den Wagen zwei Straßen entfernt von Becketts Haus parkte.

Eine Nacht war vergangen seit ihrem Treffen im Botanischen Garten der Universität. Charles hatte seitdem nicht geschlafen und die Unterhaltung wieder und wieder durchgespielt, als er neben Nicole in der Dunkelheit gelegen hatte. Schließlich hatte er akzeptiert, dass er in dieser Nacht wohl keinen Schlaf mehr finden würde. Resigniert schlich er nach unten in sein Arbeitszimmer, zog die Vorhänge zu und setzte sich an seinen Schreibtisch. Aus einer verschlossenen Schublade nahm er die Tagebücher, die Übersetzungen sowie sein Notizbuch mit dem selbsterstellten Register nebst Anmerkungen.

Er fluchte, als er feststellte, dass die Eleni an drei Stellen erwähnt wurden. Warum hatte er nie daran gedacht, diesen Verweisen nachzugehen? Außerdem – warum hatte er Beckett angelogen? Er erinnerte sich an seine Worte. *Die Eleni waren die Organisation, die mit der Durchführung des Genozids beauftragt war.*

Im Verlauf seiner Nachforschungen hatte Charles mehrere Schilderungen gefunden, wie das Massaker an den *hosszú életek* angeblich durchgeführt worden war, einschließlich einer denkwürdigen Passage in den Tagebüchern von Hans Fischer.

Einer Version zufolge waren die jungen *életek* während ihres *végzet* im Gebäude eingesperrt und das Haus in Brand gesteckt worden. Nach einer anderen waren sie in einen Lastkahn auf der Donau gesteckt und versenkt worden. Die alten *életek* wurden, sofern man sie fand, erschossen, aufgehängt oder geköpft. Gleichgültig, welche Methoden zum Einsatz gekommen waren, das Resultat war in allen Fällen das Gleiche: ein Massaker. Charles klappte sein Notizbuch zu und ging zum Barschrank, wo er sich einen Glenlivet einschenkte.

Du fängst an zu zweifeln, richtig? Zwanzig Jahre der Dauerberieselung mit diesem Märchen zeigen allmählich ihre Wirkung. Dein Verstand ist verunreinigt, und jetzt bist du nicht mehr imstande, Mythos und Realität auseinanderzuhalten.

Er setzte sich wieder in seinen Sessel und schwenkte sein Glas. Fing er vielleicht an, seine Fähigkeit zu rationaler Überlegung einzubüßen? Er nahm einen Schluck vom Whisky und ließ die Flüssigkeit durch seine Kehle rinnen, während er über sein Treffen mit Beckett nachdachte. Wie war es möglich, dass der alte Gelehrte ein hundert Jahre altes königliches Dekret besaß? Und warum hatte er auf Charles' Frage nach seiner Herkunft so ausweichend geantwortet? Während der gesamten Unterhaltung hatte Charles das Gefühl gehabt, dass Beckett ihn abschätzend beobachtete und sich insgeheim über ihn lustig machte – einen Mann, mit dem er seit mehr als zwei Jahrzehnten befreundet war.

Ist Jakab in Becketts Rolle geschlüpft?

Charles hustete erstickt. Würgte beinahe. Er beugte sich vor und stellte das Glas auf den Tisch. Whisky schwappte auf seine Notizen. «Mach halblang, alter Dummkopf», murmelte er. «Du steckst schon viel zu lange in dieser Geschichte. Sie hat Nicoles Verstand getrübt, und jetzt trübt sie deinen.»

«Wie geht es übrigens Ihrer Frau, Nicole?»

«Gut, danke.»

«Ist lange her, dass wir uns gesehen haben. Wir sollten uns vielleicht zum Essen verabreden. Was meinen Sie?»

Charles spürte, wie ihm das Blut in den Adern gefror, als es ihm dämmerte. Er war ganz sicher: In den zwanzig Jahren, seit sie zusammen waren, hatte Beckett Nicole kein einziges Mal gesehen, war ihr nie begegnet, hatte sich nie auch nur nach ihr erkundigt. Der Mann war ein fanatischer Junggeselle, allseits bekannt für seine Ansicht, dass Frauen nur eine Ablenkung waren und ein Ärgernis. Und was die Verabredung zum Essen betraf: Eine Tüte Schinken-Chips im Eagle and Child war so ziemlich das Einzige, was Beckett jemals vorgeschlagen hatte.

Charles starrte auf den Buchrücken von *Legacy of the Germanic Peoples* im Regal gegenüber. Das einzige Exemplar, das Nicole nicht außer sich vor Wut zerrissen hatte. Gleich daneben stand das viel dünnere *Journal of European Folklore and Mythology* mit seinem Artikel darin, *Hosszú életek: Geburt und Tod einer ungarischen Legende.*

War es möglich, dass er in einer Orgie der Eitelkeit ein Monster geweckt hatte? Bestand die Möglichkeit, dass alles, was Hans Fischer und Anna Bauer jemals in ihre Tagebücher geschrieben hatten, der Wahrheit entsprach? Hatte Erna Novák ihr Leben tatsächlich durch den *Merénylő* eines *Főnök* verloren?

Sein Kopf pochte. Er leerte sein Glas und schenkte sich einen weiteren Whisky ein.

Das war neun Stunden her. Jetzt parkte er den Wagen in einer ruhigen Straße ein paar Hundert Meter von Becketts Wohnung entfernt, schaltete den Motor aus und löste seinen Sicherheitsgurt. Er betrachtete sich im Rückspiegel. Seine Augen waren blutunterlaufen, die Folge von zu viel Whisky und einer schlaflosen Nacht. Auf seinen Wangen zeigte sich ein Stoppelbart. Es war das erste Mal seit Jahren, dass er sich nicht rasiert hatte.

Neben ihm auf dem Beifahrersitz lag eine große Ledertasche. Hatte er wirklich vor, das zu tun?

Allerdings. Er musste es wissen. Er schuldete es Nicole. Herrgott, er schuldete ihr *alles*, sollte sich sein ungeheuerlicher Verdacht als richtig erweisen.

Er öffnete die Tasche, nahm eine Metallbox hervor und legte sie in seinen Schoß. Er öffnete die beiden Schnappverschlüsse und hob den Deckel. Gepolstert und mit Stoffstreifen gesichert, lag darin die Pistole seines Vaters. Es war eine Luger 08, die er gegen Ende des Krieges einem Wehrmachtsoffizier in Berlin abgenommen hatte. Charles hatte keine Munition für die Waffe, aber das konnte Beckett – beziehungsweise das Ding, das sich als Beckett ausgab – nicht wissen.

Er erschauerte. Wie einfach es doch plötzlich war zu glauben. Wie erschreckend, furchteinflößend. Er schob die Pistole in seine Manteltasche, öffnete die Wagentür und stieg aus.

Becketts Wohnung befand sich in einem großen viktorianischen Reihenhaus, einer ehemaligen Stadtvilla. Am Straßenrand reihte sich ein Auto an das nächste. Charles ging über den Bürgersteig, den Kopf eingezogen wegen des leichten Nieselregens. Er stieg die Stufen zur Eingangstür hinauf, sammelte sich und klingelte. Eine Minute später hörte er Schritte auf der Treppe, und ein Schatten tauchte hinter der Scheibe auf.

Die Tür wurde geöffnet, und Beckett streckte den Kopf heraus. Als er Charles erblickte, grinste er erfreut. «Charles! Was für eine Überraschung! Gerade habe ich an Sie gedacht. Was für ein Zufall!»

«Hallo, Patrick.»

«Na, bleiben Sie nicht draußen im Regen stehen! Herein mit Ihnen, nur herein!»

Beckett öffnete die Tür ganz, und Charles stieg über einen Haufen Pizza-Flyer und betrat den gefliesten Flur. An einer Seite standen zwei alte Fahrräder, an eine gusseiserne Heizung gelehnt. Daneben ein nasser aufgespannter Schirm.

Charles folgte Beckett die Treppe hinauf in seine Wohnung. Es roch nach Staub und Katzenklo. In der Diele lag ein alter Läufer auf einem noch älteren Teppichboden. Der Raum war vollgestellt mit Bücherregalen. Als der Platz nicht mehr gereicht hatte, war Beckett dazu übergegangen, die Bücher in schiefen Stapeln auf dem Boden abzulegen.

Beckett ging voraus, und Charles folgte ihm.

Eine Stehlampe in der Ecke tauchte den Raum in warmes Licht. Beckett ließ sich in einen Lehnsessel fallen und deutete auf eine Couch mit einer Überwurfdecke. Charles nahm darauf Platz. Er spürte, wie die Federn unter seinem Gewicht nachgaben.

Auch hier lagen überall Stapel von Büchern. Über dem Kamin ein Stadtplan vom Oxford des achtzehnten Jahrhunderts. Auf dem Kaminsims eine gerahmte Sepia-Fotografie von Becketts Mutter. Daneben auf einem Holzgestell ein Gurkha-Messer. An einem Beistelltisch mit einem alten Schwarzweißfernseher lehnte ein Einrad. Unter dem Tisch lagen drei bunte Jonglierkegel mit einer dichten Staubschicht darauf.

Beckett stieß einen erschrockenen Laut aus und sprang auf. «Verzeihen Sie, Charles! Sie kommen zu mir nach Hause, und ich beherzige nicht einmal die einfachsten Regeln der Gastfreundschaft!» Er rieb sich die Hände. «Etwas zu trinken? Pastete?»

«Danke, nein.»

«Was dagegen, wenn ich …?»

«Nicht im Mindesten.»

«Großartig. Also ich … ich esse etwas. Bin gleich wieder da.»

Beckett zwängte sich an einem beladenen Wohnzimmertisch vorbei, kippte eine Box mit Papieren um und verließ den Raum.

Charles schob die Hand in die Manteltasche und fühlte das kalte Metall der Luger. Jetzt, da er hier war, erschien ihm der Gedanke, Beckett könnte nicht Beckett sein, geradezu absurd. Er beobachtete eine Katze, die in den Raum tappte und auf die Sofalehne sprang. Sie betrachtete ihn gleichgültig und gähnte.

Beckett kehrte zurück, in der einen Hand ein Pint Bier, in der anderen ein Stück Fleischpastete, von der ein Bissen fehlte. Als er die Katze sah, fluchte er und verstreute dabei Krümel von Gebäck. «Ramses! Sofort runter da! Also wirklich, Charles – diese elenden Katzen! Die meiste Zeit über kann ich die Biester nicht ausstehen! Ich glaube, ich bin sogar allergisch gegen sie! Ich sollte stattdessen Hunde halten. Bei Hunden weiß man wenigstens, woran man ist. Was für ein törichter Missgriff.»

«Wie viele Katzen haben Sie, Patrick?»

«Fünf. Nein, vier. Drei. Eine hab ich verloren. Oder zwei. Die Nachbarsfrau von unten hasst sie. Ich kann es ihr nicht verdenken. Ich wünschte, ich hätte gewusst, dass Sie vorbeikommen. Dann hätte ich vorher ein wenig aufgeräumt.» Beckett trank von seinem Ale. «Cheers.»

«Kein Pálinka heute, wie?»

Beckett lachte. «Guter Punkt. Wir sollten wahrscheinlich anstoßen, angesichts Ihrer jüngsten Errungenschaften. Warten Sie, irgendwo hab ich eine Flasche. Aber um ehrlich zu sein, ich hasse dieses Zeug.»

Charles starrte Beckett an. Beckett begegnete seinem Blick, dann sah er zum Kamin. Charles folgte seinem Blick zu der Machete an der Wand. Ihre Augen begegneten sich erneut. Beckett lachte und zeigte seine riesigen Zähne. «So, da sind Sie also. Das ist schön, Charles. Nett, endlich mal wieder richtig plaudern zu können.»

«Ich würde gern an unsere letzte Unterhaltung anschließen.»

«Tatsächlich?»

«Beispielsweise möchte ich, dass Sie mir mehr über die Eleni erzählen.»

«Ah.» Beckett trank einen großen Schluck Bier, dann biss er in die Pastete. Er kaute eine scheinbare Ewigkeit, bevor er den Bissen hinunterschluckte. «Die guten alten Eleni. Die guten? Oder besser die niederträchtigen, verschlagenen? Letzteres ist wohl eher passend, nicht wahr? Wir dachten, Hitler wäre ein Soziopath. War er auch. Genau wie die Eleni.»

«Erzählen Sie mir, was Sie über die Eleni wissen, Patrick.»

«Sie sind der Experte, Charles, nicht ich.»

«Es interessiert mich trotzdem.»

Beckett ließ sich in seinen Sessel sinken. «Ein geheimes Todeskommando, aufgestellt mit dem Ziel, die *hosszú életek* vom Angesicht des Planeten zu tilgen. Allem Anschein nach haben sie ganze Arbeit geleistet.» Er kicherte. «Es sei denn, Sie wissen etwas, das ich nicht weiß.»

«Sie existieren heute noch.»

«Ha. Nachahmer vielleicht. Sie wissen ja, wie das mit diesen Dingen heutzutage läuft.»

«Ich würde gerne noch einmal einen Blick auf die Schriftrolle werfen.»

«Ja, natürlich.» Beckett blinzelte und sah Charles ratlos an. «Äh, welche Schriftrolle?»

«Die Schriftrolle, die Sie mir gestern gezeigt haben, Patrick.»

Der Gelehrte runzelte die Stirn. «Mein guter Freund, wollen Sie den alten Patrick auf den Arm nehmen, oder was?»

«Das königliche Dekret.»

«Charles, ganz ehrlich, ich werde ein wenig alt und ein

wenig langsam. Ich muss gestehen, ich habe nicht die leiseste Ahnung, wovon Sie reden. Ich war gestern den ganzen Tag hier.»

«Aber wir haben uns im Botanischen Garten getroffen.»

«Bei meinem Heuschnupfen? Ich kann nicht mal mitten im Winter in den Botanischen Garten! Man sollte glauben, Katzen sind schlimm. Aber versuchen Sie's bei mir mit Pollen. Ich niese mir die Lunge aus dem Leib, wenn ich auch nur an den Botanischen Garten denke!»

Charles spürte, wie sich seine Brust zusammenzog. «Patrick, wann haben Sie Nicole zum letzten Mal gesehen?»

«Wen?» Der Gelehrte kratzte sich am Kopf. «Ist das etwa eine Art Initiationsritus?»

Ohne ein weiteres Wort sprang Charles auf, rannte durch die Wohnung, die Treppe hinunter und nach draußen auf die Straße.

Nicole lag auf dem Bett, ein Kissen in den Armen, als die Hintertür knallte und Charles ihren Namen rief.

«Hier oben!» Nicole hörte, wie er die Treppe hochgestapft kam, und als er die Tür zum Schlafzimmer öffnete, rollte sie sich herum und lächelte ihn an.

Er sah furchtbar aus. Zum ersten Mal, seit sie ihn kannte, hatte er sich nicht rasiert. Und seine Augen sahen anders aus. Gehetzt. Ruhelos.

«Hallo.» Er starrte auf sie herunter und bemerkte das Journal aufgeschlagen auf dem Bett liegen: *European Folklore and Mythology.* «Du hast es also gelesen.»

Sie zuckte die Schultern. «Die Neugier war am Ende größer.»

«Sie gewinnt immer. Bei uns allen.»

«Ist alles in Ordnung mit dir?»

Er schloss die Tür und kam zum Bett. «Ich denke, wir müssen über ein paar Dinge reden.»

Sie klopfte auf die Bettdecke. «Ich denke, das sollten wir.»

«Nicole ...» Seine Stimme brach. Er setzte sich auf das Bett, den Kopf gesenkt.

«Charles, weinst du?»

Er wischte sich über die Augen und schüttelte den Kopf.

«Was ist denn?» Sie stützte sich auf einen Arm. «Was stimmt nicht?»

«Nicole ... mein Gott, Nicole. Womit habe ich das Glück verdient, dich zu finden?»

«Unglaubliches Glück, würde ich sagen.» Sie streckte die Hand nach ihm aus, zog ihn zu sich herunter.

«Wenn ich dich je verliere ...»

«Du warst ganz nah dran.»

«Willst du wirklich hierbleiben?», fragte er. «In Oxford?»

«Du nicht?»

Er seufzte, berührte ihr Gesicht. «Ich liebe dich so sehr.»

«Ich weiß. Du hast manchmal eine merkwürdige Art, das zu zeigen, aber ich weiß, dass du mich liebst. Komm her.»

Sie zog ihn an sich. Und dann – zum ersten Mal seit Wochen – liebten sie sich. Hinterher, nackt in seinen Armen, dachte sie darüber nach, wie sehr sie seine Nähe vermisst hatte. Sie hatte ihn noch nie so verwundbar erlebt, hatte ihn noch nie weinen sehen. Es beunruhigte sie, machte ihr Angst. Sie fragte sich, was die Ursache sein mochte.

Charles rührte sich. Er drehte sich auf die Seite und starrte ihr in die Augen. «Ich tue, was immer du möchtest.»

Sie streckte die Hand aus und kraulte ihm den Kopf. «Ich bin ein Glückspilz, schätze ich. Der große Professor Charles Meredith liegt vor mir auf den Knien, bereit, mir jeden Wunsch zu erfüllen.»

«Ich meine es ernst, Nicole. Was immer du möchtest.» Er sah zum Nachttisch, wo die Tagebücher ihrer Vorfahren ordentlich aufgestapelt lagen. «Was ist das?»

Nicole lächelte. Es gelang ihr, nicht vor ihm zurückzuzucken. Sie hoffte, dass ihr Gesicht sie nicht verriet. «Ein paar alte Bücher, weiter nichts.»

Er nickte.

Sie wollte nach Luft schnappen, zwang sich stattdessen, gemessen zu atmen, und studierte sein Gesicht. Die Kinnpartie, die erschlaffte Haut an seinem Hals, seine buschigen Augenbrauen, das verfilzte Haar.

Und dann erhob sie sich nackt vom Bett, so gelassen, wie es ihr möglich war. Sie spürte seine Augen auf ihrem Körper, als sie den Morgenmantel anzog. Als sie sich zu ihm umdrehte, grinste er. Ein Raubtiergrinsen.

«Ich mache uns Kaffee», sagte sie.

«Ich komme gleich nach.»

Nicole ging in den Flur. Zwei Tränen rollten über ihre Wangen. *Lass es ihn nicht sehen. Er darf keinen Verdacht schöpfen.*

War Charles tot? War es bereits zu spät? Den Flur entlang zur Treppe. Einen Absatz hinunter und dann noch einmal die gleiche Anzahl von Stufen bis in die Diele.

Durch zur Küche, wo sie den Wasserkocher füllte, einstöpselte und sich umdrehte und sah, dass der Mann, der aussah wie ihr Ehemann, aber wahrscheinlich nicht ihr Ehemann war, ihr gefolgt war.

Zitternd öffnete sie einen Schrank und nahm zwei Tassen hervor. Holte die Kaffeepackung aus dem Kühlschrank. Gab ein paar Löffel in die Cafetière. Ließ die Packung fallen bei dem Versuch, sie zurück in den Kühlschrank zu stellen.

Kaffeepulver ergoss sich in einer braunen Flutwelle über den Boden. «Jesses!»

Die Kreatur, die möglicherweise nicht Charles war, schüttelte den Kopf. «Nicht schlimm. Wo ist der Besen?»

«Ich kann das selbst.» Nicole holte Handfeger und Kehrblech und kehrte zitternd das braune Pulver auf. Sie leerte das Blech in den Mülleimer. Das Wasser kochte, und sie goss es in die Cafetière. «Ich habe Sarah gesehen heute Morgen.»

«Oh, tatsächlich?»

Es gab keine Sarah. Sie stand mit dem Gesicht zum Tresen, den Rücken zu ihm, und unterdrückte ein Schluchzen. «Sie sagt, du hättest dich bereit erklärt, wieder ihre Französischklasse zu unterrichten.»

«Oh. Habe ich?»

«Anscheinend.»

«Ich kann mich nicht erinnern. Aber ja, gerne.»

Neben der Cafetière stand der Wasserkocher. Neben dem Wasserkocher der Toaster. Neben dem Toaster ein Holzblock mit sechs unglaublich scharfen Sabatier-Messern, die Nicole aus Thiers mitgebracht hatte.

Sie warf einen Blick über die Schulter. Er saß in der Frühstücksnische und hatte ein gerahmtes Foto von der Fensterbank genommen, das er nun aufmerksam studierte. Es war ein Foto von Hannah, aufgenommen, als sie dreizehn gewesen war. Sie sitzt in einem Kanu, eine Schwimmweste über der Jacke, und lächelt in die Kamera. Sie hatten Urlaub gemacht an der Dordogne. Zwei Wochen Camping am Fluss, kochen auf einem Butangasofen, Geschichten erzählen unterm Sternenhimmel.

Der Mann, der aussah wie Charles, blickte zu ihr hoch und grinste, und Nicole gestand sich endlich ein, dass er ein Doppelgänger war. Sie drehte sich zum Küchentresen um, befürchtete, ihre Beine könnten nachgeben. Nicht auszudenken. Auf dem Boden liegend, mit dem Monster hinter ihr. Sie schluckte schwer und zwang sich, nicht blind wegzurennen.

Wie lange hatte Petre in Carcassonne die Rolle ihres Vaters eingenommen, bevor er ihn umgebracht hatte? Tage? Wochen? War es das erste Mal, dass Jakab sie besuchte? Das zehnte Mal? Wäre ihm nicht der kleine Fehler oben im Schlafzimmer unterlaufen, sie hätte nie im Leben Verdacht geschöpft.

Du hast mit ihm geschlafen.

Charles' Erfolg als Autor musste ihn hergelockt haben. Das Buch mit dem verdammten Schutzumschlag und ihrem Foto. Oder der Artikel im Journal. Beide waren im letzten Monat erschienen. Wie lange hatte Jakab gebraucht, um sie zu finden? Wie lange, um Charles ausfindig zu machen? Es konnten nicht mehr als ein paar Wochen sein, vielleicht nur ein paar Tage. Vielleicht war es das erste Mal, dass er sie besuchte. Falls das so war, dann lebte ihr Mann möglicherweise noch.

Vielleicht.

Eventuell.

«Der Juwelier hat angerufen», sagte sie.

«Oh, tatsächlich?»

«Ja. Deine Uhr ist fertig.»

«Ich gehe sie gleich morgen früh holen.»

Nicole hörte, wie er hinter sie trat. Es gab keinen Juwelier. Es gab keine Uhr.

Sie drehte sich um.

Jakab stand vor ihr, das Foto von Hannah in den Händen, und lachte.

Sie nahm die Cafetière vom Tresen und schleuderte ihm den Inhalt ins Gesicht. Kochender Kaffee überflutete sein Gesicht, und er schrie und stolperte rückwärts. Der Bilderrahmen fiel ihm aus den Händen und landete auf dem Fliesenboden, wo er klirrend zersprang.

«Hast du eine Ahnung, wie weh das tut?», brüllte er. Als er sich aufrichtete, sah sie, dass seine Gesichtsfarbe ein helles, verbrühtes Rot war. Kaffee tropfte ihm vom Kinn. Er lachte wieder, wie irre diesmal. «Aber es macht einen wach, wie? Das ist es doch, was sie über guten Kaffee sagen? Er gibt dir einen Kick, macht dich wach.»

Nicole riss ein Sabatier-Messer aus dem Block. Dabei kippte der Holzblock und fiel vom Tresen. Die Messer landeten klappernd auf dem Boden. Sie sprang vor und stieß nach ihm. Er war schnell – viel zu schnell – und schützte sein Gesicht mit dem Arm. Die Klinge glitt durch das Gewebe seiner Jacke. Blut spritzte.

Nicole sprang vor, entschlossen, ihm das Messer ins Gesicht zu rammen. Er wich aus. Bevor sie das Messer weit genug zurückziehen konnte, um ein zweites Mal zuzustoßen, rutschte sie auf dem nassen Boden aus. Sie kippte hintenüber und krachte im Fallen mit dem Kopf gegen den Tresen.

Sie lag auf den Fliesen, alle viere ausgestreckt, und spürte, wie der heiße Kaffee ihre Beine verbrannte. Der Aufprall hatte sie halb betäubt, und der Schock war so stark, dass sie sich nicht bewegen konnte. Sie sah an sich hinunter und stellte fest, dass ihr Morgenmantel vorne aufklaffte und sie in ihrer ganzen Nacktheit dalag. Sie stöhnte vor Entsetzen auf.

Jakab riss ein Handtuch von der Rückenlehne eines Stuhls und wischte sich damit das Gesicht. Die roten Flecken verblassten bereits wieder. Er schleuderte das Handtuch beiseite und untersuchte den Schnitt in seiner Jacke. «Oh, du gottverdammtes Miststück! Sieh dir an, was du getan hast! Ernsthaft, Nicole, sieh es dir an! Weißt du überhaupt, wie gerne ich diese Jacke hatte? Ich habe Charles letzte Woche etwas Ähnliches tragen sehen und überall danach gesucht.»

Links von ihr lag ein kleines Filetiermesser knapp in Reichweite. Sie streckte die Finger danach aus.

Jakab ging vor ihr auf und ab, während er die Hände an die

Seiten seines Kopfes presste. «Beruhige dich, Jakab, beruhige dich», sagte er immer wieder. «Es ist nicht zu spät, nein, es ist nicht zu spät. Du musst retten, was zu retten ist. Ja. Darin bist du doch gut.»

Nicole berührte den Griff des Messers. Ihr Magen drehte sich um. Sie befürchtete, sich übergeben zu müssen.

Jakab schnappte nach dem kaputten Bild auf dem Boden und kam mit dem Foto zu ihr. «Wer ist das? Wer ist das?»

Ihre Finger fischten nach dem Griff. Schlossen sich um ihn.

«Das ist Erna, ganz klar. Aber wie? Sie ist tot, Nicole! *Tot!* Und das hier ist ein Farbfoto!» Er hielt ihr das Bild unter die Nase.

Sie zog das Messer heran.

«Muss das wirklich sein, Nicole?» Er hob den Fuß und stampfte auf ihr Handgelenk. Die Knochen gaben knirschend nach. Sie schrie auf und zog den zerschmetterten Arm an sich.

Jakab trat das Filetiermesser durch den Raum. Er bemerkte die anderen Messer und trat sie ebenfalls weg. «All die Zeit der Suche nach dir, Nicole. All die Jahre. Und sieh dich an. Du bist alt! Alt! Alt und tückisch. Bösartig!» Er hielt inne, atmete durch. «Wer ist dieses Mädchen?»

«Das bin ich, Jakab.»

«Lügnerin! Steh auf!»

Sie kreuzte die Beine. «Wo ist Charles?»

«Steh auf!»

«Was hast du mit ihm gemacht?»

«Er ist tot. Und jetzt beantworte meine Frage!»

Sie schrie auf, und ihr Herz drohte zu zerreißen.

Jakab riss an ihrem Arm und zerrte sie auf die Füße. Er warf sie mit dem Rücken gegen den Tresen. «Ich frage dich ein letztes Mal. *Wer* ist sie? *Wo* ist sie?»

Tränen liefen ihr über die Wangen. Nicole starrte das Monster an, das aussah wie ihr Mann, ohne ihr Mann zu sein.

Jakab holte aus und schlug ihr mit der Faust ins Gesicht.

Als sie zu sich kam, saß sie zusammengesunken auf einem Stuhl in der Frühstücksecke beim Fenster. Ihr rechtes Auge war zugeschwollen. Im Mund hatte sie einen Geschmack nach Blut. Benommen hob sie den Kopf und sah sich um.

Jakab saß ihr gegenüber am Tisch. Er hatte die ruinierte Jacke ausgezogen und trug nun einen von Charles' Kaschmir-Pullovern. Oxford Blue.

Auf dem Tisch vor ihr standen acht gerahmte Fotos. Er schien das Haus danach abgesucht zu haben, während sie bewusstlos gewesen war. Jedes der Bilder zeigte Hannah.

Hannah als Engel verkleidet bei einer Theateraufführung in der Schule.

Hannah auf einem Spielfeld mit Hockeyschläger und Ball.

Hannah auf einem Trampolin.

Hannah und Charles beim Plantschen im Meer.

«Ihr Name ist Hannah», sagte Jakab. «Und sie ist deine Tochter.»

Nicole schwieg. Sie sah zu ihm hoch. Starrte ihm in die toten Augen.

«Weißt du, ich wollte wirklich nicht, dass das passiert», fuhr er fort. «Ich wollte wirklich, wirklich, dass es funktioniert. Trotz meiner Worte vorhin – dass du alt und bösartig bist – habe ich genossen, was wir im Bett gemacht haben. Deine aggressive Ader hat definitiv auch eine positive Seite.»

Sie spuckte ihn an. Ein dicker Klumpen Blut zerplatzte an seiner Wange.

Er seufzte. «Aber du *bist* bösartig. Es ist eine Schande, ehrlich. Wo finde ich sie?»

«Vorher bringe ich dich um.»

Jakab wischte sich Blut und Speichel aus dem Gesicht. Dann stand er auf und ging durch die Küche. Er kehrte mit einem Tuch zurück, an dem er sich die Finger abwischte.

Er umrundete den Tisch und setzte sich zu ihr. «Du wirst es mir nicht sagen. Ich habe auch nicht geglaubt, dass du es tust. Nicht wirklich, meine ich. Du bist stur. Halsstarrig, genau wie die anderen alle. Kein attraktiver Charakterzug, Nicole.»

Er streckte die Hände nach ihr aus. Sie zuckte zusammen, wollte zurückweichen, doch das führte nur dazu, dass sich um sie herum alles drehte.

Jakab begann zu reden, leise, beruhigend, als spräche er zu einem verwundeten Tier, das er heilen wollte.

Vielleicht ist es das, was ich bin, dachte sie. *Ein verwundeter Vogel. Zu schwer verwundet.*

«Ich werde jetzt deinen Kopf in meine Hände nehmen, ganz sanft, ganz behutsam», sagte er, indem er ihren Kopf packte und die Finger durch die Haare über ihren Ohren schob. «Und du wirst es zulassen, *ganz genau so,* ganz genau so. Du weißt es vielleicht nicht, wahrscheinlich sogar, aber das ist ein ganz alter Zaubertrick der *hosszú életek.* Ein ziemlich guter obendrein. Keine Ahnung, wie er funktioniert – ich weiß nicht mal genau, wie ich es mache. Aber er funktioniert, und das ist schließlich die Hauptsache.»

Sie spürte seine Handflächen an ihren Schläfen, spürte eine plötzliche Wärme aus seinen Händen strömen. Sie wollte den Kopf wegdrehen, doch Jakab hielt ihn fest, während er sie anlächelte, unentwegt anlächelte. Die Wärme aus seinen Händen wurde zu Hitze, und dann plötzlich spürte sie eine Lanze aus Schmerz in ihrem Kopf.

«Es tut nicht lange weh», sagte er zu ihr. «Das war schon alles. Entspann dich.»

Sie spürte, wie ihr Herz in der Brust loshämmerte, wie sich ihr Pulsschlag beschleunigte. Ihr Unterkiefer fiel herab, sie ächzte, spürte, wie ihr Blut anfing zu kochen. Unerträglicher Druck staute sich in ihrer Kehle, in ihrem Kopf. Ihr Schädel fühlte sich an, als würde er sich nach außen wölben. Ihre Ohren knackten.

Dann, ganz plötzlich, spürte sie, wie in ihrem linken Auge etwas zerbarst. Sie blinzelte durch eine Woge aus Rot. Sie öffnete den Mund, wollte schreien.

Jakab legte den Kopf zur Seite, während er sie beobachtete. «Das ist immer der faszinierendste Teil, finde ich. *Wo* gehst du hin?»

Charles parkte den Wagen auf der Straße vor dem Haus, schaltete den Motor aus und löste den Sicherheitsgurt. Er rieb sich das Gesicht und starrte auf den Schweiß, der auf seinen Fingern glänzte. Eine Frage wiederholte sich endlos in seinem Kopf.

Was hast du getan?

Der Mann, den er zuvor besucht hatte, war ohne jeden Zweifel Beckett. Woraus folgte, dass die Kreatur, mit der er sich am Vortag im Botanischen Garten getroffen hatte, nicht Beckett gewesen war. Sie hatten identisch ausgesehen, identisch geklungen, sich identisch verhalten. Doch der Doppelgänger, der ihm das königliche Dekret gezeigt hatte, hatte sich im Stillen an Charles' Unbehagen geweidet. Hatte ihn mit den Augen verhöhnt.

Charles starrte auf sein Haus, das Heim, das er in den vergangenen zwölf Jahren mit Nicole geteilt hatte. Was sollten sie jetzt tun? Die Erfahrungen jener, die diesen Pfad bereits beschritten hatten, ließen vermuten, dass es nur eine Option gab: Flucht. Auf der Stelle. Das Notwendigste zusammenpacken, die wenigen kostbaren, unersetzlichen Sachen – Briefe, Fotografien. Nicole finden. Hannah aus der Schule abholen. Weggehen.

Was hast du getan?

Er wusste, wo ihre Pässe lagen, wusste, wo die wichtigen Dokumente aufbewahrt wurden. Er hatte ungefähr eintausend Pfund in Bargeld im Haus. Genug für die unmittelbaren Bedürfnisse. Er konnte schnell weiteres Geld besorgen.

Ein Schatten bewegte sich hinter der Milchglasscheibe der Eingangstür. Instinktiv duckte sich Charles auf den Beifahrersitz. Er hob den Kopf und sah einen identischen Charles Meredith auf die Straße treten.

«Oh mein Gott, nein!»

Die Kreatur trug seinen blauen Lieblingspullover. Sie schloss hinter sich die Tür und ging zur Straße.

Charles rollte sich vom Sitz und verbarg sich im Fußraum. Er bemerkte, dass er unkontrollierbar zitterte. Er wusste nicht, wie lange er dort gelegen hatte, doch als er sich wieder nach oben wagte und suchend die Straße hinauf- und hinunterblickte, war sein Doppelgänger verschwunden. Charles stieg aus dem Wagen. Er spürte, wie sich seine Kiefer bewegten und wie seine Zähne im Mund klapperten.

Im Flur rief er den Namen seiner Frau. Sämtliche Lichter brannten. Er durchquerte den Flur bis zur Küche, und ihm fiel auf, dass viele der Bilder an den Wänden verschwunden waren. Flecken auf der Tapete kündeten von ihrem Fehlen.

Er öffnete die Tür zur Küche und fand am Boden eine große Lache von etwas, das aussah wie Kaffee. Personen waren hindurchgelaufen oder darin ausgerutscht und hatten Spuren hinterlassen. In einer Ecke lag ein leerer Messerblock. In einer anderen die dazugehörigen Messer. Auf der Arbeitsfläche ein blutiges Geschirrhandtuch. Auf dem Küchentisch sah er eine

Ansammlung Bilderrahmen, aufgestellt mit dem Rücken zu ihm.

Auf einem Stuhl, das Gesicht zu ihm gewandt, saß Nicole.

Charles schloss hinter sich die Tür. Das Telefon hing an der Wand neben dem Kühlschrank. Auf einer Korktafel darüber befand sich eine Liste mit sämtlichen wichtigen Nummern. Nicole hatte sie für ihn aufgehängt, weil er ständig irgendwelche Dinge verlegte. Charles starrte auf die Liste und suchte nach der benötigten Nummer. Dann nahm er den Hörer und wählte.

Eine Frau nahm ab.

Charles räusperte sich und erklärte der Frau, dass er mit Hannah Meredith sprechen müsse, dass er ihr Vater wäre und dass es dringend sei. Die Frau lauschte geduldig und stellte ihn schließlich in eine Warteschleife, während jemand losgeschickt wurde, um seine Tochter aus ihrer Klasse zu holen.

Aus der Frühstücksecke beobachtete ihn seine tote Frau. Sie sah aus, als hätte sie ganz am Ende Tränen aus Blut geweint. Ihr linkes Auge war geschlossen. Blutstropfen quollen darunter hervor. Ihr rechtes Auge starrte ihn an, ein hellroter Apfel. Er wollte sie nicht zu lange ansehen. Wollte nicht dieses Bild von ihr als letzte Erinnerung behalten. Ihr Morgenmantel stand offen. Blut war aus ihrer Nase gelaufen. Es war über ihre Brüste geflossen und auf die Rundung ihres Bauches gespritzt.

Charles begriff das alles nicht. Er hatte gedacht, dass Jakab sie wollte. Hatte die ganze Zeit über gedacht, dass das der Grund für alles wäre.

«Dad?»

«Hannah!»

«Dad, was ist passiert? Alles in Ordnung?»

«Nein, überhaupt nicht.» Charles stockte, drehte seiner Frau den Rücken zu. Es war schwierig, sich zu konzentrieren, wenn sie ihn so anstarrte. «Ich fürchte, du musst die Schule verlassen, jetzt sofort. Sobald unser Gespräch zu Ende ist, wirst du auflegen und einfach gehen. Hast du verstanden? Sprich mit niemandem.»

Eine Pause am anderen Ende der Leitung. Dann: «Ist ... ist er gekommen?»

«Ja, Hannah. Er ist hier.»

«Ist Mami bei dir?»

«Hannah, hör mir zu. Findest du allein den Weg zur St. Mary's Church?»

«Sicher.»

«Gut. Lauf dorthin. Warte dort auf mich. Ich bin in einer Stunde da.» Er zögerte. «Gibt es irgendetwas, das ich mitbringen soll? Aus dem Haus?»

«Nein, Dad. Nur euch beide, Mami und dich.»

KAPITEL 18

Budapest
Heute

Mit geschlossenen Augen konnte man das anschwellende Geräusch unter ihm für das Brummen einer großen menschlichen Maschine halten. Flüstern, Husten, ersticktes Lachen. Das Knarzen von Stuhllehnen. Das Rascheln von Papier.

Dann setzte das Orchester ein. Eine einzelne Oboe zuerst, langgezogen und schwermütig. Die Vibrationen von Pferdehaar auf Saiten, als die Violinen einstimmten. Bratsche, Cello und Kontrabass fügten ihre Klänge hinzu. Ein Crescendo von Trompeten, Posaune und Horn. Irgendwo mittendrin ein gehauchtes Flöten-Arpeggio.

Lorant Vince öffnete die Augen und atmete die goldene Pracht der Budapester Staatsoper, während das Orchester die Instrumente stimmte. Er saß allein in der königlichen Loge, auf einem hohen Stuhl, gepolstert mit braunem Samt. Über ihm erstrahlten die berühmten Deckenfresken von Károly Lotz im Licht des riesigen Kronleuchters, aufsehenerregende Darstellungen vom Olymp und den griechischen Göttern. Drei übereinanderliegende, mit Blattgold überzogene Ränge aus privaten Logen schmiegten sich in Hufeisenform um den Zuschauerraum unten und die Bühne. Nach dem Königlichen Palast war die Staatsoper Lorants Lieblingsgebäude in Budapest.

Während das Orchester weiter seine Instrumente einstimmte, öffnete sich die Tür hinter Lorant, und er hörte jemanden eintreten. «Sie kommen spät», flüsterte er, ohne sich umzudrehen.

Der Stuhl neben ihm scharrte über den Boden. Lorant blickte auf. Er hatte erwartet, Károly Gera zu sehen, doch während Lorant dem *Signeur* dieser Tage wenig Liebe entgegenbrachte, wirkte der Mann, der an seiner statt gekommen war, noch viel beunruhigender auf ihn.

Benjámin Vass sah hinunter auf das Orchester, auf das Publikum im Parkett und die vergoldete Pracht des Auditoriums. Dann erst drehte er sich zu Lorant um. Vass' Gesicht war fleischig und sanft, bar jeglichen Ausdrucks, die Augen verschleiert von schweren Lidern. Sein Atem roch nach gewürztem Fleisch, als hätte er eben einen Teller voll *gyulai kolbász* gegessen.

«Károly lässt sich entschuldigen, *Presidente*. Er hat mich gebeten, ihn zu vertreten.»

«Károly bittet um ein Treffen mit mir und schickt dann seine rechte Hand?»

«Seine Krankheit hat sich verschlimmert. Ich handle in seinem Interesse.»

Lorant spürte, wie seine Kiefermuskeln hart wurden. Niemand handelte im Interesse der drei *ülnökök*. Kein *ülnök* der Eleni handelte in seinem eigenen Interesse. Ein *ülnök* handelte einzig und allein im Interesse des Eleni-Konzils. «Das tut mir leid zu hören», sagte er.

Es war die Wahrheit. Károly war ein alter Mann, beinahe so alt wie Lorant, und er starb an einer Krankheit, gegen die er im vergangenen halben Jahr angekämpft hatte. Lorant würde seinen Tod nicht betrauern, wenn er kam – er würde um den Mann trauern, der Károly einst gewesen war. Was Lorant wirklich sorgte, war die konkrete Gefahr, dass Vass nach Károlys Tod zum *Signeur* gewählt wurde. Als *Presidente* konnte Lorant zwar sein Veto einlegen, doch wenn die restlichen *ülnökök* für Vass stimmten, würde seine eigene Position unhaltbar werden.

Will ich diese Bürde überhaupt noch länger? Wahrscheinlich nicht. Ich bin zu alt. Zu müde. Abgesehen davon – was habe ich in all der Zeit überhaupt erreicht?

Dessen ungeachtet wusste er, dass er vor seinem Abtreten alles in seiner Macht Stehende unternehmen musste, um zu verhindern, dass Vass noch höher aufstieg. Der Mann würde das Manifest des Konzils in sein Gegenteil verkehren, seine Ziele verbiegen und das Konzil selbst spalten.

«Károly verlangt zu erfahren –»

«Er *verlangt*?»

Vass zögerte. Dann lächelte er. «Károly bittet darum, bittet *ergebenst* darum, zu erfahren, warum Sie Dániel Meyer und andere nach London geschickt und es nicht für erforderlich gehalten haben, ihn über diese Entscheidung zu informieren.»

Lorant starrte Vass direkt in die Augen. Meyer war der einzige *ülnök*, dessen Urteil Lorant noch trauen konnte. Das war der Grund, warum er ihn geschickt hatte. «Sie dürfen Károly sagen, dass ich kein dringendes Bedürfnis verspüre, diese Frage zu beantworten.»

«Ich soll Sie in seinem Auftrag daran erinnern, dass der *Presidente* gehalten ist zu antworten, wenn die Mehrheit der *ülnökök* eine Frage aufwirft.»

«Ich sehe keine Mehrheit der *ülnökök* vor mir. Ich sehe genau genommen überhaupt keinen *ülnök*, nicht einmal einen möglichen zukünftigen, wo wir schon dabei sind.»

Vass ließ sich nicht anmerken, ob ihn die Antwort getroffen hatte. «Ich erinnere Sie lediglich, Lorant. Ich handle im Namen von Károly. Was bedeutet, dass ich die volle Autorität des *Signeurs* –»

«Sie haben keinerlei Autorität!»

«Ich bin sicher, wenn ich mit Földessy spreche, wird er gleichermaßen begierig sein zu erfahren, was da vor sich geht. Da haben Sie Ihre beiden *ülnökök*, Lorant. Ihre Mehrheit.»

«Sie sprechen jetzt also auch für Földessy?»

«Selbstverständlich nicht. Aber ich denke, wir können mit ziemlicher Sicherheit annehmen, dass er genauso dringend wie ich zu erfahren wünscht, was das alles zu bedeuten hat.» Vass grinste. «Oder besser gesagt, genauso dringend wie Károly.»

Vass hatte recht. Das war ziemlich sicher. Földessy war in den letzten Jahren zunehmend ungeduldig geworden. Ungeduldig und kompromisslos. Das war genau der Grund, warum Lorant allein Dániel Meyer ins Vertrauen gezogen hatte.

Das Orchester war fertig mit dem Stimmen der Instrumente. Es wurde still, und das Publikum wartete gebannt.

«Nun?», wollte Vass wissen.

«Wenn der *Signeur* mir keine andere Wahl lassen will, dann weiß er, was er tun muss. Ich verhandle jedenfalls nicht mit einem Boten.» Lorant antwortete mit gelassener Stimme, obwohl seine Finger sich so um die Armlehnen krallten, dass die Knöchel weiß hervortraten.

Vass erwiderte Lorants Blick. Er blinzelte zweimal aus verschleierten Augen. «Genießen Sie die Oper, *Presidente.*»

Das Taxi brachte Benjámin Vass um den Városliget herum auf die andere Seite der Stadt und setzte ihn vor dem Eingang des Széchenyi-Heilbads ab. Er zahlte, stieg die Stufen zu der neobarocken Fassade hoch und passierte die vier mächtigen Steinsäulen des Eingangs. Vor dem nächtlichen Himmel erstrahlte das prachtvolle Gebäude im Licht der Natriumlampen eidottergelb. Vass zeigte einem Wachmann in der marmorverkleideten Eingangshalle seinen Ausweis und durchquerte den Bogengang, der zu den drei riesigen Außenbecken führte.

Schmiedeeiserne Laternen säumten die Anlage aus zwei halbkreisförmigen und einem zentralen rechteckigen Becken. Um die drei Becken erstreckten sich weitläufige gepflasterte Liegeflächen, und dahinter erhob sich das Gebäude mit seinen vielen Türmen, Kuppeln und Balkonen. Weitere fünfzehn Becken gab es im Innenbereich, allesamt gespeist aus zwei artesischen Brunnen, welche die Thermalquelle tief unter dem Stadtpark anzapften.

Dampfschwaden trieben über dem Wasser und verhüllten die Gesichter der vielleicht hundert Badenden. Der Geruch der Mineralien stach scharf in seiner Nase, als Vass zum hinteren halbrunden Becken ging. Er fand Károly Gera in der Nähe der Treppe, wo er ein Schachspiel verfolgte, das zwei Gäste auf einer aus dem Wasser ragenden Säule aufgebaut hatten.

Das Fleisch hing an dem alten Mann wie geschmolzenes Kerzenwachs. Seine Gesichtshaut war fleckig und grobporig und außerstande, die scharfen Kanten seines haarlosen Schädels abzumildern. Seine Augen blinzelten aus tiefen Höhlen. Die Rippen seines mit Leberflecken übersäten Rumpfes spannten unter der Haut wie die Knochenfinger eines Fledermausflügels.

Als er Vass erblickte, löste er sich von den Schachspielern und bewegte sich durch das Wasser zu einer stillen Ecke. Vass hockte sich am Beckenrand hin.

«Du hast ihn gesehen?», fragte der *Signeur*. Er hielt ein Glas in der rechten Hand. Es enthielt eine Spirituose und einen einzelnen Eiswürfel.

Vass nickte.

«Nun, dann heraus damit.»

Vass grinste. «Er hat Angst.»

«Das ist nichts Neues. Lorant war immer einer von der ängstlichen Sorte. Was führt er im Schilde? Warum hat er Meyer nach London geschickt?»

«Das wollte er mir nicht sagen.»

Károly verzog das Gesicht zu einer finsteren Miene. «Das ist unerhört! Hast du mit Földessy gesprochen?»

«Noch nicht.»

«Ich hatte dir genaue Instruktionen gegeben.»

«Ich wollte, dass Sie zuerst das hier sehen.» Vass öffnete die Verschlüsse einer ledernen Mappe und nahm eine Klarsichthülle hervor. Sie enthielt einen Ausschnitt aus einer englischen Zeitung. «Ich bin zufällig darauf gestoßen. Die Meldung ist zwei Tage alt.»

Károly nahm die Hülle und starrte blinzelnd auf den Ausschnitt. Er schwieg für eine Minute, dann streckte er Vass die Hülle wieder hin. «Mutmaßlicher Mord. Personen werden vermisst. Und?»

«Der Name der vermissten Person lautet Anthony Pearson. Ist das nicht eine der Identitäten, die Lorant für Charles Meredith arrangiert hatte? Nach dem Tod seiner Frau?»

Károly beugte sich vor. *«Te jó ég!»*, sagte er mit glänzenden Augen. «Balázs Jakab! Er hat sie gefunden.»

Vass ging den Rollstuhl des *Signeurs* holen und half dem alten Mann aus dem Wasser. Im Licht der Lampen schimmerte sein dampfender Rumpf halb transparent wie Milch. Vass legte ihm einen Bademantel über die Schultern und half ihm in den Rollstuhl.

Leukämie war in vielen Fällen keine tödliche Krankheit mehr. Doch nachdem der Krebs das zentrale Nervensystem erfasst hatte, wie es bei Károly der Fall war, standen die Chancen schlecht. Die mittlere Lebensspanne nach der Diagnose betrug einhundertundacht Tage.

Die Finger des *Signeurs* zuckten. Er drehte sich zu Vass um. «Wir müssen eingreifen! Du wirst augenblicklich Flüge buchen.»

«Wir müssen zuerst herausfinden, wohin Meyer gegangen ist. Wir haben nicht einmal mehr einen Kontaktmann in England.»

«Widersprich mir nicht!», fauchte Károly. «Erinnere dich an unsere Abmachung.»

Vass musste sich zusammennehmen, um nicht zu grinsen. «Jawohl, *Signeur*. Darf ich eine Frage stellen? *Haben* wir einen Kontaktmann?»

«Wir hatten einen. Doch das ist lange her.»

«Wen?»

«Sein Name ist Sebastien Lang.»

«Klingt irgendwie bekannt.»

«Das sollte er auch, Benjámin. Lang war vor mir *Signeur*.»

«Und Sie wissen, wo er sich aufhält?»

«Ich habe eine Vermutung.»

«Können wir ihm trauen?»

Károly grinste, und seine Zähne leuchteten im Licht der Laternen. «Mach dir darüber keine Gedanken.»

KAPITEL 19

Snowdonia
Heute

Hannah stürzte durch die Hintertür des Farmhauses und rannte durch die Küche in den Flur. Unterwegs schaltete sie überall das Licht ein. Leah schrie. Nate rief ihren Namen.

Im Obergeschoss. Beide.

Hannah sprintete durch den Flur, packte das Geländer und schwang sich herum. Nate stand am oberen Treppenabsatz. In einer Hand hielt er einen schmiedeeisernen Schürhaken. Mit dem anderen Arm hielt er ihre Tochter.

Als Leah ihre Mutter sah, verwandelten sich ihre Schreie in Schluchzer. «Mami!» Sie versuchte sich von Nate zu lösen, doch er hielt sie entschlossen fest, während er Hannah misstrauisch von oben herunter anstarrte.

«Das Essen, das du in jener Nacht in den Cairngorms für uns gekocht hast», sagte er. «Was war es?»

«Hühnchen in Mole-Soße. Nie wieder.»

Er nickte. «Mein erstes Auto?»

«Ein VW Scirocco. Weiß, mit einer undichten Beifahrertür.»

Nate ließ Leah gehen. Das kleine Mädchen raste die Treppe hinunter und sprang seine Mutter beinahe an. Hannah hielt sie mit einem Arm, nicht willens, die Flinte beiseitezulegen, und nervös, weil sie noch nicht zum Nachladen gekommen war.

«Alles ist gut, Frechdachs, alles ist gut», murmelte sie ihrer Tochter ins Haar.

«Er war da, ja, Mami? Der Böse Mann war da?»

«Ja, er war da. Aber jetzt ist er wieder weg. Mami hat ihm einen gehörigen Schrecken eingejagt. Du bist sicher. Ich bin hier. Dein Dad ist hier.»

«Was ist passiert?», wollte Nate wissen.

«Er ist durch die Hintertür eingebrochen. In der Gestalt von Sebastien.»

«Dein Kopf –»

«Eine Platzwunde. Halb so wild.»

«Sieht schlimm aus.»

«Mir fehlt nichts. Wirklich.»

Er nickte. «Du hast mich nicht geweckt.»

«Dumm von mir, ich weiß. Ich konnte nicht schlafen, also bin ich nach unten gegangen, wo ich ihn überrascht habe. Leichtsinnig. Es hätte schiefgehen können.»

«Ist es aber nicht. Wir sind alle hier. Vielleicht hast du ihn sogar ...» Er fluchte und presste eine Hand auf seinen Bauch.

Hannahs Blick ging zum Saum seines Hemds. Ein dunkler Fleck hatte sich auf dem Stoff gebildet. «Oh, Nate, du blutest wieder!»

Er starrte auf seine Kleidung. «Ich bin aus dem Bett gesprungen, als ich die Schüsse gehört habe. Dabei müssen die Nähte aufgegangen sein.»

Blut tropfte vom Saum seines Hemds auf den Boden.

Zum ersten Mal fühlte sich Hannah wirklich hilflos.

Jakab lauerte irgendwo da draußen, und jetzt das.

«Was machen wir jetzt?», fragte sie und hasste den verzweifelten Klang ihrer eigenen Stimme.

Nate verzog das Gesicht. «Eins nach dem anderen, wie immer. Komm her. Hilf mir nach unten.»

Mit vereinten Kräften gelang es ihnen, Nate ins Erdgeschoss zu bringen. Leah öffnete die Tür zum Esszimmer und schaltete das Licht ein. Sie fühlte sich benommen. Nicht genug Schlaf, zu viel Adrenalin. Zu viel Angst, zu viel Panik.

Hannah half Nate in einen der Lehnsessel beim Fenster. Dann öffnete sie die Flinte, warf die abgeschossene Patrone aus, zog zwei neue aus ihrer Gesäßtasche und schob sie in die Läufe. Sie klappte die Waffe zu, ging zur Tür, sperrte ab und kauerte sich neben ihre Tochter. Sie streichelte dem kleinen Mädchen die Wange. «Leah, erinnerst du dich, wie oft wir über diesen Moment gesprochen haben? Über die Zeit, wenn du stark sein musst?»

Leah nickte. Ihre Pupillen waren riesig.

«Nun, Honey, dieser Moment ist jetzt gekommen. Du weißt, dass wir dich lieben, dein Daddy und ich. Mehr als alles andere auf der Welt. Es ist lebenswichtig, dass du das nie vergisst.»

«Ihr glaubt, dass einer von euch sterben wird.»

Hannah spürte, wie eine Träne über ihre Wange lief, und verfluchte sich selbst dafür. «Nein, Frechdachs. Niemand glaubt das. Aber wenn auch nur die winzigste Möglichkeit besteht, müssen wir darauf vorbereitet sein. Damit wir wissen, was wir tun müssen, wenn es passiert. Du bist ein starkes Mädchen. Tapfer. Intelligent. Du musst nichts weiter tun als denken. Denken, Fragen stellen, auf der Hut sein, deinem Instinkt vertrauen, schnell reagieren – genau so, wie wir es dir beigebracht haben. Weißt du noch, wie wir dir gezeigt haben, wie man so etwas benutzt?» Sie deutete auf die Schrotflinte.

«Ja.»

«Was ist dieser Schieber hier?»

«Die Sicherung.»

«Wie entsicherst du die Waffe?»

«Nach vorn schieben.»

«Gut.»

«Woher weiß ich, wer er ist?»

«Du weißt noch, wie wir uns gegenseitig validieren?»

«Ja.»

«Wenn du dir nicht sicher bist, machst du es genauso. Und jetzt komm her.» Hannah zog ihre Tochter an sich und drückte sie.

«Ein Auto», sagte Nate unvermittelt.

Hannah stellte sich neben das Fenster. Die Morgendämmerung hatte eingesetzt und tauchte die Landschaft draußen in Grauschattierungen. Ein alter Landrover Defender ratterte den Weg von der Hauptstraße herunter.

Der Geländewagen rumpelte über die Brücke und beschleunigte mit aufgeblendeten Scheinwerfern in Richtung Farmhaus. Zwanzig Meter vor dem Haus kam er rutschend zum Stehen. Der Motor brummte noch ein paar Sekunden lang im Leerlauf, dann verstummte er. Die Scheinwerfer gingen aus.

Nate sah Hannah fragend an. «Kannst du etwas erkennen?»

«Sebastiens Landrover.»

«Was ist mit Sebastien?»

Die Windschutzscheibe war eine schwarze Fläche aus Glas. Sie konnte den Blick des Fahrers auf sich spüren. «Nein. Leah, behalt den Wagen im Auge. Wenn er sich bewegt oder jemand aussteigt, dann rufst du laut!»

Das Mädchen packte einen der Esszimmerstühle bei der Lehne. Ihre Knöchel waren weiß. «Wohin gehst du?»

«Ich hole die restliche Munition. Es dauert nicht lange. Zähl bis zehn. Dann bin ich wieder zurück.» Sie riss die Tür auf und rannte nach draußen in den Flur. Schlitterte um die Ecke in Richtung Küche. Die Hintertür stand offen und schlug im Wind. Zwei der Scheiben waren kaputt von ihrem Versuch, Jakab niederzuschießen. Im Rahmen steckten Dutzende Schrotkörner.

Hannah riss die Tür zur Vorratskammer auf, packte zwei Schachteln mit Patronen und rannte damit zurück ins Esszimmer.

«Es hat sich nichts bewegt.»

«Braves Mädchen. Jetzt nimm diese Schachteln hier. Mach sie auf. Ich möchte, dass du die Patronen in einer hübschen langen Reihe auslegst, sodass ich sie einfach packen kann, wenn ich sie brauche, okay?»

Leah nickte. Sie legte die erste Schachtel auf einen Stuhl. Dann öffnete sie die zweite und machte sich daran, die Patronen ordentlich aufzureihen, mit dem Messingverschluss nach oben.

Hannah ging zurück auf ihre Position neben dem Fenster. Draußen flog die Tür des Defenders auf. Sie sah einen verschwommenen Schatten bei der Tür. Moses sprang hinunter auf den Kies. Er senkte den Kopf, schnüffelte, drehte sich langsam im Kreis. Dann sah er zu Llyn Gwyr und kehrte zum Auto zurück. Mit der Nase dicht am Boden bewegte er sich daraufhin in Richtung Farmhaus, als verfolge er eine Spur. «Es ist sein Hund», sagte Hannah.

«Moses?»

Hannah nickte. Der Hund rannte am Fenster vorbei, hob den Kopf und begegnete Hannahs Blick. Dann war er verschwunden.

«Rede mit mir, Hannah.»

Sie sah nach unten. Nates Hemd glänzte nass von frischem Blut. Der Anblick erweckte in ihr den Wunsch zu schreien oder zu würgen oder beides.

Er muss in ein Krankenhaus! Er ist nicht stark genug, um das hier durchzustehen!

«Nichts passiert», antwortete sie. «Keine Bewegung draußen.»

Ein Knall irgendwo im Haus. Ein metallenes Objekt, das scheppernd zu Boden fiel. Leah stöhnte leise vor Angst. Sie schlug sich eine Hand vor den Mund.

Ein Schlittern und Rutschen im Flur. Ein dumpfer Aufprall an der Esszimmertür. Ein leises *Wuff*!

Hannah entsicherte die Flinte. Dann nahm sie die linke Hand von der Waffe und öffnete die Tür einen Spaltbreit. Moses steckte die Nase ins Zimmer, anschließend kam er vollends herein. Sie schloss hinter ihm die Tür.

Der Hund senkte den Kopf und schnüffelte an ihren Füßen, ihren Beinen, ihrem Schritt. Er bewegte die Nase über ihre freie Hand und leckte sie. Dann wandte er sich ab, ging zu Leah, um dort zu schnüffeln, zu erforschen, zu erkunden. Er bewegte die Nase über ihren gesamten Leib, leckte ihre Finger und trottete schließlich zu Nate.

Als er das Blut bemerkte, blieb er stocksteif stehen.

«Ist schon gut, alter Junge», sagte Nate und streckte dem Hund die Hand hin.

Der Hund drehte den Kopf zur Seite, erst zu Hannah und dann zu Leah. Winselte leise.

«Mach weiter, Moses», sagte Hannah. Sie spürte, wie sich ihr Magen zusammenzog, wie ihr Kopf schwirrte. Sie legte die freie Hand wieder an den Vorderschaft der Flinte. Die Waffe war bereits entsichert. Ihre Tochter stand weit genug von dem Sessel entfernt, in dem Nate halb saß, halb lag.

Der Hund machte einen Schritt vor, senkte den Kopf und beschnüffelte Nates Schuhe. Er blickte auf und winselte ein zweites Mal. Er kam noch näher, beschnüffelte Nates Beine, seinen Schritt. Nate wackelte mit den Fingern, und der Hund beschnüffelte sie. Dann leckte er sie.

Hannah sank gegen den Türrahmen. Ihr Atem brach sich in einer mächtigen Woge Bahn.

Nate sah den Hund mit erhobener Augenbraue an. «Danke, Kumpel. Beinahe wäre ich wegen dir erschossen worden.»

Moses tappte zum Fenster und sprang mit den Vorderpfoten auf den Sims. Er bellte zweimal.

Draußen kletterte Sebastien aus dem Defender. Er legte die Hände an den Mund und rief Hannahs Namen.

Sie trat neben den Hund ans Fenster und schob es hoch. «Sebastien?»

«Ich habe Schüsse gehört. Ist jemand verletzt?»

Hannah sah zu Nate hinunter, auf die glänzende rote Lache in seinem Schoß. «Niemand wurde erschossen.»

«Er war hier?»

Hannah nickte wortlos.

«Ich komme jetzt rein.»

«Vordertür.» Sie trat vom Fenster zurück und reichte Nate die Flinte.

«Mami, was machst du?»

«Es ist Sebastien, Kleines. Ich mache ihm die Tür auf.»

«Aber wenn es nicht Sebastien ist? Wenn es der Böse Mann ist?»

«Ich glaube nicht, dass es der Böse Mann ist. Moses würde nicht mit ihm in einem Auto fahren, meinst du nicht?»

«Und wenn er Moses gezwungen hat, mit ihm zu fahren?»

«Okay, Leah, wir machen es folgendermaßen. Ich möchte, dass du Moses sehr aufmerksam beobachtest, wenn ich Sebastien hereinbringe. Wenn er sich merkwürdig verhält – feindselig –, dann nickst du Daddy zu. Er weiß, was er dann zu tun hat. Okay?»

«Bitte sei vorsichtig, Mami.»

Hannah ging zur Haustür und sah durch die Scheibe den

verzerrten Umriss von Sebastiens Kopf. Sie zögerte mit der Hand auf dem Riegel, doch dann öffnete sie ihm.

Sebastien starrte sie an. Seine smaragdgrünen Augen waren undurchdringlich. «Der Lieblingswein deines Vaters.»

«Château Latour. Der Name deines zweiten Hundes.»

«Cyrus.» Er blinzelte. «Wo sind die anderen?»

«Komm mit.» Hannah führte ihn ins Esszimmer. Moses sprang auf, um ihn schwanzwedelnd zu begrüßen.

Sebastien kraulte ihm den Kopf. Er drehte sich zu Nate um, bemerkte den Schmerz in seinen Augen, dann das Blut. «Höllenfeuer! Die Nähte haben sich gelöst!»

«Schlechtes Timing», antwortete Nate.

Sebastien drehte sich zu Hannah um. «Was ist passiert?»

«Ich weiß es noch nicht. Aber was noch schlimmer ist, Sebastien – ich weiß nicht, welche Rolle du bei dieser Geschichte spielst.»

Der alte Mann runzelte die Stirn. «Heißt?»

«Wir waren gestern reiten. Wir kamen an deinem Cottage vorbei. War eine ziemlich beeindruckende Party, die du hattest – für einen Einsiedler. Nicht gerade das, was du mich glauben machen wolltest. Was hat das zu bedeuten?»

«Reiten? Mit wem wart ihr reiten? Auf welchen Pferden?»

«Beantworte die Frage, Sebastien. Wer waren diese Männer, die dich besucht haben?»

«Es ist gut, dass du misstrauisch bist, Hannah. Aber jetzt ist nicht die Zeit für Misstrauen. Du musst mir sagen, was hier passiert ist. Damit ich helfen kann. Dein Mann ist verletzt. Wir müssen ihn –»

Nate hob die Flinte und zielte auf Sebastien. «Beantworte die Frage meiner Frau.»

Sebastien zögerte. Er sah von Nate zu Hannah und wieder zu Nate. «Ziemlich starrsinnig, ihr zwei», schnappte er. «Also schön, meinetwegen. Mir war nicht bewusst, dass ihr mir hinterherspioniert. Die beiden Männer, die ihr gesehen habt, waren Eleni.»

«Ich dachte, du hättest alle Verbindungen abgebrochen?», sagte Hannah.

«Hatte ich auch.»

«Und? War das etwa nur ein Freundschaftsbesuch?»

«Selbstverständlich nicht. Ich habe mich mit ihnen in Verbindung gesetzt. Das heißt, nur mit einem von ihnen. Im Vertrauen. Ich dachte, sie können uns vielleicht helfen.»

«Nur einem?»

«Das sagte ich, ja.»

«Und doch sind zwei aufgetaucht. Was ist das für ein Vertrauen, Sebastien? Ich frage mich, wer jetzt in diesem Moment sonst noch alles über uns Bescheid weiß.»

Sie verstummte in Erwartung einer Antwort, doch er schwieg. «Dir ist nicht in den Sinn gekommen, vorher mit uns darüber zu sprechen? Uns zu fragen, ob du einen, zwei oder drei oder der Teufel weiß wie viele Leute sonst noch ins Vertrauen ziehen darfst?»

«Ich wollte doch nur helfen», sagte er leise. Sein Ton war so eigenartig, dass sie stockte, und mit plötzlicher Klarheit erkannte sie, wie tief sie ihn mit ihrem Misstrauen verletzt hatte.

Und trotzdem hatte er kein Recht, zu tun, was er getan hatte. Ihre Wut auf ihn war durchaus berechtigt. «Wo sind sie jetzt?», wollte sie wissen.

«Sie sind zurückgefahren in die Stadt. Sie haben dort eine Wohnung gemietet.»

«Sag ihnen, sie sollen sich zum Teufel noch mal von uns fernhalten!»

Sein Unterkiefer arbeitete. «Darf ich jetzt deinen Mann untersuchen?»

In diesem Moment klingelte Hannahs Handy im Obergeschoss. Sie hatte es auf der Frisierkommode liegenlassen. «Ich muss rangehen», sagte sie. «Es könnte Dad sein. Oder Jakab.»

«Mami, geh nicht!»

Sebastien ging zur Tür. «Ich übernehme das.»

Hannah sah ihm sekundenlang in die Augen. Dann trat sie beiseite und ließ ihn passieren. Sie lauschte dem Schritt seiner schweren Stiefel, als sie sich die Treppe hinaufbewegten, auf den Absatz, durch den Flur im ersten Stock. Die Schlafzimmertür quietschte. Ein lockeres Dielenbrett knarrte.

Hannah trat zum Fenster. Sie suchte den Fluss ab, die Straße, die Hügel. Nichts. Niemand. Keine Leute, keine Tiere, überhaupt nichts. Sebastiens Defender stand genau da, wo der alte Mann ihn abgestellt hatte, still und allein.

Oben hatte das Telefon aufgehört zu klingeln. Ein dumpfer Schlag, ein weiteres Knarren, gefolgt von Schritten zurück zur Treppe, die Treppe hinunter und durch den Flur. Hannah öffnete die Tür, und Sebastien schlurfte herein. Er reichte ihr das Telefon.

Sie überprüfte die verpassten Anrufe. Kein Eintrag. Sie wollte es gerade auf den Tisch legen, als es in ihren Händen erneut klingelte.

Hannah starrte auf das Gerät. Sie beobachtete, wie es vibrierte und zitterte. Sie fragte sich, wie groß die Chance war, dass ihr Vater anrief. Töricht, sich selbst zu foltern. Sie nahm den Anruf an. Leeres Rauschen. Und dann eine Stimme.

«Das funktioniert alles irgendwie nicht, oder?», sagte Jakab.

«Hätte ich eine halbe Sekunde länger gehabt zum Zielen, hätte es jedenfalls viel besser funktioniert.»

«Autsch.» Er lachte. «Komm schon, das sieht dir überhaupt nicht ähnlich.»

«Du kennst mich nicht.»

«Ich habe das Gefühl, als würde ich dich sehr gut kennen.»

«Du machst dir etwas vor.»

«Ah, Hannah. Es schmerzt mich, diesen Ärger und diesen Hass in deiner Stimme zu hören.»

Sie ging ans Fenster zurück und blickte nach draußen. War der Anruf nur ein Ablenkungsmanöver? «Du hast versucht, Nate zu töten. Was hast du denn anderes erwartet?»

«Darüber haben wir schon gesprochen. Dein Mann hat auf mich gefeuert. Was sollte ich denn tun? Mich hinlegen und sterben?»

«Genau. Das ist genau das, was ich mir wünsche.»

«Ich habe kein Interesse daran, deiner Familie etwas anzutun.»

«Du hast meine Mutter ermordet.»

«Ein weiteres Missverständnis. Ich mache dir keinen Vorwurf, dass du verwirrt bist. Du hast im Verlauf der Jahre so viele Lügen gehört, so viel Gift. Niemand scheint mehr die Wahrheit zu kennen.»

«Aber du.»

«Ich kenne meine Wahrheit.»

«Was willst du?»

«Das, was ich immer wollte, Hannah. Eine ganz kleine und einfache Sache. Etwas so Unbedeutendes, dass es dich praktisch überhaupt nichts kostet, mir diesen Wunsch zu erfüllen. Ich möchte dich sehen. Einmal. Ich möchte mit dir in einem Zimmer sitzen und dir in die Augen sehen, während ich rede. Ich möchte dir zeigen, wer ich wirklich bin. Und wenn du am Ende immer noch von mir weg willst, wenn du immer noch darauf bestehst, dass es enden muss, dann sei es so. Ich respektiere deine Wünsche.»

«Einfach so?»

«Einfach so.»

«Was hast du mit meinem Vater gemacht?»

«Er ist wohlauf und in Sicherheit.»

«Lass ihn ans Telefon.»

«Das kann ich im Moment nicht, Hannah. Aber er ist in Sicherheit, ich verspreche es. Er wird schon sehr bald wieder bei dir sein.»

«Du lügst.»

«Lügen drücken mir auf den Magen. Darum ziehe ich es vor, die Wahrheit zu sagen.»

Sie drehte sich vom Fenster weg. Sah ihre Tochter, die soeben die letzte der Schrotpatronen am Ende einer geschwungenen Linie aufstellte. Sah die Angst und die Entschlossenheit in ihrem kleinen Gesicht. Sie blickte zu Nate in seinem Lehnsessel, begegnete seinen Augen, sah nach unten auf den nassen Fleck in seinem Schoß.

«In Ordnung. Wir treffen uns.»

Ein überraschtes Einatmen. «Ehrlich?»

«Das habe ich doch gerade gesagt. Also los, sag mir, wo.»

«Wo? ... Jetzt?»

«Sicher. Ich wüsste keinen besseren Zeitpunkt.»

«Das kommt ein wenig unerwartet. Ich müsste ...»

«Ich bin sicher, dass es unerwartet ist. Du solltest dich besser beeilen. Vielleicht ändere ich meine Meinung noch.»

Schweigen auf der anderen Seite. Schließlich: «Ich rufe dich zurück. Auf Wiedersehen, Hannah. Du hast die richtige Entscheidung getroffen.»

Sie legte auf, lehnte sich gegen die Tür und schloss die Augen.

«Es ist ein Trick», sagte Sebastien. «Er will dich eigentlich gar nicht treffen. Es ist gegen seine Natur. Er wird nicht zulassen, dass du einfach vor ihn trittst und ihn zur Rede stellst. Er bevorzugt Masken. Und Tricks.»

«Ich habe nicht die Absicht, mich mit ihm zu treffen. Ich habe die Absicht, ihn zu töten. Wenn er abgelenkt ist, während er über das Treffen nachdenkt, verschafft uns das vielleicht einen Vorteil.»

Nate zuckte die Schultern. «Es ist die einzige Taktik, die wir haben.»

«Wir sollten uns überlegen, wie wir hier rauskommen», sagte sie.

«Wir müssen davon ausgehen, dass er das Haus beobachtet», sagte er. «Wir haben zwei Autos. Es gibt nur einen Weg. Über die Brücke und zur Hauptstraße hoch.»

Hannah drehte sich zu Sebastien um. «Gibt es noch andere Fluchtwege?»

Der alte Mann schnitt eine Grimasse. «Jede Menge. Allerdings alle über freies Feld. Der Fluss fließt in den See und wieder hinaus. Im Osten kommen wir nicht rüber. Im Westen, zwei Meilen flussaufwärts, gibt es eine Furt. Die andere Option ist der weite Weg außen herum. Doch das Gelände ist ziemlich unwegsam. Ich glaube nicht, dass wir das riskieren können.»

«Wir haben Geländewagen.»

«Das ist nicht der Grund.» Er neigte den Kopf unmerklich in Nates Richtung.

Sie wusste, dass er recht hatte. Jetzt, da sich seine Wunde wieder geöffnet hatte, konnten sie keine längere Fahrt über unebenes Terrain riskieren. Sie mussten weg von hier, Jakab abschütteln und ein Krankenhaus finden. Und das schnell.

«Also nehmen wir die Hauptstraße», sagte sie. «Er wird uns folgen. Wir versuchen, ihn in den Bergen abzuschütteln. Wir brauchen ein Ablenkungsmanöver.»

Sebastien nickte. Er blickte so wenig erfreut drein, wie sie sich fühlte. «Zwei Autos oder eins?»

«Wir bleiben zusammen.»

«Mit zwei Autos haben wir mehr Optionen.»

«Wir drei bleiben zusammen.»

«Dann bleibt zusammen. Ihr nehmt einen Wagen, und ich steige mit Moses in den anderen.»

Ihr Handy klingelte. Alle starrten das Gerät an. Es klingelte ein zweites Mal. Sie nahm ab und hielt sich das Gerät ans Ohr.

«Ich bin es.»

«Das ging schnell.»

«Ich bin ein schneller Denker.»

«Und?»

«Ich habe mir etwas überlegt. Du vertraust mir nicht.»

«Sehr scharfsinnig beobachtet.»

«Wäre nicht der Sarkasmus, würde ich mich für das Kompliment bedanken. Mir ist klar, dass ich etwas tun muss, um Vertrauen zu schaffen, bevor wir uns treffen. Eine Geste des guten Willens. Sonst wird unsere Unterhaltung für beide eine frustrierende Erfahrung, fürchte ich. Zunächst ein Geständnis. Ich habe nicht immer die richtige Entscheidung getroffen. So, ich habe es gesagt. Einige meiner Entscheidungen waren falsch, andere ganz furchtbar. Ich habe eine Menge Fehler gemacht. Einige in ehrenvoller Absicht, andere nicht. Wenn man lange lebt, dann sammelt man eine Menge Fehler an. Aber das ist Vergangenheit. Ich will mich nicht herausreden oder so, aber ich will dir meine Geschichte erzählen, wenn wir uns treffen. Einiges davon ist abscheulich. Ich bin objektiv genug, um das einzusehen. Doch ich hoffe, dass du nach unserem Gespräch wenigstens zum Teil verstehst, was ich verloren, was ich erlitten und was ich geopfert habe.» Er zögerte, und sie hörte, wie sein Atem plötzlich schneller ging. «Sieh aus dem Fenster, Hannah. Ich gebe dir deinen Vater zurück.»

Es knackste, dann war die Leitung tot.

Nate sah sie mit erhobenen Augenbrauen an. «Was hat er gesagt?»

Hannah nahm das Handy vom Ohr. Sie starrte das Gerät stirnrunzelnd an.

«Honey?»

Wortlos ging sie zum Fenster und sah hinaus. Die Morgendämmerung hatte den Himmel in ein Rosa getaucht, das durch milchig-trübe Wolken schimmerte. Am Fluss rollte ein schwarzer Ford Pick-up über die Steinbrücke. Als er auf ihrer Seite angekommen war, hielt er an. Die Fahrertür wurde geöffnet.

Ihr Vater stieg aus.

«O mein Gott!»

«Was ist?» Sebastien kam zu ihr ans Fenster und atmete hörbar aus.

Nate streckte die Hand nach Hannah aus, und sie half ihm auf die Beine.

Charles Meredith schloss die Tür des Pick-ups und hob beide Hände über den Kopf. Er sah zum Farmhaus. Dann trat er vor den Wagen, kniete sich hin und verschränkte die Finger hinter dem Kopf.

Hannah starrte nach draußen, unfähig, sich zu rühren, außerstande zu denken. Das war nicht möglich. Das war einfach nicht möglich. Oder doch?

Mir ist klar, dass ich etwas tun muss, um Vertrauen zu schaffen, bevor wir uns treffen. Eine Geste des guten Willens.

Sollte sie wirklich glauben, dass das ihr Vater war dort draußen, dass er tatsächlich noch am Leben war?

«Das gefällt mir nicht», murmelte Sebastien.

Ihr Vater sah müde aus, mitgenommen, doch er schien unverletzt. Sie wünschte, sie könnte mit ihm reden, ihn validieren, doch das hatte Jakab ihr nicht angeboten, ihr stattdessen diese Überraschung bereitet. Warum?

Sie durfte sich nicht auf sein Wort verlassen.

Oder?

Wenn man lange lebt, dann sammelt man eine Menge Fehler an.

«Mami, sieh nur, Moses!»

Ich gebe dir deinen Vater zurück.

«Mami, *sieh nur*!»

Endlich drangen Leahs Worte zu ihr durch, und sie richtete ihre Aufmerksamkeit auf den Hund. Moses war zur Esszimmertür getrottet, und nun saß er wenige Zentimeter davon entfernt, starrte die Tür mit aufgestellten Ohren an und rührte sich nicht mehr.

Hannah sah zur Straße zurück. Der Truck parkte noch immer gleich hinter der Brücke. Ihr Vater kniete davor.

Moses begann leise zu winseln.

Hannah blickte fragend zu Sebastien. «Was ist los?»

Er schob die Hand in seine Jackentasche, und als er sie wieder hervorzog, hielt er sein Messer. «Ärger.»

Der Hund erhob sich, schnüffelte am Türrahmen. Knurrte.

Aus der Küche kam ein dumpfes Geräusch.

«Mami?»

«Geh, stell dich hinter Daddy», flüsterte Hannah. Sie nahm die Flinte aus Nates Händen. Machte einen Schritt auf Moses zu.

Ein Klicken, irgendwo draußen im Flur. Schritte? Dann das leise Quietschen einer Tür. Wohnzimmer. Es musste das Wohnzimmer sein. Die Tür zur Küche stand immer offen. Jemand war durch die Hintertür hereingekommen, war durch den Flur und ins Wohnzimmer gegangen.

Der Hund knurrte erneut. Sebastien schnalzte mit der Zunge, und Moses verstummte. Wenn Hannah den Eindringling überraschen wollte, war jetzt der beste Zeitpunkt, um in den

Flur hinauszuschlüpfen, bevor er aus dem Wohnzimmer zurückkam. Sie würde ihn erwarten.

Sie streckte die Hand nach dem Türknauf aus, berührte das Metall mit schweißnassen Fingern, packte es, drehte es gegen den Uhrzeigersinn, betete, dass nichts quietschte, und zog die Tür auf, bereit, den Griff jederzeit loszulassen und die Flinte mit beiden Händen zu packen, falls sich draußen etwas rührte.

Der Flur lag verlassen.

Hannah setzte den Fuß auf ein Dielenbrett, von dem sie wusste, dass es fest war. Sie schwenkte die Flinte nach rechts und trat ganz in den Flur hinaus. Sie blinzelte. Ihre Augen juckten, und sie wollte sie reiben, wollte sich das Gesicht reiben, die Anspannung lockern, und wusste doch, dass sie nichts von alledem tun konnte. Stattdessen hielt sie den Kolben der Flinte fest an der Schulter, die Waffe im Anschlag.

In diesem Moment trat Gabriel aus dem Wohnzimmer.

Er drehte sich zu ihr um und hob die Augenbrauen, als er sah, dass sie mit beiden Läufen auf ihn zielte. «Bin ich in einem ungünstigen Moment gekommen?», fragte er grinsend, doch der Humor reichte nicht bis zu seinen Augen. Der kobaltblaue Blick musterte sie mit beängstigendem Gleichmut.

«Halten Sie den Mund.» Sie wich vor ihm zurück, während sie unablässig auf seinen Kopf zielte. Als sie sich weit genug von ihm und der Esszimmertür entfernt hatte, winkte sie mit den Läufen. «Da rein. Bewegung.»

Gabriel zuckte die Schultern. «Sie müssen wirklich nicht mit diesem Ding auf mich zielen, Hannah. Aber ich schätze, Sie ignorieren ohnehin alles, was ich Ihnen sage.»

«Los, gehen Sie rein!»

Er gehorchte mit erhobenen Händen.

Hannah folgte ihm mit vorgehaltener Waffe. «Los, in den

Sessel da, der am weitesten vom Fenster entfernt steht. Ich bin sicher, Sie können sich denken, wie still Sie sitzen müssen, um zu vermeiden, dass ich Ihnen hiermit ins Gesicht schieße.»

Als Gabriel den Esstisch umrundete, wich Moses vor ihm zurück, bis er sprungbereit und in geduckter Haltung vor Sebastien kauerte, die Zähne gebleckt, die Muskeln zuckend.

Gabriel setzte sich in den Sessel. Er ließ den Blick durch den Raum schweifen. Schließlich blickte er wieder Hannah an. «Was für eine Willkommensparty», bemerkte er.

Sie sah aus dem Fenster zur Brücke. Ihr Vater kniete immer noch vor dem Pick-up. Er trug eine wollene Winterjacke, doch nur eine leichte Hose. Es war kalt draußen. Kalt und feucht.

«Hallo, kleine Lady», sagte Gabriel in diesem Moment. «Das ist aber ein hübsches Muster, das du mit den Schrotpatronen gelegt hast.» Er sah Hannah an. «Was hat das alles zu bedeuten?»

«Lassen Sie Leah in Ruhe.»

«Sie da, am Fenster», fuhr Gabriel fort. «Sie müssen Nate sein. Ich wollte Sie schon die ganze Zeit kennenlernen, Ihnen die Hand schütteln und sagen, was für ein glücklicher Mann Sie sind. Sie haben eine wunderbare Frau.»

Nates Gesichtsausdruck wurde hart. «Wir kennen uns», sagte er.

«Oh, ich denke nicht. Ein Mann Ihres Kalibers – ich denke, ich würde mich erinnern. Wie es aussieht, hat Ihr Glück einen heftigen Dämpfer erlitten, nach all dem Blut zu urteilen. Ich bin kein Experte, aber ich würde sagen, es braucht definitiv mehr als ein paar Heftpflaster, um das wieder in Ordnung zu bringen. Und Sie ...», mit diesen Worten wandte er sich an Sebastien. «Sie heißen Sebastien, richtig? Der alte Einsiedler. Jedenfalls möchten Sie, dass die Leute das denken. Sie tauchen ständig in den unerwartetsten Momenten ganz überraschend auf, stimmt's? Wie ein alter, ständig übellauniger Kobold. Okay, ich ergebe mich. Aber würde mir vielleicht einer von Ihnen verraten, was das alles zu bedeuten hat?»

«Warum ist mein Vater da draußen?», herrschte Hannah ihn an und schob sich drohend näher. «Was erhoffen Sie sich davon?»

Gabriels Blick wich nicht von ihr. «Ich erhoffe mir überhaupt nichts von irgendwas.»

«Was machen Sie hier im Haus? Wie ist Ihr Plan?»

«Ich habe keinen Plan.»

«*Lügner!* Warum sind Sie hergekommen?»

«Ich habe Schüsse gehört. Deswegen. Die Fenster auf der Rückseite waren zerschossen.»

Hannah schüttelte den Kopf. Sie würde ihn nicht gleich an Ort und Stelle töten, nicht vor den Augen ihrer Tochter, nicht, ohne vorher die Wahrheit aus ihm herausgeholt zu haben.

Hannah sah aus dem Fenster auf den Schotterweg, wo ihr Vater immer noch vor dem fremden Pick-up kniete. Sie rang mit ihren Emotionen: Liebe, Hass, Angst, Unentschlossenheit. Irgendetwas stimmte nicht. So vieles stimmte nicht. Es gab wahrscheinlich nur sehr wenige sichere Auswege aus der ganzen Situation. Vielleicht gar keinen. Obwohl sie mit der Flinte auf Gabriel zielte, oder Jakab oder wie auch immer er sich nannte, fühlte sie sich unsicher. Er hatte eine Falle geplant. Deswegen saß er so entspannt vor ihr im Sessel. Sie starrte in das Gesicht dieser Falle, aber sie konnte nicht erkennen, wie sie zuschnappen würde. Doch was hinderte sie daran, ihn nach draußen zu führen, außer Sicht ihrer Tochter, und ihm eine Ladung Schrot durch den Schädel zu blasen?

Ein Geständnis, das ist es. Trotz allem bin ich nicht imstande, es zu tun – nicht, solange er mir nicht in die Augen sieht und die Wahrheit gesteht, solange ich nicht mit hundertprozentiger

Sicherheit weiß, dass ich keinen unschuldigen Mann erschieße. Und er scheint es irgendwie zu wissen.

Sie brauchte ihren Vater. Mit seiner Hilfe, mit seiner Schilderung der Ereignisse, konnte sie vielleicht genügend Puzzlesteine zusammensetzen, um die Sache zum Ende zu bringen.

Sie ging durch den Raum, ohne die Mündung der Flinte von Gabriel zu nehmen, bis sie neben Nate stand. «Ich gehe raus», sagte sie.

«Was?»

«Ich gehe meinen Vater holen.»

«Das kannst du nicht tun, Han!»

«Ich kann. Ich muss. Er ist der Schlüssel zu allem.»

«Ich stimme dir zu. Aber du gehst nirgendwohin. Es ist viel zu riskant.»

«Ich mache mir keine Sorgen um meine eigene Sicherheit.»

«Ich weiß», sagte er leise und legte ihr eine Hand auf den Rücken. «Das habe ich nicht gemeint. Dein Platz ist hier. Hier in diesem Raum. Die ganze Geschichte dreht sich nur um dich. So war es schon immer. Du musst hierbleiben, im Zentrum von allem. Für Leah. Für uns. Ich gehe Charles holen.»

«Du? Nate, du bist verwundet! Du kannst kaum laufen!»

«Du musst hierbleiben, Hannah. Und ich muss es tun.» Er sah ihr tief in die Augen, und sie erkannte, dass er sich nicht von seinem Vorhaben abbringen lassen würde.

Sie spürte, wie sie anfing zu zittern. Spürte, wie Übelkeit in ihr aufstieg. Sie küsste ihn. Dann ging sie zu Gabriel. «Leah, mach die Augen zu.» Sie rammte dem Iren den Kolben der Waffe gegen den Schädel.

Der Schlag warf ihn vom Stuhl. Er krachte gegen die Wand, sank zu Boden und blieb reglos liegen. Sie drehte sich zu ihrem Ehemann um. «Geh kein Risiko ein, Nate. Versprich mir das. Wir dürfen keinen Fehler machen.»

Nate nickte. Er öffnete die Esszimmertür und schlüpfte hinaus in den Flur. Eine Minute später hörte sie, wie der Motor ihres Discovery angelassen wurde. Augenblicke danach passierte der Wagen das Farmhaus und fuhr langsam die Piste hinunter zur Brücke.

Am Himmel war das Rosa hinter den weißen Wolken zu einem satten Purpur geworden. Ein Schwarm Wildgänse zog schnatternd seine Bahn. Unten bei der Brücke wartete Hannahs Vater, immer noch auf den Knien, die Hände hinter dem Kopf verschränkt.

Der Discovery wirbelte Dreck und Steine auf, als er über die Schotterpiste rumpelte. Hannah dachte an Nates blutende Wunde.

Wie konntest du nur einverstanden sein? Du musst ihn in ein Krankenhaus schaffen und dafür sorgen, dass seine Verletzungen behandelt werden!

Sobald er zurück war, würde sie genau das tun. Sobald sie das hier hinter sich hatten.

Sie spürte, wie Sebastien näher zum Fenster trat, näher zu ihr. Sie sah ihn an, sein kurzgeschorenes weißes Haar, seine smaragdgrünen Augen, den Stoppelbart auf seinen Wangen.

Nate brachte den Discovery drei Meter vor Hannahs Vater zum Stehen. Er öffnete die Tür. Langsam, ganz behutsam stieg er aus. Selbst von hier aus konnte sie sehen, wie viel Mühe es ihn kostete. Er hatte den Motor nicht abgeschaltet – sie konnte das Auspuffrohr wackeln und blaue Dieselwölkchen sehen, die in den Himmel stiegen.

Nate erschien hinter dem Discovery, und ihr Vater erhob sich. Sie sah, wie Nate etwas sagte. Ihr Vater antwortete. Nate ging auf ihn zu, als ihr Vater eine Pistole aus der Tasche zog und feuerte.

Die Waffe, Charles' alte deutsche Luger, zuckte zweimal in

seiner Hand, und auf der Rückseite von Nates Hemd erschienen zwei rote Flecken. Dann erst hallten die Schüsse heran und rollten durch das Tal. Nate wankte einen Moment, dann kippte er hintenüber.

Hannah rieb sich die Augen, versuchte zu begreifen, was sie soeben gesehen hatte. Die Luft selbst schien zu summen und zu schreien. Aus dem Augenwinkel sah sie, wie Gabriel langsam zu sich kam, und sie überlegte kurz, ob sie ihn erschießen sollte, bevor alles noch komplizierter wurde.

Sie starrte erneut aus dem Fenster. Ihr Vater – nein, definitiv nicht ihr Vater, so viel war jetzt klar – sah zum Farmhaus. Er hatte die Pistole gesenkt und hielt ein Handy ans Ohr.

Die Luft schrie und summte noch immer. Hannah wurde bewusst, dass das Schreien von Leah kam. Sebastien hatte ihre Tochter an sich gezogen und hielt sie fest. Das Summen kam von Hannahs Handy auf dem Tisch. Hannah ging ran.

«Bevor du wütend wirst: Du musst zugeben, dass er zuerst geschossen hat», sagte Jakab. «Ironischerweise mit dieser Waffe hier. Ich habe alles ehrlich gemeint, Hannah, was ich vorhin zu dir sagte. Aber ich konnte ihm das nicht durchgehen lassen.»

Hannah ließ das Handy fallen. Sie war sich vage des Schreis bewusst, der aus ihrer Kehle stieg und sie zerriss. Sie wirbelte herum. Ihr Verstand wollte nicht arbeiten. Irgendwie war sie im Flur, fummelte am Schloss der Haustür. Dann war sie draußen, rannte über den Schotterweg zu ihrem Mann, zu der Kreatur mit dem Gesicht ihres Vaters.

Als Jakab sah, dass sie bewaffnet war, wandte er sich zum Pick-up. Hannah hielt inne, zielte mit der Flinte und feuerte. Es war eine instinktive Reaktion. Sinnlos. Sie war viel zu weit entfernt für einen wirkungsvollen Treffer.

Sie rannte weiter.

Jakab riss die Fahrertür auf und kletterte hinter das Steuer. Hannah rannte weiter, kam immer näher. Das Fahrzeug erzitterte, als der Motor hustend zum Leben erwachte. Hochdrehte. Die Räder drehten im Rückwärtsgang durch, wirbelten Schotter auf, und der Wagen setzte rückwärts über die Brücke. Hannah hob die Waffe und feuerte erneut. Diesmal flog ein großes Stück Windschutzscheibe heraus. Der Pick-up schwang auf quietschenden Reifen herum, bis er den Hügel hinauf in Richtung Hauptstraße zeigte. Dann beschleunigte er.

Hannah hörte ein anhaltendes Donnern hinter sich. Nein, kein Donnern. Etwas anderes. Hufe, die auf Schotter trommelten. Das Geräusch wurde lauter.

In einer verschwommenen Bewegung jagte Gabriel vorbei, tief geduckt über seinem Pferd. Das Tier sprang mit einem mächtigen Satz über die Brücke und landete in einem Schauer von Steinen. Es jagte hinter Jakabs Wagen her und wurde noch schneller.

Innerhalb weniger Sekunden waren Pick-up, Pferd und Reiter hinter dem Kamm verschwunden.

Stille kehrte ins Tal zurück.

Hannah ließ die Flinte fallen. Sie ging zu ihrem Mann. Kniete neben ihm nieder.

Nates Augen waren offen. Sie ergriff seine Hand.

Die erste Kugel hatte sein Brustbein zerfetzt. Die zweite seine rechte Brust durchbohrt. Unter den unregelmäßigen Eintrittslöchern sah sie zersplitterte Knochen, zerrissenes Fleisch. Ein See aus Blut lief unter Nate hervor. «Oh, Nate, mein Liebster, mein Leben! Was hat er getan, was hat er nur getan! Das kann nicht sein! Das kann einfach nicht sein!»

Nate ergriff ihre Hand. Er öffnete den Mund, versuchte zu sprechen.

Hinter ihr hörte sie Schritte, Leute, die näher kamen, doch das war jetzt nicht wichtig. Nichts war wichtig. Nicht jetzt.

Sie starrte Nate in die Augen und sagte ihm immer wieder, wie sehr sie ihn liebte. Sie hielt seine Hand und strich ihm das Haar aus dem Gesicht. Es dauerte noch eine Minute. Dann war er gestorben. Und es war vorbei.

KAPITEL 20

Sopron, Ungarn
1927

Jakab saß auf dem Hauptplatz von Sopron auf den Stufen der barocken Pestsäule und sah den Einwohnern der Stadt dabei zu, wie sie ihren morgendlichen Geschäften nachgingen, gekleidet in lange Mäntel und Hüte und Handschuhe. Dampf stieg von ihren Gesichtern auf. Die vergangene Nacht war wolkenlos gewesen, und der klare Himmel hatte jegliche Wärme aufgesogen, die in den Straßen der Stadt verblieben war. Jetzt erstrahlte der Himmel in kühlem Blau, wie mit einer Keramikglasur überzogen.

Jakab öffnete die Papiertüte in seinem Schoß und riss einen weiteren breiten Streifen Strudel ab, um ihn sich in den Mund zu stopfen. Das Gebäck war wunderbar warm und aromatisch: gezuckerter Apfel, Zimt, Muskat, Nelken. Einige Tage zuvor hatte er eine österreichische Bäckerei auf der Várkerület entdeckt, die den besten Strudel machte, den er je gekostet hatte. An diesem Morgen hatte er drei davon erstanden, und nicht nur allein des Geschmacks wegen: Sein Körper würde an diesem Tag reichlich Energie benötigen.

Er steckte die Papiertüte weg und klopfte sich Gebäckkrümel von der Kleidung, dann griff er in seinen Mantel und zog seine Uhr hervor. Er ließ den goldenen Deckel aufspringen und kontrollierte die Zeit: Viertel vor acht. Wenn ihn sein Glück nicht im Stich ließ, würde er Albert Bauer irgendwann im Verlauf der nächsten fünf Minuten beim Überqueren des Platzes erspähen. Der Chemiker, so hatte Jakab herausgefunden, war ein äußerst pünktlicher Mensch.

Aus Gewohnheit drehte Jakab die Uhr um und fuhr mit dem Daumen über die Inschrift auf der Rückseite.

Balázs Lukács
***Végzet* 1873**

Vierundfünfzig Jahre, nachdem sein Vater ihm diese Uhr in ihrer Kutsche vor dem Palast in Buda geschenkt hatte, zeigte sie immer noch zuverlässig den Lauf der Zeit an. Wie viele Male war er mit dem Finger die geschwungenen Linien der Gravur nachgefahren? Selbst heute noch, über ein halbes Jahrhundert später, weckten die Worte Emotionen in ihm, denen er sich lieber nicht stellen wollte. Er erinnerte sich an die Klinge seines Vaters, die eine feurige Linie über seine Kehle zog. Das Blut.

Jakab klappte die Uhr zu und schob sie zurück in die Tasche.

Er blickte auf, suchte die vor Kälte geröteten Gesichter der den Platz überquerenden Menschen ab, und dann erspähte er Albert, wie er aus der Richtung des Feuerturms in seine Richtung eilte. Eine Woge der Erregung rollte über ihn hinweg. Jakab rappelte sich hoch und schüttelte die Taubheit aus den Beinen, wo sie gegen die kalten Stufen gedrückt hatten.

Albert trug keinen Hut. Er war in einen schweren wollenen Übermantel gehüllt, der unvorteilhaft an seiner großen Gestalt schlackerte. Sein Schädel war scharfkantig. Zusammen mit der Hakennase ähnelte er einem Falken. Jakab hatte Alberts Gesichtszüge im Verlauf der letzten Monate unzählige Male studiert. Er kannte jede Falte und jedes Grübchen, die präzise Form der abstehenden Ohren, die Linie seiner dünnen Lippen.

Wie üblich hatte Albert sein Haar pomadisiert und auf einer Seite gescheitelt. Jakabs Frisur sah ganz genauso aus.

Er wartete, bis der Chemiker vorbei war, dann folgte er ihm. Er beabsichtigte lediglich, Albert bis zu seinem Arbeitsplatz zu folgen: Er musste herausfinden, ob der Mann seiner üblichen Routine nachging oder nicht …

Genießt du den kalten Winter, Albert? Denkst du an deine junge hübsche Verlobte? Ich frage mich, ob sie dir gestanden hat, dass sie keine Jungfrau mehr war. Ich frage mich wirklich, ob sie dir dieses kleine Geheimnis anvertrauen wird. Keine Sorge, Albert – ich teile dieses Wissen früher, als dir lieb ist.

Vor ihm bog Albert auf die Kolostor utca ab. Jakab folgte ihm zwei weitere Straßen hinunter, bis er schließlich die Treppen eines großen cremefarbenen Gebäudes hochstieg, das zugleich Apotheke und privates Laboratorium war.

Zufrieden wandte sich Jakab um und kehrte zum Hauptplatz zurück, wo er in einer Seitenstraße seinen Wagen geparkt hatte: einen weinroten Mercedes 630K. Kein Fahrzeug, das geeignet war für diese Art von Arbeit, doch Jakab hatte es in einem Ausstellungsraum in München gesehen und war hin und weg gewesen von all dem glitzernden Chrom und der kraftvollen Linienführung. Der kompressorgeladene Sechszylinder entwickelte 140 PS und erreichte damit Geschwindigkeiten von mehr als hundertvierzig Stundenkilometern – nicht dass Jakab auf den Straßen und Wegen von Sopron auch nur annähernd so schnell hätte fahren können.

Jakab startete den Wagen und folgte dem Verlauf der Straße in südöstlicher Richtung aus der Stadt hinaus und zu der Villa, wo Erna Nováks Enkeltochter zusammen mit ihren Eltern Carl und Helene Richter sowie ihrem Großvater Hans lebte.

Die Jahrzehnte nach Ernas Tod waren an ihm vorbeigeglitten in einer Fuge aus Bitterkeit, Leid, Wut und Trauer. Jakab hasste die ganze Welt, tobte wegen ihrer Ungerechtigkeit. Es waren die schwarzen Jahre – die verlorenen Jahre. Er hatte sich gehen lassen, war zum Opfer der Ereignisse geworden, anstatt sie zu beherrschen.

Er erinnerte sich nur an wenige Einzelheiten aus dieser Zeit, und woran er sich erinnerte, das entsetzte ihn. Er hatte jedes Laster, jede Verderbtheit ausgekostet bis zum Überdruss. Als er endlich geheilt und klaren Kopfes zurückgekommen war, waren nahezu fünfzig Jahre vergangen. Er fragte sich, wie es möglich war, dass so ein riesiger Zeitraum beinahe unbemerkt vergehen konnte. Egal – wie lange er auch gebraucht hatte, er war zurückgekommen, mit neuer Kraft, neuem Mut. Er hatte ein Bewusstsein entwickelt für seine Fähigkeit, die Realität zu verformen, und die sich ergebenden Möglichkeiten waren unglaublich aufregend.

Es war schlau gewesen von Hans, den Familiennamen von Fischer auf Richter zu ändern. Doch wegen eines typischen Mangels an Vorstellungskraft hatte der Bauer es versäumt, auch ihre Vornamen zu ändern. Nachdem Jakab beschlossen hatte, sich auf die Suche nach der Familie zu machen, dauerte es weniger als zwölf Monate, bis er sie gefunden hatte.

Und als er sie gefunden hatte, erwartete ihn eine Überraschung.

Anna Richter.

Anna war ein paar Jahre jünger als ihre Großmutter bei Jakabs erstem Aufenthalt am Plattensee. Jünger, frischer und doch irgendwie weiser. Ihre Augen waren vom gleichen tiefen Schokoladenbraun, durchsetzt mit Olive und Karamell, und ihr Haar hatte den gleichen dunkelbraunen Glanz. Jakab hatte befürchtet, die Schönheit und Eleganz, die Erna an ihre Nachfahren weitergab, könnten durch das Erbgut des Bauern Hans korrumpiert werden, verdünnt durch seinen Samen. Diese Befürchtungen erloschen beim ersten Anblick Annas. Ganz im Gegenteil, der Beitrag des Bauern hatte geholfen, ein noch exquisiteres Wesen zu erschaffen als die Frau, die Jakab während seiner Zeit in Keszthely gekannt hatte. Er verliebte sich noch am selben Nachmittag.

Mit Anna hatte er eine zweite Chance bekommen, glücklich zu werden. Er würde sie nicht verspielen.

Einen Kilometer von der Residenz der Richters entfernt auf einem bewaldeten Abschnitt der Straße, die aus gefrorenem Schlamm und Steinen und wenig sonst zu bestehen schien, verlangsamte Jakab seinen Mercedes und lenkte das Fahrzeug in eine Senke unter den Bäumen. Er zuckte zusammen beim Geräusch der Brombeeren und Stechpalmen, die mit ihren Dornen über den Lack der Karosserie schrammten.

Er schaltete den Motor aus, lehnte sich in seinem Sitz zurück und konzentrierte sich auf seine Erinnerung an Albert Bauers Gesicht. Er ballte die Fäuste beim vertrauten Aufflammen des Schmerzes, als er sich verformte und das Gesicht und die Statur des jungen Mannes annahm. Er riss die Papiertüte auf und verschlang die restlichen Strudel, ohne sich die Zeit zu nehmen, das Gebäck ordentlich zu kauen. Dann nahm er einen kompakten silbernen Spiegel vom Rücksitz, klappte ihn auf und studierte sein Gesicht. Vorspringende Wangenknochen, dünne Lippen, abstehende Ohren. So weit, so gut.

Die Nase war noch nicht ganz richtig. Er presste, drückte und warf erneut einen Blick in den Spiegel. Besser. Nein, perfekt.

Er stieg aus dem Wagen, vorsichtig darauf bedacht, sich nicht die Hosen am Gestrüpp zu zerreißen, und straffte die Schultern.

Das Anwesen der Richters war eine weitläufige Villa im klassischen Stil. Vier mächtige Steinsäulen säumten den Eingang und trugen eine Veranda, die sich über die gesamte Fassadenbreite erstreckte. Die Wände waren in einem kräftigen Zitronengelb gestrichen.

Jakab imitierte Albert Bauers reizlosen Gang und füllte die von ihm geschaffene Maske mit perfekt kopierten Eigenarten des deutschen Chemikers aus, stieg die Treppe hoch und betätigte die Klingel. Er erwartete, dass ihm ein Dienstmädchen öffnete, doch als die Tür aufschwang und Anna vor ihm stand, wich er einen überraschten Schritt zurück und wäre beinahe gestolpert.

Als sie ihn vor sich stehen sah, hob sie fragend die Augenbrauen. «Albert? Was für eine Überraschung! Ich dachte, du bist im Laboratorium?»

Er starrte sie an, und sein Herz ging auf. Die Ähnlichkeit mit Erna ... und die vielen Dinge, die anders waren als bei ihr.

«Albert?»

«Äh ... ja. Ich war dort. Aber ich dachte, ich komme und besuche dich. Albern, ich weiß, aber ich wollte dich sehen.»

Sie machte ein Gesicht. «Wirst du denn keinen Ärger bekommen?»

«Bestimmt nicht. Ich habe hart gearbeitet. Ich habe mir ein wenig freie Zeit verdient.»

Anna öffnete die Tür ganz. «Na, dann komm herein, komm herein! Du musst halb erfroren sein. Um die Wahrheit zu sagen, es ist nicht viel wärmer im Haus, aber im Salon brennt ein hübsches Feuer. Ich lasse uns Kaffee bringen, wenn du magst.»

«Sind deine Eltern zu Hause?»

«Vater ist in seinem Arbeitszimmer. Aber er hat sicher nichts dagegen.»

«Und Hans?»

«In die Stadt gefahren.»

«Ah.» Jakab betrat den Flur. Anna schloss hinter ihm die Tür und führte ihn dann in den Salon.

Es war nicht das erste Mal, dass er gewagt hatte, sie zu Hause zu besuchen. Die ersten drei Gelegenheiten waren flüchtig gewesen. Er hatte draußen vor dem Haus gewartet, bis Albert Bauer gegangen war, um dann – unter dem Vorwand, etwas vergessen zu haben – zu läuten und im Haus nach dem vergessenen Gegenstand zu suchen, dabei ein paar Worte mit Anna zu wechseln und seine neue Haut auszuprobieren. Bei seinem vierten Besuch war er mitten am Tag gekommen, als Albert in seinem Laboratorium war. Er hatte Anna allein im Haus vorgefunden, und eine Stunde später hatte er mit ihr im Bett gelegen. Seither hatte er sie noch einige Male in der Mittagszeit besucht. Er fühlte sich zwar noch nicht sicher genug, um Albert völlig zu ersetzen, doch er fand sich außerstande, Anna fernzubleiben. Obwohl er, wie er wusste, ein großes Risiko einging.

Anna hockte sich auf die Lehne eines Sofas neben dem Kaminfeuer, und Jakab ließ sich in einen hohen Lehnsessel sinken und verschränkte die Hände im Schoß. Er saugte sie in sich auf. Sie trug ein graues Kleid aus einem durchscheinenden Stoff, über das sie eine dicke Herren-Strickjacke gezogen hatte. Ihre Füße steckten in ungeschnürten Arbeitsstiefeln. Die Haut ihrer Waden war cremig und glatt. Er versuchte nicht hinzustarren.

Wieder lächelte Anna ihn strahlend an. «Also Kaffee, ja?»

«Ja, bitte.»

Nachdem sie gegangen war, blickte sich Jakab im Zimmer um. Auf dem Parkett lag ein Teppich mit geometrischem Muster. Auf kleinen Tischchen mit Marmorplatten standen eine keramische Büste von irgendeinem Philosophen, eine Glasvase mit Straußenfedern, eine Zigarrenkiste aus Schildpatt, ein Victrola-Grammophon sowie ein Stapel Schellackplatten. Über dem Kamin hing ein großer Spiegel mit vergoldetem Rahmen. In einer Ecke stand ein Wandschirm aus lackierter Chinaseide mit aufgemalten Drachen. Der Schreibtisch ihres Vaters stand in der Ecke gegenüber.

Jakab erhob sich aus seinem Sessel und ging zu einem der Fenster. Draußen trugen die Blätter der Rhododendren weiße Bärte aus Reif, während sie darauf warteten, von der aufgehenden Sonne gewärmt zu werden.

Er trat zum Schreibtisch von Annas Vater. Dort lag ein ledergebundenes Tagebuch mit einem Waterman-Füllfederhalter. Auf einem Regalbrett stand eine Reihe älterer Tagebücher. Einige Rücken waren mit einer Jahreszahl in goldener Prägung versehen, die meisten jedoch waren blank. Jakab schlug das vor ihm liegende Buch auf und bemerkte vorne ein Exlibris. Eingerahmt von ineinander verschlungenen Ranken, Wölfen und Hirschen, stand dort in Handschrift:

Tagebuch von Hans Fischer
1923 –

Er blätterte durch die Seiten voll hellblauer Handschrift und sah die Namen von Carl, Helene, Anna und Albert. Er wählte willkürlich einen Eintrag aus und hatte gerade angefangen zu lesen, als er draußen auf dem Flur ein Geräusch vernahm. Es klang leise, unabsichtlich, nicht ganz *richtig*. Rasch legte Jakab das Tagebuch zurück und ging zur Tür. Draußen im Flur sah er Anna neben einem Beistelltisch. In einer Hand hielt sie das Mundstück eines Telefons, mit der anderen hielt sie sich den Empfänger ans Ohr.

«... nein, mache ich nicht. Versprochen», sagte sie leise in das Mundstück. Als sie Jakab in der Tür bemerkte, lächelte sie ihn an, legte das Telefon auf den Tisch und schlenderte herbei. «Kaffee», sagte sie und stupste ihn verspielt mit dem Finger gegen die Brust. «Kommt gleich.»

Er nickte in Richtung Telefon. «Probleme?»

«Nein, nein.» Sie schob sich an ihm vorbei, und Jakab kehrte in den Salon zurück, wo er sein Erscheinungsbild in dem großen Spiegel über dem Kamin kontrollierte.

Albert Bauer starrte ihm entgegen.

Es war unklug gewesen herzukommen. Es war töricht gewesen – vollkommen töricht –, sie erneut zu besuchen. Insbesondere so früh. Wie leicht konnte seine Anwesenheit aufgedeckt werden – sie brauchte nur die heutige Begegnung gegenüber dem richtigen Albert zu erwähnen, und alles wäre ruiniert. Berauscht von der Intimität mit ihr, hatte er in seiner Hast, die Erfahrung zu wiederholen, jegliche Vorsicht fahren lassen.

Jakab atmete ein und wieder aus. Er hätte gerne mehr Zeit gehabt, um den Chemiker zu studieren, um mehr über den Hintergrund des Mannes herauszufinden, seine Arbeit, die Geschichte seiner Beziehung zu Anna. Doch dazu war es jetzt zu spät. Wenn Anna misstrauisch wurde, konnte er damit umgehen, ihr Misstrauen besänftigen, mit genügend Zeit – solange nur der echte Albert Bauer unter zwei Metern gefrorenem Lehm verrottete.

Du darfst keinen Mist bauen. Du kannst es dir nicht leisten.

Er würde keinen Mist bauen. Er liebte sie. Er hatte sie sein ganzes Leben lang geliebt.

Obwohl er wusste, dass es ihr seltsam vorkommen musste, wenn er das Haus verließ, ohne sich zu verabschieden, war sich Jakab plötzlich vollkommen sicher, dass es das Beste war. Er schlich auf Zehenspitzen in den Flur, schlüpfte durch die Vordertür und rannte die Straße entlang zurück zu seinem Auto.

Er nahm sein Mittagessen im Speisesaal des Pannonia-Hotels ein und zog sich dann in seine Suite im zweiten Stock zurück, wo er den Rest des Nachmittags damit verbrachte, über Albert Bauer nachzudenken. Er hatte bereits eine Menge Informationen über den jungen Chemiker zusammengetragen. Der Mann war eine Waise, protegiert von einem wohlhabenden Onkel, der in Wien lebte. Er wohnte seit zwei Jahren in Sopron, nachdem er in Leipzig studiert hatte. Er war leidenschaftlicher Briefmarkensammler, hatte nichts für Jazz übrig und war unbeholfen bei gesellschaftlichen Anlässen. Er stotterte, wenn er nervös wurde, redete mit Akzent und litt gelegentlich unter Schuppenflechten.

Jakab war zwar nicht imstande, die Karriere des Mannes als Chemiker überzeugend fortzusetzen, doch eine rasch arrangierte Erbschaft in Wien würde dieses Problem lösen. Jakabs einzige wirkliche Sorge war, dass er immer noch relativ wenig wusste über Alberts Beziehung zu Anna. An diesem Morgen jedoch hatte er die Tagebücher von Hans Fischer entdeckt. Er war sicher, dass viele der Antworten, die er so dringend suchte, auf diesen Seiten zu finden waren.

Vor der Frisierkommode studierte Jakab das Spiegelbild Alberts. «Du bist als Erster an der Reihe, mein Junge», sagte er. «Und danach arrangieren wir einen Einbruch.» Er schüttelte den Kopf. «Abgesehen davon – wer will schon in Sopron leben, eh?»

Bei Anbruch der Nacht parkte er seinen Mercedes auf der schmalen Straße vor Alberts Wohnung. Das kalte Wetter sorgte dafür, dass die meisten Bewohner in ihren Häusern waren. Sterne glitzerten an einem wolkenlosen Himmel, und der Mond war eine ganz dünne Sichel. Die Fenster der Wohnung des Chemikers im ersten Stock waren dunkel.

Es war ungewöhnlich für Albert, an einem Mittwochabend auszugehen. Der Mann aß für gewöhnlich in einem Bistro eine Straße weiter, bevor er sich in seine Wohnung zurückzog, um vor dem Schlafengehen noch ein oder zwei Stunden zu arbeiten.

Jakab zog seine Uhr hervor und schielte auf die Zeiger. Neun Uhr. Seine Füße wurden bereits taub. Er überlegte, dass er genauso gut in der Wohnung warten konnte, wo es warm war, und stieg aus dem Wagen.

Er tastete nach den nachgemachten Schlüsseln, während er die Straße überquerte, und sperrte die Haustür auf. Der Flur lag dunkel. Jakab stieg die Treppe zum ersten Stock hinauf und blieb vor Alberts Wohnungstür stehen, um zu lauschen.

Nichts. Völlige Stille.

Er benutzte einen zweiten Schlüssel, um sich Einlass zu verschaffen. Erneut hielt er in der Dunkelheit inne und lauschte. Aus einer der Nachbarwohnungen kam gedämpftes Gelächter, doch in Alberts Wohnung rührte sich nichts. Jakab steckte die Schlüssel wieder ein, zog sein Messer und betrat die Wohnung.

Er zog die Tür leise hinter sich zu, streckte die Hand aus und tastete an der Wand nach dem Bakelitschalter für das Licht. Als die Deckenlampe aufflammte, wirbelte er in dem kleinen Raum einmal um die eigene Achse, doch niemand schrie erschrocken auf, niemand sprang ihn an. Er sah Alberts Schreibtisch. Das Sofa und den Sessel vor dem Kamin. Das Bücherregal.

Der Tisch, für gewöhnlich ein Durcheinander aus wissenschaftlichen Zeitschriften, Artikeln, hingekritzelten Notizen und Schreibwerkzeugen, war völlig frei. Die Regalbretter waren leer. Über dem Kamin, wo zuvor ein mäßig gelungenes Aquarell gehangen hatte, steckte nur noch ein Messingnagel in der Wand.

Vor Jakabs geistigem Auge spielte sich eine Szene ab: Anna, die im Flur der elterlichen Villa stand und leise telefonierte.

«... nein, mache ich nicht. Versprochen ...»

Sie hatte ihn angegrinst. Und für einen winzigen Moment,

als sie den Hörer eingehängt und das Mundstück zurückgelegt hatte, hatte Jakab einen lauernden Ausdruck bemerkt, der über ihr Gesicht gehuscht war.

Jetzt wandte er sich zum Schlafzimmer. Schaltete dort das Licht ein. Die Schranktüren standen offen. Leere Schubladen klafften. Das Bett war abgezogen worden. Alberts Radio war verschwunden.

Jakab stieß einen Schrei aus, riss zwei der Schubladen von ihren Läufern und schleuderte sie quer durch das Zimmer. Sie zerbarsten laut scheppernd. Er trat eine der Schranktüren aus den Angeln. «Nein! Nein, nein, nein! *Neeeiiinnn!*» Jakab stürmte aus der Wohnung, sprang die Treppen hinunter und rannte auf die Straße.

Er benötigte mehrere Versuche, bis er den Wagen gestartet hatte, zum Teil wegen der Kälte und zum Teil, weil seine Hände zitterten und seine Sicht von Tränen verschwommen war.

Selbst an diesem Nachmittag, dachte er, als sie ihn im Flur ihres Elternhauses hinters Licht geführt hatte, hatte sie es elegant getan. Wie vollkommen sie doch war. Er verzehrte sich nach ihr.

Der Mercedes machte einen Satz nach vorn. Jakab steuerte ihn durch die schmalen Straßen. Er fuhr nicht zu schnell, bis er die breiteren Alleen erreichte, wo er alles aus dem Wagen herausholen konnte.

War sie noch zu Hause? Unwahrscheinlich. Doch wo sonst konnte er mit seiner Suche anfangen? Würde irgendjemand von ihrer Familie da sein? Er war so abgelenkt von dem Gedanken daran, sie zu verlieren, dass er beinahe die Abzweigung zu dem Waldweg übersehen hätte, der zum Haus der Richters führte. Als er das Lenkrad herumriss, hätte er fast ein entgegenkommendes Fahrzeug gerammt, das ohne Licht fuhr und mit hoher Geschwindigkeit an ihm vorbeibrauste.

Du musst ruhig bleiben. Du musst nachdenken. Du kannst dir nicht leisten, Mist zu bauen.

Ein paar hundert Meter vom Anwesen entfernt fuhr er rechts ran. Der Wagen pflügte eine Dreckspur in den Schnee, als er zum Halten kam. Jakab schaltete den Motor ab.

Im Haus brannte Licht. Jakab nahm einen Revolver aus einem Lederkoffer auf dem Beifahrersitz, sprang aus dem Wagen, wischte sich die Tränen aus den Augen und rannte die Auffahrt entlang zur Vordertreppe. Er sprintete die Stufen hinauf und betätigte die Klingel. Hörte das Läuten tief im Innern des Hauses.

Seine Lungen brannten. Sein Kopf schwirrte. Falsch, alles war falsch. Er konnte nicht klar denken. Er hatte seine nächsten Aktionen nicht genügend durchdacht. Er hatte keine Idee, keinen Plan, keine Ahnung, was er als Nächstes tun sollte. Überwältigt sank er auf die Knie, stützte sich mit einer Hand auf den Steinen ab, konzentrierte sich auf das Atmen.

War er zu spät? Hatte er sie verloren? Hans war unvorsichtig genug gewesen, nur den Familiennamen zu ändern – ein Mann mit Alberts Intellekt würde diesen Fehler bestimmt nicht wiederholen.

Er hörte, wie ein Riegel zurückgeschoben wurde, und blickte auf. Die Tür wurde geöffnet, und zum Vorschein kam das Gesicht eines alten Feindes.

«Albert?» Hans Richter blinzelte überrascht. «Was hast du vergessen? Was ist passiert?»

Jakab erhob sich, fletschte die Zähne.

«Du bist nicht –»

Jakab sprang vor, packte den alten Mann am Arm und zerrte ihn aus dem Haus. Als Hans die Treppe hinunter fiel, schlug Jakab ihm mit dem Revolver auf den Hinterkopf. Der alte Mann wand sich stöhnend auf dem Pflaster der Auffahrt. Er wollte sich umdrehen, doch Jakab sprang ihn an, hob den Revolver und hämmerte ihm den Lauf erneut auf den Kopf. Einen Moment später bemerkte er aus den Augenwinkeln eine weitere Bewegung oben an der Tür.

Helene Richter stand dort, eingerahmt von Licht, in ein Schultertuch gehüllt, in den Händen einen Hammer.

Mit tränennassen Augen starrte Jakab zu ihr hoch. «Hilf uns ...», krächzte er.

Er hatte das Feuer im Kamin geschürt, bis es weiß glühend loderte, und endlich wurde ihm ein wenig warm. Der Widerschein der Flammen tanzte in den Scheiben der drei großen Fenster, die hinauszeigten in die schwarze Nacht.

Jakab wanderte im Salon auf und ab, während er versuchte, sich zu beruhigen. Er strich mit den Fingern über die Straußenfedern, über den Schildpatt der Zigarrenkiste und über die schweren Vorhänge.

Hans' Schreibtisch stand genau an derselben Stelle wie an diesem Morgen. Der Waterman-Füllfederhalter lag immer noch da, doch das ledergebundene Tagebuch des alten Mannes war verschwunden. Das Regal, in dem weitere Bände mit der Geschichte der Richters gestanden hatten, war ebenfalls leer.

Jakab ließ sich Zeit. Er ging von einem Fenster zum anderen und schloss die Vorhänge. Dann kehrte er in die Mitte des Raums zurück und setzte sich in einen Lehnsessel. Er schloss die Augen, atmete tief durch und wartete, bis der Ärger und die Angst und der Schmerz langsam von ihm abfielen.

Dann öffnete er die Augen.

Helene Richter saß zu seiner Linken auf dem Sofa. Ihre Arme waren auf dem Rücken gefesselt. Ihre Knöchel waren ebenfalls gebunden. Die Seidenbluse war zerrissen. Sie starrte auf den Teppich zu ihren Füßen, die Augen weit aufgerissen und ungläubig. Neben Helene saß ihr Ehemann. Carl trug ein Hemd mit offenem Kragen und dunkle Hosen. Anders als seine Frau hatte er den Blick nicht gesenkt. Seine Augen suchten unablässig den Raum ab, ohne dabei Jakabs Gesicht zu streifen.

Einzig Hans, seinem Sohn und seiner Schwiegertochter gegenüber an einen Sessel gefesselt, wagte es, Jakab anzusehen. Ein Fetzen seiner Kopfhaut hing ihm über das Ohr. Blut hatte seine Jacke und sein Hemd durchnässt. Er wandte den Blick nicht von Jakab ab. «Was auch immer du mit uns machst», sagte er. «Vergiss nicht: Carl ist Ernas Sohn. Ihr Blut, Jakab. Denk darüber nach. Er ist genauso ein Teil von ihr wie Anna.»

Jakab schwieg für eine Weile. «Du sagst, ich solle nicht vergessen, *Bauer*. Ich vergesse nichts. Ich habe auch nicht vergessen, dass du mir meine Frau gestohlen hast.»

Hans starrte Jakab an. Schließlich schüttelte er den Kopf. «Sie war nie deine Frau.»

Die Wahrheit dieser Worte – die nackte und kalte Realität – verletzte Jakab mehr als irgendetwas anderes in den achtundvierzig Jahren seit Ernas Tod. Von einem Augenblick zum anderen war er zurück in jener Nacht, als sie ihn am Ufer des Plattensees getroffen und vor den Fremden in der Taverne ihres Vaters gewarnt hatte. Er erinnerte sich, wie seine Freude über ihre Nähe dem Entsetzen darüber gewichen war, dass die *hosszú életek* ihn gefunden hatten. Er erinnerte sich an ihre Tränen auf seiner Wange, als er sie küsste und ihr versprach zurückzukehren. Er erinnerte sich an die Art und Weise, wie sie ihn fünf Jahre später angesehen hatte, als sie versucht hatte, ihn zum Gehen zu bewegen und ihm Geld zu geben, erinnerte sich, wie die Münzen in der Luft geglänzt und geglitzert hatten, als er sie von sich gestoßen hatte. Er sah den *Merénylő* vor sich mit seiner kranken Haut und seinen bösartigen Augen, wie er sich im Sattel aufgerichtet und die Armbrust abgeschossen hatte. Er erinnerte sich, wie er geglaubt hatte, getroffen worden zu sein, erinnerte sich an den grausamen, furchtbaren Schmerz angesichts dessen, was folgte: das leise Wimmern aus Ernas Mund, das klackernde Geräusch ihrer Zähne, als sie blindlings nach Luft schnappten, ihr Gewicht, als sie ihm aus den Armen glitt, das Glänzen des blutigen Bolzens, der aus ihrem Hinterkopf ragte, die Erkenntnis, dass er in der Zeit, die ein Schaft aus Holz und Metall benötigte, um ein paar Meter leeren Raums zu durchqueren, alles, wirklich alles, verloren hatte.

Jakab bemerkte, dass er weinte. Ein schauderndes Schluchzen entrang sich seiner wogenden Brust. Er schob die zusammengelegten Hände zwischen die Knie und drückte, schaukelte vor und zurück, vor und zurück, während Tränen über seine Wangen rannen.

Langsam fing er sich wieder.

Er wischte sich die Nase, das Gesicht. Als er aufblickte, sah er in den Augen des alten Mannes ebenfalls Tränen.

«Wo ist Anna?», fragte er.

«Jakab, ich habe sie genauso geliebt wie du.»

«Wohin hat Albert sie gebracht?»

«Wenn ich gewusst hätte, was diese beiden Männer vorhatten, wenn ich gewusst hätte, wie es enden würde, ich hätte sie niemals gerufen. Ich hatte Angst, Jakab. Angst vor dir. Angst, Erna an dich zu verlieren.»

«Ich muss sie finden.»

«Du wirst sie nicht finden. Es tut mir leid für dich, Jakab, aber Anna hat ihr eigenes Leben, und sie hat ein Recht darauf, es mit wem auch immer sie will zu verbringen. Du darfst ihr das nicht verbieten. Deine Einmischung in Annas Leben endet hier, Jakab. Hier in diesem Raum.»

Jakab zog sein Messer aus der Tasche, drehte es in der Hand, fuhr mit dem Daumen über die Klinge, sodass ein roter Schnitt entstand. Auf dem Sofa stöhnte Helene Richter leise auf. Sie wich zurück und drückte sich tief in die Polster.

«Ich will kein weiteres Blutvergießen», sagte Jakab.

«Dann tu das hier nicht –»

«Aber ich muss sie finden. Bitte. Es ist eine ganz einfache Frage.»

«Jakab, verstehst du denn nicht? Wir wissen nicht, wohin sie gegangen ist. Keiner von uns weiß das. Wir haben ihnen geholfen, ja. Aber sie kommen nicht wieder zurück. Nicht heute, nicht in der nächsten Zeit. Wir haben uns Lebewohl gesagt.»

Jakab erhob sich und trat vor. Er betrachtete die Reflexion des Kaminfeuers auf der Messerklinge. «Aber sicher wisst ihr das. Ihr müsst es wissen.»

«Bitte, Jakab. Tu das nicht.»

Er trat vor Helene und streckte die Hand nach ihrem Gesicht aus. Sie wich vor ihm zurück, doch sie kam nicht weit genug, und er packte ihr Kinn und drehte ihren Kopf zu sich. Sie wollte ihm immer noch nicht in die Augen sehen. «Wo finde ich sie?», fragte er leise.

Die Frau schluchzte.

«Jakab, du weißt, dass das falsch ist», sagte Hans hinter ihm. «Du musst es wissen. Denk an Erna, Jakab. Was hätte sie gewollt.»

«Was weißt du schon, was Erna gewollt hätte!»

«Jakab, ich war mit ihr verheiratet.»

«Und das nächste Mal, wenn du meinst, mich daran erinnern zu müssen, werde ich deiner Schwiegertochter die Lippen abschneiden, verstehst du?» Er wandte sich zu Carl um und benutzte die Spitze des Messers, um Carls Gesicht zu sich herumzudrehen. «Sieh mich an, Carl. Sieh mich einfach nur an. Na, so schwer war das doch gar nicht, oder? Ich bin kein Monster. Ich will deiner Tochter nichts tun. Ich will *dir* nichts tun.

Aber ihr müsst mir sagen, wohin Anna gegangen ist. Ich weiß, dass ihr das versteht, tief in eurem Innern. Ich liebe Anna, Carl. Ich muss sie finden.»

Das Gesicht des Mannes hatte jegliche Farbe verloren. Sein Adamsapfel tanzte auf und ab. «Wir wissen nicht, wohin sie gegangen sind. Warum um alles in der Welt hätten sie uns das verraten sollen? Sie wussten nicht einmal selbst, wohin sie gehen würden.»

«Ein Vater wird es wissen.»

«Ich schwöre, Jakab, ich –»

«EIN VATER MUSS DAS WISSEN!»

Jakab zog die Klinge von Carls Kinn zurück und zwang sich, auf Abstand zu gehen. Er ging ruhelos durch den Raum, während sein Kopf voll war von Gedanken an Anna, an Erna, an Anna. Von einem Moment zum anderen wurden diese Gedanken dunkler und dunkler, fingen an, ihn zu verspotten und sich über ihn lustig zu machen, und wollten nicht mehr aufhören.

Er stellte sich vor, wie Anna und Albert durch die Nacht fuhren, der deutsche Chemiker am Steuer, Annas Hand auf seinem Oberschenkel.

Er stellte sich vor, wie sie in einem Hotel einkehrten, noch voller Angst nach ihrer überstürzten Flucht und zugleich belebt, aufgepeitscht, getrieben. Diese Energie würde sich in Leidenschaft entladen, sie zueinander hinziehen, ihnen die Zuversicht geben, dass sie obsiegen konnten.

Es fühlte sich an, als wäre ein Tumor in seinem Kopf geplatzt.

Er umrundete das Sofa, trat von hinten hinter Helene, riss ihren Kopf zurück und holte mit dem Messer aus. «Letzte Chance, Hans!», sagte er. «Ich meine es ernst. Sag mir, wo sie hin sind, auf der Stelle, oder ich mache sie so verdammt hässlich, dass du es nicht über dich bringst, sie je wieder anzusehen.»

Auf dem Lehnsessel senkte Hans den Kopf. Er begann leise zu beten.

Neben Helene folgte Carl seinem Beispiel.

Jakab stand da wie erstarrt, eine Hand an Helenes Schopf, die andere mit dem Messer hoch erhoben, bereit, zuzustoßen.

«... und vergib uns unsere Schuld, wie auch wir vergeben unseren Schuldigern ...»

Die Klinge fuhr herab.

Helene Richter bäumte sich auf. Schrie.

«... erlöse uns von dem Bösen ...»

Mit zurückgezogenen Lippen, die Zähne entblößt, wild entschlossen, ihre Worte zu ersticken und ihnen die Sinnlosigkeit ihrer Gebete zu demonstrieren, zerschnitt Jakab ihr das Gesicht.

Später, viel später, nachdem das Schreien geendet hatte und alles Leben aus ihnen gewichen und das einzige Geräusch im Raum das stetige *Tropf-Tropf-Tropf* von Blut in die großen Lachen auf dem Teppich war, musste Jakab einräumen, dass der alte Mann wohl die Wahrheit gesagt hatte. Er hatte nichts gewusst. Keiner der drei hatte gewusst, wohin Anna mit Albert verschwunden war.

Doch da war es längst zu spät gewesen. Es hätte auch kaum noch etwas ausgemacht. Weil Jakab, nachdem er erst angefangen hatte zu schneiden, viel zu erregt gewesen war, um damit wieder aufzuhören.

KAPITEL 21

Region Aquitaine, Frankreich
Heute

Tage vergingen, doch für Hannah hätten es genauso gut Wochen oder auch nur Stunden sein können. Sie wand sich im Schmerz ihres Verlustes, drückte den Stachel noch tiefer, ließ sein Gift durch ihre Adern kreisen und sich von seinen Widerhaken ausweiden, sich aller Hoffnung berauben, aller Erinnerungen, aller Bedeutung.

Sebastien schaufelte am Seeufer ein Grab für Nate. Er arbeitete, so schnell er in der kühlen Herbstluft konnte. Der Boden war gefroren und felsig, und er kam nicht gut voran. Nieselregen hüllte ihn ein und machte ihm zu schaffen, und er blickte immer wieder auf und suchte die Hügel ab, als spürte er die heimlichen Blicke des Killers auf sich ruhen, während er grub.

Nachdem das flache Grab vorbereitet war, zerrte der alte Mann Nates Leichnam über die Kante und legte ihn so behutsam hinein, wie er konnte. Vorher hatte Hannah das Blut von Nates Gesicht und Händen abgewaschen. Sie wollte, dass Leah das Bild ihres Vaters ohne die Spuren von Gewalt an seinem Leichnam in Erinnerung behielt.

Das kleine Mädchen war still und blass und hatte die Lippen zusammengepresst, als spulte sich vor seinen Augen ein Horrorfilm ab. Es beugte sich vor und schob seinem toten Vater einen Brief in die Hemdtasche. Hannah bemerkte die ungelenken Züge von Leahs Handschrift, doch brachte nicht den Mut auf, darüber zu grübeln, welche Fragen ihre Tochter stellte.

Im Schatten des Berges las Sebastien Worte aus dem Gebetbuch der anglikanischen Kirche, als Hannah Leah an der Hand packte.

«Denn wir haben nichts in die Welt gebracht; darum werden wir auch nichts hinausbringen. Der Herr gibt es, und der Herr nimmt es, gesegnet sei der Name des Herrn.»

Nate mochte nichts in die Welt gebracht haben, doch mit seinem Dahinscheiden hatte er alles Glück und allen Frieden mitgenommen, den Hannah jemals erhofft hatte. Sie schrie, als Sebastien die erste Schaufel Erde über den Toten warf und die Krümel über Nates Gesicht rollten. Sie fiel auf die Knie, und das kalte Erdreich durchnässte ihre Jeans. Sie hätte sich auf Nates Leichnam geworfen, hätte ihre Lippen auf seine Wangen gepresst, wenn Sebastien nicht die Schaufel weggeworfen und sie gepackt und Leah an sich gezogen und ebenfalls gehalten hätte.

Hannah schrie erneut, guttural und verloren, als Sebastien sie sanft von sich schob, die Schaufel aufnahm und seine Arbeit fortsetzte. Sie sah ihm zu, atmete hechelnd und voller Unglauben, wie sich Schaufel um Schaufel Erde auf Nates Brust legte, auf die Beine, die Stiefel.

Die rechte Hand verschwand zuerst unter der Erde, die Hand, die sie gehalten hatte, als sie gehechelt und gepresst und Leah auf die Welt gebracht hatte. Sie weinte ihr Lebewohl für die Finger, die ihre Wange gestreichelt und ihre Füße massiert hatten. Als Nächstes verschwand seine linke Hand. Den Ehering hatte sie ihm abgenommen; sie trug ihn nun an einer Kette um den Hals.

Drei Schaufeln später war sein Gesicht mit Erde bedeckt. Lippen, die sie geküsst hatten, die mit ihr gelacht hatten, die ihr

Treue geschworen hatten bis in den Tod – übergeben an nasses Erdreich und Würmer und Steine. Augen, die ihre Tochter hatten heranwachsen sehen, Ohren, die gehört hatten, wie sie ihm ihre Liebe beteuert hatte, alles erlag dem kalten Druck der Erde. Eine Haarlocke und ein bleicher Streifen Stirn waren das Letzte, was sie von Nate sah.

Als Sebastien ein einfaches Holzkreuz in das Erdreich hämmerte, spürte Hannah, wie ihre Sicht verschwamm, ihre Kopfhaut prickelte, und dann fiel sie zu Boden, nutzlos und verausgabt. Hohl und verloren.

Sie erinnerte sich kaum an die Abreise von Llyn Gwyr. Sebastien führte sie zum Wagen, während sie unablässig murmelte und zitterte und ihm von ihren Plänen erzählte, vom Versteck ihrer Dokumente, ihrer Pässe, ihres Geldes. Als er über die Steinbrücke fuhr, wurde sie von ihrer Trauer übermannt. Sie stieß die Tür des Landrovers auf und wollte sich hinausstürzen. Nur der Sicherheitsgurt, in den sie sich verhedderte, hinderte sie daran, in den Fluss zu fallen.

Sebastien gab ihr ein Sedativum. Ein starkes Medikament aus seinem Militärbestand, das dicke Kissen um ihren Schmerz wickelte und ihn in einen tiefen Schacht warf, das sie gefügig machte und wach hielt und ansonsten ihr Bewusstsein praktisch ausschaltete. Hatte sie wirklich den Leichnam ihres Vaters gesehen, festgebunden am Wegweiser nach Llyn Gwyr, in den gefrorenen Händen eine Ausgabe seines letzten Werks? Oder war das nur eine makabre Halluzination gewesen, hervorgerufen von Sebastiens Drogen?

Sie erinnerte sich dunkel an ein Cottage irgendwo in Snowdonia, die Gesichter von Männern, die sie nicht kannte, die Gesichtszüge geschmolzen und aufgelöst in der trüben Suppe ihrer Gedanken. Das Innere eines Flugzeugs, die Kabine kürzer und enger als in jedem Flugzeug, in dem sie bisher geflogen war. Eine weitere Autofahrt, diesmal in der Nacht. Geflüsterte Unterhaltungen, der Schmerz, ihre Tochter leise schluchzen zu hören, die Schuldgefühle, als sie besinnungslos und betäubt dalag, zu selbstsüchtig, um den Kopf aus der gnädigen Umarmung der Beruhigungsmittel zu heben.

Irgendjemand öffnete die Wagentür, hob sie heraus und trug sie über einen knirschenden Kiesweg. Die Luft war wärmer hier. Ein anderes Land, ein anderes Leben. Ein Schlüssel drehte sich in einem Schloss, Schritte hallten auf Bodenfliesen. Der Geruch von Ingwer, Zimt und Nelken. Nach oben in ein dunkles Zimmer. Gestärkte Laken, Fenster mit geschlossenen Läden davor. Stille. Schlaf.

Sie erwachte mitten in der Nacht, die Augen verklebt, der Mund trocken wie Kreidestaub, und stolperte eine Treppe hinunter in eine Küche mit einfachen Holzmöbeln und gekalkten Wänden. Sebastien saß in einem von zwei Lehnstühlen vor einem kalten Holzofen und las im Licht einer Tischlampe eine Zeitung. Hannah suchte in Schränken, bis sie gefunden hatte, was sie brauchte – eine Flasche Brandy und ein einzelnes Glas. Sie schenkte sich ein, kippte den Inhalt hinunter und schenkte sich ein weiteres Glas ein. Sebastien legte seine Zeitung weg, verschränkte die Hände im Schoß und öffnete den Mund, um etwas zu sagen. Sie blickte ihn an, schüttelte den Kopf, trank ein weiteres Glas Brandy und trug die Flasche nach oben zu ihrem Bett. Als sie das nächste Mal erwachte, fiel Licht durch die Schlitze der Fensterläden, und auf einem Tablett neben dem Bett stand ein erkaltetes Frühstück aus Toast und Eiern. Sie trank Brandy aus der Flasche und sank ein weiteres Mal in die Gnade der Bewusstlosigkeit.

Als sie wieder die Augen aufschlug, war die Nacht zurückgekehrt. Ihr Kopf dröhnte, und ihr Magen verkrampfte sich.

Sie schaffte es nicht bis zur Schlafzimmertür, bevor sie sich übergab und ein bitterer, brennender Schwall aus Galle auf die Dielenbretter platschte.

Sie torkelte die Treppe hinunter und fand die Küche verlassen. In der Luft hing der Geruch nach gebratenem Hähnchen. Auf dem Gestell neben dem Spülbecken standen Teller zum Trocknen. Jemand – wahrscheinlich Leah – hatte am Tisch gesessen und Bilder gemalt. Einen liegenden Mann. Blumen auf seiner Brust. Eine Frau und ein Mädchen, die sich an der Hand hielten. Eine Sonne. Einen Vogel. Einen Berg.

Die Terrassentür war angelehnt, und Sebastien kam von draußen herein, während Hannah nach einer weiteren Flasche suchte. Es gab keinen Brandy mehr, und bis sie Wein und einen Korkenzieher gefunden hatte, zitterten ihre Hände so stark, dass sie abrutschte und sich am Daumen verletzte. Sie ließ den Korkenzieher fallen und fing an zu weinen.

Schweigend nahm Sebastien ihre Hand und führte sie zum Spülbecken. Er hielt ihren Daumen unter fließendes Wasser, wickelte ihn in ein Küchenhandtuch und führte sie sodann zu einem Lehnstuhl. Dann setzte er Wasser auf und bereitete ihr einen Becher Tee. «Sie braucht dich», sagte er leise, als sie einen Schluck trank und sich die Haare aus dem Gesicht strich.

«Ich kann nicht.»

«Es gibt niemanden außer dir.»

«Ich weiß.»

«Sie ist ein unglaubliches Mädchen, Hannah. Aber sie kommt ohne deine Hilfe nicht darüber hinweg. Sie braucht deine Kraft.»

«Und ich? Was brauche ich?»

Sie erschreckte vor der Brutalität ihrer eigenen Worte. Sie hob den Kopf und war schockiert, als sie sah, wie erschöpft

Sebastien war. Seine Haut war wächsern und eingefallen, seine Augen stumpf und rot gerändert.

«Du hast deinen Mann verloren», sagte er. «Sie hat ihren Vater verloren. Willst du, dass sie auch noch ihre Mutter verliert?»

«Es gibt keine Hoffnung.»

«Das würde bedeuten, ihn gewinnen zu lassen.»

«Er hat schon gewonnen. Sieh uns an. Sieh dir an, was von uns geblieben ist.»

«Du hast immer noch eine Tochter.»

«Wie lange noch?»

Fluchend stapfte Sebastien zum Küchentresen. Er schnappte ein Glas vom Trockengestell, nahm eine Halbliterflasche Gin aus einem Schrank, in dem sie nicht nachgesehen hatte, füllte das Glas bis zum Rand und hielt es vor sie hin. Alkohol schwappte über und spritzte auf ihre Beine. «Nur zu, trink, wenn du unbedingt musst! Mach es dir leicht. Es ist nicht das, was ich von dir erwartet hätte, aber jeder schafft es, einen zu enttäuschen, wenn man ihm nur genügend Zeit lässt, richtig? Ich dachte –»

«Er ist *tot*, Seb! *Tot!*», kreischte sie und schlug ihm das Glas aus der Hand. Es zerbarst auf dem Boden.

«Ich weiß! Es ist furchtbar, und nichts, was du oder ich tun können, wird irgendetwas daran ändern! Aber du hast ein kleines Mädchen, das dich braucht, also reiß dich gefälligst zusammen und denk an Leah statt an dich! Wie hast du dich gefühlt, als deine Mutter starb? Was hast du damals gebraucht? Hat Charles dich auch gegen eine Flasche Brandy eingetauscht? Mein Gott, Hannah!»

Sie presste die Hände auf die Ohren, und Tränen strömten ihr über die Wangen. «Aufhören! Bitte, hör auf!», wimmerte sie. «Es … es tut mir leid, Sebastien, es tut mir wirklich leid. Bitte … hör auf. Hör auf.» Sie verschränkte die Arme und schaukelte im Stuhl vor und zurück. Zitternd. «Was soll ich tun?»

Sebastien wandte ihr den Rücken zu und verließ den Raum. Als er zurückkam, hatte er eine Decke bei sich. Er legte ihr die Decke über die Schulter. «Du wirst es überleben, Hannah. Begrabe deine Trauer für den Augenblick. Verwandle sie in Wut. Du musst.»

«Nachdem du mir das Sedativum gegeben hattest, im Farmhaus von Llyn Gwyr, da dachte ich … ich dachte, ich hätte …» Sie hob den Blick und sah ihn an. «War das mein Vater?»

Sebastien senkte den Kopf. «Ich hatte gehofft, du würdest dich nicht daran erinnern.»

«Ich hatte gehofft, ich hätte das nur geträumt. Also habe ich ihn ebenfalls verloren, und ich kann nicht einmal noch mehr trauern. Ich bin leer.»

«Ich weiß.»

«Jakab hat ihn dort festgebunden, um mich zu verhöhnen, nicht wahr? Um mich zu bestrafen. Er hat ihn mit dem verdammten Journal in den Händen an dem Schild festgebunden. Meinst du, er ist schnell gestorben?» Sie schüttelte den Kopf, verwarf die Frage. Sie wollte lieber keine Antwort. «Diese Kreatur hat meinen Großvater getötet, meine Mutter, und jetzt hat sie mir meinen Vater genommen und meinen Mann.»

«Ich habe es schon einmal gesagt, aber es ist eine schlimme Geschichte. Sie muss enden. Ich werde alles tun, was in meiner Macht steht, um dafür zu sorgen, dass sie endet.»

«Dann stehen wir vor dem Endspiel?»

«Es fühlt sich so an, ja.»

«Wenn es so weit ist und ich nicht überlebe … wirst du dafür sorgen, dass sich jemand um Leah kümmert?»

«Das musst du mich nicht fragen.»

«Aber ich muss die Antwort von dir hören. Ich habe so ein

Gefühl, dass wir ganz dicht davorstehen. Wenn ich eine Chance habe, ihn zu töten, und wenn diese Chance bedeutet, dass ich mein eigenes Leben opfern muss, dann ergreife ich sie, wenn ich weiß, dass Leah versorgt ist. Es tut mir leid, Sebastien, ich habe niemanden sonst, den ich fragen könnte.»

Der alte Mann kauerte sich vor sie und nahm ihre Hände in seine eigenen. «Wenn es dazu kommen sollte, Hannah, dann kümmere ich mich darum, dass Leah versorgt ist. Und nicht nur durch mich. Du überlässt sie nicht einem einsamen Leben in den Bergen, keine Angst. Sie wird in Sicherheit sein und behütet.»

«Danke, Sebastien. Danke für alles.» Sie schlug die Hand vor den Mund. «Wir haben ihn nicht einmal begraben. Ist er immer noch an dieses Schild gebunden?»

«Ich habe Leute, die sich darum kümmern.»

«Deine alten Kontakte.»

«Einige von den guten, ja.»

«Haben wir sie getroffen?»

«Kurz.»

Sie nickte. Und dann kam ihr ein weiterer Gedanke. «Gabriel.»

«Was ist mit ihm?»

«Ich weiß nicht. Findest du es nicht auch befremdend, dass er einfach so davongeritten ist?»

«Du meinst, nachdem du gedroht hast, ihn zu töten, und ihn dann bewusstlos geschlagen hast?»

«Ein weiterer Fehler. Ich habe eine ganze Menge Fehler gemacht, oder?»

«So hatte ich das nicht gemeint.»

«Es ergibt einfach keinen Sinn, wenn du mich fragst. Wenn er versucht hat zu entkommen, warum ist er dann nicht in eine andere Richtung geritten?»

«Anstatt direkt an dir vorbei und über die Brücke, vor die Läufe deiner Flinte, meinst du?»

«Es sah eher danach aus, als hätte er Jakab verfolgt, und nicht, als hätte er vor uns fliehen wollen.»

Sebastien knurrte. «Verdammt. Ich bin ein alter Narr. Daran habe ich gar nicht gedacht. Aber jetzt, wo du es sagst, kann ich dir nicht widersprechen.»

«Ich hatte ständig das Gefühl, als würde er sich über mich lustig machen. Als wüsste er etwas. Zu der Zeit hielt ich es für Paranoia. Ich hätte meinen Instinkten vertrauen sollen. Ich frage mich, wo er jetzt steckt.»

«Ich bin hier.»

Gabriel betrat die Küche und schloss die Terrassentür hinter sich. Er blieb für einen Moment stehen, während er aus Augen wie blauem Azurit ihre Reaktionen abwartete. In der rechten Hand hielt er einen Seesack, den er nun auf den Boden stellte. Auf seinen Wangen spross ein Stoppelbart. Sein Gesicht war ernst, bar jeglichen Humors.

Hannah war überrascht, doch sie rührte sich nicht. Vielleicht lag es an den Nachwirkungen von Sebastiens Sedativum oder am Alkohol, doch sie fühlte sich wie festgewachsen. Sie blickte sich im Raum um, suchte nach einer Waffe, konnte keine sehen. Auf dem Küchentresen standen lediglich ein Wasserkocher, ein Kaffeeautomat und die Teller im Tropfgestell. Neben dem Holzofen befand sich ein Korb, doch er war leer.

Hannah sah zu Gabriel hoch. «Was wollen Sie?»

«Ihnen helfen.»

«Warum?»

«Wegen der Tragödie, die Sie und Ihre Tochter ereilt hat. Weil ich angefangen habe, die Frau zu mögen, die ich in den Bergen getroffen habe. Weil es das Richtige ist zu helfen. Weil sonst niemand da ist, der helfen könnte.»

Hannah bemerkte, dass Sebastiens Hand in Richtung der Hosentasche kroch, in der er das Messer aufbewahrte, und ihr wurde klar, dass sie weiter Gabriels Aufmerksamkeit beanspruchen musste. «Wie haben Sie uns gefunden?», fragte sie.

«Das war nicht besonders schwer.»

«Wer sind Sie?»

Gabriel trat ein paar Schritte vor. Hannah erhob sich. Sie spürte, wie sich auch Sebastien aufrichtete.

«Ich nehme an, das ist ein Messer, nach dem Sie greifen, alter Mann», sagte der Ire in diesem Augenblick. «Bitte tun Sie das nicht. Ich bin sehr müde. Ich bin nicht hier, um irgendjemandem etwas zu tun.»

«Wer sind Sie?», wiederholte Hannah ihre Frage.

Gabriel studierte ihr Gesicht. «Ich bin ein *hosszú élet*», sagte er dann leise.

Seine Worte trafen sie wie eine Faust in den Magen, die ihr die Luft aus den Lungen trieb. «Was ist mit dem richtigen Gabriel? Was haben Sie mit ihm gemacht?»

Der Mann vor ihr runzelte die Stirn, und dann wurde seine Miene weicher. «Hannah, ich *bin* Gabriel. Der richtige Gabriel. Ich verstehe, warum Sie glauben, dass alle *hosszú életek* Monster wie Jakab sind, die andere Menschen benutzen und sich ihrer nach Belieben entledigen, als wären sie wenig mehr als Kleidungsstücke. Aber ich versichere Ihnen, wir sind nicht alle so.» Er warf einen Blick zur Seite. «Ich wette, selbst Sebastien wird mir darin zustimmen.»

«Sag mir nicht, was ich zu denken habe!», schnappte der alte Mann. «Du hast keine Ahnung, wer ich bin, nicht die geringste Ahnung! Und wenn du wirklich ein *hosszú élet* wärst –»

«Sie sind Sebastien Lang», unterbrach ihn Gabriel gelassen. «Sie sind in Wien geboren und aufgewachsen und studierten an der Semmelweis-Universität in Budapest Medizin. Noch im

Grundstudium lernten Sie ein *hosszú élet* mit Namen Éva Maria-Magdalena Szöllösi kennen. Éva hielt Sie zunächst für einen von uns. Die Keulung durch die Eleni war noch frisch in ihrem Gedächtnis, und Verschwiegenheit war die Losung der Stunde. Als sie sich Ihnen schließlich zu erkennen gab und ihren Fehler bemerkte, war es zu spät. Sie hatten sich ineinander verliebt. Sie gestand Ihnen die Wahrheit, und dann floh sie.»

Sebastien stolperte zum Lehnstuhl und fiel hinein. Er hob die zitternden Hände und schlug sie vors Gesicht, bedeckte die Augen.

«Éva flehte Sie an, sie zu vergessen, doch Ihr Herz war gebrochen, und Sie waren am Boden zerstört. Sie fingen an, die *hosszú életek* zu erforschen. Sie lasen alles, was es zu lesen gab, hörten sich alle Geschichten an. Schließlich stolperten Sie über die Eleni. Die Organisation, welche die *hosszú életek* auslöschen sollte, suchte nach den letzten wenigen Überlebenden. Diesmal nicht, um uns zu töten, sondern um uns zu erforschen. Doch das alles interessierte Sie nicht. Sie hatten nur ein Ziel im Sinn: Éva finden.»

«Doch, es hat mich interessiert», krächzte Sebastien.

«Sie stiegen in der Hierarchie auf und wurden schließlich *Signeur* und rechte Hand des *Presidente* – verantwortlich dafür, die *hosszú életek* aufzuspüren, wo immer sie sich versteckten, unter Einsatz aller dazu erforderlichen Mittel. Im Verlauf einer Ihrer stümperhaften Unternehmungen wurde eine junge *hosszú élet* getötet. Sie stand nur ein Jahr vor ihrem ersten *végzet*. Vielleicht hätte sie jemanden kennengelernt und sich verliebt, Kinder mit ihm gehabt. Das Unausweichliche für eine Generation oder mehr hinausgezögert.» Gabriels Augen verengten sich zu Schlitzen. «Also sagen Sie mir, Sebastien Lang, sagen Sie mir noch einmal, dass ich keine Ahnung habe, wer Sie sind.»

«Der Tod dieses Mädchens war nicht beabsichtigt», flüsterte Sebastien und hob den Kopf. Seine Augen waren tränennass. «Es hätte nie geschehen dürfen. Die ganze Unternehmung war von Anfang an ein Desaster.»

«Ein Desaster für uns.»

«Meinst du, das weiß ich nicht? Was glaubst du, warum ich aufgehört habe? Warum ich weggegangen bin?»

«Ich bin nicht hier, um eine Antwort auf diese Frage zu finden», erwiderte Gabriel. «Ich bin hier, um Hannah zu helfen.»

Hannah hatte Sebastien eine Hand auf die Schulter gelegt. Ihr gefiel der feindselige Ton zwischen den beiden Männern nicht. «Woher wissen Sie so viel über Sebastien?»

«Wenn die eigene Familie – die eigene Gesellschaft – in einem Genozid ausgelöscht wird, den die Geschichte euphemistisch als *Keulung* umschreibt, dann entwickelt man einen scharfen Blick für die, die danach trachten, einem Leid zuzufügen.»

«Ich wollte den *hosszú életek* nie Leid zufügen», sagte Sebastien. «Herrgott im Himmel, ich war in sie verliebt! Ich wollte sie wiederfinden, das war alles!»

Gabriel fuhr fort, als hätte er ihn gar nicht gehört: «Wir kennen nicht die Identität von jedem Mitglied des Eleni-Konzils. Aber diejenigen, die uns bekannt sind, stehen unter Beobachtung. Als Sebastien nach Snowdonia ging, erklärte ich mich bereit, ihn im Auge zu behalten. Ich bezog einen Hof in seiner Nähe.»

«Wie lange ist das her?», fragte Hannah.

«Ungefähr acht Jahre.»

«Acht Jahre? Das ist eine verdammt lange Zeit allein in einer so verlassenen Gegend, nur, um das Kommen und Gehen eines alten Mannes zu beobachten.»

Gabriel zuckte die Schultern. «Acht Jahre sind nicht so schlimm. Es war eine wichtige Aufgabe.»

Hannah erinnerte sich, wie verzweifelt allein Gabriel gewirkt hatte während ihres gemeinsamen Ausrittes auf den Cadair Idris. Sie war unschlüssig. «Woher soll ich wissen, dass Sie die Wahrheit sagen? Woher weiß ich, dass Sie nicht Jakab sind?»

«Können wir uns an den Tisch setzen?»

«Warum?»

«Wenn Sie mir zwei Minuten Ihrer Zeit schenken, zeige ich es Ihnen.»

Hannah blickte von Gabriel zu Sebastien und wieder zu dem Iren. «Warum sollte ich Ihnen vertrauen?»

«Sollten Sie nicht. Andererseits – was haben Sie schon zu verlieren?»

Sie starrte ihn noch ein paar Sekunden länger an, dann zog sie einen Holzstuhl heran und setzte sich an den Tisch.

Gabriel nahm ihr gegenüber Platz. «Es gibt etwas, das Sie möglicherweise nicht wissen über Balázs Jakab. Einen Geburtsfehler. Selten und äußerst beklagenswert.»

«Seine Augen», erwiderte sie. «Er kann ihre Farbe nicht kontrollieren.»

«Hundert Punkte. Sie haben Ihre Hausaufgaben gemacht. Aber *lélekfeltárás* – so nennen wir es – ist mehr als nur eine Farbänderung, ein Mittel zur Tarnung. Es ist unsere Methode, uns einander zu offenbaren. Man könnte sagen, die intimste Form von Äußerung. Natürlich gibt es verschiedene Abstufungen. Ein vollkommenes *lélekfeltárás* gibt es nur zwischen Liebenden. Oder potenziellen Liebenden.»

«Zeigen Sie mir, was Sie meinen.»

Er hob die Augenbrauen.

«Zieren Sie sich nicht so. Zeigen Sie es mir.»

Gabriel ergriff ihre Hände. Sie zuckte vor seiner ersten Berührung zurück, doch dann zwang sie sich zu entspannen und es geschehen zu lassen. Sie musste es wissen. Sie musste dieses *lélekfeltárás* sehen.

Seine Berührung war sanft, seine Finger warm. «Sehen Sie mich an», sagte er. «Versuchen Sie nicht zu denken, sich nicht zu verkrampfen. Öffnen Sie einfach die Augen, und sehen Sie in meine.»

Hannah tat wie geheißen. Sie blickte in Pupillen, die umgeben waren von atemberaubend blauen Iriden. Sie hatte von *lélekfeltárás* gelesen. Hans Fischer hatte in einem seiner Tagebücher viel zu diesem Thema geschrieben. Sie konzentrierte sich auf Gabriels Pupillen und bemerkte, dass das Kobaltblau genau genommen nur der dominierende Farbton von drei unterschiedlichen Blauschattierungen war. Dunklere Noten von Ultramarin und Kornblumenblau waren beschränkt auf die äußeren Ränder.

Seine Augen schienen sich zu weiten, zu pulsieren, und plötzlich erschienen an den Rändern der Pupillen Ringe aus goldenen Punkten. Die Punkte wurden größer, flammten wie Feuer, lösten sich und schwebten wie chinesische Lampions über einen Ozean in Richtung des Weißen seiner Lederhäute. Hannah spürte, wie sich ihr Herzschlag beschleunigte, wie ihre Haut anfing zu jucken. Weitere Ringe aus goldenen Lichtern erschienen, lösten sich und schwebten an die Ränder von Gabriels Iriden. Das Kobaltblau wurde dunkler, stellenweise durchsetzt von Malve.

Hannahs Hände packten die seinen fester. Ihre Schädeldecke kribbelte. Ihre Wangen brannten. Ihr Atem ging in flachem Keuchen. Plötzlich war sie sich jedes Nervenendes in ihrem Körper bewusst. Sie spürte die Liebkosung des nächtlichen Windhauchs auf den Lippen, das Reiben ihrer Kleidung auf den Brüsten, das kalte Holz des Stuhls unter ihren Schenkeln.

Immer mehr goldene Punkte erschienen, lösten sich und schwebten nach außen, und die Farben an den Rändern der Iriden begannen zu pulsieren, verliefen von einem tiefen Blau über Violett nach Indigo. Hannahs Umgebung hatte aufgehört zu existieren. Sie sah nichts mehr außer dem Licht, dem Dunkel, den Farben und dem Gold seiner Augen. Und sie hörte nichts mehr außer dem Rauschen ihres eigenen Blutes in den Ohren.

Und dann, als wären die wirbelnden Farben ein Strudel, der sie unausweichlich tiefer und tiefer in ein Vakuum in seinem Innern zog, fühlte sie sich in die Dunkelheit dieser Pupillen gesogen und *gezerrt.* Sie ließ die wechselnden Farben zurück, und ihre Welt schwand zu einem angsteinflößenden schwarzen Nichts, das nach ihr schrie, nach ihr krallte, auf sie einstürmte.

Hannah erschauerte, wand sich, spürte, wie ihre Finger zuckten und in Gabriels Griff ruckten. Ihre Kehle schnürte sich zusammen, und ein Schrei staute sich. Sie versuchte wegzusehen, doch es gelang ihr nicht.

Es erschien ihr wie ein Zeitalter, ein Menschenleben, und vielleicht dauerte es in Wirklichkeit nur wenige Augenblicke, doch dann stieß Gabriel ihre Finger beiseite und sprang vom Stuhl auf.

Nachdem die Verbindung auf diese Weise unterbrochen war, zuckte Hannah in ihrem Stuhl zurück. Sie rang nach Atem, schlug die Hände vors Gesicht, spürte die feuchten Bahnen von Tränen auf den Wangen. «Mein Gott», flüsterte sie erschüttert. «Ich dachte für einen Moment ...»

Gabriel musterte sie besorgt. Er war sichtlich angeschlagen. «Ist alles in Ordnung?»

«Ich dachte für einen Moment, ich würde mich verlieren.»

«Es tut mir leid. Es war das erste Mal, dass ich das getan habe. Ich hatte völlig vergessen, dass Sie … dass Sie keine …»

«Hosszú élet.»

Er starrte sie mit leerem Blick an.

Hannah wischte sich Schweiß von der Stirn. Sie erhob sich. Benommenheit übermannte sie, und sie hielt sich am Tisch fest, um nicht das Gleichgewicht zu verlieren. Schwer atmend drehte sie sich zu Sebastien um. «Er ist nicht Jakab. Er ist es nicht.»

Mit einem letzten Blick zu Gabriel flüchtete sie hinaus in den Flur und stieg die Treppe bis zum ersten Absatz hinauf, wo ein offenes Fenster frische Luft hereinließ. Sie war dankbar für die belebende Kühle auf den erhitzten Wangen. Als das Kribbeln auf ihrer Haut langsam verebbte und ihre Angst zurückging, spürte sie, wie sie von einer Wärme durchflutet wurde, als hätte jemand ihre Schädeldecke geöffnet und heißen Sirup hineingegossen.

Leahs Zimmer war eine Rumpelkammer mit nichts weiter darin als einem einzelnen Bett, das die gegenüberliegende Wand komplett einnahm. Die Fensterläden waren geschlossen. Das kleine Mädchen lag darunter, eingehüllt in eine kunstvoll bestickte Steppdecke.

Auf einem Nachttisch lagen aufgestapelt die Tagebücher der Familie, angefangen bei Hans Fischer. Die Schnur, die sie normalerweise zusammenhielt, lag zusammengeknüllt auf dem Boden.

Also hatte Leah angefangen, darin zu lesen. Vielleicht war die Zeit dazu gekommen.

Hannah betrat die Kammer, sank auf das Bett und kuschelte sich an ihre Tochter.

«Ich dachte, du würdest sterben», flüsterte Leah in die Dunkelheit. «Ich bin immer wieder bei dir gewesen, aber du bist nie aufgewacht, um mit mir zu reden.»

«Jetzt bin ich hier. Und ich gehe nicht wieder weg. Ich bin hier, und du bist sicher.»

Leah drehte sich zu ihrer Mutter um. «Ich habe dir Eier gemacht, aber du wolltest nichts essen», sagte das kleine Mädchen. «Ich wusste nicht, was ich sonst tun sollte.»

Hannah zog sie an sich und drückte ihren Kopf gegen die Brust, sodass sie den Duft von Leahs Haar atmen konnte. Die Wärme, die sie erfüllt hatte, hielt noch immer vor. Nun, mit ihrer Tochter in den Armen, spürte sie zum ersten Mal seit Nates Tod so etwas wie einen Moment der Ruhe.

Drei Tage und drei Nächte lang hatte sie wieder und wieder den Moment durchgespielt, als ihr Vater aufgestanden war und ihren Mann erschossen hatte. Jedes Mal, wenn sie die Augen schloss, lief der Film aufs Neue ab. Drei Tage und Nächte hatte sie sich wieder und wieder gefragt, was sie hätte tun können, um Jakab zu stoppen. Wie sie hätte verhindern können, dass er Nate tötete.

Hier, im geschützten Raum des Schlafzimmers ihrer Tochter, hatte diese Szene vorübergehend ihre Macht über Hannah verloren. Die Fragen in ihrem Kopf verblassten, während sie den Duft von Leahs Haaren einatmete, die Wärme ihres Körpers spürte und allmählich in den Schlaf hinüberdämmerte.

Jakab würde kommen. Sie wusste, dass er auf dem Weg war. Ungewiss war allein, wie viele Menschen diesmal sterben würden. Und ob Hannah dafür sorgen konnte, dass er einer davon sein würde.

KAPITEL 22

Snowdonia
Heute

Dániel Meyer sah zu, wie seine rechte Hand Nikola Pálinkás den letzten Spaten Erde auf das Grab schaufelte und festtrampelte. Pálinkás war Ende dreißig, einsfünfundneunzig groß und besaß die Statur eines Gewichthebers. Es schien, als wären die einzigen Stellen seines Körpers, die nicht bedeckt waren von wildem schwarzem Haarwuchs, die beiden dreieckigen Flächen unter seinen Augen, gegenwärtig verborgen unter den großen Gläsern einer goldgeränderten Aviator. Sein Bart erinnerte Dániel an die Borsten eines Keilers.

Es war unglaublich kalt hier oben.

Die ersten Schneeflocken fielen aus einem schiefergrauen Himmel, und die Temperaturen waren unter den Gefrierpunkt gesunken. Doch es waren der Wind und die Feuchtigkeit, die sich um Dániels Gliedmaßen legten und seine Knochen drückten, bis sie schmerzten. Der Boden unter seinen Füßen war hart wie Stein.

Trotz der Umstände hatte sich auf Pálinkás' Braue Schweiß gebildet. Dániel schlug dem Mann auf den Rücken, blies warme Luft in die hohlen Hände und drehte sich um. Hinter ihnen, im Schoß der Berge, stand das Farmhaus von Llyn Gwyr wie ein einsamer, trauriger Monolith. Ob es die leeren Fenster waren oder irgendetwas anderes, vermochte er nicht zu sagen, doch seit ihrer Ankunft fühlte sich Dániel beobachtet. Es war kein angenehmes Gefühl.

Sie hatten Professor Charles Meredith entdeckt, wenige Augenblicke nachdem sie auf den Weg abgebogen waren, der zur Farm führte. Sein Leichnam, gefroren und weiß, hatte sich genau an der Stelle befunden, die Sebastien ihnen genannt hatte, an den Wegweiser nach Llyn Gwyr gebunden.

Den Toten in den Kofferraum des gemieteten Geländewagens zu heben war mühsam gewesen – ihn in das Farmhaus zu schaffen war noch schwieriger gewesen. In der Küche von Llyn Gwyr hatten sie den Toten zwei Stunden lang vor einem knisternden Kaminfeuer auf einen Stuhl gesetzt, bevor er weit genug aufgetaut war, dass sie ihm das Journal aus den Fingern nehmen und seine Gliedmaßen geradebiegen und ihn flach hinlegen konnten.

Auf der Brust des Professors waren frische Brandmale zu sehen, und jemand hatte ihm zwei Finger abgeschnitten. So brutal und schmerzhaft diese Verletzungen sein mochten, sie waren nicht lebensgefährlich gewesen. Dániel war nicht imstande gewesen, eine offensichtliche Todesursache auszumachen.

Sie beschlossen, ihn gleich neben Nathaniel Wilde beizusetzen, dem Ehemann der jungen Frau, die Sebastien zu ihnen gebracht hatte. Hannah Wilde. Die Ärmste, in eine so furchtbare Geschichte hineingezogen zu werden.

«Ich gehe rein.» Dániel ging in Richtung Farmhaus. Er studierte die schwarzen Fenster. So viel Tod, dachte er. Was für ein melancholischer Ort.

In der Küche starrte er auf die zerbrochenen Fenster und die Glassplitter auf den Fliesen. Er ging durch den Flur ins Esszimmer und fand die durchbrochene Reihe von sauber aufgestellten Schrotpatronen auf dem Tisch.

Es sollte das letzte Gefecht sein, dachte er. *Trotzdem konn-*

ten sie wieder fliehen, auch wenn sie einen hohen Preis dafür bezahlt haben.

Dániel erschauerte. Seine Kleidung war unzureichend in diesem zugigen Mausoleum. Draußen im Flur vernahm er Schritte. Pálinkás kam herein.

Der schwere Mann nickte in Richtung der Fenster. «Helikopter im Anflug.»

Dániel trat zum Fenster und lauschte. Er hörte den fernen Rhythmus der Rotoren. «Ist es fertig?»

«Es ist nicht hübsch, aber es hält die Aasfresser von ihm weg.»

«Wir haben getan, was wir konnten.»

«Hast du ihn gekannt?», fragte Pálinkás.

«Flüchtig. Ich bin ihm einmal begegnet, vor langer Zeit. Kurz nachdem seine Frau gestorben war. Er war halb wahnsinnig vor Trauer und plötzlich ganz allein verantwortlich für die Sicherheit einer fünfzehnjährigen Tochter, die ihn halb liebte, halb hasste für das, was passiert war. Ich dachte, sie hätten keine Chance. Ein Wunder, dass er so lange am Leben geblieben ist.»

Der Bell 206 JetRanger, ein schwarz-silbernes, brüllendes Monster von einem Helikopter, erschien über den Bäumen und kurvte herum zur Vorderseite der Farm. Das dumpfe Dröhnen der Turbinen und das *Wupp-Wupp-Wupp* der Rotorblätter wirkten seltsam deplatziert in dem ansonsten totenstillen Tal, geradezu obszön. Llyn Gwyr war von jetzt an ein Friedhof, und seine Toten erbaten sich Stille.

Der Helikopter umkreiste das Haus, verharrte schwebend auf der Stelle und sank dann tiefer. Die Schneeflocken am Boden verwandelten sich in einen weißen Malstrom. Sekunden nach der Landung sprangen drei Männer heraus. Alle trugen gutisolierte Winterkleidung. Dániel erkannte einen der Männer wieder. Er versteifte sich.

Benjámin Vass, pausbäckige rechte Hand des *Signeurs*, beugte sich in die Maschine und zog einen faltbaren Rollstuhl hervor. Seine beiden Begleiter halfen einem vierten Mann beim Aussteigen und hoben ihn in den Rollstuhl. Diesmal blies Dániel die Luft durch die Wangen.

Károly Gera.

Der Eleni-*Signeur* sah ungefähr so lebendig aus wie der Leichnam, den sie kurz zuvor begraben hatten. Die dickgepolsterte Jacke trug wenig dazu bei, Geras Gebrechlichkeit und Altersschwäche zu überdecken. Seine Augen jedoch hatten einen gefährlichen, fanatischen Glanz.

Pálinkás erschien neben Dániel. «Das sieht nicht gut aus.»

«Nein.»

«Möchtest du, dass ich Lorant rufe?»

«Es gibt nichts, was der *Presidente* von Budapest aus tun könnte.»

Pálinkás nickte. Sie beobachteten schweigend, wie sich die Männer der Farm näherten.

Benjámin Vass schob den Rollstuhl des *Signeurs* ins Esszimmer und parkte ihn vor dem Feuer. Als er sich zu Dániel umdrehte, lächelte er, das Gesicht glänzend vor Schweiß. Er klatschte, ein hartes, unerwartet lautes Geräusch, dann rieb er die Hände gegeneinander.

«Ein hübsches Haus. Obwohl, ein wenig abgelegen vielleicht. Und einfach. Aber ich könnte mich daran gewöhnen. Vielleicht. Was denkst du, Dániel?»

«Worüber?»

«Über das Farmhaus natürlich. Lass mich raten. Ein Ferienheim? Ein Investitionsobjekt? Oder ein Ort, zu dem du kommen kannst, wenn du mal weg möchtest von allem? Ich nehme an, das ist der Grund, warum du hier bist.»

«Ich bin sicher, Sie wissen, dass dies nicht der Grund ist.»

Vass ging zum Schrank, nahm ein Porzellanfigürchen und betrachtete es aufmerksam. «Ah. Ja, natürlich. Es gab Ärger, wie man sieht. Zwei frische Gräber am Seeufer. Vielleicht doch kein so hübscher Fleck, nicht wahr? Oh, meinetwegen. Ich habe ohnehin nicht vor, lange zu bleiben. Nur lange genug, damit du mir verraten kannst, wo ich Hannah Wilde finde und diesen übellaunigen alten Bastard Sebastien Lang.»

Dániel spürte Zorn in sich aufsteigen. «Sie vergessen sich, Benjámin, und Sie vergessen Ihre Position. Hier sind Menschen gestorben. Ich verspüre keinerlei Bedürfnis, mir Ihre Unverschämtheiten anzuhören.»

«Unverschämtheiten? Oh, Dániel, ich kann dir gar nicht sagen, wie sehr mich das trifft. Jeden Morgen wache ich auf und sage mir, dass ich mir den Respekt meines *Acadeim* verdienen muss, das Vertrauen des loyalen, unantastbaren Dániel Meyer. Und dann unterstellst du mir so etwas!»

Károly packte die Armlehnen seines Rollstuhls mit Klauenfingern. Seine Stimme war eine kratzende Peitsche. «Gott verdamme euch beide! Hört sofort auf damit!» Die Worte schienen ihn zu erschöpfen. Er sank in seinen Rollstuhl zurück. «Dániel, komm her. Setz dich hierher. Hör mich an. Wir wissen, was passiert ist. Den wichtigen Teil jedenfalls. Wir müssen wissen, wohin sie gegangen sind.»

«Das kann ich Ihnen nicht sagen, *Signeur*.»

«Die Frau und das kleine Mädchen schweben in großer Gefahr.»

«Das ist richtig.» Er warf einen Blick zu Vass, der ihnen den Rücken zugewandt hatte und aus dem Fenster starrte. «Ich versuche ja nur, die Gefahr nicht noch größer zu machen.»

«Deine Motive sind ehrbar, Dániel, aber du triffst nicht die richtigen Entscheidungen. Wir können sie beschützen.»

«Sebastien beschützt sie.»

Vass drehte sich zu Dániel um. «Ich weiß, dass in einem der beiden Gräber der Ehemann von Hannah Wilde liegt. Ich nehme an, im anderen liegt ihr Vater. Gestorben wie die Fliegen, nicht wahr? Wenn das die Art von Schutz ist, die Sebastien Lang ihnen gibt, dann tut sie mir ein klein wenig leid.»

«Benjámin, das ist genug!», bellte der *Signeur*. «Dániel, du bist kein Narr. Ich gestehe, wir haben eine Chance, diese Sache zu unserem Vorteil zu wenden. Der positive Nebeneffekt ist, dass wir dabei die Leben dieser Frau und ihrer Tochter retten können. Ich weiß, dass ich lediglich als ein einzelner *ülnök* spreche. Aber ich kann sofort Földessy anrufen und eine Mehrheitsentscheidung daraus machen, solltest du es wünschen. Aber ich glaube, wir sind über Eleni-Politik hinaus, meinst du nicht? Es ist zu einer sehr einfachen Sache geworden. Auf wessen Seite möchtest du stehen?»

Der *Signeur* studierte aufmerksam Dániels Miene, und was er sah, schien ihn zu enttäuschen. Seufzend neigte er den Kopf in Richtung seiner rechten Hand.

Dániel spürte, wie sich Vass von hinten näherte. Der Atem des Mannes, würzig und fleischig, füllte seine Nüstern.

«Es ist unangenehm, auf der falschen Seite zu stehen, Dániel», sagte er. «Falls es dich interessiert, *wie* unangenehm, bin ich gerne bereit, es dir zu zeigen.»

KAPITEL 23

Region Aquitaine, Frankreich
Heute

Hannah entdeckte den Zettel, als sie Leahs Frühstück zubereitete.

Sie war aufgewacht, als das erste bleiche Licht des Morgens durch die Läden in das Zimmer ihrer Tochter fiel. Das kleine Mädchen schlief neben ihr, warm und friedlich, und es kostete Hannah all ihre Willenskraft, aufzustehen und nach unten in die Küche zu gehen.

Viel zu lange hatte sie zugelassen, dass ihre Trauer sie verzehrte. Die Vernachlässigung ihrer Tochter war unverzeihlich. Das Wissen um ihr Versagen war wie ein stetiger Tropf Gift, das in ihren Adern kreiste. Sie war zwar imstande, ihren Schmerz über Nates Tod für den Moment zu begraben, ihn zu ersticken, zu verdrängen, doch sie würde sich niemals die drei Tage verzeihen, in denen sie Leah aus Kummer wegen ihres Verlustes im Stich gelassen hatte.

Er macht Monster aus uns allen.

Nein.

Nein, das ist zu einfach, Hannah. Dein Versagen hat nicht das Geringste mit Jakab zu tun. Das war ganz allein deine Schwäche.

Nates Tod hatte etwas in ihr zerstört, das niemals wieder heilen konnte. Dieses Leben war vorüber, und sein Echo verblasste bereits. Nun, da sie aus ihrer Erstarrung hervorgekommen war in diese kalte, neue Existenz, stellte sie fest, dass sie nur noch ein Ziel hatte. Vergangene Nacht hatte sie Sebastien das Versprechen abgenommen, ein behütetes Zuhause für Leah zu finden, sollte sie, Hannah, die finale Begegnung mit Jakab nicht überleben. Sie hatte ihn gefragt, weil sie spürte, dass das Ende ihrer Auseinandersetzung mit Jakab nah war, und weil sie fest entschlossen war, Jakab zu töten, ganz gleich, welchen Preis sie dafür würde zahlen müssen.

Die Aussicht, womöglich sterben zu müssen, weckte nicht die geringste Angst in ihr. Vielleicht war das der eine Vorteil gegenüber der Kreatur, die ihnen nachstellte. Sie legte keinen Wert mehr auf ihr eigenes Leben.

Auf dem Küchentresen fand sie zwei Baguettes vom Vortag, noch weich unter der Kruste. Im Kühlschrank waren Weichkäse, Würstchen, Schinken, ein Karton mit sechs Eiern, Äpfel, ein Glas Pflaumenmus sowie Orangensaft und Milch. In einem der Schränke fand sie außerdem Teebeutel und Kaffee.

Dann entdeckte sie die Notiz. Eine Nachricht auf einem einzelnen Blatt Papier, auf dem Fenstersims eingeklemmt zwischen einem Topf mit Basilikum und einem Topf mit Estragon. Die Handschrift besaß einen eleganten Schwung, und das Papier trug ein Wasserzeichen.

Hannah,
ich bin unten am Fluss. Meine Leute sind auf dem Weg hierher.

Gabriel

Sie drehte das Blatt in den Händen. Die Erfahrung vom Vorabend hatte sie zuerst mit Staunen erfüllt, das rasch Angst gewichen war. Vielleicht hätte sie das nicht weiter überraschen dürfen. Trotz aller Sympathie und ihrer Tendenz, Gabriel zu vertrauen, war er immer noch ein *hosszú élet*, untrennbar verbunden mit jenem Albtraum, der ihr so viel im Leben genommen hatte. Eigenartigerweise schien ihn das Erlebnis ebenfalls aufgewühlt zu haben. Aus welchem Grund auch immer – die Traurigkeit, die sie während ihres Rittes den Cadair Idris hinauf bei ihm bemerkt hatte, war wieder zum Vorschein gekommen. Sie hatte die schmerzende Einsamkeit in seinen Augen gesehen.

Meine Leute sind auf dem Weg.

Oben knarrten die Dielen in Leahs Zimmer, und dann waren ihre tappenden Schritte zu hören, als sie die Treppe herunterkam. Hannah schenkte Saft ein, füllte einen Kessel und machte sich daran, den Tisch zu decken.

Leah schlurfte auf nackten Füßen in die Küche. Sie zog sich einen Stuhl heran und setzte sich. Ihr Gesicht war verschwollen und fleckig. Sie gähnte und blinzelte zu ihrer Mutter hoch.

«Na, magst du frühstücken, Kiddo?», fragte Hannah bemüht heiter.

Leah blinzelte. Nickte wortlos.

«Das ist meine Tochter.»

Nachdem sie mit ihrem Frühstück aus Baguette, Käse und Schinken fertig waren und alles mit Orangensaft hinuntergespült hatten, wusch Hannah das Geschirr ab. Dann zogen sich beide an und gingen nach draußen. Hannah hatte das Haus seit ihrer Ankunft nicht verlassen. Sie wollte sehen, wie sich die Umgebung seit ihrem letzten Aufenthalt verändert hatte – wollte abschätzen, ob der Ort immer noch so versteckt und sicher war, wie sie ihn in Erinnerung hatte.

«Das wird unser neues Zuhause?», fragte Leah.

«Ja, das wird es. Gefällt es dir?»

«Hat es einen Namen?»

«Le Moulin Bellerose.»

«Französisch.»

«Das ist richtig.»

«Kannst du Französisch?»

Hannah lächelte und schlang den Arm um ihre Tochter. «Ja. Ich kann Französisch. Und du wirst es ebenfalls lernen.» Le Moulin Bellerose befand sich inzwischen seit neun Jahren in ihrem Besitz, und niemand außer Nate hatte davon gewusst. Nach dem Tod ihrer Mutter hatte Charles seine Anlagen liquidiert und den Erlös zum Erwerb mehrerer erschwinglicher Immobilien an abgelegenen Orten eingesetzt – er hatte sie *Unterschlupfe* genannt –, dazu gedacht, vorübergehend Zuflucht zu finden, sollte Jakab sie jemals aufspüren. Als Leah geboren und Charles noch besorgter um ihre Sicherheit wurde, hatte er Hannah eine größere Summe Geld geschenkt.

Kauf ein Haus, irgendwo weit weg von hier. Irgendwo, wo ihr alle hin könnt, wo ihr anonym seid, sollte es zum Schlimmsten kommen. Sag mir nicht, wo es ist. Ich will es nicht wissen. Auf diese Weise ist die Chance geringer, dass ich euch verrate.

Hannah hatte den Bauernhof während eines Familienurlaubs in Frankreich gefunden, als Leah gerade sechs Monate alt gewesen war. Sie hatte nur die Hälfte des Geldes benötigt, das ihr Vater ihr gegeben hatte – und aus gutem Grund. Das Dach des aus gelbem Kalkstein erbauten Hauses war eingefallen. Es gab keine Heizung, keine Elektrizität, kein fließendes Wasser. In einem der Zimmer wuchs ein Baum.

Im folgenden Sommer hatte Nate vierzehn Tage damit verbracht, Balken zu sägen, Sparren zu setzen und das Dach mit den alten Dachziegeln neu zu decken und die zu ersetzen, die nicht mehr zu retten waren. Im Sommer danach hatte er das Haus an die Wasserversorgung angeschlossen sowie einen

Öltank und einen Brennofen eingebaut. Sie hatten Le Moulin Bellerose zu ihrem geheimen Zufluchtsort gemacht. Nicht nur einem Unterschlupf, sondern einem Idyll.

Die vordere Hälfte des Grundstücks nahmen zwei Weizenfelder ein, getrennt durch einen geschotterten, von Bäumen gesäumten Weg, der zur Hauptstraße führte. Das gesamte Land war umgeben von einem Laubwald aus Eichen, Kastanien und Walnussbäumen. Unter den Bäumen lebten Rehwild, Eichhörnchen und leuchtend gelbe Kleopatra-Falter. Tagsüber lauschten sie den Gesängen von Misteldrosseln und Goldfinken und abends den durchdringenden Rufen von Waldkäuzen und den endlosen Gesängen der Nachtigallen.

Die Küche des Hauses zeigte nach Süden. Sie öffnete sich zu einem kleinen Obstgarten voller Pflaumenbäumen, vernachlässigt und verwildert, als sie die Farm gekauft hatten, seither jedoch gedeihend. Unterhalb des Obstgartens führte ein Weg durch Waldland zum Nordufer der Vézère, eines der Nebenflüsse der Dordogne weiter im Südwesten. Der Hof und das zugehörige Land waren von einer hufeisenförmigen Flussschleife umschlossen. Anfang des vergangenen Jahrhunderts war ein Mühlbach angelegt worden, um Wasser vom Fluss zu einer Wassermühle zu leiten. Die Mühle stand noch immer am westlichen Rand des Grundstücks.

Wie der Hof war auch die Mühle eine Ruine gewesen, als sie zum ersten Mal hergekommen waren, Heimat einer Kolonie von Zwergfledermäusen, die an den Deckenbalken gehangen hatten wie ein lebender Pelzmantel. Nate hatte das Dach repariert und alle Fenster bis auf eines neu verglast, sodass die Fledermäuse ihr Heim weiter bewohnen konnten. Er hatte davon gesprochen, die Mühle umzubauen, um ihren eigenen Strom zu produzieren. Seine Skizzen und Pläne lagen noch in der Schreibtischschublade im Wohnzimmer.

Le Moulin Bellerose war ein Ort der Schönheit, Kulisse Tausender kostbarer Erinnerungen, und als Hannah mit Leah nach draußen ging und den vertrauten Duft der aufgeplatzt am Boden liegenden Pflaumen einatmete, ließ die Wärme dieser Erinnerungen, schon so fern und so fragil, den Schmerz ihres Verlustes neu aufflammen.

Sie pflückte eine Pflaume vom nächsten Baum und reichte sie ihrer Tochter. «Hier, probier eine, solange es noch geht. Die Saison ist fast vorbei.»

Das Mädchen biss hinein. «Süß», sagte Leah und lächelte.

«Dein Vater hat einmal im Sommer so viele Pflaumen gegessen, dass er hinterher zwei Tage lang Bauchweh hatte.»

Bei der Erwähnung ihres Vaters wurde Leah ernst. «Wohin gehen wir?»

Hannah bemerkte das Glitzern von Tränen in den Augen ihrer Tochter. Sie wusste, dass Leah nicht so von ihrer Mutter gesehen werden wollte, daher nahm sie ihre Hand und zeigte den Weg entlang. «Dort entlang geht es zum Fluss. Möchtest du ihn sehen?»

Leah nickte und nahm einen weiteren Bissen von der Pflaume.

Sie folgten dem Weg durch ein Gehölz, über raschelnde tote Blätter und Zweige. Die Morgensonne stand tief, und der Himmel war blass und klar. Im tiefen Schatten der Bäume zu ihrer Linken pickten zwei Aaskrähen an etwas Rotem und Nassem im Unterholz. Einer der Vögel blickte auf und krähte warnend, als sie vorbeikamen.

Der Weg schlängelte sich unter den Bäumen hindurch und endete am Nordufer der Vézère. Der Fluss war breit und langsam in diesem Abschnitt, olivfarben und übersät mit toten Blättern, die der Wind von den Bäumen geweht hatte. Ein Mückenschwarm schwebte über dem Wasser und bot sich den

Vögeln als Nahrung an, die sich von den Bäumen herunter auf ihre Beute stürzten.

Stromaufwärts verschwand der Fluss hinter einer Biegung. Stromabwärts verlief er für eine Weile geradeaus, bevor er ebenfalls eine Biegung beschrieb. Das gegenüberliegende Ufer war unbewohnt und dicht bewaldet.

Gabriel stand am Wasser, die Hände in den Jackentaschen. Er drehte sich um, als er sie hörte. Hannah kam es vor, als sähe er älter aus an diesem Morgen. Melancholisch irgendwie. «Ich wünschte, ich hätte eine Angel», sagte er.

«Im Haus gibt es eine. Nate kam ständig hierher, um unser Essen zu fangen. Forellen, Zander, alles Mögliche.»

Gabriel nickte, und dann fanden seine Blicke Leah. Seine Miene hellte sich auf. «Kleine Lady! Hör mal, ich wette, ich kann erraten, was du gegessen hast!»

«Pflaumen.»

Gabriel schlug sich an den Kopf. «Wie soll ich raten, wenn du mir die Antwort vorsagst, eh? Was soll denn das für ein Spiel sein?»

Leah lächelte beinahe. «Ein Spiel, das ich gewonnen habe.»

«Oh, tatsächlich? Wahrscheinlich, ja.» Er lachte. «Magst du den Fluss, kleine Lady? Siehst du den Stamm, halb untergetaucht, auf der anderen Seite? Vor einer Minute habe ich einen Eisvogel dort sitzen sehen. Vielleicht kommt er zurück, wenn du lange genug wartest. Ein wunderschöner Vogel, ehrlich. Und selten. Ein richtiges Ereignis, so einen Vogel zu sehen.»

Leahs Blick wanderte hin und her zwischen Gabriel und der Stelle, auf die er deutete, als versuchte sie zu entscheiden, ob er sie auf den Arm nahm. Offensichtlich entschied sie zu seinen Gunsten, denn sie näherte sich dem Ufer und ging in die Hocke. Sie kaute auf ihrer Unterlippe und starrte aufmerksam auf den Stamm.

Hannah trat zu Gabriel. «Sie haben geschrieben, dass Ihre Leute herkommen.»

«Sie möchten Sie kennenlernen.»

«Warum?»

«Mehrere Gründe. Nicht zuletzt wegen dem, was einer der unseren Ihnen an Leid zugefügt hat.»

«Ich nehme an, Jakab zu finden steht nicht sehr hoch auf ihrer Prioritätenliste.»

«Ich hatte gehofft, Sie würden uns als mitfühlendere Wesen betrachten, Hannah.»

«Tatsächlich? In meiner Lage?»

Er senkte den Kopf. «Nein. Vermutlich nicht.»

Hätte er stattdessen versucht zu widersprechen oder sich sogar empört, hätte er ihren Zorn auf sich gezogen, ohne Zweifel. Stattdessen raubte seine Reaktion ihr das Gleichgewicht, und sie verspürte so etwas wie Gewissensbisse.

«Wir mögen unsere eigenen Gründe haben, warum wir Jakab dingfest machen wollen», fuhr er fort. «Aber das schließt nicht aus, dass wir zutiefst bestürzt sind über das Leid, das er über Sie und Ihre Familie gebracht hat.»

«Und was sind das für Gründe, Gabriel?»

«Das werden Sie schon sehr bald erfahren», antwortete er. «Aus dem Mund von jemandem, der das alles viel besser erklären kann als ich.» Gabriel hob den Kopf und sah flussaufwärts, wo der Fluss hinter einer Biegung im Wald verschwand.

«Auf wen genau warten Sie?»

Er lächelte abwesend, den Blick auf das andere Ufer gerichtet.

«Ich mag keine Überraschungen, Gabriel», murmelte sie, als er nicht antwortete.

Sie musste nicht lange warten. Das leise Tuckern eines kleinen Außenbordmotors erklang, und kurze Zeit später glitt ein offenes Holzboot um die Biegung. Die schlanke Konstruktion des Gefährts erinnerte an eine venezianische Gondel. Das Boot kam näher. Das lackierte Holz glänzte im Sonnenlicht.

Hannah zählte vier Personen. Am Bug kniete ein großer Mann mit bleicher Haut und kastanienrotem Haar, das nach hinten zu einem Pferdeschwanz zusammengebunden war. Eine dunkle Sonnenbrille verbarg seine Augen, und er trug eine schwarze Reißverschlussweste über einem cremefarbenen Polohemd. Sein Mund war eine schmale Linie. Hannah spürte, wie er sie im Schutz der Sonnenbrille taxierte, während sie am Ufer stand und mit Gabriel auf die Ankunft der Besucher wartete.

Zwei weitere Männer saßen im Heck. Sie zeigten die gleiche Zurückhaltung und musterten Hannah genauso ausdruckslos wie der erste. Einer hatte die Hand auf der Pinne, der andere die Fingerspitzen aneinandergelegt. Alle drei sahen ernst aus, stark, wachsam. Doch es war die Gestalt in der Mitte des Bootes, gekleidet in einen weiten hellen Umhang, die Hannahs Neugier am stärksten gefangen nahm.

Eine seidene, geschmeidig fließende Kapuze verhüllte den Kopf und ließ das Gesicht im Schatten verschwinden. Hannah spürte, wie ihr Herz wild zu schlagen anfing, und sie fragte sich, was der Auslöser für ihre plötzliche Aufregung sein mochte. Sie ballte die Fäuste, bis die Fingernägel in die Ballen schnitten. Ihre Muskeln zuckten.

Die Gestalt saß reglos da, die Hände unter dem Stoff des Umhangs verborgen. Hannah spürte, wie eine kleine Hand in ihre glitt, und sah nach unten zu Leah, die neben sie getreten war.

Als der Skipper mit dem finsteren Blick das Boot ans Ufer lenkte und den Motor ausschaltete, warf der Mann am Bug Gabriel ein Tau zu. Gabriel fing das Ende und zog das Boot heran.

Als das Seitendeck gegen das Ufer stieß, legte er das Tau um eine Baumwurzel. «Willkommen», sagte er.

Die Gestalt in der Mitte des Bootes hob die Hände und schlug die Kapuze zurück. Als Hannah ihr Gesicht erblickte, blieb ihr für einen Moment der Atem weg. Vor ihr saß die kühlste und schönste Frau, die sie jemals gesehen hatte. Schlank, geschmeidig, mit hellblondem, bis auf die Schultern fallendem Haar, einem klassischen, scharf konturierten Gesicht und einer Haut, die so blass und samtig glatt war wie das Blütenblatt einer Magnolie. Ihr Alter war unmöglich zu schätzen. Lavendelfarbene Augen, klar und scharf wie die eines Raubtiers, studierten Hannah mit einer solchen Intensität, dass sie unwillkürlich einen Schritt zurückwich. Die Frau strahlte eine angsteinflößende Macht aus. Hannah spürte, wie Leah ihre Hand fester packte.

«Ich grüße dich, Hannah Wilde», sagte die Frau. Als sie die Lippen zu einem Lächeln verzog, schmolz ihre kalte Contenance zu einem Ausdruck so reinen und echten Mitgefühls, dass es Hannah die Kehle zuschnürte. Sie wusste nicht, was sie sagen oder tun sollte, also senkte sie einfach den Kopf und zog Leah noch fester an sich.

Der Mann mit dem Pferdeschwanz half der Frau beim Aussteigen, und sie wandte sich zunächst an Gabriel. Sie küsste ihn auf beide Wangen und umarmte ihn. «Wie geht es dir?»

«Besser jetzt, wo ich dich sehe.»

«Du hast immer noch diesen Akzent.»

«Du warst diejenige, die mich nach Irland geschickt hat.»

«Es ist ein hübscher Akzent.»

«Ich denke, ich werde ihn nicht mehr los.»

Sie lächelte und wandte sich an ihren Begleiter. «Ihr könnt jetzt umkehren, Illes. Danke, dass ihr mich sicher hergebracht habt.»

Der Mann runzelte die Stirn. «Ich würde es vorziehen, an Eurer Seite zu bleiben.»

«Du siehst mich in sicheren Händen, Illes.»

«Aber *Főnök* …»

«Illes, zweifelst du an mir?»

Der Mann mit Namen Illes senkte bestürzt den Kopf. «Nein, selbstverständlich nicht, *Főnök.*»

«Oh, Illes, das war nicht als Kränkung gedacht!» Ihre Miene wurde weich. «Du bist so schnell verletzt, mein Freund. Geht nur. Du weißt, wo ich bin. Du weißt, dass ich in Sicherheit bin. Ich lasse dich wissen, wenn ich abgeholt werden möchte.»

Illes bedachte Hannah mit einem misstrauischen Blick, dann murmelte er ergeben seine Zustimmung. Er wandte sich um, stieg wieder ins Boot, und Gabriel stieß das Boot vom Ufer ab. Es drehte sich träge, bevor es Fahrt aufnahm und sich stromaufwärts entfernte.

Die Frau nahm Hannah beim Arm und lenkte ihre Schritte auf den Pfad zum Haus. «Gabriel hat mir berichtet, was passiert ist. Ich möchte, dass du weißt, wie leid mir das alles tut. Keine Frau deines Alters sollte ihren Gemahl verlieren. Überhaupt sollte keine Frau, egal, welchen Alters, jemals ihren Gemahl verlieren, schon gar nicht wegen eines anderen.»

Hannah befürchtete, die Fassung zu verlieren, wenn sie die Worte der Frau an sich heranließ. Sie war sich ihrer Tochter bewusst und ihres Schwures, vor dem kleinen Mädchen Stärke zu zeigen, und so lenkte sie die Unterhaltung in eine neue Richtung. «Sie sind also die *Örökös Főnök*?»

Die Frau lächelte. «So ein uralter Titel.»

«Ich dachte, die Position würde immer von einem Mann besetzt?»

«Manchmal wünschte ich, das wäre so.»

«Sie wollten nicht *Főnök* sein?»

«Ich wollte nicht die letzte *Főnök* sein», antwortete die Frau, als sie aus dem Wald kamen, der an den Obsthain grenzte. Sie erreichten eine Bank, deren Bohlen von der Sonne vergangener Sommer ausgebleicht und verzogen waren. Die Frau sah hinauf zum Haus, und zum ersten Mal seit ihrer Ankunft wirkte sie verunsichert. «Ist er ... ist er im Haus?», fragte sie, an Gabriel gewandt.

«Er ist Vorräte besorgen. Er müsste bald wieder zurück sein.»

Sie schien Gabriels Antwort für einen Moment abzuwägen, dann drehte sie sich um. «Ich denke, Hannah und ich müssen uns ein wenig unterhalten», sagte sie. «Wärst du so nett, Gabriel, uns Tee zu bringen?»

Hannah wurde bewusst, dass sie sich insgeheim über die leicht herablassende Art amüsierte, mit der die *Főnök* Gabriel herumkommandierte. Sie begegnete Gabriels Blick, und als er hilflos die Schultern zuckte, musste sie grinsen. Als er ihr Lächeln erwiderte, bemerkte Hannah, wie ein besorgter Ausdruck über das Gesicht der *Főnök* huschte.

«Vielleicht könntest du selbst einen kleinen Helfer gebrauchen», schlug die Frau vor.

«Ja, Mutter», antwortete er und verneigte sich tief. Dann wandte er sich an Leah. «Komm, kleine Lady. Ich zeige dir, wie die Iren Tee zubereiten.»

Hannah sah den beiden hinterher, dann richtete sie ihre Aufmerksamkeit wieder auf die *Főnök*. «Gabriel ist Ihr Sohn?»

«Dieser Junge ist eine ganze Reihe von Dingen, nicht alle davon nützlich und einige ausgesprochen ermüdend», antwortete die Frau. «Aber ja, ich bin stolz darauf, ihn meinen Sohn nennen zu dürfen. Komm, setzen wir uns.»

Hannah ließ sich neben ihr auf der Bank nieder. Sie lauschten dem Ruf eines Spechts irgendwo hinter ihnen im Wald.

Für eine Weile sagte keine der beiden Frauen etwas, doch das Schweigen war nicht unangenehm. Schließlich ergriff Hannah die Initiative. «Sie haben eben etwas gesagt. Darüber, *Főnök* zu sein.»

«Du meinst, die letzte zu sein?»

«Was genau haben Sie damit gemeint?»

In den Augenwinkeln der Frau erschienen kleine Fältchen. «Es ist eine schwierige Sache, einem Volk Führung anzubieten, das die Kontrolle über seine Zukunft verloren hat. Dennoch muss ich es tun. Und wenn ich mich umsehe und die Eleganz und Anmut unserer letzten Generation betrachte und die Würde, die sie an den Tag legt, dann erfüllt mich das mit Stolz, während es mir zugleich das Herz zerreißt.» Ihre Brust hob und senkte sich, und sie richtete ihre lavendelfarbenen Augen auf Hannah. «Wir sterben, verstehst du? Unser Volk stirbt.»

«Es stirbt?» Hannah runzelte die Stirn. «Wie kann das sein?»

«Was weißt du über unsere Geschichte, Hannah Wilde?»

«Mehr, als Sie vielleicht glauben. Andererseits nicht annähernd so viel, wie ich gerne wüsste.»

«Dann hast du vermutlich auch von der …», sie schnitt eine Grimasse, als sie das Wort aussprach, «… der *Keulung* der *hosszú életek* gehört.»

«Ein wenig.»

Die Augen der *Főnök* blickten entrückt, als sie anfing zu sprechen.

«Im neunzehnten Jahrhundert hatten sie angefangen, sich über die Welt zu verteilen, doch der größte Teil der *hosszú életek* war in Ungarn geblieben, und der größte Teil der ungarischen *hosszú életek* hatte in Budapest gelebt. Jahrhundertelang hatten sie praktisch unerkannt mitten unter der normalen Bevölkerung gelebt. Doch je voller Städte und Gemeinden wurden, je genauer die Aufzeichnungen über Geburten und Todesfälle geführt wurden, desto schwieriger wurde es für sie, ihre Geheimnisse zu bewahren. Der Adel hatte immer von ihrer Existenz gewusst und vielleicht gerade wegen ihrer dynastischen Natur über Generationen hinweg Handelsbeziehungen mit den Familien der *hosszú életek* gepflegt.

Vielleicht war es letzten Endes unausweichlich – ein Teil des Budapester Adels fing an, die *hosszú életek* um ihre Langlebigkeit zu beneiden und um ihre Fähigkeit, sich perfekt zu tarnen. Für das einfache Volk und den Bauernstand waren die *hosszú életek* nicht viel mehr als ein unterhaltsames Märchen, doch als der Neid beim Adel immer größer wurde und Missgunst und Misstrauen hervorbrachte, bekam das Märchen eine bedrohlichere Note.

Es war ein riesiges Pulverfass, nur darauf wartend, dass jemand die Zündschnur anzündete. Und in dieser Atmosphäre absolvierte Balázs Jakab sein erstes *végzet* im Palast von Buda und wurde von seinen Altersgenossen auf die denkbar grausamste und herzloseste Art und Weise abgewiesen.»

Hannah richtete sich auf. «Jakab? Jakab hatte mit dem Mord an seinem Volk zu tun?»

«Jakab war der entscheidende Funke, Hannah. Das *végzet* lief nicht gut für ihn. Er stürmte aus dem Palast und landete in der Gesellschaft von zwei Menschen aus dem Volk, unten am Fluss. Der Name des jungen Mannes war Márkus Thúry. Die Frau hieß Krisztina. Jakab trank mit ihnen, und sie entwickelten eine Art Freundschaft. Es ist nicht ganz klar, was dann geschah, doch es scheint, Jakab gewann Interesse an der jungen Frau. Vielleicht feuerte sie seine Avancen noch an. Wir werden die Wahrheit wohl niemals erfahren. Was wir jedoch wissen, ist, dass er den jungen Mann entführte, in seine Rolle schlüpfte und die junge Frau in den Wald mitnahm, wo er sie dann vergewaltigte. Es kam irgendwann heraus, allerdings nicht, bevor Thúry für das Verbrechen gehängt worden war.

Zu diesem Zeitpunkt brannte die Zündschnur dieses Pulverfasses. Unter dem zunehmenden Druck der Öffentlichkeit unterschrieb der Palast unser Todesurteil. Im folgenden Sommer, nach genügend Zeit für Planung und Vorbereitung, ermordeten die neugebildeten Eleni gleich mit ihrem ersten Schlag unseren gesamten *tanács*. Es geschah in der Nacht des ersten *végzet*. Dieses *végzet* wurde nicht wie üblich im Palast abgehalten. Franz Joseph hatte keine Genehmigung gegeben. Er gestattete allerdings die Durchführung in einem eigens gebauten Fachwerkhaus drei Kilometer flussabwärts. Als unsere Kinder im Saal waren, vernagelten und verbarrikadierten die Eleni Türen und Fenster und brannten das Haus bis auf die Fundamente nieder.»

«Mein Gott ...»

«*Végzets* in anderen Städten wurden ebenfalls angegriffen und auf ähnliche Weise ausgelöscht. Sie fanden nicht alle von uns. Viele konnten entkommen. Doch der Schaden war angerichtet. Zu viele von uns waren gestorben.»

«Ich verstehe nicht ... Wenn es doch Überlebende gab ...»

«Hannah, vielleicht musst du das noch lernen über uns, aber wir werden nicht leicht schwanger. Viele Studien wurden durchgeführt, um den Grund herauszufinden, aber niemand weiß wirklich eine Antwort. Wir haben nur wenige Kinder, und wir sind nur für eine sehr kurze Zeit in unserem langen Leben fruchtbar. Noch vor hundert Jahren wurde in jeder größeren Stadt in der näheren und weiteren Umgebung von Budapest alljährlich ein *végzet* abgehalten. Debrecen, Wien, Bukarest, Lemberg. Ebenso in Moskau, Minsk, Warschau, Berlin. Im Jahr nach dem Massaker gab es in ganz Osteuropa nicht ein einziges *végzet*. Auf der ganzen Welt gab es keins. Zwei Jahre später gelang es uns, unter größter Geheimhaltung ein einzelnes *végzet* zu organisieren. Insgesamt zwanzig junge *hosszú életek* nahmen teil, manche davon Geschwister, was die Möglichkeit noch weiter einschränkte. Ich kann mich gar nicht erinnern, wann zum letzten Mal ein *végzet* stattgefunden hat.»

Die *Főnök* legte die Hände in den Schoß und betrachtete ihre glatte Haut. «Es ist schmerzvoll, ein Kind in die Welt zu setzen und ihm beim Aufwachsen zuzusehen im vollen Wissen, dass es niemals eine Chance haben wird, selbst Kinder zu bekommen.»

«Gabriel ... Sie meinen, es gibt niemanden?»

«Es gibt keinen *hosszú életek* mehr in seinem Alter, Hannah. Keinen einzigen.»

Hannah war erschüttert von den Worten der *Főnök*. Nate zu verlieren hatte ihr einen Schmerz gebracht, der fast nicht zu ertragen gewesen war, doch der Gedanke, ihm erst gar nicht begegnet zu sein, *niemandem* begegnet zu sein, *niemals*, war zu trostlos und deprimierend, um ihn zu Ende zu denken. Sie rief sich Gabriels Gesichtsausdruck ins Gedächtnis, als er erzählt hatte, wie die Eleni den Tod eines jungen *Hosszú-élet*-Mädchens verschuldet hatten. «Aber es gibt doch sicher Alternativen? Wieso muss er sich auf ein *Hosszú-élet*-Mädchen beschränken?»

«Kannst du dir vorstellen, welchen besonderen Schmerz es mit sich bringt, dabei zuzusehen, wie jemand, den du liebst, alt wird und stirbt, und all das in einer Zeitspanne, die dir wie ein oder zwei Jahre erscheint? Würdest du wollen, dass irgendjemand diesen Horror durchlebt?»

«Nein, selbstverständlich nicht. Aber wir reden hier nicht nur von einem Lebenspartner für Gabriel, oder? Wir reden über das Überleben Ihres Volkes. Wenn er Kinder hat ...»

«Es kann nicht sein.»

«Aber –»

Die Augen der *Főnök* verfinsterten sich. «Meinst du nicht, wir hätten nicht daran gedacht? Meinst du, ich würde mich tatenlos zurücklehnen und dabei zusehen, wie wir weniger und weniger werden, wenn es so leicht wäre? Es wurde schon versucht, und die Ergebnisse waren … Nun, du hättest sie nicht sehen mögen. Die einzige Gnade war, dass sie nicht lange lebten.» Sie seufzte und streckte Hannah die Hände entgegen, während ihre Augen wieder den hellen lavendelfarbenen Ton annahmen. «Es tut mir leid. Es ist eine schwierige Situation für unser Volk, und du hast recht daran getan zu fragen. Aber es geht nicht, Hannah. Unser Blut mischt sich nicht mit dem gewöhnlicher Menschen.»

«Sie müssen sich nicht entschuldigen. Es ist eine Tragödie. Alles ist eine Tragödie. Ich hatte keine Ahnung von Gabriels Verlust. Es ist schwer vorstellbar, dass er das *lélekfeltárás* niemals mit jemandem teilen wird, der imstande ist, es zu erwidern.»

«Er hat dir davon erzählt?»

«Er hat es mir gezeigt.»

«Er hat es dir *gezeigt*?» Sorge huschte über das Gesicht der *Főnök*, und dann wich sie einem Ausdruck müder Resignation. «Das hätte er nicht tun dürfen. Es war nicht richtig.»

«Vielleicht nicht», sagte Hannah. «Aber ich hatte ihn darum gebeten.» Sie zuckte die Schultern und lachte spröde. «Sehen wir den Tatsachen ins Auge. Wir alle hier in diesem Haus sind gebrochene Leute, auf die eine oder andere Weise.»

Die Frau erhob sich von der Bank. «Wo wir von Gabriel reden – er hat uns keinen Tee gebracht. Noch etwas, weswegen ich ein Wörtchen mit ihm reden muss. Komm jetzt, es ist Zeit, die anderen zu besuchen. Lange her, dass ich mich an der Gesellschaft eines Kindes erfreuen konnte.»

Als Sebastien zurückkehrte, saßen sie zu viert um den Tisch und tranken Tee. Hannah hörte die Haustür schlagen und das Schlittern eifriger Pfoten auf den Holzdielen, als Moses schwanzwedelnd durch den Flur in die Küche gerannt kam.

Im Türrahmen verharrte er und starrte auf die *Főnök*. Sein Fell sträubte sich, und er bellte einmal.

Hinter ihm kam der alte Mann rückwärts durch die Tür, unter jedem Arm eine Papiertüte mit Einkäufen. «Na! Aus dem Weg, Moses! Der verdammte Hund ist völlig durcheinander, seit Gabriel hier aufgetaucht ist! Ich habe einen Waffenladen gefunden. Habe eine Menge Formulare ausgefüllt, aber es wird ...» Er drehte sich zu der Gruppe um, während er redete. Als er die Frau neben Hannah erblickte, verstummte er.

Er ging zum Tresen und stellte die Tüten ab. Seine Arme sanken hilflos an den Seiten hinab. Er machte einen Schritt auf die Frau zu, und sein Atem ging plötzlich rasselnd. «Éva?»

Widerstreitende Gefühle spiegelten sich auf dem Gesicht der *Főnök*. «Hallo, Sebastien.»

Der alte Mann drehte den Kopf zur Seite, und sein Blick verschwamm. Als er sie wieder ansah, zitterte sein Unterkiefer, und seine Hände bebten. Er blickte hinunter auf seine Finger, als wäre er überrascht, dass sie ihn auf diese Weise verrieten. Dann weiteten sich seine Augen, und er hob abwehrend die Hände.

«Sebastien, ich –»

«Nein!»

«Es ist in Ordnung, Sebastien. Du –»

«Sieh mich nicht an!»

Er war zu alt zum Weglaufen. Wäre er jünger gewesen und agiler, er hätte es möglicherweise versucht. Ein gequältes Wimmern kam über seine Lippen. Er sah die offene Terrassentür und floh nach draußen, die Hände vors Gesicht geschlagen. Er stolperte zwischen den Bäumen des Obsthains hindurch, raufte sich die Haare, riss sich an den Ohren.

Die *Főnök* stand da, mit schmerzverzerrtem Gesicht. Röte war in ihre Wangen gestiegen. «Überlass das mir», sagte sie zu Hannah und folgte Sebastien nach draußen.

Hannah sah ihr hinterher, dann blickte sie Gabriel fragend an. «Die Frau, in die er sich als junger Mann verliebt hat. Éva. Sie ist *Ihre Mutter*?»

Gabriel nickte.

Hannahs Blick ging nach draußen zum Obsthain. Die *Főnök* hatte Sebastien eingeholt. Sie hakte sich bei ihm unter und führte ihn zu der Bank.

Kannst du dir vorstellen, welchen besonderen Schmerz es mit sich bringt, dabei zuzusehen, wie jemand, den du liebst, alt wird und stirbt, und all das in einer Zeitspanne, die dir wie ein oder zwei Jahre erscheint? Würdest du wollen, dass irgendjemand diesen Horror durchlebt?

Der Schmerz in Évas Gesicht, als sie Sebastien nach draußen folgte, hatte Hannah die harte Wahrheit hinter ihren Worten erkennen lassen. Wie musste es für Sebastien sein, die Frau, die er liebte, wiederzusehen – genauso jung wie damals vor fünfzig oder sechzig Jahren, als er sie kennengelernt hatte? Évas Schönheit war ungeschmälert von der Zeit. Die achtzig Jahre hingegen, die Sebastien bereits über die Erde wandelte, waren in jeder Falte seines Gesichts zu sehen, waren offenkundig in jedem Leberfleck, jeder knotigen Ader, jedem geschwollenen Knöchel. Das Haar war zurückgewichen, die Haut erschlafft. Seine Muskeln hatten sich verkürzt, seine Gelenke waren steif geworden. Seine Augen – jene Augen, die Éva vor all den Jahren vermutlich zu der falschen Annahme geführt hatten, er wäre ein *hosszú élet* –, diese Augen hatten ihre atemberaubende smaragdgrüne Farbe behalten. Alles andere hatte sich verändert, war gealtert, abgenutzt. In Hannahs Augen war er ein unglaublich attraktiver alter Mann, tapfer und eigenwillig, unsentimental und doch mitfühlend. Nichtsdestotrotz war der physische Verfall nicht zu übersehen, den die Zeit ihm zugefügt hatte.

Hannah fragte sich, was Sebastien über diesen Verfall denken musste. Sie fragte sich, was er sah, wenn er Éva anblickte. Und sie fragte sich, was Éva dachte, wenn sie sah, wie der junge Mann, den sie einst geliebt hatte, von der Zeit gezeichnet und geschwächt worden war.

Das ungleiche Paar hatte sich auf die Bank gesetzt. Sebastien saß nach vorn gebeugt und starrte zu Boden. Éva redete leise auf ihn ein. Als sie die Hand ausstreckte und auf Sebastiens Hand legte, zuckte er zusammen, doch dann ließ er es geschehen.

«Ihre Mutter hat mir eine Menge erklärt», sagte Hannah. «Es macht Nates Tod nicht einfacher für mich, aber ich sehe jetzt, dass nicht nur Leah und ich von dieser Geschichte betroffen sind.»

«Sie hat Ihnen alles erzählt?»

«Sie sagte, dass Sie mit großer Wahrscheinlichkeit einer der letzten *hosszú életek* sind.»

«Welch eine Ehre, nicht wahr?»

Sie tat es der *Főnök* nach und legte ihre Hand auf seine. «Ist alles in Ordnung?»

Gabriel starrte auf ihre Hand, dann zog er seine darunter weg und nickte. «Ja, sicher. Alles in Ordnung.»

Auf dem Boden spitzte Moses die Ohren. Einen Moment später blickte Gabriel zum Fenster.

«Was ist denn?», fragte Hannah stirnrunzelnd.

«Fahrzeuge», sagte er und erhob sich. «Sie nähern sich dem Haus.»

KAPITEL 24

Region Aquitaine, Frankreich
Heute

Hannah sprang sofort auf. Ihre Kopfhaut prickelte, und sie erschauerte, als marschierte eine Armee von Käfern über ihre Haut. Sie war mit einem Mal überzeugt, dass der Moment endlich gekommen war – die Abrechnung mit Jakab. Leahs Zukunft würde sich heute entscheiden, abhängig von dem, was sie tat. Die Bürde dieser Verantwortung ließ das Blut von ihrem Magen wegströmen und durch ihre Arterien schießen. Sie sah plötzlich alles doppelt, überwältigt von den eigenen Emotionen, und legte die Hände auf den Tisch aus Angst, sie könnte vom Stuhl fallen.

«Was ist denn?»

Sie sah Gabriel an und schüttelte den Kopf. Keine Zeit für Erklärungen. Keine Zeit für Schwäche.

Sie waren im falschen Teil des Hauses. Die Küche öffnete sich zum Obstgarten hin und zu dem Pfad, der hinunter zum Fluss führte. Von hier aus waren sie blind für sich nähernde Fahrzeuge.

Aber Jakab kann uns nicht gefunden haben. Völlig unmöglich, oder? Ich war so vorsichtig. Niemand wusste von diesem Zufluchtsort, niemand außer Nate und mir. Und wir haben es geheim gehalten.

Nein, Hannah, nicht ganz. Wer weiß, was während deines

dreitägigen Blackouts passiert ist. Du hast Sebastien mit der ganzen Verantwortung allein gelassen. Sämtliche Kontrollen, sämtliche Vorsichtsmaßnahmen, die du ergriffen hättest, weitergereicht an einen alten Mann, den du kaum kennst! Er könnte Dutzende von Fehlern gemacht haben, von denen jeder einzelne Jakab auf deine Spur gebracht haben könnte.

Hannah packte den Tresen und hielt sich daran fest, während sie versuchte, den Nebel aus ihrem Kopf zu vertreiben und sich zu konzentrieren. Sie hatte keine Zeit und musste eine schwerwiegende Entscheidung treffen. War es besser, Leah irgendwo zu verstecken, oder war es sicherer für ihre Tochter, wenn sie dicht bei ihr blieb? Wie hätte sie sich in Leahs Alter gefühlt, in dem Wissen, dass Gefahr nahte und dass von ihr verlangt wurde, allein damit fertig zu werden? Hannah wusste, dass die Antwort darauf ihre Entscheidung nicht beeinflussen durfte – doch es war nicht mal eine Woche her, dass ihre Tochter mit angesehen hatte, wie ihr Vater von einem Monster in der Maske ihres Großvaters erschossen worden war. «Leah, bleib dicht bei mir.» Hannah durchquerte den Flur und huschte ins Esszimmer.

Zwei weiße Audi Q7 kamen in hohem Tempo über die Piste zwischen den beiden Feldern heran. Ihre großen Reifen wirbelten dichte Staubschleier hoch. Ein dritter Q7 parkte dort, wo die Piste von der Hauptstraße abzweigte. Männer sprangen aus dem Fahrzeug. Keiner von ihnen trug Uniform, doch sie organisierten sich wie eine militärische Einheit und riegelten die Zufahrt zum Hof ab.

Hannah hörte Leah atmen und drehte sich zu ihrer Tochter um. Eine einzelne Träne haftete an den Wimpern von Leahs rechtem Auge, als sie die heranjagenden Fahrzeuge beobachtete. «Er kommt her, oder? Der Böse Mann, der Daddy getötet hat?»

Hannah öffnete den Mund zu einer Antwort und stellte fest, dass ihr die Worte fehlten. Welche Antwort gab es auf eine Frage wie diese?

Leah sah ihre Mutter an, und als sie lächelte, löste sich die Träne von ihren Wimpern und rollte über ihre Wange. «Schon gut, Mami, ich bin bereit. Ich lasse dich nicht im Stich.»

Hannahs Kehle zog sich zusammen. Sie zog Leah in ihre Umarmung und drückte ihre Nase in das Haar ihrer Tochter. Es roch nach Vanille und grünen Äpfeln, nach Unschuld und Lebensfreude, nach Liebe und Vertrauen und Hoffnung. Sie hörte, wie sie zwischen zusammengebissenen Zähnen hindurch Worte voll wildem Hass hervorstieß. «Wir werden ihn besiegen, Leah. Ich verspreche es. Heute ist das letzte Mal, dass du den Namen dieses Monsters hören musst. Ich schwöre bei Gott, ich werde diese Geschichte ein für alle Mal beenden. Für dich. Für Daddy. Du wirst in Sicherheit leben, Leah. Ich verspreche dir, du wirst in Sicherheit leben.» Ihr wurde bewusst, dass sie ihre Tochter viel zu fest an sich drückte. Sie küsste Leah auf die Stirn, dann löste sie ihren Griff.

Leahs Lippen waren zu einem schmalen Strich zusammengepresst. Ihr Gesicht war gerötet. Sie hob das Kinn, wischte sich die Träne von der Wange und lächelte tapfer. «Ich habe ein wenig Angst, Mami, aber nicht zu viel, okay? Ich denke, der Böse Mann sollte mehr Angst vor dir haben als wir vor ihm.»

Hannah musste lachen. Sie spürte, wie der Druck ein wenig von ihr wich und ihre Entschlossenheit zugleich stärker wurde. «Komm. Halte meine Hand. Tu, was ich sage, und erinnere dich an alles, was ich dir beigebracht habe. Heute fängt ein neues Leben an.»

Ihre Kehle war trocken, und ihre Haut fühlte sich immer noch an, als krabbelten Insekten darauf herum. Doch in ihr wuchs ein Feuer heran, geschürt von ihrer Entrüstung darüber, dass ihre Tochter Emotionen wie diese ertragen musste, und von ihrer Entschlossenheit, diesem Fluch ein Ende zu bereiten, dieser Geißel, die sie nun schon so viele Jahre verfolgte. Sie hatte schon viel zu viele Leben gekostet. Zu viele geliebte Menschen waren deswegen gestorben.

Hinter sich hörte Hannah die Küchentür schlagen. Sie fuhr herum. Als Sebastien zusammen mit Éva erschien, blies sie erleichtert die Luft durch die Wangen. Die Eindringlinge waren noch nicht im Haus.

Die Augen des alten Mannes waren gerötet, aber wach. Er kam zu ihr ans Esszimmer-Fenster und machte eine finstere Miene, als er die weißen Audis herankommen sah.

Hannah drehte sich zu der *Főnök* um. «Könnten es *hosszú életek* sein? Ihre Wachen?»

Éva schüttelte den Kopf. «Zu viele. Zu plump.»

Der erste Audi erreichte den Platz vor dem Hof. Ohne langsamer zu werden, bog er um die Ecke und rumpelte über den ausgefahrenen Feldweg um das Haus herum in Richtung Obstgarten. Der zweite Audi bremste hart und wirbelte Kies und Staub auf. Er kam kaum einen Meter vor dem Esszimmerfenster zum Stehen. Der Motor wurde ausgeschaltet.

Atemlose Stille senkte sich herab. Der Kühlergrill des Audi war so dicht vor Hannah, dass sie das Ticken und Pingen des abkühlenden Motors hören konnte. Die Windschutzscheibe reflektierte das Sonnenlicht und verwandelte das Glas in einen Spiegel, der die Insassen vor Hannahs Blicken abschirmte.

«Das sind keine *hosszú életek*», sagte Sebastien. «Es sind Eleni.»

Hannah sah fragend zu dem Ex-*Signeur* auf und wartete darauf, dass er ihr in die Augen blickte. «Du hast *Eleni* hergebracht?»

Sein Unterkiefer wurde hart. Als er sie ansah, leuchteten seine Augen hell vor Ärger. «Ich habe sie nicht *hergebracht*, Hannah. Ich –»

«Dann verrate mir doch, wie sie uns finden konnten!»

«Ich musste jemanden ins Vertrauen ziehen! Ich musste dich und Leah irgendwie aus dem Land schaffen. Glaubst du ernsthaft, ich hätte mit euch hierherfliegen können, ohne dass eure Namen auf Passagierlisten aufgetaucht wären, wenn die Eleni mir nicht dabei geholfen hätten? Ich bin nicht zu dir durchgedrungen, Hannah. Du hattest mich ausgeschlossen.»

Sie wand sich bei seinen Worten, und ihr Zorn auf ihn verrauchte genauso schnell, wie er gekommen war. Für einen Moment noch bemühte sie sich, seinem Blick standzuhalten, dann wandte sie sich mit vor Scham geröteten Wangen ab. Er hatte alles in seiner Macht Stehende getan, um sie zu beschützen, und trotzdem machte sie ihm Vorwürfe. «Es tut mir leid, Sebastien. Bitte entschuldige. Du hast recht.»

Er winkte ab und wandte sich wieder dem Fenster zu, als die Beifahrertür des Audi aufgestoßen wurde.

Der Mann, der aus dem Wagen stieg, war beinahe genauso alt wie Sebastien. Sein graues Haar war geölt und auf der Seite gescheitelt, und sein dichter Schnurrbart war sorgfältig getrimmt. Seine Bewegungen waren übertrieben vorsichtig, als schmerzten seine Gelenke, und als er zum Haus blickte, glaubte Hannah, eine Spur von Nervosität in seinen Augen zu bemerken.

«Oh», murmelte Sebastien bestürzt. «Gottverdammt!»

«Was denn?»

«Dieser alte Narr ist Dániel Meyer. Dániel ist *Acadeim*. Einer der *Ülnökök*.»

«Einer von den guten Jungs?»

Sebastien sah sie mit gequältem Gesichtsausdruck an. «Er

gehört zu den Guten. Ob wir ihm allerdings vertrauen können, steht auf einem anderen Blatt.»

Aber du hast ihm vertraut, Sebastien. Und jetzt ist er hier.

Und du machst ihm weiter Schuldvorwürfe. Obwohl es nicht seine Schuld ist.

Dániel Meyer fuhr sich mit dem Finger im Kragen seines Hemds herum und ging zur Vordertür. Er klopfte an.

«Dieser Mann, der Sie hergebracht hat», sagte Hannah, an Éva gewandt. «Illes. Können Sie ihn erreichen?»

«Ich habe ihm bereits eine Nachricht geschickt.»

«Wie schnell wird er hier sein?»

«Das kann ich nicht sagen.»

Sebastien schnippte mit den Fingern und deutete auf die Tür. «Zurück in die Küche, alle zusammen. Lasst mich das machen. Ich kenne Dániel. Ich finde heraus, was er will.» Er sah Éva und Gabriel an. «Er weiß nicht, wer ihr seid. Er weiß nicht, dass ihr *hosszú életek* seid. Belassen wir es dabei.»

Hannah suchte in Sebastiens Augen nach einer Spur von Falschheit, einer Andeutung von Verrat, doch sie fand nichts. Sie streckte die Hand nach Leah aus. «Sebastien hat recht. Er kennt diese Leute. Komm, gehen wir.»

Als sie in die Küche zurückkehrte, sah sie vier Männer im Obstgarten stehen. Einer von ihnen hatte zwei ausgewachsene Magyar Vizslas an der Kette. Der Fremde begegnete ihrem Blick mit ausdruckslosen Augen.

Sie hörte den Riegel der Vordertür. Eine müde Stimme erklang. «Es tut mir leid, Sebastien. Ich hatte keine andere Wahl.»

Schritte stapften durch den Flur, und einen Moment später erschien Dániel Meyer in der Küche. Als er Hannah ansah, meinte sie ihn schon einmal gesehen zu haben. Gehörte er zu den Leuten, die sie während ihrer halb bewusstlosen Reise von Llyn Gwyr nach Le Moulin Bellerose gesehen hatte?

Meyer kam zu ihr und ergriff ihre Hände. «Hannah, mein Name ist Dániel. Möglicherweise erinnern Sie sich nicht an mich. Ich hätte nicht geglaubt, dass ich Sie wiedersehen würde, doch jetzt, wo wir uns erneut begegnen, möchte ich Ihnen sagen, wie unglaublich leid es mir tut wegen Ihres schlimmen Verlustes. Der Tod Ihres Mannes war eine Tragödie für uns alle, genau wie der Ihres Vaters. Ich bin nicht so plump zu behaupten, ich wüsste, wie Sie sich fühlen müssen. Ich bin nur froh, dass Sebastien Sie gefunden hat und dass unsere Organisation imstande war, ein klein wenig zu helfen, indem wir Sie sicher hierhergebracht haben.»

Die leise Aufrichtigkeit seiner Worte und das Mitgefühl, das sie vermittelten, nahmen ihrem Ärger über sein unerwünschtes Eindringen einen großen Teil seiner Energie. Dennoch beäugte sie ihn misstrauisch, während er ihre Hände losließ. «Was haben Sie hier zu suchen, Dániel?»

Meyer schürzte die Lippen und öffnete den Mund zu einer Antwort, doch bevor er ein Wort hervorbrachte, bellte Moses laut. Der Hund trottete zum Fenster und lief auf und ab. Gabriel neigte den Kopf.

«Was ist denn?»

In diesem Moment erklang in der Ferne ein rhythmisches Schlagen. Es wurde rasch lauter, drängender, bedrohlicher, bis Hannah bewusst wurde, dass sie einen Helikopter hörte.

Mein Gott, er ist schnell. Brutal schnell.

Draußen im Obsthain erhob sich ein Wirbelwind aus tanzendem Herbstlaub. Die Wucht der schlagenden Rotorblätter und der Bass der Hubschrauberturbine vibrierten in Hannahs Brust und ließen die Fenster in den Rahmen rattern. Zuerst kamen die Kufen des Helikopters in Sicht, dann landete die Maschine auf einem freien Stück Feld hinter den Obstbäumen. Sie war schwarz mit gelben Markierungen und erinnerte Hannah an eine fette, wütende Hummel mit einem Bauch voller Männer hinter den großen transparenten Scheiben. «Mehr von Ihren Leuten?», fragte sie an Meyer gewandt.

Der *Acadeim* nickte.

«Weniger subtil ging wohl nicht?»

«Ich fürchte, unser *Signeur* weiß gar nicht, was das Wort bedeutet.»

Sebastien deutete mit dem Daumen auf das Fenster. «Sie haben den *Signeur* hergebracht? Von allen Leuten ausgerechnet *ihn*?»

«Ich sagte bereits, ich hatte keine andere Wahl.» Meyer drehte sich zu Hannah um. Er spielte nervös an seinem Ehering. «Sebastien hat mir gesagt, wohin Sie gehen würden. Und das wussten sie. Ich weiß nicht, woher, aber sie wussten, dass ich es weiß. Sie sind verzweifelt. Sie würden alles tun, um die *hosszú életek* zu finden. Sie wissen, dass die Zeit knapp wird und Jakab wahrscheinlich ihre letzte Chance ist. Sie sind die beste Spur zu ihm. Es macht sie noch entschlossener. Rücksichtsloser. Ich möchte nicht, dass Ihnen etwas passiert, Hannah. Ich möchte, dass niemandem irgendetwas passiert. Bitte verhalten Sie sich einfach kooperativ, ja? Um unser aller willen. Umso schneller ist es vorbei.»

«Du hast mich verraten!», flüsterte Sebastien und machte einen Schritt auf den *Acadeim* zu.

Draußen wurde eine Tür des Helikopters geöffnet. Ein Mann sprang vom Sitz neben dem Piloten. Sein Gesicht war weich und aufgedunsen, und seine Augen unter schweren Lidern verliehen ihm ein träges, gelangweiltes Aussehen. Er trug Khakihosen, die zu kurz waren für seine Beine und deren Nähte an seinen Oberschenkeln spannten. Er zog einen Rollstuhl aus der Kabine und faltete ihn auseinander.

«Sebastien, ich habe vergessen, wie viele Jahre wir schon befreundet sind», sagte Meyer in diesem Moment. «Es gibt nur wenig, das ich nicht für dich tun würde, wenn es in meiner Macht stünde. Aber als ich versprach, dieses Geheimnis für mich zu behalten, da war keine Rede davon, dass ich notfalls mein Leben dafür riskieren soll. Es tut mir leid, wenn mich das in deinen Augen zu einem Judas macht. Aber ich war zu keinem Zeitpunkt bereit, um einen so hohen Einsatz zu spielen. Sieh mich an, Sebastien. Ich bin ein alter Mann. Ich habe eine Frau, und ich habe Enkelkinder. Mein Leben zu riskieren war niemals Teil unserer Übereinkunft.»

«Dein *Leben*?», schnaufte Sebastien. «Du warst immer weich, Dániel, aber so erbärmlich habe ich dich nie gesehen. Károly mag spucken und kratzen, aber ich bin sicher, was immer der *Signeur* gesagt oder getan hat, um dich so einzuschüchtern, es war nur ein Bluff. Seit wann ist das Konzil so zerstritten, dass es seine eigenen Leute bedroht?»

«Seit du weggegangen bist», antwortete Meyer. «Du würdest die Organisation wahrscheinlich nicht mehr wiedererkennen.»

«Selbst wenn du recht hast, Károly ist kaum in der Position, dein Leben zu bedrohen.»

«Károly nicht, das ist richtig», pflichtete Meyer ihm bei. Er nickte in Richtung des Mannes, der soeben aus dem Helikopter gestiegen war. «Aber er.»

Sebastien wandte sich wieder zum Fenster um und stieß einen Fluch aus, als er den Fremden in der Khakihose erblickte.

Hannah runzelte die Stirn. «Wer ist das?»

«Benjámin Vass», antwortete Sebastien. Zum ersten Mal bemerkte sie so etwas wie Beunruhigung in der Stimme des alten Mannes. Es erschreckte sie. «Er ist die rechte Hand des *Signeurs*.»

Die hintere Luke des Helikopters schwang auf, und ein weiterer Mann sprang heraus. Vass erteilte ihm einen knappen Befehl. Der Mann hob eine dritte Gestalt aus dem Helikopter und setzte sie vorsichtig in den Rollstuhl.

Hannah starrte den Greis im Rollstuhl an. Seine Gesichtshaut war trocken und spröde wie totes Laub. Seine Augen blickten apathisch aus tiefen schattigen Höhlen. Er sah aus, als wäre er nicht schwerer als fünfundvierzig Kilo.

«Der im Rollstuhl ist Károly Gera», sagte Sebastien. «Er ist der *Signeur.*»

Gabriel hatte bis jetzt geschwiegen. Nun trat er näher ans Fenster. «Der, von dem du mir gestern Abend erzählt hast?»

«Der, der dieses *Hosszú-élet*-Mädchen getötet hat. Wenn es dich tröstet, er stirbt. Wie es aussieht, hat er nicht mehr viel Zeit.»

Vass beugte sich hinunter und brüllte dem alten Mann etwas zu. Dann wandte er sich ab und ging zum Hof.

Hannah sah zu, wie er näher kam. Die Umstände hatten sich ein weiteres Mal geändert, und obwohl ihre Entschlossenheit, die Sache ein für alle Mal zu beenden, noch genauso wild tobte wie vorher, geriet ihre Zuversicht ins Wanken. Vass war eine Unbekannte. Eine Bedrohung, mit der sie nicht gerechnet hatte.

Wenn du dich zusammengerissen hättest, wenn du dich nicht in deine Trauer wegen Nates Tod ergeben und Leah so selbstsüchtig aufgegeben hättest, dann hättest du sie herbringen können, ohne die Existenz dieses Hauses an irgendeinen Dritten zu verraten. Sie hätten dich niemals gefunden.

«Es ist wahrscheinlich besser, wenn ich euch allein lasse», sagte Meyer. «Sebastien ...»

«Verschwinde einfach. Ich habe dir nichts mehr zu sagen.»

Dániel Meyer ließ den Kopf hängen, kehrte, Entschuldigungen murmelnd, in den Flur zurück und verließ das Haus durch die Vordertür.

Augenblicke später stand Benjámin Vass vor der Terrassentür. Der Türknauf drehte sich unter seinem Griff, und er betrat den Raum.

Hinter ihm schob einer seiner Lieutenants Károlys Rollstuhl über die Schwelle und stellte ihn kurz dahinter ab.

Schweigend ließ Vass den Blick durch die Küche gleiten. Auf seiner Stirn stand ein dünner Schweißfilm. Er breitete die Arme aus und lächelte strahlend. «Man hat mir gesagt, hier würde eine Party gefeiert. Ich dachte, ich wäre der Erste, aber es scheint, als wäre ich zu spät. Ich fürchte, ich stehe ohne Geschenke da – wie nachlässig von mir. Wer von Ihnen ist Hannah Wilde?»

«Soweit ich weiß, hat Sie niemand eingeladen, Benjámin», murmelte Sebastien.

Vass drehte sich zu dem Ex-*Signeur* um und musterte ihn unter herabhängenden Augenlidern. «Ah, *Sebastien.* Schrullig und verschroben wie eh und je, wie ich sehe. Bitte betrachten Sie mich nicht als Gast. Sehen Sie mich eher als zusätzliche Sicherheit. Ich habe Grund zu der Annahme, dass Ihr Freund Balázs Jakab auf dem Weg hierher ist. Ich zweifle zwar keinen Augenblick daran, dass Ihre Bemühungen um Hannah und ihre Tochter vorbildlich sind, doch die jüngste Entwicklung macht unsere Anwesenheit zu einer umsichtigen Vorsichtsmaßnahme, meinen Sie nicht?»

Hannahs Magen verkrampfte sich bei der Erwähnung von Jakabs Namen. «Was bringt Sie zu der Annahme, er ist auf dem Weg hierher?», fragte sie.

«Ich nehme an, Sie sind Hannah. Wunderbar.» Er deutete auf den ausgemergelten Greis im Rollstuhl. «Erlauben Sie mir, Ihnen unseren hochgeschätzten *Signeur* vorzustellen, Károly Vega.»

«Beantworten Sie meine Frage!»

Vass grinste selbstgefällig. «Der Grund, warum ich annehme, dass Ihr Freund Jakab auf dem Weg hierher ist, Hannah Wilde, ist der, dass ich ihn selbst eingeladen habe.»

Die Käfer nahmen ihren Marsch über Hannahs Haut wieder auf. «Sie haben *was*?»

«In Llyn Gwyr hat sich etwas Grauenvolles ereignet. Ich denke nicht, dass der Ausdruck *Gräueltat* zu krass dafür ist. Ich habe die Überbleibsel gesehen. Das Grab Ihres Ehemannes unten am See, ohne auch nur einen Grabstein zu seinem Gedenken. Wir haben Ihren Vater gleich daneben begraben. Sehr traurig, das alles.» Er beugte sich vor. «Wissen Sie was, Hannah? Die ganze Zeit über, während ich dort war, hatte ich dieses verrückte Gefühl, beobachtet zu werden. Ein sechster Sinn vielleicht? Ich wette die Knochen meiner Großmutter, dass Jakab von diesen Bergen heruntergestiegen ist, sobald wir Llyn Gwyr verlassen hatten. Weswegen ich ihm eine Einladung zu dieser gemütlichen Einweihungsparty dagelassen habe, zusammen mit einer klar verständlichen Wegbeschreibung hierher. Weswegen wir beide, Hannah Wilde, nun eine wunderbare Gelegenheit haben, uns gegenseitig zu helfen. Ich will Balázs Jakab, und ich könnte mir vorstellen, dass Sie ihn unbedingt daran hindern wollen, weitere Mitglieder Ihrer Familie zu ermorden. Daher erlaube ich mir den Vorschlag einer Partnerschaft.»

«Sie glauben, er kommt einfach hier hereinspaziert und wartet darauf, dass Sie ihn schnappen?»

«Ich bin zuversichtlich, Jakab gewachsen zu sein.»

«Sie benutzen uns als Köder.»

Vass überlegte einen Moment, dann wurde sein Lächeln breiter. «Ja. Ich nehme an, so könnte man es nennen. Aber bitte, fassen Sie das nicht als Demütigung auf. Betrachten Sie sich im Gegenteil als den wertvollsten und besten Köder überhaupt, um einen ganz, ganz seltenen Fisch zu fangen. Wir jagen niemand Geringeren als Moby Dick, und ich biete Ihnen meine Dienste als Captain Ahab an.»

«Ahab starb bei seiner Jagd!», schnappte sie, empört von seinem hochnäsigen Spott und zugleich beunruhigt von der Leblosigkeit in seinen Augen, als er sie angrinste.

«Dann ersuche ich Sie dringend, Hannah Wilde, helfen Sie mir dabei, eine befriedigendere Lösung für uns beide zu finden.» Er ging zur Terrassentür. «Ich denke, jetzt wäre ein guter Zeitpunkt, um die Hunde ins Haus zu bringen.»

Er klopfte an das Glas der Scheibe und bedeutete dem Fremden, mit den beiden Vizslas ins Haus zu kommen. Während er wartete, zog er ein Handy aus der Tasche. Er wählte eine Nummer und hielt sich das Gerät ans Ohr. Sein Blick wanderte über die Gesichter, die ihn schweigend beobachteten. «Verschwindet alle außer Sicht und geht in Deckung», sagte er. «Weit genug weg vom Haus. Ich will die Fahrzeuge aus dem Weg und weg von der Einfahrt an der Hauptstraße. Der Helikopter soll verschwinden. Ich will, dass dieser Hof wie ein Leichenhaus aussieht, und zwar in einer Minute!»

Er beendete das Gespräch und sah Hannah an. «*Leichenhaus.* Kaum das einfühlsamste Wort angesichts der jüngsten Ereignisse.» Er täuschte Verlegenheit vor, dann wandte er sich Éva und Gabriel zu. «Nachdem ich endlich das Vergnügen hatte, die berühmte Hannah Wilde kennenzulernen, und mich aufs Neue vom aufbrausenden Gemüt Sebastiens überzeugen konnte, bin ich außerordentlich neugierig zu erfahren, wer Sie beide sind.»

«Sie sind Freunde von ihr, weiter nichts», sagte Sebastien. «Sie haben nichts mit alledem zu tun, und dabei sollte es bleiben, Benjámin.»

«Ich verstehe. Freunde, weiter nichts. Ich bin trotzdem neugierig.»

«Zum Teufel mit deiner Neugier.»

«Ich bin beeindruckt von Ihrem Beschützerinstinkt, aber ich bitte doch nur darum, dass wir einander vorgestellt werden. Sind sie so gebrechlich, dass sie einen alten Mann als Begleitperson benötigen? Haben sie keine Zungen, um für sich selbst zu sprechen?»

Der *Signeur* richtete sich in seinem Rollstuhl auf, und sein Atem ging rasselnd in seiner Kehle. «Benjámin! Genug davon! Wir sind hier, um unsere Arbeit zu erledigen. Das ist alles. Es ist absolut nicht nötig, die ohnehin umfangreiche Liste von Personen, die dich anstößig finden, noch zu erweitern.»

Vass hatte sich dem *Signeur* zugewandt, doch nun drehte er sich wieder zu Hannah um. Anstatt sich wegen des öffentlichen Tadels zu ärgern, wirkte er geradezu amüsiert. Er hob beide Hände und seufzte. «Er hat recht, wissen Sie? Obwohl ich mich immer so zusammenreiße, ist es manchmal so, dass ich über die Leute hinwegtrampele. Ich meine das wirklich nicht so. Aber selbst die Besten von uns sind nicht ohne Fehler.»

Hinter Vass erschien der Fremde mit den beiden Hunden vor der Terrassentür. Der erste Hund war kräftiger gebaut, mit einem struppigen Fell und einem von Kämpfen vernarbten Maul. Der zweite war jünger mit klaren Augen und einem glatteren Fell. Er erstarrte augenblicklich, als er die beiden *hosszú életek* sah, eine Vorderpfote noch in der Luft. Als sein Artgenosse die *hosszú életek* bemerkte, erstarrte er ebenfalls, das Hinterbein noch erhoben, und rührte sich nicht mehr.

Hannahs Brust schnürte sich zusammen. Ihr wurde bewusst, dass sie die Luft angehalten hatte. Sie musste daran denken, dass Sebastien die beiden gewarnt hatte, sich nicht als *hosszú életek* zu erkennen zu geben. Würde Vass verstehen, was er dort sah? Sie hätte zu gerne seinen Gesichtsausdruck gesehen, doch sie gab der Versuchung nicht nach, sich zu ihm umzudrehen.

Der größere der beiden Vizslas machte einen halben Schritt in den Raum. Die Lefzen zurückgezogen, die Zähne gefletscht, begann er leise und bedrohlich zu knurren. Plötzlich sprang der jüngere Hund auf Éva zu, und seine Kiefer schnappten in die leere Luft. Das Tier riss seinen Führer fast von den Beinen. Fluchend zerrte der Mann an der Kette.

Hannah riskierte einen Blick zu Vass. Er hatte die Vizslas beobachtet, und nun richtete er seine Aufmerksamkeit wieder auf Gabriel und Éva. Seine Augen waren weit aufgerissen. Er leckte sich die Lippen.

Er weiß es.

Vass lächelte. «Sieh an, sieh an. Ich hätte im Smoking kommen sollen. Welch eine illustre Gesellschaft.» Er schob die Hand in die Tasche und zog einen Revolver hervor. Es war ein hässliches Ding, ein schwarzer Klumpen Metall. Mit den knurrenden, sabbernden Vizslas im Rücken machte Vass einen vorsichtigen Schritt auf Gabriel und Éva zu und musterte ihre Gesichter. «Genau wie wir», sagte er dann. «*Ganz genau* wie wir. Bitte setzen Sie sich doch. Sie alle.»

Hannah packte Leah bei der Hand, ging zum Tisch und setzte sich. Sie zog ihre Tochter auf einen Sitz neben sich. Gabriel und Éva nahmen die beiden verbliebenen Stühle.

Dicke Schweißtropfen standen auf Vass' Stirn. Ein einzelner Tropfen lief an seiner Schläfe herab. Er warf einen raschen Blick zum *Signeur*. «Wie lange schon habe ich versprochen, Ihnen einen *hosszú élet* zu liefern?», fragte er. «Und jetzt haben wir gleich zwei davon.»

Der alte Mann beugte sich vor. Seine Augen glitzerten. «Bist du sicher?»

In diesem Moment erhob sich Éva. Die lavendelfarbenen

Augen der Frau schimmerten dunkelrot, als sie nun Vass ansah. Als sie sprach, vibrierte ihre Stimme machtvoll. «Mein Name ist Éva Maria-Magdalena Szöllösi. Ich habe die Ehre, *Örökös Főnök* der *hosszú életek* zu sein. Mit einiger Wahrscheinlichkeit werde ich die Letzte sein, die dieses Amt bekleidet. Ihr seid Eleni und damit verantwortlich für das Massaker an unseren Kindern und dem Genozid an unserer Rasse.»

Vass hielt ihrem Blick stand. «O nein», sagte er und schüttelte den Kopf. «Ich bin nicht verantwortlich für irgendein Massaker an irgendjemandem, Éva. Die Keulung, von der Sie sprechen, ereignete sich beinahe hundert Jahre vor meiner Geburt. Aber ich bin höchst erfreut, Ihre Bekanntschaft zu machen, Éva.» An den *Signeur* gewandt, fuhr er fort: «Das ändert alles. Wir müssen nicht einmal mehr auf Balázs Jakab warten.»

«Dann fangen wir an!», spuckte der alte Mann. «Und verschwinden wieder von hier, bevor er kommt!»

Vass musterte Gabriel unter erhobenen Augenbrauen hindurch.

Gabriel hatte sich erhoben und stand neben seiner Mutter.

«Ich nehme an, jetzt wollen Sie sich vorstellen?», fragte Vass.

Gabriels Stimme klang tonlos und gefährlich. «Mein Name ist Gabriel Mounir Szöllösi. Ich warne Sie dieses eine Mal, Benjámin. Sie glauben, Sie sind vorbereitet auf das, was hierher unterwegs ist. Das sind Sie nicht. Sie glauben, Sie verstehen Ihren Gegner. Sie verstehen nichts. Sie glauben, Sie werden heute hier die Oberhand behalten, weil Sie mehr Männer befehligen, mehr Waffen zur Verfügung haben. Sie irren sich. Eines jedoch ist sicher: Die Art und Weise, wie Sie sich heute im Verlauf dieses Tages verhalten, hat große Auswirkungen darauf, wie Sie ihn beschließen.»

Vass verdrehte die Augen. Er nickte dem Eleni-Lieutenant zu, der ihn vom Helikopter hierherbegleitet hatte, und deutete auf Hannah und Gabriel. «Fesseln Sie diese beiden hier an ihre Stühle. Und dann nehmen Sie das Mädchen und die Frau mit nach oben. Sperren Sie sie ein, in verschiedenen Zimmern.»

Hannah starrte auf den Revolver, den Vass so lässig in den Fingern hielt. Wie war es so weit gekommen? Das Monster, das ihre Mutter, ihren Vater und zuletzt ihren Mann ermordet hatte, war auf dem Weg hierher, an diesen Zufluchtsort, den sie so viele Jahre lang vor allen geheim gehalten hatte. Noch bevor sie sich auf diesen Gedanken konzentrieren konnte, musste sie sich einer weit konkreteren Gefahr stellen.

Deine einzige Sorge gilt Leah. Alles andere ist egal. Vass ist unberechenbar, unzurechnungsfähig und bewaffnet. Bring ihn nicht gegen dich auf. Kämpfe nicht gegen ihn – noch nicht. Wähl den Moment sorgfältig. Du hast möglicherweise nur diese eine Chance. Lass Leah los. Lass ihre Hand los, lass zu, dass sie sicher aus diesem Raum gebracht wird.

Als Hannah versuchte, sich aus Leahs Griff zu lösen, schrie das kleine Mädchen auf. Sein Klagen brach Hannah fast das Herz. Unbarmherzig bog sie Leahs Finger zurück. «Geh mit dem Mann, Liebes. Dir passiert nichts. Ich verspreche dir, es ist alles in Ordnung.»

«Nein, Mami! *Nein!*»

«Frechdachs, hör mir zu! Erinnere dich an all die Dinge, die ich dir beigebracht habe. Erinnere dich an all das, was ich dir gesagt habe. Halte die Augen offen, okay? Sei tapfer, vertrau auf deine Instinkte. Alles wird gut, wenn du dich daran hältst, versprochen. Und jetzt geh.»

Mit weit aufgerissenen Augen und verängstigter, als Hannah ihre Tochter jemals gesehen hatte, erhob sich Leah von ihrem Stuhl. Der Eleni-Lieutenant ging mit einem Seil zu Gabriel und fesselte ihn an den Stuhl.

Als er sich Hannah zuwenden wollte, mischte sich Sebastien

ein. «Benjámin, das ist barbarisch! Károly, du wirst einsehen, dass es absolut nicht notwendig ist –»

«Sebastien, bitte», flehte Hannah. Er setzte sein Leben für sie aufs Spiel, und sie würde es nicht ertragen, ihn auch noch zu verlieren. «Mach es nicht noch schwerer, als es ohnehin schon ist. Tu nichts Unüberlegtes.»

Sie setzte sich aufrecht in den Stuhl und ließ sich ohne Widerstand von dem Eleni fesseln. Das Seil schnitt in ihre Handgelenke, doch sie ließ sich um Leahs willen nichts anmerken.

Nachdem der Eleni sein Werk kontrolliert hatte, führte er Éva und Leah aus dem Raum.

Vass klatschte in die Hände. «Gut. Ausgezeichnet. Wir kommen weiter. Ich hoffe doch, wir sind immer noch alle Freunde?»

«Was wollen Sie von uns?», fragte Gabriel mit leiser Stimme.

Vass strahlte ihn an. «Also wirklich, Gabriel, hören Sie! Sie tun immer noch, als wüssten Sie das nicht? Sie sind ein *hosszú élet*! Sie sind wie die verzogenen Kinder, die nur die besten Spielsachen bekommen und sich halsstarrig weigern zu teilen. Ich kann ja verstehen, dass Sie uns gegenüber misstrauisch sind. Die Taten meiner altehrwürdigen Vorgänger waren in der Tat sehr roh, selbst wenn sie damals auf Anweisung der Krone handelten. Aber sie haben Sie beneidet, verstehen Sie? Alle, ohne Ausnahme. Sie haben Sie um Ihr langes Leben beneidet, und sie wurden misstrauisch wegen Ihrer Fähigkeit, sich mitten unter ihnen zu verstecken. Und um die Sache noch schlimmer zu machen – Sie wollten einfach nicht teilen.»

«Teilen? Was teilen?»

«Das Geheimnis natürlich.»

«Geheimnis?»

«Bestimmt sagt mir gleich wieder jemand, ich bin zu theatralisch, wenn ich nicht aufpasse. Ich rede über das Geheimnis, das Sie *nie* mit uns teilen wollten, schon bevor die Eleni ins Spiel kamen. Ich rede vom Geheimnis Ihrer Langlebigkeit.»

Gabriel öffnete den Mund zu einer Antwort, doch Vass hob den Revolver und wedelte damit vor Gabriel herum. «Ja, ja. Ich habe die Argumente alle gehört. Würden wir alle so lange leben wie Sie, wären wir in einer schweren Krise. Bevölkerungsexplosion und alles. Die Stabilität der Gesellschaft wäre gefährdet. Chaos und Anarchie würden ausbrechen. Vielleicht ist ja sogar ein Hauch von Wahrheit daran.» Vass zuckte die Schultern. «Zum Glück für uns alle will ich ja gar nicht, dass Sie Ihr Geheimnis mit einem größeren Publikum teilen. Es reicht schon, wenn Sie es *mit mir* teilen.»

Er zögerte, und ihm schien ein Gedanke zu kommen. Er sah den alten Mann im Rollstuhl an. «Verzeihen Sie mir, *Signeur*. Und mit Ihnen natürlich auch.»

Hannah hörte ein Scharren und einen dumpfen Schlag aus dem Zimmer über ihnen. Würde der Eleni-Lieutenant zuerst Leah oder Éva fesseln? Wahrscheinlich Éva. Was bedeutete, dass Leah als Nächstes an der Reihe war, in einem anderen Zimmer.

Vass zog ein schlankes Samtetui aus der Tasche und ging damit zum Küchentresen. Er legte den Revolver ab, warf einen schnellen Seitenblick auf Sebastien und schob sich die Waffe dann in den Hosenbund. «Ich hoffe, Sie sind nicht so tollkühn, es zu versuchen», sagte er. Er nickte dem Eleni mit den beiden Vizslas zu. Der Mann zog eine Pistole aus einem Schulterholster und starrte teilnahmslos auf Sebastien.

Zufrieden wandte sich Vass wieder dem Samtetui zu. Er öffnete es und nahm eine verchromte Spritze hervor. «Betrachten Sie mich als den Lehrer, Gabriel, der Ihnen zeigt, wie man seine Spielsachen mit anderen teilt.»

Vass machte einen Satz. Er packte Gabriel am Oberarm und

rammte ihm die Nadel in eine Vene. Mit entblößten Zähnen und leuchtenden Augen zog er die Spritze bis obenhin mit Blut auf und riss sie wieder heraus. Gabriel brüllte auf vor Wut.

Vass ignorierte ihn und hielt die Spritze ins Sonnenlicht. Die tiefrote Flüssigkeit reflektierte rubinrote Flecken auf die Wand. Vass wischte sich den Schweiß von der Stirn und drehte sich zu seinem *Signeur* um. «Krempeln Sie Ihren Ärmel hoch.»

Károly runzelte die Stirn. «Ich habe keine Lust, dein Versuchskaninchen zu spielen, Benjámin. Teste es zuerst bei der Frau.»

«Wie Sie wünschen.» Vass drehte sich zu Hannah um.

Gabriel stemmte sich gegen seine Fesseln. «Sie sind ein Narr!»

«Bitte unterbrechen Sie mich nicht», erwiderte Vass ungerührt.

«Sie sind wahnsinnig, wenn Sie glauben, dass es so einfach ist! Sie können doch nicht im Ernst erwarten –»

Vass zog verärgert den Revolver aus dem Hosenbund, zielte auf Gabriels rechten Fuß und drückte ab. Das Krachen des Schusses rollte durch das Haus. Gabriel bäumte sich auf, und Hannah hörte seine Zähne knirschen, als er versuchte, den Schmerz zu kontrollieren. Die Arterien an seinem Hals pulsierten wütend.

«Lassen Sie ihn in Ruhe!», kreischte Hannah.

Vass zielte ungerührt auf Gabriels linken Fuß und feuerte ein zweites Mal. Der Stiefel des *hosszú élet* platzte in einem Schwall aus Blut und Leder auseinander. Diesmal schrie er auf. Hannah hörte einen antwortenden Schrei von oben.

O Leah, meine arme Kleine. Sie weiß nicht, was hier unten passiert. Zwei Schüsse – sie wird das Schlimmste annehmen. Eine Kugel für Gabriel, eine für mich.

«Ich weiß, das wird Sie nicht umbringen», sagte Vass. «Aber

ich weiß auch, dass es wehtut. Ich hatte Sie gebeten, mich nicht zu unterbrechen. Bitte tun Sie das nicht wieder.»

Hannah vernahm einen weiteren dumpfen Schlag oben. Sie hob den Blick zur Decke, versuchte sich das Zimmer über der Küche vorzustellen, versuchte sich vorzustellen, was passiert sein könnte. Sie spürte, wie sie anfing zu zittern. Spürte, wie ihr plötzlich die Luft wegblieb.

Im Rollstuhl runzelte Károly die Stirn. «Das gefällt mir nicht, Benjámin.»

«Dann gehen Sie», flüsterte Vass. Schweigend legte er die volle Spritze auf den Tresen. Er hob den Kopf, und seine verschleierten Augen bewegten sich über die Decke.

In der Nähe der Tür zum Flur drehte sich einer der Vizslas im Kreis. Seine Ohren zuckten.

Der Kühlschrank in der Ecke brummte. Kühlmittel zischte leise durch die Rohre. Gabriels Stuhl knarrte unter seinem Gewicht.

Ein Knarren von oben. Hannah erkannte das lose Dielenbrett einen knappen Meter vor dem Treppenabsatz. Vass drehte sich um und verharrte mitten in der Bewegung, als etwas Großes, Schweres die Treppe herunterpolterte und dabei in einer Kakophonie von splitterndem Holz und Glas Bilder von der Wand riss. Sie hörte Leah erneut schreien, während das Objekt seinen Weg fortsetzte. Der Lärm kulminierte in einem schweren dumpfen Schlag, als es am Fuß der Treppe zur Ruhe kam.

Beide Vizslas drehten sich jetzt leise jaulend im Kreis.

«Vielleicht solltest du nachsehen, Benjámin», schlug Sebastien vor.

Vass musterte den Ex-*Signeur* mit einem harten Blick, dann bedeutete er dem alten Mann mit einem Wink, zur Tür zu gehen.

Sebastien sah Hannah in die Augen. Sie spürte, dass er ihr etwas Wichtiges mitzuteilen versuchte. All ihre Sinne schrien, dass es eine wirklich schlechte Idee war, die Tür zu öffnen. Dass er ein Monster zu ihnen ins Zimmer lassen würde.

Sebastien durchquerte die Küche, legte die Hand auf den Knauf, drehte daran und öffnete die Tür einen Spaltbreit.

Er spähte nach draußen und stieß die Luft aus. Dann drehte er sich zu Vass um und schüttelte den Kopf. «Du hast geglaubt, du bist so schlau, nicht wahr? Du hast geglaubt, du schickst Jakab eine Einladung, bietest ihm Hannah als Köder an, und dann müsstest du nur noch herkommen und auf ihn warten, wie? Deine Arroganz ist atemberaubend, Benjámin. Es bleibt nur abzuwarten, wie viele Leben deine Arroganz kostet. Du hast Jakab nicht hierher eingeladen. Du hast ihm keine Falle gestellt. *Du hast ihn mitgebracht.*»

Sebastien riss die Tür zum Flur ganz auf. Der Mann, den Vass nach oben geschickt hatte, um Leah und Éva einzusperren, lag im Flur auf dem Boden, die Beine noch auf der Treppe. Sein Gesicht war ihnen zugewandt. Beide Augen waren voller Blut. Dunkles Blut leckte aus seinem Schädel, wo er beim Aufprall auf den Boden geborsten war.

Der Druck in Hannahs Kopf war unerträglich. Ein Band aus Schmerz, das von einem Ohr zum anderen verlief.

Er ist hier.

Jakab ist hier.

Und während sie in der Küche festsaß, war Leah oben allein. «Zeigen Sie ein wenig Mitgefühl!», stöhnte sie, an Vass gewandt. Tränen strömten über ihre Wangen. «Lassen Sie ihn nicht meine Tochter nehmen. Bitte. Lassen Sie sie nicht in dem Glauben, ich hätte sie alleingelassen. Nicht noch einmal. Bitte. Nicht noch einmal.»

Vass machte einen Schritt in Richtung Flur und musterte

den menschlichen Kadaver auf dem Boden. Dann drehte er sich zu Hannah um und grinste.

«Jakab!», rief er laut. «Jakab, hör zu! Offenbar bist du unbemerkt und wohlbehalten hergekommen. Das ist gut. Ich bin froh, das zu hören.» Er lachte entzückt. «Ich mag Männer, die meine Vorliebe für dramatische Auftritte teilen. Ich habe, was du suchst. Was ich dir versprochen habe. Sie ist lebendig, zugegeben, aber das macht die Sache nur interessanter, nicht wahr? Es trifft ganz deinen Geschmack, Jakab. Weißt du was?» Er warf einen Blick auf Gabriel und dann zu der Spritze, die immer noch auf dem Küchentresen lag. «Ich verlange nicht mal eine Gegenleistung, hörst du? Ich lasse sie frei, schicke sie nach draußen, und du nimmst sie einfach und verschwindest.»

Er hielt inne, während er auf eine Antwort wartete.

Ringsum verharrte das Haus schweigend. Dann drehte sich der zweite Hund mit hocherhobener Nase um seine eigene Achse.

«Sieh nur», flüsterte Gabriel neben Hannah zwischen zusammengebissenen Zähnen hindurch.

Sie drehte sich zu ihm um und bemerkte geschockt, wie blass er geworden war. Sie erinnerte sich an den Moment bei Llyn Gwyr, als sie die Innenbeleuchtung des Discovery eingeschaltet und festgestellt hatte, wie viel Blut Nate verloren hatte. Die Erinnerung riss frische Wunden in ihr auf. Gabriel deutete auf die Fenster, und Hannah riss sich aus der Erinnerung und zwang sich, seinem Blick zu folgen.

Illes kam durch den Obstgarten auf das Haus zu. Seine kastanienbraunen Haare wehten hinter ihm. Seine Augen waren schwarz, vollkommen schwarz, und Hannah glaubte zu wissen, was das bedeutete. Sein Gesicht war eine Maske, bar jeglicher Farbe und bar jeglicher Emotion. In den Händen hielt er zwei silbern glänzende Pistolen. Neben Illes ging ein zweiter

Leibwächter der *Főnök*. Er hielt ebenfalls eine Pistole in der Hand, und seine Augen waren genauso schwarz.

«Sebastien, zurück!», zischte Gabriel.

Illes hatte den Obstgarten fast durchquert. Immer wieder verschwand er kurz zwischen den Bäumen. Als Sebastien Gabriels Warnung hörte, drehte er sich zum Fenster um und bemerkte den Leibwächter. Er warf sich in Deckung, als Illes eine seiner Waffen hob und vier schnelle Schüsse abfeuerte. Das Glas der Terrassentür zerbarst, und ein Schauer von Glassplittern regnete in die Küche. Zwei weitere Kugeln gingen in den Schrank neben Vass' Kopf. Holzsplitter flogen durch den Raum. Eine Kugel durchschlug die Backofentür, und eine vierte zerstörte ein Regal mit Kochgerätschaften.

Vass warf sich zu Boden. Er drehte sich herum und versuchte seinen Angreifer zu orten. «Die Hunde!», bellte er, als er die beiden vorrückenden *hosszú életek* entdeckte.

Hastig ließ der Eleni-Lieutenant die Vizslas von der Kette. Die Tiere jagten durch den Raum und sprangen durch die zerschossenen Fenster nach draußen.

Illes erschien am Rand des Obstgartens. Er hob die andere Pistole und feuerte fünf Mal. Küchenutensilien und Holzschränke verwandelten sich in umherfliegendes Schrapnell. Vass drückte sich an den Boden.

Der jüngere der beiden Vizslas erreichte Illes zuerst. Mit schnappenden Kiefern sprang er nach seinem Gesicht. Der Leibwächter der *Főnök* schlug ihm den Kolben einer Pistole auf den Schädel. Der Hund fiel von ihm ab und blieb zuckend und zitternd im Gras liegen. Der zweite Vizsla wechselte die Richtung, überwand mit einem Satz den Zaun des Obsthains und jagte zwischen den Bäumen davon.

«Benjámin!» Der *Signeur* saß zusammengesunken in seinem Rollstuhl mitten in der Küche. Seine Augen blickten wild, und seine Brust zitterte und bebte, als er nach Atem rang. «Schaff mich von diesem Fenster weg!»

Vass ignorierte den Greis und schob sich auf dem Bauch liegend über den Boden. Blut strömte aus zahlreichen Schnitten an seinen Händen, wo er sich am Glas verletzt hatte. Er kippte den schweren Eichentisch neben Hannah auf die Seite, duckte sich dahinter, hob seinen Revolver und schoss dreimal durch das Fenster in den Garten.

Die Schüsse krachten in Hannahs Ohren. Sie stemmte sich gegen ihre Fesseln.

Du hast keine Zeit mehr! Du musst dich befreien, irgendwie! Komm schon, Hannah, beweg dich! Handle!

«Erschieß sie!», brüllte Vass.

«Benjámin!» Der *Signeur* kreischte vor Angst. «Benjámin, als dein *Signeur befehle* ich dir, mich sofort hier wegzuholen!»

Der Eleni-Lieutenant, der auf der anderen Seite des Raums kauerte, hatte endlich seinen Mut wiedergefunden. Er zielte ruhig und gab eine Serie von Schüssen ab. Eine Kugel traf Illes' Gefährten in die Brust und warf ihn in einem roten Nebel rückwärts zu Boden. Eine zweite erwischte Illes am rechten Arm und riss ein Stück Fleisch heraus. Der Aufprall riss ihn herum, doch er fand sein Gleichgewicht wieder, hob seine Pistole und erwiderte das Feuer.

Geschirr und Schranktüren und Glas und Keramikfliesen zerplatzten und füllten die Luft mit tanzenden Scherben und Splittern und Staub. Eine Kugel traf den Eleni-Lieutenant in der Kehle. Dunkles Blut spritzte. Zwei weitere Kugeln fetzten durch seine Brust und warfen ihn um. Sein Rücken bog sich durch, und seine Hacken scharrten über den Boden, als das Blut aus seinen Wunden spritzte.

Draußen im Obstgarten warf Illes das leergeschossene Magazin weg. Er versuchte in den Mantel zu greifen, doch sein verwundeter Arm hinderte ihn daran. Stattdessen blieb er unvermittelt stehen und schloss die Augen. Seine Gesichtsmuskeln wurden schlaff.

Vass spähte um die Tischkante herum. Er sah Illes reglos draußen im Garten und grinste böse, als er den Revolver hob und mit beiden Händen zielte. Die Waffe bockte, und ein einzelner Schuss hallte krachend durch das Haus. Illes taumelte rückwärts. Ein dunkler Fleck erschien mitten auf seinem cremefarbenen Rollkragenpulli, dicht unterhalb des Brustbeins. Er blickte an sich hinunter und hob überrascht die Augenbrauen, als er den rasch größer werdenden Fleck sah. Dann fiel er auf ein Knie. Die Pistole glitt ihm aus der Hand.

Hannah wechselte einen Blick mit Sebastien. Der alte Mann stand mit dem Rücken zur Wand, durch das Ofenrohr abgeschirmt.

«Sebastien. Bitte, Sebastien, ich kann mich nicht befreien. Hol Leah. Lass nicht zu, dass Jakab sie bekommt. Lass nicht zu, dass er sie mir wegnimmt.» Sie schluchzte. Hasste sich dafür. Doch sie stand im Begriff, alles zu verlieren. Wie viel Zeit war vergangen? Wie lange hatte Jakab schon das obere Stockwerk des Hauses durchstreift?

«Niemand verlässt den Raum!», schnappte Vass. Er öffnete seinen Revolver und starrte missmutig auf die leere Trommel. «O Mann. Das wird ja immer besser.»

Auf der anderen Seite der Küche nickte Sebastien Hannah zu, und ihr Herz zog sich zusammen, als sie das Mitgefühl in seinen Augen sah. Er verließ die Sicherheit seiner Nische, durchquerte mit ein paar raschen Schritten den Raum und trat hinaus in den Flur, während er sein kleines Messer zog. Sie wand sich bei dem Gedanken, wie wenig er damit im Ernstfall würde ausrichten können. Er verschwand die Treppe hinauf.

Vass kroch auf Händen und Knien in Blut schlitternd zu der Stelle, wo sein Lieutenant gefallen war. Er nahm die Pistole des Toten an sich. Wischte sie sauber. Kroch zurück in Richtung des umgekippten Tisches.

Draußen im Garten war Illes immer noch auf einem Knie. Er öffnete die Augen wieder. Hob seine Pistole auf. Zog mit dem verwundeten Arm ein Ersatzmagazin aus dem Mantel. Stand auf.

Vass verharrte auf halbem Weg vor dem Küchentresen, auf dem die verchromte Spritze mit Gabriels Blut lag. Der Glaszylinder war unbeschädigt. Vass streckte eine Hand aus und zog die Spritze zu sich herunter. Die Flüssigkeit spiegelte sich rubinrot auf seinem Gesicht.

Vass grinste, und dann riss er den Manschettenknopf seines Hemdsärmels auf. Er krempelte den Ärmel hoch, und ein fleischiger Unterarm kam zum Vorschein.

«Benjámin, was machst du da?», krächzte der *Signeur*.

Vass fand eine Vene. «Ich weiß, ich weiß. Sie sterben, und ich habe es versprochen. Ich hasse es, ein Versprechen zu brechen. Aber das ist vielleicht die einzige Chance, die ich habe.»

Er schob die Nadel in die Ader und drückte den Spritzenkolben herunter. Gabriels Blut floss durch die Nadel in seine Vene. Als er fertig war, schnitt er eine Grimasse und warf die leere Spritze durch den Raum.

Der *Signeur* drehte sich in seinem Stuhl, und sein Mund arbeitete, ohne dass ein Laut zu hören war.

Hannah hörte über ihnen eine Diele knarren. Sie beobachtete, wie Vass wieder Deckung hinter der Tischplatte suchte. Er hielt die Pistole des toten Lieutenants an die Brust gedrückt. Ihre Blicke begegneten sich, und sie sah, dass sich seine Pupillen abnorm geweitet hatten.

«Scheiße, das Zeug ist gut», sagte er. Er riss den Mund weit auf und schnappte nach Luft. Sein Arm zuckte, und er ließ die Pistole fallen.

Draußen im Garten schob Illes das Reservemagazin in seine Pistole. Er machte einen Schritt auf das Haus zu. Dann einen weiteren. Hob die Waffe.

Vass hob die Hand und untersuchte seine Finger. «Ich kann spüren, wie es durch mich fließt», murmelte er. «Kein Schmerz. Nur ein ...» Er ballte die Faust, öffnete sie wieder und hob die Pistole auf.

«Benjámin!», zischte der *Signeur.*

In einer flüssigen Bewegung hob Vass die Pistole und feuerte zweimal auf den alten Mann. Der Kopf des *Signeurs* zerplatzte wie eine reife Melone, und sein Rollstuhl ruckte nach hinten. Splitter von Károlys Schädel rutschten hinter ihm an der Wand herab.

«*Unterbrechen* Sie mich nicht so, wenn ich nachdenke», sagte Vass. Er runzelte die Stirn, sah auf die Waffe in seiner Hand und dann auf den Leichnam des *Signeurs.* Danach schien ihm Gabriel wieder einzufallen. Er zielte mit der Pistole auf seinen Kopf.

Hannah schloss die Augen. Sie konnte Gabriel nicht helfen. Ihre Fesseln saßen zu stramm. Sie fragte sich kurz, ob sie ihre Schreie unterdrücken konnte, wenn sie von Gabriels Überresten bespritzt wurde.

Es gab nichts, was sie hätte tun können. Auf der anderen Seite würde sie auch nicht mit ansehen, wie er vor ihren Augen starb.

Also lässt du die Augen geschlossen und Gabriel ebenfalls im Stich, genau wie Leah.

Der Gedanke ließ sie toben vor Wut. Sie zwang sich, die Augen zu öffnen.

Vass' Pupillen *vibrierten* wie von winzigen Federn angetrieben. «Was passiert mit mir?», fragte er.

«Sie sterben», sagte Gabriel. «Sie sind ein psychopathischer Bastard, Sie werden sterben, und es wird verdammt wehtun. Sie werden mehr Schmerzen spüren, als Sie sich in Ihren schlimmsten Albträumen vorgestellt haben. Mehr, als Sie je zu spüren für möglich gehalten hätten. Und wenn es vorbei ist, wachen Sie in der Hölle auf, und alles fängt von vorne an.»

Vass erschauerte. Seine Wange begann zu zucken. «Dann nehme ich dich mit», sagte er und drückte ab.

Gabriel zuckte in seinem Stuhl zurück, als das Krachen des Schusses durch den Raum hallte, und Hannah riss den Mund auf und schrie und schrie und schrie.

KAPITEL 25

Region Aquitaine, Frankreich
Heute

Es war erst seit wenigen Tagen ihr Kinderzimmer, und es enthielt kaum etwas von ihren Sachen, doch es war sauber und hell gestrichen, und es fühlte sich behaglich an.

Sie versuchte die Hand vom Kopfende wegzuziehen. Die Plastikfessel, mit der sie festgebunden war, schnitt in ihre Haut, und sie verdrehte die Augen vor Schmerz. Sie hatte kurz überlegt, die Fessel durchzubeißen, doch sie kam mit den Zähnen nicht in die Schlaufe.

Wenn sie doch nur irgendetwas aus Metall in Reichweite hätte – ein Schraubenzieher wäre perfekt –, dann könnte sie das Plastik vielleicht damit verdrehen und es dehnen, bis es riss. Die Schmerzen wären furchtbar, doch wenigstens wäre sie frei. Wenigstens könnte sie dann nach unten schleichen und ihrer Mami dabei helfen, gegen den Bösen Mann zu kämpfen.

Sie wollte nicht über den Bösen Mann nachdenken, wollte gar nicht an die Möglichkeit denken, dass sie ihm vielleicht begegnen könnte. Aber sie wollte nicht, dass ihre Mami starb. Und sie selbst wollte auch nicht sterben. Hauptsächlich, weil sie Angst davor hatte, aber auch, weil sie nicht wollte, dass ihre Mami ganz allein war.

Es nutzte alles nichts. Kein Schraubenzieher in Sicht. Sie

konnte einen Pyjama sehen und ein Taschenbuch und eine Bratz-Puppe, und das war alles. Nichts davon konnte ihr helfen, sich zu befreien, es sei denn, in dem Taschenbuch gab es ein Kapitel darüber, wie man sich von Plastikfesseln befreite – aber sie wusste, dass es keins gab, weil sie das Buch bereits gelesen hatte und weil es hauptsächlich um Pferde ging.

Der Mann, der sie ans Bett gefesselt hatte, hatte sie dabei nicht angesehen. Er hatte die ganze Zeit kein Wort gesprochen. Zuerst hatte er Éva im größeren Zimmer nebenan gefesselt. Danach hatte er eine Spritze hervorgezogen und ihr irgendetwas injiziert. Évas Augenlider waren heruntergefallen, und sie war eingeschlafen. Anschließend hatte der Mann Leah in ihr Kinderzimmer gebracht und sie mit zwei Plastikfesseln ans Bett gebunden.

Jetzt hörte sie Geräusche aus dem Nebenzimmer. Ein Quietschen, als die Tür aufschwang, Stimmen, eine geflüsterte Unterhaltung. Augenblicke später wurde die Tür ihres Zimmers geöffnet, und Sebastien steckte den Kopf herein. Sein Gesicht war blasser, als sie es jemals gesehen hatte, und er hatte eine kurze Klinge in der Hand. Als er Leah entdeckte, seufzte er vor Erleichterung und kam zum Bett.

«Bist du verletzt?»

Sie schüttelte den Kopf. «Wo ist Mami?»

«Unten.»

«Ist sie –»

«Im Moment geht es ihr gut. Es wird ihr sogar noch besser gehen, sobald wir dich von diesen Fesseln befreit und aus dem Haus gebracht haben.»

«Ich habe versucht, sie durchzubeißen, aber es ging nicht.»

Sebastien nickte und bedeutete ihr, leiser zu sprechen. Er schob die Klinge in die Plastikschlaufen und durchtrennte sie. Leah setzte sich im Bett auf und rieb sich die schmerzenden

Handgelenke. Dann hörte sie einen leisen Schlag irgendwo auf der Etage.

«Los, gehen wir», flüsterte er.

Leah nickte und nahm dankbar seine Hand. Es tat gut, jemandem so nah zu sein. Sebastien schlich zur Tür und öffnete sie einen Spaltbreit. Er spähte nach draußen. Als niemand zu sehen war, öffnete er die Tür ganz und trat hinaus in den Flur. Leah folgte ihm, doch als Sebastien zur Vordertreppe wollte, zupfte Leah ihn an der Hand und schüttelte den Kopf. Er sah sie stirnrunzelnd an. Sie deutete den Gang entlang in die entgegengesetzte Richtung, an ihrem Zimmer vorbei. *Balkon*, formte sie mit den Lippen. *Treppe.*

Das große Schlafzimmer lag am Ende des Flurs. Im Zimmer gab es eine Tür, die hinaus auf eine Terrasse führte. Das Geländer des Anbaus war an einer Stelle unterbrochen, wo eine Metalltreppe an der Fassade entlang nach unten führte.

Es war der bessere Weg. Sie hatten keine Chance, über die Vordertreppe unbemerkt zu entkommen. Beinahe jede Stufe knarrte oder quietschte.

Leah führte Sebastien ins Schlafzimmer und zog die Vorhänge zurück. Dann öffnete sie die Tür und trat hinaus auf die Terrasse. Die Sonne war fahl und weiß am Himmel über ihnen. Leah atmete tief durch, froh darüber, draußen zu sein, wo sich niemand anschleichen, sie mit einem Messer bedrohen oder eine Hand auf ihr Gesicht legen und sie ersticken konnte. Sie dachte an ihre Mutter unten in der Küche. Daran, wie verängstigt sie sein musste.

«Gehen wir», sagte Sebastien.

«Wo sind all die Männer von vorhin?»

«Wahrscheinlich tot. Wir müssen uns beeilen.»

Ihr Puls schnellte in die Höhe bei seiner Antwort. Sie packte seine Hand fester und führte ihn die Treppe hinunter.

Unten angekommen kauerte sich Sebastien im knirschenden Kies neben sie. «Hör zu, Leah. Siehst du den Wagen dort?» Er deutete auf einen der großen weißen Audis, die vor dem Haus parkten. Der Wagen war verlassen und stand dicht vor dem Esszimmerfenster.

Leah nickte.

«Wenn ich das Signal gebe, rennen wir rüber und springen hinein, okay? Du auf den Beifahrersitz – du weißt, welcher Sitz das ist?»

Eine alberne Frage, aber sie nickte trotzdem.

«Gut. Steig ein und leg den Sicherheitsgurt an. Wir werden schnell von hier verschwinden. Der Wagen wird eine Menge Lärm machen. Ein paar der Männer von vorhin könnten auftauchen.»

«Hast du nicht gesagt, sie wären tot?»

«*Wahrscheinlich* tot, habe ich gesagt. Und ich habe auch gesagt, sie *könnten* auftauchen. Ich möchte, dass du dich ganz klein machst in deinem Sitz. Duck dich ganz tief. Verstehst du?»

Leah nickte. Sie merkte plötzlich, dass sie weinte. «Was ist mit Mami?»

«Wir bringen zuerst dich in Sicherheit. Anschließend gehe ich sie holen. Okay?»

«Okay.»

«Sicher?»

«Ja.»

«Dann *los*!»

Leah rannte über den Kies. Sie riss die Tür des Audi auf, kletterte auf den Beifahrersitz, zog die Tür hinter sich zu und mühte sich mit dem Sicherheitsgurt ab. Als sie auf den Fahrersitz blickte, stellte sie fest, dass er von einer dunklen Flüssigkeit durchtränkt war. Er war immer noch nass, und sie war ziemlich sicher, dass es sich um Blut handelte.

Hannah wollte nicht hinsehen, wollte Gabriels zerstörtes Gesicht nicht sehen, wollte ihn als den stolzen *hosszú élet* in Erinnerung behalten, mit dem sie auf den Hängen des Cadair Idris ausgeritten war. Doch letztendlich konnte sie nicht anders. Es war, als verlangten ihre Augen die fortgesetzte Tragödie zu sehen, die Jakabs Vermächtnis war.

Als sie sich im Stuhl umwandte, fand sie Gabriel, der ihren Blick erwiderte. «Vorbei», sagte er mit großen Augen. «Soll man es glauben?»

Vass' Hand zuckte, und er ließ die Waffe fallen. Er grinste, und die Haut an seinen Mundwinkeln dehnte sich viel weiter, als sie es hätte tun dürfen. Selbst die Backenzähne waren entblößt. Als das Fleisch auf einer Seite seines Mundes bis zum Ohr aufriss, fing er an zu schreien. Das lose Stück Backe klappte unter seinem eigenen Gewicht um und gab den Blick frei auf das rote Zahnfleisch und die Zähne. Blut strömte an seinem Hals hinab.

«*Etwa mmt nicht* ...», lallte er, während er mit den Händen hektisch nach der Pistole auf dem Boden tastete. Seine Finger rutschten auf den Dielenbrettern aus und hinterließen blutige Spuren. Hannah bemerkte, dass die dunklen, klebrigen Blättchen, die am Holz haften blieben, seine Fingernägel waren.

Er hob den Blick zu ihr, und sie sah, dass eines seiner Augen hervorquoll, als würde es mit Druck aus dem Schädel gepresst. «*Hilb mi...*», gurgelte er flehend durch das Blut in seiner Kehle.

Hilf mir.

Flüssigkeit strömte aus seinem Ohr. Platschte auf seine Schulter.

«Du willst, dass ich dir helfe?», fragte Gabriel. «Binde mich los und gib mir deine Pistole. Das ist der einzige Weg, wie ich dir jetzt noch helfen kann.»

«*Hilb miii...*»

«Binde mich los, solange du noch kannst!»

Vass bäumte sich zuckend auf. Er zerrte an seiner Kleidung, riss sein Hemd auf und legte die weichen weißen Falten seines Fleisches bloß. Er begann, wild sich selbst zu kratzen. Brocken von Fett lösten sich unter seinen Händen wie geschmolzenes Wachs. Er schrie erneut. Zähne regneten aus seinem Mund und prasselten zu Boden wie Elfenbeinwürfel. Er fuhr mit Klauenfingern über seinen Unterleib und riss eine tiefe Furche. Hannah sah seine Organe darunter, eine dunkle, glänzende Masse. Gerade als er mit der Hand in seine eigenen Eingeweide packen wollte, krachte ein Schuss, und die obere Hälfte von Vass' Schädel explodierte in einem Schauer aus Blut, Knochensplittern und grauem Gewebe.

Leah sah, wie Sebastien die Fahrertür aufriss und sich auf den Sitz warf. Für einen Moment glaubte sie, sich übergeben zu müssen, als er sich in das von fremdem Blut durchnässte Polster drückte. Der Stoff schmatzte, und Leahs Magen zog sich zusammen. In ihrer Kehle schmeckte sie das saure Brennen von Galle.

Sebastien fluchte. «Was zum Teufel ist denn hier passiert?»

«Ich glaube, jemand wurde getötet», flüsterte Leah. «Ich bin eigentlich ziemlich sicher.»

Der alte Mann nickte und drehte den Zündschlüssel. «Vermutlich hast du recht. Armer Tropf, wer auch immer es war. Halt dich fest, jetzt wird es ruppig.»

Als Hannah die Augen öffnete, sah sie Benjámin Vass zusammengesunken an dem umgekippten Tisch lehnen. Die obere Hälfte seines Schädels war verschwunden. Fetzen von ihm klebten an ihrer Kleidung, ihrem Top und ihrer Jeans.

So viel Gewalt. So viel Tod. Alles in einem Zeitraum von

wenigen Minuten. Und doch empfand sie kein Entsetzen, keine Übelkeit. Ihre Leben – und ihr Tod – hatten nichts mit ihr oder ihrer Familie zu tun. Sie waren ihr egal.

Als sie das Splittern von Holz hörte, drehte sie sich auf ihrem Stuhl um. Gabriel hatte die Augen geschlossen. Seine Zähne waren entblößt, und die Sehnen in seinem Hals waren straff gespannt. Er knurrte. Irgendetwas unter ihm knackte und brach. An seinen Unterarmen war ein unnatürlicher Ring von Muskeln entstanden. Der Druck des Fleisches gegen die Fesseln hatte beide Armlehnen gesprengt. Auf Gabriels Unterarmen waren rote Male zu sehen, die sofort wieder verblassten. Gabriel hob die Hände und schüttelte seine Fesseln ab. «Mein Gott, das brennt», sagte er.

«Binden Sie mich los.»

Er nickte, dann bückte er sich und löste zuerst seine eigenen Fußfesseln.

Illes humpelte durch die zerschossene Terrassentür in die Küche. Seine Augen waren wie Schwarze Löcher. Sein Rollkragenpulli war blutdurchtränkt. Er trat um den Rollstuhl mit dem toten *Signeur* herum und stieg über den schlaffen Leichnam von Benjámin Vass. «Wo?», fragte er Gabriel. «Wo ist die *Főnök*?»

«Oben. Sie haben sie nach oben gebracht.»

Illes schleppte sich in den Flur.

«Bitte, Gabriel», flehte Hannah. «Beeilen Sie sich!»

Er zog das letzte Seil von seinen Füßen, erhob sich von seinem Stuhl, stieß einen Schrei aus, als seine verletzten Füße sein Körpergewicht tragen mussten, und fiel auf die Knie. Er rutschte zu ihr, und auf seinem Gesicht glitzerte Schweiß. «Der Bastard hat mir in beide Füße geschossen», zischte er schmerzerfüllt, während er an den Knoten ihrer Fesseln fummelte. «Ich kann nicht gehen und nicht stehen. Es tut mir leid, Hannah, aber ich bin Ihnen keine große Hilfe. Sie müssen sich beeilen. Wissen Sie, wohin Sebastien gegangen ist? Wohin er sie bringt?»

Hannah riss den rechten Arm los, sobald er das Seil entknotet hatte. «Wir hatten einen Treffpunkt für den Notfall vereinbart.» Sie arbeitete an den Knoten, mit denen ihr linker Arm an die Lehne gefesselt war, während Gabriel ihre Füße losband. Dann war sie wieder frei.

«Los, laufen Sie. Ich finde Sie.»

Hannah sprang vom Stuhl auf, doch sie hatte nicht mit den stechenden Schmerzen gerechnet, die durch ihre Beine schossen, als das Blut wieder anfing zu fließen. Sie fiel gegen den Tresen und hielt sich für einen Moment daran fest. Atmete tief durch, berappelte sich. Dann stieß sie sich ab und humpelte wankend durch den Raum. Sie schaffte es bis zur Tür, hielt sich am Türrahmen fest und schwang sich nach draußen in den Flur.

Der Tote lag am Fuß der Treppe. Sie wollte über ihn hinwegsteigen, als sie oben im Flur etwas hörte. Die Dielenbretter knarrten, und dann erschien Sebastien auf der Treppe. Als er sie sah, erstarrte er. Dann veränderte sich sein Gesicht, und ein Ausdruck elenden Mitgefühls erschien. Er schüttelte den Kopf.

Hannah schrie.

Nein. Nein, sie wollte es nicht glauben.

Er musste sich irren. Er hatte nicht richtig nachgesehen. Er kannte das Haus nicht so gut wie sie. Er kannte nicht alle Verstecke.

«Leah!»

Es war völlig unmöglich, dass Sebastien sämtliche Verstecke kontrolliert hatte, die ein so schlaues und tapferes und wunderschönes Mädchen wie Leah gefunden hatte. Es konnte nicht sein, dass er ihr sagen wollte, dass ihre kleine Tochter verschwunden war.

Aber du kennst die Wahrheit. Du weißt, was passiert ist. Du hast immer gewusst, dass es eines Tages passieren könnte, wenn du nicht stark genug bist.

Er hat sie gefunden, Hannah.

Jakab hat sie gefunden, und er hat sie mitgenommen. Es gibt niemanden außer dir selbst, dem du einen Vorwurf deswegen machen könntest. Und wenn du nicht sofort handelst, wenn du noch eine einzige weitere Sekunde ungenutzt verstreichen lässt, dann hast du nicht die kleinste Chance, Leah jemals wiederzusehen.

Sie schob sich an Sebastien vorbei. Die Treppe hinauf. Trat die erste Tür auf der linken Seite auf. Sah die *Főnök* bewusstlos auf dem Bett liegen. Sah ihren Leibwächter Illes, der sich über sie beugte. Wich zurück in den Flur. Stieß die nächste Tür auf. Wäschekammer. Stapel von Decken. Sie zerrte die Decken nach draußen. Suchte nach Verstecken. Fand keine. Öffnete die Tür rechts. Leahs Kinderzimmer. Entdeckte die aufgeschnittene gelbe Plastikfessel auf dem Bett.

Er hat sie. Wenn du je daran gezweifelt hast, jetzt weißt du es.

Zurück in den Flur, ins Badezimmer.

Weiße Fliesen. Badewanne. Handtücher. Toilette. Waschbecken.

Keine Möglichkeit, sich zu verstecken. Kein Versteck. Ein letztes Zimmer hatte sie noch nicht gesehen. Das Schlafzimmer am Ende des Gangs. Sie rannte hin. Stieß die Tür auf.

Ein Doppelbett. Jede Menge Platz darunter. Ein Schrank in der Ecke, alt und groß und geräumig. Bodenlange Vorhänge. So viele Verstecke, doch keines war von Bedeutung, nicht ein einziges. Weil eine der Balkontüren offenstand und eine Brise, die nach Lavendel roch, hereinwehte, zusammen mit der tiefstehenden Herbstsonne und der schrecklichen und endgültigen Gewissheit, dass es zu spät war. Sie konnte nicht länger verleugnen, was geschehen war, konnte nicht länger hoffen, konnte nur an das Gesicht ihrer kleinen Tochter denken und an das Versprechen einer Mutter, dass alles in Ordnung kommen würde, und daran, was für eine Lüge das gewesen war.

KAPITEL 26

Region Aquitaine, Frankreich
Heute

Hannah taumelte im Kreis und schrie und schrie und schrie. Es fühlte sich an, als würde sie stehen und als würde sich der Raum um sie herum drehen. Das Schlafzimmer war eine Kathedrale aus Licht. Nate hatte die Wände weiß gekalkt und eine Dachluke zwischen die hohen Eichenbalken eingesetzt. Herbstsonne fiel herein, grellweiße Strahlen, die durch die Fenster und die Luke reichten und sie badeten, bleichten, reinigten.

Für einen Moment verlor sie sich im Licht und drehte sich in seinem Glanz. Wenn die Hitze der Sonne sie verdampfen könnte, würde sie es willkommen heißen? Wenn sie die Sonne dazu bringen könnte, sie mit Energie zu überfluten, ihre Erinnerungen zu entzünden, den Schmerz wegzubrennen, jeden Partikel von ihr in Asche zu verwandeln, jede verletzte Faser, wenn sie ihre Tränen und ihre Trauer und ihre Schuld verdampfen könnte, würde sie die Arme ausbreiten und es annehmen?

So desorientiert war sie von Leahs Verschwinden, von der Erkenntnis, dass es falsch gewesen war, das Mädchen nicht in ihrer Nähe zu behalten, vom Licht, das durch die Fenster strömte und sie mit seiner Intensität versengte, dass Hannah sich für einen Moment fragte, ob der Schock sie getötet hatte.

Andererseits gab es sicher kein Leben im Jenseits, das

so grausam war, nicht nur ihre Seele, sondern auch all ihren Schmerz, ihre Scham, ihre Angst aufzunehmen. Wenn Nate hier auf sie wartete, wie konnte sie ihm dann erklären, dass sie ihre wunderbare Tochter dem Monster ausgeliefert hatte, dem sie so lange Zeit wieder und wieder entwichen waren?

Nein, dies war kein reinigendes Licht; es war das Licht der Klarheit. Sie wusste, dass ihre Chancen, Leah zu finden, immer geringer wurden. Doch selbst die kleinste Hoffnung war es wert, am Leben erhalten zu werden. Es war alles, was sie hatte. Und für den Moment war es alles, was sie brauchte.

Hannah hörte auf, sich zu drehen. Sie zwang sich zu atmen, den Blick zu fokussieren. Das Erste, was sie bemerkte, war am Rahmen der Balkontür eine winzige rote Perle. Sie wusste sofort, was es war. Eine emaillierte Schuppe von der Drachenbrosche, die ihr Vater ihrer Mutter geschenkt hatte. Der Brosche, die Sebastien ihr in Llyn Gwyr gegeben hatte. Der Brosche, die sie vor einigen Tagen Leah gegeben hatte. Es war kein Versehen, dass die Schuppe dort klebte. Hannah pflückte sie vom Holz.

Es war ein Signal. Ein Zeichen. Leah hatte die Schuppe für sie zurückgelassen, dessen war Hannah sich sicher. Was sie bedeutete, vermochte sie nicht zu sagen. Doch sie klammerte sich daran, an das, was sie repräsentierte, und stürzte durch die Türen nach draußen ins Licht.

Er hatte ihr gesagt, dass sie sich ducken und ganz klein machen sollte, und obwohl Leah wusste, dass es ein vernünftiger Rat war, konnte sie nicht widerstehen und schob sich hoch genug im Beifahrersitz, um über das Armaturenbrett nach draußen zu spähen. Sebastien drehte den Schlüssel in der Zündung. Der Motor des großen weißen Audi sprang brummend an.

«Die Show ist vorbei ...», murmelte der alte Mann. Dann trat er das Gaspedal durch, und die Räder spuckten Schotter, während das Fahrzeug rückwärts über den Vorplatz schoss. Sebastien kurbelte am Lenkrad, und der Wagen schleuderte in eine Rückwärtskurve, bis seine Nase zu dem Weg zeigte, der zur Hauptstraße führte. Weißer Staub trieb über die Motorhaube. Sebastien warf einen Blick auf das Haus im Rückspiegel, während er den Vorwärtsgang einlegte.

«Nicht auf die Hauptstraße!», rief Leah erschrocken. «Dort warten sie auf uns!» Die Eleni, die die Zufahrt bewachten, würden sie abfangen.

Sebastien sah sie von der Seite an. Sie hatte nicht erwartet, ihn grinsen zu sehen, und es verwirrte sie. «Schlaues Mädchen», sagte er. «Was schlägst du vor?»

Sie wusste, dass er einen vernünftigen Vorschlag von ihr erwartete. Sie durfte nicht nur dasitzen und ihm alle Arbeit überlassen. Sie mussten zusammenarbeiten, wenn sie überleben wollten. Und sie mussten einen Weg finden, ihre Mutter zu retten.

Ungewollt tauchte ein Bild vor ihrem geistigen Auge auf: der große Eleni, der ihre Mutter an den Stuhl fesselte. Sie wollte weinen, doch das durfte sie nicht, also wurde sie stattdessen wütend.

«Nimm die Abzweigung dort», sagte sie und zeigte nach links auf einen zugewucherten Feldweg. «Durch den Wald.»

Sebastien fuhr sich mit der Zunge über die Zähne, dann nickte er. Der Audi schoss vorwärts, und Leah wurde in den Sitz gedrückt. Sekunden später waren sie aus der Sonne und unter den Bäumen. Der schwere Wagen hüpfte und schaukelte, und die Reifen fanden nur wenig Halt auf dem ausgewaschenen, staubigen Weg. Als sie durch ein tiefes Schlagloch fuhren und Sebastien sich den Kopf stieß, sagte er ein Wort, das Leah niemals aus seinem Mund zu hören erwartet hätte.

«Wann kehren wir um und holen Mami?»

«Bald.»

«Wir dürfen sie nicht bei dem Bösen Mann zurücklassen.»

«Welchem Mann?»

«Du weißt schon. Dem Bösen Mann.»

«Wenn du mich fragst, haben alle ziemlich böse ausgesehen.»

Leah runzelte die Stirn. Sie fragte sich, ob seine Antwort ernst gemeint war oder sarkastisch. «Und wann kehren wir nun um?»

«Sobald wir dich weit genug weggebracht haben.»

«Aber dann müssen wir den ganzen Weg wieder zurück!»

«Halt für eine Weile die Klappe, okay?»

Leah nickte und wischte sich die Tränen von den Wangen.

Sebastien fuhr immer schneller. Der Weg zwischen den Bäumen hindurch war gerade breit genug für ein einzelnes Fahrzeug. Immer wieder peitschten Zweige über die Windschutzscheibe. Die Reifen zerfetzten Farne und Gestrüpp.

Hinter einer Kurve sah Leah plötzlich einen Mann mitten auf dem Weg liegen. Er trug eine Khakijacke und eine schwarze Hose mit vielen Taschen, und er lag auf dem Rücken und rührte sich nicht. Ein Messer ragte aus seiner Brust wie eine Kerze auf einem Geburtstagskuchen. Blut hatte seine Jacke durchnässt und den Boden ringsum dunkel gefärbt. «Wir müssen helfen!»

«Er ist tot.»

«Aber du musst anhalten», stöhnte Leah, indem sie sich mit einer Hand am Armaturenbrett abstützte und den Kopf zur Seite drehte.

«Es gibt keinen Weg außen herum.»

«Du kannst doch nicht einfach –»

Der Wagen rumpelte über den Leichnam, ohne seine Fahrt zu verlangsamen. Leah steckte die Faust in den Mund und kniff die Augen fest zusammen. Sie wollte schreien.

Du musst erwachsen sein. Du darfst kein kleines Mädchen mehr sein. Das war es, worauf Mami dich in den vielen Unterhaltungen immer vorbereiten wollte. Sie sagte, es wäre furchtbar, und du müsstest vielleicht furchtbare Dinge tun. Nun, sie hatte recht, nicht wahr? Du kannst von Glück sagen, dass Sebastien bei dir ist und auf dich aufpasst, weil du bis jetzt mehr oder weniger völlig nutzlos warst.

Doch das Problem war, dass Sebastien sich ebenfalls furchtbar verhielt. Nicht nur, weil er nicht angehalten hatte bei dem Mann mitten auf der Straße. Der Fremde war tot gewesen, das hatte jeder sehen können – sie hatte es nur nicht zugeben wollen. Auch nicht, weil er einfach über den Toten gefahren war. Sie flüchteten um ihr Leben, und wenn man in einer solchen Situation steckt, muss man Dinge tun, die man normalerweise nicht tut. Brutale Dinge. Sie war überzeugt, dass sie den Moment niemals vergessen würde, als sie über den Mann gefahren waren. Dass sie jede Nacht bis zum Ende ihres Lebens das Geräusch der über den Toten rumpelnden Reifen hören würde. Doch sie wusste auch, dass es Teil des Preises war, den sie für ihre Flucht bezahlen mussten. Eines jener hässlichen Dinge, die sie tun mussten. Wegen Jakab.

Obwohl er nicht angehalten hatte, obwohl er einfach weitergefahren war und obwohl sie wusste, dass er gezwungen war, diese schrecklichen Dinge zu tun, hatte er auch überhaupt nicht versucht, ihr in der Situation beizustehen. Hatte ihr nicht gesagt, dass sie wegsehen sollte, hatte nicht versucht, ihre Augen von dem Anblick abzuschirmen.

Als ihre Zähne auf die Faust bissen, die sie sich in ihrer Verzweiflung in den Mund geschoben hatte, bemerkte sie, wie stark sie angefangen hatte zu zittern. Sie blickte sich im Wagen um, starrte die Ledersitze an, die Instrumente im Armaturenbrett, Sebastien auf dem Fahrersitz.

Er kauerte konzentriert über dem Lenkrad, kurbelte wild nach rechts und links, die Mundwinkel hochgezogen, ein Mitteldding zwischen einem Grinsen und nacktem Hohn.

Sie streckte die Hand aus und fummelte an den Kontrollen auf der Mittelkonsole. Sie drückte den Zigarettenanzünder ein, verdrehte die Einstellung der Klimaanlage, schaltete das Radio ein, regelte die Lautstärke hoch.

Aus den verborgenen Lautsprechern des Wagens schmetterte Tanzmusik. Sebastien brüllte sie an, schlug ihre Hand zur Seite, stieß mit dem Finger nach dem Radio, schaltete es ab. «Was zum Teufel ist los mit dir?»

«Wir müssen zurück, um Mami zu holen.»

«Ich habe dir doch schon gesagt, wir fahren zurück. Und jetzt sei bitte still. Ich muss mich konzentrieren.» Er bedachte sie mit einem flüchtigen Lächeln. «Hör mal, ich weiß, dass du Angst hast, okay? Aber es wird alles wieder gut. Du bist jetzt in Sicherheit.»

Sie sah ihn an. Sah ihn *richtig* an. Den Flaum weißer Haare auf dem sonnengebräunten Schädel. Die tiefen Falten, die seine Haut durchzogen. Die Leberflecken auf den Handrücken. Er hatte eine Tätowierung am Handgelenk, doch sie konnte sich nicht erinnern, an welchem. Sein ihr zugewandtes Gelenk war sauber. Das andere wurde von seinem Mantel verdeckt.

Voraus wurde der Wald lichter, und Leah sah zwischen den Stämmen eine ausgedehnte Wiese. Sie wusste, dass irgendwo dort der Fluss verlief.

«Wo hast du meinen Daddy zum ersten Mal gesehen?», fragte sie unvermittelt.

Sebastien starrte sie überrascht an. «Was?»

«Ich habe gefragt, wo du meinen Daddy zum ersten Mal gesehen hast.»

«Leah, bitte –»

«Du hast gesagt, ich soll dich fragen. Du hast gesagt, du würdest antworten. Du hast gesagt, du würdest jede Frage beantworten, wenn ich sie stelle.»

«Und das werde ich auch. Aber wir müssen jetzt erst einmal weg, Leah. Wir müssen weg von Jakab.»

Sie spürte, wie sich ihr Magen verdrehte, als sie den Namen aus seinem Mund hörte. Sie schluchzte auf, und als sie ihre eigene klägliche Stimme hörte, ballte sie die Fäuste, bis die Fingernägel in die Handflächen schnitten, und rief sich die Worte ihrer Mutter ins Gedächtnis.

Frechdachs, hör zu! Erinnere dich an all die Dinge, die ich dir beigebracht habe. Erinnere dich an all das, was ich dir gesagt habe. Halte die Augen offen, okay? Sei tapfer, vertrau auf deine Instinkte. Alles wird gut, wenn du dich daran hältst, versprochen.

Sebastien lenkte den Wagen um eine Biegung, und die Reifen droschen durchs Unterholz. Leah packte die Seiten ihres Sitzes und hielt sich krampfhaft fest, bis das Fahrzeug wieder in der Spur lag.

Auf dem Armaturenbrett ploppte der Zigarettenanzünder heraus.

Vertrau auf deine Instinkte.

Leah riss den Anzünder aus seiner Halterung. Die Spitze glühte rot. Sie rammte ihn auf Sebastiens Bein. Der alte Mann stieß einen Schmerzensschrei aus und schlug nach ihr, versuchte ihre Hand abzuschütteln. Er traf sie mit der Faust in der Seite, und Leah blieb die Luft weg. Der Schmerz war beinahe unerträglich, doch sie kämpfte dagegen an, während sie den Zigarettenanzünder fest in sein Fleisch drückte und drehte, als wäre er eine Schraube.

Kreischend nahm Sebastien beide Hände vom Lenkrad, packte ihr Handgelenk und riss es von seinem Bein. Sie spürte, wie etwas brach. Glühend heißer Schmerz raste ihren Arm hoch bis in die Zähne. Der Zigarettenanzünder segelte nach unten in den Fußraum.

Sie verdrehte die Augen vor Schmerz, als sie sich zur Seite warf und das Lenkrad mit der anderen Hand zu packen bekam.

Sebastien schlug nach den brennenden Kleidungsfetzen, die an seinem Bein klebten. Leah riss das Lenkrad zu sich herum.

Der Wagen war zu schnell. Er machte einen Satz nach rechts, und ihr wurde klar, dass sie gegen einen Baum krachen würden und dass Jakab sie wahrscheinlich umbringen würde, falls sie den Aufprall überlebte.

Hannah hielt die emaillierte rote Schuppe wie einen Talisman an ihr Herz gedrückt, als sie über die Terrasse des Anbaus spurtete und die Treppe hinunterrannte. Sie lief schlitternd und rutschend um das Haus herum zur Vorderseite.

Welche Richtung würde er nehmen? Wie würde er fliehen? Vorhin hatte ein weißer Audi Q7 vor dem Esszimmer geparkt. Dániel Meyer und sein Leibwächter waren darin eingetroffen. Jetzt war er verschwunden. Aber hatten die Eleni ihn genommen? Oder Jakab?

Er ist sicher nicht zu Fuß geflüchtet. Entweder hat er einen Wagen gestohlen, oder er hatte einen Wagen dabei. Er kann nicht spurlos verschwinden mit einer Neunjährigen im Schlepptau und ohne einen Wagen.

Hannah drehte sich um, suchte die Felder ab. Suchte den Weg zur Hauptstraße ab, den Feldweg, der durch den Wald führte. Den Waldrand.

Kein Eleni in Sicht. Keins von ihren Fahrzeugen zu sehen.

Ein dunkler Fleck kennzeichnete die Stelle, wo der Audi gestanden hatte. Hannah starrte ihn an.

Es ist nicht Leahs Blut, das ist alles, was zählt. Es ist nicht

Leahs Blut. Er hat sie nicht mitgenommen, damit er sie da draußen umbringen kann. Er hat viel schlimmere Dinge mit ihr im Sinn. Weswegen du keine Zeit hast zu verschnaufen.

Bevor sie in Frankreich gelandet waren, hatte Sebastien einen Jeep Cherokee gemietet – der Wagen hatte auf dem Flughafen für sie bereitgestanden. Er hatte ihn in einem der Schuppen auf der anderen Seite des Hauses abgestellt. Hannah rannte an der Blutlache und der Haustür vorbei über den Vorplatz. Sie fragte sich, was passieren würde, wenn einer der überlebenden Eleni sie bemerkte. Wenn sie ihre Chance, Leah wiederzufinden, nicht vollends verspielen wollte, konnte sie sich nicht die geringste Verzögerung leisten. Doch trotz der wilden Schießerei wenige Minuten zuvor blieb alles geradezu unheimlich still.

Der Schuppen war ein einstöckiges Gebäude aus Backstein mit einem Schindeldach. Die Holztore waren verzogen und fleckig von den Überresten alter roter Farbe. Hannah zog den Riegel beiseite und schwang den Torflügel auf. Im Innern herrschte Dunkelheit. Es roch nach Sägemehl, altem Motoröl und den sterilen Ausdünstungen eines neuen Automobils. Der verchromte Kühlergrill des Jeeps glänzte im Schatten wie ein Haifischmaul voller Zähne.

Hannah warf einen Blick über die Schulter, kontrollierte die Wege, den Vorplatz. Niemand zu sehen. Kein Eleni im Obstgarten, im Wald, nirgendwo. Der Hubschrauber war ebenfalls verschwunden.

Sie huschte in den Schuppen und zwängte sich in den schmalen Spalt zwischen Wagen und Wand. Als sie sich am Außenspiegel entlangschob, griff etwas nach ihr. Sie schrie auf, zuckte zurück, stieß sich den Ellbogen, schrammte sich die Knöchel auf.

Spinnweben. Nur Spinnweben, die sich in ihrem Haar verfangen hatten. Sie verfluchte ihre Schreckhaftigkeit und zupfte sich die Gespinste aus dem Gesicht und den Haaren. Dann schob sie sich bis zur Fahrertür und legte die Hand auf den Griff. Ihr Herz hämmerte wild. Sie spürte es in ihrer Brust.

Bitte, sei nicht abgeschlossen. Bitte.

Sie hatte erst am Morgen mit Sebastien darüber gesprochen, dass sie den Jeep einsatzbereit halten wollten für den Fall, dass sie schnell von Le Moulin Bellerose verschwinden mussten. Aber hatte er daran gedacht? Sie zog am Griff und betete.

Als das Schloss klickte und die Tür aufschwang, hätte Hannah vor Erleichterung beinahe einen Schrei ausgestoßen. Sie kletterte hinter das Steuer und zog die Tür zu. Stille. Der Geruch von Tannennadel-Lufterfrischer. Etwas baumelte neben ihrer Hand, kalt und metallisch.

Die Schlüssel.

Sie drehte den Zündschlüssel, legte den Gang ein und trat aufs Gaspedal. Der mächtige Dreiliter-Diesel hustete sich frei. Als der Wagen durch das morsche Tor brach, wurde Hannah in ihrem Sitz vor- und zurückgeschleudert. Holzsplitter regneten auf den Weg. Sie riss das Steuer herum und wich haarscharf der Hausecke aus, dann lenkte sie sofort wieder in die entgegengesetzte Richtung. Der Wagen schleuderte herum, sie trat auf die Bremse und blieb vor dem Haus stehen. Der Motor brummte im Leerlauf.

Sie spielte mit dem Gaspedal, während ihre Blicke suchend nach rechts und links gingen.

Welchen Weg hast du genommen, verdammter Bastard? Wohin hast du meine Tochter gebracht?

Er hatte nur eine einzige sinnvolle Option. Knapp fünfundzwanzig Kilometer nördlich gab es eine Auffahrt auf die E70, die sich durch ganz Südfrankreich zog. Von dort aus konnte Jakab eine ganze Reihe von Flughäfen erreichen. Oder er blieb einfach auf der Autobahn. In westlicher Richtung führte sie nach Spanien. Im Osten führte sie durch Italien, Slowenien, Kroatien, Serbien und Bulgarien bis nach Rumänien auf der anderen Seite der Donau.

Hannah wusste, dass ihr höchstens noch ein paar Minuten blieben, um zu handeln. Ein dunkler Abgrund raste hinter ihr heran. Wenn sie nicht schneller war als er, wenn sie in Panik geriet, war Leah verloren. Vielleicht war es schon zu spät, vielleicht hatte sie bereits versagt. Sie schrie voller Frustration und Ärger und Hass und Sorge auf.

Vorhin hatten Vass' Handlanger die Zufahrt zur Hauptstraße bewacht. Keiner von ihnen war in Sicht, doch sie würde das Risiko nicht eingehen. Der Weg durch den Wald folgte dem Verlauf des Flusses und führte an der Mühle vorbei, um dahinter in die Hauptstraße zu münden. Das war der bessere Weg. Wenn sie auch nur eine Minute aufgehalten wurde, verschaffte das Jakab möglicherweise den Vorsprung, den er brauchte.

Sie rammte das Gaspedal auf das Bodenblech und packte das Steuer fester, als der Jeep einen Satz nach vorn machte. Als sie in den zugewachsenen Feldweg einbog, hüpfte der Wagen so stark, dass sie beinahe aus dem Sitz geschleudert worden wäre. Hannah jagte den Wagen so schnell über die unebene Piste, wie es nur möglich war. Ein weiteres Schlagloch riss sie erneut aus dem Sitz. Sie schob den Arm durch den Sicherheitsgurt und versuchte, sich anzuschnallen.

Die Reifen warfen Dreckklumpen auf, als der Jeep den Anstieg hinaufjagte, der zwischen die Bäume führte. Sekunden später war sie im tiefen Schatten. Efeu und Farnkraut brachen und zerrissen. Die Reifen schredderten totes Laub.

Voraus war eine enge Biegung. Hannah wagte nicht langsamer zu werden. Wagte nicht zu zögern. Wie ein wildes Biest krallte der Jeep sich an den Boden, als er schlitternd und spuckend die Biegung nahm. Das Lenkrad in ihren Händen bockte und wollte sich drehen, doch sie ließ nicht locker. Das Heck verlor die Bodenhaftung und geriet ins Rutschen. Die rechte Seite des Jeeps krachte gegen einen Baumstumpf. Hannah schlug so heftig mit dem Kopf gegen das Fenster, dass sie für einen Moment benommen war.

Weiter, weiter. Immer weiter.

Als der Wagen sich wieder gefangen hatte und aus der Kurve heraus beschleunigte, bemerkte sie eine Krähe auf dem Weg, die auf irgendetwas hockte. Es war ein Leichnam. Er konnte nicht mehr am Leben sein – ein Messer steckte bis zum Heft in seiner Brust. Das rechte Bein stand ab in einem unnatürlichen Winkel. Eine Seite seines Schädels war völlig zerschmettert.

Der Weg war zu schmal. Zu beiden Seiten standen dicht gedrängt Kastanien, Eichen, Buchen und Birken. Sie konnte sich nicht erlauben anzuhalten und den Toten aus dem Weg zu ziehen. Sie musste vorbei. Die Krähe flatterte panisch hoch. Hannah beschleunigte wieder.

Es tut mir leid. Ich weiß nicht, wer du warst. Es tut mir so leid.

Der Jeep jagte mit brüllendem Motor den Anstieg hoch. Hannah zwang sich, die Augen offen zu halten, als der Wagen über den Leichnam rumpelte und ruckte. Fast wäre sie schon wieder aus dem Sitz gerissen worden.

Sie roch den Rauch, bevor sie ihn sah. Ein Beißen in der Nase, ein bitterer Geschmack im Hals.

Hinter einer Biegung sah sie die ersten Schwaden zwischen den Bäumen. Ein Stück weiter war aus den ersten Schwaden eine graue Wolke geworden, die zunehmend dunkler wurde.

Als sie um die nächste Kurve fuhr, erwartete sie eine wabernde Wand aus schwarzem Qualm, der den ganzen Weg einhüllte. Hannah bremste hart und fuhr im Schritttempo weiter. Die Sicht war auf wenige Meter begrenzt. Öliger Qualm, dunkel und fett glänzend wie Teer, waberte rings um sie herum. Der Jeep kroch nur noch, während sie nach draußen auf die wirbelnde Masse starrte und zu erkennen versuchte, woher der Qualm kam. Ein paar Meter. Noch ein paar Meter. Dann der Gestank von brennendem Gummi. Brennendem Plastik. Der Qualm drückte gegen die Scheiben. Hannah schaltete das Fernlicht ein. Vor ihr glänzte und glitzerte etwas.

Hustend vom Qualm, der sich einen Weg in ihre Lungen bahnte, bugsierte sie den Jeep vorwärts. Was auch immer sich im Licht der Scheinwerfer gespiegelt hatte, es verschwand, als ein weiterer Rauchpilz aufquoll.

Dann kam es wieder. Unverkennbar jetzt. Die Rückseite eines weißen Audi Q7.

Und dann wusste sie plötzlich, dass es der Wagen war, der Dániel Meyer zum Le Moulin Bellerose gebracht hatte. Derselbe Wagen, in dem Jakab ihre Tochter entführt hatte. Sie lenkte den Jeep neben den völlig zerstörten Audi. Hannah merkte, dass ihre Hände am Steuer zitterten und das Blut in ihren Ohren rauschte – und alles nur, weil Jakab hier gewesen war, genau wie ihre Tochter, und wie konnte überhaupt noch jemand am Leben sein in dieser zerbeulten und geschwärzten Metallbüchse?

Ohne es zu merken, hatte sie den Jeep angehalten. Sie schaltete den Motor ab, löste ihren Sicherheitsgurt, öffnete die Tür und schlüpfte aus dem Wagen. Sie atmete tief durch. Noch einmal. Starrte auf den brennenden Audi. Blickte zur Seite. Sie fühlte sich krank. Aber warum sollte sie das kümmern, so etwas zutiefst Banales.

Der schwarze Qualm wehte mittlerweile weg von ihr in Richtung Farm – jenem trügerischen Zufluchtsort, den sie sich zusammen mit Nate aufgebaut hatte. Hannah blickte den Weg entlang. Näherte sich vorsichtig dem Wrack.

Der Wagen war in scharfem Winkel von der Straße abgekommen, als hätte der Fahrer versucht, einem Hindernis auszuweichen. Ein paar Meter weiter, und er wäre durch die Bäume hindurch und auf dem freien Feld gewesen. Stattdessen war er frontal gegen eine Eiche gerast. Der Aufprall war so heftig gewesen, dass es aussah, als wäre der Motor mit dem Baum verschmolzen. Schwarzer Rauch von brennenden Kabeln und Öl quoll unter der Haube hervor. Dunkle Flammen leckten über das Metall.

Die Windschutzscheibe war verschwunden. Der Fahrersitz war schwarz vor Blut. Unmengen Blut.

Hannah zwang sich, noch näher heranzugehen. Der Beifahrersitz war leer, doch sie konnte auch dort Blut sehen. Sie wollte die Augen schließen, wollte sterben, als ihr klar wurde, dass es Leahs Blut sein musste.

Sie ist vielleicht ganz in der Nähe. Vielleicht ist sie in die Büsche gekrochen. Sie liegt vielleicht in einem der Büsche und stirbt dort, an einem friedlichen Ort, weg von dem verbogenen, scharfen Metall und dem Gestank von brennendem Kunststoff und Öl und der Gewalt und all dem Irrsinn. Oder sie ist bereits gestorben, einsam und verängstigt und voll Sehnsucht nach dir, voller Fragen, warum du dein Versprechen gebrochen und warum du zugelassen hast, dass dies hier passiert ist.

Hannah wandte sich ab. Spähte zwischen den Bäumen hindurch. Blinzelte aus geröteten Augen voller Tränen und verlorener Hoffnung. Leah war nirgendwo zu sehen. Niemand war zu sehen.

Also drehte sie sich wieder zu dem Wrack um – und entdeckte die kleine emaillierte Schuppe von der Drachenbrosche. Sie glitzerte, ein rundes, rotes Objekt, eingefasst in Gold, tief eingedrückt in das Plastik des Armaturenbretts. Hannah spürte, wie ihre Brust anschwoll, wie sich ihre Kehle zuzog, bis sie mit kalter Logik die Hoffnung erstickte, die sich kurz an die Oberfläche gedrängt hatte.

Dass die emaillierte Schuppe von Leah stammte, daran zweifelte sie nicht. Doch es gab nicht den geringsten Hinweis, dass sie die Schuppe *nach dem Unfall* in das Armaturenbrett gedrückt hatte.

Glaube.

Was für eine einfache Vorstellung. So schwierig umzusetzen, so monumental schwierig nach allem, was geschehen war, nach all den Träumen, die sich nicht erfüllt hatten.

Glaube.

Sie würde nach ihrer Tochter suchen, bis sie ihren letzten Atemzug tat. Und sie würde diesen letzten Atemzug nicht tun, bevor sie nicht Balázs Jakab vernichtet hatte, endgültig und ein für alle Mal, bis er nur noch eine dunkle Erinnerung war, ein schmutziger Fleck, den die Zeit ausbleichen würde.

Und wenn Leah tatsächlich tot sein sollte und wenn sie Jakab getötet hatte, was dann? Was würde sie dann tun? Was konnte sie noch tun, wenn ihr der letzte Mensch auf der Welt, den sie geliebt hatte, genommen worden war? Welche Wahl hätte sie dann?

Du weißt, was du tun wirst. Selbst jetzt denkst du daran. Selbst jetzt. Schön, niemand kann es dir verdenken, niemand wird es dir verdenken, wahrscheinlich kümmert es niemanden. Du hast jeden enttäuscht, der dir je etwas wert war.

Doch was immer auch hinterher geschieht, versäume nicht deine Verabredung mit Jakab. Die Waage muss ins Gleichgewicht gebracht werden.

Hannah trat zurück von dem brennenden Wrack, wandte sich ab vom Gestank und vom Qualm und vom Prasseln und

Knistern des Feuers. Ein paar Meter weiter endete der Wald, und der Weg führte über freies Land. Sonnenlicht glänzte auf braunem Gras, und eine Brise ließ die Halme wogen. Im Süden verlief der Fluss und ein Stück davor der Mühlbach, ein künstlicher Kanal, der von der Vézère abzweigte und dessen Wasser das Mühlrad antrieb.

Und dort, halb im Sonnenlicht und halb im Schatten, stand die Mühle selbst, ein altes, vom Alter verzogenes dreistöckiges Gebäude aus Fachwerk mit dicken Balken und roten Ziegeln. Le Moulin Bellerose.

Sie stand halb hinter Bäumen verborgen. Die oberen Fenster blickten nackt und leer und zeugten von Alter und Verfall. Von Ruin und Niedergang, von der Unausweichlichkeit des Verlusts und der Vergeblichkeit aller Hoffnung.

Nate hatte das Dach repariert, um das Gebäude einigermaßen wetterfest zu machen, und er hatte sämtliche Fenster bis auf eines erneuert. Eine offene Luke war geblieben, das Sims über und über bedeckt von Guano, als Zugang für die Zwergfledermäuse, die in den staubigen Dachsparren der Mühle ihren Schlafplatz hatten.

Ein Geräusch hallte durch das verlassene Bauwerk, echote von den Wänden wider und drang aus der Luke ins Freie.

Das Geräusch eines schreienden kleinen Mädchens.

KAPITEL 27

Region Aquitaine, Frankreich
Heute

Die Wucht widerstreitender Gefühle beim Klang von Leahs Stimme drohte Hannah zu überwältigen. Ihr Herz verkrampfte sich. Ihr Verstand rang mit der beinahe unerträglichen Erleichterung, dass Leah so nah war, und dem damit verbundenen Entsetzen, dass Hannah selbst jetzt noch zu weit entfernt, zu spät, zu schwach war. Die unbeschreibliche Angst in diesen Schreien entfachte eine so intensive, animalische, alles verschlingende Wut in ihr, dass sie am ganzen Leib zitterte. Ihre Zähne mahlten aufeinander, und ihre Augen fühlten sich an, als würden sie im nächsten Moment aus den Höhlen springen. Schauer fuhren über ihre Haut, und die kleinen Härchen richteten sich auf. In ihren Ohren rauschte es, und in ihrem Mund schmeckte es nach Blut. In ihrer Nase war der Gestank von brennendem Gummi und Plastik und Öl.

Sie hatte keine Waffe. Keine Pistole, kein Messer, nichts. Bei ihrer Flucht aus dem Haus hatte sie nicht einmal lange genug innegehalten, um irgendetwas zu packen – einen Knüppel, ein Beil, ein Messer –, womit sie Jakab gegenübertreten konnte.

Mit zitternden Händen rieb sich Hannah über das Gesicht. Ihre Haut fühlte sich zugleich rau und taub an, ein eigenartiges sensorisches Gemisch. Sie drehte sich zu dem zerstörten Audi um, starrte die emaillierte Drachenschuppe auf dem Armaturenbrett an, dachte an all das, was sie darstellte.

Und plötzlich, während sie auf das kleine emaillierte Ding sah, fühlte sie sich, als wäre irgendwo tief in ihrem Innern ein Stecker gezogen worden, und all ihre Emotionen, ihre Angst und ihre Wut und ihre Schuld und ihr Hass schossen davon, flossen aus ihr heraus wie Gift aus einem Abszess. Was blieb, war die Klarheit eines einzigen Gedankens.

Sie musste Balázs Jakab töten – oder bei dem Versuch sterben. Und sie musste es heute tun. Jetzt.

Such dir eine Waffe. Egal, was. Du musst improvisieren. Du kannst Leah nicht helfen, wenn du unvorbereitet da reingehst. Du hast nur eine Chance. Eine einzige letzte Gelegenheit. Für Leah. Für Nate. Für alle, die durch Jakabs Hand gestorben sind.

Mit katzenhafter Geschmeidigkeit rannte sie zurück zu dem Jeep und riss die Beifahrertür auf. Im Handschuhfach lagen die Bedienungsanleitung, die Papiere der Mietwagenfirma, eine Karte von Südfrankreich, eine Sicherungsmutter in einem durchsichtigen Plastikbeutel. Das half ihr nicht weiter.

Sie schob die Hand in die Türablage. Leer. Kletterte auf den Beifahrersitz, beugte sich über die Mittelkonsole und kontrollierte die Ablage auf der Fahrerseite. Ihre Finger berührten Stoff. Sie zog ihn heraus und sah, dass es Sebastiens Erste-Hilfe-Päckchen war – dasselbe, das er in Llyn Gwyr benutzt hatte, um Nate zu versorgen. Hannah legte es auf den Sitz und rollte es auseinander. Antiseptische Tücher, Schmerzmittel, Schere, Brandpflaster. In einem separaten Fach fand sie ein chirurgisches Skalpell mit Ersatzklingen in steriler Verpackung. Weitere Fächer enthielten einen Trachealtubus, chirurgischen Faden, eine Auswahl an Spritzen und eine kleine Stableuchte.

Sie steckte Skalpell und Lampe ein, rollte das Päckchen zusammen und warf es auf den Rücksitz. Dann stieg sie aus, ging nach hinten, öffnete die Heckklappe und spähte hinein. Eine gefaltete Plane, zwei Decken, ein Fünf-Liter-Reservekanister, zwei Kisten aus Pappe. Sie kramte durch die erste und fand eine Angelleine, einen Beutel mit trockenem Hundefutter und zwei Thermoskannen. Die zweite enthielt einen zweiflammigen Gaskocher, Gaskartuschen, eine Schachtel Allwetter-Streichhölzer, ein Gasfeuerzeug, mehrere Packungen gefriergetrockneter Fertignahrung.

Gott sei mit dir, Sebastien. Du hast an alles gedacht.

Hannah packte den Benzinkanister. Er war voll. Sie steckte das Gasfeuerzeug ein und wollte sich abwenden, doch dann öffnete sie die Streichholzschachtel, nahm eine Handvoll der rosafarbenen Hölzchen heraus und steckte sie in ihre Jeans.

Du musst los. JETZT!

Hannah umrundete den Jeep, den Benzinkanister in der Hand. Sie ließ die Bäume hinter sich und rannte durch das hohe, von Samen schwere Gras, das an ihren Beinen zupfte und sich in ihren Stiefeln verfing. Hoffentlich kam sie nicht zu spät. Sie fragte sich, was sie in der Mühle erwartete.

Das Land fiel zur Mühle und zum Fluss hin leicht ab. Sonnenlicht glänzte und glitzerte auf dem kühlen blauen Wasser.

Der Mühlgraben war ein schmaler Kanal, aus dem Wasser in ein Reservoir floss, welches das Mühlrad speiste. Der Wasserschieber war geschlossen. Hannah hörte das Rauschen des Überlaufs, der sich über ein gestuftes Wehr zurück in den Fluss ergoss. Sie stolperte über einen Stein im Gras und verdrehte sich fast den Knöchel. Der Benzinkanister knallte gegen ihr Bein. Sie stolperte weiter.

Die Mühle, drei Stockwerke aus Naturstein und Ziegel, stand auf einem felsigen Vorsprung, der in den Fluss ragte. Das steile Dach hing durch, wo sich die alten Balken unter den Schindeln durchgebogen und verzogen hatten. An der Nordseite wuchs

Moos. Die Fenster waren schwarze Löcher, die keinen Blick ins Innere gestatteten.

Das Mühlrad hing überm Fluss wie ein dunkles, unheimliches Gebilde aus einem Freizeitpark. Ein monströser gusseiserner Rahmen von zehn Metern Durchmesser hielt die Schaufeln aus Holz. Weil der Schieber geschlossen war, stand das Rad still. Die oberen Schaufeln waren von der Sonne getrocknet und von toten Algen überwachsen. Die Schaufeln am Wasser waren dunkel und von grünem Schleim überzogen.

Eine mit einem Geländer versehene Holzplattform umlief den Fuß der Mühle, gestützt von Stelzen, wo sie über den felsigen Vorsprung ragte. Der Schieber zur Steuerung der Wassermenge befand sich direkt unterhalb der Plattform und wurde von dort aus mit Hilfe eines Handrads über einen Schneckenantrieb betätigt.

Es gab nur einen einzigen Eingang, eine massive Eichentür mit Eisenbeschlägen auf der Hannah zugewandten Seite des Bauwerks. Sie stand offen. Die von ihrer Position aus sichtbaren Fenster waren – mit Ausnahme der Fledermausluke im obersten Stockwerk – allesamt geschlossen, und die Luke war zu weit oben, um als Fluchtmöglichkeit in Frage zu kommen. Jeder Versuch, durch die Fenster auf der anderen Seite zu flüchten, führte unweigerlich zu einem Sturz auf die felsigen Untiefen der Vézère, die gleich darunter vorbeilief.

Mit brennenden Lungen und schmerzenden Muskeln blieb Hannah vor dem Geländer der Holzplattform stehen, um zu verschnaufen.

Er ist stärker als du. Schneller als du. Schlauer als du. Du musst ihn überraschen, ihn irgendwie aus dem Gleichgewicht bringen. Er wird jetzt noch nicht mit dir rechnen. Nicht an dich denken – nicht mit Leah bei sich.

Hannah starrte zur Tür, in die Dunkelheit dahinter. Sie spürte, wie sich ihr Herz in der Brust zusammenzog und dehnte wie eine Faust. Hinter ihr rauschte das Wasser über die Stufen des Wehrs. Sie kauerte nieder und schraubte den Deckel des Benzinkanisters ab.

Sie hatte immer noch keinen Plan. Seit sie die Besitzerin von Le Moulin Bellerose war, hatte sie die Mühle stets irgendwie als beunruhigend empfunden. Die abgeschiedene und exponierte Lage auf dem Felsen im Fluss verlieh dem Bauwerk eine düstere, schwermütige Aura. Heute jedoch strahlte es Bosheit aus.

Bring ihn aus dem Gleichgewicht. Tu etwas, womit er nicht rechnet. Verschaff dir jeden nur erdenklichen Vorteil.

Sie packte das Handrad des Schiebers und drehte. Nichts. Sie setzte all ihre Kraft ein, stemmte sich dagegen, sah, wie sich die Haut über ihren Knöcheln weiß verfärbte.

Das Rad rutschte zwei, drei Zentimeter durch. Dann packte es und hielt. Wieder stemmte sie sich dagegen, spürte den Rost auf den Zähnen des Getriebes. Dann, ganz plötzlich, hatte sie den Widerstand überwunden, und das Rad drehte sich in ihren Händen.

Die Stahlplatte des Schiebers hob sich langsam. Wasser strömte darunter hindurch, zuerst ein Rinnsal, dann ein Sturzbach, schließlich eine wilde, schäumende Flut.

Das Mühlrad ächzte. Für einen Moment glaubte Hannah, der Druck des Wassers könnte es abreißen, könnte die komplette Wand einreißen und mitsamt dem Rest des Bauwerks über den Vorsprung in den Fluss spülen, doch dann begann es sich zu drehen. Allmählich wurde es schneller und schneller und schleuderte weiße Gischt in die Luft, als die Schaufeln durch das schäumende Wasser getrieben wurden. Hannah hörte, wie im Innern der Mühle Zahnräder in Gang gesetzt wurden, als die alte Maschine aus ihrem Schlaf erwachte.

Hannah nahm den Benzinkanister auf. Zog das Skalpell aus der Hosentasche. Starrte auf die Klinge.

Er wird dich töten. Du weißt, dass er dich töten wird.

Das große Rad drehte sich. Wasser schäumte und kochte und rauschte. Die Plattform unter ihr vibrierte von der Kraft, die Hannah entfesselt hatte.

Sie ging zu der schweren Eichentür, atmete ein letztes Mal tief durch und schlüpfte nach drinnen.

KAPITEL 28

Region Aquitaine, Frankreich
Heute

Sie trat aus dem freundlichen Herbstlicht in stickige, süßliche Dunkelheit. Die Sonne hatte die Luft in der Mühle aufgeheizt, und sie war schwer vom Geruch nach Staub und Holz und verrottenden Säcken, durchsetzt mit etwas Fauligem. Allem Anschein nach war kürzlich ein Tier hereingekrochen, um hier zu sterben.

Die Fenster waren schmutzverkrustet und ließen kaum Sonnenlicht durch. Zu Hannahs Linken stach die Achse des Wasserrads durch ein Loch in der Wand. Auf der Achse saß ein riesiges Stirnrad, das ein senkrecht dazu stehendes Kegelzahnrad antrieb. Auf diese Weise wurde die horizontale Bewegung des Mühlrades in eine vertikale umgewandelt. Eine Zahnradübersetzung bewegte einen zweiten Schaft, der durch die Decke in den Mahlraum ein Stockwerk höher führte.

Die Maschinerie schüttelte sich und rappelte und klapperte und klopfte. Die Vibrationen rührten einen feinen Nebel aus Mehlstaub auf.

Langsam gewöhnten sich Hannahs Augen an das Halbdunkel. Sie blickte sich um. In einer Ecke stand eine Ansammlung rostiger landwirtschaftlicher Werkzeuge. In einer anderen war Feuerholz gestapelt. Unter einem Fenster stand die Werkbank, an der Nate gearbeitet hatte. Auf der Arbeitsfläche befanden sich ein gesprungener blauer Kaffeebecher und ein Porzellanteller. Daneben lagen mehrere Reststücke Glas.

Leah saß mitten im Raum im Schneidersitz. Die Pupillen des kleinen Mädchens hatten sich so stark geweitet, dass ihre Augen aussahen wie schwarze Löcher.

Ihr Gesicht war verschmiert mit Dreck und Blut. Auf ihrer Stirn wölbte sich eine Beule so groß wie eine halbe Pflaume. Ihre Haut war weiß. Ihre linke Wange war aufgerissen.

Doch sie war dort. In diesem Raum. Lebendig.

Auf dem Boden, ihr gegenüber, saß Jakab.

Vollkommen reglos, mit dem Rücken zu Hannah, in genau der gleichen Haltung wie Leah. Er trug Cordhosen, Stiefel und eine alte Army-Jacke. Hannah musste nur zwei Schritte gehen, um in Reichweite des Ungeheuers zu sein, des unbeschreiblichen Schreckens, der Generationen ihrer Familie verfolgt und ihre Mitglieder ausgelöscht hatte.

Ihren Ehemann. Ihre Mutter und ihren Vater. Den Großvater, dem sie nie begegnet war. Erna Novák, kaum mehr als ein Name in einem uralten Tagebuch, doch eine Frau, die gelebt und geliebt und gefürchtet und getrauert hatte und die gestorben war. Alle tot. Alle, wegen dieser Kreatur hier vor ihr, dieser lauernden Bestie.

Sie starrte auf Jakabs Hinterkopf – die gebräunte Haut seines Halses, sein dunkles Haar – und spürte, wie sich ihr Magen zusammenzog, wie ihr Mund mit Speichel überflutet wurde. Ihr war übel von der Nähe zu dieser Kreatur, diesem Verursacher von so viel Tod und Schmerz. Irrsinn und Verderbtheit schienen in Wellen von ihm auszustrahlen. Sie fühlte sich hin- und hergeworfen.

Leah hob den Blick und sah zu ihrer Mutter. Die Augen des kleinen Mädchens blickten wild und verloren. Sein Mund stand offen.

Oh, bitte, lieber Gott, bin ich zu spät? Hat er sie bereits zerstört? Hat er ihren Verstand geraubt?

Sie packte das Skalpell fester. Gegen Jakab war es kaum mehr als ein Talisman, doch es war alles, was sie hatte. «Leah, steh auf. Komm weg von ihm.»

Ihre Tochter blieb sitzen, als hätte er sie mit einem Bann belegt, einem Zauberspruch.

«Leah.»

Endlich blinzelte Leah. «Oh, keine Angst, Mami, es ist alles gut. Er hat alles erklärt.»

Nie zuvor hatte Hannah einen Tonfall wie diesen in Leahs Stimme gehört. Er klang nach einer Mischung aus Staunen und Entsetzen, Verleugnung und Akzeptanz. «Liebling, bitte. Ich weiß nicht, was er gesagt hat, aber du weißt, wer er ist. Du weißt, *was* er ist. Was immer er dir erzählt hat, es ist eine Lüge. Glaub mir, Leah. Und jetzt steh auf. Komm weg hier.»

Leahs Gesicht straffte sich, als versuchte sie, mit mehr zu kommunizieren als mit bloßen Worten. «Mami, wir müssen keine Angst mehr haben.»

«Das ist richtig, Liebling. Wir müssen keine Angst mehr haben. Nicht vor ihm. Nie wieder. Und jetzt steh bitte auf.»

Ringsum klackten und knarrten die sich drehenden Räder der Mühle. Staub zitterte in der Luft. Die Bodendielen vibrierten. Leah streckte die Füße aus.

Als das kleine Mädchen sich erhob, kopierte Jakab seine Bewegungen. Mit geradezu übernatürlicher Eleganz entfaltete er seine Beine und drückte sich vom Boden ab – eine einzige fließende Bewegung wie von Dampf, der von einem Kessel aufsteigt.

Er drehte sich um, und Hannah spürte, wie ihr die Luft wegblieb, als hätte ihr jemand in den Magen getreten. Spürte, wie der Benzinkanister aus ihren plötzlich kraftlos gewordenen

Fingern glitt. Hörte, wie er auf dem Boden aufschlug. Spürte, wie sich ihre Kehle zusammenzog, als sie nicht Jakab anstarrte, nein, nicht Jakab, sondern unfassbarer, unmöglicher, absurderweise Nate.

Nate. In Lebensgröße, leibhaftig.

Nate. Wiederauferstanden aus der leblosen Hülle, die sie in Llyn Gwyr begraben und zurückgelassen hatte.

Er lächelte, und um seine Augenwinkel herum entstanden kleine Fältchen, und als Hannah diese Fältchen sah, diesen Gesichtsausdruck, fühlte ihr Herz sich an, als müsste es in ihrer Brust explodieren. Ihre Knie gaben nach, und sie wankte. Schaffte es nur unter Mühe, auf den Beinen zu bleiben. Das Skalpell, glatt vor Schweiß, rutschte ihr langsam aus den Fingern.

Es ist nicht Nate! Du weißt, dass es nicht Nate ist!

Der Benzinkanister war auf der Seite gelandet. Benzin lief glucksend aus, benetzte die Bodendielen, bildete eine dunkle Lache.

«Han», sagte er. Es war Nates Stimme. Unverkennbar Nates Stimme. Sein Timbre, sein Akzent. Seine verspielte Aggressivität, seine Kraft.

Ein elendes Schluchzen entrang sich ihrer Kehle, als sie ihn anstarrte und sich nichts auf der Welt sehnlicher wünschte, als dass es wahr wäre. Sie kniff die Augen zu, quetschte Tränen heraus, öffnete sie wieder. Erblickte sein Gesicht, sein wunderschönes Gesicht. «Du … du bist tot», flüsterte sie.

Nate seufzte. Sein Gesicht legte sich in Falten, und er schüttelte den Kopf. «Oh, Han. Sag so etwas nicht. Wie kannst du da stehen und das behaupten? Schreib mich nicht ab. Schreib *uns* nicht so einfach ab.»

«Du hast ihn getötet.»

«Ihn getötet? Aber er ist hier. *Ich* bin hier. Ich bin alles, was er war, und noch viel mehr. Ich werde mich um dich kümmern, dich beschützen, dich lieben. Sieh mich an, Hannah. Sieh diesen Mann vor dir an. Wie lange habe ich gesucht? Wie lange habe ich mein Leben der Suche nach dir gewidmet, immer nur dir? Und jetzt bist du plötzlich da, und ich bin da, und Leah ist da. Wir können alle zusammen sein, wir drei, und etwas weiterleben, von dem du geglaubt hast, du hättest es für immer verloren. Weißt du eigentlich, wie oft ich von diesem Augenblick geträumt habe? Von den Dingen geträumt habe, die ich zu dir sagen würde, den Versprechen an dich?

«Du hast sie alle getötet.»

Er schüttelte den Kopf. «Es war eine andere Zeit, Hannah. Eine andere Welt. Ein anderes Leben. Mehrere Leben sogar für dich. Was auch immer vorher geschehen sein mag, wir stehen jetzt hier. An diesem Wendepunkt. Niemand kann die Vergangenheit ändern, Han, aber ich bin dein Nate. Der Nate, der ich für dich sein soll. Der Nate, nach dem du dich so verzweifelt zurücksehnst. Ich bin hier, Hannah. Lass mich herein in dein Leben, lass mich einfach herein. Das ist alles, was du tun musst. Wir können die Vergangenheit nicht ändern, aber wir können gemeinsam die Zukunft schmieden. Gib mir eine Chance und lass mich herein, okay?»

Hinter ihm hatte sich Leah zur Wand zurückgezogen. Ihre Augen waren riesig.

Nate lächelte und streckte eine Hand aus. «Hannah?»

Leah packte einen Holzstiel vom Stapel alter Werkzeuge in der Ecke, holte aus und schmetterte ihn auf den Kopf ihres «Vaters». Als das Holz Nates Schädel traf, gab es ein Geräusch wie von einem Kricketschläger, der einen Ball trifft.

Nicht Nate.

Jakab.

Hannah blinzelte, und ihre Verwirrung schwand. Die Kreatur mit dem Gesicht ihres toten Ehemannes brach in die Knie und kippte zur Seite, während ihre Augen nach hinten rollten.

Leah ließ den Stiel fallen. Hob die Hand an den Mund, kaute auf den Fingern.

«Leah, das war unglaublich tapfer von dir», sagte Hannah zu ihrer Tochter. «Unglaublich tapfer. Das alles ist jetzt bald vorbei, versprochen. Aber zuerst musst du nach draußen gehen.»

Das kleine Mädchen blickte zu ihr auf.

«Leah, geh jetzt nach draußen. Geh nach draußen und warte dort, bis ich komme.»

«Kommst du denn?»

Hannah nickte. «Das werde ich. Aber zuerst muss ich das hier beenden. Und ich möchte nicht, dass du dabei zusiehst. Geh nach draußen.»

Tränen rollten über Leahs Wangen. «Können wir nicht einfach gehen, Mami? Jetzt sofort? Musst du ihm wehtun? Er sieht aus wie mein Daddy.»

«Bitte, Frechdachs.»

Leah stolperte zur Tür. Sie zögerte und drehte sich noch einmal um. Ihr Gesichtsausdruck war grimmig und finster. Letzten Endes schien sie das Unausweichliche zu akzeptieren. Dann war sie durch die Tür und verschwunden, und Hannah war allein mit Jakab.

Rings um sie herum drehten sich Räder und rotierten Achsen. Ein Stockwerk höher rieben und schrappten Mühlsteine übereinander. Staubflusen schwebten in der dicker werdenden Luft.

Hannah packte das Skalpell. Kauerte über Jakab.

Das war er also. Der Punkt, an dem es für ihn zu Ende ging. Hätte er gewusst, dass er seine letzten Augenblicke im Dreck vor ihren Füßen verbringen würde – hätte er sich dann wohl gefragt, wohin ihn all sein Morden und all seine Tricks gebracht hatten? Was er erreicht hatte?

Als sie das Skalpell an seine Kehle setzte, die Muskeln anspannte und die Klinge in seine Halsschlagader stoßen wollte, öffnete er die Augen.

Nicht Nates liebende Augen.

Nicht Gabriels magische Augen.

Nicht einmal die Augen eines Dämons.

Es waren ordinäre Augen. Ohne jeden Glanz. Stumpf.

In ihnen erblickte sie Wahnsinn. Wahnsinn und Angst. Nichts weiter.

Blut lief ihm von der Platzwunde am Kopf über das Gesicht. Sein Lächeln war gezwungen, gepresst vor Schmerz. «Für einen Augenblick hast du es in Erwägung gezogen, vorhin», sagte er.

Sie schüttelte den Kopf.

«Doch. Nur für eine Sekunde oder zwei. Aber du hast es in Erwägung gezogen.»

«Nie.»

«Wenn du *das* tust, Hannah, bist du nicht besser als ich.»

«Das ist ein Witz, oder?»

«Willst du mich wirklich noch einmal sterben sehen?»

Sie hob das Skalpell, fand die Stelle, wo die Schlagader pulsierte. Sah ihm ein letztes Mal ins Gesicht. *Nicht Nates Gesicht*, sagte sie sich entschieden. Es war das Gesicht eines Killers, der sie seit langer Zeit verfolgte und dessen Zeit nun endlich abgelaufen war.

Nicht Nates Gesicht, aber *so* ähnlich. So unglaublich ähnlich. Jakab hatte recht – letzten Endes konnte sie nicht zusehen, konnte nicht ein zweites Mal diesen furchtbaren Schmerz durchleben.

Sie kniff die Augen zu, und das Skalpell fuhr hinab. Noch in der Bewegung wurde ihr klar, dass sie einen Sekundenbruchteil zu lange gezögert hatte und ihre Gelegenheit verstrichen war. Sie spürte, wie seine Finger ihr Handgelenk packten, es so fest packten, dass sie vor Schmerz aufstöhnte. Er sprang auf die Beine, zerrte sie mit sich, und als sie versuchte, das Skalpell von der einen Hand in die andere zu wechseln, verdrehte er ihr so wild den Arm, dass das Instrument aus ihren Fingern fiel und klappernd auf dem Boden landete.

Jakab ächzte. Blut tropfte über sein Gesicht. Sein Mund war zu einem Knurren verzogen. «Du hättest das wirklich getan, du elendes Miststück! Hast du ernsthaft geglaubt, es wäre so einfach? Hast du ernsthaft geglaubt, ich würde mich von dir so einfach umbringen lassen?» Er schüttelte den Kopf. «Ich bin nicht einmal wegen dir hier, Hannah. Ich bin nicht mehr an dir interessiert. Leah ist wichtig, nicht du. Du hast sie verwirrt. Du hast sie vergiftet, sie gegen mich aufgebracht und ihren Kopf mit Unsinn und Lügen gefüllt, genau, wie Nicole es mit dir getan hat vor all den Jahren. Aber diesmal ist es noch nicht zu spät. Sie ist jung genug, um sich davon zu erholen. Sobald sie nicht mehr unter deiner Fuchtel steht.»

Hannah schlug mit der linken Faust nach ihm, zielte auf sein Gesicht, doch er ergriff ihr Handgelenk, und als er ihre Arme auseinanderriss, brauchte sie ihre ganze Willenskraft, um nicht laut zu schreien.

Wenn du schreist, kommt Leah wieder herein. Was auch immer geschieht, was auch immer er tut, das darfst du nicht zulassen.

Sie rammte ihm das Knie in den Unterleib. Seine Augen flackerten, als er herumwirbelte und sie quer durch den Raum schleuderte. Hannah stolperte gegen das Räderwerk. Aus Angst, sich in den Zahnrädern der Maschine zu verfangen und hineingezogen zu werden, streckte sie eine Hand aus, um sich abzustützen, ihren Aufprall zu dämpfen. Ihre Finger verhakten sich an einem Zahn des großen Stirnrads.

Es dauerte nur einen Sekundenbruchteil. Der Radzahn riss sie im Halbkreis herum, und dann steckten ihre Finger in den Zähnen des Kegelrads, und drei ihrer Finger *zerplatzten.* Blut und Gewebe und Knochen spritzten umher.

Weißglühender Schmerz flammte in ihrem Gehirn auf.

Du darfst nicht schreien.

Das Fleisch ihrer Hand hatte das Kegelrad blockiert. Die Achse knarrte und bockte. Die Zahnräder stotterten, als sie auf Knochen mahlten.

Nicht schreien.

Ihre Hand war zerquetscht. Abgetrennte Finger, zerfetzte Haut. Im Dämmerlicht der Mühle sah das Blut auf der Maschinerie aus wie Öl. Hannah versuchte, das, was von ihrer Hand geblieben war, aus dem Getriebe zu ziehen. Der Schmerz drohte ihr das Bewusstsein zu rauben. Sie war gefangen.

Jakab grinste höhnisch. «Das ist jetzt wirklich dumm.» Er schlenderte seelenruhig herbei und betrachtete interessiert Hannahs ruinierte Hand.

In ihren Ohren erhob sich ein lautes Summen. Ihre Augenlider flatterten.

Das ist also der Ort, an dem du sterben wirst, Hannah. In einer stinkenden alten Mühle.

Du hast versagt, Hannah Wilde. Er gewinnt, du verlierst. Er bekommt Leah, du stirbst. Er wird Leahs Leben zerstören, weil du versagt hast.

Doch das würde sie nicht zulassen. Es war ihr egal, ob sie starb. Selbst wenn es in einer stinkenden alten Mühle war. Sie würde nicht zulassen, dass Jakab ihre Tochter bekam. Unter keinen Umständen. Sie würde nicht riskieren, in einem Jenseits zu landen, wo sie das erklären müsste.

«Eins muss ich dir lassen, Hannah. Du hast nie aufgegeben.» Jakab sah sich im Raum um, und als er sich wieder zu ihr umwandte, erblickte er das Feuerzeug in ihrer Hand. Ihr Daumen war in Position.

Aus dem Benzinkanister waren sicher drei oder vier Liter ausgelaufen und hatten sich auf den Dielen verteilt. Der Gestank von Benzin lag schwer in der Luft. Ein Funke. Das war alles, was sie brauchte.

Etwas krachte und splitterte in ihrer eingequetschten Hand, und das Zahnrad brach ein Stück Knochen aus ihrer Hand. Eine Schockwelle raste durch ihren Arm und explodierte in ihrem Kopf.

Schnell und geschickt wie ein wildes Tier sprang Jakab sie an und riss ihr das Feuerzeug aus der gesunden Hand. Kopfschüttelnd steckte er es in eine Tasche seiner Army-Jacke. «Irre», sagte er. «Du bist vollkommen irre.»

Hannah stöhnte auf. Stöhnte vor Trauer bei dem Gedanken, wie es nach ihrem Tod weitergehen würde. «Nate.» Ihre Stimme brach. «O Nate. Es tut mir so leid. Es tut mir so leid. Ich habe versagt. Ich habe sie im Stich gelassen. Leah. *Leah …*»

Jakab trat vor sie. Die Augen hungrig. Er hatte den Kopf zur Seite geneigt.

Nicht Jakab. Nate.

Hannah schüttelte den Kopf.

Nein, nicht Nate. Jakab. Nicht Nate.

Die Kreatur mit dem Gesicht ihres Ehemannes trat einen weiteren Schritt auf sie zu und hob eine Hand. Streichelte über ihre Wange. «Still», sagte der falsche Nate. «Bald ist es vorbei. Es geht ganz schnell. Sei jetzt still.»

Sie beugte sich vor. Nate – *nicht Nate. Jakab.* Das Zahnrad ratterte klappernd und knirschend auf seiner Achse über ihre zerschmetterte Hand, die zerschmetterten Knochen. Es rumpelte und stockte.

Ein Ghul füllte ihr Sichtfeld aus. Und dann küsste er sie, obwohl es irgendwie Nates Mund war, unverkennbar Nates Mund, Nates Lippen auf den ihren, als er sie küsste, wie er sie immer geküsst hatte, während seine Finger über ihren Hals strichen, an ihrer Kehle entlang, tiefer.

Dann war seine Hand an ihrer Brust, drückte, liebkoste, massierte, und sein Kuss wurde drängender. Hannah spürte, wie ihre Knie nachgaben, und dann tat sie etwas, von dem sie geglaubt hatte, dass sie es niemals tun würde, niemals tun *könnte* – sie öffnete die Lippen und ließ ihn herein. Noch während seine Zunge in ihren Mund eindrang und sie die Hitze seines Körpers an ihrem spürte, kramte sie mit der freien Hand in der Tasche ihrer Jeans.

Jakab löste sich aus dem Kuss. Stieß sie von sich und starrte nach unten auf ihre Hand, auf die Finger mit dem einzelnen Streichholz. Der rosafarbene Kopf schwebte einen oder zwei Zentimeter über dem Metall des sich drehenden Stirnrads.

Sein Blick begegnete dem ihren. Seine Zunge zuckte hervor. Er leckte sich die Lippen.

«Ich gewinne», flüsterte sie.

Jakab stürzte vor, als sie das Streichholz am Stirnrad anrieb.

Eine winzige schwarze Rauchwolke.

Nichts.

Dann ein weißer Stecknadelkopf aus Licht. Ein plötzliches Aufflackern.

Hannahs Finger öffneten sich, und das brennende Streichholz fiel zu Boden. Noch während es fiel, nahm die Luft um es herum einen gelblichen Farbton an.

Jakab prallte gegen sie. Die Wucht des Aufpralls riss die Überreste ihrer Hand aus der Maschinerie.

Sie schlang beide Arme um ihn. Die Luft kräuselte sich, verwandelte sich in ein goldenes Laken, das die Luft aus ihren Lungen saugte. Eine Woge aus Hitze rollte über sie hinweg, und dann brannte sie. Die Hitze verwandelte sich in einen Glutofen, und der kreischende Schmerz in ihrer Hand wurde zu einem Nichts, zu einem *absoluten Nichts* im Vergleich zu diesem neuen Schmerz. Sie riss den Mund auf, um zu atmen, und Feuer sprang in ihre Lungen.

Es dauert nicht lange. Du hast gewonnen, Hannah.

Du hast gewonnen.

Jakab schlug und trat um sich. Sie hielt ihn fest, während seine Ellbogen sie im Gesicht trafen, ihre Nase zerschmetterten. Ihre Haare knisterten. Ihr Fleisch warf Blasen, platzte, prasselte wie Speck in der Pfanne. Sie öffnete die Augen, und in dem Sekundenbruchteil, bevor die infernalische Hitze ganz von ihr Besitz ergriff, erhaschte sie einen Blick auf die Hölle. Die lebendig gewordene Hölle rings um sie herum.

Aber du hast es geschafft.

Du hast Nate nicht helfen können, doch du hast Leah gerettet. Sie wird leben. Du wirst nicht da sein, um sie aufwachsen zu sehen, doch sie wird leben. Und sie muss nicht länger Angst haben.

Sie hielt den *hosszú élet* immer noch fest umklammert, als sie hintenüberkippte, rückwärts in die Flammen, in die alles verzehrende Hitze.

KAPITEL 29

Region Aquitaine, Frankreich
Heute

Leah stand auf der Plattform und hielt sich am Geländer fest, als das Feuer in der Mühle ausbrach. Selbst an der Stelle, wo sie stand, mehrere Meter von der Tür entfernt, spürte sie die intensive Hitze, die explosionsartig aus der Öffnung schlug.

Glas splitterte. Qualm und Rauch, dicht, schwarz und giftig, quollen aus den geborstenen Fenstern. Aus dem Innern der Mühle drang ein Schrei. Dann nichts mehr bis auf das Brüllen und Knistern der Flammen.

Ihre Mutter war im Zentrum dieses Feuersturms. Leah hatte den Ausdruck in ihren Augen gesehen, und sie hatte gewusst, dass er nichts Gutes verhieß.

Aber nicht das. Es sprengte jede Vorstellungskraft.

Rote Flammen schlugen fauchend aus dem nächsten Fenster. In der Mühle kippte etwas Schweres krachend um. Das Wasserrad knarrte und quietschte und erzitterte auf seiner Achse. Unter sich hörte Leah das laute Krachen von berstendem massivem Holz.

Sie stolperte von der Plattform ins Gras. Das Feuer war zu einer lebenden Bestie geworden, Hunderten wild zuckenden Flammenzungen. Tief im Innern des Gebäudes hörte sie ein dumpfes Splittern. Das riesige Mühlrad erzitterte ein weiteres Mal, und diesmal verbog sich etwas und brach. Während es weiter vom Wasser in Bewegung gehalten wurde, geriet das Mühlrad ins Kippen, und die Schaufeln berührten das Mauerwerk. Sie explodierten in Bruchstücke, und der eiserne Rahmen knarrte und ächzte ohrenbetäubend. In einer einzigen furchtbaren Umdrehung zerlegte sich das mächtige Mühlrad selbst, verwandelte sich in einen Trümmerhaufen aus verbogenem Metall, Splittern und Staub. Stücke fielen ab und landeten klatschend im schäumenden Wasser darunter.

Dann flog die beschlagene Eichentür der Mühle weit auf. Im Innern toste ein Inferno aus schmutzig gelben Flammen.

Und im Eingang kauerte eine grausig anzusehende Gestalt, verkohlt und steif, menschlich und zugleich nicht. Das Gesicht der Kreatur war verbrannt, der Schädel schwarz. Die Kleidung stand in Flammen. Wie eine defekte Marionette machte sie drei ruckhafte Schritte, dann brach sie auf dem Gras zusammen.

Leah rannte auf sie zu. Riss sich ihre Jacke herunter und benutzte sie, um die Flammen zu ersticken. Sie verbrannte sich die Hände, doch irgendwie gelang es ihr, das Feuer zu löschen.

Sie wusste nicht, wer die Gestalt war. Doch sie wusste, dass sie zu schwer verletzt war, um zu leben. Ihre Finger, schwarz verkohlt, zuckten. Formten Klauen.

Gabriel trat auf die Bremse des Audi, und das Fahrzeug kam hinter dem verlassenen Jeep Cherokee zum Stehen. Beide Wagentüren standen offen. Niemand drinnen. Rechts unter den Bäumen stand das brennende Wrack eines zweiten Audi.

Barfuß, die Füße immer noch voll pulsierendem Schmerz von den Schussverletzungen, stieß er die Fahrertür auf. Wappnete sich innerlich gegen das, was er zu sehen bekommen würde, und humpelte zu dem brennenden Audi, um hineinzuspähen. Der Wagen war ebenfalls verlassen. Der Fahrersitz sah aus, als hätte sich jemand darauf zu Tode geblutet, doch wer immer dort gesessen hatte, es war niemand zu sehen.

«Sieh nur!»

Sebastien stieg auf der Beifahrerseite aus. Das Gesicht des alten Mannes war verkniffen vor Entsetzen, als er den Finger ausstreckte und auf die Säule aus Rauch und Flammen zeigte, die unten am Fluss aus der Mühle aufstieg. Aus einem der oberen Fenster flirrten winzige schwarze Schatten und kreisten aufgeregt um die Rauchsäule.

Davor kniete Leah über einem schwarzen Klumpen.

Am Ende hatte sie festgestellt, dass sie nicht in der Dunkelheit und im Gestank einer brennenden alten Mühle sterben wollte, mit niemandem als Gesellschaft außer Jakab und dem Kadaver irgendeines Tieres.

Obwohl das Feuer ihre Augen zerstört hatte und sie niemals wieder die Sonne erblicken würde und obwohl ihre Nervenenden verbrannt waren und sie die Wärme der Sonnenstrahlen niemals wieder spüren würde, war es ihr plötzlich wichtig erschienen, draußen zu sein.

Sie lag auf der Seite, spürte, wie ihre Muskeln zuckten, spürte, wie ihr Herz sich immer mehr abmühte, spürte, wie der Atem, der durch ihre verbrannte Kehle rasselte, schwerer und schwerer ging.

«Mami, bitte lass mich nicht allein.»

Wenn Hannah noch hätte weinen können, sie hätte es getan. Es war so grausam, dass ihr Leben auf diese Weise endete. Sie wusste, dass sie die richtige Entscheidung getroffen hatte, wusste, dass Leah nun frei war. Wusste, dass sie endlich, endlich den Fluch losgeworden war, der ihre Familie seit Generationen heimgesucht hatte.

Sebastien würde sich um ihre Tochter kümmern. Und wenn

nicht er, dann Gabriel. Oder vielleicht Éva. Sie kannte diese drei Menschen noch nicht sehr lange, doch sie vertraute ihnen.

«Ich liebe dich, Mami», flüsterte ihre Tochter. «Ich will nicht, dass du stirbst.»

Hannah öffnete den Mund, um etwas zu erwidern, doch ihre Stimmbänder existierten nicht mehr. Es musste furchtbar sein für Leah, unfassbar schlimm, ihre Mutter so zu sehen. Wenn sie doch nur Lebewohl hätte sagen können. Wenn sie Leah doch nur ein wenig Trost hätte bieten können.

Sie fragte sich, ob Nate zufrieden war mit ihr. Fragte sich, was er sagen würde. Fragte sich, ob er sie vielleicht beobachtete, während sie dalag. Seine Frau und seine Tochter unter der herbstlichen Sonne.

Dann verebbten ihre Schmerzen allmählich. Das Licht flammte auf hinter ihren Augen. Diesmal war es kein brennendes, kein versengendes, alles verschlingendes Licht, sondern eine reinigende Wärme, ein Leuchten, voller Frieden, und Hannah seufzte ein letztes Mal, als sie den Schmerz und die Angst und den Verlust fahren ließ und diesen Frieden und diese Wärme mit ausgebreiteten Armen annahm.

Leah sank zu einem erbärmlichen Häufchen Elend zusammen, als sie sah, wie ihre Mutter starb. Sie wusste, dass es ihre Mutter war, hatte sie erkannt an den schwelenden Stiefeln an ihren Füßen – dem einzigen Hinweis, der übrig geblieben war.

Sie hatte gesagt, alles würde wieder gut werden. Doch es war nicht wieder gut, war überhaupt nicht gut. Sie hätte nicht mit ansehen dürfen, wie ihre Eltern starben. Nicht alle beide.

Sie hörte Rufe vom Waldrand her und sah nach oben. Zwei Gestalten rannten auf sie zu. Wegen ihrer Tränen erkannte sie sie zunächst nicht.

Gabriel war zuerst bei ihr. Er starrte hinunter auf die verkohlte Gestalt im Gras. Als er Leah aus seinen wunderschönen kobaltblauen Augen ansah, stellte sie überrascht fest, dass sie nass waren von Tränen. «Ist es Hannah?», fragte er. «Ist das deine Mutter?»

Leah nickte.

«Oh, Leah, es tut mir so leid.» Sein Gesicht war ein Bild des Elends, und als sie das sah, versuchte sie aufzustehen. Er überwand die Distanz zwischen ihnen und nahm sie in die Arme, und sie drückte ihr Gesicht gegen seine Schulter und atmete seinen Geruch und tat, als wäre alles wieder gut. Auch wenn es niemals der Fall sein würde.

«Jakab.» Gabriel nickte in Richtung der Mühle, der dunklen Flammen, die aus den Fenstern schlugen. Schwarzer Rauch wehte über den Fluss. «Ist er dort drin?»

Leah nickte.

«Deine Mutter war die tapferste und mutigste Frau, der ich je begegnet bin. Sie hat ihr Versprechen gehalten.»

«Sie hat versprochen, dass alles wieder gut werden würde.»

«Und das wird es. Du wirst eine Weile brauchen, aber irgendwann wirst du es sehen.»

Dann hörte sie ein neues Geräusch, ein furchtbares, untröstliches Schluchzen, eine Mischung aus Wut und Unglauben und Seelenschmerz. Als Leah die Augen öffnete, sah sie Sebastien zum Leichnam ihrer Mutter torkeln. Er fiel auf die Knie.

Der alte Mann streckte die Hand aus und schien ihr verbranntes Fleisch berühren zu wollen. Doch dann schlug er die Hände über den Kopf und drehte sich zu Gabriel um. *«Tu etwas!»*

Der irische *hosszú élet* ließ die Schultern hängen. «Was kann ich denn tun? Was kann irgendeiner von uns jetzt noch tun? Mach die Augen auf, Mann. Sie ist tot.»

«Es ist noch *Leben* in ihr!»

«Nein, ist es nicht. Und selbst wenn es so wäre ... sieh sie doch an, Sebastien. Sieh sie dir einfach nur an.»

Sebastiens Augen blickten wild. «Hast du denn gar nichts begriffen? Verstehst du überhaupt nichts? Wie lange brauchst du, um dahinterzukommen, Gabriel? Sie ist eine von euch. Eine von eurem Volk! Hannah ist eine *hosszú élet*. Ich bin absolut sicher. Sie ist eine von euch, und sie kann wieder gesund werden!»

Leah spürte, wie sich Gabriel versteifte. Plötzlich rutschte sie aus seiner Umarmung, rutschte an ihm zu Boden.

«Das kann nicht sein», flüsterte er. «Das ist ... völlig unmöglich.»

Sebastien kam unsicher auf die Beine. Er lief auf und ab, raufte sich die Haare. «Wie dumm, wie unglaublich dumm! Es war der eine Punkt, über den ich mit Charles gestritten habe ... Ich wusste, dass seine Absichten nobel waren, aber ich habe mich nie seiner Meinung angeschlossen. Es klang einfach zu abenteuerlich.»

Nun war Gabriel derjenige, der brüllte. Sein Gesicht war gerötet. *«Du redest wirres Zeug!»*

«Es war Charles' Theorie, nicht meine», sagte der alte Mann. Die Worte sprudelten nun aus ihm. «Er hatte seine Nachforschungen angestellt, hatte die jeweiligen Daten und Zeiträume überprüft, hatte herausgefunden, dass die Möglichkeit durchaus bestand. Er hatte seinen Verdacht, was Hannahs Mutter Nicole anging, und dieser Verdacht erhärtete sich, als er sah, wie Hannah heranwuchs. Soll ich dir die Geschichte etwa jetzt erzählen, während sie vor deinen Füßen liegt und stirbt? Oder willst du ihr zuerst das Leben retten, und ich erzähle die Geschichte später?»

Gabriel fiel auf die Knie. «Wenn das, was du sagst, wahr ist ...»

«*Gottverdammt*, Gabriel!»

Gabriel beugte sich über Hannah und legte das Ohr an ihre gesprungenen Lippen. Er drehte den Kopf und betrachtete ihr zerstörtes Gesicht. Dann sah er zu Sebastien auf. «Du bist absolut sicher?»

Sebastien ballte die Fäuste und verdrehte die Augen himmelwärts.

Gabriel legte eine Hand auf Hannahs Brust über der Herzgegend. Mit der anderen berührte er ihre Schläfe. Dann schloss er die Augen und atmete aus.

Leah beobachtete ihn gebannt. Sie ging zu Sebastien, schob ihre Hand in seine. «Was macht er da?», fragte sie flüsternd, aus Angst, sie könnte irgendetwas von dem, was die beiden Männer gesagt hatten, falsch verstanden haben, und der winzige Funken Hoffnung, der in ihr aufleuchtete, könnte wieder erlöschen.

Sebastien umschloss ihre Finger mit seiner ledrigen Hand. «Es besteht eine Möglichkeit, Leah. Nur eine vage Möglichkeit, versteh das nicht falsch. *Hosszú életek* können sich gegenseitig heilen. Es ist riskant und schmerzhaft, und es funktioniert nicht immer. Deine Mutter ist zum Teil eine *hosszú élet,* dessen bin ich mir sicher. Aber ich weiß nicht, wie stark dieser Teil von ihr ist.» Sebastien sah Leah an. «Glaubst du an Wunder?»

Gabriel hockte im Gras und sog die Luft durch die Zähne. Seine Hände zuckten. Leah verfolgte atemlos, wie seine Finger ganz langsam in das Fleisch ihrer Mutter zu sinken schienen. Er hatte den Kopf in den Nacken gelegt und stöhnte leise vor Schmerz.

Der Körper unter seinen Händen bebte und zuckte, dann lag er still. Gabriel atmete ein. Er knirschte mit den Zähnen. Sein Gesicht hatte jegliche Farbe verloren; er sah so blass aus wie ein Gespenst. Ein weiteres Mal öffnete er den Mund, als wollte er aufschreien, doch diesmal kam kein Laut über seine

Lippen. Schließlich riss er die Hände zurück. Leah sah, dass seine Finger blutig waren. Er schluchzte. «Es geht nicht. Sie ist zu schwer verletzt.»

Er atmete ein paarmal durch, dann schrie er seine Frustration heraus: «Ich kann mich ganz in sie versenken. Ich würde es tun, ohne zu zögern, doch ich habe nicht genügend Kraft, um sie zurückzubringen. Es würde mich umbringen, und sie wäre immer noch tot.»

Leah ließ Sebastiens Hand los. «Du musst dir mehr Mühe geben!», brüllte sie den Iren an. «Sie hat auch nicht aufgegeben! Sie hat *niemals* aufgegeben!»

Gabriels Augen hatten ihre kobaltblaue Farbe verloren, waren verblasst zu einem stumpfen Grau. «Leah, es ... es tut mir leid –»

«Nein! *Nein!* Sag das nicht. Sag nicht, dass es dir leidtut!»

Sie spürte eine Hand auf ihrer Schulter, und als sie sich wütend umwandte, um sie abzuschütteln, stellte sie fest, dass es eine Frauenhand war, schlank und glatt und zart.

Éva stand hinter ihr. Ihre Augen waren voller Mitgefühl und Schmerz. «Er hat recht, Leah. Sie ist zu schwer verletzt. Die Verbrennungen sind zu schlimm.» Die *Örökös Főnök* hob den Blick zu Gabriel. «Du schaffst es nicht alleine. Aber mit meiner Hilfe könnte es gehen.»

Seine Augen leuchteten auf, als er seine Mutter ansah. Die beiden schienen sich wortlos zu unterhalten. Dann sank Éva, groß und stark und wunderschön, neben ihrem Sohn ins Gras. Sie streckte die Hände aus und legte sie auf Hannahs geschwärzten Körper. Sie sah Gabriel an, und ihr Lächeln ließ ihm Tränen in die Augen schießen. «Lass mich das für dich tun.»

Gabriel atmete bebend ein. Er starrte seine Mutter für eine gefühlte Ewigkeit an. Dann legte er seine Hände über ihre.

Schweigend schlossen die beiden *hosszú életek* die Augen.

Hinter ihnen quollen Rauch und Asche aus der Mühle in den herbstlichen Himmel. Flammen tobten im Innern des Gebäudes. Die Fledermäuse, aus ihrem Zuhause vertrieben, umkreisten flatternd die Rauchsäule.

Leah blickte zum Fluss, zum schäumenden Wasser, das aus dem Mühlgraben über das zerfetzte Mühlrad rauschte. Sie sah zum anderen Ufer, zu den Bäumen dahinter, die hellen Flecken aus Sonnenlicht, die zwischen den Blättern hindurch auf das Wasser fielen und dort ein silbernes Geflecht webten.

Im Gras kippte Éva seitlich gegen ihren Sohn, doch sie nahm die Hände nicht von Hannahs Leib, und Gabriel machte keine Bewegung, um sie aufzufangen, auch wenn er das Gesicht zu einer Grimasse verzog und entschlossen die Zähne zusammenbiss. Als Leah hinsah, wehte eine kleine Bö über sie hinweg und wehte eine verkohlte Schuppe von der Haut ihrer Mutter.

Darunter kam ein kleiner rosafarbener Fleck zum Vorschein.

Gesunde Haut. Haarlos, aber unversehrt.

Leah starrte auf die Stelle. Sie hörte, wie Sebastien hinter ihr aufschrie. Zuerst dachte sie, er weinte um ihre Mutter, weinte wegen des Wunders, das sich vor ihren Augen abspielte, doch dann erkannte sie, dass seine Tränen Éva galten.

Die elegante *Főnök* der *hosszú életek* alterte in atemberaubendem Tempo. Ihre Haut wurde faltig, das Fleisch darunter welk. Innerhalb von Minuten sah Éva dreißig Jahre älter aus, und die Veränderungen gingen weiter. Ihre Wangen sanken ein. Ihre Augen wurden trüb. Die Farbe verblasste.

Weitere Schuppen verbrannter Haut wehten in den Himmel.

Éva seufzte durch verschrumpelte Lippen hindurch. Und schließlich, als das lebendige Fleisch unter ihren Fingern anfing zu zucken, als Hannahs Lungen sich mit Luft füllten, sackte die alte Frau ins Gras, die Augen geschlossen, und aller Atem wich aus ihr.

Sebastien fiel neben ihr auf die Knie und flüsterte unablässig ihren Namen.

EPILOG

Gabriel saß neben ihr auf der Bank, als die Herbstsonne hinter den Horizont sank. Sie konnte den Sonnenuntergang nicht sehen, das goldene Licht, das sich über den Himmel hinweg ausbreitete, doch sie spürte die Wärme der Strahlen auf ihrem Gesicht, und es fühlte sich gut an.

Er ließ sie tagsüber nicht nach draußen, weil er befürchtete, die Mittagssonne könnte ihre neue Haut schädigen. Er ließ sie auch nicht längere Zeit allein. Es störte sie nicht. Im Gegenteil, sie war ihm sogar dankbar dafür. Die Erinnerungen an die Geschehnisse der letzten Tage waren immer noch viel zu ungeheuerlich, um sie alleine zu ertragen. Ihr Körper mochte geheilt sein, doch ihr Verstand war es nicht. Noch nicht.

«Du bist still», sagte sie.

«Ich habe nachgedacht», sagte er. «Über sie. Alle beide.»

«Wie geht es ihr?»

«Sie stirbt. Aber sie ist glücklich.»

«Hat sie Schmerzen?»

«Ein wenig. Die üblichen Schmerzen des Alters eben. Keine Sorge, sie wird nicht heute sterben, auch nicht nächste Woche.»

«Sie hat so viel geopfert», sagte Hannah. Sie hatte Mühe, ihre Emotionen zu kontrollieren. Das Salz ihrer Tränen würde auf ihrer empfindlichen Haut brennen.

«Sie ist *glücklich*, Hannah. Das ist das Merkwürdige daran. Meine Mutter und Sebastien. Es ist unglaublich. Sie hat vielleicht noch einen Monat oder ein Jahr, wer weiß. Wie alt ist er? Achtzig? Er hat auch nur noch wenig Zeit. Und trotzdem ist es, als wären beide plötzlich wieder Mitte zwanzig.»

Der Wind wehte den Duft von Herbstfrüchten heran. Hannah wusste, dass Gabriel sie beobachtete. Unsicher hob sie eine Hand, betastete die Bandagen vor ihren Augen. «Nicht.»

«Was?»

«Sieh mich nicht an.»

«Du wirst wieder gesund, weißt du?»

Sie atmete tief durch. «Ich vermisse ihn so sehr, Gabriel. Jede Stunde, jede Sekunde. Nate ist tot, ich weiß. Ich weiß auch, dass ich ihn niemals wiedersehen werde, zumindest nicht in diesem Leben. Aber ich liebe ihn immer noch.»

Sie hörte, wie ihre Stimme brach. «Ich werde ihn immer lieben.»

«Und so soll es auch sein.»

Sie streckte die Hand nach Gabriel aus und fand seinen Arm, seine Hand. «Du warst so gut zu uns. So geduldig.»

«Hey, ich habe jede Menge Zeit, schon vergessen?»

Sie konnte das Grinsen auf seinen Lippen spüren, und plötzlich musste sie selbst lachen. «Wenn das, was ich gehört habe, wahr ist, dann haben wir beide eine Menge Zeit.»

«Erinnerst du dich an jenen Abend in der Küche, als ich dir das *lélekfeltárás* gezeigt habe?»

«Was ist damit?»

«Ich habe etwas in deinen Augen gesehen. Oder dachte zumindest, ich hätte es gesehen. Nur für einen kurzen Moment, einen Sekundenbruchteil. Dann war es verschwunden.»

«Nun, du wirst es nicht wieder sehen.»

Sie hatten Hannah zwar das Leben zurückgeben können, doch ihr Augenlicht war verloren.

«Es gibt noch andere Dinge, die ich dir zeigen kann. Dinge, die ich Leah zeigen kann. Wenn ihr beide bereit seid.»

«Ich bin nicht sicher, Gabriel. Ich bin nicht sicher, ob ich das will.»

«Du wirst es wollen. Wenn es so weit ist.»

Er hatte recht. Das würde sie bestimmt. «Eine Sache verstehe ich nicht», sagte Hannah. «Als ich mit deiner Mutter sprach, sagte sie, es wäre unmöglich. Jemand wie ich, meine ich. Sie sagte, kein Kind könnte auf diese Weise gezeugt werden.»

«Das dachten wir alle. Nein, das *wussten* wir. Hunderte Male war es so. Ich kann es nicht erklären. Du bist ein Rätsel. Keiner von uns kann es erklären. Du dürftest nicht existieren, Hannah, und doch bist du da.» Er lachte verlegen. «Für uns bist du ein Wunder.»

«Ich bin kein Wunder», widersprach sie. «Aber es hat euch Hoffnung gegeben, richtig? Meine Existenz hat euch allen einen Funken Hoffnung gegeben. Für die Zukunft, meine ich.»

Gabriel schwieg für eine Weile. «Das hängt von dir ab», sagte er schließlich leise.

Sie wusste nicht, was sie darauf erwidern sollte. Also drückte sie stattdessen seine Hand.

«Du hast mir nicht verraten, was Sebastien dir erzählt hat.»

Sie zuckte die Schultern. «Er sagte, mein Vater wäre dahintergekommen. Er hätte es aus den Tagebüchern. Frag mich nicht, wie. Erinnerst du dich an das, was ich dir über Albert und Anna erzählt habe? Meinen Urgroßvater und meine Urgroßmutter? Sie lebten in Sopron und flüchteten nach Deutschland, als Jakab sie aufspürte. Jakab hatte Albert bereits für eine Weile ersetzt, während er plante, ihn zu ermorden. Genau, wie er in Llyn Gwyr meinen Vater ersetzt hatte. Und als Anna schwanger wurde, war es Jakabs Baby, das in ihrem Leib heranwuchs.»

«Was bedeutet, dass Jakab dein Vorfahr war. Dein Urgroßvater, genauer gesagt. Meinst du, er hat das gewusst?»

«Nein. Und ich glaube auch nicht, dass es einen Unterschied gemacht hätte. Er war bereits viel zu verdorben, um darauf Rücksicht zu nehmen. Er war wahnsinnig.» Sie erschauerte.

«Komm schon, ich will seinen Namen nicht mehr hören. Er ist tot. Ein für alle Mal tot. Wo ist eigentlich Leah? Hast du sie gesehen?»

In den Bäumen bewegte sich etwas, und Hannah hörte ein Rascheln.

«Ich bin hier!»

«Hast du die ganze Zeit dort gesessen?»

«Die meiste Zeit.»

«Komm her, Frechdachs.»

Das Aroma von Toffee und Schokolade umgab sie. Von salziger Haut.

«Was hast du gemacht?»

«Ein Tagebuch angefangen», antwortete das kleine Mädchen. «Mein eigenes.»

FSC
www.fsc.org
MIX
Papier aus verantwortungsvollen Quellen
FSC® C083411

Das für dieses Buch verwendete FSC®-zertifizierte Papier *Holmen Book Cream* liefert Holmen, Schweden.